AF546320

ro
ro
ro

ro
ro
ro

JENNY GLANFIELD

Viktoria

Die Geschichte einer Berliner Familiendynastie

Aus dem Englischen
von Beatrice Ulrich

Rowohlt Taschenbuch Verlag

Neuausgabe
Veröffentlicht im Rowohlt Taschenbuch Verlag,
Hamburg, Dezember 2019

Einzig berechtigte Übersetzung aus dem Englischen von Beatrice Ulrich
Titel des Originals: «Victoria»
Covergestaltung Hauptmann & Kompanie Werbeagentur, Zürich
Coverabbildung Lee Avison/Arcangel; akg-images
Gesamtherstellung CPI books GmbH, Leck, Germany
ISBN 978-3-499-00087-4

PROLOG

28. April 1915

Auf der Prachtstraße Unter den Linden, nicht weit vom Brandenburger Tor, wurde der Gehsteig von einem langen Säulengang überwölbt. Eine prächtige weiße Marmortreppe führte hinauf zu den gläsernen Drehtüren, neben denen zwei eindrucksvolle Türsteher den Eingang des exklusivsten Hotels der Stadt bewachten. Sie trugen makellose kobaltblaue Livreen mit Goldlitzen und glänzenden Messingknöpfen, dazu passende Mützen, weiße Handschuhe und auf Hochglanz polierte schwarze Stiefel.

Ein auffälliges Hotelschild existierte nicht. Doch für den Fremden und historisch Interessierten war eine schimmernde Messingtafel in die Mauer eingelassen, auf der mit vornehmer Zurückhaltung in gotischen Lettern geschrieben stand: *Hotel Quadriga, eröffnet von Seiner Majestät, Kaiser Wilhelm II., am 15. Juni 1894.*

Genau an diesem Tag war Viktoria Jochum-Kraus geboren worden. Jetzt, einundzwanzig Jahre später, hatte sie in den gleichen Räumen im ersten Stock ihr eigenes Kind zur Welt gebracht.

Ihr blondes Haar lag schweißverklebt auf den Kissen, und sie fühlte sich vollkommen erschöpft, doch die in den vergangenen Stunden ausgestandenen Schmerzen waren durch die Freude, ihren neugeborenen Sohn in den Armen zu halten, bereits vergessen. Nie zuvor hatte sie ein solches Gefühl der Liebe verspürt wie in diesem Moment, da sie ihn zärtlich an ihre Brust drückte. «Ich liebe dich so sehr», flüsterte sie. «Ich habe dich schon geliebt, bevor du geboren wurdest, und ich werde dir mein ganzes Leben lang beweisen, wie sehr ich dich liebe.»

Die Krankenschwester führte Viktorias Mann, Benno, herein. «Meinen Glückwunsch, Herr Kraus, ein prächtiger Junge.»

Benno durchquerte den Raum und kniete sich neben dem Bett nieder. Vorsichtig streckte er eine Hand aus und berührte den Kopf des Kindes, dann gab er seiner Frau einen zarten Kuß. «Wie fühlst du dich, mein Liebling?»

«Müde, aber glücklich. Ich bin so glücklich. Benno, ist er nicht wundervoll?»

Benno nickte verwundert. «Er ist so klein, es scheint kaum möglich, daß er eines Tages zu einem Mann heranwächst. Irgendwie flößt er mir das Gefühl von Demut ein ...»

Der Hausarzt, Dr. Blattner, räusperte sich diskret. «Herr Kraus, es tut mir leid, aber Ihre Frau braucht Ruhe ...»

Schwester Hedwig nahm den Säugling aus Viktorias Armen. Benno küßte seine Frau noch einmal und folgte der Schwester ängstlich-besorgt ins Kinderzimmer. «Wird er durchkommen? Er sollte doch erst Anfang Juni zur Welt kommen?»

«Natürlich kommt er durch, Herr Kraus. Schauen Sie ihn doch an, den kleinen Schatz. Er ist absolut vollkommen.»

Ja, dachte Benno, er war wirklich perfekt ausgebildet. Man hätte nicht glauben wollen, daß er eine Frühgeburt war. Vorsichtig hob er die kleinen Händchen mit den winzigen Fingernägeln hoch und lächelte, als sie sich um seinen Finger zur Faust ballten. Er blickte auf den feinen braunen Flaum auf dem Kopf des Babys, die Stupsnase, die fest geschlossenen Augen, und wieder kamen die alten Ängste in ihm hoch. War das sein Sohn? Oder war sein Cousin, Leutnant Graf Peter von Biederstedt, der Vater?

Das Baby öffnete die Augen und sah ihn an – eher wie ein weiser alter Mann als ein hilfloses Kind. Lange blickten sie sich so in die Augen, und plötzlich hatte Benno das Gefühl, daß das Kind ihm etwas sagen wollte. Es fixierte ihn so eindringlich, als wollte es Benno genauso ergründen wie Benno das Kind. Dann gähnte es, wie um zu sagen: «Du bist schon in Ordnung.»

«Hallo, mein Sohn», sagte Benno.

Das Baby begann zu weinen. «Du lieber Himmel», rief Schwester Hedwig. «Er will uns sagen, daß er Hunger hat.»

Aber Benno wußte es besser. Das Baby hatte ihm gerade mitgeteilt, daß es ihn als seinen Vater betrachtete, gleichgültig, ob das der Wahrheit entsprach oder nicht.

Während der folgenden Monate stellte sich heraus, daß Stefan nicht blond und blauäugig wie Viktoria werden würde, sondern braunhaarig und dunkeläugig wie Benno und seine Mutter, Julia Kraus von Biederstedt.

Es war fast unmöglich, Benno aus dem Kinderzimmer herauszuhalten. «Es ist erstaunlich», sagte er. «Selbst die Haare und die Augen hat er von mir. Und schau, wie er die Finger biegt. Genau wie ich. Andererseits ist es ja nur natürlich, daß er seinem Vater gleicht. Stefan, sag deinem Papa guten Tag.»

Das Baby stieß einen gurgelnden Laut aus, und Benno rief: «Hast du das gehört? Er sagt Papa.»

Viktoria faßte daraufhin den endgültigen Entschluß, Benno nie zu enthüllen, daß er nicht Stefans leiblicher Vater war. Wichtig war nur, daß er und Stefan glaubten, sie seien Vater und Sohn. Aber tief in ihrem Herzen wußte sie, daß sie alle betrog, daß sie mit einer Lüge leben würde, die eines Tages ans Licht käme.

1

Am Winterabend des 30. Januar 1933 marschierten, angeführt von Standartenträgern, die dichtgeschlossenen Reihen der braununiformierten SA und der schwarzuniformierten SS durchs Brandenburger Tor. Auf ihren roten Armbinden prangte in weißem Kreis das schwarze Hakenkreuz. Triumphierend feierten sie Adolf Hitlers Ernennung zum Reichskanzler.

Trommelwirbel dröhnten, Fanfaren erklangen, und brennende Fackeln erhellten die Nacht. In stetem Tempo hallten Tausende um Tausende schwarzer Stiefel über das Pflaster, Stunde um Stunde, während die dichtgedrängte Menge auf den Gehsteigen die Arme zum Hitlergruß erhoben hatte.

Auf dem Balkon des Hotels Quadriga schlug Viktoria Jochum-Kraus zum Schutz gegen die bitterkalte Nachtluft den Kragen ihres Zobelmantels hoch, so daß er ihr blasses Gesicht umrahmte. Nach den gängigen Vorstellungen war es etwas zu eckig, aber mit den blauen Augen besaß es eine Schönheit ganz eigener Art. Aufmerksam sah Viktoria auf die lohenden Fackeln hinunter, die sich wie ein Feuerstrom über den schmelzenden Schnee der Straßen bewegten. Die Sturmtruppen erhoben die Stimmen zum Horst-Wessel-Lied.

«Wie viele sind das wohl?» murmelte Luise, Viktorias jüngere

Schwester, die grünen Augen in ihrem herzförmigen Gesicht weit aufgerissen.

Bevor Viktoria antworten konnte, erklärte ihr Schwiegervater voller Selbstzufriedenheit: «Mehr als zwei Millionen in ganz Deutschland.» Baron Heinrich von Kraus, einer der reichsten Industriellen Deutschlands, war ein Riese von einem Mann, er wog zweieinhalb Zentner, hatte ein rosiges Gesicht, und hinter der goldumrandeten Brille blitzten kleine Augen. Er stützte sich auf einen Stock und schnippte seine Zigarrenkippe in die Menge auf dem Gehsteig. «Die Bolschewiken haben keine Chance gegen sie. Hitler wird ihren Streiks und ihren Demonstrationen bald ein Ende machen.»

«Ich bin stolz, ein Deutscher zu sein», sagte Benno und beugte sich über die Balustrade. In seinem Knopfloch blinkte das Parteiabzeichen. Für ihn bewies diese Zurschaustellung militärischer Stärke, daß Deutschland nicht länger schamvoll das Haupt beugen mußte, weil es den Krieg verloren hatte, und auch mit den Demütigungen des Versailler Vertrages würde es bald ein Ende haben. Deutschland mochte zwar nur über eine hunderttausend Mann starke Armee verfügen, aber Hitlers Sturmtruppen, die an ihnen vorübermarschierten, zeigten die eigentliche Realität. Deutschland war wiedererstarkt! Deutschland war wieder eine Macht, mit der man rechnen mußte!

«Ich wünschte, ich wäre ein Mann», seufzte Monika, Viktorias zwölfjährige Tochter, wehmütig. Begeistert schwenkte sie ihr Hakenkreuzfähnchen, ihre grauen Augen leuchteten, ihre Zöpfe wippten, und mit vor Aufregung heiserer Stimme fügte sie hinzu: «Dann könnte ich mitmarschieren.» Viktoria holte tief Luft und versuchte, ihren Ärger über die Begeisterung der Tochter zu unterdrücken.

Monika wandte sich an Stefan. «Möchtest du kein Soldat werden?»

Stefan war jetzt siebzehn und sah aus, wie Benno und Peter

von Biederstedt in diesem Alter ausgesehen hatten, braunhaarig und dunkeläugig, doch mit einer ganz eigenen, ernsthaften Ausstrahlung. «Ich will ganz sicher kein Braunhemd werden.»

Auf Viktorias Gesicht zeigte sich ein Lächeln der Erleichterung.

«Siegreich werden wir Frankreich schlagen ...» Die Stimmen der vorbeiziehenden Sturmtruppen grölten das alte Kampflied, das aus den Napoleonischen Kriegen stammte. Die Menge stimmte mit ein, und der Chor schwoll zu triumphierendem Crescendo an. «Sieg Heil! Sieg Heil! Sieg Heil!»

«Findet ihr das ‹Sieg Heil!› und diese Massen nicht bedrohlich?» fragte Stefan.

Seine Großmutter antwortete. Ricarda Jochum war eine elegante Dame von fünfundsechzig Jahren. Ihr einstmals kastanienbraunes Haar war nun grau und zu einem Knoten geschlungen. Wie immer seit dem Tod ihres Gatten Karl trug sie Schwarz, nur ein cremefarbenes Spitzenfichu hob sich von ihrem Kleid ab; um ihre Schultern hatte sie einen Pelzmantel gelegt.

«Stefan, du bist ein Berliner, du bist hier geboren und aufgewachsen, du solltest die Berliner verstehen. Früher standen wir zu Tausenden auf der Straße, um einen Blick auf unseren Kaiser zu erhaschen; wir kamen zu den Hochzeitszügen und den Totenprozessionen. Gestern nacht ging man zu den Arbeiterdemonstrationen, heute feiert man Hitlers Ernennung. Aber das Schöne an uns Berlinern ist, wie ich schon vor langem festgestellt habe, daß wir uns tief im Innern einen gesunden Skeptizismus bewahrt haben. Keiner von uns mag diese Sturmtruppen, aber wir schauen uns das eine Zeitlang an und geben Hitler eine Chance.»

Viktoria verspürte plötzlich ein überwältigendes Gefühl der Dankbarkeit für die heitere Ausgeglichenheit ihrer Mutter. «Ich bin sicher, deine Großmutter hat vollkommen recht», versicherte sie Stefan. «Wenn uns nicht gefällt, was Hitler tut, können wir ihn schließlich immer noch abwählen.»

Ihre Worte gingen in einem Trommelwirbel fast unter, darauf erscholl mit mächtigem Klang die Nationalhymne. «Deutschland, Deutschland über alles ...»

Viktorias Blicke schweiften über die Prachtstraße, über die kahlen Lindenbäume, die dem Boulevard den Namen gegeben hatten, bis zu den zwölf dorischen Säulen des Brandenburger Tores. Durch den Schneeregen konnte sie unscharf die bronzene Statue der Quadriga erkennen, den vierrädrigen Streitwagen mit den vier sich aufbäumenden Pferden. Nach dieser Statue hatten ihre Eltern das Hotel benannt.

Aber Viktoria blickte auf die Figur, die den Wagen lenkte. Eingehüllt in einen Mantel aus Schnee, hielt die Siegesgöttin Viktoria ihren Arm heldenhaft erhoben, während sie über die Straßen Berlins wachte.

Am folgenden Morgen, nachdem die Kinder fertig für die Schule waren, ging Viktoria die Treppe hinunter ins Foyer des Hotels. Zu ihrem Ärger sah sie, daß die Halle noch immer mit Hakenkreuzfahnen geschmückt war. Mißbilligend kräuselte sie die Lippen, dann faßte sie sich wieder.

Das Foyer war voller Gäste, die im Begriff waren, abzureisen. Viele waren extra nach Berlin gekommen, um die Aufmärsche des gestrigen Abends zu sehen. Hubert Fromm, der Chefportier, und seine Angestellten erledigten umsichtig die Abreiseformalitäten, während unter den Adlerblicken von Hallenportier Johann Dorn die Pagen das Gepäck der Gäste zu den Limousinen und den Taxis trugen, die Unter den Linden warteten.

Höflich verabschiedete sie ihre Gäste, lächelte, wünschte ihnen eine gute Reise und gab der Hoffnung Ausdruck, daß sie sie bald wiedersehen würde; dann betrat Viktoria den kleinen Nebenraum, wo ihre Sekretärin bereits viel zu tun hatte. «Guten Morgen, Helga.»

Helga Ruh, in frisch gestärkter weißer Bluse und marineblauem Schneiderrock – ganz ähnlich gekleidet wie Viktoria –, sprang auf. «Guten Morgen, Frau Viktoria. Ich habe die Post auf Ihren Schreibtisch gelegt.»

«Danke. Sagen Sie bitte Herrn Brandt, daß er die Hakenkreuzfahnen sofort entfernen lassen soll.»

«Gewiß, Frau Viktoria.»

Das ganze Personal nannte sie «Frau Viktoria», obwohl die Gäste sie formeller mit «Frau Jochum-Kraus» anredeten. Viktoria mochte die Familie ihres Mannes nicht besonders gern, und das schlimmste an der Heirat mit Benno war der Zwang, seinen Namen tragen zu müssen. Als Kompromiß hatte sie nach englischer Sitte einen Doppelnamen angenommen. Von Geburt und Wesensart war sie eine Jochum; eine Kraus war sie nur durch Heirat geworden.

Viktoria betrat ihr Büro, das einst ihrem Vater gehört hatte; die Tapeten, der Schreibtisch und die anderen Möbel stammten noch aus seinen Tagen. Auch vierzehn Jahre nach seinem Tod fand sie es noch immer merkwürdig, daß sie den Vater dort nicht vorfand – sie vermißte ihn schrecklich. Niemals betrat sie das Büro, ohne daß lebhafte Erinnerungen in ihr aufstiegen.

Die Beziehung zwischen den beiden, zwischen Vater und Tochter, war enger als üblich gewesen. Im Gegensatz zu ihrer Mutter, die sich nach der Geburt der beiden Töchter nicht mehr aktiv an der Führung des Hotels beteiligte, hatte Viktoria, trotz Stefans Geburt, während des ganzen Krieges mit ihrem Vater gearbeitet. Nach Karl Jochums Tod hatte sie die Leitung des Hotels Quadriga übernommen. Damals war sie vierundzwanzig Jahre alt gewesen.

Doch Viktoria gab als erste zu, daß sie es allein nicht geschafft hätte, selbst mit Unterstützung des sehr fähigen leitenden Personals, das sie mit vererbt bekommen hatte. Sie war eine ausgezeichnete Organisatorin und wußte über alle Einzelheiten der Verwaltung Bescheid, aber ihr fehlte Karl Jochums geschäftliches und finanzielles Geschick, das vor allem in einer Zeit wirtschaftlichen Niedergangs und galoppierender Inflation vonnöten war.

Benno hatte sich nach einem schweren Zerwürfnis mit seinem Vater wegen der Praktiken der Kraus-Werke während des Krieges von der Firma zurückgezogen und konnte ihr daher zur Seite stehen. Er hatte sich bald als geschickter Geschäftsmann erwiesen. Sein Büro war etwas kleiner und lag neben dem Viktorias.

Sie setzte sich hinter ihren großen, dunklen Eichenschreibtisch, zündete sich die erste Zigarette des Tages an und sah die Papierstapel durch, die sie zu bearbeiten hatte. Einiges legte sie für Helga Ruh beiseite, anderes für die Morgenbesprechung mit Emil Brandt, dem Direktor.

Benno mochte sagen, daß die Hauptfunktion des Hotels darin bestand, Profit zu machen, aber Viktoria glaubte – wie einst ihr Vater –, daß es darüber hinaus weit mehr erfüllen sollte. Es sollte den Gästen ein Heim in der Fremde anbieten, einen Ort, wo ihnen jeder Wunsch von den Augen abgelesen wurde, wo nichts zuviel Mühe kostete und wo sie wußten, daß sie einen Service bekamen, der mit keinem anderen zu vergleichen war. Ständig erinnerte sie ihr Personal an die Devise: «Der Gast hat immer recht.»

Verglichen mit einigen neueren Hotels war das Quadriga nicht groß: Auf vier Stockwerken besaß es nur einhundertfünfzig Suiten und Zimmer, konnte maximal dreihundert Gäste beherbergen und verfügte über eine Belegschaft von zweihundertfünfzig Mitarbeitern. Aber dieses Haus konnte gleichzeitig fünf Bankette mit über tausend Gedecken ausrichten, wobei mehrere hundert Kellner und Küchenbedienstete zusätzlich beschäftigt wurden. Dafür zu sorgen, daß alles reibungslos ablief, war keine leichte Aufgabe.

Um zehn Uhr klopfte Helga an die Tür und ließ Brandt eintreten. Emil Brandts Tag begann früh am Morgen. Vor der Unterredung mit Viktoria hatte er bereits mit den verschiedenen Abteilungsleitern die wichtigsten Punkte des Tages besprochen, ob nachts Schäden oder besondere Vorkommnisse aufgetreten waren oder Personal durch Krankheit ausfiel.

Bestimmte Informationen von Brandt hielt Viktoria schriftlich fest und gab sie dann an Benno weiter. Die Leiter der einzelnen Abteilungen hatten relativ großen Spielraum, aber Benno mußte dafür sorgen, daß die Budgets nicht überschritten wurden und jede Abteilung profitabel wirtschaftete. Viktorias Hauptaufgabe bestand darin, ihren Gästen den bestmöglichen Service zu bieten.

Als erstes reichte ihr Brandt die Gästeliste und den Belegungsplan. Einige neue Gäste waren eingetroffen: ein österreichischer Graf und seine Familie, eine Delegation von Chemikern aus Leipzig, die an einer wissenschaftlichen Tagung teilnahmen, eine Hochzeitsgesellschaft aus Magdeburg und einige Auslandskorrespondenten, darunter Mortimer Allen von den *New York News*.

Viktoria blätterte schnell die Karteikarten durch, die sie über alle früheren Gäste führte, und zog die betreffenden Karten heraus. Bevor sie sie Brandt reichte, warf sie einen raschen Blick darauf. «Ich erinnere mich an Herrn Allen», schmunzelte sie. «Das ist doch der Journalist, der die ganze Nacht getippt hat, und Baroneß Ems hat sich dann über ihn beschwert?»

«Ich schlage vor, wir geben ihm Zimmer 401.»

Viktoria nickte. In diesem Raum würde der Journalist niemanden stören. «Bitten Sie Herrn Fromm, dafür zu sorgen, daß der Schreibtisch ausreichend ausgestattet ist: genügend Papier, Durchschlagpapier, Radiergummi, Notizblock und Bleistifte.»

«Gewiß, Frau Viktoria.» Emil Brandt machte sich die entsprechenden Notizen.

«Jetzt zu den beiden Diners heute abend – handelt es sich dabei um politische Treffen?»

«Eines wird von einer Handelsgesellschaft veranstaltet, das andere von Freimaurern.»

Erleichtert nickte Viktoria. «Gut. Gibt es sonst noch etwas, Herr Brandt?»

«Ich glaube nicht, Frau Viktoria. Die Nazifahnen sind entfernt worden, wie Sie es angeordnet haben.»

Sie nickte, ihr Gesicht blieb ausdruckslos. «Das ist alles, Herr Brandt. Danke.»

Nachdem er gegangen war, begann sie ihre tägliche Inspektionsrunde. Wie ihr Vater delegierte sie die Arbeit, hielt aber trotzdem ein wachsames Auge über alles. Fehler traten dann auf, wenn die Leitung den Kontakt zum alltäglichen Betriebsablauf verlor. Kontrolle mußte also sein.

Sie begann in der blitzsauberen Küche, wo Maître Vittorio Mazzoni, seine Souschefs, der Vorratsmeister und die Küchenhilfen seit den frühen Morgenstunden an der Arbeit waren. Mazzoni war der erste Chefkoch aus Italien, den das Quadriga eingestellt hatte, aber seine meisterliche Kunst mußte sich neben der seiner französischen Konkurrenten nicht verstecken. Da er immer ein paar Tage vorausplante und umsichtig wirtschaftete, mußten nur selten Eßwaren weggeworfen werden.

Viktoria war mit der Wahl seiner Menüs für den folgenden Tag einverstanden, beglückwünschte ihn zu dem hervorragenden Wildbret, das er am Morgen erstanden hatte, und wollte gerade gehen, als Mazzoni sagte: «Heute sind sogar noch mehr da draußen. Es bricht mir das Herz, wenn ich sie hungrig gehen lassen muß, vor allem die *bambini.*»

Sie trat mit ihm ans Fenster, von dem aus man den Hinterhof überblicken konnte. An der Küchentür warteten an die fünfzig Menschen, hauptsächlich Frauen und Kinder in abgetragenen Kleidern, die Gesichter spitz vor Kälte. Jeden Tag bettelten sie um Essen, genau wie ihre Männer jeden Tag am Dienstboteneingang um Arbeit nachfragten.

«Von gestern sind noch Kartoffeln übrig», sagte Mazzoni, «und ein paar saure Heringe. Wenn Sie es erlauben, Frau Viktoria ...»

Viktoria stimmte sofort zu, aber sie wußte, daß morgen nur noch mehr anstehen würden.

Von der Küche ging sie durch die grünen Holztüren in das prunkvolle Restaurant. Der riesige Raum mit den hohen Decken wurde von schweren Kristallüstern erleuchtet, in denen sich der kobaltblaue Teppich und die goldgefleckten blauen Tapeten spiegelten. Ober im schwarzen Frack glitten geräuschlos zwischen den mit weißem Damast gedeckten Tischen umher, auf denen Silberbestecke und Bleikristallgläser einladend schimmerten.

Der Leiter des Restaurants, Philip Krosyk, eilte zu Viktoria und schlug eine schwere, ledergebundene Speisekarte auf, die in Schönschrift aufgelistet die Menüs und die À-la-carte-Gerichte enthielt. Dann zeigte er Viktoria die Speisenfolge der beiden Empfänge, die in den beiden angrenzenden Bankettäumen stattfanden: Suppe *à la Parisienne,* Kalbsbries mit Trüffeln, Steinbutt mit Kaviarsauce, Artischockenherzen, gefüllt mit Erbsen und Spargelspitzen, Wildschweinrücken mit Kartoffelpüree und Salat, Ananaseis und Käse.

Viktoria lag die Frage auf der Zunge, ob es recht war, daß die Gäste des Hotels Quadriga in solchem Luxus lebten, wenn die Menschen draußen fast verhungerten. Doch Philip Krosyk war zwar ein ausgezeichneter Restaurantleiter, aber kein Mensch, dem man derart philosophische Fragen stellen konnte.

Viktorias nächstes Ziel war die Bar. Obwohl sie am Tag zuvor erst weit nach Mitternacht geschlossen hatte, waren Hasso Annuscheks Leute bereits mit dem Aufräumen fertig. Hasso stand schon hinter der Bar und kümmerte sich um einige Gäste, die in den tiefen Ledersesseln saßen, Kaffee tranken oder einen ersten Drink zu sich nahmen und die Morgenzeitung lasen.

Viktoria sah in Hasso Annuscheks offenes, freundliches Gesicht und spürte, wie sich ihre Laune hob. Hasso, ein gutaussehender Mann Ende Vierzig mit sich lichtendem Haar, gehörte zu ihren bevorzugten Angestellten. Außerdem war er ein würdiger

Nachfolger des legendären Arno Halbe, der die Bar seit der Gründung des Quadriga geführt und sich erst kürzlich zur Ruhe gesetzt hatte.

«Aus der Gästeliste ersehe ich, daß mein alter Freund, Herr Allen, erwartet wird», sagte Hasso. «Das ist einer von der Art, wie ich sie als Gäste liebe. Er verträgt einen Tropfen – Jack Daniels, wenn ich mich recht erinnere. Keine Cocktails, verwässert seine Getränke nie und weiß sich vor allem zu beherrschen.»

Als sie auf ihrem Rundgang beim Hallenportier Johann Dorn ankam, stellte Viktoria fest, daß Hasso nicht als einziger gute Erinnerungen an Mortimer Allen hegte. «Ich freue mich, daß Herr Allen wieder kommt», sagte er. «Ein sehr großzügiger Herr, Frau Viktoria.»

Inge Fiedler, die Hausdame, zeigte sich weniger begeistert. «Ein sehr unordentlicher Mann, soweit ich mich erinnere. Überall lagen Papiere. Und bei seinem letzten Besuch hat er doch fast sein Zimmer in Brand gesetzt. Ich werde dafür sorgen, daß er mehrere große Aschenbecher bekommt – und einen Papierkorb aus Metall.»

Viktoria war gerade in ihr Büro zurückgekehrt, als Benno hereinstürzte. Er schloß die Tür hinter sich und stieß zwischen zusammengepreßten Lippen hervor: «Hast du etwa die Fahnen entfernen lassen?»

«Ja, das habe ich.» Viktoria sah ihn trotzig an. «Direkt nach Weihnachten nehmen wir ja auch immer die Dekorationen ab. Warum sollte das bei politischen Feiern anders sein?»

Ihre Blicke trafen sich für einen Moment, dann zuckte Benno mit den Schultern. «Mach, was du willst, meine Liebe. Aber vielleicht hast du noch nicht gehört, daß Hitler heute den Reichstag aufgelöst hat. Am 5. März finden wieder Wahlen statt. Hitler wird sich länger halten, als ein Weihnachtsfest dauern kann – das sage ich dir jetzt schon.»

«Das ist noch lange kein Grund, daß mein Hotel wie ein Aufmarschplatz der Nazis oder wie eine Kaserne der Sturmtruppen aussieht», gab Viktoria schnippisch zurück.

Die Betonung, die sie auf das Wort «mein», legte, entging Benno nicht. Mit seltsamem, fast traurigem Blick verließ er den Raum.

Mortimer Allen wurde bei seiner Ankunft herzlich empfangen. Die Türsteher verbeugten sich, als er durch die Drehtüren trat, und auch Johann, der den großgewachsenen, gutaussehenden Amerikaner sofort erkannte, machte einen respektvollen Bückling. «Guten Tag, Herr Allen. Willkommen im Hotel Quadriga.» Auf sein Fingerschnippen eilten die Pagen herbei, um Mortimers Gepäck aus dem Taxi auf Zimmer 401 zu bringen, wobei einer voller Ehrfurcht die Remington-Schreibmaschine trug.

Hubert Fromm begrüßte ihn mit einem Kopfnicken. «Guten Tag, Herr Allen. Ich hoffe, Sie hatten eine angenehme Reise. Wenn Sie freundlicherweise die Anmeldung ausfüllen wollten …»

Ein Hilfsportier eilte vom Empfang zu Helga Ruh: «Herr Allen ist angekommen. Würden Sie bitte Frau Viktoria Bescheid sagen?»

Viktoria kam aus ihrem Büro und ging mit ausgestreckter Hand auf den Journalisten zu. «Herr Allen, ich freue mich sehr, Sie wieder in Berlin zu begrüßen.»

Auf Mortimers Gesicht mit den blaugrauen Augen und den dunklen Wimpern erschien ein entwaffnendes Lächeln. Er nahm ihre Hand, beugte sich tief hinunter und streifte sie mit den Lippen. «Es ist wunderbar, wieder hierzusein. Berlin war immer meine geistige Heimat.»

Das entsprach der Wahrheit. Mortimers Familie mütterlicherseits stammte aus Berlin und war in den späten achtziger Jahren des 19. Jahrhunderts nach Amerika emigriert. Mortimer war mit Deutsch als seiner zweiten Muttersprache aufgewachsen, aber erst im Alter von dreißig Jahren hatte er bald nach 1920 Berlin für sich entdeckt. Damals war er dem Zauber dieser Stadt verfallen. Die Cafés, die Kabaretts, Theater, Konzerthallen und die Oper faszinierten ihn; vor allem aber zog ihn die freizügige, vibrierende und weltoffene Atmosphäre an. Was er immer schon vermutet hatte, bestätigte sich – durch den Zufall der Geburt war er Amerikaner, durch seine Heirat mit einer Engländerin lebte er nun in Großbritannien, in seinem Herzen aber war er ein Berliner.

Von seinem Lächeln eingenommen, sagte Viktoria: «Unsere Familie trifft sich um sieben Uhr in der Bar zum Aperitif. Würden Sie uns die Ehre geben und sich heute abend anschließen?»

«Es ist mir ein Vergnügen.»

Viktoria kehrte in ihr Büro zurück, und Mortimer folgte einem Pagen in einen der Lifts, der ihn zu seinem Zimmer im vierten Stock brachte. Bewundernd sah er sich um. Kaiser und Kanzler mochten kommen und gehen, das Hotel Quadriga änderte sich nicht. Die Räume waren so makellos und geschmackvoll eingerichtet wie immer, sie waren noch genauso hervorragend gepflegt wie an jenem Eröffnungstag, als Karl Jochum, Viktorias Vater, Kaiser Wilhelm II. von Preußen als seinen ersten Gast begrüßte.

Nachdem er ausgepackt hatte, ging Mortimer zu dem kleinen Büro der *New York News*, das ganz in der Nähe des Hotels in der Dorotheenstraße lag, und informierte die dortige Redaktion von seiner Ankunft. Danach machte er sich auf einen Spaziergang durch die Stadt.

Was er dabei zu sehen bekam, war ziemlich niederdrückend. Schäbig gekleidete Männer standen mit hoffnungslosem Gesichtsausdruck an Straßenecken herum. Vor Fabriken und Büros bildeten sich lange Schlangen, trotz der Schilder mit der Aufschrift «KEINE STELLEN FREI». Immer wieder kam es zu Schlägereien zwischen Gruppen von Arbeitern und SA-Leuten in Braunhemden. Das war eine vollkommen andere Stadt als diejenige, die Mortimer Allen von seinen früheren Besuchen her kannte.

Als Viktoria am Abend in die Bar kam, fand sie die Familie bereits versammelt, Mortimer Allen in ihrer Mitte. Benno, Stefan und Mortimer erhoben sich höflich, ihr Schwiegervater, Baron von Kraus, unternahm einen angestrengten Versuch, seinen mächtigen Leib zu bewegen, als Hasso ihr den Stuhl zurechtrückte. Sie bedeutete ihnen, sitzen zu bleiben, bat Hasso um einen Martini-Cocktail und wandte sich dann an den Journalisten. «Ich hoffe, Sie sind mit Ihrem Zimmer zufrieden, Herr Allen?»

«Es ist ganz ausgezeichnet, Frau Jochum-Kraus.»

«Wie lange gedenken Sie dieses Mal zu bleiben, Herr Allen?» fragte Ricarda Jochum.

Er zuckte mit den Schultern. «Sicherlich lange genug, um die Wahlen am 5. März mitzubekommen.»

Ricarda runzelte leicht die Stirn. «Sie führen ein seltsames, ziemlich nomadenhaftes Leben. Ihre Frau muß sehr verständnisvoll sein, um sich mit so langen Trennungen abzufinden.»

«Joyce könnte mich schon begleiten, aber sie möchte das gar nicht. Zum einen ist sie selbst berufstätig – sie ist Landschaftsmalerin –, und zum anderen muß sich jemand um unsere Tochter Libby kümmern. Wir möchten sie nicht ins Internat schicken, und es würde ihr nicht guttun, wenn wir sie von Land zu Land schleppten, nur weil ich so ein unstetes Leben führe.»

«Wie alt ist Ihre Tochter?» fragte Monika.

«Ein bißchen jünger als du, nehme ich an. Sie ist erst zehn.»

«Wo leben Sie in England?» erkundigte sich Benno höflich.

Mortimer lächelte. «In Oxford. Ich bin vor zwanzig Jahren als Student hingekommen, habe dort meine Frau kennengelernt und bin seitdem dort geblieben.»

«Oxford!» rief Stefan mit glänzenden Augen. «Meine Erzieherin hat es mir als die schönste Stadt der Welt beschrieben.»

«‹*... whispering from her towers the last enchantments of the Middle Age*›», zitierte Mortimer.

Voller Stolz beendete Stefan das Zitat des Dichters Matthew Arnold: «‹*Home of lost causes and forsaken beliefs, and unpopular names, and impossible loyalties!*› – Ich hoffe, daß ich eines Tages nach Oxford gehen kann!»

«Ich bin in England aufgewachsen», warf Ricarda ein. «Mein Vater war um 1890 Handelsattaché bei der deutschen Botschaft in London. Ich war schon immer der Ansicht, daß es für Stefan gut wäre, im Ausland zu studieren.»

Benno fügte hinzu: «Stefan ist nicht nur Klassenbester, er ist auch in Sport sehr gut. Er könnte im Herbst an die Friedrich-Wilhelm-Universität gehen. Aber ich denke auch, daß eine englische Universität ihm sehr nützen würde.»

«Ich wüßte nicht, worin England einer deutschen Ausbildung überlegen wäre», sagte Viktoria aufgebracht. «Stefan, warum willst du unbedingt nach Oxford, wo wir hier doch eine ausgezeichnete Universität haben?»

«Kann dem Jungen nur guttun, wenn er rauskommt», brummte der Baron. «Du verhätschelst ihn, Viktoria.»

Viktoria setzte gerade zu einer ärgerlichen Antwort an, aber Mortimer warf begütigend ein: «Wenn Sie wirklich so begabt sind, wie Ihr Vater behauptet, sollten Sie sich um ein Stipendium der Rhodes-Stiftung bemühen. Mein Stipendium hatte einen sehr großen Einfluß auf mein weiteres Leben.»

«Stefan ist kein Amerikaner», entgegnete Viktoria scharf.

«Die Rhodes-Stipendien sind auch deutschen Studenten zugänglich.»

Viktoria sank in ihren Stuhl zurück. Mortimer Allen begriff nicht, daß es ihr das Herz brechen würde, wenn Stefan fortginge, um im Ausland zu studieren.

In dem Augenblick stürmten ein halbes Dutzend SA-Leute von der Straße in die Bar und verlangten lauthals nach Bier. Die Gespräche verstummten, und die Leute sahen sich besorgt an. Viktorias Schwester Luise wurde bleich und griff mit zitternder Hand nach einer Zigarette. Stefan warf den Eindringlingen wütende Blicke zu; Viktoria und Benno, der sich halb erhoben hatte, sahen sich kurz an. «Tut mir leid», hörte man Hasso mit höflicher Stimme sagen, «wir schenken hier kein Bier vom Faß aus.»

Die SA-Leute blickten sich voller Abscheu um. «Was ist denn das für ein Misthaufen hier!» rief einer und trat seine Zigarette auf dem Teppichboden aus.

Jedermann im Raum hielt die Luft an.

«Wenn ich Ihnen einen Vorschlag machen darf, Sturmführer», fuhr der Barmann fort, «der Kaiserhof ist berühmt für sein Bier. Ich trinke dort selbst öfter ein Glas», setzte er vertraulich hinzu. Der Trick funktionierte. Grobe Beleidigungen murmelnd, verließen die SA-Leute die Bar.

«Warum servieren wir kein Bier vom Faß?» fragte Monika.

Mortimer biß sich auf die Lippen und strich sich mit der Hand die Haare aus der Stirn. Dann fragte er in perfektem Berliner Akzent: «Wissense eijentlich, warum de SA braune Hemden trägt?» Grinsend gab er selbst die Antwort auf das Rätsel. «Weil se se dann nich so oft waschen müssen.»

Die Atmosphäre entspannte sich. Obwohl Monika ein finsteres Gesicht machte und Luise nervös an ihrer Zigarette zog, lächelten Benno, Baron Kraus und Stefan leicht gequält, Ricarda verhehlte ihr Amüsement keineswegs. «Herr Allen, Sie beherrschen nicht nur den Berliner Dialekt perfekt, Sie wissen auch, wie gern wir Witze mögen. Sie müssen Berliner Blut in sich haben.»

«Die Familie meiner Mutter stammte aus Berlin.»

Baron Heinrich schlug sich auf die Schenkel und verkündete: «Großartig! Dann sind Sie ja einer von uns, mein Lieber! Essen Sie mit uns zu Abend!»

Mortimer sah Viktoria an, sie nickte. «Es würde uns sehr freuen.» Sie winkte Hasso heran. «Sagen Sie Herrn Krosyk, daß Herr Allen mit uns essen wird.»

Ein paar Minuten später saß der Baron im Restaurant in einem schweren geschnitzten Eichenstuhl am Kopfende der Tafel. Wie immer wählte er das siebengängige Menü, die anderen entschieden sich für eine weniger üppige Speisenfolge. Nachdem Benno den Wein bestellt hatte, wandte sich der Baron an Mortimer.

«Sie sind also hier, um über die Wahlen zu berichten. Nun, da sind Sie am richtigen Ort. Wenn Sie Meinungen suchen, hier finden Sie alles.» Er machte eine Geste, die den ganzen Raum umfaßte. «Geschäftsleute, Politiker, Offiziere – hier steigen sie ab.»

Die Art, wie ihr Schwiegervater das Hotel Quadriga seinem Industrie-Imperium einverleibte, ließ Viktoria vor Ärger erstarren.

«Wer soll denn Ihrer Meinung nach die Wahlen gewinnen, Herr Baron?» fragte Mortimer.

«Die Nationalsozialisten», antwortete der Baron unmißverständlich. «Seit dem Krieg hatten wir unfähige Koalitionsregierungen. Als Resultat liegt unsere Wirtschaft völlig darnieder, unsere Auftragsbücher sind praktisch leer, und wir haben über sechs Millionen Arbeitslose. Hitler ist entschlossen, Deutschland wieder zu der Großmacht zu machen, die es unter dem Kaiser war, und meiner Meinung nach ist er als einziger Politiker dazu in der Lage.»

«Denken die meisten Berliner so? Ich dachte, Berlin war seit jeher eine Hochburg der Sozialisten.»

«Der Sozialisten und der Kommunisten», sagte Benno grimmig. «Haben Sie von der Demonstration letzten Sonntag gehört, als hunderttausend Arbeiter durch das Zentrum marschierten, angeführt von Kommunisten wie Olga Meyer? Olga Meyer war eine der Anführerinnen des spartakistischen Aufstands am Ende des letzten Krieges. Solange es Leute wie sie gibt, besteht immer noch die Gefahr einer kommunistischen Revolution in Deutschland.»

Der Spartakusaufstand hatte Mortimer immer fasziniert, jene kurzen Monate Ende 1918 und Anfang 1919, als die Möglichkeit aufschien, daß Deutschland genauso unter kommunistische Herrschaft geraten könnte wie Rußland im Jahr 1917.

«Olga Meyer war jahrelang eine verdammte Plage», schnaubte der Baron. «Jetzt zieht sie mit ihrem Balg herum und schwört, daß der Traum ihres Mannes eines Tages wahr wird und die Kommunisten in Berlin an die Macht kommen. Aber solange ich lebe, wird es dazu nicht kommen!»

Mortimer suchte in seinem Gedächtnis, dann sah er Viktoria an. «Ist Olga Meyer nicht eine Verwandte von Ihnen?»

Obwohl sich Viktoria lieber nicht an diese verwandtschaftliche Beziehung erinnerte, wäre es töricht gewesen, sie zu verneinen. «Ja, sie ist meine Cousine. Sie war mit dem linken Journalisten Reinhardt Meyer verheiratet. Als es nach einem Sieg der spartakistischen Revolution aussah, rief die Regierung die Freikorps, um sie niederzuschlagen. Reinhardt wurde als einer der ersten getötet.»

«Wie ist Olga entkommen?»

«Sie konnte nirgendwo sonst hingehen, also kam sie ins Quadriga», erklärte Ricarda. «Weil sie hier nicht sicher war, brachten Benno und Vicki sie in unser Landhaus in Heiligensee.»

Mortimer runzelte die Stirn. «Jetzt erinnere ich mich wieder. Wurde Reinhardt Meyer nicht von Otto Tobisch erschossen?» Otto Tobisch führte eine der berüchtigtsten Freikorps-Brigaden, deren nachhaltigstes Vermächtnis an das moderne Deutschland vermutlich das Hakenkreuz war, das die Brigade Tobisch auf ihren Helmen trug.

«Ja, Otto Tobisch war der Anführer der Hexenjagd», gab Viktoria bitter zur Antwort. «Er hat früher im Quadriga als Page gearbeitet und wußte, daß Olga meine Cousine war. Er und seine Leute haben das Hotel nach ihr durchsucht – aber sie haben sie natürlich nicht gefunden.» Ihre Stimme stockte, als sie sich an jenen schicksalhaften Tag im Januar 1919 erinnerte, als nach Ottos Abzug ihr Vater in einem Wutanfall auf die Straße stürmte, wo ihn Minuten später der Tod ereilte …

«Tobisch hat hier gearbeitet!» rief Mortimer aus. «Das wußte ich nicht.»

«Er war der Sohn unseres damaligen Geschäftsführers», seufzte Ricarda. «Der arme Eitel Tobisch. Ein zwanghafter Spieler, der Selbstmord beging, nachdem seine Schulden zu hoch wurden. Später haben wir erfahren, daß Ottos Mutter Alkoholikerin war. Ich habe mich oft gefragt, ob das wohl der Grund ist, warum Otto so wurde, wie er geworden ist.»

«Mama, du mußt nicht nach Entschuldigungen für ihn suchen!» rief Viktoria ärgerlich aus. «Er hat sich schon immer abscheulich benommen. Ich werde nie vergessen, wie ich ihn eines Tages überrascht habe, als er in einen Pflanzenkübel im Palmengarten urinierte. Als ich ihm androhte, es Papa zu sagen, versuchte er, mich zu erwürgen.»

Ihre Mutter starrte sie entsetzt an. «Vicki, das habe ich nicht gewußt!»

«Damals war ich höchstens fünf und hatte solche Angst, daß ich dir nichts sagte. Später hat er mich dann allein im vierten Stock überrascht und mich belästigt.»

«Vicki, mein Liebling, ich hatte keine Ahnung …»

«Ich wollte nicht, daß du dir Sorgen machst.» Sie hatte ihrer Mutter auch nie erzählt, was Otto gesagt hatte, als er zur Armee eingezogen wurde – Worte, die sie niemals vergessen würde: «Eines Tages werde ich derjenige sein, der hier im Hotel die Anweisungen gibt», hatte er geschrien. «Dann rechne ich mit dir ab!»

Mortimer kratzte sich nachdenklich am Kopf. «Hat Tobisch nicht auch am Kapp-Putsch teilgenommen?»

«Ich wurde im Mai 1920 während des Kapp-Putsches geboren», sagte Monika. «Als er mißlang und die Freikorps-Soldaten

Berlin verließen, hat Otto Tobisch sein Maschinengewehr auf unser Hotel abgefeuert.» Sie wandte sich an ihre Mutter. «Das stimmt doch, oder?»

«Ja.» Es war wirklich nicht schön, aber Monikas Geburt stand für Viktoria immer mit Otto in Verbindung. Manchmal fragte sie sich, ob die gegenwärtige Faszination ihrer Tochter für die Sturmtruppen mit den turbulenten Ereignissen während ihrer Geburt zu tun hatte.

«Ach! Nehmt doch Tobisch nicht so wichtig!» brummte der Baron. «Er ist auch nicht anders als Tausende Soldaten, die sich den Freikorps angeschlossen haben, nachdem die Reichswehr durch den Versailler Vertrag reduziert wurde. Er war dann auch in Hitlers mißglückten Putsch 1923 in München verwickelt. Jetzt allerdings steht er auf der Seite der Gewinner.»

«Was macht er jetzt?»

«Er ist wieder in Berlin», sagte Viktoria bedrückt. «Als Offizier bei der SS.»

Stefans Gesicht verdüsterte sich. «Vor ein paar Jahren war Minister Göring bei einem Essen hier, Otto Tobisch gehörte zu seiner Leibwache. Vor dem Hotel demonstrierten Kommunisten, es kam zu Auseinandersetzungen, und dabei hat Otto Tobisch einen der Demonstranten zu Tode getrampelt. Ich habe gesehen, wie es passiert ist. Seitdem hasse ich die Nazis.»

«Ich verstehe nicht, daß man Göring und der politischen Polizei, der SA und der SS, Männern wie Otto soviel Macht gibt», sagte Viktoria bitter. «Solange Otto auf freiem Fuß ist, werde ich den Nazis niemals trauen.»

Luise warf ihre kastanienbraunen Locken zornig zurück. «All unsere Schwierigkeiten in den letzten Jahren wurden durch die Sturmtruppen verursacht. Mein Café Jochum zum Beispiel ...»

Benno seufzte gereizt auf. «Luise, wann wirst du einsehen, daß es deine Freunde aus dem Café Jochum waren, die aus Berlin einen Sumpf der Korruption und eine Brutstätte von Revolutionären gemacht haben? Dadurch wurden die Sturmtruppen doch erst notwendig!»

«Meine Freunde sind Künstler, keine Revolutionäre! Um Himmels willen, wirf sie doch nicht in einen Topf mit Leuten wie Olga!»

«Luise», murmelte Ricarda, «reg dich doch bitte nicht so auf.»

«Ich finde die Sturmtruppen aufregend», sagte Monika. «Letzte Nacht bei dem Fackelzug ...»

Viktoria seufzte ungeduldig. «Monika, du bist erst zwölf. Du verstehst nichts von Politik.»

«Ich weiß mehr, als du denkst. Und überhaupt, ich weiß mehr über Hitler als du», gab ihre Tochter triumphierend zurück. «Unser Klassenlehrer liest uns jeden Morgen vor dem Unterricht aus ‹Mein Kampf› vor. Es ist sehr interessant.»

Viktoria holte tief Luft. «Schade, daß du an Mathematik und Englisch nicht ebenso großes Interesse zeigst.»

Benno tätschelte seiner Tochter liebevoll die Hand. «Ich freue mich, daß du am Tagesgeschehen so lebhaft Anteil nimmst.»

Am Tisch war peinliche Stille eingetreten, und Viktoria bedeutete den wartenden Kellnern, das Geschirr abzuräumen. Als der nächste Gang serviert wurde, lenkte sie die Konversation geschickt auf ein anderes Thema. Sie fragte Mortimer nach den Gemälden seiner Frau, und der Rest des Abendessens verlief harmonischer.

Den Kaffee nahmen sie im Palmengarten ein. Mortimer entschuldigte sich danach, dankte für die Gastfreundschaft und erklärte, daß er nach der langen Reise ziemlich müde sei und sich zurückziehen wolle.

«Allen ist ein guter Journalist», meinte der Baron. «Er versteht eine ganze Menge von deutscher Politik, obwohl ich mit dem, was er schreibt, überhaupt nicht einverstanden bin.»

«Er spricht ausgezeichnet Deutsch, unter den anderen amerikanischen Korrespondenten ist er damit eine große Ausnahme», unterstrich Benno.

«So ein charmanter Mann», murmelte Ricarda.

«Zumindest scheint er die Braunhemden nicht mehr zu mögen als wir», setzte Luise schneidend hinzu.

«Ich mag ihn nicht», verkündete Monika. «Ich glaube, er ist gar kein Journalist. Ich halte ihn für einen bolschewistischen Spion – vielleicht ist er auch Jude.»

«Mach dich nicht lächerlich! Du bist bloß beleidigt, weil wir nicht über dich gesprochen haben», antwortete Stefan mit der Überlegenheit des großen Bruders.

Viktoria sagte nichts. Sie wußte nicht, warum, aber sie hielt Mortimer für einen seltsam attraktiven und ziemlich verwirrenden Mann.

Oben, in seinem Zimmer, dachte Mortimer über Viktoria nach. Die Veränderungen in ihrem Gesicht während des Gesprächs waren ihm nicht entgangen: der Anflug besitzergreifender Eifersucht, als man über Stefans Studium in Oxford sprach; Unbehagen, als Olga Meyers Name fiel, und Haß, als er das Gespräch auf Otto Tobisch brachte. «Ein wacher Kopf», dachte er, «eine gute Freundin und eine erbarmungslose Feindin.» Er wußte nicht genau, warum, aber irgend etwas an ihr zog ihn an. Es versprach äußerst interessant zu werden, sie näher kennenzulernen.

Mitte Februar gehörte Baron Heinrich von Kraus zu den ausgewählten Gästen bei einem Empfang in Görings offiziellem Amtssitz, dem Palais des Reichstagspräsidenten, wo Hitler seine Zukunftspläne, insbesondere für die Großindustrie, erläuterte. Seine Worte klangen wie Musik in den Ohren des Barons.

In einem satirischen Beitrag stand einmal zu lesen, daß beim Tod des Barons Heinrich von Kraus der heilige Petrus die Himmelstüren verriegeln würde, für den Fall, daß der Baron eventuell beabsichtigte, das Himmelreich zu übernehmen. Der Baron hatte den Artikel aufgehoben, nicht, weil er ihn so amüsant fand, sondern weil er eigentlich überhaupt nicht daran dachte zu sterben. Er war jetzt vierundsiebzig Jahre alt, aber es gab auf der Welt noch eine ganze Menge zu übernehmen, bevor er ein Auge auf den Himmel warf.

Als einziger Sohn hatte er von seinem Vater Stahlwerke in Schlesien, Waffenfabriken im Ruhrgebiet und chemische Betriebe in Berlin-Wedding geerbt. Zu seinem Reich gehörten nun auch eine Werft an der Mündung der Weser, eine Schiffahrtslinie, eine Fluggesellschaft und an die vierhundert Zulieferungsbetriebe, die er während der Wirtschaftskrise aufgekauft hatte; außerdem verfügte er natürlich auch über umfangreiche Anlagen im Ausland. In der ganzen Welt war er als der «Stahlkönig» bekannt.

Seinen Erfolg verdankte er zwei Faktoren. Einer war seine Verbindung mit der Familie von Biederstedt aus Fürstenmark in Vorpommern. Seine Heirat mit Julia von Biederstedt hatte ihm viele Tore geöffnet, die ihm sonst verschlossen geblieben wären, und war indirekt auch der Anlaß für die Verleihung des Adelstitels durch den Kaiser. Um die Verbindung zwischen den beiden Familien zu stärken, hatte der Baron seinen ältesten Sohn Ernst mit dessen Cousine Trude verheiratet. Ernst führte nun die amerikanische Kraus-Niederlassung in New York, während Trude und ihre beiden Söhne Werner und Norbert bei Julia in Essen lebten.

Der Hauptgrund aber für den Erfolg des Barons war seine politische, wirtschaftliche und finanzielle Gerissenheit. Der Versailler Vertrag, der die Herstellung militärischer Ausrüstung verbot, hatte die Kraus-Werke weniger getroffen als seine Konkurrenten, denn bereits während des Krieges hatte Baron Heinrich gemerkt, aus welcher Richtung der Wind wehte, und seine Pläne darauf abgestimmt.

In vielen Ländern wurden Waffen und militärische Ausrüstung in Lizenzbetrieben der Firma Kraus produziert. Mit der Firma van der Jong nahe Rotterdam gab es Abmachungen, die die Weiterproduktion von Unterwasserbooten und Schiffen für die Kriegsmarine sicherstellten. Und in geheimer Zusammenarbeit mit der Reichswehr wurde in den Werken an der Ruhr weiter an der Entwicklung moderner Waffen und Panzer geforscht, in den Laboratorien am Wedding experimentierte man mit Sprengstoffen, synthetischem Öl und Benzin. Die Flugzeugfirmen, die nach außen hin nur für die zivile Luftfahrt produzierten, beschäftigten sich in Wirklichkeit mit der Entwicklung von Kampfflugzeugen.

Während der Weimarer Regierung gab es wenig Chancen für die Umsetzung seiner Pläne. Mit den Nazis war dies etwas anderes. Wenn es jemals ein Parteiprogramm gab, das für Kraus maßgeschneidert war, dann war es das von Hitler. Der Baron hatte dies schnell erkannt. Er pflegte seine Freundschaft zu Hermann Göring und half der Partei über manches finanzielle Desaster hinweg. Die Profite dafür konnte er bald ernten. Eine seiner ersten Erwerbungen war das Bankhaus Arendt in der Behrenstraße, das er in Liegnitzer Bank umbenannte, um jede Erinnerung an die jüdischen Ursprünge des Hauses zu tilgen. Ein Teil dieses Handels war auch der Erwerb der Grunewaldvilla des Bankiers Theo Arendt. Im Augenblick residierte Kraus in einer Suite im ersten Stock des Quadriga, bis seine Villa bezugsbereit war.

Als die Versammlung vorüber war, griff der Baron in seine Tasche und zückte sein Scheckbuch. «Mein kleiner Beitrag für die Parteikasse», sagte er zu Göring.

Er spendete nicht aus Menschenfreundlichkeit, sondern aus der Überzeugung, daß sich die Investition in den kommenden Jahren mehr als bezahlt machen würde. Schon vor langem hatte er erkannt, daß nicht die Politiker, sondern diejenigen, die über das Kapital verfügten, das Schicksal eines Landes kontrollierten.

Die Bar war vergleichsweise leer, als Mortimer hereinschlenderte und sich auf einen Hocker setzte. «Guten Abend, Hasso. Das Übliche bitte, und nehmen Sie sich auch etwas.»

«Danke, Herr Allen.» Hasso reichte Mortimer seinen Whisky und schenkte sich selbst ein Bier ein, während er anerkennend den Schaum der braunen Flüssigkeit betrachtete. «Schultheiss-Patzendorfer, das beste Lagerbier der Welt. Und die größte Brauerei der Welt, wußten Sie das? Mein Vater hat dort gearbeitet.»

Mortimer sah ihn interessiert an. «Sie stammen aus Berlin?»

«Natürlich. Aus Wedding.»

Mortimers Interesse nahm zu. «Haben Sie immer noch Familie dort?»

«Meine Schwester Rosa, sie lebt in der Maxstraße. Ihr Mann arbeitet bei Kraus-Chemie.» Hasso runzelte die Stirn. «Ich habe heute nachmittag etwas erfahren, das Sie vielleicht interessieren dürfte, Herr Allen. Letzte Nacht, als einer der Vorarbeiter der Kraus-Werke, Joachim Richter, mit einigen seiner Kollegen von einem Gewerkschaftstreffen zurückkehrte, wurde ihnen von bewaffneten SA-Leuten aufgelauert. Sie versuchten, sich zu verteidigen, und als die Polizei auftauchte, wurde Richter wegen Gewalttätigkeit verhaftet und abgeführt. Heute morgen gab es eine Versammlung, man wollte besprechen, wie vorgegangen werden sollte, um seine Freilassung zu erreichen, aber auch dieses Treffen haben die Braunhemden aufgelöst. Inzwischen wurden Versammlungen der Gewerkschaft und der Kommunistischen Partei per Staatsverordnung verboten.»

Mortimer kräuselte die Lippen. «Die Leute scheinen große Angst vor einer neuerlichen kommunistischen Revolution zu haben. Halten Sie so etwas für möglich?»

Hasso schüttelte den Kopf. «Nein, eine Revolution wird nicht geplant. Die Arbeiter wollen nur ihre Rechte – und etwas Geld in der Tasche.»

In einem tristen Klassenzimmer des Gymnasiums an der Wiesenstraße im Wedding nahm Olga Meyer an einer Elternversammlung teil. Sie war eine kleine, unscheinbare Frau von einundvierzig Jahren, das graue Haar trug sie in einen Knoten geschlungen, und ihr Gesicht durchzogen mehr Falten, als ihrem Alter angemessen war; ihr Leben hatte sie der kommunistischen Sache verschrieben. Doch mit einemmal ergriff sie das Gefühl, daß ihre Arbeit vergeblich gewesen war.

«Ich möchte betonen, daß sich durch die Wahl Hitlers zum Reichskanzler nichts an dieser Schule ändern wird», versicherte Dr. Paul Lukas den versammelten Eltern und Lehrern.

Kaum hatte der Schulleiter seine Rede beendet, sprang Olga auf. «Genossen, ich glaube nicht, daß ihr den Ernst unserer Lage richtig einschätzt. Habt ihr nicht gehört, wie Hitler immer wieder gesagt hat, er werde unsere Kinder im Dienst des ‹neuen Nationalstaates› erziehen?» Ihre Stimme wurde schrill. «Seht euch doch einmal an, wie viele Schüler der Hitlerjugend beitreten. Jetzt müssen wir handeln. Wir müssen für Erziehungsfreiheit streiken!»

Aufgeregtes Stimmengewirr brach los, die kleine Versammlung teilte sich schnell in zwei Gruppierungen, aber nach ein paar Minuten erkannte Olga, daß sie ihre Zeit verschwendete. Am Ende würde, wie so oft, alles beim alten bleiben. Sie stand auf, um zu gehen.

Im selben Moment wurde die Tür aufgerissen. Flankiert von etwa einem halben Dutzend SA-Leuten, betrat ein Polizist den Raum. Er blickte über die kleine, aufgeregte Schar, ohne Olga zu bemerken. «Wie uns zu Ohren kam, handelt es sich hier um ein Treffen von Kommunisten … Gemäß den letzten Verordnungen sind kommunistische Versammlungen strikt verboten. Ich muß Sie leider verhaften.»

«Das ist keine kommunistische Versammlung …» stotterte Dr. Lukas.

Olga hatte genug gehört. Sie schlüpfte hinter den SA-Leuten aus der Tür, rannte schnell durch die leeren Korridore der Schule und entkam durch die Hintertür des Gebäudes.

Am Eingang ihres Mietshauses hielt sie inne und versteckte

sich im Schatten. Von der Schule drangen ärgerliche Stimmen herüber, Türen wurden geschlagen und Motoren angelassen. Die Wagen brausten an ihr vorüber. Auf dem Rücksitz des Polizeiautos, eingeklemmt zwischen zwei SA-Leuten, erkannte sie das weiße Gesicht von Dr. Lukas. Wenn sie in Zukunft nicht vorsichtiger vorgingen, würde es am Wedding bald keine Kommunisten mehr geben. Unerbittlich zog sich das Netz enger zusammen.

An Viktorias Bürotür klopfte es leise, und Mortimer Allen trat ein.

«Ich hoffe, ich störe nicht?»

«Nein, natürlich nicht, Herr Allen.»

«Danke.» Mortimer lehnte sich mit ernstem Gesicht an die Wand. «Ich komme gerade von einer Pressekonferenz bei Goebbels. Görings Polizei hat das Büro der Kommunistischen Partei durchsucht und Beweise dafür gefunden, daß eine Revolution geplant ist. Ausdrücklich fiel der Name von Olga Meyer. Nachdem Sie ihr einmal geholfen haben, als sie in Schwierigkeiten war, dachte ich, daß Sie ihr vielleicht jetzt auch helfen wollten.»

Viktoria biß sich auf die Lippen. Als sie an jenem Abend von Olgas Flucht erzählt hatte, war ihr nicht in den Sinn gekommen, daß die Geschichte sich wiederholen könnte. «Herr Allen, Sie können das nicht ganz verstehen. Olga und ich waren vor langer Zeit einmal befreundet, aber seitdem hat sich viel geändert.»

«Sie ist aber dennoch Ihre Cousine – und sie ist in großer Gefahr …»

Viktoria blickte auf die Papiere hinunter, die ihren Schreibtisch bedeckten. «Herr Allen, halten Sie mich bitte nicht für herzlos, aber Olga hat eine Menge Leid in meiner Familie verursacht.»

«Wegen ihrer Sympathien für die Kommunisten?»

«Es kommen noch andere Dinge hinzu.» Mortimer Allen war ein Fremder, dem sie keine Erklärungen schuldete, dennoch wollte sie nicht als gefühllos erscheinen. Sie sah zu ihm auf. «Wenn

Olga im Jahr 1919 nicht hierher geflüchtet wäre, hätte Otto Tobisch sie hier nicht gesucht – und mein Vater wäre vielleicht nicht gestorben. Er regte sich damals so auf, daß er wütend aus dem Hotel rannte – und von einem Auto getötet wurde. Bis zum heutigen Tag bin ich sicher, daß Otto Tobisch in dem Wagen war, der Papa überfuhr.»

«Ich hatte keine Ahnung … Aber trotzdem können Sie doch Olga nicht für den Tod Ihres Vaters verantwortlich machen.»

«Es war ihre Haltung danach, die mich so furchtbar aufregte. Olga zeigte absolut kein Mitgefühl. Sie schien sich weder um den Tod meines Vaters noch um den ihres Mannes zu scheren. Tatsächlich behauptete sie, daß – verglichen mit der kommunistischen Sache – das Leben einzelner nicht wichtig sei und es nicht zähle, wie viele Menschen sterben, wenn nur die Revolution siege.»

Mortimer schwieg einen Moment, dann nickte er teilnehmend. «Ja, ich verstehe, wie Sie fühlen müssen. Danke, daß Sie so offen zu mir waren.»

Nachdem er gegangen war, blieb Viktoria bewegungslos sitzen. Sie hatte Mortimer viel, aber nicht die ganze Wahrheit erzählt. Olga wußte, daß Stefan nicht Bennos Sohn war. Denn als Viktoria bemerkte, daß ihre kurze Affäre mit Peter von Biederstedt nicht ohne Folgen geblieben war, hatte sie eines Tages Olga um Hilfe gebeten. Sie hatte Mortimer auch nichts von Olgas Worten erzählt, die schließlich das Ende ihrer Freundschaft besiegelten: «Ich werde mein Kind als wahren Kommunisten aufziehen», hatte Olga gesagt, die damals schwanger war, «damit es den Platz einnehmen kann, den Reinhardt hätte ausfüllen sollen. Die Zukunft von Deutschland hängt von Kindern ab, wie ich eines in mir trage, denn sie werden die Kinder der Revolution sein.»

«Dann tut mir dein Kind leid», hatte Viktoria ärgerlich erwidert.

«Und mir tut deines leid, denn es wird mit einer Lüge aufwachsen. Eines Tages werden sich dein und mein Kind begegnen, und wir werden sehen, welches das bessere geworden ist.»

Viktoria zitterte. Noch immer sah sie den unversöhnlichen Haß in Olgas Augen, und sie wußte nicht, was sie mehr fürchtete: Olga Meyers Fanatismus oder Otto Tobischs Rachegelüste.

Luise Jochum, eine schlanke Gestalt mit einer Masse nicht zu bändigendem kastanienbraunen Haar, ging mit müden Schritten den Kurfürstendamm hinunter in Richtung Café Jochum.

Seit fünfzig Jahren gab es nun ein Café Jochum in Berlin. Ihr Vater, Karl Jochum, hatte 1883 das erste am Potsdamer Platz erbaut, in jenen fernen Tagen, als Berlin die neue, aufstrebende Hauptstadt des Kaiserreichs geworden war. Er machte sich einen Namen, und zehn Jahre später konnte Karl Jochum das Hotel Quadriga bauen.

Mitte der zwanziger Jahre wurde das ursprüngliche Café verkauft und auf dem Kurfürstendamm ein neues Café Jochum eröffnet. Dieses Café war Luises Schöpfung. Während ihre Schwester Viktoria, die immer noch den Traditionen der Wilhelminischen Ära nachhing, das Hotel Quadriga leitete, fand Luise, begeistert von den vielfältigen Ideen der zwanziger Jahre, mit dem Café eine eigene Aufgabe. Das neue Café Jochum war nach einem Entwurf des Bauhaus-Architekten Erich Mendelsohn gebaut und eines der umstrittensten Gebäude in Berlin: ein vierstökkiger Glas- und Betonbau mit riesigen Neonlettern auf dem Dach, die abgerundeten Balkone von Kaskaden orangefarbenen Lichts umflutet.

Seit der Eröffnung 1924 hatte Luise das Café Jochum mit Hilfe ihres Geschäftsführers Oskar Braun geleitet. Während dieser Zeit war das Café der Hauptanziehungspunkt für die kulturelle Szene Berlins geworden. Schauspieler hielten hier mit ihren Bewunderern hof, Bühnenschriftsteller, Dichter, Künstler und Musiker verbrachten die Nächte bei heißen Diskussionen.

Dann hatte sich plötzlich der Einfluß von Goebbels bemerkbar gemacht, von seinen gehässigen Reden über das, was er als Pornographie und entartete Kunst bezeichnete.

Die Sturmtruppen hatten sich das Café Jochum als Zielscheibe ihrer Angriffe ausgesucht: Sie drangen in das Lokal ein, krakeelten, warfen Tische um und belästigten die Gäste. Allmählich verschwanden Luises Freunde. Einige gingen nach Amerika, London oder Paris. Andere waren noch immer in Berlin, aber sie zogen es vor, die Abende sicher zu Hause zu verbringen. Und auch Luise hatte sich mehr und mehr von der Leitung des Cafés zurückgezogen und war immer einsamer geworden.

Nun ging Luise mit schwerem Herzen zum Café Jochum. Sie war zweiunddreißig Jahre alt und schien in ihrem Leben nichts erreicht zu haben. Die Männer, die sie geliebt hatte, hatten sie alle verlassen. Der Kampfpilot Josef Nowak, der ihr kurz nach dem Krieg einen Heiratsantrag gemacht hatte, verließ Berlin, nachdem sie ihn abgewiesen hatte. Der jüdische Jazzmusiker Georg Jankowski, den sie leidenschaftlich geliebt hatte, lebte jetzt in Amerika. Selbst ihr treuer Freund Lothar Lorenz, der Schweizer Kunstmäzen, war kürzlich in die Schweiz zurückgekehrt.

«Darf ich Sie begleiten?» fragte eine Stimme neben ihr. Als Luise sich umwandte, fand sie Mortimer Allen an ihrer Seite.

Sie war so in ihre Sorgen versunken, daß seine vorsichtige Frage sie nicht überraschte. Mortimer Allen war im Hotel eine vertraute Figur geworden, der mit Hasso Annuschek in der Bar plauderte oder mit anderen Journalisten im Restaurant dinierte. «Natürlich nicht, Herr Allen, ich kann nur nicht versprechen, daß ich eine gute Gesellschafterin bin.»

«Ich habe sehr liebe Erinnerungen an das Café Jochum», sagte Mortimer im Plauderton. Luise biß sich auf die Lippen, sie war sich plötzlich sicher, daß sie beim ersten Wort, das sie sagte, in Tränen ausbrechen würde.

Als sie das Café mit der ausladenden Straßenterrasse erreichten, war klar, daß dort etwas nicht in Ordnung war. Eine Fensterscheibe war eingeworfen, die Tür hing schief in den Angeln. «O nein», murmelte Luise angstvoll. «Das ertrage ich nicht.»

Das Innere des Cafés war verwüstet, die Tische mit den Glasplatten umgestürzt, die mit schwarzem Leder bezogenen Chromstühle umgestoßen und aufgeschlitzt. Zerbrochene Flaschen, Geschirr- und Glasscherben lagen über den Boden verstreut.

Oskar Braun eilte auf sie zu, sein rechtes Auge war blau geschlagen und geschwollen.

«Ich habe schon versucht, Sie zu erreichen. Heute am frühen Morgen kam ein SS-Führer mit einer Schlägertruppe her», erklärte er mit zitternder Stimme. «Er sagte, das Café Jochum sei ein Treffpunkt für kommunistisch-jüdische Verschwörer. Er beschuldigte mich, kommunistischer Revolutionär zu sein. Er schlug mich. Dann haben seine Rowdys alles zertrümmert.»

Luise sank auf eine Stufe.

«Sie haben sich nicht damit zufriedengegeben, das Lokal zu zerstören – sehen Sie nur, was sie mit dem Wandgemälde gemacht haben.» Braun deutete auf das von dem berühmten Maler Otto Dix gestaltete Wandgemälde, das die ganze Längsseite einnahm und für das das Café berühmt war. Jetzt war ein großes Hakenkreuz darübergeschmiert.

Luise hob den Kopf und starrte durch einen Tränenschleier auf das Bild. Mortimer legte beschützend seinen Arm um ihre Schultern. «Man kann doch wieder aufräumen. Die Möbel können repariert werden. Selbst das Gemälde kann man restaurieren lassen.»

«Aber es wird nie wieder wie früher sein ...»

«Wie ich gerade Herrn Benno am Telefon gesagt habe: Ich komme mit dieser Art Vorkommnisse nicht zurecht», fuhr Oskar Braun mit bebender Stimme fort. «Ich habe meine Kündigung eingereicht.»

«Nein, Oskar, Sie können doch jetzt nicht gehen», bettelte Luise.

«Fräulein Luise, ich werde alt, und die Welt ändert sich zu schnell. Mein Sohn lebt in Brüssel. Ich habe mich entschlossen, zu ihm zu ziehen.»

Tränen strömten über Luises Wangen.

Mortimer wußte, daß er nun eingreifen mußte. «Hallo, Sie!» rief er einen der Kellner, die in einer Ecke zusammenstanden. «Rufen Sie ein Taxi! Und ihr übrigen beginnt, hier aufzuräumen!»

Seine Worte brachten sie in Bewegung. Als das Taxi eintraf, war bereits das schlimmste Durcheinander beseitigt.

Im Quadriga angekommen, brachte Mortimer Luise direkt in die Wohnung der Jochums. Luise warf sich in die Arme ihrer Mutter und brach wieder in hemmungsloses Weinen aus.

«Im Café Jochum hat es Schwierigkeiten gegeben», erklärte Mortimer.

Ricarda sah ihn mit ihren ruhigen grünen Augen über Luises kastanienbraunen Schopf hinweg an. Weisheit lag darin, die aus langer Erfahrung geboren war. «Danke, Herr Allen. Ich kümmere mich jetzt um sie. Komm, Luischen.»

«Ach, Mama, warum können sie das Café Jochum nicht in Ruhe lassen?» schluchzte Luise. «Warum zerstören Menschen immer die schönen Dinge? Warum müssen Häßlichkeit und Bosheit immer gewinnen?»

Etwas später kam der Hausarzt Dr. Blattner zu seiner täglichen Routinevisite ins Hotel. Es war nicht der gleiche Dr. Blattner, der Stefan zur Welt gebracht hatte, denn dieser hatte sich vor ein paar Jahren zur Ruhe gesetzt. Sein Sohn führte die Praxis nun und war dem Quadriga genauso verbunden wie vor ihm sein Vater.

Ricarda bat ihn, nach Luise zu sehen, und als er die Untersuchung beendet hatte, sagte er zu Viktoria und Ricarda: «Sie ist ziemlich erschöpft und steht unter beträchtlichem psychischen Druck.»

«Können wir denn irgend etwas tun?» fragte Viktoria besorgt.

Dr. Blattner zuckte mit den Schultern. «Ich verschreibe ihr ein Stärkungsmittel und empfehle, alle Aufregungen von ihr fernzuhalten.»

Jeden Abend kam Mortimer Allen nun in Viktorias Büro und erkundigte sich nach Luise. Viktoria konnte wenig Neues sagen. Luise blieb in ihrem Zimmer und wollte außer ihrer Mutter und ihrer Schwester keinen Menschen sehen.

Nachdem sie sich eine Weile über Luise unterhalten hatten, gingen sie zu anderen Themen über. Mortimer achtete darauf, Viktorias Zeit nicht über Gebühr zu strapazieren, und seine Fragen nach ihrem Wohlergehen und dem des Hotels wurden nie zu persönlich. Er versuchte nicht, in ihr Privatleben einzudringen, umgekehrt machte auch Viktoria keine Anstalten dazu. Mit ihm ließ es sich so angenehm plaudern, daß Viktoria bald das Gefühl hatte, sie seien alte Freunde.

Noch vor dem Ende der Woche hatte Benno einen Ersatz für Oskar Braun eingestellt, einen früheren Gastwirt namens Fredi Förster, mit Bierbauch und Boxernase. Viktoria wünschte, Benno hätte ein wenig länger gewartet, damit sie sich an der Entscheidung beteiligen konnte. Aber im Moment war sie einfach zu beschäftigt. In weniger als einer Woche standen die Wahlen an, jedes Zimmer im Quadriga war belegt, und in den Bankettsälen fanden Diners statt, bei denen prominente Politiker als Ehrengäste geladen waren.

Gleich zum Einstand ließ Förster das verschmierte Dix-Wandbild entfernen. Das Alpenpanorama, das er statt dessen anbringen ließ, veränderte die Atmosphäre des Cafés völlig. Genauso änderte sich die Klientel. Ein Zitherspieler unterhielt nun mit seinen sentimentalen Melodien eine Zuhörerschaft aus spießig gekleideten Kleinbürgerhausfrauen, die sich hier zum Kaffeeklatsch trafen. Im hinteren Teil des Raumes lümmelten sich SA-Leute, kippten ihr Bier hinunter und legten die Füße auf die Tische.

Für das Café Jochum begann eine neue Ära.

Am Montag, dem 27. Februar 1933, saß die Familie gerade beim Abendessen, als ein Page hereinrannte und Philip Krosyk eine Nachricht übergab, der sie eiligst zum Tisch von Mortimer Allen brachte. Die Stimme des Journalisten war deutlich zu hören, als er aufsprang: «Gütiger Gott! Der Reichstag brennt!» Sofort brach ein schreckliches Durcheinander los. Die Gäste sprangen von den Tischen auf und stürmten zu den Türen. Benno folgte Mortimer Allen ins Foyer, Viktoria gleich hinterher. Sie hielt nur inne, um Stefan und Monika zu bitten, bei ihrer Großmutter zu bleiben. Als sie den Eingang erreicht hatte, stiegen Benno und Mortimer gerade in eine der hoteleigenen Limousinen, die vor dem Hotel warteten. Viktoria quetschte sich hinein, bevor einer der Türsteher ihr die Tür vor der Nase zuschlug. Mit Höchstgeschwindigkeit rasten sie zum Platz der Republik. Schon von ferne erkannte man, daß der Himmel über dem Reichstag rot glühte.

Ein paar Minuten später sahen sie die Menschenmasse, die sich vor dem Parlamentsgebäude versammelt hatte, und starrten in sprachlosem Entsetzen auf die aus Türen und Fenstern strömenden Rauchwolken und auf die Glaskuppel, die sich leuchtend gegen den Himmel abhob. Löschfahrzeuge waren bereits zur Stelle, und Feuerwehrleute richteten ihre Wasserschläuche auf den Brand.

Die Polizei versperrte ihnen den Weg, aber Mortimer hielt seinen Presseausweis hoch und brachte sie zu einem Platz, von dem aus sie die bekannte Gestalt Görings sehen konnten, der grotesk gestikulierend rief: «Das ist ein kommunistisches Verbrechen! Das ist der Anfang der kommunistischen Revolution!» Reporter drängten sich um ihn und schrieben fieberhaft mit.

Die Menge schob sich vorwärts, und Viktoria wurde von Benno und Mortimer Allen getrennt. Die Hitze war so stark, daß sie ihre Wangen mit den Händen schützen mußte, aber sie konnte den Blick nicht von dem glühenden Feuer wenden. Die kläglichen Wasserspritzer aus den Schläuchen der Feuerwehrleute konnten gegen das Inferno nichts ausrichten. Das Glas der Kuppel zerbarst, die stählernen Streben, die sie gehalten hatten, bogen sich, und schwarze Rauchwolken drangen durch die gähnende Öffnung. Rote Flammen züngelten in den Nachthimmel.

Plötzlich wurden der Lärm und die Hitze zuviel für Viktoria. Mit einem flauen Gefühl im Magen und mit vom Rauch tränenden Augen kämpfte sie sich an den Polizisten und den aufgeregten Menschen vorbei, deren Gesichter durch das Feuer unheimlich beleuchtet wurden. Sie erreichte das Ufer der Spree und lehnte sich gegen eine Mauer des Präsidentenpalastes.

Lange stand sie dort und beobachtete das schreckliche Spektakel. Plötzlich bemerkte sie, daß sie nicht allein war. Mortimer Allen stand neben ihr, sein schmales Gesicht unter dem dichten Haarschopf war bleich. «Geht es Ihnen nicht gut?»

Sie schüttelte den Kopf, unfähig die widersprüchlichen Emotionen zu beschreiben, die sie erfüllten. Dann fragte sie: «Wissen Sie, wodurch das Feuer verursacht wurde?»

«Man hat einen jungen Holländer namens van der Lubbe verhaftet. Die Polizei faßte ihn, als er aus dem Sitzungssaal lief.»

«Ist er Kommunist?»

Mortimer meinte zögernd: «Ich weiß nicht, ob van der Lubbe Kommunist ist, aber nach dem Verhör durch Görings Polizei ist er bestimmt einer. Ich habe auch keine Ahnung, ob er den Brand gelegt hat, aber ich bin sicher, man wird ihn dafür verantwortlich machen.»

Viktoria zitterte, sie wußte nicht, ob wegen der kalten Nachtluft oder wegen des Schocks. «Sie meinen …»

«Ich meine, was Sie hier sehen, ist nicht nur das Ende eines Gebäudes, das Ende des Parlaments. Ich fürchte vielmehr, daß Sie heute nacht die Demokratie und die Freiheit in Flammen aufgehen sehen.»

Über dem Wedding brach die Dämmerung herein. An Olgas Wohnungstür klopfte es leise. «Ich bin's, Anton.» Olga atmete erleichtert auf. Anton und Ruth Stein waren alte Freunde. Anton steckte Olga eine Zeitung zu. «Die Nazis machen die Kommunisten für den Reichstagsbrand verantwortlich. Um acht fährt ein Zug nach Prag, den solltest du nehmen. Ich muß jetzt gehen und die anderen Genossen warnen.»

«Und du und Ruth?»

«Wir wollen auch von Berlin weggehen. Auf Wiedersehen, Olga.»

Als Olga das letzte Mal in Gefahr war, hatte sie im Hotel Quadriga Zuflucht gesucht, aber jetzt würde sie dort nicht mehr aufgenommen werden. «Anton hat recht», sagte sie schweren Herzens zu ihrem Sohn Basilius. «Wir müssen Berlin verlassen.»

«Du willst also aufgeben?» fragte der Junge. «Du willst nicht hierbleiben und kämpfen?»

Mit einer seltenen Geste der Zärtlichkeit zog Olga ihn an sich. «Basil, wir werden unseren Kampf woanders fortführen. Prag ist nur die erste Station unserer Reise. Danach gehen wir nach Moskau!»

Sie brauchten nur kurze Zeit, um zwei Koffer zu packen. Dann verließen sie die Wohnung. Sie waren die Straße noch nicht weit hinuntergegangen, als grelle Scheinwerfer das Dunkel durchschnitten. Instinktiv drückten sie sich in einen Ladeneingang, dann donnerten ein Auto und zwei Lastwagen an ihnen vorüber. Die Fahrzeuge stoppten vor ihrem Haus. SA-Leute sprangen von den Lastwagen und rannten in das Gebäude.

Am Ende der Straße erwischten Olga und Basilius einen Bus und stiegen erleichtert ein. Als sie den weiträumigen, glasgedeckten Anhalter Bahnhof erreichten, war offensichtlich, daß sie nicht die einzigen waren, die an diesem Abend Berlin verließen. Es wimmelte von bewaffneten Wachposten. Olga zog sich einen Schal über den Kopf, nahm Basil die Brille von der Nase und setzte sie auf.

«Mutter, ich kann nichts sehen.»

«Halt meine Hand fest. Du kannst deine Brille wiederhaben, wenn wir aus Berlin raus sind.»

Die Posten sahen sich ihre Fahrscheine genau an, schenkten ihnen aber nicht mehr Interesse als den Hunderten anderer Flüchtlinge, die den Zug bestiegen. Eine halbe Stunde später waren sie unterwegs zur ersten Station ihrer langen Reise.

SS-Sturmbannführer Otto Tobisch wartete im Wagen vor dem Wohnblock im Wedding und war überzeugt, daß er seine alte Feindin Olga Meyer endlich gefaßt hatte. Seit dem Aufstand der Spartakisten 1919 war sie ihm immer wieder entwischt, aber diesmal, dessen war Otto sich sicher, konnte sie nicht entkommen sein.

Das siebenjährige Exil, zu dem er als Teilnehmer des mißglückten Hitlerputsches von 1923 gezwungen gewesen war, mußte ihr und ihresgleichen heimgezahlt werden. Erst 1930 hatte SS-Reichsführer Heinrich Himmler es beendet, als er Otto Tobisch zu sich ins Braune Haus nach München rief. Die Jahre davor waren für Otto höchst frustrierend gewesen. Er hatte auf einem Bauernhof am Traunsee im österreichischen Salzkammergut Zuflucht gefunden, die dralle Bauerstochter Anna geheiratet und versucht, sich mit dem Landleben anzufreunden, was ihm aber nicht gelang. Als Himmler ihm in der neuen «Schutzstaffel» einen Posten anbot, hatte er begierig zugesagt.

Anna blieb auf dem Hof zurück, als Otto nach Berlin ging. Seine Aufgabe bestand darin, die Feinde des Reiches auszurotten – alle Juden, Kommunisten und anderen Untermenschen. Es war eine Aufgabe, für die er hervorragend geeignet war. Obwohl in Berlin geboren, haßte er sowohl die Stadt wie die Berliner. Er verabscheute ihre zynische Art, ihren beißenden Witz, den Mangel an Nationalgefühl und vor allem ihre Arroganz. Nichts hätte ihm größere Freude bereitet, als sie vom Angesicht der Erde verschwinden zu sehen.

Schritte näherten sich. Eine Stimme rief: «Sturmbannführer, die Wohnung ist leer!»

Otto schlug mit der Faust auf den Sitz neben sich. Also waren die Vögel ausgeflogen! Wohin waren die Meyer und ihr Sohn gegangen? Waren sie noch in Berlin? Wenn ja, bei wem würden sie Unterschlupf finden?

Nur eine einzige Person fiel ihm ein – die gleiche Frau, die sie schon 1919 beschützt hatte – Olgas Cousine: Viktoria Jochum-Kraus. Seinem Fahrer befahl er: «Los, zum Hotel Quadriga!»

Viktoria war im Jubiläumssaal und überwachte die letzten Vorbereitungen für ein Bankett, als sie plötzlich spürte, daß die Atmosphäre sich verändert hatte. Das Gemurmel der Unterhaltungen im Foyer war erstorben. Sie hörte huschende Füße, Stühlerücken und unterdrücktes, feindseliges Gemurmel. In der darauf folgenden Stille vernahm sie unmißverständlich die scharfe Stimme von Otto Tobisch. «Aus dem Weg, Dummkopf! Wo ist der Hoteldirektor?»

Deutlich hörte sie Hubert Fromm antworten: «Herr Kraus ist nicht im Haus, aber Frau Viktoria ist im Jubiläumssaal, Herr Sturmbannführer.» Es war so still, daß Viktoria fast ihren eigenen Herzschlag hören konnte. Dann dröhnten eisenbeschlagene Stiefel über den Marmorfußboden, und flankiert von einer Gruppe Uniformierter erschien Otto in der Tür, die blauen Augen unter der Uniformmütze eisig auf sie gerichtet. «Ich habe den Befehl, Olga Meyer und ihren Sohn zu verhaften. Wo sind sie?»

Entschlossen, ihre Furcht nicht zu zeigen, ging Viktoria auf ihn zu. «Olga Meyer ist nicht hier.»

Sie hätte genausogut schweigen können. «Das Haus von oben bis unten durchsuchen!» befahl Otto seinen Leuten.

Die jahrelang angestaute Wut auf Tobisch machte sich bei Viktoria Luft. «Raus hier, Otto Tobisch!» schrie sie. «Sie haben kein Recht, hier eine Durchsuchung vorzunehmen!»

Mit verächtlichem Grinsen auf seinen dünnen Lippen bewegte sich Otto auf Viktoria zu, seine Hand hob sich, und sie wußte, er würde sie schlagen. Mit einer Kraft, die sie sich nicht zugetraut hätte, stürzte sie sich auf ihn, schlug ihm mit Fäusten ins Gesicht, und ihre Finger krallten nach seinen Augen. Einen Moment lang war sie im Vorteil, weil ihr Angriff ihn überraschte. Mit großer Befriedigung sah sie, daß ihre langen Fingernägel tiefe, blutige Striemen auf seinem Gesicht hinterlassen hatten. Wütend schrie er auf und packte sie brutal an den Handgelenken.

Er zog Viktoria so nahe an sein Gesicht, daß sie seinen schlechten Atem roch, und zischte sie an: «Du kleines Miststück, hast du noch immer nicht verstanden, daß ich in diesem Hotel machen kann, was ich will? Jetzt sind wir nämlich die Herren im Lande! Jetzt geben wir die Befehle!» Er ließ ihr Handgelenk los und holte wieder aus.

Weiter kam er nicht. «Lassen Sie das sofort sein!» schrie eine Stimme. «Nehmen Sie Ihre Hände weg, Sie Dreckskerl!» Mortimer Allen packte Otto Tobisch am Kragen, riß ihn von Viktoria weg und schleuderte ihn gegen die Tür.

Eine Menge von neugierigen Gesichtern war inzwischen in der Türöffnung erschienen, Hotelgäste wie Personal, die von dem Geschrei angelockt worden waren. Mit haßerfülltem Blick auf Mortimer stürmte Tobisch durch die Menschenansammlung ins Foyer.

«Ich habe die Polizei angerufen», sagte Fromm außer sich.

«Das hier *ist* die Polizei», erklärte ihm Mortimer mit düsterer Miene, «und dank eines neuen Dekrets, das heute erlassen wurde, ist ihre Macht praktisch unumschränkt. Wenn sie glauben, daß Olga Meyer hier ist, können sie das Haus auf den Kopf stellen, bis sie sie finden.»

Es entstand betroffene Stille, als man sich der Tragweite seiner Worte bewußt wurde. Man starrte sich hilflos an, hörte, wie in den oberen Stockwerken Türen geschlagen und gebrüllt wurde und Tobisch mit zorniger Stimme Befehle bellte.

Schließlich waren auf der Treppe wieder die Stiefel zu hören. Durch die offenen Türen des Jubiläumssaals konnte man sehen, daß die Schwarzhemden sich wieder sammelten. Otto warf einen kurzen Blick in den Raum, dann verließ er ohne ein weiteres Wort mit seinen Leuten das Hotel.

Der Wahlkampf hatte einen bedrückenden Höhepunkt erreicht. Es war unmöglich, das Radio anzudrehen und nicht die Stimme von Hitler, Göring oder Goebbels zu hören. Die Straßen hallten wider vom Schritt der Sturmtruppen: Von jeder Straßenlaterne und jedem Baum, über jeder Toreinfahrt und jedem Portal, an jeder Mauer und jedem Balkon hingen Hakenkreuzflaggen und Naziplakate.

«Einen solchen Propagandafeldzug habe ich noch nie gesehen. Danach müßten die Nazis die überwältigende Mehrheit bekommen», hörte Viktoria Chuck Harris, einen anderen amerikanischen Korrespondenten, zu Mortimer Allen sagen, als sie am Abend vor der Wahl in der Bar an ihnen vorüberging.

Unwillkürlich erstarrte sie. Mortimer sah sie an. «Darf ich fragen, wen Sie morgen wählen, Frau Jochum-Kraus?»

«Bestimmt nicht Hitler», erwiderte Viktoria entschieden. «Ich werde die Zentrums-Partei von Brüning wählen.»

Ein Arm legte sich leicht um ihre Schultern, und als sie sich umwandte, sah sie Benno neben sich. «Brüning hat ja wohl keinen großen Erfolg als Kanzler zu verzeichnen gehabt, meine Liebe. Ich würde eher sagen, daß seine Unfähigkeit den Weg für Hitler geebnet hat.»

Chuck Harris blickte ihn neugierig an. «Sie und Ihre Frau haben verschiedene politische Ansichten, Herr Kraus?»

Benno holte tief Luft. «Ja, das stimmt. Ich werde die Nationalsozialisten wählen. Ich werde Ihnen auch sagen, warum. Ich halte Hitler für die größte Führerpersönlichkeit, die Deutschland jemals besessen hat – oder jemals besitzen wird.»

Viktoria schwieg.

Obwohl am 5. März 1933 siebzehn Millionen Menschen für die Nazis stimmten, votierten 56 Prozent der Wähler für andere Parteien. In Berlin war der Stimmenanteil für die Nazis besonders niedrig. Als Viktoria kurz darauf Mortimer Allen traf, sagte sie: «Sehen Sie, wir sind doch nicht so leicht einzuschüchtern, wie Sie dachten. Sie müssen zugeben, daß wir unserer Meinung über die Nazis deutlich Ausdruck gegeben haben.»

«Ja, und ich frage mich, was Hitler dagegen unternehmen wird», brummte Mortimer düster.

Er sollte es bald erfahren. Das neue Parlament trat nicht im ausgebrannten Reichstag zusammen, sondern in der Kroll-Oper auf der gegenüberliegenden Seite des Platzes der Republik. Das erste Gesetz, das verabschiedet wurde, war das Ermächtigungsgesetz, das die gesamte legislative Gewalt in die Hände Hitlers und seines Kabinetts überantwortete. Mortimer fragte sich, wie klug Hitler diese Macht wohl nutzen würde.

2

Mit seiner untersetzten Figur, der weißen Haarmähne und den ausdrucksvollen braunen Augen unter den buschigen Augenbrauen war Professor Bethel Ascher so etwas wie eine lokale Berühmtheit im vornehmen Villenvorort Dahlem. Er war ein ehemaliger Kollege des Nobelpreisträgers Albert Einstein und dozierte an der Friedrich-Wilhelm-Universität noch immer Physik, obwohl er schon sechsundsechzig Jahre alt war. Er war ein geistreicher Unterhalter, ein großzügiger Gastgeber und ein ausgezeichneter Schachspieler.

Sein Reihenhaus mochte gegenüber den prunkvolleren Anwesen seiner Nachbarn bescheiden erscheinen, aber es besaß malerischen Charme und wurde von Gottlieb und Martha Linke, einem Ehepaar in mittleren Jahren aus dem nahe gelegenen Wilmersdorf, seit zwanzig Jahren in Ordnung gehalten. Sie kümmerten sich um alle häuslichen Angelegenheiten und Bedürfnisse des Professors.

Die Linkes waren auf ihren Arbeitgeber immer sehr stolz gewesen. Die Tatsache, daß er Jude war, hatte sie nie gestört. Er übte keine seltsamen religiösen Praktiken aus, er aß das gleiche Essen, trug die gleiche Kleidung und sprach die gleiche Sprache wie sie.

Jetzt aber mußten sie ihre Situation neu überdenken. Wenn Martha Linke für den Professor einkaufen ging, fand sie sich immer häufiger in Gespräche über die skandalös-teuren Kleider und Schmuckstücke jüdischer Frauen verwickelt; christliche Frauen müßten sich dagegen mit der Mode vom letzten Jahr begnügen. Man fragte sie, warum der Professor soviel Geld hatte und so gut leben konnte, wo man selbst doch kaum zurechtkam.

Auch Gottlieb Linke wurde unter Druck gesetzt. Viele seiner Kumpel in seiner Stammkneipe in Wilmersdorf waren arbeitslos; sie behaupteten, daß die Juden ihnen Arbeitsplätze wegnähmen, die von Rechts wegen ihnen, den Ariern, zustünden. Eines Samstagabends Ende März brachte einer von ihnen die Angelegenheit auf den Punkt: «Nehmen wir einmal deinen Professor, Linke. Er lehrt noch immer, obwohl er über das Pensionsalter hinaus ist. Sicher gibt es arische Professoren, die seine Arbeit genausogut machen können.»

«Oder besser», murmelte ein anderer. «Wer weiß, worauf Wissenschaftler wie Ascher und Einstein wirklich aus sind? Einstein ist nach Amerika gegangen. Ich finde, die übrige Teufelsbrut an Doktoren sollte mit ihm gehen.» Neugierig sah er Gottlieb an. «Du bist doch kein Jude, oder?»

«Um Gottes willen, nein!» rief Gottlieb aus; daß seine alten Freunde überhaupt auf einen solchen Gedanken kamen, verletzte ihn. Er winkte dem Kellner und bestellte eine weitere Runde Bier.

Als Gottlieb am Abend nach Hause kam, erzählte er Martha von der Unterhaltung. «Ich weiß nicht, was ich davon halten soll», gab er zu und kratzte sich unfroh an der Glatze. «Der Professor ist immer sehr gut zu uns gewesen, aber die Tatsache bleibt bestehen, daß er Jude ist. Vielleicht sollten wir uns nach einer anderen Stellung umsehen.»

«Gottlieb, wer wird uns so gut bezahlen wie der Professor?»

Ihr Mann stopfte seine Pfeife. «Wir wollen doch nicht, daß die Leute einen falschen Eindruck von uns bekommen.»

Als aus seiner Pfeife intensiv duftende Rauchwölkchen aufstiegen, hatte Martha eine Idee. Jeden Mittwoch half sie bei Pastor Scheer in der Nachbargemeinde Schmargendorf aus. Sie polierte Messing und Kupfer und putzte die Küche, während Gottlieb den Garten betreute. «Könntest du nicht Pastor Scheer fragen? Er müßte doch alles über die Juden wissen.»

Aber Gottlieb fühlte sich durch den Pastor ziemlich eingeschüchtert. «Nein», sagte er. «Du sprichst mit der Frau Pastor. Sie wird wissen, was am besten ist.»

Pastor Bernhard Scheer war ein schmaler, großgewachsener Mann um die Fünfzig, ein früherer Armeekaplan. Wie viele evangelische Kleriker war er in seinem Herzen Monarchist. In der Person Hitlers und der Partei der Nazis sah er zwar nicht die Möglichkeit des Wiedererstehens der Monarchie, aber zumindest die Wiederkehr von Zucht und Ordnung; diese autoritären Werte hatten seine Jugend geprägt und würden der lutherischen Kirche zu neuer Blüte verhelfen.

Seine feurigen Predigten, in denen er die Dekadenz, die Zügellosigkeit und Ausschweifung der Weimarer Republik geißelte, galten als rhetorische Meisterwerke. Er fand nichts Falsches daran, daß er sich in weltliche Bereiche einmischte. Luther hatte zwar behauptet, die Kirche müsse sich der politischen Autorität beugen, und außer in den Jahren der Weimarer Republik hatte Pastor Scheer keinen Grund gehabt, an dieser Aussage zu zweifeln.

Er stand damit nicht allein. Im Jahr zuvor war die Glaubensbewegung deutscher Christen um den Armeekaplan Ludwig Müller entstanden, einen engen Freund von Hitler und Verteidigungsminister General von Blomberg. Kaplan Müller hoffte, seine Bewegung würde von der Landeskirche anerkannt und damit die verschiedenen Fraktionierungen der evangelischen Kirche zu einem Ganzen vereint werden.

Diese Vorgänge machten Pastor Scheer zwar nicht ausgesprochen froh, doch ließ er sich von ihnen nicht zu sehr beunruhigen. Er hatte keine persönlichen Motivationen für seine Haltung und war auch auf keine Beförderung in der kirchlichen Hierarchie aus. Seine Sorge galt den Mitgliedern seiner Gemeinde, und sein einziger Wunsch war, deren Seelen vor der ewigen Verdammnis zu retten.

Pastor Scheer hatte etwas sehr Ernstes und Abweisendes an sich, seine Frau hingegen war von ganz anderer Wesensart. Klara Scheer, eine hessische Bauerstochter, war füllig, rotwangig und besaß ein Herz aus Gold. In ihrer Gegenwart konnte Martha Linke nicht umhin, sich auf seltsame Art erhoben zu fühlen, ganz so, als berührte sie allein durch die Bekanntschaft mit ihr den Saum von Gottes Mantel.

Ihr erzählte Martha Linke also die Probleme mit Professor Ascher. «Er hat mich und Gottlieb immer sehr anständig behandelt», erklärte sie, «aber wir müssen auf unseren Ruf achten. Wenn wir weiterhin für den Professor arbeiten, könnten uns die Leute für Judenfreunde halten.»

Klara Scheer ließ den Wollsocken, den sie stopfte, sinken und blickte in die Ferne. Schließlich sagte sie mit bedrückter Stimme: «Ich habe Professor Ascher nie kennengelernt, aber nach allem, was Sie mir erzählen, scheint er ein guter Mensch zu sein.»

Mit aller Kraft scheuerte Martha die fettigen Rückstände aus einer schweren Eisenpfanne. «Was sollen wir tun, Frau Pastor?»

«Frau Linke, das ist eine Entscheidung, die nur Sie und Ihr Mann treffen können. Aber vergessen Sie eines nicht: ob Juden oder Nichtjuden – wir sind alle Kinder Gottes. Schließen Sie den Professor mit in Ihre Gebete ein, und Gott wird Sie leiten.»

Es war nicht die Antwort, die Martha erhofft hatte, und als Gottlieb sie später fragte, ob sie mit der Frau Pastor gesprochen hätte, antwortete sie gereizt: «Sie sagt, Gott wird uns sagen, was wir zu tun haben.»

Zu ihrer Überraschung meinte Gottlieb: «Vielleicht hat sie

recht. Schließlich muß Gott die Juden hassen. Sie haben Jesus ermordet. Vielleicht entschließt Gott sich eines Tages zur Rache. Nun gut, wir werden noch eine Zeitlang bei dem Professor bleiben, aber ich sehe mich schon mal nach einer neuen Arbeit um.»

Als Baron Kraus aus seinem Büro der Kraus-Chemie in Wedding in seine Suite im Quadriga zurückkehrte, erwartete ihn dort ein Brief mit Londoner Poststempel, Absender war sein Neffe, Oberstleutnant Graf Peter von Biederstedt.

Der Baron hatte eine Menge Respekt vor Peter. Er hatte als Offizier bei den Totenkopf-Husaren gedient, aktiv am Krieg teilgenommen und war mit dem Eisernen Kreuz Erster Klasse ausgezeichnet worden. Nach dem Krieg hatte er Ilse von Schennig, die Tochter seines Vorgesetzten, geheiratet. Wegen der guten Verbindungen seiner Familie und der Familie seiner Frau gehörte er zu den viertausend Offizieren, die nach dem Versailler Vertrag noch in der reduzierten Reichswehr bleiben durften. Kurz nach der Geburt seiner Tochter Christa im Jahr 1920 wurde er zusammen mit seiner Familie in diplomatischer Mission zuerst nach Buenos Aires, dann nach London geschickt.

In dem Brief teilte er nun mit, daß er nach Deutschland zurückkehrte. «General von Blomberg hat mir einen Posten im Truppenamt angeboten», schrieb er. «Da es Ilses Vater nicht gutgeht, habe ich angenommen. Wir werden Anfang April in Berlin eintreffen. Ilse und Christa werden bei meinem Schwiegervater in Osterfelde bleiben, ich werde im Quadriga Wohnung nehmen.»

Der Baron lehnte sich zurück und zündete sich eine dicke Zigarre an. Die Rückkehr eines Offiziers von Peters Kaliber konnte nur eines bedeuten: Die Reichswehr würde bald ihren früheren Einfluß und die alte Machtstellung wiedererhalten. Für einen Mann, dessen Vermögen auf Waffen gründete, bedeutete dies eine ausgezeichnete Nachricht.

Als der Baron an diesem Abend im Restaurant des Quadriga

erschien, sah er zufriedener aus als üblich. Kaum hatte er sich in seinem Sessel niedergelassen, verkündete er: «Ich habe heute einen Brief von Peter erhalten. Er kommt nach Hause.»

Viktoria spürte, wie ihr der Atem stockte. Peter kehrte also nach Deutschland zurück. Jetzt würde der Alptraum wieder beginnen, den sie für beendet hielt, als er 1920 fortging …

Benno warf Viktoria einen Blick zu, dann fragte er seinen Vater: «Wann kommt er denn an?»

«Ende des Monats.»

Benno wurde bleich, aber eine Frage Monikas ersparte ihm die Antwort.

«Habe ich ihn schon je kennengelernt?»

«Nein, er hat Deutschland verlassen, bevor du geboren wurdest», informierte Stefan sie.

Viktoria nahm das alles kaum wahr. Ihre Gedanken schweiften zurück zum Juli 1914, kurz vor Kriegsbeginn. Sie war gerade zwanzig Jahre alt, in Peter verliebt und das erste Mal mit ihm allein im Landhaus der Jochums in Heiligensee. Peter umarmte sie leidenschaftlich und murmelte: «Ich brauche dich, Viktoria.» Da sie überzeugt war, daß er sie ebenso sehr liebte wie sie ihn, gab sie sich ihm hin.

Aber Peter liebte sie nicht. Er hatte sie nur benutzt. Er war in seine Garnison zurückgekehrt und wartete dort nicht ungeduldig auf ein erneutes Wiedersehen mit ihr, sondern auf die Nachricht zur Mobilmachung. Ein paar Tage später erfüllten sich seine Hoffnungen. Der Krieg brach aus, und ohne ein Wort an Viktoria war Peter an die Front gezogen.

Während der folgenden schrecklichen Wochen hatte sie nichts mehr von ihm gehört, und schließlich mußte sie sich die bittere Wahrheit eingestehen. Ihre Romanze war nur einseitig gewesen. Für Peter war sie nie mehr als ein Zeitvertreib gewesen. Sein Schweigen bewies, daß er sie vergessen, daß er sich nie mit der Absicht getragen hatte, sie zu heiraten.

Dann kam die schlimme Erkenntnis, daß sie schwanger war. Ein kalter Schauer lief über Viktorias Rücken, wenn sie sich an den Moment erinnerte, als sie aus der Praxis des fremden Arztes taumelte und entscheiden mußte, was zu tun war. Sie war sich sehr wohl bewußt, welche Schande sie über sich und die Familie bringen würde, brächte sie ein uneheliches Kind zur Welt.

Es gab nur eine Lösung – sie mußte Peters Cousin Benno heiraten. Benno liebte sie. Er hatte ihr bereits einmal einen Antrag gemacht, aber wegen ihrer Liebe zu Peter hatte sie ihn abgewiesen.

Benno hatte sie einen Teil der Wahrheit gestanden. Sie gab zu, daß sie geglaubt hatte, in seinen Cousin verliebt zu sein, aber dann einsehen mußte, daß sie getäuscht worden war. Sie wußte von Benno, daß er Peter nicht mochte, ihn für arrogant und anmaßend hielt. Sie hoffte, er wäre im Glauben, Peter hätte sie nur schäbig behandelt. Ihr Plan hatte Erfolg. Benno erkannte nicht das ganze Ausmaß von Peters Skrupellosigkeit und war tief gerührt von ihrem Vertrauen. Jung und naiv, wie er war, bewegte ihn nur ungläubiges Staunen über die plötzliche Entscheidung Viktorias, seinen Antrag anzunehmen.

Zwei Wochen später wurde im engsten Familienkreis standesamtlich geheiratet. Sieben Monate darauf kam Stefan zur Welt.

«Ich hab immer viel von Peter gehalten», sagte der Baron. «Ein Mann von Ehre, ein mutiger Soldat und ein glänzender Offizier ...»

Viktorias Kopf fühlte sich heiß an, ihre Hände hingegen kalt und klamm. Sie stand auf und sagte, so ruhig sie es vermochte: «Es tut mir leid, aber ich fühle mich nicht gut. Ich möchte mich ein wenig hinlegen ...»

Ricarda sah sie besorgt an. «Soll ich dich begleiten?»

«Nein, danke, Mama, es geht schon.»

Als sie den Tisch verließ, hörte sie den Baron schnauben: «Moderne Frauen sind kein bißchen zäh.»

In ihrem Zimmer legte sich Viktoria aufs Bett. Was würde geschehen, wenn Peter und Stefan sich trafen? Würde Peter ihn als seinen Sohn erkennen? Würden sie so etwas wie Blutsverwandtschaft spüren? Würde Benno erkennen, wenn er sie zusammen sah, daß sie ihn seit achtzehn Jahren belog?

Die Tür öffnete sich und Benno kam herein. «Vicki, was ist los?»

«Ach, ich habe nur Kopfschmerzen.»

Benno saß am Rand des Bettes. «Bist du sicher, daß das alles ist?»

«Natürlich. Es war ein langer Tag, und ich bin müde.»

Benno nahm ihre Hand in seine, räusperte sich und sagte dann: «Ich frage mich, ob du dir wegen Peter Sorgen machst. Ich weiß, daß du und er ...»

Sie lachte schrill auf. «Guter Gott, Benno, das ist lange her. Wir haben uns in der Zwischenzeit ziemlich verändert. Peter ist jetzt verheiratet und hat eine Tochter.»

«Ja, natürlich.» Auf Bennos Gesicht lag ein seltsamer Ausdruck, dann beugte er sich vor und küßte sie auf die Stirn. «Aber eines hat sich nicht geändert. Du warst und wirst immer das Kostbarste in meinem Leben sein. Ich zeige es vielleicht nicht sehr gut, aber ich liebe dich.»

Einen Moment lang war Viktoria versucht, ihm die Wahrheit zu sagen, aber bevor sie etwas antworten konnte, stand er auf. «Warum bleibst du nicht liegen und ruhst dich eine Weile aus? Und mach dir nicht so viel Sorgen. Alles wird gut werden.»

Während der folgenden Tage versuchte sie, sich normal zu verhalten, aber der Gedanke an Peters bevorstehende Rückkehr lastete schwer auf ihr. Sie wünschte, sie hätte jemandem ihre Ängste mitteilen können, aber obwohl sie eine Menge Leute kannte, hatte sie außerhalb der Familie doch keine wirklichen Freunde.

Zu bald schon war der gefürchtete Augenblick da. Die Hotellimousine hielt vor dem Eingang. Die Türsteher öffneten die Wagenschläge. In gutsitzender Uniform betrat Oberstleutnant Graf Peter von Biederstedt das Hotel Quadriga. Viktoria holte tief Luft, dann folgte sie dem Baron und Benno entschlossen über den blauen Savonnerie-Teppich des Foyers.

Peter hatte sich seit ihrem letzten Treffen wenig verändert. Nur sein dunkles Haar war an den Schläfen grau geworden, und ein Netz feiner Linien spann sich um seine Augen und seine Mundwinkel. Er trug einen kurzgeschnittenen Bart und war noch immer ein gutaussehender Mann.

Er nahm ihre Hand und sagte automatisch: «Viktoria, wie schön, dich wiederzusehen.» Er sprach wie jemand, der eine alte Bekanntschaft erneuern will, die ihm nie viel bedeutet hat; ganz sicher sprach er nicht wie ein Mann mit einer Frau, mit der er einmal im Bett war.

«Peter …» Es war merkwürdig, diesen Namen wieder auszusprechen, noch viel eigenartiger aber war, daß er nichts mehr bedeutete. Es schien ihr unmöglich, daß sie jemals in ihn verliebt gewesen war, und noch unmöglicher, daß er der Vater ihres Sohnes war.

«Du erinnerst dich an meine Frau Ilse?» fragte Peter.

Natürlich erinnerte sie sich. Sie konnte sich auch erinnern, wie sie sie gehaßt hatte mit ihrem Pfirsichteint und den großen blauen Augen – die Frau, die Peter ihr vorgezogen hatte. Aber jetzt verspürte sie keine Feindschaft Ilse gegenüber.

«Und das ist meine Tochter Christa.» Peter legte stolz den Arm um die Schultern des zwölfjährigen Mädchens.

Christa machte einen Knicks. Sie hatte das Aussehen ihrer Mutter geerbt – das blonde Haar, die großen blauen Augen und das runde Gesicht –, das so ganz anders war als das ihres Vaters und Stefans, dachte Viktoria flüchtig.

«Wo ist dein Sohn?» fragte Ilse. «Er war bei unserer Hochzeit; ein ganz reizender kleiner Junge, wie ich mich erinnere.»

«So reizend und klein ist er nicht mehr ganz», lachte Benno.

«Stefan geht bald zur Universität. Stefan, Monika, ich möchte euch eurem Onkel Peter und eurer Tante Ilse vorstellen.»

Trotz ihrer Ängste war Viktoria doch sehr stolz, als Stefan sich vor Peter korrekt verbeugte und Ilses Hand galant küßte; den kleinen Knicks seiner Cousine Christa nahm er mit einem Kopfnikken entgegen.

«Du hast dich tatsächlich sehr verändert, seitdem ich dich das letzte Mal gesehen habe», lächelte Ilse. «Du mußt damals vier oder fünf gewesen sein. Erinnerst du dich, daß du mich in euer Hotel eingeladen hast?»

Stefans Wangen röteten sich. «Ja, ich weiß. Wenn du mir die Bemerkung erlaubst, du hattest damals so ein hübsches Lächeln. Du hast es übrigens immer noch.»

Ilses glockenhelles Lachen schallte durch den Raum. «Wie überaus galant. Viktoria, ich gratuliere dir zu deinem charmanten Sohn.»

Peter ging auf den Baron zu. An Viktorias Sohn hatte er überhaupt kein Interesse, das war deutlich.

Ricarda aß mit ihnen zusammen in einem der privaten Speiseräume zu Mittag, und bald hatten sich mehrere Gespräche entwickelt. Stefan und Monika unterhielten sich mit Christa über ihr Leben in London, und Ricarda erkundigte sich bei Ilse nach ihrem Vater. Über alle hinweg dröhnte die Stimme des Barons, der Peter von den kürzlich eingetretenen Veränderungen in Deutschland berichtete.

Viktoria hörte die Gespräche, nahm aber die einzelnen Worte kaum wahr. Wenn er sich wenigstens erinnert hätte. Aber Peter war entschlossen, ihre lang zurückliegende Affäre zu ignorieren. Das wichtigste jedoch war, daß er an Stefan kein Interesse hatte und Stefan keines an ihm. Allmählich begann sie sich zu entspannen. Sie hatte sich umsonst geängstigt. Ihr Geheimnis war sicher. Niemand würde es je herausfinden.

Ilse fuhr mit Christa zu ihrem verwitweten Vater nach Osterfelde, Peter blieb im Quadriga. Die Familie bekam ihn nicht oft zu Gesicht, da er seine Tage im Reichswehrministerium in der Bendlerstraße und seine Abende mit Kollegen vom Militär oder alten Freunden verbrachte. Wenn er gelegentlich mit Benno, Viktoria und ihrer Familie zu Abend aß, machte er keine Anstrengungen, seine wahren Empfindungen zu verbergen. Er tolerierte den Baron wegen seines immensen Reichtums und des Einflusses, den er in politischen, wirtschaftlichen und militärischen Zirkeln ausübte, die übrigen Familienmitglieder betrachtete er aber als sozial unter sich stehend.

«Ich weiß gar nicht, wie ich mir jemals einbilden konnte, ihn zu lieben», gab Viktoria Luise gegenüber zu, als sie nach einem besonders anstrengenden Abend erschöpft in einen Sessel im Zimmer ihrer Schwester sank.

Luise sah Viktoria fragend an. Sie persönlich hatte Peter nie gemocht, und sie war dankbar, daß ihre Krankheit sie davor bewahrte, ihn oft sehen zu müssen. Als Stefan geboren wurde, war sie gerade fünfzehn und, was die Fakten des Lebens anging, nicht völlig unwissend. Obwohl sie Viktoria nie offen danach gefragt hatte, hegte sie den Verdacht, daß Stefan in Wirklichkeit Peters Sohn war. Dennoch antwortete sie nur: «Du warst sehr jung und naiv, Viktoria. Wir alle machen Fehler, wenn wir jung sind.»

Am unerträglichsten allerdings war Peters Gegenwart für Benno. Er haßte es, wie eine Art armer Verwandter behandelt zu werden, besonders wenn er daran dachte, daß er in den letzten achtzehn Jahren den Sohn seines Cousins wie seinen eigenen aufgezogen hatte. Denn inzwischen war er überzeugt, daß Peter Stefans Vater war. Es gab gewisse Ähnlichkeiten, die bei genauem Hinsehen äußerst verräterisch waren: die Art, wie beide die Oberlippe schürzten – eine Bewegung, die Benno nicht fertigbrachte, die Biegung des kleinen Fingers – ein Charakteristikum von Peter und Stefan, nicht aber von Benno.

Dieser endgültige Beweis schmälerte aber in keiner Weise die tiefe Liebe, die er für Stefan empfand; emotional fühlte er sich ganz als sein Vater.

Doch seine Gefühle für Viktoria wurden davon beeinflußt. Er glaubte zwar nicht an die Gefahr, das frühere Feuer zwischen Viktoria und Peter könnte wieder entfacht werden, denn daß die kurze Affäre im Sommer 1914 Peter nichts bedeutete, war klar: Peter behandelte Viktoria mit der gleichen Herablassung, die er den übrigen entgegenbrachte.

Benno schmerzte vielmehr die Tatsache, daß Viktoria es nicht über sich brachte, ihm die Wahrheit zu sagen. Benno war kein Mensch, der seine Gefühle auf der Zunge trug, aber er hatte Viktoria öfter bekannt, daß er sie liebte. Nicht ein einziges Mal antwortete sie: «Ich liebe dich auch, Benno.» Bedeutete das, daß sie ihn ohnehin liebte – oder bedeutete es, daß sie ihn niemals geliebt hatte? Hatte sie ihn nur geheiratet, um dem ungeborenen Kind einen Vater zu verschaffen? War ihre ganze Ehe auf einer Lüge aufgebaut?

Ein Teil von Bennos Anspannung übertrug sich auf Stefan, und der war sicher, daß es etwas mit Graf Peter zu tun hatte. Monika war von dessen herrschaftlichen Manieren hingerissen und bewunderte ihn sehr. Keine ihrer Schulfreundinnen hatte einen Baron zum Großvater und einen Grafen zum Onkel; es gefiel ihr, mit ihren aristokratischen Verwandten anzugeben. Aber für Stefan, der sich für einen Menschenkenner hielt, hatte Graf Peter etwas Unsympathisches.

Vielleicht war es seine herablassende Art, vielleicht auch das betont militärische Auftreten, aber das erklärte es nicht vollständig. Stefan wußte nur, daß er die Gräfin «Tante Ilse» nennen konnte, aber «Onkel Peter» brachte er nicht über die Lippen.

Mit zunehmender Trauer und Sorge beobachtete Professor Ascher, wie sich die Haltung der Linkes ihm gegenüber änderte.

Dasselbe geschah in den Geschäften und Cafés, in Straßenbahnen und sogar an der Universität. Leute, die er jahrelang kannte, wandten sich ab und gaben vor, ihn nicht zu bemerken. Viele seiner Studenten boykottierten seine Vorlesungen.

Ein Gesetz wurde verabschiedet, das alle Nichtarier aus dem Staatsdienst verbannte. Es kam zu einem Boykott jüdischer Geschäfte. Beängstigender jedoch waren die Gewalttätigkeiten der Sturmtruppen vor den Toren der Universität, wenn sie grölend und johlend «Juden raus! Juden raus!» skandierten und Steine, Flaschen und verfaulte Früchte warfen. Diese Wurfgeschosse verfehlten Professor Aschers Kopf manchmal nur um Haaresbreite. Fußgänger gingen mit abgewandten Gesichtern vorbei, während die Polizei keine Anstalten machte, die Rowdys zu stoppen.

Professor Ascher beobachtete, wie seine Kollegen, einer um den anderen, sich den Drohungen und der Gewalt unterwarfen, und er fürchtete den Tag, an dem man auch ihn aus seiner Stellung verdrängen würde. Gleichzeitig jedoch hatte er die Hoffnung, daß sich in den Köpfen der Menschen gesunder Menschenverstand durchsetzen und als stärker als die Vorurteile erweisen würde.

Dann kam es zu einem Vorfall, der ihn überzeugte, daß nicht alle Berliner dieselbe Meinung über Juden und Nazis teilten und daß er noch immer gute und treue Freunde besaß. Gänzlich unerwartet wurde er zur Abiturfeier von Stefan Kraus eingeladen.

Lange Zeit, nachdem der Briefträger die Einladung gebracht hatte, starrte der Professor noch darauf und dachte an seine Verbindung zur Familie Jochum. Vor dem Ende des letzten Jahrhunderts hatte er sie durch den alten Bankier Isaak Arendt kennengelernt, der Karl Jochum die Hypotheken für sein Hotel bewilligt hatte. Ja, ohne jüdisches Geld würden das Quadriga und viele andere Berliner Institutionen vermutlich nicht existieren. Das nagte an den Nazis, das nannten sie die «finanzielle Herrschaft», die die Juden über Deutschland ausübten. Natürlich war das lächerlich, aber damit ließ sich großartig Propaganda machen.

Früher war Professor Ascher auf dem Heimweg öfter in der Quadriga-Bar eingekehrt, aber in letzter Zeit war er davon abgekommen. Seit Benno Mitglied der NSDAP war, schien die Atmosphäre des Hotels verändert. Dazu kam die unerfreuliche Tatsache, daß Baron Heinrich die Bank und die Villa seines Schwiegersohns Theo Arendt gekauft hatte, in der seine Tochter Sophie und seine beiden Enkel Felix und Kaspar gewohnt hatten, bevor sie nach England emigrierten.

Die Einladung ließ die Dinge jetzt allerdings in einem anderen Licht erscheinen. Vielleicht war er überempfindlich gewesen. Baron Kraus und sein Sohn Benno mochten überzeugte Nazis sein, das bedeutete aber nicht, daß Ricarda Jochum und ihre beiden Töchter mit ihnen übereinstimmten. Die Einladung jedenfalls zeigte genau das Gegenteil.

Erst als Viktoria die Uhr kaufte, die Stefan zum Abitur bekommen sollte, erlebte sie das volle Ausmaß der antijüdischen Kampagne.

Sie ging zu Liebermann, einem der angesehensten Juweliere Berlins, von dem der meiste Schmuck stammte, den sie und Luise besaßen. Als sie bei dem Geschäft ankam, war der Weg jedoch von Braunhemden versperrt, die lautstark Parolen brüllten. Auf Plakaten stand: «Deutsche, schützt euch vor Juden!» Viktoria zögerte einen Moment und ging dann entschlossen auf den Laden zu. «Lassen Sie mich durch», sagte sie in befehlendem Ton.

Ein Schwall von Beschimpfungen ergoß sich über sie, aber sie ließ sich nicht beirren. Langsam öffneten sich die Reihen, und sie konnte das Geschäft betreten.

Viel älter aussehend, als sie ihn in Erinnerung hatte, tauchte Liebermann aus den hinteren Räumen des Ladens auf. «Frau Jochum-Kraus, das ist aber eine Freude. Was kann ich für Sie tun? Eine Uhr? Aber sicher.»

Sie fühlte sich unwohl bei dem Aufhebens, das er um sie machte; er bestand darauf, daß sie eine Erfrischung zu sich nahm, während sie seine wunderbaren Uhren betrachtete. Sie hatte das unangenehme Gefühl, daß sie seit Tagen die erste Kundin war.

Als sie schließlich ihre Wahl getroffen und Anweisungen über die Gravur gegeben hatte, fühlte sie sich fast schuldig, daß sie ihn verließ. Mit hocherhobenem Kopf ging sie an den pöbelnden Braunhemden vorbei. Einer der Männer spuckte ihr auf die Füße.

Stefans Abiturfeier war ein großartiges Ereignis. Am frühen Abend trafen die Gäste ein – Verwandte, Bekannte und Geschäftsfreunde der Familie –, alle wollten Stefan Glück wünschen und seinen Eltern die Ehre erweisen. Als Mortimer Allen den Saal betrat, hatte Stefan das Gefühl, daß ihm nach den vielen Gratulationen bald die Hand abfiel.

«Welch erlesene Versammlung», kommentierte der Journalist, nahm ein Glas Champagner entgegen und sah sich interessiert im überfüllten Jubiläumssaal um, der von lebhafter Konversation und fröhlichem Gelächter erfüllt war.

In diesem Augenblick trat Peter von Biederstedt ein, ließ kurz seinen Blick durch den Raum streifen, als wollte er entscheiden, ob die Gesellschaft seine Gegenwart verdiente, dann ging er mit einem Ausdruck herablassender Amüsiertheit auf Stefan zu. «Meinen Glückwunsch, Stefan», sagte er.

Viktoria warf er einen spöttischen Blick zu. «Möchtest du nicht auch wieder so jung sein, Vicki?»

Das Blut wich aus Viktorias Gesicht, und einen Moment lang glaubte sie, ihr Herz stünde still. Was meinte Peter mit dieser Bemerkung? War es eine subtile Anspielung darauf, daß er sich daran erinnerte, wie sie damals in ihn verliebt war? Und wenn das zutraf, warum nutzte er dann ausgerechnet die Gelegenheit von Stefans Abiturfeier, um ihr das zu sagen?

Sie spürte, daß Stefan und Mortimer sie neugierig ansahen, und lächelte zaudernd. «Nein, Peter, auf keinen Fall.»

«Viktoria, die Gräfin Wartenburg fragt nach dir.» Benno trat hinzu. Ohne Peter oder Mortimer zu begrüßen, legte er die Hand auf Stefans Schulter und sagte: «Stefan, da ist jemand, den ich dir vorstellen möchte ...»

Vater und Sohn verschwanden in der Menge, Viktoria ging zu der Gräfin, und Peter schlenderte zu einer Gruppe von Offiziersfreunden. Mortimer zündete sich eine Zigarette an. Er hatte das Gefühl, daß mit knapper Not ein Desaster abgewendet worden war, aber keine Ahnung, worum es sich handeln konnte. Was war wohl der Grund für Viktorias merkwürdige Reaktion? Warum war Benno dazwischengetreten, um das Zusammentreffen aufzulösen, indem er seinen Arm so besitzergreifend um Stefans Schulter legte?

Ricardas Stimme weckte ihn aus seiner Versunkenheit. Sie bemerkte, daß er allein dastand, und rief: «Herr Allen, kommen Sie doch zu uns.»

Mortimer wandte sich um und fand Luise und Ricarda im Gespräch mit einem höchst ungewöhnlich aussehenden Mann – dichte weiße Mähne und ausdrucksvolle braune Augen. Ricarda stellte sie einander vor. «Herr Allen, das ist ein sehr lieber Freund – Professor Bethel Ascher. Seine Tochter und sein Schwiegersohn sind letzten Herbst nach London gezogen.»

«Mein Schwiegersohn ist der Bankier Theo Arendt», erklärte der Professor, als die beiden sich die Hände schüttelten.

Mortimer hob eine Augenbraue. «Hat er seine Bank nicht an Baron Kraus verkauft?»

«Das stimmt.» Der Professor sah aus, als wollte er zu dem Thema noch eine Menge sagen, aber er erinnerte sich, wo er sich befand, lächelte nur schwach und wechselte das Thema. «Ich hörte, daß es dir nicht gutging, Luise. Ist es denn jetzt besser?»

Da sie sich an diesem Frühlingsabend mit ihrer Mutter und Professor Ascher an ihrer Seite tatsächlich wohler fühlte, antwortete sie: «Danke ja, es geht mir schon viel besser.»

Mortimers Augen schweiften neugierig durch den Raum. «Wer ist denn dieser Gottesmann?» fragte er Ricarda und deutete auf einen ernst blickenden Pastor, der einer bewundernden Zuhörerschaft predigte.

«Kennen Sie Pastor Scheer nicht?» fragte Ricarda verwundert. «Alle Welt redet doch von ihm. Selbst ich habe ihn predigen hören!»

«Aha», sagte der Professor langsam, «das ist also Pastor Scheer. Wir teilen die gleiche Haushälterin und den gleichen Gärtner – wenn auch nicht die gleiche Religion.»

Später am Abend nahm Benno Viktorias Arm, rief Stefan an seine Seite, klatschte in die Hände und bat um Ruhe. «Wir feiern heute die bestandene Reifeprüfung eines jungen Mannes, meines Sohnes Stefan.» Er legte liebevoll seinen Arm um Stefans Schultern, eine in der Öffentlichkeit ungewöhnliche Geste. «Stefan, von jetzt an liegt dein Leben in deinen eigenen Händen. Lebe weise und lebe gut nach den Prinzipien und Regeln, die deine Mutter und ich dich gelehrt haben.» Er griff in die Tasche und nahm ein Lederetui heraus. «Das ist ein kleines Geschenk zum Zeichen der Anerkennung, unserer tiefen Zuneigung und unseres großen Stolzes auf deine Leistung.»

Unter dem Applaus der Gäste öffnete Stefan das Etui und nahm eine schwere goldene Jäger-Armbanduhr heraus. Auf der Rückseite waren seine Initialen und das Datum eingraviert. Gegen seine Rührung ankämpfend, sagte er: «Danke, und glaubt mir, ich bin für alles dankbar, was ihr für mich getan habt.»

Seine Mutter küßte ihn auf die Wange und murmelte: «Wir sind stolz auf dich, mein Schatz.»

Benno räusperte sich und sagte dann mit rauher Stimme: «Wir sind wirklich sehr stolz auf dich, mein Sohn.»

Nie zuvor in der Geschichte hatte Berlin etwas erlebt, das den Paraden zum 1. Mai 1933 vergleichbar gewesen wäre. Propagandaminister Goebbels wollte die Verbundenheit des Naziregimes mit den Arbeitern demonstrieren, er wollte beweisen, daß die nationalsozialistische Revolution sich nicht gegen die Arbeiter richtete, sondern für ihre Interessen eintrat. Es war der Feiertag der nationalen Arbeit.

Angeführt von ihren Vertretern, strömten die Arbeiter zu Tausenden ins Zentrum der Stadt. Sie stürmten nicht in Massen ungeordnet durch die Straßen und forderten Rechte, nein, diszipliniert und stolz marschierten sie in geraden Reihen, flankiert von den gleichen Sturmtruppen, die sie einst so bitter bekämpft hatten.

Mortimer folgte ihnen in den Lustgarten und hörte Hitlers Ansprache. Er vernahm, wie sie lauthals jubelten, als Hitler ihnen Arbeit, Brot und Sicherheit versprach, er sah, wie sich ihre Arme zum Hitlergruß erhoben, und plötzlich wurde ihm alles klar. Hitlers Worte waren so überzeugend, sein Enthusiasmus so ansteckend und seine Entschlossenheit so mitreißend, wenn er die Arbeiter aufforderte, ein großes, neues Deutschland mit ihm aufzubauen, daß Mortimer wußte: Wäre er an der Stelle eines verarmten deutschen Arbeiters, würde auch er auf Hitler setzen.

Am Abend war er bei der Versammlung auf dem Tempelhofer Feld dabei. An die hunderttausend hatten sich auf dem weiträumigen Fluggelände versammelt, riefen Parolen und schwenkten in fiebriger Erregung ihre Fahnen. Mortimer erkannte, daß Hitler ihnen an einem Tag mehr Hoffnung gemacht hatte als Olga Meyer in zwanzig Jahren.

Am folgenden Tag wurden die gleichen Gewerkschaftsführer, die die Arbeiter bei Demonstrationen angeführt hatten, verhaftet, die Gewerkschaftsquartiere besetzt und die Kassen beschlagnahmt. Triumphierend verkündete Baron Heinrich noch am selben Abend Mortimer: «Ich hätte es selbst nicht besser machen können.»

«Aber diese Gewerkschafter haben doch sicherlich den Nazis ihre Unterstützung zugesagt. Warum sperrt man sie ein?»

Der Baron zuckte mit den Schultern. «Mein lieber Herr Allen, solange sie auf freiem Fuß sind, könnten sie die Arbeiter zu Streiks gegen die Regierung anstiften. Wenn sie im Gefängnis sind, können sie nichts anzetteln. Das ist die weit bessere Lösung.»

Zuerst also die Kommunisten, dann die Juden und jetzt die Arbeiterführer, dachte Mortimer. Wer sind die nächsten?

Genau eine Woche nach Stefans Abiturfeier feierte Luise ihren Geburtstag. Obwohl Dr. Blattner mit den Fortschritten ihrer Genesung zufrieden war, wußte Luise, wie labil ihr Gefühlszustand noch war. Es gab Zeiten, in denen Leere und Einsamkeit in ihr überhandnahmen und ein schwarzer Tunnel sie zu verschlingen drohte. Dieser Geburtstag schien nicht den Beginn eines neuen Jahres oder eines neuen Lebensabschnitts anzukündigen, sondern ein Ende. Wie ein Schmetterling war sie früher von einem Traum zum andern, von einer Liebe zur nächsten geflattert. Jetzt, mit dreiunddreißig Jahren, hatte sie keinen Traum und keine Liebe mehr übrig.

Aber sie erlebte doch noch eine Überraschung. Als sie an diesem Abend die Räume ihrer Mutter betrat, wo es ein Fest geben sollte, wurde sie von allen mit aufgeregten Gesichtern erwartet. Im Chor schallte ihr entgegen: «Viel Glück zum Geburtstag, Luischen. Alles Gute, Tante Luise.»

Dann tauchte unter dem Tisch ein seidiges Wollbündel auf vier wackligen Beinen auf – ein Hundebaby, das mit seinem Ringelschwänzchen wedelte. Über den Teppich tapste es auf Luise zu und blickte sie aus braunen Knopfaugen hingebungsvoll an, die rosafarbene Zunge hing ihm dabei aus dem Maul.

Luises Augen wurden feucht, und sie beugte sich nieder, um das kleine Tierchen zu streicheln. «Ach, ist der süß!»

«Das ist kein ‹Er›, sondern eine ‹Sie›», berichtigte Monika.

Der kleine Welpe krabbelte auf Luises Schoß.

«Es ist eine schottische Schäferhündin», sagte Stefan. «Großmutter ließ sie aus Schottland herbringen.»

«In England nennt man sie ‹Shelties›», bemerkte Ricarda.

«Wir dachten, sie wäre eine gute Gesellschaft für dich», erklärte Victoria.

«Du mußt sie natürlich abrichten», fügte Benno hinzu.

Luise schloß das kleine Tier in die Arme und verbarg ihr Gesicht in dem langen, seidigen Fell. «Ich finde sie wunderbar. Ihr hättet mir kein schöneres Geschenk machen können. O Sheltie, Sheltie, ich liebe dich schon jetzt.»

Sheltie leckte zärtlich Luises Nase.

Als sich Luise an diesem Abend ins Bett kuschelte und Sheltie sich auf ihrem Bauch zusammenrollte, spürte sie einen neuen Hoffnungsschimmer. Zum erstenmal seit Monaten sah sie einen Lichtschein in dem schwarzen Tunnel.

Am folgenden Morgen rief der Dekan der naturwissenschaftlichen Fakultät an und teilte Professor Ascher mit, daß das «Gesetz zur Wiederherstellung des Berufsbeamtentums» auch auf Honorarprofessoren und Dozenten ausgedehnt wurde. «Bethel, ich bedaure das aus tiefstem Herzen, aber du kannst nicht mehr bei uns arbeiten.»

Bethel Ascher lauschte der blechern durch den Hörer hallenden Stimme, aber er wußte, daß sein alter Freund sich um Anteilnahme bemühte. «Ist schon gut», antwortete er gleichmütig. «Ich bin ein alter Mann, es ist Zeit, daß ich aufhöre. Aber die Forschungen, an denen wir arbeiten? Wer wird sie weiterführen? Was wird aus der Abteilung?»

Stille trat am anderen Ende ein, schließlich sagte der Dekan fast flüsternd: «Ein Drittel der Universitätsbelegschaft waren Juden, Bethel, und wie du weißt, bestand unsere Forschungsabteilung fast ausschließlich aus Juden. Es wird keine Forschungsabteilung mehr geben. Ganz einfach.»

Ohne etwas wahrzunehmen, starrte der Professor aus dem Fenster. Er hatte sein Leben der Forschungsabteilung verschrieben, und nun, achtundvierzig Jahre später, sollte sie nur noch dem Namen nach bestehen.

Am nächsten Morgen stand er wie gewöhnlich auf, nahm die Straßenbahn in die Innenstadt und wollte zur Universität gehen, um sein Büro aufzuräumen. Als er jedoch zur Universität kam, sah er sich einem Mob von Braunhemden und Studenten gegenüber, die Fahnen schwenkten und skandierten: «Juden raus, Juden raus!» Sie machten den Weg frei für einen arischen Dozenten, als sie jedoch Professor Ascher sahen, stürzten sie sich auf ihn und schrien fanatisch: «Da ist einer!» – «Der ist ein Jidd!» – «Juda verrecke!» Die SA-Leute hoben Knüppel; Steine und Flaschen wurden ihm entgegengeschleudert.

Bethel Ascher bekam Angst wie nie zuvor in seinem Leben; er wußte: Ging er noch einen Schritt weiter, würde man ihn zu Tode trampeln. Mit höhnischem Gelächter und groben Witzen bedacht, machte er kehrt.

In hoffnungsloser Verzweiflung streifte er durch die umliegenden Straßen, bis er plötzlich vor der Neuen Synagoge stand. Er ging hinein, warf sich zu Boden und betete das erste Mal seit Jahren. Merkwürdigerweise kamen seine Worte nicht aus dem Alten, sondern aus dem Neuen Testament: «Mein Gott, mein Gott, warum hast du mich verlassen?»

Tausende von Gymnasiasten und Studenten marschierten am Hotel Quadriga vorbei die Straße Unter den Linden hinunter. Die Anführer trugen brennende Fackeln, die die winzigen Blüten der Lindenbäume erleuchteten, während der Zug sich zum Kaiser-

Franz-Joseph-Platz bewegte, den meisten Berlinern noch unter seinem alten Namen als Opernhausplatz bekannt. An dessen nördlicher Seite stand die Preußische Staatsbibliothek, die Mitte des siebzehnten Jahrhunderts gegründet wurde und eine überragende Sammlung von nahezu zweieinhalb Millionen Bänden besaß.

Als der Zug den Opernhausplatz erreicht hatte, wurde der Zweck der Manifestation klar. In der Mitte des Platzes türmte sich ein riesiger Stapel Bücher, bewacht von SA-Leuten, auf den die Fackelträger auf einen Zuruf hin ihre brennenden Fackeln warfen. Die Bücher wurden sofort von den Flammen erfaßt, die hoch in den Nachthimmel aufzüngelten; verkohlte Papierfetzen und Asche regneten auf die Studenten und die Menge der faszinierten Zuschauer hinab, die ihrer Zustimmung lauthals Ausdruck gaben: «Schund!» – «Pornographie!» – «Jüdischer Dreck!»

Stefan war dem Zug vom Hotel aus gefolgt. Wären hier wirklich pornographische Bücher verbrannt worden, hätte er das vielleicht verstanden, aber selbst von seinem Zuschauerplatz aus erkannte er viele Grundlagenwerke, Gedichtbände, Schauspiele und Werke der Weltliteratur. Studenten und SA-Leute schleppten immer mehr Bücherstapel über den Platz, um den Scheiterhaufen am Lodern zu halten. Die Hitze war so intensiv, daß Stefan seine Augen abdecken mußte, trotzdem konnte er Titel und Autorennamen erkennen: Lion Feuchtwanger, Alfred Döblin, Heinrich Heine, Sigmund Freud, Erich Maria Remarque, Emile Zola, André Gide, H. G. Wells, Walter Rathenau, Albert Einstein, Bethel Ascher …

«Es ist wie im Mittelalter», hörte er Mortimer Allen sagen, und erleichtert stellte er fest, daß er wenigstens einen Freund bei diesem schrecklichen Ereignis traf. Stefan wandte sich um. Der Journalist stand nicht weit von ihm entfernt, neben ihm Professor Ascher.

«Nein, wir haben Fortschritte gemacht», meinte der Professor bitter. «Im Mittelalter hätten sie mich verbrannt, jetzt verbrennen sie nur meine Bücher.»

Mortimer legte tröstend die Hand auf seinen Arm.

«Schändung!» murmelte Ascher. «Vandalismus von Wahnsinnigen! Was glauben die wohl, damit zu gewinnen?»

Verzweifelt wandte sich Stefan an ihn. «Es ist ein Sakrileg! Wie können sie so etwas tun?» Zu seinem Ärger hatte er Tränen in den Augen, die er mit der Hand wegwischte. «Wie können sie Bücher verbrennen? Bücher! Wissen sie denn nicht, daß Bücher das Wichtigste sind, was wir besitzen? Können wir sie nicht aufhalten?»

«Stefan, kommen Sie, wir gehen», sagte Mortimer. «Ich glaube nicht, daß ich das länger ertrage.»

Sie wandten sich von dem lodernden Scheiterhaufen ab und gingen die Linden hinauf – ein alter Jude, ein Amerikaner und ein junger Deutscher, vereint in ihrem Kummer.

Sie gingen zum Tiergarten. «Jetzt haben die Nazis endlich ihr wahres Gesicht gezeigt», meinte Professor Ascher. «Sie haben die Kommunisten, die Juden und die Gewerkschaften mundtot gemacht, und jetzt zerstören sie unser kulturelles Erbe. Alles Gute und Edle in Deutschland wird in Flammen aufgehen.»

«Da ist noch etwas, das Sie nicht wissen», sagte Mortimer ernst und zündete sich eine Zigarette an. «Göring hat heute alle Gebäude, alle Zeitungen und das gesamte Vermögen der Sozialdemokraten beschlagnahmt. Ein paar sozialdemokratische Abgeordnete, die sich den Nazis fügen wollen, sind noch auf freiem Fuß, aber die meisten wurden eingesperrt.»

«Man muß etwas tun, um sie aufzuhalten. Aber was nur?» fragte Professor Ascher verzweifelt. «Ich bin Jude. Innerhalb eines Monats habe ich meine Arbeit verloren und zusehen müssen, wie mein Lebenswerk ins Feuer geworfen wird.»

«Die Stärke der Nazis liegt in ihrem Führertum», sagte Mortimer langsam. «Hitler hat Erfolg, weil niemand stark genug ist, ihm entgegenzutreten. Allein können die Juden gar nichts bewirken, aber zusammen mit anderen verfolgten Gruppen, mit Intellektuellen, Sozialisten, Künstlern und verschiedenen religiösen Gruppierungen könnten sie eine Menge erreichen. Eine vereinigte Opposition könnte ihn immer noch stürzen.»

Professor Ascher starrte ihn an. «Glauben Sie, daß uns von irgendwoher noch Hilfe zukommen wird?»

Mortimer schwieg. Schon eine Weile versuchte er im Rahmen seiner Arbeit, die Welt aufzurütteln, aber niemand wollte etwas von den schrecklichen Vorgängen in Deutschland wissen. Mehrfach hatte er vertrauliche Briefe an seinen Londoner Redakteur, Bill Wallace, geschrieben, worin er über die Verfolgung der Kommunisten, Sozialisten, Gewerkschafter und Juden berichtete und auch die Willkür von Görings Polizei und der Gestapo schilderte. Bill hatte ihm nur geantwortet, seine Aufgabe bestünde darin, Nachrichten zu übermitteln, und nicht, Propaganda zu machen.

Warum sollte die Welt auch etwas davon wissen wollen? Als Folge der furchtbaren Depression gab es nicht ein einziges Land ohne Wirtschaftsprobleme, Massenarbeitslosigkeit und innere Unruhen. Deutschlands Wirtschaft begann sich bereits zu erholen, die Arbeitslosenzahlen sanken, und die revolutionären Gruppierungen waren ausgeschaltet worden. In den Augen der meisten Menschen im Ausland hatte Deutschland in Hitler seinen Retter gefunden.

«Ich bin nur ein kleiner Journalist», sagte Mortimer langsam. «Meine Möglichkeiten sind begrenzt. Aber ich kann Ihnen eines versichern: Was anfangs nur ein journalistischer Auftrag war, wird für mich immer mehr zu einer persönlichen Mission.»

Der Professor streckte die Hand aus. «Als wir uns heute abend trafen, war ich ein alter Mann, der seinen Glauben an die Menschheit verloren hatte. Sie haben mir diesen Glauben wiedergegeben. Jetzt fühle ich mich nicht mehr allein. Irgendwie, davon bin ich überzeugt, werden wir die Welt von diesem Bösen befreien.»

Er verabschiedete sich mit einem Händedruck von den beiden und ging dann hocherhobenen Hauptes nach Süden die Siegesallee hinunter. Mortimer und Stefan kehrten ins Hotel Quadriga zurück. Am Fuß der Hoteltreppe sagte Stefan: «Ist Ihnen bewußt, daß wir eine neue Art der Opposition gegründet haben?»

Mortimer lächelte trübselig und strich sich mit matter Hand das dichte Haar aus der Stirn. «Eine Opposition aus drei Leuten. Nun, ich denke, das ist ein Anfang.»

Mitte Mai zog Baron Kraus aus dem Quadriga in seine Villa im Grunewald und suchte per Zeitungsannonce nach Hauspersonal. Gottlieb Linke sah die Anzeige und traf eine Entscheidung. Er zog seinen besten Mantel an und nahm eine Straßenbahn in den Grunewald. Das Haus kannte er gut, denn in den Tagen von Theo Arendt war er oft dort gewesen.

Das Vorstellungsgespräch dauerte nicht lange. Gottlieb beschrieb seine Aufgaben im Haushalt von Professor Ascher, betonte seine Fähigkeiten als Butler und Hausdiener und empfahl Martha als fähige Köchin und Haushälterin. Seine Tätigkeit bei Pastor Scheer schilderte er in aller Ausführlichkeit und deutete an, daß er auf Anregung des Pastors eine Arbeit in einem nichtjüdischen Haushalt suchte.

Der Baron nickte wissend. «Das klingt recht zufriedenstellend. Wann können Sie anfangen?»

«Ich stehe zu Ihrer Verfügung, Herr Baron.»

«Sie wohnen natürlich im Haus. Neben Ihrer Tätigkeit im Haus brauche ich Sie als Chauffeur. Ich nehme an, Sie können Auto fahren?»

Gottlieb war sicher, daß er es lernen würde.

«Sie fangen am Montag an. Seien Sie um sieben Uhr zur Stelle.»

Als Gottlieb den Scheers mitteilte, daß er künftig bei Baron Kraus arbeiten würde, bezeugte der Pastor höfliches Bedauern, aber er wußte, daß er keine Probleme haben würde, einen neuen Gärtner zu finden. Klara Scheer jedoch war wirklich betroffen, nicht wegen sich selbst, sondern wegen Professor Ascher. «Sie und Ihre Frau waren doch so lange bei ihm. Wie kommt er denn zurecht ohne Sie?»

Gottlieb gab ihr die gleiche Antwort, die er Martha gegeben hatte. «Wenn es umgekehrt wäre, würde er sich kein Gewissen daraus machen, uns zu kündigen. Es tut mir leid, Frau Pastor, aber in diesen Zeiten müssen wir zuerst an uns selbst denken.»

«Ja, wahrscheinlich», antwortete sie zweifelnd. Aber als Gottlieb gegangen war, betete sie für einen Mann, den sie nie kennengelernt hatte. Er mochte Jude sein, aber sie war sicher, daß Professor Ascher ein guter Mensch war.

Professor Ascher war von der Kündigung der Linkes nicht überrascht, denn in den letzten Wochen waren sie nachlässig in ihrer Arbeit und unverschämt geworden. Dennoch traf ihn der menschliche Verrat tief, und es bedrückte ihn, daß eine Beziehung von über zwanzig Jahren plötzlich nichts mehr zählte. Als sie ihm dann noch mitteilten, daß sie für Baron Kraus arbeiten wollten, kam auch Bitterkeit hinzu. Zuerst stahl der Baron Theos Villa, und nun nahm er ihm auch noch sein Personal. Vielleicht sollte er doch besser zu seiner Tochter und seinem Schwiegersohn nach England gehen …

Am 14. Juli 1933 erließ der Reichstag ein Gesetz, das die Bildung neuer politischer Parteien verbot: «In Deutschland besteht als einzige politische Partei die Nationalsozialistische Deutsche Arbeiterpartei.» In weniger als einem halben Jahr hatte Hitler den totalitären Einparteienstaat geschaffen.

Es mußte doch eine Reaktion auf diesen Despotismus geben, dachte Mortimer, doch als er am Abend die Bar betrat, begrüßte ihn fröhliches Geplauder, als wäre nichts geschehen. Nur Hasso Annuschek blickte düster drein, und als Mortimer ihn deswegen ansprach, sagte er: «Was können wir tun, Herr Allen? Jeder, der versucht hat, sich Hitler entgegenzustellen, mußte entweder ins Ausland fliehen oder wurde verhaftet.»

Mortimer nippte mißmutig an seinem Jack Daniels, als Viktoria mit Papieren in der Hand in die Bar kam. Obwohl sie offensichtlich beschäftigt war, fragte Mortimer sie dennoch: «Ist Ihnen klar, was heute geschehen ist?»

«Geschehen? Was meinen Sie?»

«Dieses neue Gesetz.»

«Oh, ein neues Gesetz. Ich glaubte schon, eine Katastrophe wäre passiert.»

«Das ist meiner Ansicht nach auch der Fall», antwortete Mortimer ernst. «Hitler hat jetzt die absolute Macht. Er kann mit dem Land machen, was er will.»

Viktoria seufzte resigniert. «Ich bin in der Zeit der Monarchie groß geworden, als der Kaiser die absolute Gewalt innehatte. Nach seiner Abdankung hatten wir eine Republik, die kein großer Erfolg war. Jetzt ist wieder eine Person allein verantwortlich für alle Entscheidungen. Vielleicht ist das gar nicht so schlecht. Wie ich immer betone, ich bin nicht gegen Hitler, sondern gegen die Sturmtruppen. Wenn Sie mich jetzt bitte entschuldigen wollen, ich muß Herrn Brandt finden.»

Mortimer nickte betrübt. «Ja, natürlich.» Aus ihrem Blickwinkel wirkten diese Ereignisse vielleicht nicht so verheerend.

3

Im Juli schrieb sich Stefan für das kommende Semester an der Friedrich-Wilhelm-Universität für moderne Sprachen und Philosophie ein. «Bedeutet das, daß du nicht mehr nach Oxford gehen willst?» fragte Viktoria hoffnungsvoll.

«Nein, Mama. Ich will noch immer nach Oxford, aber Herr Allen hat mir erklärt, daß Rhodes-Stipendiaten mindestens zwei Jahre im eigenen Land studiert haben müssen, bevor sie zugelassen werden.»

«Nun, in zwei Jahren kann sich vieles ändern.» Viktorias Miene hellte sich auf. Sie war sicher, daß Stefan bis 1935 den Schock über die Bücherverbrennung überwunden haben und dann in Berlin bleiben würde.

Da die beiden Kinder Ferien hatten und die politische Situation endlich stabil schien, schlug Benno vor, daß sie alle zusammen für einen wohlverdienten Urlaub nach Heiligensee fahren sollten. Also übergaben sie Emil Brandt die Leitung des Hotels und fuhren aufs Land.

Das stille Fischerdorf Heiligensee lag ungefähr zwanzig Kilometer nordwestlich von Berlin an einem der Havelseen. Das etwas abgelegene Landhaus der Jochums war seit mehreren Generationen im Besitz von Ricardas Familie. Das Hauptgebäude der hufeisenförmigen Anlage öffnete sich nach Süden hin, die Stallungen waren zu Wohnräumen umgebaut worden, und in der Mitte lag ein Hof. An der Südfront entlang lief eine großzügige Veranda, von der aus man die Rasenfläche, die bis zu einem Bootshaus mit Anlegestelle reichte, überblicken konnte.

Aus dem Kamin stiegen Rauchwölkchen auf, und der Rasen war erst kürzlich geschnitten worden. Fritz Weber, der hier nach dem Rechten sah, eilte auf sie zu. «Willkommen! Ich kümmere mich gleich um Ihr Gepäck.»

Seine dralle Frau Hilde, die den Haushalt besorgte und kochte, erschien in der Tür. Sie wischte sich die Hände an der Schürze ab. «Ja, herzlich willkommen! Frau Jochum, wie schön, Sie wiederzusehen – und die jungen Damen und der Herr.»

Ricarda sah sich wohlgefällig um. «Schaut euch meine Rosen an!»

«Ja, mein Fritz wußte, daß sie Ihnen gefallen würden.»

«Darf ich Sheltie mit zum See runternehmen, Tante Luise?» fragte Monika. Als Luise nickte, rannte sie mit fliegenden Zöpfen zum Wasser, der Hund ihr voraus.

Stefan fragte: «Können wir heute nachmittag das Boot herausholen, Papa?»

Der Ortswechsel allein hatte Bennos Stimmung bereits gehoben. «Ich wollte tatsächlich heute ein bißchen fischen», räumte er ein.

Fritz nickte. «Ich habe den Motor überholt, Herr Benno.»

Als Benno und Stefan Monika folgten, brach Viktoria in Lachen aus. «Hilde, Sie haben keine Vorstellung, wie schön es ist, wieder hierzusein, wenn man den ganzen Winter in Berlin verbracht hat. Es ist so friedlich.»

Nach einem reichen Mittagsmahl mit frisch gefangenem Flußbarsch aus dem Heiligensee, dazu Gemüse aus dem Garten, gingen Benno und die Kinder angeln, während Ricarda im Garten herumwerkelte und Viktoria, Luise und Sheltie gemütlich auf der

Veranda saßen. «Es ist wie eine andere Welt, nicht wahr?» seufzte Viktoria und streckte ihre nackten Beine in die Sonne.

Luise sah sie an, und plötzlich wurde ihr bewußt, welch hohen Preis die vergangenen Monate ihrer Schwester und ihr selbst abverlangt hatten. Viktoria schien magerer geworden zu sein, und auf ihrem Gesicht zeigten sich ein paar neue Falten.

Sie nahm Viktorias Hände in die ihren. «Ja, Gott sei Dank, daß wir diese Rückzugsmöglichkeit haben. Eine Oase der Vernunft in einer Wüste der Verwirrungen ...» Sie blickte auf den stillen Heiligensee hinaus, der so fern war vom Lärm und Geschrei der Menschen, der Sturmtruppen und Politiker, fern von dem ständigen Vorwurf, den das Café Jochum darstellte, und fern von dem Gefühl, versagt zu haben.

Am Abend sagte Ricarda: «Ich denke, ich werde morgen ein wenig aquarellieren.»

«Sheltie und ich werden spazierengehen», entschied sich Luise.

«Ich werde überhaupt nichts tun», meinte Viktoria.

Benno tätschelte ihr liebevoll die Schulter. «Du hast Ruhe verdient, meine Liebe.»

Um zehn wurden in Heiligensee die Lichter gelöscht. Große Eichen und Kiefern zeichneten sich gegen den Nachthimmel ab. Über dem glänzenden See erhob sich ein silberner Mond. Ein Käuzchen schrie. Dann war Stille.

Mortimer war nun über ein halbes Jahr in Berlin. Auch er sehnte sich nach Ferien und fuhr zu seiner Familie nach England.

«Fairways» war ein hübsches, frei stehendes Backsteinhaus mit drei Schlafzimmern am Rande von Oxford. Es war gegen Ende des letzten Jahrhunderts erbaut worden, mit Glyzinien und Efeu bewachsen, und lag zurückgesetzt in einem Garten voller alter Obstbäume und leuchtender Rabatten.

Das Taxi hielt vor dem Haus, und Mortimer stieg aus; er bezahlte den Fahrer, nahm seinen Koffer und blieb einen Moment lang bewundernd vor seinem Heim stehen, das er so lange nicht mehr gesehen hatte.

Die Eingangstür flog auf, und Joyce stürzte heraus. «Mortimer!»

Er ließ den Koffer fallen und streckte, übers ganze Gesicht grinsend, die Arme aus. Joyce trug ein Paar alte Hosen, das glatte schwarze Haar war nachlässig frisiert, auf der Nase hatte sie einen Farbfleck und in der Hand den Pinsel. Auch wenn sich die ganze Welt änderte, Joyce blieb die gleiche. Sie war Ende Dreißig, hatte noch immer die Figur eines Teenagers, und ihr Gesicht – ganz ohne Make-up – sah sehr jung aus. Er hob sie hoch, wirbelte sie herum, dann schloß er sie in die Arme und küßte sie lange und zärtlich. «Hallo, du Clownsgesicht! Freust du dich, deinen alten Ehemann zu sehen?»

Vorwurfsvoll schaute sie ihn an. «Du hättest mir sagen sollen, wann du heimkommst, dann hätte ich alles für dich vorbereitet. Im Moment ist überall ein großes Durcheinander, Libby ist irgendwo draußen, und zum Abendessen haben wir nur zwei Schnitzel.»

«Ich wollte sichergehen, daß du dir in meiner Abwesenheit keinen Liebhaber angeschafft hast», neckte er sie und gab ihr einen Klaps aufs Hinterteil.

Sie schlang die Arme um seine Taille. «Natürlich habe ich keinen Liebhaber. Abgesehen davon, ich bin viel zu beschäftigt …»

«Daddy!» Wie ein Geschoß flog Libby über das Gartentor, den Weg hinunter und in seine Arme. «Ich sah das Taxi und wußte, daß du das bist. Ich bin den ganzen Weg vom Ende der Straße bis hierher gerannt.»

Plötzlich tauchte das Bild einer ganz anderen Familie vor ihm auf. Vergeblich versuchte er, sich Viktoria in alten Hosen und Monika über ein Gartentor springend vorzustellen. Er lachte. «Euch beiden scheint nicht klar zu sein, daß ich die Gesellschaft eleganter Damen in einem der elegantesten Hotels der Welt gewöhnt bin. Und wie muß ich mich bescheiden, wenn ich nach Hause komme! Zerzauste Frisuren, schmutzige Gesichter, abgewetzte Hosen. Also, ich hätte gute Lust, wieder nach Berlin zurückzufahren.»

Libby befreite sich aus seinen Armen und sah ihn entgeistert an. «Daddy, das kannst du nicht!»

«Wie ist Berlin?» fragte Joyce ruhig.

«Berlin ist immer noch Berlin – fast jedenfalls.» Er nahm seinen Koffer. «Ich erzähl dir später davon. Zuerst hätte ich gern eine Tasse Tee. Und nachdem nur zwei Schnitzel im Haus sind, schlage ich vor, daß wir uns an Fisch und Chips gütlich tun.»

Libby, im Aussehen ganz ihre Mutter, tanzte mit fliegendem dunklen Haar vor ihnen den Weg entlang. «Daddy ist daheim, Daddy ist daheim! Und wir essen alle Fisch und Chips! Yippiieh!»

Abends, als Libby in ihrem Zimmer war und schlief, lagen sie nebeneinander, Joyce' Kopf an seiner nackten Schulter und Mortimers Gesicht in ihrem Haar. «Ich liebe dich, selbst wenn du nach Terpentin riechst.»

«Tut mir leid.»

«Macht nichts. Andere Frauen tragen Parfüm, du trägst Terpentin. Es ist ein Teil deiner Anziehungskraft. Ich habe dich wirklich sehr vermißt, Joyce.»

«Trotz all der flachshaarigen Fräuleins, die sich um dich kümmern?»

«Hmm, aber keine roch nach Terpentin.»

«Ich habe dich auch vermißt, Mortimer.»

«Hast du je bedauert, daß du mich geheiratet hast? Schließlich tauge ich nicht viel als Ehemann – ich bin nie zu Hause ...»

«Vielleicht liebe ich dich deswegen so sehr. Solange du immer wieder zu mir zurückkommst, möchte ich gar keinen anderen.»

«Ich werde immer zurückkommen. Aber was plapperst du

ständig, Frau, und störst mich bei meinen finsteren Absichten?» Seine Hände glitten über die zarte Haut ihres nackten Körpers.

Später, als Joyce eingeschlafen war, zündete Mortimer eine Zigarette an und dachte in der Dunkelheit nach. Merkwürdigerweise kreisten seine Gedanken nicht um Joyce. Er fragte sich, ob Viktoria Jochum-Kraus sich jemals vollkommen an einen Mann verloren hatte.

Am nächsten Tag erstattete er in seiner Redaktion Bericht und unternahm einen erneuten Versuch, seinen Redakteur Bill Wallace zu überzeugen, daß die Vorgänge in Deutschland kritischer betrachtet werden sollten, wenigstens in Form von Leitartikeln; aber das Gespräch verlief fast genauso, wie Mortimer vorausgesehen hatte. Zu seinen Ausführungen sagte Bill: «Meiner Ansicht nach wären wir hier gut beraten, Hitlers Beispiel zu folgen – in Amerika übrigens auch. Ab ins Kittchen mit den Unruhestiftern – das kann denen nur guttun.»

Mortimer schwieg.

Draußen auf der Fleet Street fragte er sich, ob er mehr hätte sagen sollen, aber wie konnte man die Vorgänge in Berlin wirklichkeitsgetreu vermitteln? Jemandem, der nicht erst vor kurzem in Deutschland war, mußten seine Schilderungen übertrieben vorkommen.

Sein nächster Termin war bei der Arendt-Bank in der Fenchurch Street. Theo Arendt, ein distinguierter Mann Anfang Fünfzig, empfing Mortimer in seinem Büro im ersten Stock, wo an den dunkelgetäfelten Wänden die Porträts seiner Vorfahren hingen. «Wie schön, daß Sie mich besuchen kommen, Mr. Allen. Mein Schwiegervater, Professor Ascher, hat Sie in einem seiner Briefe erwähnt. Die Situation scheint ziemlich ernst zu sein, zumindest habe ich das zwischen den Zeilen herausgelesen. Als Sophie und ich weggingen, haben wir mit allen Mitteln versucht, ihn zum Mitkommen zu überreden, aber er lehnte ab. Er sagte, jemand müsse in Deutschland zurückbleiben und gegen die Ungerechtigkeit und den Haß kämpfen. Er behauptete, Hitler könne ihm nichts tun, was er nicht ertragen und überstehen könne. Ich hoffe inständig, daß er recht hat.»

Mortimer erzählte ihm von seinem Treffen mit dem Professor und Stefan bei der Bücherverbrennung. Theo Arendt lächelte nicht. «Sie müssen vorsichtig sein. Sicher muß nicht ich Sie darauf aufmerksam machen, daß die Gefängnisse und die Straflager voll von Leuten Ihrer Art sind. Was mich angeht, so werde ich alles in meiner Macht Stehende tun, um meine jüdischen Glaubensgenossen in England und Amerika auf die drohende Gefahr aufmerksam zu machen. Es ist nur schwierig für sie, das alles zu glauben ...»

«Was wird Ihrer Meinung nach passieren?»

«Solange Reichspräsident Hindenburg lebt, sind die Juden meiner Ansicht nach sicher. Aber Hindenburg ist ein alter Mann. Ich habe Angst vor dem, was geschieht, wenn er stirbt.»

Mortimer nickte nachdenklich. «Ich bleibe mit Ihnen in Verbindung, Mr. Arendt.»

Draußen winkte er einem Taxi. «Nach Paddington Station.»

Als das Taxi an Cheapside und der St.-Paul's-Kathedrale vorbeifuhr, fragte der Fahrer: «Haben Sie schon das Neueste gehört?» Mortimer schüttelte den Kopf, und der Chauffeur sagte düster: «Sieht aus, als würde Middlesex gegen Yorkshire verlieren.»

London und Berlin waren zwei sehr verschiedene Welten.

Für Baron Kraus gab es keinen Urlaub. Während der Rest der Welt die Sommerfrische genoß, plante der Baron eifrig für die Zukunft.

Am 20. Juli 1933 sicherte ein neues Wehrgesetz dem Offizierskorps all seine frühere Macht und Privilegien. Damit zeigte Hitler, daß er die Bedeutung der Reichswehr anerkannte und die militärischen Hoffnungen des Landes sich nicht auf seine Privatarmeen beschränken mußten. Darüber hinaus kam es zu Veränderungen im Truppenamt, da General von Blomberg altgedientes Personal in Pension schickte und die Stellen mit jüngeren, dynamischen Offizieren wie Peter von Biederstedt besetzte. Der Baron war sicher, daß die Wiederbewaffnung nicht mehr lange auf sich warten lassen würde.

Im August ernannte Reichspräsident Hindenburg Göring zum General der Infanterie. Die Bedeutung dieses Vorgangs entging dem Baron nicht. Der Luftfahrtminister war nun ein Offizier der Reichswehr geworden. Die Bildung einer neuen Luftwaffe stand bevor. Baron Heinrich überreichte eine Note, in der er seine Glückwünsche zum Ausdruck brachte.

Als nächstes erwarb er die Gebäude neben der Bank in der Behrenstraße und ließ sie zum neuen Hauptsitz der Kraus-Werke umbauen. Er hatte gehört, daß Hitler plante, das Berliner Stadtbild zu verschönern und Berlin zu Europas renommiertester Hauptstadt zu machen. Ein repräsentativer Firmensitz war für Kraus also lebenswichtig.

Dann rief er seinen ältesten Sohn Ernst in New York an. Telefonate nach Übersee waren teuer, und der Baron verschwendete keine Zeit mit überflüssigen Einleitungsphrasen. «Deine Arbeit in Amerika ist erledigt. Ich habe hier etwas für dich zu tun. Ich werde in Berlin einen neuen Hauptsitz eröffnen.»

«Und du möchtest, daß ich die Leitung übernehme?» Ernsts Stimme klang erwartungsvoll.

«Nein, mein Junge. Ich bin der Chef der Kraus-Werke, vergiß das nicht! Du wirst nach Essen gehen und die Führung an der Ruhr übernehmen. Übergib in New York alles an Bewilogua und komm nach Deutschland.»

Als er den Hörer aufgelegt hatte, schnaubte er verächtlich. Falls Ernst dachte, er würde ihm die Führung der Kraus-Werke übertragen, so hatte er sich getäuscht. Wenn der Baron eines Tages die Zügel aus der Hand gab, würde er sie an keinen seiner beiden Söhne übergeben. Weder Ernst noch Benno würden den Beinamen «Stahlkönig» tragen.

In Heiligensee verging die Zeit schnell. Es waren frohe, unbeschwerte Tage voller Sonne und Lachen, die man meist im Garten und am See mit Lesen, Schwimmen, Bootfahren oder Fischen verbrachte. Als Viktoria auf die vergangenen sechs Monate zurückblickte, wurde ihr klar, wie sehr ihr die Dinge in Berlin über den Kopf gewachsen waren. Sie hatte nicht bemerkt, wie dringend sie eine Ruhepause brauchte, daß sie neue Energie tanken und ihrem Leben wieder eine Perspektive geben mußte.

Auch Benno war viel entspannter. Was das Geschäft betraf, konnte er vertrauensvoll in die Zukunft blicken; er war sicher, daß die Zeit der Verluste im Quadriga und Café Jochum vorbei war, nachdem das Land jetzt politisch wieder stabil geworden war. Ohne Peter schien auch sein persönliches Leben sicherer. Seine Familie war wieder vereint, ganz so wie vor Peters Rückkehr.

Nur zu bald war es wieder Zeit, in die Stadt zurückzukehren. Stefan mußte sich auf sein erstes Semester an der Universität und Monika auf ein neues Schuljahr vorbereiten.

«Ist es nicht schrecklich, daß wir wieder in die Stadt müssen?» sagte Ricarda. «Ich glaube, ich bleibe noch ein bißchen länger. Möchtest du mir nicht Gesellschaft leisten, Luischen?»

Im Gegensatz zu ihrer Schwester und deren Familie mußte Luise nicht unbedingt wieder nach Berlin und sagte daher gerne zu.

Ein wenig neidisch meinte Viktoria: «Ich wünschte, ich könnte bei euch bleiben.»

«Es gibt keinen Grund, warum du das nicht solltest», sagte Benno.

«Ich würde nicht im Traum daran denken. Ein Monat Ferien ist lang genug.» Wie sehr sie die Pause auch genossen hatte – sie sehnte sich doch ins Quadriga zurück.

«Aber ich glaube wirklich, daß du viel zu hart arbeitest», meinte Benno. «Ich weiß, du kannst nur schwer delegieren, aber ich schlage vor, du suchst dir eine Hilfskraft, wenn wir zurück sind.»

Viktoria runzelte die Stirn. «Ich habe doch bereits Helga.»

«Sie ist deine Sekretärin. Ich dachte an einen jungen Mann, der dir etwas von den anderen Arbeiten abnehmen könnte.»

«Benno hat recht», mischte sich Ricarda ein. «Du bürdest dir viel zuviel auf. Wenn du nicht auf dich achtest, wirst du dich zugrunde richten.»

Zögernd erklärte sich Viktoria bereit, darüber nachzudenken.

Sie kamen am selben Tag wie Mortimer aus dem Urlaub zurück, Benno entdeckte ihn am Empfang, erkundigte sich nach seinen Ferien und lud ihn am Abend zu einem Aperitif mit der Familie ein.

Sie hatten gerade ausgetrunken, als der Baron auftauchte. Er fragte sie nicht erst nach dem Urlaub, sondern kündigte gleich an, daß sein ältester Sohn Ernst am Samstag aus Amerika zurückkehren würde. Er hatte inzwischen auch arrangiert, daß seine Frau Julia, seine Schwiegertochter Trude und die beiden Enkel Werner und Norbert aus Essen kamen. «Julia wird dann bei mir im Grunewald wohnen, Ernst und seine Familie kehren nach Essen zurück», erklärte er.

Viktoria war davon keineswegs entzückt. Vor vier Jahren hatte sie ihren Schwager Ernst zum letztenmal gesehen, aber sie war sicher, daß er sich nicht verändert hatte. Bestimmt war er noch immer die blassere, jüngere Ausführung seines Vaters, während seine Ehefrau Trude, mit der man über nichts anderes als Kinder und Dienstboten reden konnte, so langweilig wie immer sein würde. Es versprach ein entsetzlich anstrengendes Wochenende zu werden.

«Unglücklicherweise ist Ilses Vater gerade jetzt todkrank, und

Peter muß nach Osterfelde fahren», fuhr der Baron fort. «Das trifft sich schlecht. Wenn Peter hier wäre, könnten wir ein richtiges Familientreffen abhalten!»

«Dein Vater interessiert sich ausschließlich für sich selbst!» brach es aus Viktoria heraus, als sie später mit Benno allein war. «Ich frage mich, wie er es fände, wenn jemand so etwas sagen würde, während er im Sterben liegt.»

«Vater wird nie sterben», antwortete Benno zynisch.

Das Wochenende war kein Erfolg. Als der Baron seine Zukunftspläne beim Mittagessen ausbreitete, wurde Ernsts Gesicht immer länger. Trude jedoch schien froh, Ernst wieder bei sich zu haben und endlich ihre Schwiegermutter los zu sein. «Wir werden die Festung für uns allein haben!» rief sie glücklich aus.

Viktoria dachte an die mit Stuck verzierte Backsteinvilla des Barons auf einem Hügel über der Ruhr, die im Volksmund schon lange «die Festung» genannt wurde. Es war eines der häßlichsten Bauwerke, die sie jemals gesehen hatte, und sie konnte sich nicht vorstellen, wie überhaupt jemand – auch nicht die dickliche, dumme Trude – in Begeisterung geraten konnte bei der Aussicht, dort zu leben.

«Ich würde gern in einer Festung wohnen oder besser noch in einem Schloß», verkündete Monika.

«Ich würde lieber hier wohnen», wagte Norbert einzuwerfen. «Obwohl es ein Hotel ist, ist es freundlich. Mir gefällt es viel besser als die Festung.» Ermutigend lächelte er Viktoria zu, wiewohl er kaum wissen konnte, daß er nichts Besseres hätte sagen können, um ihre Zuneigung zu gewinnen.

Viktoria sah ihn erstaunt an. Er und Monika waren beide zwölf Jahre alt und sahen sich erstaunlich ähnlich: blondes Haar, pausbäckige Gesichter und klare blaugraue Augen. «Interessierst du dich für Bauwerke, Norbert?» fragte sie.

«Ja, ich möchte einmal Architekt werden, wenn ich groß bin.»

«Was willst du werden?» fragte Ernst.

«Kümmere dich nicht um ihn. Er ist noch ein Kind. Er weiß nicht, wovon er spricht», brummte der Baron. «Heutzutage lernen sie solchen Unsinn in der Schule.»

«Du mußt dir keine Sorgen machen, Vater. Ich werde ganz sicher deinem Beispiel folgen und für die Kraus-Werke arbeiten», sagte Werner gehorsam.

Viktoria sah ihn voller Abscheu an. Bei Werner war nichts in Ordnung. Sein Körper war zu fett, seine Augen standen zu eng zusammen und blickten mürrisch unter den dichten Augenbrauen hervor. Seine Nase war dünn, und er hatte den schmalen Kraus-Mund geerbt. Obwohl er erst fünfzehn war, hatte man den Eindruck, daß er schon als Erwachsener auf die Welt gekommen war. «Spaß» war ein Wort, das in seinem Vokabular fehlte. Für Werner – wie für seinen Vater und Großvater – würde das Leben immer ein ernstes Geschäft sein.

«Der einzige in meiner Familie, der mir vielversprechend erscheint, ist der junge Werner», brummte der Baron. «Er erinnert mich an mich selbst in diesem Alter.»

«Wenn Norbert einen Beruf außerhalb der Werke sucht, würde ich ihn darin unterstützen», bemerkte Viktoria, denn sie mußte daran denken, wie unglücklich Benno gewesen war, als er noch mit seinem Vater zusammenarbeitete. «Und Architekt ist ein wunderbarer Beruf.»

Ernst starrte sie an, dann wandte er sich an seinen Bruder. «Ich glaube, das ist dein schlechter Einfluß, Benno. Trude hat mich bereits gewarnt, daß du in deiner Familie recht freie Ansichten zuläßt. Das kommt vom Leben in Berlin. Selbst in New York lassen die Leute kein gutes Haar an Berlin. Es ist immer schlimm gewesen, und in den letzten Jahren ist es noch schlimmer geworden. Das ist der kommunistische und jüdische Einfluß.»

«Onkel Ernst, gibt es in Amerika keine Kommunisten und Juden?» fragte Stefan mit Unschuldsmiene.

Das Blut stieg Ernst ins Gesicht. «Keine Juden in New York?»

stieß er hervor. «New York wird von Juden beherrscht! Wenn Hitler von einer bolschewistisch-jüdischen Weltverschwörung spricht, hat er vollkommen recht …»

Stefans Augen verengten sich. «Einige meiner besten Freunde sind Juden.»

Damit war der Tag endgültig verpatzt. Wäre der Baron beim Abendessen nicht entzückt über seine schweigsame Zuhörerschaft gewesen und hätten Ricarda und Julia nicht vergangene Erinnerungen aufleben lassen, dann wäre das Gespräch völlig zum Erliegen gekommen. Ricarda war eigens aus Heiligensee zurückgekehrt, um ihre alte Freundin Julia wiederzusehen.

Beim Zubettgehen seufzte Benno: «Ich wünschte, ich könnte meine Familie mögen, aber es geht nicht. Ich dachte, die vier Jahre Amerika hätten Ernst verändert, aber das ist nicht der Fall. Wir haben noch immer nichts gemein. Der einzige, der mir etwas Hoffnung gibt, ist Norbert.»

Ernst und seine Familie zogen nach Essen, Julia zu ihrem Mann in die Villa im Grunewald. Ricarda fuhr nach Heiligensee zurück. Und das Quadriga bekam einen neuen Mitarbeiter. Günther Birker war Ende Zwanzig, hatte seine Ausbildung im Hotel Atlantic in Hamburg genossen und die Gelegenheit ergriffen, in Berlins vornehmstem Haus als Viktorias Assistent zu arbeiten.

Sein Schreibtisch stand in dem kleinen Büro neben dem von Emil Brandt. Günther erwies sich als sehr fachkundig, und Viktoria war froh, daß er ihr die Routinearbeiten abnehmen konnte, einschließlich der Morgentreffen mit Chefkoch Mazzoni, Philip Krosyk und Inge Fiedler. Zu ihrem Erstaunen begann sie sich auf ihn zu verlassen und wagte nun viel eher, sich einen Nachmittag für einen Friseurbesuch oder Einkaufsbummel freizunehmen.

Günther war seit einer Woche im Quadriga, als Ilses Vater starb und Peter mit seiner Familie nach Berlin zurückkehrte.

Ilse sprach wenig über die lange Krankheit ihres Vaters, aber man sah ihr an, daß sie Schweres durchgemacht hatte. Auch Christa, die sich eng an ihre Mutter anschloß, war sehr bedrückt und in sich zurückgezogen. Viktoria erinnerte sich an den Tod ihres eigenen Vaters und bedauerte die beiden, um so mehr als Peter wenig Anteilnahme zeigte.

Ilse ließ es jedoch nicht zu, daß ihr privater Schmerz ihren Pflichten Mann und Kind gegenüber im Weg stand. Sie fand sehr schnell ein passendes Heim für die Familie, eine elegante Villa in Schmargendorf, die in einem gepflegten Garten mit hohen, schützenden Hecken stand. Nicht weit davon gab es ein hervorragendes Mädchengymnasium für Christa. Wie ihr der Makler mitteilte, gehörte das Haus einem jüdischen Geschäftsmann, der es auf lange Sicht vermieten wollte. Da es voll möbliert und in ausgezeichnetem Zustand war, konnten die Biederstedts sofort einziehen.

Pastor Scheer kümmerte weder die Verfolgung der Kommunisten und Sozialisten noch die der Gewerkschaften, deren Einfluß er als durchaus subversiv beurteilte; auch die antijüdischen Gesetze machten ihm keine besonderen Sorgen. Schließlich waren die Juden eine andere Rasse und hatten eine andere Religion. Er hatte sich sogar eingeredet, daß die Brutalität der SA-Truppen notwendig war, um Recht und Ordnung aufrechtzuerhalten.

Erst als Hitler seine Aufmerksamkeit der evangelischen Kirche zuwandte, gingen dem Pastor schließlich die Augen auf. Im Juli war Kaplan Müllers «Glaubensbewegung deutscher Christen» vom Reichstag als offizielle Reichskirche anerkannt worden, und mit Hitlers ausdrücklicher Billigung stellte sich der Kaplan der Wahl zum Reichsbischof.

Plötzlich wurde Pastor Scheer klar, daß die Wahl Müllers zum Reichsbischof bedeutete, ihm die Macht über fünfundvierzig Millionen Protestanten und ihre Geistlichen einzuräumen. Da der Kaplan aus seiner grundsätzlichen Loyalität für Hitler nie ein

Hehl gemacht hatte, hieß das, die evangelische Kirche unter den Einfluß der Nazis und die vollständige Herrschaft des Staates zu stellen.

Pastor Scheer war nicht der einzige, dem dies bewußt wurde. Die Vertreter der Synode stellten einen eigenen Kandidaten für die Wahl zum Reichsbischof auf, einen Pastor von untadeligem moralischen Ruf, ohne politische Bindungen, der als Oberhaupt der Reichskirche weitaus besser geeignet war als Kaplan Müller. Aber zu diesem Zeitpunkt lehnte Pastor Scheer das gesamte Konzept einer Reichskirche bereits völlig ab.

Der Wahltermin rückte näher, und man begann – anfangs sanft – Druck auf ihn auszuüben. Als erstes stattete ihm der Diözesanbischof einen Besuch ab und wollte bestätigt haben, daß Pastor Scheer Kaplan Müller unterstützte. Als Scheer seine Zustimmung verweigerte, wurde ihm das Leben schwergemacht.

Klara wurde beschimpft, wenn sie einkaufen ging. Auf die Grabsteine und die Kirchentür wurden Hakenkreuze geschmiert. Viele seiner Gemeindemitglieder erhielten anonyme Briefe, in denen behauptet wurde, er praktiziere Schwarze Magie. Am Sonntag vor der Wahl im September versammelte sich vor der Kirche eine Schar Braunhemden, die Parolen grölten und die wenigen Gläubigen belästigten, die sich zum Gottesdienst wagten.

Als Pastor Scheer trotz seiner Furcht auf die lärmenden Männer zutrat, bewarfen sie ihn mit faulen Eiern und Obst. Während des ganzen Gottesdienstes sangen sie anzügliche Lieder, lachten und machten schmutzige Witze. Unter lautem Jubel der SA-Leute verließ ein Gemeindemitglied nach dem anderen die Kirche. Als nur noch Klara übrig war, gingen auch die Rowdys und stießen eine letzte Drohung aus: «Wählt Müller, oder wir brennen das Haus nieder!»

«Wir singen jetzt die Hymne», sagte Pastor Scheer mit zitternder Stimme.

Es gab keinen Organisten, also ließ er sich von Klaras hellem Sopran führen, der durch die leere Kirche schallte: «Ein feste Burg ist unser Gott …»

Dann tat der Pastor etwas sehr Ungewöhnliches: Er warf sich vor dem Altar auf den Boden und flehte zu Gott um Mut, um das Richtige tun zu können. Aber die Christusfigur am Kreuz schaute nur düster auf ihn herab, und Gott sagte kein Wort.

Es war eine inzwischen nur allzu bekannte Szene, die Bethel Ascher an jenem Sonntagmorgen in Schmargendorf beobachtete: SA-Leute und verängstigte Menschen, die in die Sicherheit ihrer Häuser eilten – nur fand diesmal alles in der Kirche von Pastor Scheer statt. Bethel Ascher stand im Schatten einer riesigen Eibe und lauschte dem schwachen Gesang, der aus dem inneren klang: Martin Luthers Hymne «Ein feste Burg …» Er sah, wie die Frau des Pastors mit hocherhobenem Kopf heraustrat. Keine Frau, die sich leicht einschüchtern läßt, dachte der Professor und faßte sofort Zuneigung zu ihr.

Der Pastor folgte ihr bald darauf mit bleichem Gesicht, die Hände fest über der Amtstracht gefaltet. Der Professor ging mit ausgestreckter Hand auf ihn zu. «Herr Pastor, mein Name ist Bethel Ascher. Könnte ich Sie einen Augenblick sprechen?»

Der Pastor betrachtete ihn mit erstauntem Gesichtsausdruck und sagte dann: «Natürlich, ich habe durch die Linkes von Ihnen gehört.»

Bethel dachte nur ungern an die Linkes.

«Wollen Sie nicht mit zu uns kommen, Herr Professor? Meine Frau wird uns bestimmt gleich Kaffee machen.» Pastor Scheer sah über den Friedhof. «Sie ist ziemlich erschüttert. Es gab einige … nun ja, unangenehme Vorfälle heute morgen.»

Der Pastor schien Bethel jedoch um einiges mehr erschüttert als seine Frau.

Die beiden Männer überquerten die Straße und gingen auf das

Pfarrhaus zu. Sofort öffnete sich die Haustür, und Klara Scheer lief ihnen aufgeregt entgegen. «Bernhard, geht es dir gut?»

«Natürlich, meine Liebe. Das ist Professor Ascher.»

Sie schüttelte ihm herzlich die Hand. «Professor Ascher! Sie wissen gar nicht, wie es mich freut, daß ich Sie doch noch kennenlerne. Ich habe oft an Sie gedacht und für Sie gebetet. Kommen Sie doch herein.»

Sie setzten sich an den Eßtisch, und während Klara den Kaffee bereitete, Gedecke auflegte und einen goldfarbenen Apfelkuchen aufschnitt, fragte Professor Ascher: «Herr Pastor, hat die SA Sie heute belästigt, weil Sie gegen die Bildung einer Reichskirche sind?»

«Ich bin tatsächlich dagegen, daß Kaplan Müller Reichsbischof wird. Was die Reichskirche betrifft ...» Er schüttelte den Kopf. «Ich gebe zu, daß ich nicht weiß, was ich tun soll.»

Klara schenkte starken schwarzen Kaffee ein und stellte ein großes Stück Apfelkuchen vor Bethel hin. «Sahne, Herr Professor?»

«Vielen Dank.» Er lächelte sie an.

«Monatelang habe ich in einer überfüllten Kirche gepredigt», fuhr der Pastor fort. «Jetzt plötzlich sind die Bänke leer, abgesehen von ein paar treuen Seelen. Ich bin bei meinem Bischof schon in Ungnade gefallen, und wenn ich mich weiter über ein Thema streite, das eher politischer als theologischer Natur ist, laufe ich Gefahr, meine Pfarrei zu verlieren, oder es geschieht noch Schlimmeres.» Ein Schauder überlief ihn. «Die Gefängnisse sind voll von Hitlers politischen Gegnern. Wer sichert mir zu, daß einen widerspenstigen Kleriker nicht das gleiche Schicksal trifft? So etwas wäre in der Religionsgeschichte nicht neu. Ich muß an meine Familie denken. Was soll ich nur tun?»

«Vielleicht sollten Sie weniger an Martin Luther und mehr an Gottes Willen denken», schlug Bethel nüchtern vor.

Klara sah ihn fragend an: «Herr Professor, Sie sind Jude. Was interessiert Sie die evangelische Kirche?»

Ascher senkte den Kopf. «Juden und Nichtjuden, wir sind alle Gottes Volk.»

Der Pastor schwieg lange, dann antwortete er bedrückt: «Mein Herz sagt mir, daß Hitler der Antichrist ist, daß seine Anhänger Heiden sind und daß ich alles in meiner Macht Stehende tun muß, um die Seelen meiner Gemeinde vor einem großen, zerstörerischen Bösen zu schützen. Aber wer hört mir jetzt zu?»

«Ging nicht Jesus hinaus und suchte nach Schülern?»

«Und Jesus wurde ans Kreuz geschlagen», antwortete der Pastor.

Klara Scheer berührte seine Hand. «Bernhard», sagte sie sanft. «Muß dir ein Jude sagen, was deine Christenpflicht ist?»

Ihr Mann starrte sie an, offensichtlich war er schockiert. Langsam nickte er. «Ihr habt recht. Christus hatte keine Angst, also sollte ich auch keine haben. Und du, Klara, bist du auf alles vorbereitet, was uns geschehen kann?»

«Wir leben auf Erden, um unsere Aufgabe zu erfüllen», sagte sie einfach.

Pastor Scheer erhob sich, ging zu seinem Schrank und holte eine Flasche Schnaps heraus. «Herr Professor, einen kleinen Sliwowitz in Ihren Kaffee? Und Sie bleiben doch sicher zum Mittagessen, ja?»

Bethel nahm freudig an. Es gab ohnehin nichts, was ihn nach Hause gezogen hätte.

Die Synode wurde gezwungen, ihren Kandidaten zurückzuziehen, und Kaplan Müller wurde wie erwartet zum Reichsbischof gewählt. Mehrere Tage nach der Wahl ließ sich die SA noch in Schmargendorf sehen, und Klara Scheer war die einzige Gläubige in der Kirche ihres Mannes. Dann fanden die Braunhemden andere Zielscheiben, und die Einschüchterungen hörten auf.

Als Mortimer und Stefan auf Vorschlag Professor Aschers am nächsten Sonntag dem Gottesdienst in Schmargendorf beiwohnten, waren etwa zwanzig Gemeindemitglieder versammelt. Pastor Scheer wählte für seine Predigt den ersten Vers des ersten Kapitels aus dem Johannes-Evangelium. «Im Anfang war das Wort, und das Wort war bei Gott, und Gott war das Wort.» Er hielt inne und fuhr dann fort: «Meine Freunde, ich bekenne, daß ich diese Wahrheit beinahe aus den Augen verloren hätte, aber in der Stunde der Not kam Gott und zeigte mir den Weg, den ich zu gehen habe.» Er beendete seine Predigt mit der Feststellung: «Das Wort Gottes ist größer als das eines jeden Menschen.»

Mortimer hörte mit gespannter Aufmerksamkeit zu und bewunderte den trotzigen Mut des Pastors, sich offen gegen die Reichskirche und die Nazis zu stellen. Auch er persönlich fühlte sich angesprochen, denn in dieser Woche war ein Gesetz verabschiedet worden, das den Journalisten das grundlegendste Recht entzog – das der freien Rede. Jetzt mußten sich die Journalisten aller Nationen jeden Morgen im Propagandaministerium einfinden; dort erhielten sie genaue Instruktionen, welche Nachrichten sie melden durften und wie diese zu interpretieren waren. Alles, was Mortimer schrieb, unterlag der Zensur. Sollte auch er unerschrocken die Wahrheit verkünden?

Doch als Professor Ascher ihn und Stefan dem Pastor und seiner Frau nach dem Gottesdienst vorstellte, sah Mortimer ein, daß eine Umgehung der Zensur vermutlich schlichtweg mit der Ausweisung aus Deutschland enden würde. Seine Pflicht war es, hierzubleiben, nach Kräften seine Freunde und ihre langsam wachsende Widerstandsbewegung zu unterstützen und zu ermutigen.

Peter von Biederstedt kümmerte sich wenig um die umstrittenen Predigten von Pastor Scheer und die drohende Spaltung der evangelischen Kirche. Wäre er jetzt auf seinem Familiengut in Fürstenmark, ginge er mit seiner Familie natürlich jeden Sonntag zum Gottesdienst, aber in Schmargendorf mußte man kein Beispiel geben.

Sie waren glücklich in ihrem neuen Heim. Ilse hatte in der Umgebung bereits einige Freunde gefunden, und ihre Tage waren angefüllt mit Kaffeekränzchen und Wohltätigkeitsveranstaltungen. Christa fühlte sich in ihrer neuen Schule wohl und schien ihrer Klasse in den meisten Fächern ziemlich voraus zu sein. Und Peters berufliche Aussichten waren glänzend.

Im Oktober wurde er zum Oberst befördert, und sein kommandierender Vorgesetzter, der cholerische bayerische General Adam, wurde vom Truppenamt durch General Ludwig Beck ersetzt. Diese Berufung war eine ausgesprochen gute Neuigkeit.

General Beck, dreiundfünfzig Jahre alt – zwölf Jahre älter als Peter –, hatte einen ausgezeichneten Ruf. Er war ein Soldat der alten Schule, verfügte über weitreichende Kenntnisse in Militärgeschichte, und seine Ansichten über die Zukunft waren scharfsinnig, wenn auch opportunistisch. Obwohl er mit Peter der Meinung war, daß die Armee über der Politik zu stehen habe, gab es Aspekte innerhalb der Naziherrschaft, die er begrüßte. Er war für die Wiederbewaffnung und haßte den Kommunismus. Von Anfang an machte er seinen Leuten klar, daß er keinen weiteren Krieg unterstützen würde, außer bei einer Bedrohung Deutschlands durch die Sowjetunion.

Am Wochenende dinierten die Biederstedts mit Baron Kraus und Julia im Grunewald. Nach dem Essen sagte Peter beim Kognak: «Die Dinge scheinen sich sehr zufriedenstellend zu entwikkeln, meinst du nicht auch?»

Der Baron schnitt sich seine Zigarre zurecht und zündete sie an. «Sicher, sie bessern sich, aber du mußt doch auch Gerüchte gehört haben, daß Röhm nach einer ‹zweiten Revolution› verlangt?»

Peter schüttelte den Kopf. «Nicht, daß ich wüßte.»

Der Baron blies eine blaue Rauchwolke in die Luft. «Nachdem die Linke zerstört ist, wollen Röhm und gewisse radikale Nazis die Macht der Rechten – damit meine ich Leute wie dich und mich, Grundbesitzer, Aristokraten, Industrielle – und die Macht der Armee brechen.»

«Das ist Wahnsinn.»

«Richtig. Aber die SA verfügt jetzt über annähernd drei Millionen Mann. Das ist bei weitem mehr, als die Reichswehr hat. Ich habe gehört, daß Röhm eine Volksarmee nach dem Muster der Roten Armee schaffen will und daß Reichswehr und SA darin aufgehen sollen.»

Peter schwieg einen Moment und dachte über diese Vermutung nach. Dann schüttelte er abwehrend den Kopf. «Abgesehen von der Tatsache, daß die SA nur ein schlecht organisierter Haufen ist, sagt Hitler ständig, daß er die Reichswehr als den einzigen Waffenträger der Nation ansieht. Damit anerkennt er doch ganz deutlich unsere Existenzberechtigung. Ich glaube nicht, daß es irgendeine ‹zweite Revolution› geben wird.»

Der Baron sagte nichts mehr, doch fand er, daß Peter zwar ein hervorragender Offizier, aber auch einer dieser typisch engstirnigen Militärköpfe war.

Am selben Tag rumpelte im Busch von Kenia ein staubiger Geländewagen über den holprigen Weg zu einem Hangar. Darin hatte Josef Nowak seinen alten Doppeldecker abgestellt, mit dem er reiche Touristen auf Safari flog. Der Fahrer hielt neben Josefs Maschine und rief: «Josef! Telegramm aus Berlin! Ich dachte, es wäre eilig, deshalb habe ich es persönlich rausgebracht.»

Josef trat aus dem Hangar und wischte sich die ölverschmierten Hände an einem Lappen ab. Er war schlank, sein Gesicht ledern und von der afrikanischen Sonne dunkelbraun gebrannt. Er grinste, als er den Fahrer sah, und nahm den Umschlag entgegen. «Aus Berlin? Zum Teufel, von wem wohl?» Er riß das Papier auf und las.

Dann blickte er über die weite Landschaft zum Gipfel des Kilimandscharo, der in der Hitze schimmerte, und dachte an zwei entlassene Piloten an einem regnerischen Novemberabend 1918. Der Krieg war gerade zu Ende, und plötzlich galt sein spektakulärer Rekord von über sechzig Siegen und der Orden *Pour le mérite* gar nichts mehr. Ganz deutlich erinnerte er sich noch an die Frage, die er Hermann Göring stellte, der das Kommando über die Richthofen-Staffel übernommen hatte, nachdem der Rote Baron abgestürzt war: «Was werden Sie jetzt tun?»

«Weiterfliegen und diese Bande zum Teufel jagen», hatte Göring geantwortet. «Und Sie?»

«Ich muß wieder eine Stelle als Flieger finden. Für mich gibt es nur ein Leben in der Luft.»

Göring streckte die Hand aus. «Wenn ich etwas höre, lasse ich es Sie wissen.»

Josef schaute wieder auf das Telegramm. «Arbeit für Sie gefunden, wie versprochen. Kommen Sie sofort nach Berlin. Göring, Luftfahrtminister.»

«Doch hoffentlich keine schlechte Nachricht?» fragte der Fahrer.

«Nein, keine schlechte Nachricht», antwortete Josef zögernd und zündete eine Zigarette an.

Der Fahrer fuhr langsam mit den Fingern über die makellose Lackschicht des Doppeldeckers und entdeckte die Buchstaben, die über dem Tank aufgemalt waren. «Warum haben Sie sie Luise genannt?»

«Aus dem üblichen Grund», antwortete Josef. «Ich kannte ein Mädchen namens Luise.»

Lange nachdem der Fahrer fort war, blieb Josef auf seinen Fersen sitzend gegen die Wand des Hangars gelehnt und erinnerte sich an die erste Begegnung mit Luise Jochum und ihrer Schwester vor zwanzig Jahren auf einer Zugfahrt von Nürnberg nach Berlin. Luise war mit ihren großen grünen Augen und dem herzförmigen Gesicht ein sehr anziehendes Kind gewesen. Komischerweise konnte er sich immer noch erinnern, wie sie sehnsüchtig sagte: «Ich würde so gerne in einem Flugzeug fliegen. Würden Sie mich einmal auf einen Flug mitnehmen?»

Nach dem Krieg hatte er sie wiedergetroffen, da war sie kein Kind mehr, sondern eine sehr attraktive junge Frau. Obwohl er sich eine Ehefrau nicht leisten konnte, hatte er ihr einen Antrag gemacht. Lachend, aber nicht unfreundlich, hatte Luise ihn abgewiesen. Josef hatte die Ablehnung stoisch hingenommen. Doch in den folgenden zwölf Jahren hatte er Luise Jochum nie vergessen. Immer noch gab es nur eine Frau in seinem Leben.

Josef blinzelte in die Sonne. Er hatte ein aufregendes Leben geführt, voller Abenteuer und ungebunden. Aber er war jetzt einundvierzig, bald würde er für sein Nomadenleben zu alt sein. Warum sollte er also nicht nach Berlin gehen, Göring besuchen und fragen, was für eine Arbeit das war? Und während er dort war, konnte er im Hotel Quadriga vorbeischauen und herausfinden, was aus Luise geworden war. Wenn sie einen Mann und Familie hatte, würde er nach Kenia zurückkommen. Wenn nicht, dann gab es sicher schlechtere Orte auf der Welt als Berlin …

Am nächsten Morgen fuhr er nach Nairobi, benachrichtigte Göring telegrafisch über seine Ankunft, teilte dem Touristikbüro mit, daß er für Safaris nicht mehr zur Verfügung stand, und informierte die Behörden, daß er mit der *Luise* nach Europa fliegen würde. Dann belud er seinen Lastwagen mit Benzin und Vorräten und fuhr durch den Busch zurück.

Den ganzen Tag und die halbe Nacht bereitete er die lange Reise vor und überholte den Doppeldecker gründlich. Als er fertig war, tätschelte er mit wachsender Erregung das Fahrgestell seiner Maschine. «*Luise,* meine alte Liebe, wir fliegen nach Hause.» Am nächsten Tag flog er los, Richtung Addis Abeba. Es war gut, wieder in der Luft zu sein, mit dem Wind im Gestänge und nur den Vögeln als Begleitern. Und bald hatte er auch die Vögel hinter sich gelassen.

In Heiligensee fielen die Blätter auf den rauhreifbedeckten Rasen. Das Kupfer- und Kastanienrot des Herbstes wetteiferte mit Luises rötlicher Haarpracht, als sie ein letztes Mal in diesem Jahr durch den Garten ging. Sheltie rannte ausgelassen vor ihr her, verfolgte interessant riechende Spuren, bellte und wälzte sich in Blätterhaufen. Das Seeufer war mit einer feinen Eisschicht bedeckt. Bald würden die Fischer nicht mehr hinausfahren können, und der See gehörte den Schlittschuhläufern. Es war kalt, Luise fröstelte und ging ins Haus zurück.

Entlang der ganzen Glasveranda und vor allen Fenstern hatte Fritz Weber Läden angebracht. Aus dem Kamin stieg eine kleine blaue Rauchwolke in den Himmel, aber noch vor Ende des Tages würde das Feuer gelöscht werden. Der Winter nahte. Es war Zeit, nach Berlin zurückzukehren.

Luises Wagen, von Fritz liebevoll gewaschen und poliert, stand im Hof, und unter Hildes und Ricardas Aufsicht verstaute Fritz das Gepäck.

«Bist du fertig, Luischen?» fragte Ricarda.

Luise lächelte wehmütig. «Ja. Der Sommer ist so schnell vergangen.» Sie hakte sich bei ihrer Mutter unter. «Hier war ich glücklich.»

«Im nächsten Frühjahr kommen wir zurück.»

«Ja, natürlich.»

Ricarda verabschiedete sich von den Webers, Luise setzte Sheltie auf den Rücksitz und ließ den Motor an. Nachdem Ricarda eingestiegen war, fuhr sie los, ohne sich noch einmal umzudrehen. Physisch gesehen hatte Heiligensee sie kuriert. Ihre Haut war frisch und gebräunt, sie hatte den Appetit wiedergefunden und ein wenig zugenommen. Aber psychisch hatte sich nichts verändert. Als sie durch den sonnendurchschienenen Tegeler Forst nach Berlin fuhren, sah Luise nur eine dunkle Leere vor sich. Sie fuhren nach Hause – aber für Luise war Zuhause ein Wort, das ihr nichts bedeutete.

Nach seiner Landung in Tempelhof wurde Josef von den über das Flugfeld eilenden Piloten und Mechanikern wie ein Held empfangen. Ehrfürchtig betasteten junge Burschen das Flugzeug und sahen Josef aus großen Augen bewundernd an. Die Piloten waren, soweit Josef erkennen konnte, noch halbe Jungen. Sie schüttelten ihm respektvoll die Hand, denn seine Legende war ihm vorausgeeilt.

Es gab genügend Freiwillige, die sich um die *Luise* kümmerten. Während sie in den Hangar gebracht wurde, zerrte man Josef in die Flughafenbar, wo er seine Erlebnisse zum besten geben mußte. Die Flugbrille auf der Fliegermütze und das Tuch um den Hals – so saß er auf dem Barhocker, in der einen Hand ein Bier, in der anderen eine Zigarette, und erzählte von der Fliegerei. Er sprach über Triplexdecker und Doppeldecker, über Loopings, Kehren und Gleitflug, über Notlandungen mitten in der Wüste und Luftlöcher in den Bergen; er erzählte davon, wie sein Flugzeug bei Buenos Aires beschossen wurde und wie er bei einem Tiefflug in Kenia beinahe mit einer Giraffe zusammengestoßen wäre.

Er hätte noch weiterschwadroniert, und seine bewundernde Zuhörerschaft hätte ihm die ganze Nacht gelauscht, wenn nicht ein Flughafenbeamter die Nachricht überbracht hätte, daß Luftfahrtminister Göring einen Wagen geschickt habe, der ihn direkt zum Amtssitz des Reichstagspräsidenten bringen würde. Wenn Flugkapitän Nowak sich vor seinem Besuch bei dem Herrn Minister waschen und umziehen möchte, Einrichtungen dafür seien vorhanden …

Respektvolles Schweigen entstand daraufhin, und plötzlich realisierte Josef, daß sein alter Freund inzwischen ein sehr hohes Tier geworden sein mußte. Er blickte auf seine Fliegerjacke und seine Stiefel hinunter. «Nein, danke, ich gehe, wie ich bin. Hermann war früher auch Flieger. Sehen wir, was aus ihm geworden ist.»

Wachsoldaten standen an den Türen des Palais des Reichstagspräsidenten, und Uniformierte brachten Josef zu Göring hinauf.

Ein Sekretär des Ministers führte ihn in das Büro. Josef war wie vom Donner gerührt. Göring, genauso groß wie Josef, aber ein Jahr jünger, war richtiggehend fett geworden. Angesichts des Mannes, der da in der Galauniform eines Generals, die ganze Brust mit Orden behängt, auf ihn zugewatschelt kam, mußte Josef sich sehr beherrschen, um nicht in schallendes Gelächter auszubrechen. Jetzt verstand er, warum ihn die Männer in Tempelhof bei seiner Ankündigung, im Fliegerdress bei dem Minister zu erscheinen, so mißtrauisch angesehen hatten.

Göring jedoch begrüßte ihn überschwenglich. «Josef, mein Lieber, wie schön, daß Sie gekommen sind. Eine Erfrischung?» Er klingelte, und wieder erschien der Sekretär.

«Sehr eindrucksvoll, wie Sie hier residieren», meinte Josef, als sie bei ihren Getränken saßen.

Göring strahlte. «Wie finden Sie diesen Raum?»

Josef blickte um sich. Es war ein großer Raum, der mit einem scheußlichen Basrelief aus pinkfarbenen Rosen verziert war. «Schrecklich», gab er fröhlich zur Antwort.

Stille entstand, dann warf Göring den Kopf zurück und lachte. «Josef Nowak, willkommen zurück in Berlin. Sie sind der erste ehrliche Mann, den ich seit Monaten getroffen habe. Jedermann versichert mir, daß er wunderschön sei. Nun, ich werde bald hier ausziehen und in die offizielle Residenz des preußischen Wirtschaftsministers am Leipziger Platz umsiedeln. Ein Architekt namens Speer ist gerade dabei, sie für mich einzurichten.»

Da er nicht wußte, was er sagen sollte, zündete sich Josef eine Zigarette an.

«Dort ist dann auch genug Platz für meine herrliche Bildersammlung», fuhr Göring fort. «Wissen Sie, daß ich Kunstsammler bin? Es ist ein so entspannendes Steckenpferd. In meiner Position muß man so viel wie möglich ausspannen.»

Langatmig erklärte er ihm, welche Position er innehatte, beschrieb seine Aufgaben als preußischer Ministerpräsident, als

Chef der Berliner SA und der Gestapo und deutete auf die Schwierigkeiten mit Himmler und Röhm hin. Josef hörte ihm zu, rauchte dabei eine Zigarette nach der anderen und konnte sich über die Verschlagenheit des Politikers nur wundern. Er neidete seinem alten Kameraden die Macht, die er besaß, kein bißchen.

Schließlich kam Göring zum Thema. «Wir haben gerade ein Luftfahrtkommissariat eingerichtet, der erste Schritt zum Aufbau der größten Luftwaffe in Europa. Kesselring ist damit befaßt. Es ist natürlich absolut geheim, aber Junkers, Messerschmitt, Kraus und andere Fabriken beginnen bereits mit der Produktion von Flugzeugen. Ein Luftfahrtministerium befindet sich im Aufbau. In den vergangenen Jahren wurde eine bestimmte Anzahl von Piloten in Rußland trainiert, aber das reicht nicht annähernd aus. Deswegen habe ich Sie zurückgerufen, Josef, damit Sie die Piloten unserer neuen Luftwaffe ausbilden.»

«Und Versailles?» fragte Josef.

Göring lächelte vertraulich. «Wenn wir soweit sind, der Welt die Existenz der Luftwaffe bekanntzugeben, wird niemand mehr etwas dagegen unternehmen können.»

Josef zuckte mit den Schultern. Internationale Verträge bedeuteten ihm wenig. Sollten die Politiker sie aushandeln und brechen, wie sie wollten, Hauptsache, er konnte wieder fliegen.

«Wie ich höre, sind Sie mit einem alten Doppeldecker hier raufgeflogen», seufzte Göring, auf alte Erinnerungen anspielend. «Das waren noch richtige Flieger, was? Josef, wir werden eine neue Generation von Piloten ausbilden, und ich möchte, daß sie die gleiche Ausbildung bekommen wie Sie und ich – im offenen Cockpit.»

Josef grinste. Das war die einzige Art zu fliegen, die er kannte. Eine Weile saßen sie zusammen und unterhielten sich über die alten Zeiten, über Baron von Richthofen und Ernst Udet. «Ich versuche ständig, Udet zu überreden, aus Amerika zu uns zurückzukommen», sagte Göring. «Aber er will nicht.»

«Udet ist wie ich», sagte Josef. «Ihn interessieren nur die Fliegerei und die Maschinen, nicht die politischen Intrigen, die dazugehören, wenn man eine neue Luftwaffe aufbaut.»

Göring blickte finster drein. «Ich werde keinerlei Einmischung dulden. Sie haben mir direkt Rapport zu erstatten, Josef. Nun, wo werden Sie heute übernachten?»

Josef sah auf seine Uhr. Es war acht, aber er hatte das Gefühl, es wäre Mitternacht. Der lange Tag machte sich plötzlich bemerkbar. «Vermutlich schlafe ich im Flugzeug. Es wäre nicht das erste Mal.»

«Unsinn, mein Lieber. Mein Sekretär wird Sie im Quadriga einmieten. Bleiben Sie dort, bis Sie eine Wohnung gefunden haben. Wir werden für die Auslagen aufkommen.»

Josef zündete sich eine neue Zigarette an. Er würde ohnehin ins Quadriga gehen. Warum nicht auf Hermanns Kosten? «In Ordnung. Für heute nacht jedenfalls.»

Göring klingelte und wies den Sekretär an, das Hotel von Josefs Ankunft zu unterrichten und sein Gepäck vom Flughafen abholen zu lassen. Als der Mann gegangen war, blickte er Josef an wie ein kleiner Junge, der plötzlich erkennt, daß er vielleicht seinen Willen nicht bekommen könnte. «Sie werden doch bleiben und mir helfen, nicht wahr?» bat er.

Josef erkannte, daß der ganze Pomp und die Orden nur dazu dienten, den Mangel an Selbstvertrauen zu überspielen. «Ich werde Ihnen morgen Bescheid geben», versprach er. Er mußte erst jemand Bestimmten sehen, bevor er sich in irgendeiner Weise verpflichtete.

Er gehörte nicht zu der Sorte von Gästen, die man normalerweise im eleganten Foyer des Hotels Quadriga sah. Unter anderen Umständen hätte ihn der Hallenportier diskret abgefangen. Da die Reservierung aber von Göring kam, verbeugte er sich höflich, als der Mann in der abgewetzten Fliegerjacke und den Stiefeln durch die Drehtüren trat. Ein Page führte ihn respektvoll zum Empfang. Ein zweiter bat, seinen Helm und seine Brille tragen zu dürfen. Hubert Fromm eilte ihm entgegen.

Luise, die gerade die Haupttreppe herunterkam, um Sheltie auszuführen, blickte auf die ungewöhnliche Gestalt. Warum gab es so ein Getue um den Piloten? Und was machte er überhaupt hier im Foyer? Dann sah er auf, und ihr entfuhr ein leiser Schrei. Seine Haut war tief gebräunt, aber er hatte das gleiche Lachen, bei dem er leicht die Augen zusammenkniff, das gleiche gelockte Haar, den gleichen breiten Mund …

«Josef!»

Sheltie, die unbedingt hinauswollte, zerrte an der Leine und zog sie die Treppe hinunter.

Josef wirbelte herum. «Luise!» Er breitete die Arme aus.

Sheltie bellte, und gemeinsam schlitterten sie über den Marmorboden auf ihn zu. Dann ließ Luise die Hundeleine los und fiel gleichzeitig lachend und weinend in Josefs Arme. Sheltie wedelte mit dem buschigen Schwanz, hüpfte um sie herum und bellte fast hysterisch vor Freude; trotz aller Versuche von seiten Fromms und der Pagen, die Hündin einzufangen, entwischte sie immer wieder. Gäste, die vorbeikamen, blieben stehen und sahen zu, manche lachten. Andere, die Luise und ihren Hund nicht kannten, wollten wissen, was vor sich ging.

Viktoria, die wußte, wie ärgerlich Benno wurde, wenn der Hund im Hotel Lärm machte, eilte aus ihrem Büro, um nach dem Rechten zu sehen.

Josef legte seinen Arm um Luises Schulter. «Laß uns rausgehen. Komm, wir machen einen Spaziergang.»

Sie lehnte den Kopf an seine Schulter und spürte das weiche Leder an ihrer Wange. «Josef, ich kann gar nicht glauben, daß du es wirklich bist. Ich hätte nicht gedacht, daß ich dich jemals wiedersehe.»

«Herr Hauptmann, Herr Nowak …» flehte Fromm.

Sie ignorierten ihn und gingen zu den Türen. Sogar Sheltie mußte zurückbleiben.

«Was ist los mit Luise?» fragte Viktoria.

«Wenn ich mich nicht irre», sagte Mortimer, der hinzugetreten war, «hat Ihre Schwester endlich jemanden gefunden, der sie zum Lachen bringt.»

Es war wunderbar, Josef wiederzusehen, Arm in Arm mit ihm unter den dunklen Bäumen im Tiergarten spazierenzugehen. Er erzählte Luise von seinen Reisen, von seinem gefährlichen und aufregenden Leben in fünf Kontinenten und von den Maschinen, die er geflogen hatte, einschließlich jener, die er *Luise* getauft hatte. Er erzählte ihr von Görings Telegramm und von dem Treffen im Palais des Reichstagspräsidenten. Und irgendwie flocht er in seine Geschichten auch ein, daß er nie geheiratet hatte.

Luise hörte ihm zu, aber sie nahm nicht alle Worte auf. Wie sie hatte also auch Josef nie geheiratet ...

Sie kamen zu einer Bank, und er zog Luise neben sich. «Ich habe dich vermißt, Luischen.»

Sie vergrub ihr Gesicht an seiner Brust und begann zu weinen.

«Luise, Liebling, was ist los?» Er griff in seine Tasche, holte zwei Zigaretten heraus und zündete sie an. «Warum erzählst du mir nichts davon?»

Dankbar griff sie nach der Zigarette und inhalierte in tiefen Zügen. Dann erzählte sie stockend und unzusammenhängend, wie sie das Café Jochum aufgebaut und sich in Georg Jankowski verliebt hatte. Sie erklärte, daß die Angst vor der SA Georg und all ihre anderen Freunde aus Berlin vertrieben hatte. «Sie haben sich alle in Luft aufgelöst. Und jetzt ist das Café nicht mehr das, was es früher einmal war, und braucht mich nicht mehr ...»

«Aber ich bin zurückgekommen und brauche dich.»

«Josef, ich hatte eine Art Nervenzusammenbruch. Ich bin am Ende. Ich bin nichts für dich, mich kannst du nicht brauchen.»

Josef nahm ihr die Zigarette aus der Hand und trat sie auf dem Boden aus. Dann nahm er Luises Gesicht in seine Hände. «Warum läßt du das nicht mich entscheiden?» fragte er sanft. «Wir waren doch einmal Freunde. Warum sollten wir das nicht wieder sein?»

Die Berührung seiner Hände war seltsam, seltsam und wunderbar. «Du möchtest wirklich, daß wir Freunde sind?»

«Ja, Luischen, mehr als alles andere auf der Welt.»

«Josef, ich habe solche Angst ...»

«Aber jetzt nicht mehr. Ich werde dich beschützen.»

Sie lächelte, und das Lächeln ließ ihr Gesicht aufleuchten. Er nahm sie in die Arme und küßte sie. Es war ein langer Kuß, sehr zärtlich, sehr sanft, der merkwürdige und fast vergessene Sehnsüchte in ihr aufleben ließ. Als sie sich trennten, flüsterte sie: «Versprich mir, daß du nie wieder fortgehst.»

Arme Luise, dachte er, so zart und verletzlich, so anders als der lebhafte Schmetterling, den er einst gekannt hatte. Sie weckte Beschützerinstinkte in ihm, aber er wußte, daß er ihr keine falschen Versprechungen machen durfte. «‹Nie› ist eine lange Zeit», sagte er leichthin und nahm ihre Hand. «Jetzt wollen wir aufhören, so ernst zu sein. Laß uns zum Hotel zurückgehen und etwas trinken. Es ist kalt in diesem Park.»

Als sie in Richtung Brandenburger Tor zurückgingen, ertappte sich Luise beim Summen eines Lieds. Ihr schien, daß sich mit den Tränen und dem Kuß ein Vorhang über die Vergangenheit gesenkt hatte, die sie jetzt nicht mehr verletzen konnte. Josef hatte sie nicht vergessen. Er hatte sein Flugzeug nach ihr benannt. Noch wichtiger aber war, daß er zurückgekommen war. Sie drückte seine Hand. «Es ist so wunderbar, dich wieder hierzuhaben.»

Er küßte sie auf die Stirn. «Es ist gut, wieder hierzusein.» Aber seine Gedanken waren schon zu dem Treffen mit Göring am nächsten Morgen und zu den folgenden Wochen und Monaten vorausgeeilt, da er die jungen Deutschen von heute zu erstklassigen Kämpfern von morgen ausbilden sollte.

Da er nicht gern jemandem zu Dank verpflichtet war, blieb Josef nicht lange im Quadriga, sondern zog bald in eine Wohnung im vierten Stock eines großen Hauses im Innenstadtbezirk Lützow. Während er bei der Arbeit war, verwandelte Luise die Wohnung aus einer Junggesellenbude in ein Zuhause; oft wartete sie mit einem Essen auf ihn, wenn er abends nach Hause kam. «Seit Josef zurück ist, ist es wie in alten Zeiten», sagte sie zu Sheltie.

Sheltie bellte vor Freude. Sie wußte nichts von den alten Zeiten, sondern nur, daß ihre Herrin glücklich war.

In ein paar Tagen hatte Josef erreicht, was Ricarda, Sheltie und Heiligensee nicht gelungen war. Luise verwandelte sich aus einem nervösen, schattenhaften Wesen in eine zuversichtliche junge Frau. Morgens blieb sie nicht mehr im Bett liegen, sondern stand früh auf; sie interessierte sich wieder für Mode, Frisuren und Make-up, und ihr ansteckendes Lachen klang durch das ganze Hotel.

«Als wären meine Gebete erhört worden», sagte Ricarda.

«Mama», lachte Viktoria, «du wirst doch nicht schon Hochzeitsglocken läuten hören?»

Stefan und Monika bewunderten Josef, und sogar Benno konnte sich mit ihm anfreunden. «Ich wäre stolz, ihn zum Schwager zu haben.»

Josef jedoch küßte Luise, aber er bat sie nicht, mit ihm das Bett zu teilen. Er machte ihr keinen Antrag, und Luise drängte ihn nicht. Zwölf Jahre waren nachzuholen, in denen jeder ein vollkommen anderes Leben geführt und verschiedene Erfahrungen gemacht hatte. Sie konnte seine Begeisterung für die Fliegerei nicht teilen. Er hatte nie die Verlassenheit kennengelernt wie sie. Im Moment war es ausreichend, daß sie Freunde waren und daß Luises Leben wieder ein Ziel hatte.

4

Am 6. Dezember 1933, dem Nikolaustag, wurden im Foyer des Hotels Quadriga Christbäume aufgestellt, weihnachtliche Dekorationen schmückten die Gasträume, und Stechpalmengirlanden hingen über der Eingangstür. Am Abend sollte im Palmengarten ein Wohltätigkeitskonzert für die Winterhilfe stattfinden.

Das Konzert war eine Idee von Ilse von Biederstedt; sie organisierte es gemeinsam mit Ricarda. Im Gegensatz zu Peter blickte Ilse auf die Hoteliersfamilie nicht herab. Auch nachdem sie ihr neues Heim bezogen hatten, sah man sie regelmäßig im Quadriga, wo sie nachmittags oft mit Ricarda Tee trank. Ricarda war froh, daß sie jemanden hatte, mit dem sie ihre Londoner Erinnerungen teilen konnte. Trotz des Altersunterschieds waren die beiden Frauen gute Freundinnen geworden.

Anfangs hatte Viktoria diese Freundschaft mißtrauisch beobachtet, da sie sich vor einer zu engen Verbindung der beiden Familien fürchtete, aber Ilses warmherziger und offener Art konnte man sich nicht verschließen. Selbst Peter schien sich unter dem Einfluß seiner Frau zu ändern, jedenfalls benahm er sich seiner Berliner Verwandtschaft gegenüber bald nicht mehr so arrogant.

Das Konzert hätte zu keinem besseren Zeitpunkt stattfinden können. Weihnachten stand vor der Tür, und die Leute waren freigebiger als sonst. Obwohl man Eintritt bezahlen mußte, wurde man nur mit Einladungskarte vorgelassen. Erfrischungen und Getränke gab es auf Kosten des Hauses, der Erlös ging an die Winterhilfe. Da sich viele bei diesem Konzert, das zu den wichtigeren gesellschaftlichen Anlässen der Saison zählte, zeigen wollten, war der Andrang so groß, daß es bald ausverkauft war. Ricarda war erstaunt über die hohe Summe, die zusammenkam.

Hasso Annuschek jedoch betrachtete die Winterhilfe skeptischer, denn sie existierte nicht nur von wohltätigen Veranstaltungen. Ihre hauptsächliche Einnahmequelle stammte von der arbeitenden Bevölkerung, der von den Löhnen ein bestimmter Prozentsatz abgezogen wurde. Für Hasso und die übrigen Angestellten, die bereits unter den erhöhten Beiträgen für Krankenkasse, Sozialversicherung und Lohnsteuer zu leiden hatten, bedeutete diese Abgabe eine weitere wesentliche Belastung.

Außerdem glaubte Hasso nicht, daß alle Gelder der Winterhilfe den Armen zugute kamen. «Haben Sie den gehört von dem SA-Führer, der einen Fünfzigmarkschein in der Gosse findet und sagt, daß er ihn der Winterhilfe geben will?» fragte er Viktoria, als sie ihm für seine Hilfe während des Konzerts dankte. «Worauf sein Kollege meint: ‹Wozu denn der Umweg?›»

Viktoria runzelte die Stirn. «Wollen Sie damit sagen, daß die Winterhilfegelder an die SA gehen?»

Hasso zuckte mit den Schultern. «Woher soll denn sonst das Geld kommen, mit dem die Braunhemden ihre Verpflegung, Waffen und Uniformen finanzieren?»

Das war ein beunruhigender Gedanke, und ihrer Mutter erzählte sie lieber nichts davon. Doch auch wenn Hasso mißtrauisch war, die langen Schlangen hungriger Menschen vor dem Quadriga waren verschwunden, genauso die Männer, die noch vor einem Jahr um Arbeit bettelten. Hitlers Politik schien zu funktionieren.

Am Morgen eines bitterkalten Dezembertages kamen Olga Meyer und Basilius in Moskau an. Am Bahnhof stand kein Empfangskomitee der «Internationale» zu ihrer Begrüßung, es gab nur graue Menschen, die vorbeieilten, graue Gesichter, graue, schäbige Kleider. Selbst die riesigen roten Fahnen schienen mit einer Spur Grau gefärbt. Olga ließ sich davon nicht beirren. Strahlend fragte sie einen Bahnbediensteten nach dem Autobus, der sie zu der Adresse bringen würde, die ihr alter Genosse Anton Stein angegeben hatte. Er zeigte auf ein Büro und sagte kurz angebunden: «Intourist.»

«Anton hat uns den Weg aufgeschrieben. Wir gehen zu Fuß», entschloß sich Olga.

Basilius nahm seinen Koffer und folgte ihr durch das Bahnhofsgebäude auf die schneebedeckte Straße hinaus; den Kopf hielt er wegen des eisigen Winds gebeugt. Gelegentlich blieb Olga stehen und zeigte Passanten die Adresse des Genossen Anton Stein. Ohne ein Lächeln wiesen sie in die Richtung, die sie einschlagen sollten, dann eilten die Leute weiter. Dunkle graue Gebäude ragten bedrohlich neben ihnen auf.

Als sie das Zentrum verließen, wurde die Umgebung noch trostloser, die barackenartigen Wohnblocks und die Büros waren noch heruntergekommener, die Leute noch ärmlicher. Sie sahen Kinder, die barfuß im Schnee gingen, Männer, die alte Zeitungen um sich gewickelt hatten, Frauen, in Lumpenschals gehüllt. Noch nie hatte Basilius solch abschreckende Armut gesehen wie hier in Moskau.

Schließlich kamen sie bei Steins Wohnblock an. «Dritter Stock», sagte Olga und drückte die Tür auf. Durch kleine Fenster drang Licht in das baufällige Treppenhaus, und es roch stark nach Kohl und Urin. Auf dem zweiten Treppenabsatz nagten zwei Ratten an alten Brotrinden. Die beiden großen Tiere rannten nicht fort, sondern starrten Basilius aus bösen, stechenden Augen an. Er stieg eilig hinter seiner Mutter die Treppe hinauf.

Olga pochte laut gegen die Tür. «Ruth! Anton! Wir sind da!»

«Olga! Basilius! Willkommen in Moskau! Kommt rein!» Anton ergriff ihre Koffer und schob sie ins Zimmer.

Basilius sah sich erstaunt um. Der Raum hatte keine Fenster, die einzige Beleuchtung kam von einer blakenden Öllampe, deren schwaches Licht die feuchten, rissigen Wände, das schäbige Mobiliar und den abgetretenen Teppich gnädig verbarg. Ein mit Braunkohle beheizter Ofen verbreitete sparsam Wärme. Obendrauf stand ein Topf, in dem Wasser leise vor sich hin kochte.

«Euer Zimmer ist nebenan», erklärte Anton. «Natürlich ist uns klar, daß es nicht das ist, was ihr erwartet habt, aber in Moskau ist Wohnraum knapp. Genosse Ulbricht hat uns versprochen, im Hotel Lux Unterkunft zu besorgen, aber im Moment müssen wir froh sein, überhaupt ein Dach über dem Kopf zu haben.»

«Setzt euch an den Ofen, ich werde Tee machen. Ihr seid sicher durchfroren und müde nach der langen Reise.» Ruth machte sich in dem engen Raum zu schaffen.

In Basils Hals saß ein Klumpen, der ihn zu ersticken drohte. Nichts, was er gehört oder gelesen hatte, hatte ihn auf die Realität dieser Stadt vorbereitet, die er sich in seinen Träumen so lange ausgemalt hatte. Nie in seinem Leben war er so bitter enttäuscht worden.

An Heiligabend, nach dem Mittagessen, überließen Viktoria und Benno die Leitung des Hotels Emil Brandt und Günther Birker und gingen in ihre Wohnung hinauf. Wie jedes Jahr feierten sie Weihnachten als einfaches Familienfest und schmückten traditionsgemäß einen eigenen Baum für die Kinder.

Ein Teil des Christbaumschmucks war sehr alt: Porzellanengel, in feinste gelbe Seide gekleidet; Sterne und Kugeln aus hauchdünnem Glas und silberne Kerzenhalter, an denen noch das Wachs aus den Zeiten von Viktorias und sogar Ricardas Jugend klebte.

Viktoria kniete auf dem Boden und nahm die einzelnen Teile vorsichtig aus den wattegepolsterten Schachteln. Bevor sie sie Benno hinaufreichte, strich sie liebevoll darüber und genoß einen seltenen Moment der Entrückung von der lauten, betriebsamen Außenwelt, ihren Sorgen und Forderungen. «Vielleicht scheinen sie uns deshalb so wundervoll, weil sie nur einmal im Jahr herausgenommen werden und wir keine Zeit haben, ihrer überdrüssig zu werden. Aber sind sie nicht hübsch, Benno?»

Er stieg von dem Hocker, kniete sich neben sie und legte den Arm um ihre Schulter. «Ja, das sind sie, und jedes Weihnachten, das wir zusammen verbringen, denke ich, was für ein glücklicher Mann ich bin. Solche Weihnachten hatten wir nicht in der Festung, als ich ein Kind war. Es gab einen Baum, aber der war nie so schön geschmückt. Und bei den Geschenken zählte, wieviel sie gekostet hatten, nicht, daß man sie gerne gab.»

Eine Viertelstunde später war der Baum fertig. Benno zündete die Kerzen an und trat mit prüfendem Blick zurück. Dann löschte er das elektrische Licht, öffnete die Tür und rief: «Frohe Weihnachten allen!»

Es gab kleine Freudenschreie, als die Familie mit Geschenken in den Händen den Raum betrat und sie unter den Baum legte. Josef, der auch eingeladen war, traf ihre Gefühle am besten, als er sagte: «Nichts in der Welt läßt sich mit der deutschen Weihnacht vergleichen.»

Später, als sie ihre Geschenke ausgepackt hatten, standen sie Hand in Hand um den Baum und sangen im flackernden Kerzenlicht die vertrauten weihnachtlichen Lieder. Bennos starker Tenor gab den Grundton an: «Stille Nacht, heilige Nacht ...» Dann erscholl Luises klare Altstimme: «O du fröhliche ...» Danach sang Ricarda die ersten Takte eines englischen Liedes, das sie als Kind gelernt und ihren Kindern und Enkelkindern vorgesungen hatte: *«Oh, little town of Bethlehem ...»*

Professor Ascher verbrachte Weihnachten mit Pastor Scheer und dessen Familie. Er besuchte die überfüllte Christmette und nahm am traditionellen Weihnachtsessen mit gebratener Gans mit Kastanien- und Apfelfüllung teil. Die gesamte Familie war anwesend: der Pastor, seine Frau, seine drei verheirateten Söhne und deren Familien. Sie achteten darauf, den Professor in ihre Unterhaltung mit einzubeziehen. Selbst die Kinder hatten ihm kleine Geschenke gebracht, damit er sich nicht ausgeschlossen fühlte.

Am Ende des köstlichen Mahls sah der Professor in die Runde und erhob sein Glas. «Aus tiefstem Herzen wünsche ich euch frohe Weihnachten, meine Freunde, und ich danke euch, daß ihr mich, einen Fremden, in eurer Mitte willkommen heißt.»

Pastor Scheer lächelte. «Wir haben zu danken, daß Sie die Einladung angenommen haben, Herr Professor. Aber ich bitte Sie, bezeichnen Sie sich nie wieder als einen Fremden; diesen Herbst habe ich mich Ihnen oft so viel näher gefühlt als meinen Glaubensbrüdern. Und bei dieser Gelegenheit – darf ich Sie bitten, mich Bernhard zu nennen?»

«Und mich Klara», fügte seine Frau hinzu.

«Danke.» Der Professor atmete tief ein, er war sich der Tragweite dieses Angebots durchaus bewußt. «Und ich heiße Bethel. Ich hoffe, Sie werden auch mich so nennen.»

«Danke, Bethel», erwiderte Pastor Scheer.

Man unterhielt sich wieder, aber Professor Ascher schwieg, tief berührt von dem lebendigen Beweis christlicher Gesinnung. Er kam von Menschen, die ihre Stärke aus ihrem Glauben bezogen und die fähig waren, ihn mit anderen zu teilen, ohne sie bekehren zu müssen.

Er hatte nie an Gott glauben können. Doch seit dem vergangenen Jahr begann er sich nach den jüdischen Traditionen zu sehnen, er strebte nicht nur nach einer persönlichen, sondern auch nach religiöser Identität. Vielleicht geschah dies wegen der Verfolgung, der er ausgesetzt war. Der Glaube der Menschen wurde nicht gebrochen, sondern gestärkt.

Bald darauf bereitete sich das Hotel Quadriga für den traditionellen Silvesterball vor. Wenn Weihnachten einer der ruhigsten Tage für Viktoria war, so war Silvester einer der arbeitsreichsten. Sie stand um fünf Uhr auf und sah Benno und den Rest der Familie meist erst wieder, wenn sie sich abends im Ballsaal trafen.

Obwohl Günther Birker ihr beistand, überwachte Viktoria in diesem Fall alle Arrangements persönlich. Da waren die endlosen Besprechungen mit Emil Brandt wegen der Zimmerreservierungen, mit Inge Fiedler wurden die Wäscheprobleme und die Spezialwünsche der Gäste geregelt. Es gab Diskussionen mit Philip Krosyk über die Tischordnung beim Galabankett und mit Küchenchef Mazzoni wegen des siebengängigen Menüs.

Der Parkettboden des Ballsaals wurde gewachst und poliert, bis sich die riesigen Kristalleuchter darin spiegelten. Die Spiegel an der Wand wurden mit frischem Zeitungspapier blitzblank geputzt. Männer der Putzkolonne hängten knallbunte Girlanden und Netze voller Luftballons auf.

Auch Benno war vollauf beschäftigt an Silvester, er kümmerte sich um die Weinkeller. Im Laufe dieser Nacht kamen mehr als eintausend Gäste durch die gläsernen Drehtüren in das Hotel. Sie würden zwischen zwei- und dreitausend Flaschen besten Champagner konsumieren, über eintausend Flaschen bester Weine trinken, von denen viele dekantiert werden mußten. Jede Flasche mußte in der richtigen Temperatur serviert werden, und jede einzelne mußte berechnet werden. Benno war in seinem Element.

Den ganzen Tag über fuhren Limousinen vor, die Portiers halfen den Gästen beim Aussteigen, und die Pagen schleppten Gepäck. Bis Mittag war jede Suite des Hotels belegt, jeder Tisch im Restaurant und jeder Platz im Ballsaal reserviert, und das ganze Gebäude war von einem Fieber fröhlicher Erregung erfüllt. Am frühen Abend tranken die Gäste in der Bar Cocktails. Um acht füllte sich das Restaurant; um zehn ging man in den Ballsaal.

In einem schulterfreien blauen Kleid, dazu passendem Kollier und Ohrringen mit funkelnden Saphiren, die die Farbe ihrer Augen und das Blond ihrer bezaubernd frisierten Haare unterstrichen, stand Viktoria neben Benno am Eingang zum Ballsaal und begrüßte ihre Gäste.

Durch die Tür bewegte sich eine glanzvolle Schar, die Crème der Berliner Gesellschaft. Sie lobten das üppige Bankett, bewunderten die Pracht des Saals, erinnerten sich an frühere Bälle und wünschten einander alles Gute für das kommende Jahr. Die Tanzfläche füllte sich, über den Tischen hing ein Schleier aus Zigarren- und Zigarettenrauch, der Geräuschpegel der Unterhaltung stieg an.

Erst um halb zwölf konnten sich Viktoria und Benno am Tisch der Familie in der Nähe des Orchesters niederlassen, wo ihre Mutter und die Kinder, die gesamte Familie Kraus und Biederstedt schon seit langem saßen. Die Füße in den dünnen Goldslippern schmerzten; Viktoria sank dankbar auf den Stuhl und genehmigte sich ein erstes Glas Champagner.

Das Orchester spielte einen langsamen Walzer, und Josef fragte: «Möchtest du tanzen, Luischen?»

Luise lächelte und nahm seine Hand. Goldene Lichter schimmerten in ihrem kastanienbraunen Haar, ihre grünen Augen glänzten, und ihr schlanker Körper in dem smaragdgrünen Chiffonkleid bewegte sich mit geschmeidiger Grazie. «Lieber Gott», betete Viktoria leise, «laß sie diesmal glücklich werden.»

Daß sie aufs Parkett gingen, schien ein Zeichen zu setzen. Viktoria beobachtete eine stumme Konfrontation an dem kleinen Nebentisch. Stefan und Werner hatten sich erhoben und starrten sich über Christas aschblonden Kopf hinweg an. Stefans Hand lag auf der Lehne ihres Stuhls, Werners Hand auf ihrem Arm. Werner flüsterte Christa etwas zu, und das Mädchen hob ihre unschuldigen blauen Augen zu ihm, errötete leicht, wandte sich hilfesuchend an Stefan und stand dann auf, um Werners Arm zu nehmen. Immer noch stehend, blickte Stefan ihnen nach, wie sie sich unter die Tanzenden mischten.

«Stefan», rief Viktoria sanft.

Sein Gesichtsausdruck entspannte sich, und er eilte an ihre Seite. «Mama, möchtest du tanzen?»

Er war ein hervorragender Tänzer, leichtfüßig und mit einem angeborenen Gefühl für Rhythmus. Viktoria lehnte das Gesicht an seine Wange. «Warum hast du Werner so angesehen? Du wolltest doch nicht wirklich mit Christa tanzen?»

«Christa?» sagte Stefan langsam. «Nein, nicht unbedingt. Aber ich habe sie zuerst gefragt, dann hat Werner sich dazwischengedrängt. Ich weiß nicht, was es ist, aber er hat etwas an sich, das mich auf die Palme bringt.»

Beruhigt lachte Viktoria, und im selben Moment hörte die Musik auf zu spielen. Der Zeremonienmeister klatschte in die Hände und bat um Stille. Die Leute eilten an ihre Plätze zurück, die Kellner ließen weitere Sektkorken knallen und füllten die Gläser. Stefan drückte die Hand seiner Mutter. «Es ist Mitternacht! Gutes neues Jahr, Mama.»

Benno ging zum Podium hinüber. «Meine Damen und Herren, im Namen des Hotels Quadriga wünsche ich Ihnen ein frohes, gesundes und erfolgreiches neues Jahr!»

Die Leute brachen in Jubel aus und tranken einander zu. Der Raum war erfüllt von ausgelassenen Stimmen, bunten Girlanden und schwebenden Luftballons. Unter den Linden wurden Kanonen abgefeuert, und ein großartiges Feuerwerk erleuchtete den Himmel über Berlin.

Nur zu bald allerdings war der Silvesterabend nur noch eine Erinnerung. Die Dekoration wurde abgenommen und fürs nächste Jahr aufgehoben, und mit dem Ende der Festlichkeiten zeigten die Probleme, die für einige Zeit in den Hintergrund getreten waren, ihre häßliche Fratze.

Mortimer kehrte nach einem ruhigen Weihnachtsfest in Oxford nach Berlin in eine Atmosphäre wachsender Unzufriedenheit und Spannung zurück. Zu seiner Freude schien jeder bereitwillig darüber zu sprechen.

Die Verbände der SA, die nun fast über vier Millionen Mann zählten, schienen allgemein Anstoß zu erregen. Selbst Baron Heinrich wetterte gegen sie. «Röhm kennt sich nicht mehr, besonders seit Hitler ihn zum Kabinettsminister gemacht hat. Sein Hauptquartier in München ist größer als das der Kraus-Werke, und alle Wände hängen voller Kunstwerke. Und seine Autos –»

«Eigenartig, wenn man die erklärten Ziele der Partei bedenkt», warf Mortimer ein.

«Bah, Röhm schert sich einen Dreck um Ideale. Er ist ein übergeschnappter Homosexueller, wie die meisten SA-Führer. Wenn es etwas gibt, das ich nicht ausstehen kann, dann sind es Homosexuelle.»

Peter von Biederstedt war aus ganz anderen Gründen äußerst besorgt. Als Mortimer ihn befragte, war er überraschend offenherzig. «Röhms Macht muß gebrochen werden. Ich persönlich glaube, daß er Hoffnungen hegt, die Reichswehr unter seine Kontrolle zu bringen und eine Volksarmee im Stil der Roten Armee zu formieren. Sie müssen doch von der sogenannten ‹zweiten Revolution› gehört haben, Herr Allen? Wenn Hitler nichts unternimmt, um Röhm aufzuhalten, könnten wir in einen Bürgerkrieg gestürzt werden.»

«Halten Sie die Sache für so ernst?» fragte Mortimer.

Peter nickte. «Offen gesagt, ja.»

In Österreich allerdings schien die Gefahr eines Bürgerkriegs noch viel wahrscheinlicher. Bundeskanzler Dollfuß befand sich in ständigem Kampf mit der faschistischen Heimwehr, einem Pendant zu den deutschen Sturmtruppen.

Es gab Gerüchte, daß deutsche SA- und SS-Einheiten an der österreichischen Grenze stationiert wurden, während Mussolinis Truppen am Brenner warteten. Die Situation war ziemlich explosiv.

Schließlich war da noch Polen. Seit einigen Wochen gab es Geheimtreffen zwischen Hitler und dem polnischen Botschafter, deren Ergebnis jedermann mit Spannung erwartete.

Am 30. Januar 1934, dem ersten Jahrestag seiner Machtergreifung, verkündete Hitler im Reichstag, daß er mit Polen gerade einen zehnjährigen Nichtangriffspakt geschlossen habe.

Die Bar im Quadriga war überfüllt, als Mortimer eintraf; alle diskutierten über diese erstaunliche Neuigkeit. «Herr Allen, was halten Sie denn von diesem Abkommen?» fragte der Baron mit dröhnender Stimme vom Nebentisch, wo er mit Benno und dessen Familie saß. Ohne Mortimer Zeit für eine Antwort zu lassen, fuhr er fort: «Ich kann Ihnen sagen, ich verstehe das nicht. Ich dachte, daß Hitler sich mit dem polnischen Botschafter traf, um Polen zurückzufordern – nicht um einen Friedensvertrag zu schließen!»

Mortimer konnte nicht widerstehen und fragte: «Wollen Sie damit sagen, daß Deutschland Polen den Krieg erklären soll?»

«Natürlich nicht, aber die Tatsache bleibt bestehen, daß Polen von Rechts wegen uns gehört. Es ist uns durch den Versailler Vertrag gestohlen worden. Hitler hat kein Recht, mit Pilsudski einen Friedensvertrag zu unterzeichnen.»

Mortimer zog eine Augenbraue hoch. Es war das erste Mal, daß er vom Baron Kritik an Hitler hörte – noch dazu in der Öffentlichkeit. «Mir scheint, als Diktator kann er tun, was er will.»

«Ich glaube, ich kann Hitlers Absichten verstehen», sagte Benno. «Polen hat eine Allianz mit Frankreich, unsere drei Länder bilden nun ein starkes Bollwerk gegen die Sowjetunion.»

Mortimer zuckte mit den Schultern. «‹Allianzen›, ‹Bollwerk gegen Rußland›. So ähnlich klang es auch, als der letzte Krieg ausbrach, wenn ich mich recht erinnere. Sie glauben doch nicht, daß Rußland zum Krieg rüstet, Herr Kraus?»

«Ich würde das nicht ausschließen. Die Kommunisten sind zu allem fähig, und im Gegensatz zu uns haben sie eine riesige Armee, die sie jederzeit mobilisieren können.»

«Ich finde, daß alles, was zum Frieden in Europa beiträgt, eine gute Sache ist», sagte Stefan ruhig.

«Besonders wenn Deutschland die ersten Schritte dafür tut», fügte Viktoria hinzu.

«Wie steht es mit dem Völkerbund, der für diesen Zweck gegründet wurde?» fragte Mortimer trocken. «Ich glaube mich zu erinnern, daß Deutschland letztes Jahr recht schnell ausgetreten ist. Warum sollte Hitler das getan haben, wenn er aufrichtig nach Frieden strebt?»

Erregt warf Benno ein: «Herr Allen, natürlich können Sie Ihre Meinung äußern, aber ich habe den Eindruck, daß Sie immer etwas auszusetzen haben, was Hitler auch tut. Ich versichere Ihnen noch einmal, niemand in Deutschland will Krieg, nicht einmal wegen Polen.»

Viktoria blickte besorgt vom einen zum anderen, dann sah sie auf ihre Uhr. «Es tut mir leid, daß ich die Diskussion unterbrechen muß, aber das Abendessen ist bereit.»

Bennos Gesicht war rot angelaufen, ärgerlich sah er Mortimer an. «Ja, das denke ich auch, meine Liebe.» Er stand auf und stieß heftig seinen Stuhl zurück. «Vater, kommst du mit?»

«Ach, die Frauen können an nichts als an ihre Mägen denken», brummte der Baron. «Na, steh nicht rum hier. Hilf mir auf die Beine, Junge!»

Während alle Stühle rückten und aufstanden, trat Viktoria an Mortimers Seite und sagte leise: «Herr Allen, zu Ihrem eigenen Besten, bitte seien Sie vorsichtiger in dem, was Sie sagen. Ich weiß, daß Sie es nicht böse meinen, aber nicht alle denken so wie Sie.»

Dann wurde er plötzlich Monikas Blick gewahr, die ihn mit wissendem Ausdruck in ihren graublauen Augen fixierte, als wollte sie sagen. «Herr Allen, ich weiß alles über Ihr kleines Spiel.» Sie ergriff die Hand ihres Vaters, lächelte hinterhältig und ging.

Langsam schlenderte Mortimer zur Bar zurück. Er hatte angenommen, daß sich Viktorias Worte auf Benno bezogen, in dessen Augen Hitler noch immer keinen Fehler begehen konnte. Aber was, wenn sie Monika meinte? Das Kind bewunderte Hitler, sprach immer wieder schwärmerisch von der Hitlerjugend, und es kam durchaus vor, daß Kinder ihre Verwandten ausspionierten und dafür belohnt wurden. Das waren genau die verabscheuungswürdigen Tricks, die die Gestapo einsetzte.

Viktoria hatte tatsächlich Probleme mit Monika. Am Abend des ersten Schultags verkündete ihre Tochter: «Meine Freundin Beate wird jetzt Mitglied im Bund deutscher Mädel. Ich möchte da auch mitmachen.»

Der BdM war die Organisation der Hitlerjugend für Mädchen ab vierzehn Jahren. Die Mitglieder trugen eine spezielle Uniform, trafen sich jede Woche zu Heimabenden, gingen zu Sportveranstaltungen, Versammlungen und Lageraufenthalten und waren viel mit den Jungen der Hitlerjugend zusammen. Monika wurde im März vierzehn und begann sich für das andere Geschlecht zu interessieren. Dieser Aspekt der BdM-Unternehmungen faszinierte sie daher am meisten.

Ihre Mutter sah den BdM in anderem Licht. «Nein, Monika», erwiderte Viktoria entschieden. «Ich werde nicht erlauben, daß du da mitmachst. Das ist eine politische Organisation der schlimmsten Sorte.»

«Sportveranstaltungen und in Jugendherbergen gehen hat nichts mit Politik zu tun», widersprach Monika verdrießlich. Sie wandte sich an ihren Vater. «Papa, du bist doch auf meiner Seite, oder?»

Benno zögerte. «Vicki, ich kann nichts Schlimmes dabei finden. Sie könnte doch nützliche Dinge lernen, wie Kochen und Nähen, außerdem kann Disziplin ihr nicht schaden.»

«Ich habe den Eindruck, daß die Hitlerjugend mit dem Wandervogel zu meiner Zeit vergleichbar ist», warf Ricarda ein. «Wir sind damals auf Wanderungen gegangen und haben am Lagerfeuer gesungen. Ich bin sicher, daß es ganz harmlos ist, Vicki, meine Liebe.»

Monika blickte triumphierend zu ihrer Mutter, sie wußte, daß sie gewonnen hatte.

Viktoria seufzte. «In Ordnung. Du kannst dich um die Mitgliedschaft bewerben. Aber unter einer Bedingung – du gehst weder in ein Lager noch zu Aufmärschen.»

«Wir können im September am Reichsjugendtag in Nürnberg teilnehmen», sagte Beate, als Monika ihr die Entscheidung ihrer Eltern mitteilte.

Monika zog eine Grimasse. «Mama läßt mich nicht gehen. Sie läßt mich nur zum BdM, wenn ich zu keinen Versammlungen gehe.»

Beate lächelte listig. «Weißt du, was ich tue, wenn meine Mutter mir was verbietet? Ich drohe ihr, meinem Vater etwas zu erzählen, das sie lieber geheimhalten möchte. Dann bekomme ich gewöhnlich, was ich will.»

Monika dachte über diesen faszinierenden Vorschlag nach. «Danke, Beate», sagte sie freundlich. «Ich bin sicher, daß ich meine Eltern überreden kann, mich nach Nürnberg fahren zu lassen.»

Basilius war jung und anpassungsfähig, und es dauerte nicht lange, bis seine anfängliche Enttäuschung über Moskau zu schwinden begann. Nachdem sich unter den deutschen Genossen herumgesprochen hatte, daß seine Mutter angekommen war, konnte Olga ihre Bekanntschaft mit Revolutionären wie Wilhelm Pieck und Karl Radek erneuern. Sie wurde in die berühmte Gesellschaft der alten Bolschewiki und in den Deutschen Club eingeladen, darüber hinaus sollte sie Artikel für die *Deutsche Zentral-Zeitung* verfassen. Sie war wieder ganz in ihrem Element.

Basilius ging in die Schule für ausländische Kinder, wo er von deutschen Emigranten unterrichtet wurde. Zu seinem Stundenplan kam als erste Fremdsprache Russisch hinzu, Englisch als zweite. Russisch lag Basilius ganz außerordentlich, in dieser Sprache fühlte er sich zu Hause.

Anfang März war er Klassenbester, nicht nur in Sprachen, sondern in Geschichte, Geographie, politischen Wissenschaften und Wirtschaftslehre, und man schlug ihn für die Mitgliedschaft bei den jungen Pionieren vor. Nie in seinem Leben hatte er sich stolzer gefühlt als bei der Aufnahmezeremonie, wo er in der Mitte der Halle strammstand, vor sich die Reihen der anderen, angeführt von einem Fahnenträger. Wie bei einer militärischen Veranstaltung ertönten Fanfaren, und danach verlas der Anführer der Pioniere den Eid, den die neuen Mitglieder nachsprachen.

Basilius trug jetzt das rote Pioniertuch, die Pionierspange prangte an seiner Jacke wie ein militärischer Orden. Als er nach Hause kam, blickte seine Mutter ihn voller Bewunderung an. «Weißt du, was diese Symbole bedeuten, Basil? Die fünf Zacken bedeuten die fünf Kontinente der Erde, und die drei Flammen sind die Dritte Internationale!» Dann runzelte sie die Stirn und versuchte, die russischen Worte auszusprechen, die darauf standen. *«Budi gotow! Wsegda gotow!»*

Basilius war peinlich berührt von ihrer Unkenntnis. «Das heißt: Sei bereit! Immer bereit!» übersetzte er. Plötzlich wurde ihm bewußt, daß er bereits ein Sowjetbürger zu werden begann, seine Mutter aber immer eine Ausländerin bleiben würde.

Ende März wurden Monika und Beate im BdM aufgenommen. Der Reichsjugendführer Baldur von Schirach war bei der Zeremonie persönlich anwesend. Er war ein gutaussehender Mann Ende Zwanzig, und Monika fand ihn unglaublich romantisch.

Ihre Stimme bebte vor Ergriffenheit, als sie vor der «Blutfahne» den Treueeid auf Adolf Hitler schwor, den Retter des Vaterlands.

Die Feier wurde noch eindrucksvoller durch die aufrüttelnde Rede, die Baldur von Schirach vor den Mädchen hielt. Er sprach über die Hingabe an ihre Heimat und die Freuden der Mutterschaft, die sie erwarteten, wenn sie heirateten und Söhne für das Vaterland gebären würden. Dann sagte er den Mädchen, daß der Führer sie im Herbst in Nürnberg erwartete.

Nachdem sie in ihrer neuen Uniform im Hotel angekommen war, eilte Monika mit vor Aufregung gerötetem Gesicht direkt in Viktorias Büro. Erregt beschrieb sie jedes Detail der Zeremonie, einschließlich des Eids.

Viktoria hörte mit wachsender Sorge zu, die Pupillen ihrer Tochter waren noch immer vor Begeisterung geweitet, und ihre Stimme überschlug sich fast. Es war viel schlimmer, als sie befürchtet hatte. «Monika, wie konntest du einen solchen Eid schwören? Hitler ist nicht unser Retter. Er ist nur ein Politiker.»

Monikas Stimme änderte sich mit einem Schlag. Sie sah ihre Mutter eisig an. «Mama, du solltest vorsichtig sein mit dem, was du sagst. Wenn ich dich der Gestapo melde, wirst du eingesperrt.»

Einen Moment lang wollte Viktoria ihren Ohren nicht trauen. Ihre eigene Tochter drohte ihr! Wütend gab sie ihr eine Ohrfeige. «Monika, wage es nicht, so mit mir zu sprechen!»

Würdevoll erhob sich Monika. «Wenn du mich noch einmal schlägst, sage ich es Papa.»

«Er wird vollkommen einverstanden sein mit mir.»

«Das bezweifle ich.» Monika verließ das Büro und schlug die Tür hinter sich zu.

Mit zitternden Händen zündete sich Viktoria eine Zigarette

an. Natürlich hatte Monika recht. Benno würde wütend sein, wenn er erführe, daß sie ihre Tochter geschlagen hatte. «O mein Gott», sagte sie laut, «was für ein Monster habe ich zur Welt gebracht!»

Aber als sie darüber nachdachte, fragte sie sich, ob sie selbst nicht die Hauptschuld traf. Als Monika ein Baby war, hatte sie sich nicht besonders um sie gekümmert und sie meistens Schwester Hedwig überlassen. Wenn sie ehrlich mit sich war, mußte sie zugeben, daß sie Stefan immer vorgezogen hatte. Vielleicht war Monika das nicht entgangen, und sie haßte sie deswegen unbewußt …

Mortimer ging zufällig durchs Foyer, als Monika in ihrer neuen BdM-Uniform und mit triumphierend blitzenden Augen aus Viktorias Büro gestürmt kam. Er zögerte einen Moment, dann klopfte er an die Tür. «Herein.» Viktorias Stimme war leise und ihr Gesicht blaß, als er eintrat.

«Ich weiß, es geht mich nichts an, aber ich habe zufällig gesehen, wie Monika hinausrannte, und ich fragte mich …»

«Ja, Monika ist jetzt dem BdM beigetreten», sagte Viktoria bitter.

«Sie sind dagegen?»

«Natürlich bin ich dagegen, daß sie diesen Eid auf Hitler schwört.»

Teilnehmend schüttelte er den Kopf.

«Aber was kann ich tun, Herr Allen? Wie Monika mir gerade klargemacht hat, kann ich bei der Gestapo angezeigt werden, wenn ich etwas gegen Hitler sage.»

Mortimer sank auf einen Stuhl und fragte sich, was er wohl an ihrer Stelle tun würde. Er beobachtete, wie sie nervös die Zigarette am Aschenbecher abklopfte, und empfand große Sympathie für sie. Spontan sagte er: «Darf ich Sie um einen Gefallen bitten? Ich bin es ziemlich leid, immer Herr Allen genannt zu werden, besonders von jemandem, den ich gern zu meinen Freunden zählen würde. Würde es Ihnen etwas ausmachen, mich Mortimer zu nennen?»

Sein Wunsch überrumpelte sie in einem Moment, in dem sie spürte, wie dringend sie einen Freund brauchte, dem sie ihre Sorgen und Nöte anvertrauen konnte.

«Frau Jochum-Kraus ist ja ein ziemlicher Bandwurm», fuhr er fort, «dagegen ist Viktoria ein so hübscher Name.»

Wenn sie sich mit Vornamen anredeten, würde sie Mortimer eine Vertrautheit einräumen, die sie normalerweise zwischen sich und einem Hotelgast nicht zuließ. Aber sie war auch nicht ausschließlich Hotelbesitzerin, sondern ein menschliches Wesen und dazu ein sehr einsames.

«Danke, Mortimer», sagte sie leise.

Auf dem Heiligensee schmolz das Eis, an den Lindenbäumen vor dem Hotel bildeten sich kleine Knospen, und im Botanischen Garten in Dahlem begannen die ersten Narzissen zu blühen. Was die politischen Verhältnisse betraf, so nahmen kleine Unzufriedenheiten größere Ausmaße an. Man schimpfte auf die Bürokratie und die wachsende Zahl engstirniger Beamter, auf die Kulturpolitik von Goebbels und besonders auf die Sturmtruppen.

Eine «zweite Revolution» war als ernstzunehmende und bedrohliche Möglichkeit im Gespräch. Hinter vorgehaltener Hand fragten sich die Leute, wie die Reichswehr sich gegen die millionenstarken Sturmtruppen schützen wollte und wie ihre eigene Zukunft aussah in einem Land, das von Röhms großspurigen, betrunkenen und ordinären Horden dominiert würde. Es gab Stimmen, die nach Beendigung der Brutalitäten, der Verhaftungen ohne ordentliche Gerichtsverhandlung, der Einschüchterung des Klerus und der Verfolgung der Juden riefen.

Professor Bethel Ascher hörte diese Stimmen und schöpfte Hoffnung. Die Leute hatten lange gebraucht, aber schließlich waren sie aufgewacht. In der Zwischenzeit hatte er etwas gefunden, das sein leer gewordenes Dasein ausfüllte. Er unterrichtete an einer jüdischen Schule in Dahlem. Angestellt war er von einem Wohlfahrtskomitee deutscher Juden, das Leuten behilflich war, die emigrieren wollten. Er hoffte auch, für Martin Bubers Organisation jüdischer Erwachsenenbildung zu arbeiten, die den Juden helfen wollte, ihre eigene Gemeinde aufzubauen.

Voller Zuversicht bereitete er sich auf den *Seder*, die erste Nacht des Passah, des Befreiungsfestes, vor, das an den Auszug der Kinder Israels aus Ägypten erinnerte, wozu er ein paar Freunde eingeladen hatte.

Die Dämmerung war fast schon hereingebrochen, als seine ersten Gäste erschienen, unter ihnen Bernhard und Klara Scheer, Mortimer Allen und Stefan Kraus. Bethel Ascher trug sein Käppchen auf dem Hinterkopf und verteilte auch an die anwesenden Männer solche Kopfbedeckungen. Dann zündete er den siebenarmigen Leuchter, die Menora, an und nahm den Platz am Kopfende der Tafel ein. Er lächelte Stefan zu. «Es ist Sitte, daß ein Kind nach dem Ritual des Abends fragt und daß ihm das Familienoberhaupt antwortet. Da du der Jüngste bist, würdest du vielleicht die Fragen verlesen?»

Stefan nahm das Buch auf und las vor: «Warum unterscheidet sich diese Nacht von allen anderen Nächten des Jahres?»

Bethel Ascher antwortete: «Diese Nacht ist anders, weil wir des wichtigsten Ereignisses in der Geschichte unseres Volkes gedenken. In dieser Nacht feiern wir seinen triumphalen Auszug aus der Knechtschaft in die Freiheit ...»

Es war Mitternacht, als das Fest endete. Auf dem Heimweg fragte Mortimer Stefan: «Haben Sie es interessant gefunden?»

«Es war wie eine andere Welt. Mortimer, warum hassen so viele Menschen die Juden?»

Mortimer schwieg lange. Schließlich sagte er: «Vielleicht, weil sie anders sind. Vielleicht aber auch, weil sie eines der ältesten Völker der Erde sind – Gottes auserwähltes Volk. Dieser Gedanke ist ein Greuel für Menschen, die sich selbst von Gott erwählt glauben.»

«Ist das wirklich so einfach?»

«Nein», antwortete Mortimer, «nichts ist jemals so einfach.»

Am folgenden Morgen fragte Monika Stefan: «Wo bist du und Herr Allen letzte Nacht gewesen?»

Stefan zögerte einen Moment. Dann dachte er: Warum sollte ich es ihr nicht sagen? Ist es ein Verbrechen, wenn man Freunde besucht? Er sagte es ihr.

Monika starrte ihn ungläubig an. «Du hast ein jüdisches Fest mitgefeiert? Stefan, wie konntest du nur? Das macht dich zum Judenfreund. Das ist noch schlimmer, als wenn man selbst Jude wäre. Wenn jemand davon erfährt, könntest du deinen Platz an der Universität verlieren.»

Stefan überlief es kalt. Er hatte das grauenvolle Gefühl, daß sie recht haben könnte.

«Mach dir keine Sorgen», fuhr sie zuckersüß fort. «Vorausgesetzt, du unterstützt mich, wenn ich Mama sage, daß ich zu dem Nürnberger Treffen im September fahre, werde ich keiner Menschenseele etwas sagen.»

Anfang Juni wurde angekündigt, daß die SA sich für einen Monat beurlauben und Röhm sich zur Kur nach Bayern begeben würde, um ein Nervenleiden zu behandeln. Jedermann atmete erleichtert auf. Hitler hatte die Situation im Griff.

Entspannter, als sie es lange Zeit gewesen war, feierte Viktoria ihren vierzigsten Geburtstag. Am 15. Juni 1934 ließ sie sich mit ihren Gästen in dem wundervoll dekorierten Jubiläumssaal zu einem siebengängigen Mahl nieder. Festlich livrierte Kellner servierten, und ein Quartett spielte klassische Tafelmusik.

Wie glücklich sie sich doch schätzen konnte, dachte Viktoria, als sie ihre Familie und Freunde an der Tafel betrachtete. Stefan war zu einem hübschen jungen Mann herangewachsen, daneben ihre schöne und elegante Mutter; Luise war ein neuer Mensch, seitdem sie Josef hatte; selbst Monika war ein attraktives junges Mädchen, das sich zwar leicht beeinflussen ließ, es aber nicht wirklich böse meinte.

Dann waren da die Biederstedts und die Krauses, beide Familien längst nicht mehr so anstrengend, nachdem sie aus dem Hotel ausgezogen waren; liebe alte Freunde wie Professor Ascher, Dr. Blattner und der Familienanwalt Oskar Duschek und liebe neue Freunde wie Pastor Scheer und seine Frau – und Mortimer Allen …

Am Ende des Mahls erhob sich Benno und hielt eine Rede. «Damen sind bekannt dafür, daß sie gern ihr Alter verheimlichen, aber im Fall meiner Frau ist selbst der Versuch dazu zum Scheitern verurteilt, denn jeder weiß, daß Viktoria Jochum an dem Tag geboren wurde, als Seine Majestät Wilhelm II. das Hotel Quadriga eröffnete – am 15. Juni 1894, also vor vierzig Jahren.» Einige der Anwesenden lachten.

Vierzig Jahre – sie konnte es nicht glauben. Sie fühlte sich nicht wie vierzig, sie hätte gesagt fünfundzwanzig, vielleicht dreißig – aber nicht vierzig. Sie war also in mittleren Jahren!

Benno winkte Philip Krosyk heran, der ihm auf einem goldenen Tablett eine verzierte Kassette brachte. Benno nahm sie entgegen und wandte sich an Viktoria. «Vicki, meine Liebe, ich möchte dir dieses Geschenk überreichen und dir mit der ganzen Familie alles Liebe und Gute für die nächsten glücklichen vierzig Jahre wünschen.»

Tief bewegt öffnete Viktoria den Deckel. Auf einem Satinkissen lag ein Kollier aus blutroten Rubinen, in glitzernden Diamanten gefaßt, dazu die passenden Ohrringe und eine Brosche. Nie in ihrem Leben hatte sie so etwas Herrliches gesehen.

«Es scheint, daß meine Frau zum erstenmal ihre Stimme verloren hat», lachte Benno, und die ganze Gesellschaft brach in Hochrufe aus.

Viktoria zog ihn zu sich herunter und küßte ihn. «Danke, Benno.» Dann wandte sie sich an ihre Mutter und küßte auch sie. «Danke dir, Mama. Ich danke dir, daß du mich vor vierzig Jahren geboren hast.» Sie blickte die lange Tafel hinunter. «Danke euch allen, für eure Freundschaft und Zuneigung.»

Hasso Annuschek trat vor und reichte Benno eine Karaffe Wein, der in noch dunklerem Rot als Viktorias Rubine schimmerte. Kellner eilten umher und füllten frische Gläser. Benno räusperte sich und sagte dann: «Karl Jochum hat diesen Wein vor vierzig Jahren eingelagert. Ich schlage vor, daß wir ihn jetzt auf die nächsten vierzig Jahre seiner Tochter und des Hotels Quadriga trinken!»

Alle Gäste standen auf, hoben die Gläser und brachten Trinksprüche aus.

Benno stellte sein Glas ab und lächelte Viktoria bedauernd an: «Der Wein ist überständig. Aber du, meine Liebe, wirst mit jedem Jahr schöner.» Damit legte er ihr das Kollier um den Hals.

Der 30. Juni begann im Hotel Quadriga als ein Tag wie jeder andere. Den ersten Hinweis, daß etwas nicht in Ordnung war, bekam man von Mortimer, der informiert wurde, daß die internationalen Telefonleitungen bis auf weiteres gesperrt waren. Nachforschungen im Außen- und Propagandaministerium ergaben nichts, aber ein englischer Reporter sagte ihm: «Irgend etwas Merkwürdiges geht vor, und ich glaube, es hat mit der SA zu tun.»

«Sie meinen, Röhm beginnt mit seiner Revolution?»

Der Engländer schüttelte den Kopf. «Das glaube ich nicht. Die Standartenstraße ist gesperrt worden, an beiden Enden steht bewaffnete Polizei.»

«Die Standartenstraße? Da ist doch das Hauptquartier der SA.»

«Dort stehen eine Menge Polizeiautos, vor allem von der Landespolizeigruppe Görings.»

Chuck Harris, Mortimers Kollege, trat zu den beiden Männern. «Der Tiergarten ist voll von SS-Verbänden, und auf der Charlottenburger Chaussee herrscht ein Verkehrschaos.»

Verblüfft fragte Mortimer: «Was, zum Teufel, ist bloß los?»

Erst am Nachmittag fand er es heraus, als ein Telefonanruf ihn zu einer Pressekonferenz ins Propagandaministerium rief. Von einem ganzen Gefolge von Beratern umgeben, betrat Göring in blauer Luftwaffenuniform mit weißen Schulterklappen das Podium. Er hatte einen altertümlich aussehenden Säbel umhängen, seine Miene war feierlich-ernst, fast wie bei einem Begräbnis. Er verlas eine vorbereitete Stellungnahme, in der erklärt wurde, daß der Führer ihn mit besonderen Rechten ausgestattet hatte, um staatsfeindliche Kräfte zurückzuschlagen.

Die Operation war überall erfolgreich verlaufen. In München waren Röhm und weitere SA-Führer verhaftet worden. Diejenigen, die Widerstand geleistet hatten, wurden erschossen, andere begingen Selbstmord. Emphatisch beteuerte Göring, daß die SA als Ganzes loyal zum Staat stehe. Nur einige aus ihren Reihen waren durch unwürdige Führer in die Irre geleitet worden.

Alle lauschten wie gebannt, dann erhob sich lärmendes Stimmengewirr. Göring wandte sich zum Gehen; ein Reporter rief ihm zu: «Herr General, ich habe gehört, daß General von Schleicher unter denjenigen war, die ihr Leben verloren.»

Göring blickte ihn eisig an. «General von Schleicher schmiedete ein Komplott gegen den Staat. Ich habe seine Verhaftung angeordnet. Er beging den Fehler, sich zu wehren. Er ist tot.»

Mortimer holte tief Luft. Man hatte also nicht nur mit der SA, sondern auch mit anderen Opponenten abgerechnet. Wenn Schleicher tot war, wie viele andere waren dann bei der Operation umgekommen? Langsam ging er in der Nachmittagssonne ins Hotel Quadriga zurück. Berliner spazierten im Schatten der Lindenbäume; sie wußten noch nicht, daß etwas Außergewöhnliches geschehen war.

In Extraausgaben der Zeitungen stand zu lesen, daß einige SA-Führer wegen Verrats hingerichtet worden waren. In der Bar des Quadriga diskutierte man in kleinen Gruppen über die Vorfälle. Man war sichtlich erleichtert, daß die Macht der SA-Truppen gebrochen war. Benno meinte: «Jetzt können wir in Frieden weiterleben.»

«Finden Sie es denn nicht besorgniserregend, daß die SA-Führer ohne Gerichtsverhandlung einfach hingerichtet wurden?» fragte Mortimer.

«Herr Allen, das waren Verräter, die einen Putsch planten. Auf Verrat gibt es nur eine Antwort.»

«Und was ist mit General Schleicher?»

Benno sah sich vorsichtig in der Bar um. «Ich habe gehört, daß er auf Röhms Seite war. Wenn das stimmt, war auch er schuldig und hat den Tod verdient.»

Selbst als sich im Laufe des Wochenendes herausstellte, daß bei dieser Säuberung viel mehr Leute umgekommen waren als anfänglich angenommen – sogar ein General des Heeres war zusammen mit seiner Frau in seinem Haus erschossen worden –, blieb Benno bei seiner Meinung. «Das waren Verräter, die einen Putsch planten. Auf Verrat kann man nur auf eine einzige Art reagieren.»

Stefan äußerte sich nicht zu den Ereignissen, aber eines Morgens auf seinem Weg zur Universität verließ er das Haus zur gleichen Zeit wie Mortimer, der in sein Büro ging. Als sie zusammen die Straße entlanggingen, sagte er ärgerlich: «Hitler scheint Recht und Gesetz in seine eigenen Hände genommen zu haben. General von Bredow war vielleicht ein Freund von Schleicher, er hat vielleicht gegen Hitler ein Komplott geschmiedet, aber er hätte in jedem Fall eine ordentliche Gerichtsverhandlung verdient. Was den Tod von Frau von Bredow anlangt – das war schlicht und einfach Mord.»

Mortimer nickte. «Was mir am meisten Sorgen macht, ist

Röhms Tod. Er war Hitlers ältester Kamerad, der einzige Mann, den er duzte. Was ist das für ein Mensch, der seinen besten Freund kaltblütig erschießen läßt, Stefan?»

Stefan starrte blicklos auf die Fußgänger, die zu ihren Arbeitsplätzen eilten. Langsam sagte er: «Ein Mensch, der so entschlossen ist, an der Macht zu bleiben, daß ihm das Leben anderer nichts bedeutet. Und dieser Mann regiert Deutschland.»

Einige Wochen später verkündete Hitler, daß der SS in Anbetracht der großen Verdienste, die sie sich im Zusammenhang mit den Ereignissen vom 30. Juni erworben hatte, ein unabhängiger Status im Rahmen der Parteiorganisation eingeräumt worden war.

Am gleichen Tag suchte Baron Heinrich von Kraus seinen Schneider auf. Er war Mitglied der «Freunde der Reichsführer-SS» geworden, eines erlesenen Zirkels aristokratischer und reicher Männer, die die Vorteile einer Verbindung zu Heinrich Himmler nutzten und die SS mit großzügigen Finanzspenden unterstützten. Durch seine Mitgliedschaft nahm der Baron den Rang eines höheren SS-Führers ein. Die schwarze Jacke und Hose standen seinem korpulenten Körper überraschend gut.

Als Belohnung für seine Rolle bei den Säuberungen wurde Otto Tobisch zum Standartenführer befördert und bekam die Leitung eines nördlich von Berlin erbauten Konzentrationslagers übertragen. Dieser Posten war wie geschaffen für ihn, und schon bald funktionierte das Lager mit erbarmungsloser Effizienz.

Anna ließ den Bauernhof in Traunkirchen in der Obhut eines benachbarten Hofbesitzers und folgte Otto. Nach einer Trennung von vier Jahren hatten sie endlich wieder eine gemeinsame Wohnung. Ihrer Gesellschaft wurde Otto jedoch bald überdrüssig, sein Interesse an ihrem Körper aber ließ nie nach. Er hoffte noch immer, daß sie vielleicht ein Kind haben könnten.

Obwohl gesund und kräftig, war Anna doch schon über vierzig, also ziemlich alt für eine Schwangerschaft. Da sie ihm den

Sohn, den Otto sich ersehnte, nicht schenken konnte, schaffte er sich einen Hund an, einen Dobermann, den er Wolf nannte und der ihn überallhin begleitete.

Mitte Juli begannen in den Schulen und an der Universität die Ferien, und ein allgemeiner Exodus aus Berlin setzte ein. Viktoria, Benno, Ricarda, Luise und die Kinder gingen nach Heiligensee. Mortimer kehrte nach Oxford zurück und freute sich, zusammen mit Joyce und Libby den Urlaub in einem sonnigen Garten voller Blumen zu verbringen. Seine Vorfreude wurde schnell enttäuscht.

Libby war nun zwölf Jahre alt und bald ein Teenager. Sie freute sich zwar, ihren Vater wiederzusehen, nachdem aber die anfängliche Begeisterung über seine Rückkehr geschwunden war, wandte sie sich wieder ihren Schulfreundinnen zu.

Joyce verbrachte ihre Tage im Atelier. Eines von ihren Landschaftsbildern hing in der Sommerausstellung der Royal Academy, und dank dieses Erfolgs wurde sie mit Aufträgen überschüttet. Am Abend setzte sie sich zu ihrem Mann, aber sie fragte ihn nicht nach persönlichen Dingen – und er gab auch von sich aus nichts preis.

Sie waren sich fremd geworden, dachte Mortimer. Er war zu lange von zu Hause fort gewesen, und jetzt hatten sie sich nichts mehr zu sagen, teilten keine gemeinsamen Erfahrungen, hatten keine gemeinsamen Grundlagen mehr. Auf merkwürdige Weise fühlte er sich enger mit Viktoria als mit seiner Frau verbunden.

Er war noch keine Woche zu Hause, als ihn am 25. Juli die Nachricht von einem versuchten Naziputsch in Wien erreichte, bei dem Bundeskanzler Dollfuß ermordet worden war. Mortimer rief sofort seinen Redakteur an. «Wegen seines Vorgehens gegen die Sozialdemokraten im Februar trauere ich ihm nicht unbedingt nach», sagte er. «Aber Mord kann ich nun mal nicht ausstehen, besonders nicht von seiten der Nazis.»

Bill Wallace lachte grimmig. «Das Deutsche Nachrichtenbüro bestreitet eine deutsche Beteiligung. Es behauptet, der Putsch und der Mord an Dollfuß seien eine rein österreichische Angelegenheit, sie hätten damit nichts zu tun. Wir haben aber gehört, daß Mussolini am Brenner wieder mobil macht; das wird in der Wilhelmstraße bestimmt Alarm auslösen. Ich habe Ihnen für morgen einen Flug nach Wien gebucht. Viel Glück, Mort. Tut mir leid, daß ich Ihre Ferien störe.»

Mortimer brummte etwas und legte auf.

Dollfuß wurde in einem aufwendigen Begräbnis beigesetzt, und Kurt Schuschnigg, wie Dollfuß ein Mitglied der Christlich-Sozialen Partei, wurde zum neuen österreichischen Bundeskanzler ernannt. Der Nazicoup war fehlgeschlagen. Mussolinis Truppen zogen sich wieder zurück. Mortimer kehrte nach Berlin zurück.

Am darauffolgenden Mittwoch wurde um neun Uhr morgens der Tod von Feldmarschall von Hindenburg gemeldet. In ganz Berlin nahmen die Männer ihre Hüte ab, und Frauen legten Trauerkleidung an zu Ehren dieser großen Persönlichkeit. Hindenburg hatte ein Alter von fast siebenundachtzig Jahren erreicht, und seine Gesundheit war seit langem angegriffen gewesen, aber er war der große alte Mann Deutschlands, eine der wenigen verbliebenen Verbindungen zu den guten alten Zeiten der Monarchie. Nach seinem Tod fragte sich jetzt jeder, wer wohl Präsident werden würde.

Hitler ließ die Frage nicht lange unbeantwortet. Am Mittag, genau drei Stunden nach Hindenburgs Tod, wurde verkündet, daß es keinen neuen Präsidenten geben würde. Im Einklang mit einem neuen Gesetz, das am Tag zuvor verabschiedet worden war – und somit die Billigung des verstorbenen Präsidenten mit einschloß –, wurde Hitler zum absoluten Herrscher über den Staat und Oberkommandierenden der Wehrmacht. Von nun an nannte man ihn nur noch «Führer». Anstelle einer Wahl sollte am

19. August ein Plebiszit stattfinden, bei dem die Bürger ihrer Zustimmung Ausdruck geben konnten. Damit würde seine *de facto* bereits vollzogene Diktatur besiegelt.

Für die aus dem Kaiserreich stammenden Offiziere, wie Peter von Biederstedt etwa, war Hindenburg weniger der Reichspräsident gewesen als der verehrungswürdige Feldmarschall, der manche von ihnen im Krieg angeführt hatte. Die Ankündigung, die so bald auf seinen Tod folgte, nämlich daß Hitler Oberkommandierender der Streitkräfte geworden war, verblüffte sie.

Sie hatten allerdings nicht viel Zeit, um darüber nachzudenken oder zu diskutieren, denn innerhalb der nächsten vierundzwanzig Stunden wurden im Reichswehrministerium in der Bendlerstraße und in den Kasernen in ganz Deutschland alle Offiziere und Soldaten auf Hitler vereidigt. Sie gelobten:

«Ich schwöre bei Gott diesen heiligen Eid, daß ich dem Führer des Deutschen Reiches und Volkes, Adolf Hitler, dem Oberbefehlshaber der Wehrmacht, unbedingten Gehorsam leisten und als tapferer Soldat bereit sein will, jederzeit für diesen Eid mein Leben einzusetzen.»

Dann folgten Trommelwirbel und Fanfarenstöße. Kurz nachdem Peter nach der Zeremonie in sein Büro zurückgekehrt war, klopfte es an seine Tür, und General Beck trat ein. Peter salutierte.

Der General befahl ihm, sich zu rühren. Mit bedrückter Miene und fahl im Gesicht, ging er zum Fenster und sah in den Sommertag hinaus. «Es gab keine Vorwarnung. Sein Tod kam ganz plötzlich. Biederstedt, ich fürchte, daß mit ihm unser soldatisches Ideal dahingegangen ist. Jetzt verfügt Hitler über ungeahnte Macht.»

Peter spielte mit seinem Zigarettenetui, um Zeit zum Nachdenken zu gewinnen. «Feldmarschall Hindenburg hat Hitlers Ernennung zugestimmt, Herr General», sagte er schließlich.

«Das wird behauptet, aber ich kann nur schwer glauben, daß er einem Treueeid auf Hitlers Person zugestimmt hat.»

Zum erstenmal überdachte Peter die Tragweite der Worte, die er gerade geschworen hatte. Vorsichtig fragte er: «Sie haben Bedenken für den Fall, daß Gehorsam dem Führer und Pflicht der Nation gegenüber miteinander in Konflikt geraten?»

Beck seufzte tief auf. «Ja. Ich habe das Gefühl, daß ich meinen Stand und mein Land betrogen habe, als ich diesen Eid leistete.»

Peter schwieg lange. Die jüngsten Ereignisse – nicht zuletzt der Machtentzug der SA und die darauf folgende Exekution Röhms – hatten ihn vollkommen davon überzeugt, daß Hitler für Deutschland und die Reichswehr die besten Absichten hegte. «Hitler mag vielleicht nicht aus unserer Schicht stammen, aber er ist unzweifelhaft ein Patriot», erwiderte er. «Ich kann mir nicht vorstellen, daß er jemals etwas tun wird, das gegen die Interessen Deutschlands verstößt.»

Beck ging langsam auf die Tür zu. Mit der Hand auf der Klinke sagte er: «Dennoch, dies ist der schwärzeste Tag in meinem Leben.»

Nachdem er gegangen war, zündete Peter eine Zigarette an. Er respektierte General Beck als einen hervorragenden Truppenführer, einen Mann von vernünftigen Grundsätzen und absoluter Integrität. Beck hatte lange Zeit mit der Politik der Nazis sympathisiert und allen Reichswehrplänen Hitlers zugestimmt. Woher kamen plötzlich seine Vorbehalte?

Am Morgen des 18. August erschien ein diensteifriger junger Mann in einer Art Uniform mit Parteiabzeichen beim Haus am Heiligensee. Hilde Weber war noch nicht da, also öffnete Viktoria. Den Arm zum Hitlergruß erhoben, bellte er: «Heil Hitler! Mein Name ist Toll, ich bin der für Sie zuständige Blockwart.»

Viktoria betrachtete ihn angewidert. Wer auch immer er sein

mochte, dieser Kerl trug den passenden Namen. «Blockwart, was bedeutet das?»

Er nahm einen dicken Aktenordner aus seiner Mappe. «Ich bin der Aufseher über diese Häusergruppe. Es ist meine Pflicht, sicherzustellen, daß Sie morgen zum Wahllokal gehen und in dem Plebiszit Ihre Stimme abgeben. Und jetzt muß ich den Haushaltsvorstand sprechen, um den Namen der Bewohner mit meiner Liste zu vergleichen.»

In diesem Moment erschien Benno. Er begrüßte Toll mit einem kurzen «Heil Hitler!» und sagte dann: «Wir sind sechs, meine Frau und ich ...»

Am nächsten Tag gingen sie zum Bürgermeisteramt, das als Wahllokal diente. Zweimal wurden ihre Namen überprüft, in einer alphabetischen Liste und in Tolls Haushaltsregister. Dann wurden ihnen Wahlzettel überreicht, und sie stellten sich vor den Kabinen an. Es war ganz einfach. Sie mußten entweder «Ja» ankreuzen, wenn sie für die Herrschaft des Führers stimmten, oder «Nein», wenn sie dagegen waren.

Viktoria hielt den Stift unentschlossen über dem Papier. Der Hauptgrund ihrer Gegnerschaft gegen die Nazis waren die Sturmtruppen gewesen, aber jetzt, nachdem die SA gebändigt war, mußte man eher übereifrige Bürokraten wie Blockwart Toll fürchten.

Es gab natürlich noch andere Dinge, die ihr widerstrebten: die Zensur, die Nazifizierung der Schulen und der Kultur, die Behandlung der Juden, die Lager, von denen man ab und zu hörte, die Hitlerjugend. Aber sie lernte bereits, sich damit zu arrangieren.

Und wie Benno ständig hervorhob, war Hitler ein Patriot. Er war an die Macht gekommen, als es sechs Millionen Arbeitslose im Land gab und eine kommunistische Revolution drohte. Bereits jetzt hatte die Hälfte der Arbeitslosen eine Stellung gefunden, und die Wirtschaft erholte sich langsam. Hitler machte Deutschland wieder stark. Wohlstand schien sich anzukündigen – aber nur, wenn man Hitler die Möglichkeit gab zu vollenden, was er begonnen hatte. Dann stand zu hoffen, daß das revolutionäre Feuer erlöschen würde und das Leben wieder alltägliche Formen annahm.

Mit «Nein» zu votieren, erschien als wenig aufbauende Tat, besonders dann, wenn man keine Alternative bieten konnte. Stimmte man mit «Ja», war dies Ausdruck von großzügigem Denken, man zeigte sich bereit, der Regierung eine Chance zu geben. Kurz entschlossen kreuzte Viktoria «Ja» an. Sie faltete das Papier, steckte es in die versiegelte Urne in der Mitte des Raumes und spazierte in die Sonne hinaus.

Stefan hakte sich bei ihr ein, als sie zum Haus zurückgingen. «Ich werde zusehen, wenn sie heute nacht die Stimmen auszählen», sagte er. «Ich möchte wissen, ob die Zahlen gefälscht werden.»

«Wie willst du das herausfinden?»

«Nun, mindestens zwei Leute haben mit ‹Nein› gestimmt – du und ich.»

Viktoria brachte es nicht über sich zuzugeben, daß sie seine Hoffnungen enttäuscht hatte.

Benno und Stefan gingen beide zu der öffentlichen Auszählung am Abend. Die Resultate wurden sofort bekanntgegeben. Vierzehn Prozent der Einwohner von Heiligensee hatten gegen den Führer gestimmt. Die übrigen sechsundachtzig Prozent waren für ihn.

Am nächsten Morgen brachte Fritz eine Zeitung, die die Ergebnisse von ganz Deutschland enthielt. Über achtunddreißig Millionen hatten mit «Ja» gestimmt, viereinhalb Millionen mit «Nein». «Wie hast du gewählt?» fragte Viktoria Luise, als sie über den Rasen spazierten.

«Ich bin ganz gewiß keine Heldin. Ich habe keine Lust, die nächsten Monate im Gefängnis zu verbringen – und das müßte ich, wenn Blockwart Toll herausfände, daß ich gegen seinen geliebten Führer gestimmt habe. Also habe ich mit ‹Ja› votiert, du nicht auch?»

Viktoria nickte. Sie hatte geglaubt, sie hätte ihre Wahlentscheidung aus Überzeugung getroffen. Aber jetzt mußte sie sich gestehen, daß auch Furcht dabeigewesen war. Dann kam ihr ein schrecklicher Gedanke. «Stefan hat mit ‹Nein› gestimmt!»

«Ihm geschieht nichts», sagte Luise beruhigend. «Er geht ja bald nach Oxford. Vielleicht ist es gut, daß er weggeht.»

«Wenn er das Stipendium bekommt …» Zum erstenmal hoffte Viktoria, er würde es schaffen. Er mochte weit weg sein in England, aber wenigstens war er in Sicherheit.

Am folgenden Samstag packte Josef Nowak eine Reisetasche, sprang in seinen offenen Sportwagen und fuhr nach Heiligensee. Es herrschte dichter Verkehr, daher fuhr er langsam und genoß den warmen Wind in seinem Haar und auf seinem Gesicht. Autofahren war zwar nicht Fliegen – aber es war die zweitbeste Sache. Und es war ganz sicher besser als die endlosen Konferenzen, an denen er im Luftfahrtministerium nun ständig teilnehmen mußte.

Verdammt sollte er sein, wenn er dort eine Stelle annehmen würde, wie Staatssekretär Erhard Milch sie Göring einzureden versuchte. Er war Flieger und kein Verwaltungsmensch. Außerdem wollte er sich Milchs parteitreuer Linie nicht unterwerfen.

Milch! Nie hatte er jemanden getroffen, den er mehr verachtet hätte. Und eines war sicher – Milch mochte Josef genausowenig, und Josef glaubte auch zu wissen, warum. Milch neidete ihm seine Fähigkeiten, seine Beliebtheit, seine Unangepaßtheit und die Freundschaft mit dem «Dicken», wie Josef Göring neckend nannte. Milch wollte alles hübsch ordentlich und unter Kontrolle halten – Josef, in seiner alten Fliegerjacke, immer eine Zigarette im Mund und einen Scherz auf den Lippen, paßte einfach nicht in sein Konzept.

Josef fuhr die Heiligenseestraße hinunter, durch das Dorf und dann einen gewundenen Weg entlang, dessen Rand dicht mit Büschen bewachsen war. Plötzlich kam das Landhaus in Sicht, und er hielt den Atem an. Was für ein Ort! Was für eine Aussicht! Mit wehmütigem Lächeln hielt er neben Bennos Mercedes.

«Josef!» Luise kam mit fliegendem Haar über den Rasen gerannt.

Josefs Herz machte einen Sprung. Er liebte dieses Mädchen, und er wollte sie so gerne heiraten. Aber im Gegensatz zu seinem unkonventionellen Leben war er in bestimmter Hinsicht altmodisch; er glaubte, daß ein Mann in der Lage sein mußte, seiner Frau das gleiche Leben zu bieten, das sie gewohnt war. Was konnte er Luise anbieten im Vergleich mit diesem wunderbaren Haus in dieser unberührten Gegend, was hatte er im Vergleich zum Hotel Quadriga oder dem Café Jochum? Einen gebrauchten Sportwagen, einen abgenutzten Doppeldecker, eine Mietwohnung – und sich selbst, zweiundvierzig Jahre alt und ohne sichere Zukunftsaussichten. Was hätte sie sich damit eingehandelt?

Die ganze Familie bemühte sich nach Kräften, Josef den Aufenthalt so angenehm wie möglich zu machen. Ricarda pflückte frische Blumen für sein Zimmer, Viktoria bat Hilde, ihm sein Lieblingsessen – Aal grün mit Dillsoße – zu kochen. Fritz wusch seinen Wagen. Benno konnte seine Kämpfe mit den Bürokraten im Luftfahrtministerium nachfühlen, und Stefan und Monika zeigten ihm das Motorboot.

Sie alle mochten Josef und freuten sich, daß er das letzte Ferienwochenende mit ihnen verbrachte. Jeder war im geheimen davon überzeugt, daß er mit der Absicht gekommen war, Luise um ihre Hand zu bitten.

Auch Luise hoffte, daß nun endlich der entscheidende Moment gekommen war. Daß er kein Geld und keine berufliche Sicherheit hatte, war ihr gleichgültig. Sie liebte ihn um seinetwillen, schätzte ihn als Mensch. Ihr gefiel sein Sinn für Humor. In seiner Gegenwart verspürte sie eine Wärme, die sie nie zuvor erfahren hatte. Das war der Mann, mit dem sie den Rest ihres Lebens verbringen, mit dem sie sogar eine Familie gründen konnte …

Als sie Hand in Hand durch den Wald am See entlangschlenderten, wartete sie darauf, daß er davon anfangen würde. Aber der Sonntagabend kam, Josef und Benno mußten nach Berlin zurückkehren, und er hatte sich noch immer nicht erklärt.

Zum letztenmal gingen sie zum See hinunter. Es war ein herrlich milder Abend. Kleine Wellen schlugen sanft ans Ufer und gegen die Anlegestelle. In der Mitte des Sees trieb ein einzelnes Ruderboot, der darin sitzende Angler zeichnete sich dunkel gegen den Horizont ab.

Warum bat Josef sie nicht, ihn zu heiraten? Liebte er sie nicht? Oder war er bereits ein so eingefleischter Junggeselle, daß er sich endgültig gegen die Ehe entschieden hatte? Vor zehn Jahren, als Luise eine selbstbewußte Vierundzwanzigjährige war, hätte sie nicht gezögert, ihm selbst einen Antrag zu machen, und damit das Problem auf die eine oder andere Art gelöst. Aber jetzt war sie vierunddreißig, und sie hatte schon zu viel verloren, um das Risiko einer Ablehnung einzugehen.

Josef spürte, daß etwas sie bedrückte, und vermutete, daß er dafür den Anlaß gab, aber er konnte sich nicht überwinden, die alles entscheidende Frage zu stellen. Er blickte auf das silbrige Wasser hinaus. Sollte er nachgeben und Milchs Angebot annehmen? Nein, nicht einmal für Luise. Es sei denn, der Dicke formierte seine Luftwaffe

«Sheltie, fang!» Der Hund rannte hinter dem kleinen Zweig her, den er weggeschleudert hatte. Josef seufzte. Dieser Hund war perfekt. Er war so schön, wenn er fast wie im Flug heranstürmte, sein stromlinienförmiger Körper von einer Grazie, die ein Flugzeug nie erreichen würde. Sheltie brauchte sich auch nicht um Geld, Arbeit, Moral oder Verlobungsringe Sorgen zu machen und lebte mit Luise viel enger zusammen, als er selbst jemals hoffen durfte.

Anderntags fuhr Josef zurück; die Frage ihrer gemeinsamen Zukunft war noch immer offen. Da platzte Monika beim Frühstück mit ihrer Bitte heraus: «Papa, ich darf doch zum Reichsjugendtag fahren, nicht wahr? Fast unsere ganze Gruppe ist dort. Ein Sonderzug ist für uns reserviert, und wir schlafen in einer Jugendherberge in Nürnberg.»

Zornig stieß Viktoria hervor: «Du weißt doch, ich habe dir nur unter der Bedingung, daß du keine Fahrten mitmachst, die Erlaubnis gegeben, zum BdM zu gehen.»

Monika warf ihr einen wissenden Blick zu, und plötzlich erinnerte sich Viktoria an die Szene in ihrem Büro, als sie ihrer Tochter eine Ohrfeige gegeben hatte. «Wenn die Gestapo wüßte ...» hatte Monika gesagt. «Wenn Papa das wüßte ...»

Monika lächelte und wandte sich an ihren Bruder. «Stefan, du findest doch auch, daß man es mir erlauben sollte?»

Stefan fühlte sich sichtlich unwohl und murmelte: «Ich denke schon, wenn du es so gerne willst.»

Triumphierend wandte sich Monika wieder an ihre Mutter. «Eltern, die ihren Kindern verbieten, an den Aktivitäten der Hitlerjugend teilzunehmen, können schwer bestraft werden – sie können sogar ins Gefängnis kommen.»

«Monika, mach dich nicht lächerlich», schnaubte Benno. «Wir verbieten dir gar nichts. Wir sind nur um deine Sicherheit besorgt. Man hört schreckliche Dinge, die in den Hitlerjugendlagern passieren sollen.» Er wirkte etwas verlegen. «Du bist erst vierzehn – du weißt nichts von den Gefahren ...»

«Warum willst du überhaupt hinfahren?» fragte Viktoria.

«Weil es ganz toll wird – die Fahnen, die Aufmärsche, die Musik. Baldur von Schirach wird hinkommen. Er sieht so gut aus», schwärmte Monika. «Aber das wichtigste ist, daß ich den Führer sehen werde ...»

«Natürlich wäre es ein Erlebnis für dich, wenn du den Führer sehen und ihn reden hören könntest», sagte Benno langsam. «Vikki, ich denke, sie sollte fahren. Es ist eine großartige Gelegenheit.»

Viktoria nickte schwach. Sie hatte offensichtlich keine andere Wahl, als nachzugeben. Aber als sie nach draußen ging, schien sich eine dunkle Wolke über Heiligensee gelegt zu haben.

5

Der Reichsjugendtag war das spektakulärste Ereignis, das Monika jemals miterlebt hatte. Funktionäre instruierten sie, wie sie in die riesige Arena einmarschieren mußten, im Gleichschritt, die Wimpel stolz aufgerichtet und die Arme zum Hitlergruß erhoben. Die Augen sollten sie nach rechts zu der Tribüne richten, auf der Hitler mit seinen Getreuen saß; hinter den Parteigrößen blähten sich die Banner wie die Segel mächtiger Galeonen.

Der Tag war von fast religiösem Eifer geprägt: Monika fühlte sich inspiriert und war erfüllt von der Empfindung, dazuzugehören. Die Jugend von heute, sagte Hitler, sei das Deutschland von morgen. «Wir wollen ein Volk sein, und ihr, meine Jugend, sollt dieses Volk nun werden … Vor uns liegt Deutschland, in uns marschiert Deutschland, und hinter uns marschiert Deutschland!»

Die Worte hallten über das Zeppelinfeld, dann tönte es aus den Kehlen von sechzigtausend begeisterten Jugendlichen: «Sieg Heil! Sieg Heil! Sieg Heil!» Tränen strömten über Monikas Gesicht.

Am nächsten Morgen kehrten sie nach Berlin zurück. Monika schwebte noch immer in einem tranceartigen Zustand und schenkte den Hitlerjungen aus Pommern, die mit ihnen im gleichen Abteil fuhren, anfangs wenig Beachtung. Als ihre Führerinnen aber in den Speisewagen gingen, waren sie und Beate plötzlich von einer Gruppe Bewunderer umdrängt, was sie langsam wieder zu sich brachte.

Die meisten Jungen waren älter als die Mädchen, und einige hatten die Schule bereits verlassen. Es waren große Jungen vom Land darunter, mit breiten, offenen Gesichtern und rauhen Händen, und sie fanden ihre Kameradinnen aus Berlin ganz offensichtlich sehr aufregend. Als Monika ihnen mitteilte, daß ihren Eltern das Hotel Quadriga gehörte, fragte einer: «Bist du mit Baron Kraus verwandt?»

«Er ist mein Großvater», antwortete sie leichthin.

«Er kommt oft in unser Dorf. Ich wohne in Fürstenmark.»

Monika sah ihn erstaunt an. «Verwandte von mir leben in Fürstenmark – die von Biederstedts ...»

Der junge Mann sah sie scheinbar beeindruckt an. «Mein Vater ist der Pastor. Wenn ich mich vorstellen darf, mein Name ist Hans König.»

Monika betrachtete ihn eingehender. Er war vermutlich jünger als Stefan, groß, mit hellbraunem Haar und sprießendem blonden Bart. Im Gegensatz zu seinen Kameraden sprach er keinen Dialekt, und seine Hände waren glatt. «Gehst du noch zur Schule?»

«Ich habe gerade mit dem Seminar begonnen. Ich werde Lehrer. Wenn ich fertig bin, werde ich die Schule in Fürstenmark übernehmen. Der jetzige Dorflehrer geht bald in Pension. Und du, was willst du machen?»

Monika hatte noch nie über ihre berufliche Zukunft nachgedacht. Sie war überzeugt, daß sie bis zu ihrer Heirat bei ihren Eltern bleiben konnte. «Ich weiß nicht», gab sie zu.

«Dann gehörst du nicht zu den emanzipierten Frauen, die nach beruflichem Erfolg und finanzieller Unabhängigkeit streben?»

Sie fühlte sich geschmeichelt, als Frau bezeichnet zu werden, und vergaß, daß sie sich gerade erst kennengelernt hatten. «Nein, ich möchte gerne heiraten.»

«Das ist die richtige Einstellung», meinte Hans anerkennend.

Bei ihrer Ankunft in Berlin waren sie und er bereits dicke Freunde geworden. Als Hans umsteigen mußte, versprach er ihr, aus dem Seminar zu schreiben. Vor Monikas Augen breitete sich ein idyllisches Leben aus. Sobald sie alt genug war, würden sie und Hans heiraten, in Fürstenmark leben und viele, viele Kinder haben.

Begeistert erzählte sie am Abend ihren Eltern von ihren Erlebnissen. Sie waren nur zu dritt beim Abendessen. Stefan war mit Freunden von der Universität aus, Luise und Ricarda bei einer musikalischen Soiree bei den Biederstedts. Von Benno ermutigt, sprach Monika über den Führer, von Schirach und Hans König.

«Ich bin froh, daß wir ihr erlaubt haben, nach Nürnberg zu gehen», sagte Benno später zu Viktoria, nachdem Monika zu Bett gegangen war. «Ich muß zugeben, ich beneide sie um das Erlebnis. Und Hans König scheint ein netter junger Mann zu sein. Ich werde Peter nach ihm fragen. Ein Pastorensohn und Lehrer – er könnte zu Monika passen.»

«Sie ist erst vierzehn, noch viel zu jung, um an einen Freund zu denken, geschweige denn an Heirat.»

«Sie wächst heran, Vicki. Vielleicht liegt es daran, daß sie ein paar Tage fort war, aber heute abend habe ich plötzlich bemerkt, wie erwachsen sie geworden ist.»

Ja, wenn Viktoria es recht bedachte, Monika hatte sich verändert. Ihre Tochter war kein Kind mehr, sondern eine junge Frau. Aber was hatte die Veränderung herbeigeführt – das Jugendtreffen, Hans König oder beides?

Mortimer war auch in Nürnberg gewesen. Viktoria sah ihn einige Tage nach Monikas Rückkehr eines Abends in der Bar und fragte ihn, ob ihm das Treffen gefallen hatte. Er lächelte gequält. «Es war eine sehr aufschlußreiche Erfahrung. Was sagt Monika?»

«Sie kann über nichts anderes mehr sprechen.»

Ihm fiel der eigenartige Tonfall in Viktorias Stimme auf, aber es waren zu viele Leute um sie herum, als daß er weiter hätte nachfragen können. Eigentlich war das auch nicht nötig. Nach einer Woche in Nürnberg, nach all den Aufmärschen und Ansprachen, konnte er sich vorstellen, welchen Effekt die aufgeheizte Atmosphäre auf ein junges Mädchen wie Monika haben mußte.

Im Winter begann das Leben wieder in normaleren Bahnen zu verlaufen, und überall nahm Viktoria ein wachsendes Gefühl der Sicherheit wahr. Im Januar 1935 wurde im Saarland ein Plebiszit abgehalten, bei dem die überwältigende Mehrheit der Bevölkerung für den Anschluß an Deutschland stimmte. Damit kam das erste der Territorien, die der demütigende Versailler Vertrag Deutschland geraubt hatte, ins Reich zurück.

Die Zahlen der Arbeitslosen sanken weiter, und neue Fabriken wurden eröffnet. Neue Straßen, einschließlich der ersten Autobahn, wurden gebaut, die Bewegung «Kraft durch Freude» verschaffte den Arbeitern Ferienaufenthalte, die Blut-und-Boden-Ideologie gab der Landwirtschaft neuen Auftrieb. Verschwunden waren die halbverhungerten jugendlichen Herumtreiber, die die Armenviertel während der letzten zehn Jahre unsicher gemacht hatten. An ihre Stelle waren die körperlich ertüchtigten, braungebrannten Kinder der Hitlerjugend getreten.

Doch trotz des allgemeinen Optimismus fühlte Viktoria sich unwohl. Denn neben diesen positiven Aspekten der Nazipolitik gab es auch negative, und dabei war die Frage der Kindererziehung nicht der unbedeutendste. Da man alle Lehrer in den NS-Lehrerbund gezwungen hatte, schien das Gewicht weniger auf den Fakten als auf Propaganda zu liegen. Auf die modernen Sprachen wie Englisch und Französisch konnte jedoch von seiten der NSDAP wenig Einfluß genommen werden, deshalb war Stefan weniger der Propaganda ausgesetzt als Monika.

Monika bereitete Viktoria große Sorgen. Sie war nicht so begabt wie Stefan und akzeptierte kritiklos alles, was von den Nazis kam. Fächer, auf die von der Partei weniger Gewicht gelegt wurde, wie Weltliteratur, allgemeine Geschichte oder Naturwissenschaften, interessierten sie wenig.

Als Viktoria versuchte, diese Unausgewogenheiten zu korrigieren, wehrte Monika sie ärgerlich ab. «Was macht das schon?» argumentierte sie. «Nichts von dem ganzen Kram, den man mir beibringt, wird mir später, wenn ich verheiratet bin, etwas nützen. Hauswirtschaft ist mein Lieblingsfach, und darin bin ich sehr gut.»

Statt mit ihr zu streiten, besprach Viktoria das Thema eines Abends vor dem Zubettgehen mit Benno. Er hörte geduldig zu, dann sagte er: «Ich verstehe, was du meinst, Vicki, und wenn Monika ein Junge wäre, würde ich zustimmen. Aber ist es nicht besser, sie weiß, wie man einen Haushalt führt, als daß sie sich den Kopf mit nutzlosem Zeug vollstopft?»

«Ich kann eine gewisse Bildung nicht nutzlos finden. Und vielleicht möchte sie ja doch mal einen Beruf *und* eine Familie haben. Ich jedenfalls lebe so.»

«Ja, du schon.» Mit dem Rücken zu ihr, legte Benno seine Hose in die Presse und hängte das Jackett über den Bügel. «Aber bist du nicht eine Ausnahme – und eigentlich ziemlich egoistisch? Du arbeitest nicht, weil es notwendig ist, sondern weil du es so willst. Das Ergebnis ist, daß du mit deinen Kindern weniger Zeit verbracht hast als andere Mütter.»

«Ich glaube nicht, daß sie darunter gelitten haben!» erwiderte Viktoria aufgebracht; aber noch während sie sprach, fragte sie sich, ob in dem, was Benno sagte, nicht doch ein Körnchen Wahrheit lag, besonders was Monika betraf.

Benno legte sich frische Unterwäsche und Socken zurecht. «Der Platz einer Frau ist in ihrem Heim, bei ihrem Mann und den Kindern. Wenn es das ist, was Monika sich wünscht, dann ist das nur natürlich.»

Viktoria setzte sich an den Frisiertisch. Sie hatte das Gefühl, daß sie über mehr sprachen als nur über Monika. «Hast du etwas gegen die Rolle, die ich im Hotel spiele?»

«Wie könnte ich etwas dagegen haben? Das Quadriga gehört deiner Familie. Aber jetzt, wo du es ansprichst – ich denke, du vergißt zuweilen, daß du eine Frau in einer Männerwelt bist.» Er trat zu ihr und legte seine Hand auf ihre Schulter. «Vicki, ich weiß, daß du es gut meinst, und ich schätze deine Arbeit. Aber nimm dich nicht allzu ernst, meine Liebe. Die Führung eines Hotels ist Sache eines Geschäftsmannes, und du bist keiner.» Seine Lippen streiften leicht über ihr Haar. «Und außerdem bist du viel zu schön dafür.»

Bis ins Innerste verletzt, setzte sie gerade zu einer ärgerlichen Erwiderung an, aber er war schon in das anschließende Badezimmer gegangen und hatte die Tür geschlossen. Mit kräftigen Strichen bürstete sie ihr Haar. Wenn Benno dachte, er könnte sie von der Führung des Hotels Quadriga ausschließen, mußte er sich etwas anderes einfallen lassen!

Aber während der folgenden Tage fiel ihr auf, daß ihr bestimmte Aufgaben abgenommen worden waren, ohne daß sie es bemerkt hatte. Der ganze Bereich der Meldezettel lief nicht mehr über ihren Schreibtisch. Als sie Günther danach fragte, antwortete er: «Es gibt neue Verordnungen, Frau Viktoria. Herr Benno sagte mir, er wollte die Formulare persönlich begutachten, bevor sie rausgehen.»

Wütend platzte sie in Bennos Büro. «Was soll das bedeuten, daß du Günther hinter meinem Rücken Anweisungen gibst? Und warum kümmerst du dich plötzlich um die Meldezettel? Die gehören doch zu meinem Arbeitsbereich!»

Benno sah von seinem Schreibtisch auf, auf dem sich die Papiere türmten, und seufzte. «Vicki, wir befinden uns mitten in einem bürokratischen Dschungel. Ich muß noch einen Sachbearbeiter einstellen, nur damit wir mit den ganzen neuen Formularen fertig werden, die sie ständig einführen. Wenn du dir diesen lästigen Kram wirklich aufhalsen willst, dann tu's, aber ich denke, daß deine Zeit besser genutzt wird, wenn du dich um das Wohl unserer Gäste kümmerst.»

Geschlagen nickte Viktoria, sie wußte, daß er recht hatte. Dennoch wurde sie den Gedanken nicht los, daß ihre Autorität untergraben wurde.

Am 16. März 1935 verabschiedete Hitler ein Gesetz, das die allgemeine Wehrpflicht wieder einführte, und kündigte den Ausbau des Heeres auf sechsunddreißig Divisionen an, was etwa eine halbe Million Soldaten bedeutete. Gleichzeitig gab er die Existenz von Luftwaffe und Kriegsmarine bekannt. Wieder war ein Riesenschritt unternommen worden, die Fesseln des Versailler Vertrags abzuschütteln.

Am folgenden Tag war Heldengedenktag, und Mortimer gehörte zu den ausländischen Korrespondenten, die zu der Feier in der Staatsoper eingeladen waren. Es war ein eindrucksvolles Spektakel. Über der Bühne hing im Scheinwerferlicht ein massives eisernes Kreuz, vor dem Wehrmachtsoffiziere mit Kriegsfahnen Aufstellung genommen hatten. Der Zuschauerraum war ein Meer von Uniformen.

Mortimer sah zur Königsloge hinauf, in der Hitler saß, und dachte: «Ja, ein österreichischer Gefreiter beschert Deutschland den alten kaiserlichen Glanz.»

Am Abend erschien Josef Nowak in einer neuen blaugrauen Uniform mit gelben Kragenspiegeln im Quadriga. Luise kam gerade mit Sheltie die Treppe herunter, um ihren Abendspaziergang zu machen.

Grinsend riß Josef die Schirmmütze vom Kopf. «Verehrte Dame, vor sich sehen Sie nicht mehr den mittellosen Zivilisten, sondern einen Offizier der Luftwaffe. Oberst Nowak, zu Ihren Diensten. Oberster Ausbildungsoffizier der Luftstaffel eins, Berlin.»

Ungeachtet der Menschen, die durch das Foyer strömten, kniete er vor Luise nieder und nahm ihre Hand. «Fräulein Jochum, gestatten Sie mir, um Ihre Hand zum Bund der Ehe zu bitten?»

Luise blieb bewegungslos stehen. So lange hatte sie auf diesen Augenblick gewartet, und jetzt, da er endlich gekommen war, konnte sie es kaum glauben.

Sheltie fand den Anblick Josefs auf Knien unwiderstehlich. Sie wackelte mit dem buschigen Schwanz, legte ihm die Pfoten auf die Schultern und leckte sein Gesicht ab.

«Sheltie, geh weg!» lachte Josef. «Luischen, wie lange muß ich denn noch hier unten warten? Erlöse mich doch um Himmels willen aus meiner Not. Sagst du ja oder nein?»

Es war lächerlich, aber Luise konnte nicht sprechen. In ihrer Kehle steckte ein Kloß, und ihre Augen waren blind vor Tränen. Josefs Gesicht tanzte tausendfach vor ihr. Ja, ja, ja, wollte sie sagen, aber die Worte kamen ihr nicht über die Lippen. Stumm nickte sie mit dem Kopf.

«Frauen sind seltsame Wesen», meinte Josef zu Sheltie. «Das letzte Mal, als ich ihr einen Antrag machte, lachte sie und sagte nein. Diesmal weint sie und meint ja. Ich glaube, ich werde es nie lernen, die Frauen zu verstehen.»

Die Leute um sie herum schmunzelten, Josef wehrte Sheltie ab und stand auf. Er nahm Luise in die Arme und küßte sie lange und zärtlich.

Später gab es eine improvisierte Verlobungsfeier in der Bar. Der Baron und seine Frau kamen aus dem Grunewald, die Biederstedts aus Dahlem. Obwohl Luise nur an ihr eigenes Glück denken konnte, war es für die meisten ihrer Gäste eine Doppelfeier. Für sie symbolisierte Josef den Beginn einer neuen Ära – eines größeren und mächtigeren Deutschlands.

Peter von Biederstedt ging auf Mortimer Allen am Rand der Gruppe zu. «Sie sehen nachdenklich aus, Herr Allen. Ist irgend etwas nicht in Ordnung?»

Mortimers Augen wanderten von dem Eisernen Kreuz, das Peter so stolz trug, zu den Adlerschwingen mit dem Hakenkreuz auf seiner rechten Brustseite. «Als Amerikaner frage ich mich natürlich, was die Alliierten tun werden.»

Peter lächelte gezwungen. «Wir haben angeboten abzurüsten, aber die Alliierten haben unsere Bedingungen abgelehnt. Die Antwort darauf konnten nur Wiederbewaffnung und allgemeine Wehrpflicht sein. Wir haben gewissermaßen das Recht dazu.»

Am nächsten Morgen, als Mortimer auf dem Weg zu seinem Büro war, flog eine Bomberstaffel in perfekter Formation über das Stadtzentrum. Wie jedermann auf der Straße blieb auch Mortimer stehen und sah zum Himmel. Dafür, daß die Luftwaffe erst zwei Tage alt war, machten sie das wirklich bemerkenswert gut.

Natürlich mußten die Mitgliedstaaten des Völkerbunds reagieren! Hitler hatte den Fehdehandschuh geworfen. Er hatte sich den Alliierten widersetzt und den offenen Bruch des Versailler Vertrages gewagt.

Neunzehn Länder legten denn auch formellen Protest ein, was Deutschland von der Wiederbewaffnung jedoch nicht abhielt.

Göring wurde zum Oberkommandierenden der Luftwaffe ernannt. Die Reichswehr hieß wieder Wehrmacht, und General von Blomberg verlieh man den neuen Titel eines Kriegsministers. General von Fritsch wurde Oberbefehlshaber des Heeres und General Beck Chef des Generalstabs.

Luise und Josef heirateten Anfang Juni. Luise sah wunderschön aus, als sie an Bennos Arm durch das Portal der Kirche in Schmargendorf schritt. Sie trug das Kleid, das ihre Mutter vor sechsundvierzig Jahren bei ihrer Hochzeit mit Karl Jochum getragen hatte, eine zarte Wolke aus handgeklöppelter, durch das Alter leicht vergilbter Spitze, mit einem passenden Mieder und einem fließenden Rock mit Schleppe, die von den beiden Brautjungfern Monika und Christa getragen wurde. Fliederblüten schmückten den Schleier über Luises kastanienbraunen Locken. In der Hand hielt sie ein Bukett aus rosafarbenen Nelken und Maiglöckchen.

Der Organist spielte Wagners Hochzeitsmarsch, und die Gesellschaft erhob sich. Josef sah elegant aus in seiner Luftwaffenuniform, und Stefan, sein Trauzeuge, machte in seinem Stresemann ebenfalls eine sehr gute Figur. Er trat vor, um das Paar am Altar in Empfang zu nehmen. Pastor Scheer begann mit der Zeremonie. Luise war so nervös, daß sie kaum sprechen konnte.

Es wurde gebetet und gesungen, Pastor Scheer hielt eine Ansprache, das Ehepaar trug sich in das Register ein, und schließlich schritten sie durch das Kirchenschiff zurück, durch die Reihen glanzvoll gekleideter, lächelnder Gäste, hinaus in den Sonnenschein. Josef hielt inne und hob Luises Gesicht zu sich. Einen Augenblick lang waren seine Augen ernst. «Ich liebe dich, Luischen. Ich werde versuchen, dir der Ehemann zu sein, den du verdienst.» Ohne auf die Gäste zu achten, die aus der Kirche strömten, nahm er sie in die Arme und küßte sie.

In blumengeschmückten Limousinen fuhr man zum Hotel zurück, wo das gesamte Personal zu ihrer Begrüßung angetreten war. Emil Brandt trat vor, öffnete die Türen des Brautwagens und half Luise und Josef heraus. Dann verbeugte er sich tief und sagte: «Frau Nowak, im Namen des Personals des Hotels Quadriga wünsche ich Ihnen und dem Herrn Oberst eine lange und glückliche Ehe.»

«Und viele kleine *bambini!*» Chefkoch Mazzoni trat hervor, nahm die weiße Mütze vom Kopf und küßte Luise die Hand.

Es gab Hochrufe und Lachen und ein paar verstohlene Tränen beim weiblichen Personal.

«Ich danke euch allen sehr», sagte Luise. Dann nahm Josef ihren Arm, und Brandt führte sie in den Jubiläumssaal, wo vor dem Hochzeitsessen Cocktails serviert wurden. Luise sprach wenig, aber ihr strahlendes Gesicht sagte alles.

Während des ganzen Essens, das in der besten Art des Hauses ausgerichtet war und zu dem die auserlesensten Weine serviert wurden, herrschte eine Atmosphäre aufgeregter Gespanntheit. Ein Großteil der Konversation drehte sich um andere Hochzeiten.

«Karl und ich fuhren nach Heiligensee in die Flitterwochen», seufzte Ricarda wehmütig. «Es ist eine Tradition in unserer Familie.»

Ein Schauer lief über Viktorias Rücken, als sie an ihre eigene Hochzeit 1914 dachte, wo sie bereits mit Peters Kind schwanger war. Sie wischte die Erinnerung beiseite. Das war lange her, und heute war ein glücklicher Tag.

«Verbringt ihr eure Flitterwochen auch in Heiligensee?» fragte Julia.

Luise blickte Josef scheu an. «Wie Mama sagte, es ist eine Tradition.»

Josef lächelte nur.

Die Damen warfen sich geheimnisvolle Blicke zu und lächelten ebenfalls.

Luise sah das und wunderte sich darüber, da fragte Professor Ascher sie: «Werden Sie denn später hier im Hotel wohnen?»

«Benno und Viktoria haben uns freundlicherweise im Quadriga eine Wohnung angeboten, aber Luise möchte lieber bei mir einziehen», antwortete Josef. «Es ist sehr klein, aber für uns drei ist Platz genug.»

«Drei?» fragte Mortimer verblüfft.

«Sie dürfen Sheltie nicht vergessen!» lachte Josef.

Am Ende des Essens wurden Reden gehalten und Trinksprüche ausgebracht; dann – es war noch früher Nachmittag – wandte sich Josef an Luise. «Würde es dir etwas ausmachen, wenn wir die Gesellschaft bald verlassen?»

Selbst wenn Josef vorgeschlagen hätte, in der Havel schwimmen zu gehen, hätte Luise nicht widersprochen, so glücklich war sie. «Wie du willst.»

«Ich komme mit nach oben und helfe dir beim Umziehen», sagte ihre Mutter.

Josef grinste. «Zieh dir was Warmes an. Es könnte etwas kühl werden in einer offenen Kutsche bis nach Heiligensee.»

«Josef, wie romantisch! Fahren wir wirklich in einer Kutsche?»

«Du kennst mich», lachte Josef. «Ich bin ein altmodischer Typ.»

Tatsächlich wartete Unter den Linden eine Kutsche auf sie, als Josef und Luise durch die Glastüren traten; alle Gäste standen auf den Hotelstufen und winkten zum Abschied. Sie fuhren in Richtung Brandenburger Tor, Sheltie saß zwischen ihnen. Josef legte seinen Arm um Luises Schulter. «Bist du glücklich, Frau Nowak?»

«Es ist der schönste Tag in meinem Leben.» Aber statt direkt über den Pariser Platz zu fahren, bog der Kutscher links in die Wilhelmstraße ab. «Josef, das ist der falsche Weg.»

«Ich dachte, wir machen einen Umweg. Es macht dir doch nichts aus, oder?»

Ausmachen? Solange sie mit Josef zusammen war, war es ihr gleichgültig, wohin sie fuhren und wie lange es dauerte.

Als die Kutsche außer Sichtweite war, bestiegen die Hochzeitsgäste unter viel Gelächter wieder die Limousinen, in denen sie zur Kirche und dann ins Hotel gefahren waren. Hintereinander fuhren sie die Straße Unter den Linden hinab, bogen dann nach rechts in die Kanonierstraße, die parallel zur Wilhelmstraße verlief, auf der Josef und Luise gemütlich dahinzuckelten.

Im ersten Wagen wandte sich Viktoria an ihre Mutter. «Glaubst du, daß sie es erraten hat?»

Ricarda schüttelte den Kopf. «Sie ist so glücklich, sie hat keine Vorstellung, in welche Richtung sie fährt. Es ist schade, daß sie sich nicht an die Familientradition halten, aber es ist eine wundervolle Überraschung.»

«Was für ein schöner Tag», sagte Benno. «Ich hätte nie gedacht, Luises Hochzeit zu erleben. Und diese Flitterwochen ...»

Ähnliche Unterhaltungen fanden in den anderen Wagen statt, als die ganze Gesellschaft den Belle-Alliance-Platz in Richtung Tempelhof überquerte.

Josef tippte dem Kutscher auf die Schulter. «Biegen Sie doch auf den Flugplatz ein.»

«Sicher, Herr Oberst.» Das Pferd trottete über den Beton zu einem abgelegenen Hangar, vor dem eine Anzahl von Wagen parkte und eine winkende Menschenmenge stand. Sheltie erhob sich und wedelte freudig mit dem Schwanz.

Luise starrte ungläubig auf die Leute, unter denen sie Viktoria und Benno, ihre Mutter, die massige Figur des Barons und Peter erkannte, auch Pastor Scheer und Professor Ascher waren da. «Josef, was machen die alle hier? Was hat das zu bedeuten?»

Unter lautem Jubel kam die Kutsche inmitten der Menschen zum Stehen. Und dann sah sie ihn: einen kleinen Doppeldecker, der mit weißen Rosen herrlich geschmückt war und auf beiden Seiten ihren Namenszug aus rosa Nelken gesteckt trug: Luise.

Josef grinste. «Vielleicht erinnerst du dich nicht mehr, aber als ich dich zum erstenmal traf, hast du mich gefragt, ob ich dich in einem Flugzeug mitnehmen würde. Jetzt löse ich mein Versprechen ein.»

Eine Viertelstunde später kletterte Luise im Fliegeranzug, eine Brille auf der Nase und einen Helm auf dem Kopf, auf den Passagiersitz. Sheltie setzte sich auf ihren Schoß. Josef schnallte beide an und stieg dann in das offene Cockpit. Das Bodenpersonal machte die Maschine zum Abflug fertig. Während zwei Männer die Flügel unten hielten, drehte ein anderer den Propeller, und wieder andere lösten die Bremsklötze von den Rädern. Auf ein Signal von Josef traten sie zurück, und das Flugzeug rollte über die Startbahn, wobei es Rosen und Nelken hinter sich verstreute.

Sie hoben ab und drehten eine Schleife über dem Flugfeld, auf dem Luise ihre winkende Familie erkannte. Dann stellte Josef die Maschine gerade, und sie flogen in den klaren blauen Nachmittag hinein.

Unter ihnen lag Berlin, das Netz der Straßen und Häuser, Parks und Gärten, überall bewegten sich winzige Autos, Züge und Menschen. Im Norden lagen Unter den Linden, das Hotel Quadriga, das Brandenburger Tor und die weitläufigen Grünflächen des Tiergartens und des Zoos, vom Flugzeug aus alles taschentuchklein, dahinter lagen die Wohnblocks des Wedding und die hohen Schornsteine der Kraus-Werke, die schwarze Rauchwolken in die Luft stießen. Im Nordwesten lag der Tegeler Forst und eine winzige Wasserfläche, die Luise als den Heiligensee identifizierte.

Sie flogen nach Nordwesten über Schmargendorf, Dahlem, den Botanischen Garten, Grunewald, Schlachtensee und Wannsee, über die Pfaueninsel mit ihrem Schlößchen und über Potsdam mit seinen Kasernen. Dann ließen sie die Stadt hinter sich und flogen über offenes Land, das von Gewässern durchzogen war, auf dem Boden der Schatten ihres Flugzeugs.

Es war ein merkwürdiges Gefühl, nichts um sich zu spüren als das fragile Gehäuse des Flugzeugs und den offenen Himmel. Luise sah Josef an, der in seinem Helm und der Brille fast unkenntlich war. Dennoch erkannte sie auf seinem Gesicht den Ausdruck reinen, ungetrübten Glücks. Josef war in seinem Element.

An diesem Nachmittag flogen sie nicht weit, sie landeten auf einem kleinen Flugfeld außerhalb von Magdeburg, wo eine Menge junger Männer herbeieilten, das Flugzeug niederhielten und ihnen beim Aussteigen halfen; gleichzeitig begutachteten sie den Doppeldecker und überschütteten Josef mit Fragen.

Luise mußte sich erst wieder an den festen Grund unter den Füßen und an die Stille nach dem Gerüttel und dem Lärm der Maschine gewöhnen. Sie betrachtete die jungen Männer, die immer noch mit Josef fachsimpelten.

Sheltie zerrte an der Leine, und Luise ging langsam auf den kleinen Hangar zu; sie fühlte sich plötzlich aus Josefs Welt ausgeschlossen. Er mochte sein Flugzeug nach ihr benennen, aber er war immer der Kapitän und sie der Passagier.

«Luischen, es tut mir leid, Liebling.» Josef tauchte neben ihr auf. «Ich wollte dich nicht vernachlässigen, aber diese Jungs waren von dem Flugzeug so begeistert. Wenn es dir nichts ausmacht, ein paar Minuten zu warten, dann schieben wir es in den Hangar und sperren es über Nacht ein; einer von den Jungs will uns zum Gasthof fahren.»

«Ist schon gut.» Sie nahm seine Hand und lächelte.

Er sah sie eindringlich an. «Meinst du das ernst? Ich war mir nicht sicher. Auch wenn das Fliegen meine Leidenschaft ist, heißt das noch lange nicht, daß es auch dir gefallen muß. Wenn du nicht weiterwillst, können wir immer noch nach Heiligensee fahren. Ich versichere dir, mir würde es nichts ausmachen.»

Sie stellte sich auf die Zehenspitzen und küßte sein rußiges Gesicht. «Danke, aber nein. Ich habe nicht zweiundzwanzig Jahre gewartet, um dann umzukehren! Beeil dich und bring das Flugzeug weg. Wenn ich auch nur andeutungsweise so aussehe wie du, brauche ich ein Bad.»

Er grinste hinterhältig. «Du siehst wunderbar aus, mit dem Brillenmuster und überhaupt.»

Später am Abend, nach einem langen, heißen Bad und einem guten Essen standen sie in ihrem Zimmer und sahen durch das offene Fenster in die mondbeschienene Nacht hinaus. Josef zog sie näher an sich und küßte sie. «Meine kleine Frau, mein Luischen. Was für Idioten wir doch waren, so viele Jahre zu verschwenden, die wir hätten zusammen verbringen können.»

Dann zog er die Vorhänge zu. Langsam öffnete er ihr Negligé und ließ seine Finger über ihre nackten Schultern gleiten. «Ich liebe dich so sehr.»

«Und ich liebe dich von ganzem Herzen.»

Er trug sie zum Bett hinüber, und das frühere Gefühl der Verlassenheit war vollkommen vergessen. Josef gehörte ihr, und nichts konnte sie jemals trennen.

Eine Woche nach Luises Hochzeit brachte ein Page das lang erwartete Telegramm in die Wohnung hinauf. Stefan riß es auf, las die wenigen Worte und wandte sich dann an seine Eltern. «Ich habe das Rhodes-Stipendium bekommen!»

«Mein Schatz, wie schön!» Viktoria umarmte ihn. Aber obwohl sie sich für ihn freute, mußte sie sofort daran denken, wie sehr sie ihn vermissen würde.

Benno las das Telegramm und schlug ihm anerkennend auf die Schultern. «Gut gemacht, Junge. Ich kann gar nicht sagen, wie stolz ich bin. Nur zwei Stipendien für deutsche Studenten, und du hast eins davon gewonnen. Was für eine Leistung!»

Sie feierten das Ereignis bei einem kleinen Abendessen, zu dem auch Mortimer eingeladen wurde. Stefan bedrängte ihn mit so vielen Fragen über Oxford, daß Mortimer sagte: «Ich finde, es wäre ganz gut, wenn Sie mich im August begleiten, wenn ich nach Hause fahre. Dann können Sie sich über alles informieren und sich schon mal mit der Stadt vertraut machen.»

Stefan sah seine Mutter an. «Ja, sicher», sagte sie schwach.

«Das ist sehr freundlich von Ihnen, Herr Allen», meinte Benno. «Wir sind Ihnen dankbar für alles, was Sie für Stefan tun.»

Es gab nur noch ein Problem zu lösen, die Devisenbeschränkungen. Aber Benno wischte das beiseite. «Vater kann das über die Liegnitzer Bank arrangieren.»

Luise, Sheltie und Josef kehrten in Hochstimmung aus den Flitterwochen zurück und zogen in Josefs kleine Wohnung in Lützow. Stefan machte seine Abschlußprüfungen und wünschte seinen Kommilitonen Lebewohl. Seine Flugkarte war bereits gekauft. Sein Gepäck wurde ihm mit der Bahn vorausgeschickt.

Dann ging er sich von Pastor Scheer und Professor Ascher verabschieden.

Stefan versuchte es ein letztes Mal. «Bitte kommen Sie mit, Herr Professor.»

«Wenn ich in deinem Alter wäre, wäre es etwas anderes, aber ich bin ein alter Mann, und es ist meine Pflicht, im Augenblick der Not bei meinem Volk zu bleiben. Sie haben nicht soviel Glück wie du. Selbst wenn sie nach England gehen könnten, wie lange würden sie wohl von den fünfzig Mark, die sie mitnehmen dürfen, leben können?»

Als er am Abend nach Hause kam, berichtete Stefan seinen Eltern von der Unterhaltung. «Ich denke, daß der Professor nach England gehen sollte», sagte er. «Ich bin sicher, daß es dort keine Plakate an Geschäften gibt, die die Leute davor warnen, bei Juden einzukaufen, und daß auch keine Männer in Uniform durch die Straßen marschieren. Und dort gibt es ganz sicher nicht so etwas wie die Gestapo – oder Konzentrationslager!»

Sein Vater holte tief Luft. «England hat nicht unsere Probleme. Die SS und die Lager sind notwendig, um Frieden und Ordnung aufrechtzuerhalten. Was die Juden betrifft, so gefällt mir die Vorgehensweise auch nicht, aber was kann ich dagegen unternehmen?»

«Leute wie Professor Ascher haben niemandem etwas zuleide getan!»

Benno seufzte. «Ich weiß, ich mag Professor Ascher, aber ...»

«Ich weiß nicht, was die ganze Aufregung soll», sagte Monika gehässig. «Meiner Ansicht nach hört Stefan zu sehr auf Mortimer Allen und Professor Ascher. Ich denke, es wird gut sein, wenn er nach England geht. Wenn er nämlich länger hierbleibt, könnte er eingesperrt werden.»

«Es ist unser letzter Abend, laßt uns bitte nicht streiten», flehte Viktoria. Stefan blickte von einem zum anderen. «Es tut mir leid, aber ihr werdet meine Ansichten nicht ändern. Ich habe gesehen, wie sich in den letzten Jahren meine ganze Welt verändert hat, und es gefällt mir überhaupt nicht.»

«*Wir* sind noch immer die gleichen, Stefan», sagte seine Mutter.

Stefan nickte. «Ja, natürlich, das seid ihr.» Aber das stimmte nicht. Sie alle hatten sich verändert. Und plötzlich konnte er es gar nicht erwarten fortzukommen.

Zwei Tage später standen Mortimer und er am Auslandsschalter in der Abflughalle im Flughafen Tempelhof.

«Bist du sicher, daß du alles hast, was du brauchst?» fragte Viktoria aufgeregt. «Deinen Paß, deine Karte?»

Stefan nickte geduldig.

«Versprich mir, daß du oft schreiben wirst. Ich möchte alles wissen, was du tust. Schreib lange, lange Briefe.»

«Deine Studien sind das wichtigste», sagte Benno rauh. «Aber wir werden dich vermissen, mein Sohn, also laß etwas von dir hören.»

«Ich werde darauf achten, daß er schreibt», versprach Mortimer.

Viktoria sah ihn flehentlich an. «Ihre Frau wird doch ein Auge auf ihn haben und zusehen, daß es ihm gutgeht, nicht wahr?»

Stefan wand sich, ihm war gar nicht wohl in seiner Haut. «Mama, ich bin doch kein Kind mehr.»

Aber das bist du doch, dachte sie, du wirst immer mein Kind sein, mein Baby …

Der Flug nach London wurde aufgerufen, und offensichtlich erleichtert sagte Stefan: «Kommen Sie, Mortimer, wir müssen gehen.» Er umarmte Viktoria unbeholfen. «Auf Wiedersehen, Mama. Mach dir keine Sorgen um mich, ich komme schon zurecht.» Seinem Vater schüttelte er die Hand, Monika küßte er auf die Wange, dann nahm er sein Gepäck und folgte Mortimer durch die Sperre.

Sie sahen ihn auf der Rollbahn nochmals, wie er auf die Lufthansa-Maschine zuschritt. Er drehte sich um, winkte und ging dann die Gangway hinauf ins Flugzeug.

Benno legte seinen Arm um Viktorias Schulter. «Er geht ja nicht für immer fort. Er wird bald zurückkommen.»

Sie kämpfte mit den Tränen. «Ich habe ein Gefühl, als wäre es für immer.»

«Alle Kinder werden eines Tages flügge», erwiderte Benno sanft. «Wenn du ihn wirklich liebst, dann muß er seine Flügel ausprobieren dürfen.»

Auf dem Rollfeld dröhnten die Motoren. Die Gangway wurde weggezogen, und die Maschine raste über die Startbahn. Dann hob sie ab und war bald nur noch als winziger Fleck zu erkennen.

Auf dem Flughafen in Croydon passierten sie die Ausweis- und Zollkontrolle. Dahinter warteten ungeduldig zwei Menschen auf sie – Joyce in einer kurzen geblümten Jacke und mit glänzendem Haarschopf, Libby mit dünnen, braungebrannten Armen und Beinen in einem weißen Baumwollkleid. Mit Freudenschreien warfen sie sich in Mortimers Arme. «Mortimer!» – «Daddy!» Dann wandten sie sich Stefan zu. Joyce streckte die Hand aus und sagte: «Wir freuen uns sehr, Sie zu sehen. Nun kommt alle mit. Der Wagen parkt draußen.»

Mortimer steuerte den Morris, Stefan saß neben ihm, Joyce und Libby im Fond sprachen ununterbrochen. Stefan blickte fasziniert aus dem Fenster auf die üppigen Weiden des Themsetals, die so anders waren als das sandige Heideland, die Seen und Wälder um Berlin.

Sie kamen über einen Hügel, und Mortimer verlangsamte das Tempo. Vor ihnen lag Oxford mit seiner berühmten Silhouette aus Türmen und Spitzen, die im Dunst schimmerten. Stefan blickte sich begeistert um. «Endlich bin ich wirklich hier!» Sein Englisch war inzwischen so gut, daß er sich mühelos unterhalten konnte.

«Meinst du, daß es dir hier gefallen wird?» fragte Libby.

Stefan drehte sich auf seinem Sitz herum. «Ganz sicher», sagte er aufgeregt.

Sie fuhren durch enge Straßen mit kleinen Läden und Reihenhäusern; nach einer Weile wurden die Straßen breiter, und sie kamen in die Vorstadt mit ihren kleinen Villen und hübschen Gärten. Schließlich hielten sie vor einem Haus, das mit Glyzinien und Efeu bewachsen war. Auf der Eingangstreppe lag eine Katze in der Sonne.

Libby sprang aus dem Wagen, machte einen Satz über das Gartentor und rannte den Weg entlang, um die Haustür aufzuschließen.

Das Haus war klein, viel kleiner als das Landhaus in Heiligensee; Stefans Zimmer war gerade groß genug für ein Bett, einen Schrank, einen Tisch und einen Stuhl, aber man hatte einen schönen Blick über den gepflegten Garten. Libby tanzte herum und riß Türen und Schubladen auf. «Nach dem Tee helfe ich dir auspacken. Und du mußt aufpassen. Die Katze mag das Zimmer. Sie schlüpft unter die Bettlaken, wenn sie kann. Magst du dieses Bild? Mummy hat es gemalt.»

«Stephen! Libby! Der Tee ist fertig!» rief Joyce.

«Komm mit!» sagte Libby. «Es gibt Sirupkuchen. Ich habe ihn selbst gemacht.»

Etwas atemlos folgte Stefan ihr nach unten ins Wohnzimmer, das die ganze Breite des Hauses einnahm und dessen Flügeltüren sich auf die Gartenseite hin öffneten. Die Sessel waren mit Chintz überzogen und abgenutzt. Bücher und Zeitschriften stapelten sich auf niedrigen Tischen oder lagen über den Boden verstreut. Die Wände waren mit Bildern vollgehängt, und von irgendwoher kam der Geruch von Terpentin und Leinöl.

Joyce tauchte neben ihm auf und nahm seinen Arm. «Ich hoffe, Sie fühlen sich bei uns zu Hause, Stefan. Und denken Sie daran, auch wenn Sie ins College umgezogen sind, sind Sie hier immer willkommen.»

«Danke. Das ist sehr freundlich von Ihnen.» Stefan hatte das merkwürdige Gefühl, daß dies sein erstes wirkliches Zuhause war.

Da sie ungeduldig auf Nachrichten von Stefan wartete, legte Viktoria am Tag von Mortimers Rückkehr eine Nachricht in sein Fach mit der Bitte, in ihr Büro zu kommen, sobald er die Ankunftsformalitäten erledigt hatte. Früher als sie zu hoffen gewagt hatte, klopfte es an der Tür.

«Machen Sie sich keine Sorgen, es geht ihm gut», sagte Mortimer, ließ sich auf einen Stuhl sinken und bot ihr eine Zigarette an. «Er sieht aus wie ein junger Student, mit offenem Hemdkragen und lässigen Hosen. Und sein Englisch wird jeden Tag besser.» Er lachte. «Das ist hauptsächlich Libbys Verdienst. Sie hat sogar darauf bestanden, daß sein Name anglisiert wird. In unserem Haus heißt er jetzt Stephen.»

Natürlich wollte sie, daß Stefan glücklich war, aber sie hatte nicht erwartet, daß er sich so schnell an das neue Leben gewöhnen würde. «Hat er kein Heimweh?»

«Mein Gott, nein! Er spricht kaum von Berlin. Joyce sagt, daß er schon jetzt mehr Engländer ist, als ich jemals sein werde.»

Viktoria blickte auf ihre Finger nieder und schnippte die Asche von ihrer Zigarette. Leise sagte sie: «Ich hatte Angst, er könnte einsam sein ...»

Mortimer verfluchte sich. Wie konnte er nur so ein Idiot sein. Er hatte sie beruhigen wollen, statt dessen hatte er etwas vollkommen Falsches gesagt. Plötzlich ging ihm auf, wie Viktoria sich fühlen mußte. Obwohl sie nach außen hin so gelassen und beherrscht wirkte, war sie im Innersten eine verzweifelt einsame Frau. Er hätte sie jetzt am liebsten in die Arme genommen und getröstet, um ihr begreiflich zu machen, daß Stefan zwar fort, aber er immer noch da war.

In diesem Sommer fanden im Leben von Basilius Meyer mehrere wichtige Veränderungen statt. Im Juli zogen die Steins von Moskau nach Saratow an der Wolga. Und im August verließ Basilius die Einzimmerwohnung, die er mit seiner Mutter geteilt hatte, und zog in ein Heim für ausländische Kinder in der Nähe des Nikitski-Tors im Zentrum der Stadt.

Es war der Beginn eines neuen, wundervollen Lebens, wie er es sich immer in Moskau erwartet hatte, das ihm aber bis dahin nicht vergönnt gewesen war. Der Heimleiter war ein Deutscher. Die Kinder trugen alle eine Schuluniform, und ein eigener Koch bereitete ihnen deutsche Mahlzeiten. Das Heim hatte eine eigene Klinik mit deutschen Ärzten und deutschen Krankenschwestern. Ein Jugendleiter kümmerte sich um sie, begleitete sie ins Theater, in die Oper und in Konzerte. Wo immer sie hingingen, wurden sie behandelt, als wären sie Mitglieder einer ausländischen Delegation.

Basilius gewöhnte sich sehr schnell an sein neues Leben und war überzeugt, daß die Russen schließlich den wahren Wert der jungen Generation von Kommunisten erkannt hatten, von Kindern seiner Art, Kindern der Revolution.

Jeden Samstag besuchte er seine Mutter, was er allerdings zunehmend zu fürchten begann, denn sie beklagte sich dauernd über die schmutzige Unterkunft und den Mangel an Anerkennung. Es nützte nichts, daß Basilius ständig wiederholte, was man ihm in der Schule beibrachte. «Wir stehen am Beginn einer neuen Ära. Diese Überreste aus der Vergangenheit werden bald verschwinden. Wir haben das Schlimmste überstanden.»

«Nein», erwiderte Olga. «Wenn wir nicht aufpassen, wird Schlimmeres auf uns zukommen!»

Basilius seufzte ungeduldig auf, er wußte, daß nun eine Lektion über die Schandtaten des stalinistischen Regimes folgen würde. Im vergangenen Dezember war Stalins engster Freund, Sergej Mironowitsch Kirow, in Leningrad ermordet worden. Stalins Reaktion war schreckenerregend. Im ganzen Land wurden Tausende von Menschen vom NKWD, der Geheimpolizei, verhaftet, und Tausende wurden brutal getötet. Frühere Parteifunktionäre verschwanden plötzlich, niemand hörte jemals wieder von ihnen. Im Mai wurde der Club der alten Bolschewiken aufgelöst, dessen Gebäude beschlagnahmt und sein Vermögen eingezogen. Für Olga war es unfaßbar, daß Bolschewiken sich gegen Bolschewiken stellen konnten. «Verglichen mit ihren Terrortaktiken erscheinen die Nazis als reine Amateure», sagte sie empört.

Aber das schlimmste von allem war, daß Stalin die internationalen Kommunisten kaum beachtete. Olgas Vision der Sowjetunion entpuppte sich als ein Phantasiegebilde.

Anfang September wechselte Basil seine Ausbildungsstätte und trat in die Karl-Liebknecht-Schule ein, eine von zweiundsiebzig neuen Schulen, die in diesem Jahr in Moskau gebaut worden waren. Mit sechzehn ging Basil in die achte Klasse, wo bereits für die Universität gesiebt wurde. Er hatte wenig Zweifel, daß seine Zukunft als geradliniger Weg vor ihm lag. Er würde weiter hart arbeiten und alle Examen bestehen. Er würde zur Universität gehen, und dann würde man ihm einen Posten in der Komintern anbieten, an der Seite führender Deutscher wie Walther Ulbricht und Wilhelm Pieck. Und wenn die deutschen Arbeiter Hitler niedergeworfen hätten, würde er nach Deutschland zurückkehren und helfen, das Land zu regieren.

Seine Mutter ereiferte sich nun so weit, daß sie alle Warnungen in den Wind schlug. Basil drängte sie zur Vorsicht, aber Furcht war ein Gefühl, das Olga nicht kannte. «Stalin ist nicht das Regime, das Lenin wollte», belehrte sie jeden, den sie traf. «Sein Vorgehen ist subversiv. Er wird uns in einen Abgrund stoßen, aus dem wir uns nie mehr befreien können.»

Wenn man ihr zustimmte, so tat man es gewiß nicht offen, und zunehmend wurde ihre Gesellschaft gemieden. Basilius machte dabei keine Ausnahme. Sie mochte seine Mutter sein, aber seine Zukunft wollte er sich durch sie nicht gefährden lassen.

Anfang September fuhren die Berliner wieder zahlreich zum Parteitag der NSDAP in Nürnberg. Es versammelten sich nicht nur die Parteigrößen, sondern auch die älteren Offiziere der Wehrmacht, unter ihnen Peter und Josef, und die SS, zu der Baron Heinrich gehörte. Viktoria versuchte dieses Mal erst gar nicht, Monika von einer Teilnahme abzuhalten.

Monika kehrte in bester Laune aus Nürnberg zurück. Sie hatte Hans wiedergesehen. «Er ist einberufen worden, und sein Dienstjahr beginnt im Oktober. Er hat versprochen, mich zu besuchen, wenn er frei hat. Ach, es muß wundervoll sein, wenn man ein Mann ist und Soldat ...»

«Und der Parteitag?» fragte Benno. «Hast du den Führer gesehen?»

Begeistert leuchteten Monikas Augen auf. «Papa, er war wunderbar. Wir haben signierte Fotografien von ihm bekommen. Ich werde meine neben mein Bett hängen.»

«Ich laß sie für dich rahmen», versprach ihr Vater.

Mortimer sah den Nürnberger Parteitag in einem ganz anderen Licht. Hitler nutzte die Zusammenkunft, um die Drangsalierungen, den Terror und die Einschüchterung der Juden während des vergangenen Sommers durch ein neues Gesetz zu legalisieren.

Wie all die vorhergehenden Rassengesetze war auch dieses ganz lapidar: Heirat und außerehelicher Verkehr zwischen Juden und Deutschen war verboten. Juden war es verboten, arische Angestellte zu beschäftigen, die jünger als fünfundvierzig waren. In einem weiteren Gesetz wurde die alte Reichsflagge abgeschafft zugunsten der Hakenkreuzfahne, die nun das offizielle neue nationale Emblem war. Juden durften damit nicht flaggen.

Das Treffen endete mit einem militärischen Aufmarsch, wie ihn Mortimer noch nie gesehen hatte. Einhunderttausend Soldaten nahmen an der Parade mit waffenbestückten Fahrzeugen, Panzern, Artillerie und Flakgeschützen teil; als großartiges Finale gab es eine Flugschau, an der über hundert Jagdflieger und Bomber der Luftwaffe ihre Kunst zeigten.

Voller Ingrimm kehrte Mortimer aus Nürnberg zurück.

Stefan kam über Weihnachten nach Hause, sein Haar war länger als früher, er trug eine sportliche Tweedjacke, ausgebeulte Hosen und eine locker geknüpfte Krawatte. Er hatte sich verändert, gab sich selbstbewußt und unbekümmert, sein Tonfall hatte eine Bestimmtheit, die man an ihm nicht gewohnt war. Voll glühender Begeisterung sprach er über seine Unterkunft und seine Kommilitonen im College, über Pubs, Sport- und Freizeitveranstaltungen und über Teestunden im Randolph Hotel.

Viktoria hing an seinen Lippen, sie wollte jedes Detail erfahren. In den ersten Tagen erzählte Stefan nur allzu gern. Er hatte befürchtet, aufgrund des Absinkens des Unterrichtsstandards an der Friedrich-Wilhelm-Universität könnten seine Leistungen unter denen der anderen Studenten liegen, aber dies war nicht der Fall. In Philosophie jedoch mußte er eine Menge lesen, um den Anschluß nicht zu verpassen. «Aber wenigstens sind die Bücher da, Mama, jedes Buch von jedem Autor, den es gibt, kannst du lesen!»

Joyce und Libby konnte er gar nicht genug loben. «Sie waren so nett zu mir, ich habe mich von Anfang an heimisch gefühlt bei ihnen. Joyce ist ungefähr in deinem Alter, aber sie ist ganz anders als du. Sie ist schrecklich unordentlich, und das erste, was du beim Betreten ihres Hauses wahrnimmst, ist der Geruch von Terpentin, Leinöl und eine Menge Bilder.»

Viktoria runzelte die Stirn. «Das klingt ja nach einem recht unkonventionellen Haushalt.»

«Ich mag es. Ich verbringe oft das Wochenende in ‹Fairways›, ich lerne, schaue Joyce beim Malen zu und helfe Libby beim Kochen. Sie ist erst vierzehn, aber ich habe viel Spaß mit ihr.»

Bei dieser Beschreibung englischer Häuslichkeit spürte Viktoria plötzlich Stiche von Eifersucht. Beschrieb Stefan das Leben im Hotel Quadriga auch in solch glühenden Farben, wenn er seinen englischen Gastgebern davon erzählte? Sprach er über sie und Monika mit der gleichen Begeisterung? Sie wechselte das Thema. «Erzähl mir von deinem Stubenkameraden Trevor Neil-Wright.»

«Oh, er ist in Ordnung. Er ist der ernsthafte Brillenträgertyp. Sein Vater hat irgendeine Funktion im Auswärtigen Amt. TNW geht auch ins AA, wenn er fertig ist.»

Viktoria schüttelte den Kopf. TNW. AA. Diese Abkürzungen und Ausdrücke stammten aus einer ihr fremden Sprache einer fremden Welt. «Wie nennt man dich? SJK?»

Stefan lachte. «Nein! Callearn taufte mich Cross, als ich ankam. Er sagte, ich sei offensichtlich das Kreuz, das er durch sein Leben tragen müsse. Der Name blieb an mir hängen. Selbst die Professoren nennen mich Stephen Cross. Ich mag es ganz gern.»

Der Ehrenwerte Anthony Callearn, zweiter Sohn des Earl von Chanctonbury, war in verschiedenen seiner Briefe aufgetaucht. Es gab ein Foto der beiden, wie sie mit flatternden Umhängen die holprige High Street hinunterradelten, Stefan dunkel und ernst, Anthony Callearn blond, athletisch, mit offenem, lächelndem Gesicht.

«Dieser Callearn scheint ein netter Junge zu sein. Wenn du willst, kannst du ihn in den nächsten Ferien ja nach Berlin einladen.»

Stefan sah sie ein wenig verlegen an. «Tony hat mich schon gefragt, ob ich mit zu ihm nach Sussex kommen will. Das würde ich sehr gern, wenn es dir nichts ausmacht. Es wird sicher ein Riesenspaß.»

«Ich verstehe», sagte Viktoria schwach.

Als sich Stefan nach Weihnachten daran gewöhnt hatte, wieder zu Hause zu sein, besuchte er Pastor Scheer und Professor Ascher. Beide Besuche deprimierten ihn sehr. Von Pastor Scheer erfuhr er von neoheidnischen Ritualen der Nazis, die den christlichen Glauben ersetzen sollten. Professor Ascher erklärte ihm die Nürnberger Gesetze in ihrer ganzen Tragweite; außerdem war ein neues Gesetz hinzugekommen, das den Juden verbot, sich als Deutsche zu bezeichnen.

Stefan blickte seinen Freund voller Sorge an; die Wintersonne umrahmte sein üppiges weißes Haar wie ein Heiligenschein. «Herr Professor, warum wollen Sie nicht nach England gehen?»

Der Professor lächelte betrübt. «Ich habe es dir doch schon vor deiner Abfahrt erklärt, Stefan. In diesen schlimmen Zeiten muß ich bei den Menschen bleiben, die mich brauchen.»

Auch diesmal erzählte Stefan seinen Eltern von der Unterhaltung mit Professor Ascher.

Sein Vater seufzte. «Stefan, ich habe dir doch schon gesagt, daß ich auch nicht damit einverstanden bin, wie man die Juden behandelt, aber was kann ich schon dagegen tun? Ich schätze den Professor, aber …»

«Warum unternimmst du dann nichts, um diesen Wahnsinn zu stoppen?» fragte Stefan verbittert. «Oder ist euch alles egal geworden?»

«Natürlich ist uns nicht alles egal geworden», sagte Viktoria. «Selbst wenn sich ihr rechtlicher Status geändert hat, Juden werden im Hotel Quadriga immer willkommen sein.»

Zweifelnd sah er sie an. «Ich freue mich, das zu hören.»

Dann wurde ihr bewußt, daß er gefragt hatte, ob ihnen alles gleichgültig geworden war. Standen sie denn auf zwei verschiedenen Seiten, hatten sie ihn enttäuscht? «Stefan, du mußt verstehen, daß die Dinge sich hier geändert haben. Übt man an irgendeiner Sache Kritik, zieht man die Aufmerksamkeit der Behörden auf sich, schlimmstenfalls die der Gestapo.»

«Ich verstehe», sagte Stefan kalt, aber Viktoria sah, daß er nichts verstand. Er war angesteckt worden vom englischen Freiheitsgefühl.

Mit Ausnahme von Julia, die sich nicht wohl fühlte, nahm die ganze Familie am Silvesterball teil. «Julia ist wie alle Frauen», schnaubte der Baron. «Hypochondrisch!»

Wie üblich dominierte Baron Heinrich die Gesellschaft. Er konnte von nichts anderem reden als von den Plänen des Wirtschaftsministers Hjalmar Schacht, der die Ökonomie stabilisieren und die Wiederbewaffnung finanzieren wollte. Man sprach über General Ludendorffs kürzlich veröffentlichtes Buch «Der totale Krieg», man diskutierte lange über den abessinischen Krieg, wobei die meisten Leute Mussolinis Invasion guthießen.

«Der Völkerbund ist machtlos gegen ihn», warf Peter ein. «Wenn der Duce gewinnt, kommt es zu einer Allianz zwischen uns und Italien, die unsere Position in Europa wesentlich stärken wird.»

Baron Heinrich lachte grimmig. «Auf die eine oder andere Art nützt jeder unseren Interessen.»

Josef fügte hinzu: «Und in der Luft sind wir den Alliierten vielfach überlegen.» Zwei Jahre zuvor hatte er sich mehr dafür interessiert, mit Luise zu tanzen, als sich an der Unterhaltung zu beteiligen.

«Stefan», fragte Christa scheu, «genießt du deine Ferien?» In dem türkisfarbenen Kleid, das das Blau ihrer Augen unterstrich, sah sie hinreißend aus.

Zwei Jahre zuvor hatten Stefan und Werner fast gestritten, wer mit ihr tanzen durfte. Jetzt schien Stefan sie kaum zu bemerken. «Danke, ja», erwiderte er mechanisch und wandte sich dann wieder den Männern und ihren selbstgefälligen Kommentaren über das Weltgeschehen zu. Die Musik wurde lauter, aber niemand vom Familientisch ging auf die Tanzfläche. Viktoria nippte an ihrem Champagner und lächelte wehmütig. Solange sie denken konnte, waren Politik und Krieg die Hauptgesprächsthemen für die Männer ihrer Familie am Silvesterball.

Um Mitternacht schwieg die Musik, und Benno trat aufs Podium. «Im Namen des Hotels Quadriga wünsche ich Ihnen ein glückliches und erfolgreiches neues Jahr. Nun bitte ich Sie alle, sich zu erheben und auf unseren geliebten Führer anzustoßen.»

Wie auf Kommando standen alle auf, streckten die Arme aus und riefen: «Auf den Führer! Sieg Heil!» Manche Stimmen waren weniger schneidend als die anderen, manche murmelten die Worte nur, aber Stefan nahm das nicht wahr. Sein Urlaub hatte ihm klargemacht, daß er Hitler und alles, was für ihn stand, haßte. Demonstrativ blieb er sitzen.

Als die Familie später wieder in ihren eigenen Räumen war, fragte Benno ärgerlich: «Was in aller Welt hast du dir gedacht, als du nicht mit aufs Wohl des Führers getrunken hast?»

«Warum sollte ich auf sein Wohl trinken?»

Benno holte tief Luft. «Stefan, du strapazierst meine Geduld über die Maßen. Seit deiner Rückkehr hören wir nur von dir, wie wundervoll England im Vergleich zu Deutschland ist. Auch wenn dir der Gedanke mißfallen mag, du bist nun einmal Deutscher, und du schuldest deinem Land Loyalität. Und das bedeutet auch, den Führer zu ehren. Jetzt heb deinen Arm und sag ‹Heil Hitler›.»

Stefan sah ihn ruhig an und schwieg.

«Stefan, was bedeutet das schon? Tu, was dein Vater sagt. Es sind doch schließlich nur Worte», flehte Viktoria. «Es ist der Beginn des neuen Jahres. Wir wollen es doch nicht im Unfrieden beginnen.»

«Dann scheinst du die einzige Person zu sein, die keinen Krieg will! Hast du sie heute abend nicht gehört? Sie alle wollen Krieg!»

«Stefan, das reicht jetzt!» sagte Benno eisig. «Wenn du zu deiner Mutter nicht höflich sein kannst, dann geh in dein Zimmer und bleib dort, bis du dich in der Lage fühlst, dich zu entschuldigen.»

Stefan warf den beiden einen zerknirschten Blick zu. «Ich wollte nicht unhöflich sein, und wenn ich das war, dann entschuldige ich mich dafür. Und von ganzem Herzen wünsche ich euch beiden ein gutes neues Jahr. Aber Hitler, nein! Ihn soll der Teufel holen!» Bevor sie etwas erwidern konnten, war er aus dem Raum gestürzt.

Bennos Gesicht war kalkweiß. «Der Junge ist ein Narr. Mich würde es nicht wundern, wenn ihn jemand deswegen bei der Gestapo anzeigt! Soweit es mich betrifft, kann er nach England zurückgehen und dort bleiben.»

Viktoria packte ihn am Ärmel. «Sei nicht so hart mit ihm. Er ist jung und idealistisch, das ist alles.»

«Er bringt uns alle ins Konzentrationslager!»

«Benno, er ist dein Sohn ...»

Er riß sich von ihr los und durchschritt den Raum. «Ja.» Seine Stimme klang merkwürdig tonlos. «Ja, er ist mein Sohn, und ich liebe ihn.» Lange Zeit schwiegen beide. Dann sagte Benno: «Geh zu Bett, Vicki. Ich komme gleich nach. Ich muß eine Weile allein sein.»

Der Vorfall wurde nicht wieder erwähnt, aber Stefan setzte seinen stillen Protest fort. Als er eine Woche später nach England abreiste, fühlte sich Viktoria fast erleichtert. Sie konnte die Anklage in seinen Augen nicht ertragen.

6

Öd und leer erschien Viktoria ihre Zukunft, nachdem Neujahr vorüber und Stefan abgereist war. Jeden Tag ging sie in ihr Büro, aber ihr Arbeitsbereich hatte sich verkleinert. Statt ihr Bericht zu erstatten, erhielt Günther Birker seine Anweisungen nun von Benno oder Emil Brandt. Ihre Sekretärin Helga Ruh arbeitete nur noch halbtags. Viel zu oft wanderte Viktoria, auf der Suche nach Unerledigtem, ziellos durch das Hotel.

Eines Nachmittags wandte sie sich verzweifelt an Benno: «Kann ich dir bei irgendeiner Sache helfen?» Die Frage kostete sie einige Überwindung, aber sie hielt die Untätigkeit einfach nicht mehr aus.

«Ja, sicher. Meine Sekretärin hat mehr Arbeit, als sie bewältigen kann. Könntest du dieses Schreiben bitte abtippen?»

Viktoria biß sich auf die Lippen, aber dann nahm sie das handgeschriebene Blatt und setzte sich an Helgas Schreibmaschine. Schließlich hatte sie die Hilfe ja angeboten. Aber das sollte ihr nicht noch einmal passieren! Sie machte ihrem Ärger und der Kränkung Luft, indem sie so sehr auf die Typen einschlug, daß sie sich verhakten. «Oh, verflixt!»

«He, so kann man doch Schreibmaschinen nicht behandeln!» tönte Mortimers lachende Stimme hinter ihr.

Erschrocken darüber, daß er sie bei solch niedriger Arbeit ertappte, versuchte sie, die Typen zu entwirren.

«Lassen Sie mich das machen. Ich habe darin mehr Erfahrung als Sie.» Er drehte die Maschine zu sich, und mit ein paar geschickten Handgriffen brachte er sie wieder in Ordnung. «Hier, bitte.»

«Danke.»

«Ist Helga nach Hause gegangen?»

«Ja», erwiderte sie schwach lächelnd. «Der Brief ist ziemlich dringend …»

Mortimer warf einen Blick auf das Briefpapier. In deutlichen Lettern war darauf zu lesen: BÜRO BENNO KRAUS. Er holte Zigaretten aus der Tasche und bot ihr eine an. «Ich wußte gar nicht, daß Sie auch als Bennos Sekretärin eingesetzt werden.»

Viktoria nahm die Zigarette und klemmte sie sich auf höchst undamenhafte Weise zwischen die Lippen. «Das ist auch nicht der Fall.» Mit einem Seufzer nahm sie die Zigarette wieder aus dem Mund, stützte den Kopf in die Hände und sagte dann: «Tut mir leid, Mortimer. Sie haben mich in einem schlechten Augenblick erwischt. Wollten Sie mich aus einem bestimmten Grund sprechen?»

«Das kann warten. Schreiben Sie zuerst Ihren Brief fertig.»

Sie biß die Zähne zusammen und begann wieder zu tippen, machte aber prompt einen Fehler. Sie setzte den Radiergummi an und versuchte, den falschen Buchstaben auszuradieren, wodurch ein Loch im Papier entstand.

Mortimer unterdrückte noch gerade rechtzeitig ein Schmunzeln, da ihm die Tragweite der Szene, der er hier beiwohnte, bewußt wurde. Bei seiner Ankunft in Berlin war Viktoria die unbestrittene Chefin des Quadriga gewesen. Nun, drei Jahre später, war sie wenig mehr als eine Hilfskraft oder Sekretärin ihres Mannes.

Wie es dazu kommen konnte, war ihm klar. Im derzeitigen

Deutschland wurden Frauen nicht ermuntert, außerhalb des häuslichen Bereichs zu arbeiten. Die Regierung verringerte so die Arbeitslosenzahlen und bestimmte – mit großzügigen finanziellen Hilfen – die Frauen dazu, dem Führer Söhne zu schenken. Für einen Mann wie Benno Kraus, der sicherlich öfter darunter gelitten hatte, daß seine Frau das Regiment führte, war dies eine willkommene Gelegenheit, die Zügel in die Hand zu bekommen.

Mortimer setzte sich auf einen Stuhl und wartete, während Viktoria den Brief fertigtippte. Arme Viktoria, dachte er. In kurzem Zeitraum hatten die Nazis ihr die zwei Dinge weggenommen, die sie am meisten liebte: ihren Sohn und ihr Hotel.

Sie riß das Blatt aus der Maschine, warf einen kritischen Blick darauf und sagte mit einem Anflug ihres früheren Selbstbewußtseins: «Nun, in solcher Hektik wird er mich das nicht noch mal machen lassen. Es ist nur eine Bestellung bei einem Lieferanten und hätte überhaupt nicht getippt werden müssen. Wollen Sie warten, während ich es Benno eben gebe?»

«Unter der Voraussetzung, daß ich Sie zu einem Drink einladen darf.»

Etwas niedergeschlagen meinte sie: «Ich glaube, ich könnte einen vertragen.»

Fünf Minuten später saßen sie in der Bar. «Eigentlich habe ich Sie aufgesucht, weil ich eine Nachricht von Joyce erhalten habe», sagte Mortimer. «Offensichtlich hatte Stefan an Neujahr eine ziemlich heftige Auseinandersetzung mit seinem Vater und ist in recht schlechter Stimmung von hier abgefahren. Joyce bittet mich, Ihnen zu versichern, daß es Stefan gutgeht und ihm die ganze Geschichte sehr leid tut. Er will Ihnen schreiben.»

Viktoria biß sich auf die Lippe, die Szene stieg wieder vor ihr auf. «Ich verstehe Stefans Befürchtungen angesichts der Vorgänge hier. Nur lehnt es Benno ab, die Dinge von einem anderen Standpunkt als seinem eigenen zu betrachten. Die Spannungen zwischen den beiden waren schrecklich. Gegen Ende der Ferien konnte ich es gar nicht erwarten, bis Stefan endlich abgereist war – aber seit er weg ist, vermisse ich ihn sehr.» Sie holte tief Luft. «Seitdem Stefan erwachsen ist, ist er viel mehr als nur mein Sohn – er ist mein Freund geworden – vielleicht der einzige, den ich habe …»

«Nein», sagte Mortimer ruhig. «Sie haben auch mich.» Er legte seine Hand auf ihre.

Ein kurzes, dankbares Lächeln hellte ihre Züge einen Moment lang auf. «Ja, das ist mir schon klar, aber …»

«Ich meine es so. Ich bin Ihr Freund. Meinem Gefühl nach stehe ich Ihnen näher als irgendeinem Menschen sonst. Das mag merkwürdig klingen, aber ich habe den Eindruck, Sie besser zu kennen als meine eigene Frau.» Die Worte waren ausgesprochen, noch bevor er Zeit gehabt hatte, darüber nachzudenken.

Verblüfft über die Intensität in seiner Stimme, starrte Viktoria ihn an, und als sich ihre Blicke begegneten, überlief sie ein Schauder. Sie ergriff Mortimers Hand fester, und zum erstenmal sah sie in ihm nicht nur den Freund, sondern den Mann.

Mit etwas zitternder Stimme sagte sie: «Das kommt vielleicht daher, weil wir bei so vielen Dingen der gleichen Ansicht sind?»

Mortimer schaute sie einfach an, er betrachtete die Lachfältchen um ihre Augen, ihre feine Haut, die leicht geöffneten Lippen und wehrte sich gegen die Versuchung, sich über den Tisch zu beugen und sie zu küssen.

Dann betrat eine Gruppe von Leuten die Bar, und er erinnerte sich, daß sie nicht allein waren. Er zog seine Hand zurück und lachte leise. «Vielleicht», sagte er leichthin.

Später allerdings, als er allein in seinem Zimmer war und die Unterhaltung noch einmal überdachte, wußte er, daß es weit mehr war. Die Wahrheit war: Seit er Viktoria kennenlernte, hatte er sich allmählich in sie verliebt.

Die Erkenntnis traf ihn wie ein Schlag. Alles war so langsam vor sich gegangen, daß er nicht bemerkt hatte, was mit ihm geschehen war. Jetzt aber erkannte er, daß er und Joyce sich in den letzten drei Jahren immer weiter auseinandergelebt hatten, während Viktoria eine immer wichtigere Rolle in seinem Leben einnahm.

Er zündete sich eine Zigarette an und starrte aus dem Fenster. Empfand Viktoria für ihn das gleiche? Sein Instinkt sagte ihm, daß sie sich von ihm angezogen fühlte. Wie sollten sie damit umgehen? Was ihn betraf, so gab es keine größeren Probleme. Er war weit weg von zu Hause. Joyce mußte nicht unbedingt erfahren, daß er ihr untreu war.

Aber Viktorias Mann war in Berlin. Mehr noch, Mortimer lebte unter einem Dach mit ihm. Er schüttelte den Kopf. Benno war er nichts schuldig; andererseits hatte Benno ihm nichts getan. Viktorias Ehe mochte nicht perfekt sein, aber sie bestand immerhin seit über zwanzig Jahren. Es stand ihm nicht zu, diese Beziehung zu zerstören. Wie schwer es ihm auch fallen mochte, er mußte sich mit Viktorias Freundschaft begnügen und durfte keine Hoffnungen hegen. Selbst der Gedanke an eine Affäre war ihr gegenüber unfair und überhaupt der Gipfel der Narrheit.

Auch Viktoria konnte den elektrisierenden Moment in der Bar nicht vergessen, und von diesem Augenblick an schienen ihre Begegnungen mit Mortimer anders zu sein. Hätte sie jemand danach gefragt, so hätte sie ihre Gefühle nicht beschreiben können. Sie wußte nur, daß sie in Mortimers Nähe sein wollte, und sie fand immer Vorwände, um das zu bewerkstelligen: Sie erzählte ihm Neuigkeiten von Stefan oder diskutierte kleine Vorfälle mit ihm. In zunehmendem Maße wurde sie von seiner Gegenwart abhängig, von seiner humorvollen, warmen und anteilnehmenden Art – all das, was Benno nicht mehr für sie verkörperte. Als er Ende Januar zu den Olympischen Winterspielen nach Garmisch-Partenkirchen fuhr, wurde ihr bewußt, wie leer ihr das Leben ohne ihn plötzlich erschien.

Während Mortimer in Garmisch war, starb Bennos Mutter. Das Begräbnis fand in Essen statt. Trauergäste aus ganz Deutschland versammelten sich am Bahnhof, wo in einem Sonderwagen mit Polizeiwachen der Sarg aus Berlin eintraf.

Die Krauses und Jochums, Julias ältere Schwestern, deren Ehemänner, Kinder und Enkel waren anwesend, nur Graf Johann war zu krank für die Fahrt von Fürstenmark nach Essen. Peters Vater litt seit langem an Arteriosklerose, und die Angehörigen stellten schmerzlich Vermutungen darüber an, daß er vermutlich der nächste sein würde …

Unter den Trauergästen befanden sich auch hochrangige Offiziere der drei Wehrmachtsteile und der SS, Gauleiter und Parteigrößen aus dem Ruhrgebiet, aus Berlin, Schlesien und Wilhelmshaven; die Direktoren der Kraus-Werke, Arbeitervertreter und manch altes Faktotum der Familie.

Eine Kapelle spielte Beethovens Trauermarsch, und die Sargträger traten vor, um den Sarg, der mit einer Hakenkreuzfahne und Blumen geschmückt war, zu einer von sechs Pferden gezogenen Lafette zu tragen. Danach setzte sich der Trauerzug in Bewegung: durch von schweigenden Menschen gesäumte Straßen, an den Krausschen Fabriken vorbei und die gewundene Straße den Hügel hinauf, wo die «Festung» stand.

Dort wurde der Sarg in das vor langem erbaute Mausoleum gebracht. Baron von Kraus, in SS-Uniform, führte den Trauerzug an, neben sich seine Söhne Ernst und Benno, dahinter seine Enkel Werner und Norbert.

Im Inneren des Mausoleums spielte die Kapelle den Trauermarsch aus Wagners «Götterdämmerung». Ein Pastor nahm die Einsegnung vor, die mit den herkömmlichen Riten wenig gemein zu haben schien. Er endete mit den Worten: «Julia Kraus, an der Seite deines Gatten hast du mutig gekämpft und gelitten für dein Vaterland, aber bis zum Tode alles freudig ertragen. Geh nun dahin, glühende Seele, geh ein in Walhall!»

Nachdem Julias sterbliche Überreste in der Gruft versenkt waren, gingen die Trauernden zum Haus hinüber. «Ich frage mich, warum Julia in Walhall und nicht in den Himmel eingehen soll», murmelte Ricarda unglücklich.

Selbst Benno war es nicht wohl in seiner Haut. Es war das erste Mal, daß er diese neoheidnischen Zeremonien miterlebt hatte, über die sich Pastor Scheer und andere Geistliche so ärgerten.

Verwirrt betrat er das Haus, in dem er seine Jugend verlebt hatte, ein kaltes, abweisendes Gebäude. Benno fröstelte. Nichts hatte sich in den vergangenen Jahrzehnten in der «Festung» verändert. Sie war noch immer der Inbegriff von Geld und schlechtem Geschmack.

Die Leute standen beklommen in kleinen Gruppen herum und sahen verstohlen auf ihre Uhren. Benno trat zu seinem Vater und seinem Bruder Ernst, die vor dem Kamin standen und dadurch dessen geringe Wärme von den Gästen abhielten. «Zurückziehen?» fragte der Baron gerade. «Wie kommst du darauf, daß ich mich zurückziehen sollte, Junge?»

«Ich dachte, jetzt, wo Mutter tot ist ...» stammelte Ernst. «Vater, du scheinst zu vergessen, daß ich dieses Jahr fünfzig werde. Ich könnte dir eine Menge Verantwortung abnehmen. Du solltest dich ausruhen ...»

Das Gesicht des Barons lief krebsrot an. «Du bist genauso schlimm wie diese verdammten Ärzte! Ich bin vielleicht siebenundsiebzig, aber ich habe noch lange nicht die Absicht, mir das Mausoleum von innen zu besehen!»

Benno drehte sich um und ging wieder davon. Vielleicht war er an Weihnachten zu Stefan ungerecht gewesen. Sicherlich wollte er seinen Sohn nie so tyrannisch behandeln wie der Baron den seinen. Er tippte Viktoria auf die Schulter. «Komm, laß uns heimfahren. Ich glaube, mir reicht's für heute.»

Mortimer genoß seinen Aufenthalt in Garmisch mehr, als er erwartet hatte. Aus der Großstadt in die wunderschönen bayerischen Alpen zu kommen war eine erfreuliche Abwechslung.

Als er nach Berlin zurückkehrte, bereitete sich die Stadt auf die Olympischen Sommerspiele vor, die tiefgreifende Veränderungen mit sich brachten. Das Stadion an der Grunewalder Rennbahn auf dem Weg nach Spandau wurde umgebaut. Zur Pfaueninsel im Wannsee wurde vom Festland aus ein weiter Brückenbogen errichtet, damit die Besucher der Italienischen Galanacht, die Goebbels dort veranstalten wollte, zu Fuß hinübergehen konnten und nicht mit der Fähre übersetzen mußten.

Um die Besucher zu beeindrucken und den Stadtverkehr zu entlasten, wurde eine neue Nord-Süd-Strecke der Untergrundbahn gebaut, die den Stettiner und den Anhalter Bahnhof miteinander verband, und Unter den Linden, einen Steinwurf vom Hotel Quadriga entfernt, entstand eine neue S-Bahn-Station.

Schon bald wurde das Hotel jeden Morgen vom Lärm der Bagger geweckt, die mitten auf der Promenade eine riesige Grube aushoben und Berge von Sand daneben aufhäuften. Dann wurden die Bäume gefällt. Wie von einem bösen Zauber gebannt, sah Viktoria vom Balkon des Hotels aus zu, wie sie umgeschlagen wurden – die Ahornbäume, die Platanen und die berühmten Linden.

Auf diesem Balkon traf Mortimer eines Morgens im Frühmärz Viktoria und Ricarda mit einer kleinen Gruppe von Zuschauern. «Sie waren ziemlich alt, nicht wahr?» fragte er.

«Fast dreihundert Jahre», antwortete Ricarda. «Gott sei Dank mußte Karl das nicht mehr erleben.»

«Kennen Sie das alte Lied?» sagte Viktoria.

Mortimer sah sie fragend an.

«Solang noch Untern Linden die alten Bäume blühn, kann nichts uns überwinden – Berlin bleibt doch Berlin.»

Mehrere Leute nickten ernst. «Und wenn die alten Bäume fort sind?» fragte er.

Viktoria schüttelte traurig den Kopf.

Tag für Tag fuhr man mit der Schändung fort. Um Platz zu schaffen für die Bahnschächte, wurden stilvolle alte Häuser abgerissen, der Mittelstreifen verschmälert, die Fahrbahnen an den Seiten verbreitert. Auch die alten Laternenpfähle entfernte man. Die sandigen Erdhügel türmten sich immer höher, immer mehr Bäume fielen.

Mortimer persönlich sorgte sich mehr wegen Hitler als wegen der Linden. Am 7. März 1936 marschierten deutsche Truppen in das entmilitarisierte Rheinland. Franzosen und Engländer sahen tatenlos zu.

Im Hotel Quadriga, in Berlin und in ganz Deutschland war man außer sich vor Freude. «Selbst die Alliierten haben bemerkt, daß es an der Zeit ist, die Fesseln von Versailles abzuwerfen», meinte Benno triumphierend. «Der Führer hatte ganz recht. Das Rheinland ist unser Territorium. Dort müssen wir doch nach eigenem Ermessen verfahren können.»

«Einschließlich des Baus von Befestigungsanlagen?» fragte Mortimer nach. «Das ist es doch zweifellos, was Hitler beabsichtigt?»

«Warum auch nicht?» fragte Benno zurück. «Die Franzosen haben ihre Maginot-Linie. Herr Allen, Sie scheinen zu vergessen, daß unser Land sich verteidigen muß!»

«Ich weiß», erwiderte Mortimer. «Deutschland wird den Frieden nie brechen.»

«Wir alle haben genug vom Krieg. Keiner von uns möchte einen neuen, das kann ich Ihnen versichern», sagte Viktoria ernst.

«Aber keiner von euch ist Hitler», dachte Mortimer.

Berlin veränderte sich weiter. Der frühere Reichskanzlerplatz hieß nun Adolf-Hitler-Platz. Die Königgrätzer und spätere Friedrich-Ebert-Straße hatte man in Hermann-Göring-Straße umbenannt. Eines Tages stürzte direkt vor Goebbels' Amtssitz eine überfüllte Straßenbahn durch die nicht mehr tragende Erdschicht in einen neu ausgehobenen U-Bahn-Schacht. Nie zuvor hatte die Stadt eine solche Tragödie erlebt. Aus ganz Berlin strömten die Leute zu der Unglücksstelle und flüsterten sich zu: «Es dauert nicht mehr lange, und wir brechen alle vor Goebbels' Haus in der Hermann-Göring-Straße zusammen – und das ist dann das Ende.»

Vielleicht um solche Gerüchte zu beruhigen, pflanzten die Behörden amerikanische, fünf Meter hohe Silberlinden entlang der Prachtstraße Unter den Linden. Sie stellten neue Laternen auf, die höher waren als die Bäume, und säumten die Straße mit massigen weißen Säulen, die schwere vergoldete Adler und Hakenkreuze trugen.

Stefan schrieb: «Liebe Mama, lieber Papa. Schade um die Bäume Unter den Linden. Ich hoffe, es macht Euch nichts aus, wenn ich die Sommerferien mit Tony Callearn verbringe. Seine Leute haben für die Moorhuhnjagd ab 12. August ein Haus in Schottland gemietet und mich eingeladen, sie dorthin zu begleiten …»

«Warum bringt er denn diesen Callearn nicht zuerst hierher zu den Olympischen Spielen und fährt dann nach Schottland?» schlug Benno vor. «Die Chanctonburys sind eine sehr distinguierte Familie, das habe ich im *Gotha* nachgesehen.»

Viktoria schrieb zurück: «Mein lieber Stefan. Wir verstehen, daß Du gerne nach Schottland fahren möchtest, aber könntest Du nicht mit Tony Callearn zuerst nach Hause kommen? Schließlich finden die Olympischen Spiele zum erstenmal in Berlin statt …»

Stefan antwortete: «Liebe Mama, Tony ist mit mir einer Ansicht, daß wir erst nach Deutschland kommen werden, wenn Hitler damit aufhört, unschuldige Menschen zu verfolgen …»

Sie zeigte Mortimer den Brief. «Um Himmels willen, sagen Sie ihm, daß er vorsichtig sein soll mit dem, was er schreibt», rief dieser aus. «Ich möchte mir nicht ausmalen, was passiert, wenn der Brief in falsche Hände käme!» Er fuhr sich mit den Fingern durchs Haar. «Es ist stickig hier. Haben Sie Lust auf einen Spaziergang?»

Es war zwar ein warmer Maimorgen, im Hotel jedoch nicht stickig. Aber Viktoria wußte, was er meinte. Draußen wären sie vor neugierigen Augen und Ohren sicher.

Sie spazierten in Richtung Pariser Platz. Mortimer nahm Stefans Brief und zündete ihn an, die verkohlten Reste warf er in einen Abfalleimer.

«Mortimer, Stefan hat sich sehr verändert, seit er fort ist. Sie haben in dem Brief selbst gesehen, daß er Deutschland jetzt haßt.»

«Nein, das tut er nicht. Im Gegenteil, seinem Land gegenüber empfindet er tiefe, unbeugsame Liebe.»

«Aber warum dann ...?»

«Weil er klarer als Sie alle, die Sie ständig hier leben, erkennt, was mit diesem Land geschieht. Ich glaube, daß Stefan immer Vorbehalte hatte, aber nach der Bücherverbrennung ist ihm klargeworden, daß etwas getan werden mußte. Deswegen war er so fest entschlossen, nach Oxford zu gehen. Bücher sind etwas sehr Kostbares für Stefan – genau wie für Sie das Hotel und die Lindenbäume.»

«Sie meinen, daß wir alle viel hinnehmen, aber daß uns erst etwas persönlich berühren muß, damit uns die Augen aufgehen?»

Mortimer nickte. «Ich habe heute erfahren, daß Hunderte von Pastoren verhaftet worden sind, weil sie einen Protestbrief gegen das antichristliche und antisemitische Vorgehen der Regierung unterschrieben haben. Ihnen sind endlich die Augen geöffnet worden für das, was Pastor Scheer schon lange vorhergesehen hat, daß nämlich die Autorität der Kirche untergraben und vielleicht sogar zerstört wird.»

Eine schleichende Machtverschiebung, wie im Hotel, wo Benno inzwischen von allen als Generaldirektor bezeichnet wurde, ohne daß es Viktoria aufgefallen wäre.

«War Pastor Scheer darunter?» fragte sie.

«Diesmal nicht.»

Trotz des Sonnenscheins fröstelte Viktoria. «Und weil sie gewagt haben zu protestieren, wurden sie verhaftet.»

«Viktoria, inzwischen gibt es Konzentrationslager voller Menschen, die Widerstand geleistet haben.»

«Es ist schrecklich. Wir leben alle in Furcht. Schon die Tatsache, daß wir beide hier auf die Straße gehen, um uns zu unterhalten, zeigt das. Diese Angst ist allgegenwärtig und lähmend.»

«Nein, Deutschland ist im Gegensatz zur Sowjetunion immer noch ein freies Land. Es gibt keine Reisebeschränkungen. Sie können kommen und gehen, wie Sie wollen, auch ausländische Besucher sind willkommen – was meiner Ansicht nach einer der Hauptgründe ist, die Olympischen Spiele hier stattfinden zu lassen. Nein, die Menschen sind Gefangene ihrer eigenen Ängste – und sie sind gefangen durch die Ziele skrupelloser, gieriger Männer.»

Sie betraten den Tiergarten und setzten sich auf eine leere Bank. In der Nähe spielten unter den wachsamen Augen ihrer Mädchen einige Kinder auf dem Rasen.

Die Menschen sind Gefangene ihrer eigenen Ängste – gefangen durch die Ziele skrupelloser, gieriger Männer. – Baron Heinrich ... Selbst Benno ... Jetzt erkannte Viktoria, wie Benno sie manipuliert hatte. Zuerst hatte er Günther Birker ins Spiel gebracht. Dann hatte er ihr langsam alle Verfügungsgewalt entzogen. Plötzlich war sie fast von Haß gegen ihn erfüllt.

Mortimer nahm ihre Hand. «Es tut mir leid. Ich wollte Sie nicht deprimieren. Kommen Sie, wir wollen noch ein bißchen gehen.»

Als sie ins Hotel zurückkamen, war Mittagszeit. Benno hatte ihre Abwesenheit noch nicht einmal bemerkt.

Danach richtete Viktoria es ein, daß sie Mortimer regelmäßig treffen und mit ihm Unter den Linden durch den Tiergarten oder die Spree entlang spazierengehen konnte. Obwohl diese Verabredungen ganz unschuldig waren, erzählte sie Benno nichts davon. Er hatte ihr bereits genug weggenommen – Mortimer würde sie sich nicht auch noch nehmen lassen. Wenn er sie fragte, wo sie gewesen war, sagte sie, daß sie einen Spaziergang gemacht hatte, und Benno, der wegen der Olympiade noch mehr Arbeit als sonst hatte, akzeptierte ihre Erklärung ohne Nachfrage. Aber zunehmend gaben die Treffen mit Mortimer ihrem Leben wieder ein Ziel.

Mitte Juli verließ Monika die Schule. In allen Fächern außer in Handarbeiten, Sport und Hauswirtschaft hatte sie mittelmäßige bis schlechte Noten. Sie zeigte überhaupt keine Begabung fürs Rechnen, und ihre Rechtschreibung war ebenfalls sehr dürftig. Die einzigen Bücher, die sie las, waren Liebesromane.

«Wir sollten einmal über deine Berufswahl nachdenken», sagte Viktoria.

«Ich brauche keinen Beruf. Ich werde Hans heiraten und eine Menge Kinder kriegen.»

«Dein Vater und ich haben Hans noch nicht einmal kennengelernt. Vielleicht gefällt er uns nicht.»

«Mir gefällt er. Das ist alles, was zählt.»

«Hat er seine Ausbildung schon abgeschlossen?»

«Nein, wenn er im September mit seinem Militärdienst fertig ist, muß er noch für ein Jahr ins Lehrerseminar.»

«Ich schlage vor, daß wir uns dann noch mal darüber unterhalten.»

«Ob ihr zustimmt oder nicht, ich heirate Hans.»

Als Viktoria Mortimer auf einem ihrer Spaziergänge von diesem Gespräch erzählte, sagte er: «Wenn sie dazu entschlossen ist, so haben Sie, fürchte ich, keine andere Wahl, als sich damit abzufinden. Sie tut genau das, was Hitler will.»

«Was meinen Sie damit?»

«Hitler möchte Frauen nur als Ehefrauen und Mütter sehen, damit sie ihm so viele kleine Nazis schenken wie möglich, die dann zu Soldaten heranwachsen und die Welt erobern.»

«Mortimer, was für ein schrecklicher Gedanke ...» Aber sie widersprach ihm nicht, denn allmählich begann sie unter seinem Einfluß die Welt mit seinen Augen zu sehen.

«Mama! Mama!» Monika rannte über die Straße auf sie zu, ihre Zöpfe flatterten, in der Hand schwenkte sie einen Brief. «Mama! Ich habe einen Brief von Hans. Er kommt zu den Olympischen Spielen nach Berlin!»

«Liebe muß doch schön sein. Wenn ich groß bin, probier ich's auch einmal», murmelte Mortimer. «Meine Damen, ich muß Sie wegen eines Treffens im Propagandaministerium leider verlassen.»

Monika sah ihm stirnrunzelnd nach. «Mama, Hans kann doch bei uns wohnen, oder?»

«Natürlich», antwortete Viktoria. «Er kann in Stefans Zimmer schlafen.»

Als sie ins Hotel zurückgingen, fragte Monika: «Worüber hast du mit Herrn Allen gesprochen?»

«Ach, über dies und das», antwortete Viktoria ausweichend.

Ende Juli öffnete Berlin seine Tore für die Olympischen Spiele – in einer glänzenden Stimmung, die an die strahlendsten Tage der Kaiserzeit erinnerte.

Die Straßen waren ein buntes Meer wehender Flaggen und Banner. Auf hohen Masten flatterten die Fahnen aller teilnehmenden Nationen. Besucher aller Hautfarben und Sprachen wurden in Deutschland willkommen geheißen.

Seit sie mehr mit Mortimer zusammen war, hatte Viktoria ein wachsameres Auge bekommen und bemerkte jetzt, daß man die Schilder «Für Juden verboten» entfernte und die SA- und SS-Männer, die auf den Caféterrassen des Kurfürstendamms ihre aufmerksamen Zuhörer mit antijüdischen Sprüchen unterhalten hatten, in ihre Unterkünfte zurückkehrten.

Seit Anfang des Jahres war das Hotel Quadriga ausgebucht, und Viktoria stellte fest, daß nun, da die Spitzen der internationalen Gesellschaft, einschließlich der Repräsentanten vieler Königshäuser, nach Berlin strömten, auch sie wieder gebraucht wurde. Viele Gäste waren alte Freunde, die seit Hitlers Machtergreifung nicht mehr nach Berlin gekommen waren, viele waren Zeitgenossen ihres Vaters, die im Quadriga eine persönliche Begrüßung durch die Familie Jochum erwarteten. Nur Viktoria besaß das notwendige untrügliche Gedächtnis für Gesichter und verfügte über die Weltläufigkeit im Umgang mit den Gästen. Tag und Nacht war sie auf den Beinen, und in ihrem Büro wurde bienenemsig gearbeitet. Günther Birker wurde daran erinnert, daß er Viktorias und nicht Bennos Assistent war, und Helga Ruh mußte wieder ganztags arbeiten.

Gemeinsam mit den Besuchern aus dem In- und Ausland traf auch Hans König ein, ein großer, blonder, braungebrannter Gefreiter in Wehrmachtsuniform. Monika himmelte ihn an. Er begrüßte ihre Eltern korrekt und sagte respektvoll: «Danke, daß Sie mich hierher eingeladen haben. Ich weiß das sehr zu schätzen, insbesondere zu einem Zeitpunkt, da Sie sehr beschäftigt sind.»

Benno nickte. «Wir freuen uns, Sie kennenzulernen, junger Mann. Wir hoffen, daß Sie sich hier zu Hause fühlen und Ihren Aufenthalt genießen.»

Es folgten berauschende Tage, voller Fröhlichkeit und erregter Spannung. In strahlendem Sonnenschein traten die weltbesten Athleten im schönsten Stadion der Welt zum Kampf an. Die Menschen spazierten unter den jungen Lindenbäumen, diskutierten Sportereignisse, und die Ausländer stellten fest, daß die Dinge hier nicht annähernd so düster waren, wie sie in den Zeitungen geschildert wurden. Sie überschlugen sich in ihrem Lob. Nie zuvor, räumten sie ein, hätte ein Land solch exzellente Organisation und solch spektakuläre Unterhaltung geboten wie Deutschland in diesem Sommer 1936. In der Oper fanden Galaaufführungen statt. Es gab elegante Empfänge, Bälle und Essen. Auf der Pfaueninsel wurde für dreitausend Gäste eine Italienische Nacht veranstaltet.

Eines Abends bat Hans König Benno um eine vertrauliche Unterredung und fragte, ob er Monika nach Abschluß seines Lehrerseminars heiraten dürfe. «Natürlich habe ich ja gesagt», teilte Benno Viktoria später mit, als sie sich zu Bett legten. «Ich bin einverstanden mit Hans. Er ist ein sehr vernünftiger junger Mann, ein guter Ehemann für Monika! Wir machen morgen eine kleine Verlobungsfeier – nur Familie, das reicht vorläufig.»

Offensichtlich war wieder einmal eine Entscheidung ohne Viktoria getroffen worden. Monikas Zukunft war nun festgelegt.

Die Spiele endeten. Monika trug voller Stolz ihren Verlobungsring, Hans König kehrte in seine Kaserne zurück, und die aristokratischen Gäste des Quadriga fuhren nach Hause.

Fest entschlossen, ihre wiedergewonnene Position nicht zu verlieren, versuchte Viktoria, ihre früheren Besprechungen mit Emil Brandt und den Leitern der anderen Abteilungen wieder einzuführen.

Nach ein paar Tagen, in denen das Personal, besonders das männliche, eindeutig verwirrt war, rief Benno sie in sein Büro und sagte: «Ich weiß nicht, wie du dir das vorstellst, aber ich kann dir sagen, wenn die Dinge so weitergehen wie jetzt, haben wir bald kein Personal mehr. Günther Birker hat bereits mit Kündigung gedroht.»

Viktoria blickte ihn eisig an. «Ich bemühe mich nur, *mein* Hotel zu führen.»

Benno seufzte. «Um Himmels willen, Viktoria, das haben wir doch alles schon hinter uns. Sei doch nicht so emotional und denk vernünftig. Keine Frau kann ein Hotel führen, nicht einmal du!»

«Aber letzten Monat –»

«Letzten Monat hast du die Empfangsdame für Prinzen und Herzöge gespielt. Jetzt muß der Papierkram aufgearbeitet werden. Also hör auf, uns die Zeit zu stehlen, und laß uns weitermachen.»

Tränen des Zorns standen in ihren Augen. So zählte also die ganze Zeit, die sie während des Krieges für ihren Vater das Hotel geführt hatte, nichts, und auch die Jahre, die sie mit Benno zusammengearbeitet hatte, waren nichts wert. Kalt antwortete sie: «Danke, Benno. Deutlicher hättest du meine Position nicht umschreiben können.» Hocherhobenen Hauptes verließ sie sein Büro.

Mortimer holte sich gerade seine Post am Empfang ab. «‹Tumult und lauter Ruf erstirbt, die Heeresfürsten und der König ziehen ab …›» zitierte er, als er sie sah.

Das Schicksal mußte ihn hergeschickt haben. Sie ging mit großen Schritten durchs Foyer und aus dem Hotel.

Er rannte ihr nach. «Viktoria, was ist denn los?»

«Ich habe gerade festgestellt, daß Benno es geschafft hat, das Hotel Quadriga zu übernehmen. Mortimer, die Krauses haben schließlich gewonnen!» Ihre Stimme zitterte.

Er nahm ihren Arm und zog sie in das erstbeste Café, an dem sie vorüberkamen.

«Zwei doppelte Kognak», befahl er dem Kellner. Dann wandte er sich Viktoria zu. «Jetzt trinken Sie erst mal, dann erzählen Sie mir, was passiert ist.» Der Kognak beruhigte sie, und etwas unzusammenhängend berichtete sie von der Szene in Bennos Büro.

Sein Mund wurde hart. Er hatte dies schon lange kommen sehen, und seine Sympathien lagen ausschließlich auf Viktorias Seite.

«Wenn Sie an Bennos Stelle wären, würden Sie mich so behandeln wie er heute?» fragte Viktoria, mühsam die Fassung bewahrend.

In der Hoffnung, sie mit ein wenig Humor weiter beruhigen zu können, sagte er: «Es fällt mir nicht leicht, mich in die angenehme Situation zu versetzen, mit Ihnen verheiratet zu sein ...»

«Im Ernst ...»

«Nun, ich hätte es vielleicht ein wenig taktvoller gemacht ...»

Ihre Augen blitzten auf. «Wenn ich denke, daß ich einmal dankbar war, daß er mich geheiratet hat! Was für eine Närrin ich doch gewesen bin! Unterm Strich ist Benno genau wie sein Vater. Der Teufel soll ihn holen. Wenn er ohne mich zurechtkommt, dann soll er doch. Ich komme auch sehr gut ohne ihn aus!»

Mortimers geschultes Ohr war die Bemerkung, daß sie Benno dankbar gewesen sei, sie zu heiraten, nicht entgangen, aber jetzt war nicht der Moment, um Fragen zu stellen. Jedenfalls wußte er, daß Benno und nicht er an der Zerstörung dieser Ehe die Schuld trug. Von jetzt an würde Mortimer sich für nichts mehr schuldig fühlen – was auch immer zwischen ihm und Viktoria geschah.

Einige Male war Benno kurz davor, sich bei Viktoria für seine harsche Abweisung zu entschuldigen, aber weil er wußte, daß er recht hatte, brachte er es schließlich doch nicht über sich. Da auch Viktoria auf die Angelegenheit nicht mehr zurückkam, beschloß er, schlafende Hunde lieber nicht zu wecken. Er hatte schon genug um die Ohren und keine Lust auf eine weitere Szene.

Doch seit jenem Tag begann für beide ein neues, eigenartiges Leben – es war, als lebten sie in zwei verschiedenen Welten. Oberflächlich gesehen hatte sich nichts geändert. Sie wohnten im gleichen Haus, hatten viele gemeinsame Bekannte, und es war unvermeidlich, daß sich Benno, Viktoria und Mortimer bei Abendessen, Banketten, musikalischen Soireen der Biederstedts oder bei Veranstaltungen im Quadriga trafen. Bei solchen Gelegenheiten begegneten sie sich mit ausgesuchter Höflichkeit, fast so, als wären sie Fremde.

Für Viktoria war Benno in der Tat ein Fremder geworden.

Tagsüber sah sie ihn kaum, an den Abenden waren sie gewöhnlich in Gesellschaft. Nachts lagen sie nebeneinander in ihren Betten und schliefen.

Mortimer sah sie viel öfter, doch auch die Verabredungen mit ihm hatten etwas Unwirkliches. Sie trafen sich immer in der Öffentlichkeit, in Parks, auf Caféterrassen, waren kaum je allein und konnten nie sicher sein, ob nicht jemand sie erkannte.

Da zwischen ihnen nichts ausgesprochen war, brachte ihre Vertrautheit Befangenheit in ihr Verhältnis. Liebte Mortimer sie? Wenn ja, so sprach er nicht darüber. Liebte Viktoria ihn? Sie wußte es nicht. In vieler Hinsicht hatte er Stefan als Mittelpunkt ihres Lebens ersetzt. Es gab kaum einen Augenblick, in dem sie nicht an ihn dachte, sich fragte, was er wohl tat und ob er an sie dachte. Wenn sie von ihm getrennt war, sehnte sie sich nach ihm.

Aber sie konnte nicht vergessen, daß sie eine verheiratete Frau war, und wie ihre Gefühle Benno gegenüber auch aussehen mochten, sie stürzte sich nicht leichtfertig in eine Affäre. Eines Tages aber würde einer von ihnen jenen letzten, unwiderruflichen Schritt tun, der die ausgeklügelte Balance ihrer Beziehung aufhob. In der Zwischenzeit sprach viel dafür, die Dinge so zu belassen, wie sie waren. Sie hatte einmal in ihrem Leben einen Fehler gemacht, noch einmal würde sie nicht übereilt in eine neue Fallgrube stürzen.

In diesem Sommer traf Basilius Meyer eine Entscheidung, die für sein ganzes weiteres Leben ausschlaggebend war. Mit siebzehn hatte er gerade die achte Klasse der Karl-Liebknecht-Schule absolviert und stand nun vor der Wahl, seine Schullaufbahn hier oder in einer russischen Schule zu beenden. Er entschied sich für die russische Schule.

Viele Faktoren hatten seine Entscheidung beeinflußt, nicht zuletzt sein Ehrgeiz, in zwei Jahren in das Moskauer Lehrerinstitut aufgenommen zu werden, wo er Fremdsprachen belegen wollte.

Er sprach inzwischen fließend Russisch, und in Englisch war er Klassenbester. Wenn er nicht im Unterricht saß, war er in der Bibliothek und verschlang alle deutschen, russischen, englischen und amerikanischen Bücher, die er finden konnte. Aber die Atmosphäre der Karl-Liebknecht-Schule war noch immer weitgehend deutsch geprägt, und ein sechster Sinn sagte ihm, daß er es als Ausländer weiter bringen konnte, wenn er sich so vollständig wie möglich in seine russische Umgebung integrierte.

Abgesehen davon hatten sich im letzten Jahr die Verhältnisse im Kinderheim und in der Schule ziemlich verschlechtert. Der private Studienleiter verschwand, das Essen wurde einfacher, und der deutsche Heimdirektor wurde durch einen Russen ersetzt. Basilius überraschte das nicht. Da Luxus ihm fremd war, erschien ihm ohnehin alles zu perfekt. Noch immer wurden die ausländischen Kinder begleitet, wohin sie auch gingen. Noch immer kamen hochrangige Besucher, um sie zu befragen und zu bewundern. Aber Basilius hatte das Gefühl, daß die Bewohner des Heims nicht mehr als bevorzugte Schaustücke galten. Sie begannen ihre Wichtigkeit zu verlieren.

Mit diesen Argumenten erklärte er Olga seine Entscheidung. Sie war wütend und entsetzt. «Hast du bereits vergessen, daß du ein Deutscher bist, daß du in erster Linie deinem Land und nicht Rußland gegenüber loyal sein mußt? Verstehst du denn nicht, was hier vor sich geht? Hier ist nicht das Proletariat an der Macht. Genauso wie Hitler in Deutschland eine Diktatur aufgebaut hat, hat sich Stalin zum Diktator des russischen Volkes gemacht!»

Basilius starrte sie erschreckt und schweigend an, und Olga fuhr mit fanatisch glänzenden Augen fort: «Europa stürzt zur Zeit in eine Krise. In Frankreich ist die Volksfront unter Führung von Léon Blum an die Macht gekommen. In Spanien wird die Volksfront über die Faschisten siegen. In Deutschland verstärken die Arbeiter ihren Widerstand gegen die Nazis. Hitlers Regierung ist kurz vor dem Zusammenbrechen. Und auch hier werden die Anhänger von Trotzki und Sinowjew die Menschen in eine Revolution gegen Stalin führen.»

«Woher weißt du das?»

«Von alten Genossen wie Karl Radek, Sokolnikow und Pjatakow.»

Selbst in der geschützten Sphäre des Kinderheims hatte Basilius von diesen Männern gehört, Gefolgsleuten des exilierten Trotzki, die an die permanente Revolution glaubten und aus ihrer Opposition gegen Stalins Politik kein Hehl machten.

«Wenn wir uns durchsetzen», rief Olga, «werden wir nach Deutschland zurückkehren ...»

Erfahrung, Vernunft, Logik oder vielleicht auch nur einfache Intuition sagten ihm, daß sie in einer Traumwelt lebte, die zum Scheitern verurteilt war. Als er Olga an diesem Abend verließ, war Basilius entschlossener als je zuvor, ein vollwertiges Mitglied der sowjetischen Gesellschaft zu werden.

Im September stellte Hitler beim Reichsparteitag in Nürnberg seinen Vierjahresplan auf, durch den Deutschland innerhalb dieses Zeitraums wirtschaftlich autark werden sollte. Göring wurde zum Verantwortlichen bestimmt.

Als sein Vater kurz darauf ins Hotel kam, sagte Benno: «Ich wußte gar nicht, daß Göring Ökonom ist, Vater. Warum in aller Welt hat man ihm diese Aufgabe übertragen?»

Zum erstenmal drückte die Miene des Barons Hilflosigkeit aus, und Benno hatte das Gefühl, daß Görings neue Position die deutschen Industriellen unliebsam überrascht hatte.

Ohne jeden Zeitverlust ordnete Göring neue Maßnahmen an, die niemanden mehr im Zweifel darüber ließen, was das wirkliche Ziel des Vierjahresplanes war. Zum erstenmal hörten die Menschen die Losung «Kanonen statt Butter!». Einmal im Monat war man gezwungen, Eintopf zu essen und die dadurch erzielten Einsparungen dem Staat zu übergeben.

Zur gleichen Zeit wurden in den Geschäften erste Lieferschwierigkeiten bemerkbar und die Importe auf das Nötigste reduziert. Importierte Früchte waren nun ein Luxus; Tee, Kaffee und Butter wurden rarer. Neu eingeführte Preis- und Lohnkontrollen sollten die Kaufkraft beschränken. In den Zeitungen erhielten die Hausfrauen ausführliche Informationen darüber, wie sie aus billigen, selbstgezogenen Zutaten nahrhaftes Essen bereiten konnten.

Als eines der Schaustücke Berlins litt das Hotel Quadriga unter den Einsparungen weniger als ein normaler Haushalt. Die Regierung wollte noch immer ausländische Besucher anlocken, und minderwertiges Essen war schlechte Reklame. Aber das Hotel mußte auf andere Art bezahlen: in Form von Steuern und mit üppigen Beiträgen an Wohlfahrtsveranstaltungen der Partei.

Deutschland mobilisierte seine Wirtschaft für den Krieg.

Luise war in ihrem ersten Ehejahr sehr zufrieden. Ihr ganzes Dasein drehte sich nur um Josef. Am Morgen, am Mittag und am Abend dachte sie an nichts anderes als an ihn. Sie verwöhnte ihn und plante Überraschungen, sie kaufte ihm kleine Geschenke und verbrachte Stunden, um ihm seine Lieblingsgerichte zu kochen.

Im Gegensatz zu vielen Männern, deren Persönlichkeit sich verändert, wenn sie eine Uniform anziehen und einen Titel erwerben, hatte all dies bei Josef keinen Einfluß auf seinen Charakter. Er blieb, was er immer gewesen war – ein starker Raucher, der einen guten Schluck vertragen konnte, unbeirrbar und unabhängig in seinem Denken.

Mit der Vergrößerung der Luftwaffe war er zunehmend gezwungen, mit dem zuständigen Staatssekretär Erhard Milch zusammenzuarbeiten, der Josef als Person völlig ablehnte. Immer mehr nahmen die Besprechungen der beiden Männer den Charakter hartnäckiger Auseinandersetzungen an.

Josef jedoch blieb unbekümmert und ließ sich nicht aus der

Ruhe bringen. Im Gegenteil, es bereitete ihm sogar ein gewisses Vergnügen, Milch absichtlich zu provozieren. Im Gegensatz zu seinem Vorgesetzten genoß Josef die Bewunderung der Piloten, die Arbeiter und Ingenieure respektierten ihn. Außerdem stand er unter Görings Protektion.

«Der Dicke kann Milch nicht ausstehen», erklärte er Luise. «Deswegen läßt er mich meine Abteilung auf meine Art führen.»

Trotz dessen zur Schau gestellten Extravaganzen hielt Josef an seiner Zuneigung für Göring fest. «Wir sind zusammen geflogen», sagte er einfach. «Wir verstehen einander.»

Obwohl Luise wenig von Josefs Welt verstand, hörte sie ihm gerne zu. Sie saß mit Sheltie im Arm in einem großen Sessel, er ging mit einem Glas in der einen und einer Zigarette in der anderen Hand auf und ab und sprach über Flugzeuge von Focke-Wulf, Heinkel, Dornier und Messerschmitt, über das Pro und Contra eines offenen Cockpits, über Aerodynamik, Flügelbeschwerung, Motoren, Fluggeschwindigkeit und Treibstoffverbrauch.

Ständiger Gast in der Wohnung der Nowaks war neuerdings ein anderer Veteran des Richthofen-Geschwaders, Ernst Udet, der aus Amerika zurückgekehrt und zum Leiter der Entwicklungsabteilung im Luftfahrtministerium ernannt worden war. Nacht für Nacht, wenn Luise längst zu Bett gegangen war, saßen Josef und Ernst Udet in dem verrauchten Wohnzimmer vor überquellenden Aschenbechern und leeren Weinflaschen und unterhielten sich über Flugzeuge und Spanien, wo seit Juli 1936 Bürgerkrieg herrschte.

Manchmal, wenn die Tür nur angelehnt war, konnte Luise im Nebenzimmer Gesprächsfetzen erhaschen. «Die He 51 ist vollkommen veraltet …» – «Wir schicken im Dezember drei nach Spanien …»

Die Wochen verrannen, und die beiden Männer wurden zunehmend ungeduldiger. «Die Eisen-Annie funktioniert vielleicht als Transporter, aber als Bomber ist sie nur eine Zwischenlösung.»

Udets Stimme klang angespannt und drängend. «Warte, bis Junkers den Stuka fertig hat. Ich sage dir, Josef, der Stuka wird der beste Sturzbomber werden, der jemals gebaut worden ist. Ich kann gar nicht erwarten, bis er in Spanien eingesetzt wird ...»

Lachen. Klingen von Gläsern. Luise vergrub den Kopf im Kissen, aber die Worte hallten in ihr nach. Kämpfer. Bomber. Spanien. Josef und Ernst Udet waren wie Kinder, die den spanischen Bürgerkrieg für ein großes Abenteuer hielten, und es juckte sie in den Fingern, darin mitzumischen. Sie hingegen konnte sich noch recht gut an die Schrecken des letzten Krieges erinnern, in dem Millionen Menschen umgekommen waren. Sie drückte Sheltie an sich. «Ach, Sheltie, begreifen sie denn nicht, daß Krieg kein Spiel ist?»

Die jungen Lindenbäume verloren ihre Blätter. Auf dem Gras und an den Ufern der Seen glitzerte Rauhreif. Die ersten Schneeflöckchen tanzten in der Luft. Als Viktoria und Mortimer sich wieder trafen, wußten sie, daß sich in ihrer Beziehung etwas verändert hatte, aber keiner von beiden war sich über den nächsten Schritt im klaren.

Außerdem geschahen Dinge in der Welt, die Unheil für die Zukunft ahnen ließen.

Zwischen der italienischen und der deutschen Regierung hatte sich eine Art Allianz gebildet, mit Japan war ein Antikominternpakt ausgehandelt worden, mit dem Ziel, die westliche Zivilisation gegen Rußland zu verteidigen, sollte eines der beiden Länder von den Sowjets überfallen werden. Die Charlottenburger Chaussee wurde in Ost-West-Achse umbenannt.

Aus der Sowjetunion kamen Gerüchte über ein Terrorregime, das brutaler und schrecklicher sein sollte als alles, was man in Deutschland erlebte.

In Spanien tobte der Bürgerkrieg, und im Rheinland begann der Bau einer massiven Befestigungslinie entlang der französischen und belgischen Grenze, Siegfried-Linie oder Westwall genannt.

In Österreich gewann die Nazipartei an Stärke.

In England dankte am 10. Dezember König Eduard VIII. ab.

Als Mortimer an Weihnachten 1936 nach Hause fuhr, erschien ihm Europa wie ein Hexenkessel: Überall brodelten kaum unterdrückte Konflikte, nicht zuletzt auch in ihm selbst wegen seiner Liebe zu einer deutschen Frau namens Viktoria Jochum-Kraus.

Es war ungewohnt, ohne Mortimer zu leben, aber seine Abwesenheit wurde durch Stefans Rückkehr mehr als aufgewogen. Stefan schien entschlossen, es zu keiner Wiederholung der häßlichen Szene kommen zu lassen, die das letzte Weihnachten so vergällt hatte. Er kam mit Geschenken beladen nach Hause, war fröhlich und liebenswürdig. Die Schilderungen seines Lebens in Oxford hielten sich in taktvollen Grenzen, Benno gegenüber unterließ er alle Kommentare über die Lage in Berlin.

Josef hatte zwischen Weihnachten und Neujahr eine Woche Urlaub, die er mit Luise im Quadriga verbrachte. Zu Monikas Entzücken kam auch Hans nach Berlin. Er hatte seinen Militärdienst beendet und war nun wieder in seinem Lehrerseminar in Stettin.

«Wie schön, die ganze Familie zusammenzuhaben», rief Ricarda aus, als sie an Heiligabend um den Christbaum standen.

Am folgenden Tag jedoch machte sich das erste Unbehagen bemerkbar. Auf Ricardas Bitte begleitete Stefan sie und Viktoria in die Kirche nach Schmargendorf zu einem festlichen Weihnachtsgottesdienst. Danach hatten die Scheers sie zu Kaffee und Kuchen eingeladen. «Einer der Pastoren, die im Mai verhaftet wurden, ist im Konzentrationslager Sachsenhausen gestorben», sagte Pastor Scheer, nachdem sie sich gegenseitig Neuigkeiten erzählt hatten. «Er wurde umgebracht. Stefan, glauben Sie, daß man sich in England bewußt ist, wie schlecht die Dinge hier stehen?»

«Kaum», gab Stefan zu. «Dort ist man viel zu sehr mit der Abdankungskrise beschäftigt.»

«Ich glaube nicht, daß es bei uns viel anders ist», sagte Viktoria. «Ohne Mortimer hätte ich auch nichts davon erfahren.»

«Solche Dinge tauchen nie in den Zeitungen auf», merkte Ricarda bedrückt an. «Wer nicht persönlich betroffen ist, hat keine Vorstellung, was wirklich vor sich geht. Ich hab das auch erst an Julias Begräbnis realisiert ...»

«Ich bin sehr in Sorge um Professor Ascher», fuhr Pastor Scheer fort. «Stefan, Sie werden ihn doch während Ihrer Ferien besuchen?»

«Natürlich.»

In düsterer Stimmung fuhren sie ins Quadriga zurück. Über den Geschäften hingen wieder die Schilder «Für Juden verboten», «Juden unerwünscht». «Es ist alles so geschmacklos», seufzte Ricarda, «so würdelos ...»

Was Luise betraf, so empfand sie die wenigen Tage als glücklich. Josef war besonders aufmerksam. Er war liebevoll, trank und rauchte weniger, machte lange Spaziergänge mit ihr und Sheltie, ging früh zu Bett und schlief jede Nacht mit ihr. Nicht einmal Spanien erwähnte er, und sie sahen auch Udet nicht. Am Silvesterabend war Luise überzeugt, daß ihre Ängste nichts als Einbildung waren.

Diesmal waren die Biederstedts nicht auf dem Silvesterball. Sie verbrachten die Feiertage in Fürstenmark, weil Graf Johann sehr krank war. Viktoria bedauerte ihre Abwesenheit nicht. In Peters Gegenwart fühlte sie sich noch immer nicht ganz wohl.

Die Krauses jedoch brachte auch die Sorge um Graf Johann nicht dazu, nach Fürstenmark zu fahren. Sie kamen nicht nur zum Neujahrsfest ins Hotel Quadriga, sondern Ernst wollte Werner und Norbert danach mit den Chemie-Werken am Wedding bekannt machen. Werner war neunzehn, hatte seinen Militärdienst absolviert und begann seine Ausbildung im Familienunternehmen. Obwohl Norbert von seinem Entschluß, Architekt zu werden, nicht abzubringen war, hoffte Ernst immer noch, daß er seine Meinung ändern würde, wenn er erst einmal den ganzen Umfang der Kraus-Werke gesehen hatte.

Der diesjährige Silvesterball war wie immer ein spektakuläres Ereignis mit vielen prominenten Politikern und Militärs; auf der Tanzfläche wimmelte es von eleganten Uniformen und leuchtenden Ballroben. «Mama, hast du gesehen, wie farblos die meisten Frauen geworden sind?» fragte Stefan, als er sie zu einem schnellen Walzer führte.

«Farblos? Ich finde, alle sehen hübsch aus.»

«Du und Tante Luise schon. Aber sieh dir die anderen an. Kein Puder, kein Lippenstift. Haben die Nazis Schminke verboten?»

«Es ist jetzt Mode, so auszusehen, als hätte man sich gerade mit Kernseife geschrubbt», lachte sie.

Aber als Stefan es jetzt erwähnte, erkannte sie, was er meinte. Nachdem man sie all ihrer Rechte beraubt hatte, nahm man ihnen nun auch noch die Weiblichkeit, dachte sie mutlos.

Um Mitternacht tönte es im Ballraum aus Hunderten von Kehlen: «Heil Hitler! Heil! Heil! Heil!» Draußen erzitterte die Luft vom Krachen der großen Kanonen.

Stefan überspielte die Situation, indem er seine Mutter küßte: «Gutes neues Jahr, Mama.»

«Für dich auch, mein Schatz.»

Er hob sein Glas. «Auf unsere abwesenden Freunde.»

«Denkst du an die Allens?»

«Sie scheinen Teil meines Lebens geworden zu sein», antwortete er einfach.

«Mir geht es nicht anders», dachte Viktoria.

In Oxford hob auch Mortimer sein Glas, wegen des Zeitunterschieds eine Stunde später als die Berliner. «Auf die abwesenden Freunde», sagte er.

Joyce lächelte. «Ja, auf Stephen. Libby und ich vermissen ihn. Er ist ein Teil unserer Familie geworden.»

«Und ich vermisse seine Mutter», dachte Mortimer.

Am nächsten Tag, als Josef und Luise in ihre Wohnung zurückkehrten, sagte Josef: «Ich wollte dir die Feiertage nicht verderben, aber jetzt mußt du es erfahren. Ich werde nach Spanien zur Legion Condor versetzt.»

Luise drohte die Stimme zu versagen: «Wie lange wirst du fort sein?»

«Es kommt darauf an, was passiert, aber vermutlich nicht länger als sechs Monate.» Liebkosend faßte er sie am Kinn. «Mach dir keine Sorgen, Luischen, mir geschieht nichts.»

Sie lächelte tapfer und entschlossen, sich ihre Furcht nicht anmerken zu lassen. Als er zwei Tage später aufbrach, winkte sie ihm voll unbekümmerten Vertrauens nach; sie wollte ihn nicht enttäuschen. Am Nachmittag jedoch, als Ricarda sie besuchen kam, gestand sie: «Mama, ich weiß, daß ich stolz auf ihn sein sollte, aber ich kann mich noch so gut an den letzten Krieg erinnern. Ich könnte es nicht ertragen, wenn Josef etwas zustoßen würde.»

Ricarda nahm ihre Hand. «Josef weiß schon, wie er auf sich aufpassen muß. Aber ich verstehe deine Gefühle. Es ist immer schwerer für die, die zurückbleiben müssen. Möchtest du, daß ich eine Weile bei dir wohne?»

Luise sah sie dankbar an. «Das wäre schön. Ich würde dann weniger grübeln.»

Graf Johann von Biederstedt starb am 25. Januar 1937. Eine Woche später fand das Begräbnis statt.

Drei Limousinen brachten die Familie von Berlin nach Fürstenmark. Die Wagen fuhren holpernd über das Kopfsteinpflaster der Dorfstraße, an der Bauern sie mit gezogenen Mützen grüßten, bogen in eine Toreinfahrt und parkten neben den anderen Autos vor dem Schloß. Die Chauffeure rissen die Wagenschläge auf und halfen ihren Fahrgästen heraus. Gestützt auf Ernst und Trude, im Schlepptau Werner und Norbert, betrat der Baron das Schloß, in dem der Rest der Familie bereits versammelt war.

Monika sah sich mit neidischen Blicken um. «Können wir später das Schloß besichtigen?»

Benno ergriff ihre Hand. «Was ist so Besonderes an einem Schloß? Das Quadriga ist weitaus komfortabler.»

«Aber es ist weniger romantisch», erwiderte sie.

Sie gingen zu der Kirche, die direkt neben dem Schloß stand. «Stell dir vor, du hast deine eigene Kirche», seufzte Monika.

Als die Zeremonie vorüber war, ging man auf den Friedhof und versammelte sich um das Grab. Ein eisiger Wind blies, und die kahle Erde war mit Schnee bedeckt.

Nach dem letzten Segen kehrte die Trauergesellschaft ins Schloß zurück. Die hohe Eingangshalle war kalt und zugig, die Tapisserien und die Teppiche verschlissen und ausgeblichen.

Das rauhe Klima von Pommern und das Alter hatten Gräfin Anna schwer zugesetzt. Doch trotz ihres Verlustes und ihrer Gebrechlichkeit überstand sie das Defilee der Kondolierenden mit Würde. «Danke, Benno. Viktoria, du warst noch ein kleines Mädchen, als ich dich das letzte Mal sah. Und das ist also Monika.»

Monika sah sie mit großen Augen an. «Frau Gräfin, ich habe so viel über Fürstenmark gehört – und jetzt, wo ich hier bin, finde ich es wunderschön.»

Die alte Gräfin tätschelte Monikas Arm mit ihrer gichtigen Hand. «Du bist ein liebes Mädchen. Der junge König hat mir von dir erzählt. Bleib bei mir, mein Kind, und leiste mir etwas Gesellschaft.»

Während die Dienstboten Gläser mit heißem Glühwein herumreichten und die Trauergäste sich in Gruppen um das kaum wärmende Feuer scharten, blieb Monika an der Seite Gräfin Annas.

Am Spätnachmittag rief Peter Viktoria und Benno in das Arbeitszimmer des alten Grafen. «Wie ihr seht, ist meine Mutter sehr schwach. Ilse und ich lassen sie nur ungern hier allein zurück, aber sie lehnt es ausdrücklich ab, mit uns nach Berlin zu kommen. Da Monika ja jetzt mit dem jungen König verlobt ist, möchte ich euch fragen, ob sie vielleicht als ihre Gesellschafterin hierbleiben könnte? Mama hat sie bereits ziemlich ins Herz geschlossen.»

«Gesellschafterin?» fragte Viktoria scharf. Sie hatte nicht die Absicht zuzulassen, daß ihre Tochter Dienstbotin im Haushalt der Biederstedts wurde.

«Eine höchst respektable Stellung, meine liebe Viktoria, durchaus im Einklang mit ihrer Erziehung und ihrem Hintergrund», sagte Peter mit einer Spur spöttischer Belustigung in den Augen. «Monika würde meiner Mutter vorlesen, sie zu Besuchen beim hiesigen Adel begleiten und vielleicht gelegentlich Klavier vorspielen.»

«Um die Wahrheit zu sagen», meinte Benno, «wir haben uns um Monika bereits Sorgen gemacht. Im Hotel langweilt sie sich den ganzen Tag über.»

Peter nickte. «Ich weiß. Wir schicken Christa im September in ein Internat in die Schweiz.»

Sie riefen Monika, die über das Angebot außer sich vor Freude war und nicht das geringste Bedauern zeigte, ihr Heim zu verlassen. Es wurde vereinbart, daß Monika mit ihnen ins Hotel Quadriga zurückkehren und dort ihre Sachen packen sollte; in ein paar Tagen würde Benno sie dann nach Fürstenmark zurückbringen. Er würde zusehen, daß sie gut untergebracht war, und konnte bei der Gelegenheit auch die Königs kennenlernen.

Eine Woche später brachte die Hotellimousine Viktoria, Benno und Monika zum Stettiner Bahnhof. «Ich werde nicht länger als eine Woche fort sein», sagte Benno. «Ich werde dich benachrichtigen, wann ich zurückkomme.»

«Erwartet nicht, daß *ich* noch einmal zurückkomme», verkündete Monika selbstzufrieden. «Außer in den Ferien.»

Viktoria küßte beide zum Abschied. Der Zug fuhr an, Monikas weißes Taschentuch wurde bald zu einem hellen Punkt in der Ferne und verschwand schließlich ganz. Viktoria schlug ihren Mantelkragen hoch und ging langsam den überfüllten Bahnsteig entlang. Benno und Monika waren fort, Stefan war in England, Ricarda bei Luise in Lützow. Sie konnte tun, was ihr beliebte.

Aus der Menge tauchte eine männliche Gestalt auf, die höflich den Hut vor ihr zog und sie mit einer tiefen Verbeugung begrüßte: «Gnädige Frau, erweisen Sie mir die Ehre, mich zum Essen zu begleiten?»

«Mortimer!»

«Ich habe mir erlaubt, im Schildhorn einen Tisch zu bestellen. Ich hoffe, Sie billigen meine Wahl?»

Es handelte sich um ein Restaurant im Grunewald am Seeufer, Benno und sie gingen nie dorthin. «Klingt wunderbar.»

«Ich habe meinen Wagen hier, schicken Sie Ihren doch ins Hotel zurück.»

Sie lachte. «Sie scheinen an alles gedacht zu haben!»

Mortimer schob die Hand unter ihren Arm. «Auf diese Gelegenheit habe ich jahrelang gewartet.»

Ungestört speisten sie zusammen an einem Ecktisch vor dem Fenster und sahen auf den zugefrorenen See hinaus. «Es ist so friedlich», seufzte Viktoria. «Haben Sie sich je gefragt, warum wir in Städten leben, wenn es auf dein Land doch so schön wäre?»

«Wie lange wird Benno fortbleiben?»

«Ungefähr eine Woche.»

«Lassen Sie uns die doch auf dem Land verbringen.»

Die Sonne stand wie ein riesiger großer Ball am Horizont, als sie das Restaurant verließen, und die Luft war beißend kalt. «Sollen wir ein paar Schritte gehen?» fragte Mortimer.

Arm in Arm spazierten sie am Ufer entlang, umgeben von dem stillen Wald. Die Sonne verschwand hinter einem kleinen Hügel. Mortimer blieb stehen und legte seine Hände auf Viktorias Schultern. «Ich glaube, Sie wissen, daß ich Sie liebe.» Sein Atem stand dampfend in der eisigen Luft.

Nun, nachdem der Moment endlich da war, schien alles seltsam und eigentlich wundervoll, überhaupt nicht beängstigend. «Ja, das weiß ich.»

«Und Sie lieben mich auch?»

«Ja, ich liebe Sie auch.»

Er zog sie an sich und küßte sie sehr zart. Dann ließ er sie los und sagte: «Wir haben eine Woche. Wir wollen glücklich sein.»

Sie blickte über den See, auf dem sich die letzten Strahlen der Sonne wie Blut ausnahmen. «Mortimer, ich …»

Er legte den Finger auf ihre Lippen. «Still. Ich möchte nicht, daß du etwas tust, das du später bereust. Laß uns die Tage so nehmen, wie sie kommen.»

Sie schwieg lange. Das Eis färbte sich dunkelrot und dann tiefblau. Die Sonne verschwand. Schließlich sagte Viktoria: «Ja, wir wollen jeden Tag nehmen, wie er kommt. Und wir wollen glückliche Tage verleben.»

Mortimer nahm sie bei der Hand, führte sie zum Auto zurück und fuhr in Richtung der glänzenden Lichter der Stadt.

7

Eine Woche lang verbrachten Viktoria und Mortimer fast ihre ganze Zeit miteinander. Viktoria besprach jeden Morgen mit Emil Brandt die Tagesordnung. Mortimer erklärte sie: «Ich lasse mir von Benno nicht nachsagen, daß ich in seiner Abwesenheit die Zügel schleifen lasse.» Mortimer erschien ebenfalls täglich im Propagandaministerium, aber es gab keine Neuigkeiten. In der Hauptstadt war alles ruhig.

An ihrem ersten Tag fuhren sie, dick in Handschuhe, Mützen und Schals eingepackt, in die Mecklenburger Seenplatte bei Feldberg. Die verschneite Landschaft wirkte wie verzaubert, flach, weiß und starr gefroren lag sie in der Sonne unter einem strahlendblauen Himmel. Kein Windhauch bewegte die mit glänzenden Eiszapfen behängten Baumzweige.

«Wir wollen einen Schlitten mieten», schlug Mortimer vor. Er bog in den Hof eines Gasthauses ein und kam kurz danach mit der Nachricht zurück, daß man von einem Bauern in der Nähe einen Pferdeschlitten leihen konnte. «Ich habe den Gastwirt gebeten, ein Picknick vorzubereiten.»

«Ein Winterpicknick!» rief Viktoria aus. «Was für eine wundervolle Idee!»

Eine halbe Stunde später saßen sie in eine dicke Pelzdecke gehüllt in dem Schlitten und glitten mit fröhlichem Glöckchenklingen durch den jungfräulichen Schnee. So weit das Auge sehen konnte, erkannte man nirgendwo ein lebendes Wesen, kein Mensch und kein Tier störte den Frieden der weißen Winterlandschaft, die nur von dem dunklen Eis der Seen unterbrochen wurde.

Die Kälte trieb Viktoria die Tränen in die Augen, aber es war eine anregende Kälte, die die Hirngespinste aus dem Kopf vertrieb, selbst wenn die Füße dabei fühllos wurden. Sie glaubte sich fast in die Märchenwelt ihrer Kindheit zurückversetzt.

Mortimer wandte sich ihr zu, über seinem Wollschal und unter der Pelzmütze waren nur seine Nase und seine Augen sichtbar. Seine Hand im dicken Pelzhandschuh griff nach der ihren und drückte sie.

Bäume bogen sich über den Weg und bildeten ein Tor, durch das sie in den Wald hineinfuhren; in einer geschützten Lichtung hielt der Kutscher die Pferde an. Mortimer sprang herunter und half Viktoria beim Aussteigen. Dann nahm er ihren Arm und führte sie einen Pfad durch den Wald entlang. «Glücklich?» fragte er.

«Wie in einem verwunschenen Land.»

Ungefähr eine Viertelstunde wanderten sie schweigend dahin, bis ihre Hände und Füße wieder warm geworden waren. Inzwischen hatte der Kutscher die Pferde mit Decken zugedeckt und ausgespannt. Mortimer breitete das Picknick auf dem Sitz aus – dampfende Suppe aus einer Thermosflasche, dunkles Brot und hausgemachte Würste. «Es gibt weder Messer noch Gabeln, und die Suppe müssen wir aus dem Deckel der Thermosflasche trinken», lachte er.

«Wer braucht denn an einem Platz wie diesem Messer und Gabel?» Aber es war zu kalt, um die Handschuhe auszuziehen, und so verzehrten sie das Brot und die Wurst mit Pelzhaaren garniert und tranken abwechselnd die angenehm heiße Suppe. Als sie fertig waren, lehnte sich Viktoria zurück. «Das war das köstlichste Mahl, das ich jemals gegessen habe.»

Der Kutscher spannte die Pferde wieder ein, und sie fuhren nach Feldberg zurück. Lange Schatten fielen über das Land. Ihre Atemluft hatte sich auf ihren Schals in Eis verwandelt. Unter den Kufen knirschte der Schnee. Die Glöckchen klingelten.

Im Wagen zurück nach Berlin sangen sie: «So ein Tag, so wunderschön wie heute ...»

Als sie das Hotel betrat, war Viktoria überzeugt, daß die Leute ihre Gesichtsfarbe, den Glanz in ihren Augen und den Zauber des Tages, der sie wie eine Gloriole umgab, bemerken mußten. Es fiel schwer, Benno in Fürstenmark anzurufen, sich die Neuigkeiten über Monika und die Gräfin anzuhören und interessiert zu klingen, als er sagte: «Wir sind morgen bei den Königs zum Kaffee eingeladen.» Noch schwerer war es zu sagen: «Bei mir ist nichts Besonderes passiert. Du weißt schon, Einkaufen und mit Freunden Tee trinken. Übrigens, Mortimer Allen hat mich heute abend in ein Beethoven-Konzert in der Philharmonie eingeladen.»

«Das ist sehr nett von ihm. Hat ihn jemand versetzt?»

«So ungefähr.»

Sie machte so sorgfältig Toilette, als wäre sie ein junges Mädchen, das zu seiner ersten Verabredung geht. Stefans Bemerkung über farblose Frauen war ihr noch gut im Ohr, also stäubte sie Puder übers Gesicht, bürstete die Augenbrauen, tuschte sich die Wimpern und legte Lippenstift auf. Aus ihrer Garderobe wählte sie das schwarze Abendkleid, das ihrer schlanken Figur schmeichelte, und legte die Rubine an, die sie zu ihrem vierzigsten Geburtstag bekommen hatte. Dann sprühte sie Parfüm auf die Handgelenke, zog ihre langen schwarzen Spitzenhandschuhe an und schlüpfte in einen Hermelinpelz mit großem, weichem Kragen.

Mortimer erwartete sie am Fuß der Treppe. Er trug einen Abendanzug mit steifer Hemdbrust, und selbst die widerspenstige Locke in seinem Haar war ordentlich zurückgebürstet. Einen Moment lang schüttelte er nur bewundernd den Kopf, dann eilte er auf Viktoria zu. «Du siehst umwerfend aus! Ich wage kaum, dich in die Philharmonie zu begleiten. Alle werden nur dich anstarren, und kein Mensch wird mehr auf die Musik achten!»

Das prunkvolle Foyer der Philharmonie war voller Menschen, als sie ankamen und sich unter die Paare und Familien mischten, die dort vor dem Konzert promenierten. Viktoria war froh, daß sie Benno erzählt hatte, daß sie ausging, denn unvermeidlich traf sie viele Bekannte. Sie zog eine Menge bewundernder Blicke auf sich. «Es ist nicht nur meine Aufmachung», dachte sie. «Ich sehe anders aus, weil ich anders empfinde, weil ich glücklich bin.»

Musik war die Kunst, die unter den Nazis am wenigsten litt. Moderne Komponisten waren zwar unerwünscht, der jüdische Mendelssohn verboten, Bruno Walter, Otto Klemperer und Erich Kleiber emigriert, aber Berlin besaß noch immer herrliche Konzertsäle, Opernhäuser und Orchester. Das Konzert dieses Abends unter der Leitung von Wilhelm Furtwängler war großartig.

Danach dinierten Viktoria und Mortimer bei Kerzenschein im ungarischen Restaurant Weiss, wo man von Obern in ungarischer Nationaltracht bedient und von einem Geiger mit lebhaften volkstümlichen Melodien unterhalten wurde. Sie aßen scharfes Gulasch mit Kartoffeln und grünem Salat und tranken ungarischen Rotwein dazu. Sie sprachen über fröhliche, amüsante Dinge, über Ferien und Reisen, über Gedichte, Bilder und Träume.

Erst als sie im Quadriga die Haupttreppe hinaufstiegen, spürte Viktoria einen Moment lang Beklommenheit. Was würde nun passieren? Erwartete Mortimer, daß sie ihn auf ein Glas in ihre Wohnung bat? Sie fühlte sich plötzlich befangen. Ein Teil von ihr wollte mit ihm zusammenbleiben – der andere Teil fürchtete sich. Abgesehen davon, war dies das Heim ihrer Familie …

Als könnte er ihre Gedanken lesen, ergriff Mortimer ihre Hand, führte sie zu seinen Lippen und murmelte: «Gute Nacht, Viktoria, und danke für einen herrlichen Tag.»

Sie entspannte sich. Er hatte verstanden. Er hatte es ernst gemeint, als er sagte: Ich möchte nicht, daß du etwas tust, das du später bereust. – «Danke», sagte sie. «Ich kann mich nicht erinnern, wann ich zuletzt einen so schönen Tag erlebt habe.»

Am nächsten Morgen sagte Mortimer: «Laß uns in den Spreewald fahren.»

«Laß uns ...» Im Lauf der Woche bemerkte Viktoria, daß dieser Ausdruck typisch für Mortimer war, typisch für seinen ansteckenden Enthusiasmus und seinen Wunsch, die Dinge zu teilen. «Laß uns auf den Gipfel dieses Hügels steigen ...» – «Laß uns sehen, was es hier in der Straße gibt ...» – «Laß uns dort in dem Gasthof zu Mittag essen ...» – «Laß uns rodeln gehen ...»

Jede ihrer Unternehmungen hatte etwas Abenteuerliches an sich, und vor allem hatten sie eine Menge Spaß.

Sie bewarfen sich mit Schneebällen, zogen sich abwechselnd auf einem Schlitten, bauten einen Schneemann, purzelten einen verschneiten Abhang hinunter und tauchten weiß und naß aus Schneewehen wieder auf. Die Wälder und Felder hallten wider von ihrem Lachen. Viktoria konnte sich nicht erinnern, jemals in ihrem Leben so glücklich gewesen zu sein wie in dieser Woche, sich jemals mit einem Menschen so unbefangen gefühlt zu haben wie mit Mortimer.

Dennoch herrschte die ganze Zeit eine Art untergründiger Spannung. Wenn sie sich am Abend voneinander verabschiedeten, ruhten ihre Hände immer ein wenig länger ineinander. Und wenn sie dann wieder allein in ihrem Bett lag, fühlte Viktoria ein solches Sehnen nach Mortimer, daß sie alle Kräfte aufbringen mußte, um nicht nach dem Telefonhörer zu greifen und ihn zu bitten, zu ihr zu kommen.

Am Samstag sagte Mortimer: «Laß uns Schlittschuh laufen gehen.»

Es war ihr letzter gemeinsamer Tag. Morgen würde Benno zurückkehren, und ihr kurzer Urlaub vom Alltag wäre vorüber. Sie konnte das Ganze nicht einfach so enden lassen. Mit einer äußeren Ruhe, die sie in Wahrheit nicht empfand, schlug sie vor: «Warum fahren wir nicht nach Heiligensee?»

Mortimer sah sie eindringlich an: «Wenn du dir sicher bist ...»

Sie hatte den Webers nicht mitgeteilt, daß sie kommen würden, daher waren die Fensterläden geschlossen, und aus dem Kamin stiegen keine anheimelnden Rauchwölkchen auf. Aber unter seinem weißen Mantel aus Schnee sah das Haus wunderbar aus.

Viktoria sperrte die Tür auf und führte ihn ins Wohnzimmer. «Brrr, es ist eiskalt. Wir wollen ein Feuer anzünden, bevor wir hinausgehen.» Papier und Holzscheite lagen bereits im Kamin, sie bückte sich und zündete alles mit einem Streichholz an.

Hand in Hand gingen sie zum See hinunter. Mortimer lachte und scherzte, während er ihr die Schlittschuhe anschraubte und dann welche für sich aussuchte. Danach glitten sie mit fliegenden Schals über die Eisfläche. Sie liefen am Uferrand entlang, und die ganze Zeit über war Viktoria klar, daß bald der Moment da sein würde, den sie ersehnt und so lange aufgeschoben hatte.

Wolken verdeckten die Sonne, der Wind wurde eisig. «Das Wetter schlägt um», sagte Mortimer, «dir ist bestimmt kalt. Gehen wir lieber ins Haus zurück.»

Im Kamin prasselte das Feuer; sie zogen die Mäntel aus und setzten sich zusammen auf ein Sofa. Mortimer nahm ihre Hand. «Du siehst wundervoll aus im Feuerschein. Würdest du mir den Gefallen tun und dein Haar lösen?»

Mit zitternden Fingern nahm sie die Nadeln heraus, das Haar fiel über ihre Schultern und floß fast bis zur Taille hinab. Mortimer ließ es durch seine Finger gleiten. «Wie reifes Korn», flüsterte er und küßte sie mit solch wilder Leidenschaft, daß er ihr weh tat; gleichzeitig glitten seine Hände über ihren Körper.

Viktoria fühlte sich von einer heißen Woge überschwemmt,

deren Intensität sie fast beängstigte. Ihr wurde schwindlig vor Verlangen.

«Ich will dich, Viktoria.» Sein Tonfall und die Berührung seiner Hände auf ihrer Haut lösten jene ferne Erinnerung an einen Sommertag im Jahre 1914 aus. So vieles war in den folgenden Jahren geschehen, fast hatte sie vergessen, daß sie mit Peter damals im gleichen Zimmer zum erstenmal allein gewesen war.

Jetzt erinnerte sie sich ganz deutlich, wie auch er sie an sich gezogen hatte und sie von dem gleichen, fast unerträglichen Gefühl erfüllt gewesen war: Sie wollte spüren und gespürt werden, halten und gehalten werden, besitzen und besessen werden. Der gleiche Hunger verzehrte sie jetzt …

Nein, ich habe einmal einen Fehler gemacht. Ich darf nicht noch einen machen, dachte sie.

Aber Liebe war nichts, was man willentlich an- und ausschalten konnte. Verlangen ließ sich nicht vertreiben, nur weil es gerade nicht ins Konzept paßte. Sie hatte sich auf diese Woche mit Mortimer in dem vollen Bewußtsein eingelassen, daß er sie und sie ihn liebte. Es war so lange her, daß sie so empfand, sie fühlte sich so jung, so schön und so verführerisch.

Wieder preßte er seine Lippen auf die ihren und öffnete gleichzeitig die Knöpfe ihres Kleides; seine Hand glitt unter den Stoff und umfaßte ihre Brust. Sie lehnte sich zurück, ließ ihn gewähren, und seine Hand streichelte ihren Schenkel. Heiser flüsterte er: «Laß uns ins Bett gehen, Viktoria, ich brauche dich …»

Ich brauche dich, Viktoria. Dieselben Worte hatte Peter gesprochen, bevor er sie ins Schlafzimmer hinauftrug …

Im gleichen Augenblick wußte Viktoria, daß sie das nicht durchstehen würde. Liebe und Verlangen reichten nicht aus, um das schmerzliche Wissen darum aufzuwiegen, daß sie sich wieder anziehen und getrennte Wege gehen müßten, nachdem sie sich geliebt hätten. Und sie reichten sicherlich nicht aus, um die quälende alte Erinnerung zu vertreiben …

Zitternd setzte sie sich auf und knöpfte ihr Kleid zu. «Mortimer, es tut mir leid, wenn ich dir einen falschen Eindruck vermittelt habe, aber ich kann es nicht. Ich liebe dich, aber ...»

«Ich möchte dich auf gar keinen Fall unglücklich machen.» Seine Stimme war sehr sanft, seine grauen Augen voller Anteilnahme.

Sie sah weg.

«Viktoria, warum hast du Angst? Bedrückt es dich, weil du Benno betrügst?»

Sie nickte. Das war die einfachste Erklärung, selbst wenn sie nicht ganz der Wahrheit entsprach. «Es tut mir leid. Du mußt mich für sehr naiv halten ...»

«Ich glaube, das bist du. So wie Benno dich behandelt, müßtest du ihm nicht so treu sein.»

«Er ist immer noch mein Ehemann.»

«Und irgendein dummes Versprechen von vor zwanzig Jahren bedeutet mehr als alles andere, bedeutet dir mehr als dein Glück?»

«Mortimer, bitte nicht ...»

Er packte sie bei den Schultern und drehte sie um, damit sie ihn ansehen mußte.

«Vor langer Zeit habe ich mich einmal gefragt, ob du dich jemals wirklich jemandem hingegeben hast. Ich glaube, daß ich die Antwort jetzt kenne. Meiner Ansicht nach hast du dich diese Woche zum erstenmal in deinem Leben wirklich frei gefühlt und dir gestattet, glücklich zu sein. Ich möchte dieses Glück vollständig machen. Ich möchte dir zeigen, daß die Liebe zwischen einem Mann und einer Frau eine wunderbare Erfahrung ist, daß der Verlust der Kontrolle nicht die Aufgabe der Seele bedeutet ...»

Sie schwieg. «Vor langer Zeit», wollte sie sagen, «bin ich mit jemandem hierhergekommen und habe mich ihm ganz hingegeben. Dafür habe ich die letzten zweiundzwanzig Jahre bezahlt. Für die wenigen Momente eines vollkommenen Glücks ist der

Preis sehr hoch gewesen.» Aber sie vertraute ihm nicht genügend, um ihm ihr Geheimnis anzuvertrauen.

Mortimer schüttelte den Kopf. «Soviel Herrlichkeit versteckt – vergeudet. Wir haben nur ein Leben. Wir sind es uns schuldig, es ganz auszuleben.»

«Diese Woche haben wir gelebt. Ich war glücklich.»

«Aber es könnte viel mehr sein.»

Sie erhob sich und ging zum Kamin hinüber. Sie hatte solches Verlangen nach ihm, daß sie nicht wagte, in seiner Nähe zu bleiben. «Und danach?» fragte sie stockend. «Was wird dann geschehen? Wir können nicht für immer hier bleiben, Mortimer. Wir müssen in die Welt zurück. Und diesen Gedanken kann ich nicht ertragen. Es ist jetzt schon schwer genug, wenn wir aber zusammen ins Bett gehen, würde es uns um so schwerer werden.»

Sie starrte ins Feuer, betrachtete die kleinen Funken, die von den Holzscheiten in den Kamin hüpften. «Wir wären mit einem Tag nicht zufrieden. Statt uns zu Spaziergängen im Park zu treffen, würden wir ständig nach Gelegenheiten suchen, um hier oder im Hotel zusammenzukommen. Mortimer, so kann ich nicht leben.»

Einen Augenblick war Mortimer kurz davor, sie zu fragen, ob sie über die Folgen nachgedacht hatte, als sie vorschlug, nach Heiligensee zu fahren. Aber er hielt sich zurück. Sie litt schon genug.

Mit gespielter Leichtigkeit sagte er. «Es ist wirklich nicht so wichtig, ob wir zusammen schlafen oder nicht. Was wirklich zählt, ist, daß wir uns nicht mißverstehen, daß wir dieses ganz Besondere, das zwischen uns existiert, nicht verlieren.»

«Meinst du das wirklich?»

«Natürlich. Und jetzt steck dein Haar wieder auf. Danach fahren wir nach Tegel und essen zu Mittag.»

Sie löschten das Feuer, verschlossen das Haus und fuhren weg. In Tegel fanden sie ein überfülltes Restaurant, voller gutgelaunter Schlittschuhläufer, wo ein Akkordeonspieler Volkslieder spielte. Es gab Bier und dampfende Bratwürste und Pellkartoffeln. Um Viktoria aufzumuntern, erzählte Mortimer eine Menge amüsanter Anekdoten. Nach dem Essen zündete er zwei Zigaretten an und gab ihr eine. «Ich habe einmal gehört, daß es zwischen einem Mann und einer Frau nur dann Freundschaft geben kann, wenn sie eine Affäre gehabt haben könnten oder wenn sie eine hatten. Bereue unsere gemeinsame Woche nicht, Vicki.»

Tränen standen in ihren Augen. «Ich bereue nichts. Ich möchte nicht, daß es aufhört …»

Mortimer lächelte sanft. «Vermutlich ist es besser, daß es so endet.»

«Ich kann den Gedanken, dich zu verlieren, nicht ertragen», sagte sie gequält.

«Mich verliert man nicht so einfach!»

Aber was Mortimer auch immer sagen mochte, sie wußte, daß es zwischen ihnen nicht mehr so wie früher sein konnte.

Am folgenden Nachmittag kehrte Benno zurück. Monika fühlte sich in Fürstenmark so wohl, daß er und die Biederstedts Gräfin Anna ganz beruhigt in ihren Händen ließen und zusammen nach Berlin zurückkehrten. «Ich habe mich mehrere Male mit Pastor König getroffen. Ich mag ihn und seine Frau. Sie sind damit einverstanden, daß Hans und Monika mit der Heirat warten, bis Hans ein Gehalt bezieht.»

Wie Viktoria ihre Woche verbracht hatte, interessierte ihn nicht. Er kam nur einmal darauf zu sprechen, als sie vor dem Abendessen in der Bar einen Aperitif tranken; Mortimer saß auf seinem gewöhnlichen Platz, und Benno fragte ihn beiläufig: «Übrigens, hat Ihnen das Konzert in der Philharmonie gefallen?»

«Sehr gut.»

«Schön, schön. Wenn Sie mich jetzt einen Augenblick entschuldigen würden, mein Lieber …»

Mortimer schenkte dem Paar keine besondere Aufmerksamkeit, sondern unterhielt sich weiter mit Hasso Annuschek. Es war fast so, als hätte die vergangene Woche nicht stattgefunden.

In dieser Nacht träumte Viktoria von Mortimer. Sie glitten in einem Schlitten durch eine schneebedeckte Landschaft auf eine Stadt mit goldenen Türmen und Palmen zu, wo immer die Sonne schien und die Menschen glücklich lebten. Tränenüberströmt wachte sie auf.

Benno lag auf dem Rücken und schnarchte.

Luise schrieb Josef zahllose lange Briefe und erzählte ihm ausführlich jedes Detail ihres Alltags, aber Josefs Antworten kamen spärlich, und von seinem Leben erfuhr sie daraus fast nichts. Dennoch hütete sie diese Briefe wie einen Schatz. Seine Handschrift zu sehen war fast, als hörte sie seine Stimme.

Schließlich wuchs die Hoffnung, daß Josef vielleicht mehr von sich zurückgelassen hatte. Ende Januar blieb ihre Periode aus. Ein paar Tage später war ihr schlecht, als sie aufwachte. Natürlich, es konnte die nervöse Reaktion auf seine Abreise nach Spanien sein. Es konnte aber auch bedeuten, daß sie schwanger war. Mitte Februar bestätigte Dr. Blattner zu Luises großer Freude letzteres.

«Mama, Mama!» Luise stürzte in die Wohnung in Lützow. «Ich bekomme ein Kind!»

«Luischen, mein Schatz!» Ricarda nahm sie in die Arme.

Sheltie tanzte wedelnd um sie herum. Es war der glücklichste Moment, seit Josef nach Spanien gegangen war.

Am Nachmittag gingen sie ins Hotel, um Viktoria die wundervolle Neuigkeit zu verkünden. Viktoria küßte sie auf beide Wangen. «Luischen, ich freue mich so für dich. Hast du es Josef schon gesagt?»

«Wir haben ihm ein Telegramm geschickt.»

«Wann soll das Kind kommen?»

«Ende September. Ach, ich kann noch gar nicht glauben, daß

es wahr ist. Ich muß mich noch immer erst daran gewöhnen, daß ich verheiratet bin. Nie hätte ich geglaubt, daß ich auch Mutter werden würde. Hoffentlich ist auch Josef glücklich darüber.»

«Natürlich wird er das sein», sagte Ricarda energisch. «Nun, Vicki, könntest du uns bitte Tee bestellen? Wir müssen uns um Luise kümmern.»

«Mama, mach bitte keinen Aufstand. Es sind noch sieben Monate bis dahin.»

«Die ersten drei Monate sind die gefährlichsten. Es ist sehr gut, daß ich bei dir wohne.»

Viktoria winkte einem Kellner und bestellte für alle Tee, dann fragte sie Luise: «Wann hast du zum letztenmal etwas von Josef gehört?»

«Vor einer Woche. Er erzählt nicht viel in seinen Briefen, aber seine Einheit scheint sich nach Nordspanien zu bewegen, in die baskischen Provinzen.» Luise beugte sich vor. «Vicki, du hast ein solches Glück, daß du Benno die ganze Zeit um dich hast. Es ist schrecklich, wenn man von dem Menschen, den man liebt, getrennt ist.»

Traurigkeit überflog Viktorias Gesicht. Luise bemerkte die Veränderung und mißdeutete sie. «Vicki, tut mir leid. Einen Augenblick lang habe ich Stefan vergessen. Aber wenigstens kämpft er nicht in einem Krieg wie Josef.»

Der Kellner kam, und Viktoria blieb eine Antwort erspart.

Für Pastor Scheer wurde das Leben schwieriger, da die Aktivitäten des Klerus durch das Ministerium für kirchliche Angelegenheiten immer mehr behindert wurden. Am 13. Februar 1937 hielt Dr. Kerrl vor ausgesuchten Kirchenleuten eine Rede mit der erstaunlichen Behauptung:

«Das Christentum ist nicht abhängig vom Glaubensbekenntnis ... Wahres Christentum repräsentiert sich in der Partei, und das deutsche Volk wird nun durch die Partei und besonders durch den Führer zum wahren Christentum geführt … Der Führer ist der Verkünder einer neuen Offenbarung.»

Pastor Scheer war bei dieser Rede zwar nicht zugegen, aber es dauerte nicht lange, bis er davon erfuhr. «Wenn man diese Behauptung unwidersprochen durchgehen läßt, heißt das, daß man sie stillschweigend akzeptiert», sagte er zu Klara. «Ich muß dagegen auftreten.»

Sie nahm seine Hand und sah ihn liebevoll lächelnd an. «Ja, Bernhard, das mußt du.»

Am folgenden Sonntag strömten seit den frühen Morgenstunden Menschen nach Schmargendorf, und um zehn war jede Kirchenbank voll besetzt. Leute drängten sich im Kirchenschiff, in den Gängen, im Vorraum und bevölkerten den verschneiten Kirchhof.

Pastor Scheer stand in seinem weißen Gewand und schwarzen Überrock auf der Kanzel. «Bei vielen Gelegenheiten seid ihr in diese kleine Kirche gekommen und habt das Glaubensbekenntnis wiederholt, auf dem die christliche Kirche gegründet wurde. Diese Grundlage versuchen nun die weltlichen Autoritäten unseres Landes zu unterwandern, indem sie uns erzählen, daß das Christentum von der nationalsozialistischen Partei repräsentiert wird. Brüder und Schwestern, das ist Häresie!

In diesen Tagen müssen wir uns alle davor fürchten, was mit uns geschieht, wenn wir die Wahrheit aussprechen, die in unseren Herzen liegt. Wenn Christus jedoch bereit war, für seinen Glauben zu sterben, müssen auch wir von der Wahrheit des ewigen Lebens überzeugt sein. Wir, seine Anhänger, werden nicht länger schweigen. Bekräftigt euren Glauben, indem ihr mir nachsprecht: ‹Ich glaube an Gott, den allmächtigen Vater …›»

Die Gemeinde erhob sich und sprach mit ihm das Glaubensbekenntnis.

Am Abend fragte Bernhard Klara: «Dir ist doch klar, daß sie mich heute nacht abholen? Ich muß meine Tasche packen.»

«Nein, Bernhard!»

«Du mußt tapfer sein, meine Liebe, sehr tapfer.»

Zum erstenmal wurde ihr klar, was sie getan hatte, als sie ihn ermutigte, die Wahrheit zu sagen. «Können wir nicht irgendwohin gehen?»

«Klara, ich habe nicht so lange gekämpft, um wegzulaufen. Jetzt hilf mir beim Packen.»

Sie packten eine kleine Tasche und stellten sie neben die Eingangstür. Dann wuschen sie sich, zogen sich aus und legten sich zu Bett. Sie schliefen nicht, sondern lagen nebeneinander im Dunkeln, hielten sich an den Händen und warteten …

Um drei Uhr morgens erbebte die Pfarrei von donnernden Schlägen gegen die Haustür. Pastor Scheer schaltete seine Nachttischlampe an und küßte Klara auf die Stirn. «Ich danke dir, daß du so eine gute Frau gewesen bist.»

«Ich bete zu Gott, daß er dich beschützt.»

Wieder wurde geklopft, diesmal länger und fester. Eine Stimme rief: «Aufmachen. Gestapo.»

Sie standen auf. Pastor Scheer zog Hose und Jackett an, Klara warf hastig einen Morgenrock über. Dann gingen sie hinunter und öffneten die Tür. Ein Schneeschauer fegte durch den Garten. Unter dem Vordach standen zwei Gestalten in Schwarz, die den Pastor an den Armen ergriffen. «Sie sind verhaftet.»

Ärgerlich fragte er: «Ist es ein Verbrechen, Gottes Wort zu verkünden?»

Die Gestapo-Männer sahen ihn gleichgültig an. «Kommen Sie, Scheer. Sie können Ihren Fall dem Richter vortragen.»

Mit zitternden Händen hob Klara die Tasche hoch. Bernhard nahm sie ihr ab und küßte sie noch einmal. «Gott schütze dich, meine Liebe.»

«Dich auch, Bernhard.»

Man zog ihn die Einfahrt hinunter und schob ihn roh in den Fond eines wartenden Wagens.

Klara blieb unter dem Vordach stehen, bis die Lichter des Polizeiwagens verschwunden waren, dann ging sie ins Haus zurück. Vor dem Küchentisch kniete sie nieder. «Vergib uns unsere Schuld, wie auch wir vergeben unsern Schuldigern ...» Aber weiter konnte sie nicht sprechen. Auf dem Boden zusammengekauert, begann sie zu weinen und konnte nicht mehr aufhören. «O Gott, er hat keine Schuld. Bitte schick ihn zu mir zurück ...»

Der Tag zog herauf, als Klaras Tränen schließlich von selbst versiegten. Bernhards Leben hing nun von ihr ab. Aber was konnte sie tun? An wen konnte sie sich wenden? Da fiel ihr Mortimer Allen ein. Sie nahm das Telefon ab und rief im Hotel Quadriga an.

Eine halbe Stunde später war Mortimer in Schmargendorf und lauschte voller Verbitterung Klaras Bericht über die Vorfälle der Nacht. Als sie geendet hatte, sagte er: «Als erstes müssen wir herausfinden, in welchem Gefängnis er ist.»

Sie nahmen ein Taxi zum Gestapo-Hauptquartier in der Prinz-Albrecht-Straße. Sie mußten lange warten, bis sich jemand um sie kümmerte, aber schließlich wurden sie zu einem schwarzuniformierten Beamten gebracht, der hinter einem Schreibtisch saß.

«Wir sind wegen Pastor Scheer hier, der diesen Morgen verhaftet wurde», begann Mortimer.

Der Gestapo-Mann sah ihn kalt an. «In Gegenwart eines Staatsbeamten wird mit dem Hitlergruß gegrüßt.»

Mortimer holte tief Luft, blickte Klara Scheer an, und sie beide streckten die Arme aus: «Heil Hitler!»

«Was wollten Sie?»

«Wir sind hier wegen Pastor Scheer ...»

Es war ein langes und höchst unangenehmes Gespräch, während dem Mortimer das Gefühl hatte, sie würden jeden Moment verhaftet und von den Wachen weggebracht. Doch schließlich sagte der Gestapo-Mann: «Bernhard Scheer ist im Gefängnis in Moabit.»

«Darf ich ihn besuchen?» fragte Klara.

«Besuche sind nicht erlaubt.»

«Wann wird er vor Gericht gestellt werden?» fragte Mortimer.

«Die Gerichte sind überlastet. Ich kann es nicht sagen.»

«Wie lautet die Anklage?»

«Wenn er verhaftet wurde, hat er ein Verbrechen begangen. Das ist alles, was ich Ihnen sagen kann.» Der Gestapo-Mann drückte auf einen Klingelknopf auf seinem Schreibtisch, und in der Tür erschien ein Untergebener. «Führen Sie diese Leute raus.»

Auf der Straße sagte Mortimer: «Wenigstens wissen wir, wo er ist.» Schneeregen schlug ihnen ins Gesicht.

«Vielen Dank, Herr Allen.»

Er hatte nichts erreicht, außer die Gestapo auf sich aufmerksam zu machen. Was Klara Scheer wirklich brauchte, war die Hilfe eines Anwalts, der zwar von den Nazis als «politisch zuverlässig» eingestuft wurde, aber selbst noch an Gerechtigkeit glaubte. Aber wo fand man solch einen Menschen in Berlin? «Ich bringe Sie nach Hause, Frau Scheer.»

Sie schüttelte den Kopf. «Schon gut. Sie haben sicher eine Menge Arbeit, und ich muß lernen, allein zurechtzukommen. Denken Sie nur, der arme Bernhard …»

Mortimer dachte an ihn, also widersprach er nicht. «Ich bleibe mit Ihnen in Verbindung», versprach er. Nachdem er sie in ein Taxi gesetzt hatte, schlug er den Mantelkragen hoch und ging eilends ins Hotel Quadriga. Er wußte nur eine Person, die einen vertrauenswürdigen Anwalt kennen konnte, und das war Viktoria. Aber seit der gemeinsam verbrachten Woche hatte er das Gefühl, daß sie ihm aus dem Weg ging.

Mit energischen Schritten durchmaß er das Foyer, ging an Helga Ruhs zeitweise verwaistem Schreibtisch vorüber in Viktorias Büro. Verblüfft sah sie auf. «Mortimer …»

Er schloß die Tür und lehnte sich dagegen. «Viktoria, ich brauche deine Hilfe.»

Sie zögerte nur einen Moment und sagte dann: «Mortimer, ich werde immer alles für dich tun, was in meinen Kräften steht. Meine Gefühle dir gegenüber haben sich nicht geändert. Du wirst immer mein Freund sein.»

Das wurde so einfach gesagt, daß er ein überwältigendes Gefühl der Zuneigung und Bewunderung für sie empfand. «Du bist eine erstaunliche Frau, Viktoria.»

Sie lächelte schwach. «Was kann ich für dich tun?»

Kurz erzählte er ihr, was geschehen war, und fragte: «Kannst du mir einen Anwalt empfehlen?»

Aufgewühlt rief sie aus: «Wie schrecklich! Die arme Frau Scheer. Natürlich mußt du alles für sie tun, was du kannst. Aber ich kenne nur Dr. Duschek, unseren Familienanwalt.»

«Hältst du ihn für vertrauenswürdig?»

Sie gab keine Antwort, sondern hob den Hörer ab und ließ sich mit einer Nummer verbinden. Als sie schließlich Dr. Duschek am Apparat hatte, sagte sie: «Dr. Duschek, hier ist Viktoria Jochum-Kraus. Ein Freund von mir möchte gern wissen, ob Sie einen ziemlich ungewöhnlichen Fall übernehmen würden. Jemand ist verhaftet worden …»

Einige Augenblicke später hängte sie ein und teilte Mortimer mit: «Dr. Duschek erwartet dich in einer halben Stunde. Seine Kanzlei liegt über dem Café Jochum.»

Mortimer beugte sich über den Schreibtisch und küßte sie auf die Wange, dann ging er.

Noch lange nachdem er gegangen war, starrte Viktoria ins Leere. Auf merkwürdige Weise rückten die Sorgen von Frau Scheer ihre eigenen in ein anderes Licht.

Oskar Duschek, Anfang Fünfzig, grauhaarig und untersetzt, war der Typus von Mann, den man in der Menge nicht wahrnimmt.

Als Mortimer sein Büro betrat, begrüßte er ihn nicht mit Hitlergruß. Statt dessen schüttelte er ihm fest die Hand, bot ihm Kaffee an und sagte in fließendem Englisch: «Es freut mich, Sie zu sehen, Mr. Allen. Ich habe Ihre Artikel in der *New York News* mit großem Interesse gelesen. Wie kann ich Ihnen helfen? Es ist vielleicht gut, wenn wir die Unterhaltung in Englisch fortsetzen. Falls wir belauscht werden sollten, ist die Wahrscheinlichkeit geringer, daß man versteht, was wir sagen.»

Mortimer wiederholte Pastor Scheers Geschichte. Als er geendet hatte, lehnte sich Dr. Duschek zurück und schüttelte den Kopf. «Mr. Allen, warum sind Sie an den Scheers so interessiert?»

«Vielleicht kämpfe ich gern gegen Windmühlen, wie Don Quijote.»

«Eine gefährliche Sache in Deutschland – selbst für einen Amerikaner.»

«Es scheint, daß auch der Beruf eines Pastors hierzulande eine gefährliche Sache ist.»

Dr. Duschek lächelte schwach. «Wenn dem Fall von Pastor Scheer genügend Aufmerksamkeit gezollt wird, bringt man ihn möglicherweise als politischen Widerständler vor das Sondergericht.»

«Würden Sie ihn verteidigen können?»

«Auch der Beruf des Verteidigers kann eine gefährliche Sache sein. Anwälte, die Angeklagte vor dem Sondergericht verteidigen, müssen vom Gericht zugelassen werden, und selbst dann ist es schon geschehen, daß sie in einem Konzentrationslager endeten.»

Enttäuscht sagte Mortimer: «Obwohl Sie also die Schändlichkeiten des Systems kennen, haben Sie Angst, etwas dagegen zu unternehmen!»

«Sie ziehen sehr schnelle Schlüsse, Mr. Allen. Ich sagte, *wenn* es gelingt, genügend Aufmerksamkeit auf den Fall zu ziehen, kann es zu einer solchen Verhandlung kommen. Wenn Sie die

Menschen im Ausland aufrütteln, dann werde ich innerhalb der juristischen Kreise etwas Wirbel machen.»

Am Abend schrieb Mortimer einen exakten Bericht über die Verfolgung der evangelischen und der katholischen Kirche in Deutschland, der mit der minutiösen Beschreibung von Pastor Scheers Verhaftung endete. Dann tippte er ihn sorgfältig mit mehreren Kopien auf der Maschine ab und steckte schließlich jede Kopie in einen eigenen Umschlag. Am nächsten Morgen brachte er sie zu seinem Freund James Adams, dem Wirtschaftsattaché bei der britischen Botschaft. «Gibt es eine Möglichkeit, daß das in die Hände der richtigen Leute gelangt?»

James hob eine Augenbraue. «Zum Erzbischof von Canterbury, zum katholischen Erzbischof von Westminster... Ja, ich bin sicher, daß ich sie in der diplomatischen Post unterbringe.»

Als Mortimer Klara Scheer anrief, erwähnte er nichts von seinen Aktivitäten. Er wollte sie nicht enttäuschen, außerdem hielt er es für möglich, daß das Telefon abgehört wurde.

Olga lebte in Angst. Basilius besuchte sie nur selten, und sie wagte nicht, zu ihm ins Kinderheim zu gehen. Sie blieb allein in ihrem Zimmer und saß vor dem altertümlichen Ofen, in dem ein paar schlechte Braunkohlenbriketts nur wenig Wärme abgaben. Sie war nun sechsundvierzig und wirkte hinfällig. Sie trug ein zerschlissenes Kleid und denselben dünnen grauen Mantel wie bei ihrer Flucht aus Deutschland, ausziehen konnte sie ihn nie, weil ihr nie warm genug war.

Moskau war voll von Berichten über deutsche Lehrer, Schriftsteller und Künstler, die verhaftet und nie mehr gesehen wurden. Deshalb war auch sie in Gefahr. Aber warum? Das war die Frage, die Olga während dieser langen Tage, die sie einsam in ihrem verwahrlosten Zimmer verbrachte, so quälte. Warum hatte sie sich vor Hitlers Schergen in Stalins Rußland in Sicherheit gebracht, um nun als Faschistin angeklagt zu werden?

Es dauerte lange, bis ihr wie ein Lichtblitz die Antwort einfiel. Stalin wollte genauso wenig, daß eines Tages deutsche Kommunisten Deutschland regierten, wie er es in der Hand von Hitler sehen wollte. Stalin wollte die Weltrevolution. Aber wenn sie gelingen sollte, würde die Welt von Moskau aus regiert werden – von Stalin.

Sie kamen am Morgen des 3. März, brachen das Schloß der Tür auf und verhafteten Olga, die zusammengekrümmt unter dünnen Decken in ihrem Bett lag. «Wer seid ihr? Was wollt ihr? Laßt mich in Ruhe!» schrie sie und wehrte sich, als man sie hochriß.

«Halts Maul, deutsche Sau!» Einer versetzte ihr einen Schlag über den Mund, der sie gegen die Wand zurückwarf.

Während ein Mann sie bewachte, durchsuchten die beiden anderen systematisch ihr Zimmer. Man befahl ihr, sich anzukleiden, und sah ihr höhnisch dabei zu. Dann führten sie sie die Treppe hinunter. «Wohin bringt ihr mich?» wollte sie wissen. Einer der Nachbarn mußte sie doch sicherlich hören, mußte herauskommen und ihr zu Hilfe eilen. Aber alle Türen blieben geschlossen.

Als Antwort bekam sie einen Schlag versetzt. Auf der Straße angekommen, stieß man sie grob in einen wartenden Wagen. Olga hörte das Krachen, als ein metallener Gegenstand sie am Kopf traf, dann wurde sie ohnmächtig.

Als sie wieder zu sich kam, lag sie in fast völliger Dunkelheit auf einem Steinboden. Ihr Kopf schmerzte so sehr, daß sie ihn kaum heben konnte, aber schließlich schaffte sie es mit großer Mühe und unter beträchtlichen Schmerzen, auf die Knie zu kommen. Irgendwoher kam ein dünner Lichtstrahl, vermutlich durch den Schlitz unter der Tür, auf den sie zukroch. Dort angekommen, stemmte sie sich hoch. Dann begann sie, gegen die Tür zu hämmern. «Laßt mich raus! Laßt mich raus!»

Niemand kam. Olga sank wieder auf den Boden und vergrub den Kopf in ihren Händen. Zum erstenmal in ihrem Leben verstand sie, warum Menschen einen Gott brauchten, zu dem sie beten konnten. Aber sie hatte ihr Leben einem Ideal verschrieben, das es nicht mehr gab. Ihr war nichts mehr geblieben als die Stille dieses Verlieses, irgendwo tief unterhalb von Moskau.

Als Basilius vierzehn Tage später zur Wohnung seiner Mutter kam, war der Eingang mit Holzbalken vernagelt. Lange Zeit starrte er darauf, die Wahrheit wollte er sich nicht eingestehen. Dann klopfte er an die Tür nebenan, wo jetzt eine russische Familie lebte. «Wissen Sie, wohin meine Mutter gegangen ist?» fragte er, als ein Mann schließlich einen Spaltbreit öffnete.

Der Russe zuckte mit den Schultern. «Sie ist vermutlich zu einem Arbeitseinsatz fortgeschickt worden. Das passiert jetzt, wissen Sie. Wir waren in Charkow. Dann hat man uns plötzlich nach Moskau geschickt.»

«Wer hat ihre Tür vernagelt?»

«Stellen Sie lieber nicht so viele Fragen. Sie wird sich schon mit Ihnen in Verbindung setzen, wenn sie will, daß Sie erfahren, wo sie ist.» Damit schloß der Mann die Tür vor ihm.

Mit schleppenden Schritten ging Basilius die Treppe hinunter.

Es gab nur einen Menschen, dem er genügend vertraute, daß er ihn um Rat fragen konnte – Dr. Renz, den deutschen Lehrer an seiner Schule, der wie er und seine Mutter ein Emigrant war.

Dr. Renz jedoch sah ihn erschrocken an, als er die Nachricht hörte. Die Farbe schwand aus seinem Gesicht, und seine Hände begannen zu zittern. «Du darfst nichts unternehmen», murmelte er. «Es ist zu gefährlich.»

«Sie ist meine Mutter ...»

«Du mußt sie vergessen.»

Ein paar Tage später verschwand Dr. Renz. Nach und nach erfuhr Basilius auch von anderen deutschen Kindern, daß ihre Eltern verschwunden waren. Sie alle machten sich gegenseitig vor, daß es eine natürliche Erklärung dafür geben mußte, aber in ihren Herzen wußten sie, daß sie sie nie mehr wiedersehen würden.

Ende Juni rief der Direktor des Kinderheims Basilius in sein Büro. Zu Tode erschrocken gehorchte Basilius, er war sicher, daß der NKWD ihn dort erwartete. Aber der Direktor war allein. Schweigend überreichte er Basilius eine Karte. Darauf stand: «Meyer, Olga, gestorben an Lungenentzündung, Wiljuisk, 5. Mai 1937.»

Basilius blickte auf. «Danke.»

In den Augen des Direktors zeigte sich ein Anflug von Anteilnahme. «Wie alt bist du, Basilius?»

«Im Juli werde ich achtzehn, Genosse Direktor.»

«Du willst auf die Lehrerakademie für Fremdsprachen?»

Basilius nickte.

«Als Deutscher könnte das schwierig werden. Warum nennst du dich nicht Wasili? Hier ist doch schließlich jetzt deine Heimat.»

Basilius betrat den leeren Schlafsaal. Lange starrte er auf die Karte – das letzte, was ihm von seiner Mutter geblieben war, und er gelobte, daß er eines Tages den Traum seiner Eltern erfüllt sehen würde – die Fahne mit Hammer und Sichel sollte über Berlin wehen. In der Zwischenzeit war Moskau seine Heimat, und es war seine Pflicht zu überleben.

Wasili Meyer zerriß die Karte in winzige Schnipsel.

Bald gab es nur noch wenig Leute, die nicht über die Umstände von Pastor Scheers Verhaftung Bescheid wußten. Es war weder leicht noch ungefährlich, in Berlin ausländische Zeitungen zu kaufen, aber man bekam sie und konnte darin lesen, wie die anglikanische Kirche das Naziregime beurteilte und wie bedauerlich sie die Behandlung des deutschen Klerus fand, insbesondere die Haftbedingungen von Pastor Scheer.

«Ich glaube, er wird vor Gericht gestellt», sagte Dr. Duschek zu Mortimer. «Die Regierung mag diese Art von Publicity nicht.»

Als Mortimer nach Schmargendorf fuhr, um Klara davon zu

berichten, erfuhr er, daß ihr das Ministerium für kirchliche Angelegenheiten zwei Tage Zeit gegeben hatte, die Pfarrei zu verlassen. «Wohin werden Sie gehen?»

«Machen Sie sich keine Sorgen. Ich werde irgendwo ein Zimmer mieten.»

«Sie müssen mit ins Quadriga kommen.»

«Danke, Herr Allen. Aber ich bin sicher, das ist nicht nötig.»

Das war es tatsächlich nicht. Sobald Professor Ascher von ihrem Schicksal erfahren hatte, bat er sie, zu ihm in sein kleines Haus in Dahlem zu ziehen. Tief gerührt nahm Klara Scheer an. «Ich könnte für ihn kochen und ihm vielleicht bei seiner Arbeit helfen», erklärte sie Mortimer. Mit ganz ungewohnter Härte fügte sie hinzu: «Und niemand kann etwas dagegen haben. Ich verletze die Nürnberger Gesetze nicht. Ich bin über fünfundvierzig und zu alt, um in Gefahr zu sein.»

Mortimer bewunderte ihren Mut, hatte aber ein ungutes Gefühl. Die antijüdische Kampagne wurde gerade wieder angeheizt. Vor Läden und Cafés tauchten immer mehr Schilder auf mit Aufschriften wie: «Für Juden und Hunde verboten!» Immer mehr jüdische Firmen wurden von Ariern übernommen. Auf Bekanntmachungen stand zu lesen: «Dieser Betrieb ist jetzt in deutschen Händen!»

Klara Scheer hatte ihren Mann und ihr Heim verloren. Wie lange würde der kleine Haushalt in Dahlem in Frieden leben können?

Gegen Ende Juli lasteten die Tage schwer auf Luise. Während der letzten zwei Monate kamen nur unregelmäßig Briefe von Josef, und wenn sie kamen, stand sehr wenig drin. Ihr Leib begann sich zu runden, sie schlief schlecht und bewegte sich unbeholfen. Jeden Morgen erwachte sie frühmorgens, lange bevor der Postbote erschien, und wartete auf einen Brief, der ihr Josefs Rückkehr ankündigte.

Josef kam am 3. Juli, einem Samstagabend. Sheltie sprang wie wild herum, Luise warf sich in seine Arme. «Josef, Josef, du bist zurück!» Ricarda blieb nur, um ihn zu begrüßen, ging dann aber ins Quadriga zurück. Sie wollte die Wiedersehensfreude nicht stören.

Sheltie legte sich schlafen, und Josef setzte sich neben Luise aufs Sofa, fragte sie nach dem Kind und lehnte es ab, etwas zu essen. Dann ging er zur Anrichte und goß sich mit zitternden Händen ein großes Glas Kognak ein. Mit dem Glas in der einen, der Zigarette in der anderen Hand, begann er ruhelos auf und ab zu gehen. Luise betrachtete ihn voller Sorge. Er war dünner geworden, und sein Haar war mit Silberfäden durchzogen. Das Lachen in seinen Augen war verschwunden. «Erzähl mir von Spanien», bat sie.

Er gab nur ein kurzes, hohles Lachen von sich. «Am Anfang war ja alles noch in Ordnung, als wir nur Truppen transportierten, aber im Kampf war die Ju 52 ein Desaster, vollkommen unangemessen und nutzlos für Bombardements. Und wie ich Göring immer gesagt habe, taugte die He 51 nichts. Die russischen Flugzeuge waren uns weitaus überlegen.»

In diesem Stil ging es weiter. Er erklärte die verschiedenen Maschinentypen, die auf beiden Seiten zum Einsatz kamen, wie lange es dauerte, sie nach der Landung wieder in Flugposition zu bringen, er sprach über Luft-Boden-Kommunikation und die Kommunikation in der Luft. Luise verstand nicht viel, aber sie hörte ihm aufmerksam zu. Etwas war in Spanien geschehen, etwas, das Josef nicht über sich brachte, ihr zu erzählen.

Die Uhr schlug Mitternacht. Josef schenkte sich zum sechstenmal nach. Seine Hand zitterte fast nicht mehr, aber er sah schrecklich müde aus. Sie stand auf und legte den Arm um ihn. «Komm ins Bett.»

«Ja, wir wollen schlafen gehen.» In seiner Stimme lag Verzweiflung. Er zündete sich trotzdem eine neue Zigarette an und ließ sich von Luise ins Schlafzimmer führen. Mit großer Anstrengung und völlig erschöpft zog er die Uniform aus, drehte das Licht ab und legte sich ins Bett. «Luischen», sagte er, und seine Stimme klang sehr ruhig, «im April haben wir die Menschen einer ganzen Stadt umgebracht. Sie hieß Guernica. Unablässig flogen deutsche Flugzeuge Angriffe und warfen Bomben auf Wohnhäuser. Keine Militärbasen, keine Waffendepots oder Kasernen, sondern einfach Häuser wie dieses, in denen ganz normale Leute mit ihren Kindern wohnten. Sie waren keine Feinde Spaniens und ganz bestimmt keine Feinde Deutschlands ...»

Im Zimmer war es still. In der Dunkelheit zündete er sich an der Kippe seiner letzten eine neue Zigarette an. «Ist mit mir etwas nicht in Ordnung?» fragte er heiser. «Gibt es etwas, das ich nicht erkennen kann – im Gegensatz zu allen anderen? Es wurde als großer Sieg betrachtet. Göring hat sogar ein Glückwunschtelegramm geschickt ...

Luischen, ich bin kein Feigling. Ich habe im letzten Krieg gekämpft und über sechzig Siege davongetragen. Aber das geschah in Luftkämpfen. Ich bin Kampfflieger – kein Massenmörder. Und das war es in Guernica – Massenmord. Diese Menschen wurden von Piloten getötet, die ich mit ausgebildet habe ...»

«Josef, mein Liebling ...» Luise nahm ihm die Zigarette aus dem Mund, tastete in der Dunkelheit nach dem Aschenbecher und drückte sie darin aus. Dann bettete sie Josefs Kopf in ihre Arme, als wäre er ein Kind, und barg ihr Gesicht in seinem Haar.

«Sei ruhig, Josef, sei ganz ruhig. Du bist jetzt zu Hause. Alles ist gut.»

Lange Zeit wurde Josef von furchtbaren Weinkrämpfen geschüttelt, als weinte er zum erstenmal in seinem Leben. Sheltie kroch auf das Bett und kuschelte sich neben ihn, eine Pfote schützend auf seine Brust gelegt. Als Josef schließlich den Kopf hob, leckte sie ihm das Salz vom Gesicht. Josef lachte zaghaft und streichelte sie. «Du verstehst mich, nicht wahr, Hund?»

Eng umschlungen schliefen sie während dieser Nacht – Sheltie, Josef, Luise und ihr ungeborenes Kind.

Langsam erholte sich Josef von seinem Schock und der Erschöpfung. Nach den sechs Monaten in Spanien bekam er vier Wochen Urlaub, die er mit Luise, Benno, Viktoria und Ricarda in Heiligensee verlebte. Stefan verbrachte seine Sommerferien schon zum zweitenmal mit Tony Callearn. Monika blieb in Fürstenmark.

Luises Umfang hatte stark zugenommen. Während Ricarda im Garten arbeitete, Benno und Josef segeln gingen, saß sie mit Viktoria auf der sonnenüberfluteten Terrasse oder ging mit ihr am See spazieren. «Sheltie scheint sich dieser Tage Josefs anzunehmen, nicht wahr», meinte Viktoria eines Tages, als sie beobachtete, wie der Hund zu den beiden Männern ins Boot sprang.

«Ja, das tut sie, seit er aus Spanien zurück ist.» Und dann erzählte sie Viktoria, die erschüttert zuhörte, über Guernica.

Während einer ihrer Segelausflüge beschrieb Josef Benno den Krieg in Spanien. Benno hörte ihm mit besorgter Miene zu. «Mein Vater und mein Cousin Peter machen kein großes Geheimnis daraus, daß sie Spanien als ein Training für unsere Truppen betrachten. Josef, glaubst du, daß so der nächste Krieg aussehen könnte?»

Josef zündete sich eine Zigarette an. «Ich hoffe nicht, aber ich fürchte – ja.»

«Kraus entwickelt Panzer, die sechzig Stundenkilometer fahren können. Wenn eure Flugzeuge ganze Städte zerstören und die Artillerie sich mit solcher Geschwindigkeit fortbewegen kann, dann scheint uns der Sieg sicher zu sein.»

«Um den Preis von Millionen unschuldiger Zivilisten?»

Die beiden Männer sahen sich an. «Ich habe Hitler gewählt, weil ich mit ihm einig war, was den Versailler Vertrag betraf, und weil ich glaubte, er sei der einzige Mann, der Deutschland vor den Bolschewiken retten kann», sagte Benno langsam. «Jetzt haben wir Versailles überwunden und können uns gegen Rußland verteidigen. Wir haben eine lebensfähige Wirtschaft und haben unseren Nationalstolz wiedergefunden. Wir wollen keinen zweiten Krieg.»

Trotz der Hitze fröstelte Josef. Abrupt wechselte er das Thema. «Benno, hast du die Angelruten mitgenommen? Laß uns ein bißchen fischen.»

Eines Abends gegen Ende ihrer Ferien unterhielt sich die Familie über einen Namen für das Kind. «Wenn es ein Junge wird, möchte ich ihn Manfred nennen, nach von Richthofen», sagte Josef.

Ricarda lächelte. «Viktoria und Luise wurden beide nach Mitgliedern unserer kaiserlichen Familie benannt. Wenn es ein Mädchen ist, warum nennt ihr sie nicht Elisabeth zu Ehren der neuen englischen Königin und ihrer ältesten Tochter?»

«Elisabeth ist ein hübscher Name», nickte Luise. «Wir könnten ihn immer zu ‹Lili› abkürzen. Josef, was hältst du davon?»

«Ich denke, es gibt keinen Grund, warum ein Mädchen nicht fliegen lernen sollte. Schließlich ist Hanna Reitsch eine ausgezeichnete Pilotin, und sie ist eine Frau.»

Alle lachten.

Im Sommer bestand Wasili Meyer seine Prüfungen mit Auszeichnung und wurde ins staatliche Pädagogische Institut für Fremdsprachen in Moskau aufgenommen. Im September begann sein Studium. In Oxford begann Stefan sein drittes Jahr als Stipendiat der Rhodes-Stiftung. In Stettin trat Hans König ins letzte Jahr seiner Lehrerausbildung. Für Norbert Kraus begann in Essen das letzte Schuljahr. Zu seiner großen Freude hatte sein Vater überraschend zugestimmt, daß er in die Organisation Todt eintreten durfte, vorausgesetzt, er arbeitete fleißig. Mitte des Monats brachte Ilse von Biederstedt Christa ins Internat nach Lausanne.

In einer Klinik in Lützow wurde am 4. Oktober 1937 Luises und Josefs Kind geboren. «Ein kleines Mädchen, Herr Oberst», verkündete Dr. Blattner. Josef interessierte es plötzlich keinen Pfifferling mehr, daß aus Manfred eine Elisabeth geworden war. «Geht es Luise gut?»

Der Arzt nickte begütigend. «Sie kommt schon wieder auf die Beine, wenn sie auf sich achtet. Ihre Frau ist siebenunddreißig, und das ist spät für ein erstes Kind. Sie wird Zeit brauchen, um sich zu erholen.»

«Ja, natürlich. Und das Kind?»

Der Doktor lachte. «In meinem ganzen Leben habe ich kein gesünderes Kind gesehen! Kommen Sie und sehen Sie selbst.»

Josef folgte ihm in das Zimmer. Luise lag von Kissen gestützt im Bett, die Augen riesig in ihrem wachsbleichen Gesicht. «Josef, es tut mir leid, es ist ein Mädchen.» Sie lächelte schwach.

Er küßte sie zärtlich. «Wenn sie die gleiche Haarfarbe hat wie du, vergebe ich dir. Ich habe eine Schwäche für Rothaarige.»

Elisabeth lag in der Wiege neben dem Bett, das Gesicht rot und zerknittert, auf dem Kopf ein Büschel weiche, sandfarbene Haare. Als Josef auf seine Tochter zutrat, öffnete sie grüne Augen. «Sie wird einmal ziemlich energisch werden», schmunzelte der Doktor. «Sehen Sie nur das entschlossene Kinn.»

«Wie ihre Mutter», grinste Josef. «Hallo, Lili.»

Lili band Josef und Luise enger aneinander, durch sie wurden sie eine Familie. Josef schränkte sein Rauchen und Trinken ein, und er begnügte sich mit einer Schreibtischarbeit im Luftfahrtministerium. Trotzdem fand er Gelegenheit, ins Cockpit zu steigen, und diese wenigen Stunden der Freiheit in der Luft wogen bis zu einem gewissen Grad die ewigen Streitereien mit Milch und den Ärger über die Bürokratie und die Unschlüssigkeit von Politikern und Regierungsstellen auf.

Guernica erwähnte er nie, aber manchmal wachte er nachts schreiend auf. Luise erzählte er nichts über den Inhalt seiner Alpträume, die gräßlichen Traumbilder von Luise, Lili und Sheltie, die unter Bergen von Schutt begraben lagen.

Lili veränderte Luises Leben grundsätzlich. Zum erstenmal hatte sie jemanden, der vollkommen von ihr abhängig war. Ihre erste Liebe würde immer Josef, dem Unnahbaren, gelten – Lili, klein und hilflos, wie sie war, befriedigte ein anderes Bedürfnis.

Zudem wurde Luise durch Lili noch etwas anderes zuteil: soziale Anerkennung. Die Damen Berlins betrachteten sie nicht mehr als jene Luise Jochum aus dem umstrittenen Café Jochum am Kurfürstendamm, sondern als Frau Oberst Nowak, eine junge Mutter, deren Mann einen bedeutenden Posten bei der Luftwaffe hatte.

Ilse von Biederstedt war die erste, die Luise in ihren Kreis aufnahm, und bald wurde sie zu Kaffeekränzchen gebeten und übernahm Aufgaben in der Wohltätigkeit. Zu ihrem Erstaunen erkannte sie, daß ihr das neue Leben gefiel.

«Ich hielt diese Art Frauen immer für langweilig», sagte sie bei einem morgendlichen Besuch im Quadriga zu Viktoria. «Aber in der Tat sind die meisten sehr kultivierte Menschen, mit einem aufrichtigen anteilnehmenden Interesse für das Geschehen in der Welt.» Sie sah auf den leeren Schreibtisch ihrer Schwester. «Warum begleitest du mich nicht manchmal? Es würde dir guttun, aus dem Hotel herauszukommen.»

Viktoria zögerte. Ihre Beziehung zu Mortimer hatte sich seit dem Vorfall in Heiligensee verändert, und zu Treffen auf Straßen und in Parks kam es nicht mehr. Die neue Arbeitsroutine befriedigte sie zwar nicht, aber sie hielt sie vom Grübeln und von Selbstmitleid ab. Nachdem sie Dr. Duschek an Mortimer vermittelt hatte, fühlte sie sich nicht mehr so befangen, wenn sie sich trafen. In vieler Hinsicht hatte ihre Freundschaft wieder die frühere Form angenommen. Aber es kam dennoch oft vor, daß sie sich einsam fühlte, und obwohl sie auf die Gesellschaft von Frauen nie viel Wert gelegt hatte, ging sie auf Luises Vorschlag ein.

Durch Ilse, die Damenkränzchen und die Wohltätigkeitsveranstaltungen lernten sie viele Offiziersfrauen kennen. Besonders mochte Viktoria Gertrud Oster, die Frau von Oberst Hans Oster, einem Offizier der Abwehr.

Oberst Oster war ein gutaussehender Mann von fünfzig Jahren, dessen Schwäche für das schöne Geschlecht einmal fast seine Karriere ruiniert hätte. Bevor die Osters nach Berlin kamen, hatte er eine kurze Liebesaffäre mit der Frau eines vorgesetzten Wehrmachtsoffiziers, die mit der Scheidung der Dame und Osters Entlassung aus der Kavallerie endete. Daß die Ehe Osters dies überstanden hatte, war das Verdienst seiner Frau und ihrer Verständnisbereitschaft. Daß seine Karriere weiterging, verdankte er der unverbrüchlichen Loyalität hochrangiger Offiziere, die ihm zu dem neuen Posten bei der Abwehr verhalfen.

Die Osters wurden bald regelmäßige und gerngesehene Gäste im Quadriga, besonders der Oberst war allseits beliebt. Trotz des Skandals, der seinem Namen anhaftete, konnte Benno nicht lobend genug von ihm sprechen, Ricarda fand ihn in höchstem Maße galant.

Zu Viktorias Überraschung schien auch Mortimer mit dem Oberst gut zurechtzukommen. Bei verschiedenen Gelegenheiten sah sie die beiden zusammen in der Bar. Eines Tages betrat sie das Hotel, als sie sich auf der Treppe gerade voneinander verabschiedeten. Oster verbeugte sich höflich vor Viktoria und stieg dann in seinen wartenden Wagen. Mortimer begleitete sie ins Hotel. Leise sagte er zu ihr: «Das ist ein faszinierender Mann, ganz anders als die meisten Offiziere.»

«Er ist sicherlich charmanter ...»

Mortimer konnte seine Erregung kaum verbergen. «Mehr als das, Viktoria. Aus kleinen Nebenbemerkungen schließe ich, daß er im Gegensatz zu Offizieren wie Biederstedt Hitler tief mißtraut und nicht bereit ist, sich der Parteilinie blindlings zu unterwerfen.»

«Was meinst du damit?»

Mortimer zwinkerte mit den Augen und hob ihre Hand an seine Lippen. «Ich meine, daß ich dir für die Vermittlung einer weiteren nützlichen Bekanntschaft dankbar bin.»

Ende November, neun Monate nach Bernhard Scheers Verhaftung, teilte Dr. Duschek Mortimer mit, daß der Pastor vor ein Sondergericht gestellt werden würde. «Sie werden ihn wegen Volksverhetzung anklagen – und sie gestatten mir, ihn zu verteidigen. Ein Durchbruch, Mr. Allen, der hauptsächlich Ihren unermüdlichen Anstrengungen zu verdanken ist!»

«Gibt es eine Chance, daß Reporter im Gerichtssaal zugelassen werden?»

«Nicht beim Sondergericht! Aber ich würde Ihnen raten, draußen zu warten. Ich glaube, es besteht tatsächlich die Möglichkeit, daß er freikommt.»

Für Klara Scheer, Professor Ascher und andere Beobachter außerhalb des Gerichtsgebäudes war es ein langer Morgen; geduldig warteten sie auf das Ergebnis der Verhandlung. Plötzlich öffneten sich die Türen, und Pastor Scheer erschien mit Dr. Duschek an seiner Seite. Aus der kleinen Gruppe ertönten Jubelrufe. «Bernhard!» rief Klara und rannte auf ihn zu.

Der Pastor lächelte. «Klara!» Er hatte sichtlich abgenommen, der Anzug hing ihm schlotternd am Leib, aber ansonsten erschien er unverändert.

In diesem Augenblick tauchten zwei Gestapo-Männer aus dem Gebäude auf. Einer richtete bedrohlich seine Waffe auf Klara, die wie vom Schlag gerührt stehenblieb. Der andere legte bestimmend seine Hand auf die Schulter des Pastors. Dr. Duschek wandte sich ärgerlich um. «Mein Klient ist gerade freigelassen worden.»

«Wir nehmen ihn in Schutzhaft, damit er kein weiteres Unheil anstellen kann.»

«Nein», schrie Klara. «Das könnt ihr nicht machen …»

Bernhard Scheer warf einen traurigen Blick auf seine Frau, als er wieder in das Gebäude zurückgeführt wurde, das er gerade verlassen hatte. Die Tür schlug hinter ihm zu. Schweigend löste sich die kleine Gruppe auf.

Dr. Duschek eilte zu Klara. «Es tut mir leid, Frau Scheer.»

«Was wird jetzt mit ihm geschehen?»

«Man bringt ihn in ein Konzentrationslager.»

«Was berechtigt sie dazu?» fragte Mortimer.

«Mit der Verordnung zum Schutz von Volk und Staat ist das ganz einfach. Das Gericht klagte ihn wegen Volksverhetzung an und verurteilte ihn wegen Mißbrauchs der Kanzel zu neun Monaten; dann ließ man ihn frei, weil er bereits seit neun Monaten in Moabit saß. Jetzt hat die Gestapo ihn erneut verhaftet. Mr. Allen, falls Sie es noch nicht bemerkt haben sollten: Die SS und die Gestapo machen sich ihre eigenen Gesetze.»

8

Als Stefan an Weihnachten 1937 nach Hause kam, war er fest entschlossen, sich von seiner liebenswürdigsten Seite zu zeigen und nicht zu kritisch zu sein. Schlimm war nur der Moment, als er von Pastor Scheers Schicksal erfuhr. Mit aschfahlem Gesicht ballte er seine Hand zur Faust. «So etwas Widerliches, Ekelhaftes, die sind wirklich Abschaum …»

Dieses Mal saß das Ehepaar Oster beim Silvesterball am Tisch der Familien Kraus und von Biederstedt. Christa verbrachte die Schulferien mit einer Freundin im Skiurlaub in St. Moritz, und Monika war in Fürstenmark. «Es bringt einen ganz durcheinander, wenn man feststellt, daß einen die Kinder nicht mehr brauchen, findest du nicht auch?» meinte Ilse zu Viktoria, während sie in dem großen Ballsaal zu ihren Plätzen gingen.

«Das stimmt», antwortete Viktoria, obwohl sie Monika nicht sehr vermißte und vor Glück in den Wolken schwebte, daß Stefan wieder zu Hause war.

Doch Stefans pazifistische Einstellung und seine Abneigung gegenüber allem Militärischen ließen sie den Augenblick ein wenig fürchten, als er Oberst Oster vorgestellt wurde. Der Oberst war wie immer elegant und zuvorkommend, er trug ein Monokel und erwies sich als sehr unterhaltender Gesprächspartner. Als er jedoch erfuhr, daß Stefan ein Rhodes-Stipendium hatte, änderte sich sein Verhalten. Er rückte seinen Stuhl etwas auf die Seite und begann mit Stefan ein intensives und langes Gespräch über dessen Studien und Eindrücke von England.

Später bemerkte Oster zu Benno und Viktoria: «Sie können auf Ihren Sohn wirklich sehr stolz sein. Er ist äußerst intelligent und sehr sprachgewandt.»

Benno verbarg seine Freude nicht: «Vielen Dank, Herr Oberst.»

Oberst Oster dachte nach. «Wenn er Oxford im Juli verläßt, wird er zum Militär eingezogen werden. Hätten Sie etwas dagegen, wenn ich versuchen würde, ihn bei der Abwehr unterzubringen? Ich glaube, Ihrem Sohn wird eine nachrichtendienstliche Tätigkeit sehr viel mehr zusagen als der Dienst im Feld.»

«Herr Oberst, damit würden Sie uns eine große Ehre erweisen.»

Zu Viktorias großer Überraschung war Stefan nicht etwa ungehalten über Osters Vorschlag, sondern schien ganz aufgeregt zu sein über diese Perspektive. Doch er sagte nichts weiter als: «Na ja, wir haben anscheinend einiges gemeinsam.»

Mortimer war ziemlich bestürzt, als er von Osters Idee erfuhr. Der militärische Nachrichtendienst schien ihm das Letzte zu sein, das sich mit Stefans Überzeugungen vereinbaren ließ – es sei denn, Oster hätte eine bestimmte Aufgabe im Sinn. Da er den jungen Mann mochte und nicht wollte, daß er in unnötige Schwierigkeiten geriet, nahm er sich schließlich vor, Oster direkt danach zu fragen. Als er den Oberst das nächste Mal sah, sagte er ruhig: «Ich habe gehört, daß Sie sich mit dem Gedanken tragen, den jungen Kraus zur Abwehr zu holen. Ihnen ist doch wohl bekannt, daß er eine – nun ja – ziemlich anglisierte Haltung vertritt, seit er in Oxford ist?»

Oster reagierte mit einem dünnen Lächeln. «Er hat seine Gefühle sehr offen dargelegt. Er hat mir auch ganz im Vertrauen mitgeteilt, daß Sie ihn in seiner Abneigung gegen Emil unterstützt haben.»

«Emil?»

«‹Emil› ist meine private Bezeichnung für unseren glorreichen Führer.» Die Verachtung in seiner Stimme war nicht zu überhören. «Herr Allen, ich mißtraue diesem Mann aus tiefster Seele. Mich erfüllt eine große Angst, daß er Deutschland ins Unglück stürzen wird, wenn ihn niemand aufhält.»

«Glauben Sie denn, daß Sie das können?»

«Ich bin dabei, eine Widerstandszelle innerhalb der Abwehr aufzubauen.»

«Deshalb also sind Sie an Stefan interessiert?»

«Er hat in England Freunde, deren Väter hohe Posten bekleiden. Vielleicht brauchen wir diese Kontakte eines Tages.»

Mortimer drehte sich zur Seite, um eine Zigarette anzuzünden, und dachte darüber nach, was hinter dieser Aussage steckte. «Sie würden ihn also auffordern, sein eigenes Land zu verraten?»

«Ich werde nichts von ihm verlangen, was ich nicht auch selbst täte – um der Gerechtigkeit willen und um Emil davon abzuhalten, Deutschland in einen aussichtslosen Krieg zu führen.»

Mortimer nickte bedächtig. «Wir wollen hoffen, daß es nicht soweit kommt. In der Zwischenzeit können Sie auch auf mich zählen.»

Mitte Januar heiratete der Reichskriegsminister, Generalfeldmarschall von Blomberg, zum zweitenmal, Trauzeugen waren Hitler und Göring. Peter von Biederstedt war etwas überrascht, besonders da von Blombergs neue Braut bedeutend jünger war als er und von sehr viel niedererem Stande. Als er jedoch erfuhr, daß die Frau für pornographische Fotos posiert hatte, war er – und mit ihm auch die übrigen Offiziere im Kriegsministerium – hellauf entsetzt. Als daher am 26. Januar Blombergs Rücktritt bekanntgegeben wurde, machte sich allgemeine Erleichterung breit.

Am folgenden Tag gab es jedoch einen neuen Skandal, als Generaloberst Freiherr von Fritsch, Oberbefehlshaber des Heeres, homosexueller Vergehen beschuldigt wurde und angeblich auch einem ehemaligen Sträfling zwei Jahre lang Schweigegeld bezahlt hatte. Er wurde zum Verhör ins Gestapo-Hauptquartier gebracht, danach vom Führer sofort in den Ruhestand versetzt, was einer Suspendierung vom Dienst gleichkam. General Beck, Peters Vorgesetzter, wurde zum amtierenden Oberbefehlshaber des Heeres ernannt.

Peters spontane Reaktion war nicht etwa Mitgefühl für von Fritsch, sondern er überdachte eilends seine eigene Zukunft. Wenn Beck dauerhaft in dieser Position blieb, konnte sich das für ihn förderlich auswirken; vielleicht bekam er sogar Becks Posten als Stabschef. Er bat um ein Gespräch mit dem General und überbrachte diesem in dessen großzügigem, hohem Büro mit Blick auf die Bendlerstraße seine Glückwünsche.

Beck sah ihn jedoch ernst an. «Biederstedt, ich kenne General von Fritsch gut, und ich glaube nicht, daß er homosexuell ist. Ich glaube auch nicht, daß die Ehefrau von General von Blomberg ein Fotomodell war.»

Peter hatte bereits vor langer Zeit gelernt, seine Emotionen nicht zu zeigen. Ungerührt fragte er: «Was meinen Sie damit, Herr General?»

Beck antwortete schwer: «Ich bin überzeugt, daß es sich hier um eine Verschwörung der SS handelt, durch die die Offiziere im Generalsrang diskreditiert werden sollen. Ich verlange, daß der Führer von Fritsch eine Chance einräumt, seinen Namen vor einem Ehrengericht der Armee reinzuwaschen.»

Wenn Becks Verdacht zutraf, war seine Forderung nach einer Chance für von Fritsch richtig. Peter erkannte, daß sein Besuch voreilig war. Er murmelte einige zustimmende Worte und ging in sein Büro zurück.

Nach dieser Begegnung diskutierte Peter die Affäre Fritsch vorsichtig mit anderen Offizieren im Ministerium. Admiral Canaris, Kopf der Abwehr und Nachbar von Peter, unternahm keinen Versuch, seine Bestürzung zu verbergen. Oberst Oster hingegen, ein langjähriger Freund von General von Fritsch, war entsetzt. «Auch wenn Fritsch ein Junggeselle ist, so ist er doch kein Homosexueller. Er wurde reingelegt. General Beck liegt völlig richtig mit seiner Annahme, daß hier nicht einfach nur Blomberg und Fritsch angegriffen werden, sondern daß man versucht, die Macht der Armee zu unterminieren. Erinnern Sie sich daran, wie Schleicher und Bredow im Juni 1934 ermordet wurden.»

«Die hatten sich gegen den Staat verschworen.»

«Vielleicht. Trotzdem hätte man ihnen zugestehen müssen, sich vor einem ordentlichen Gericht zu verantworten. Ich bin überzeugt, daß Hitler von Blomberg und von Fritsch nur aus dem Weg haben will, um seine eigenen Leute in der Armee unterzubringen.»

Das war eine schwere Anschuldigung, die Peter in den folgenden Tagen jedoch immer wieder hörte, oft in Verbindung mit Gerüchten, daß Hitler das Kommando über die Wehrmacht entweder an Göring oder an Himmler übergeben wolle. Er erfuhr, daß Fritsch von seinen Freunden, unter ihnen Oberst Oster, gedrängt wurde, einen Militärputsch anzuführen, der am 30. Januar 1938 bei der feierlichen Sitzung des Reichstags zum fünften Jahrestag der Machtübergabe an Hitler stattfinden sollte. Mehrere Offiziere horchten Peter aus und fragten ihn, ob er sie gegen Regierung und SS unterstützen würde.

Zutiefst irritiert bat er erneut um ein Gespräch mit General Beck, der eingestand: «Ich wurde ebenfalls von einigen Generälen angesprochen, doch obwohl ich überzeugt bin, daß von Fritsch schuldlos ist und ich ihn verteidigen werde, will ich mich trotzdem an keiner Aktion der Militärs beteiligen. Das wäre Meuterei, und Meuterei ist ein Begriff, der im Wortschatz eines deutschen Soldaten nicht existiert.»

«Und wenn der Führer die Wehrmacht doch unter das Kommando von Göring oder Himmler stellt ...?»

«Ich glaube nicht, daß er das tun wird.»

Bei genauerer Überlegung war auch Peter nicht dieser Ansicht. In den vier Jahren, die Hitler nun an der Macht war, hatte er sein Vertrauen in die Wehrmacht immer wieder deutlich unter Beweis gestellt.

Das Zeremoniell zum Jahrestag wurde auf unbestimmte Zeit verschoben, doch da im Kriegsministerium und in der Reichskanzlei ein Geheimtreffen nach dem anderen stattfand, kam Peter zu der Überzeugung, daß Beck der auserwählte Nachfolger war. Ob der General sich nun tatsächlich um die Ehre von General von Fritsch sorgte oder nicht – beim Führer schien er jedenfalls in höchstem Ansehen zu stehen.

Oberst Oster und den anderen Freunden von General von Fritsch zeigte Peter die kalte Schulter und ließ durchblicken, daß er mit einem Militärputsch nichts zu tun haben wollte.

Über diese Entscheidung war er bald darauf äußerst froh, denn am 4. Februar kündigte Hitler umfangreiche Änderungen innerhalb der Streitkräfte an und begann mit der Mitteilung, daß er persönlich Blombergs Position als Oberbefehlshaber der Wehrmacht übernehmen würde. Das Kriegsministerium sollte aufgelöst und statt dessen eine neue Behörde eingerichtet werden: das «Oberkommando der Wehrmacht – OKW» als übergreifende Kommandostelle für Armee, Luftwaffe und Marine. Sechzehn Generäle wurden in den Ruhestand versetzt; Peter fiel auf, daß viele von ihnen sich für einen Militärputsch stark gemacht hatten. General von Brauchitsch sollte General von Fritsch als Oberbefehlshaber des Heeres ersetzen, und Göring wurde in den Rang eines Generalfeldmarschalls erhoben. General Beck blieb weiterhin Chef des Generalstabs.

Am folgenden Wochenende fuhr Peter gerade durch den Tiergarten, als er General Beck und Oberst Oster sah, die zusammen ausritten. Eigentlich war das nichts weiter Bemerkenswertes, denn beide Offiziere waren allgemein als passionierte Reiter bekannt. Doch Peter fiel der Gesichtsausdruck der beiden Männer auf, da sie nicht etwa in einem flotten Galopp unterwegs waren, sondern ihre Pferde in leichtem Trab hielten und sich dabei ernst und fast konspirativ unterhielten.

Peter kam dies verdächtig vor. Was war der Inhalt ihres Gespräches, und warum konnten sie darüber nicht im Kriegsministerium oder in den Büros der Abwehr miteinander sprechen? Je länger Peter überlegte, desto mehr kam er zu der Überzeugung, daß sie irgend etwas planten. In Anbetracht von Osters kaum verhohlener Abneigung gegen die Nazis und Becks kürzlich geäußerten bösen Ahnungen konnte er nur schließen, daß Oster die Idee von einem Militärputsch nicht ganz aufgegeben hatte und nun versuchte, Beck für seine Pläne zu gewinnen.

Da Peter jedoch keine Beweise hatte, behielt er seinen Verdacht für sich und beschloß, sich auf keinen Fall in irgend etwas hineinziehen zu lassen.

Am 10. April 1938 stimmte eine große Mehrheit der Österreicher für die Aufnahme Österreichs in das Deutsche Reich, Das Land hieß jetzt nicht mehr Österreich, sondern Ostmark. In Berlin nahm man die Nachricht mit Freude, doch ohne große Überraschung auf.

Am meisten zählte, daß bei der Annexion Österreichs kein einziger Tropfen deutsches Blut geflossen war. Josef Nowak sprach lachend von einem «Feldzug der Blumen».

Für Baron Heinrich von Kraus waren die Zeiten nie besser gewesen. In Anerkennung seiner Verdienste für die Partei überließ ihm Göring den Vortritt bei der Übernahme jüdischer Betriebe in Österreich. Er eignete sich nicht nur eine namhafte österreichische Bank an, sondern als Teil der Vereinbarung erhielt er aus dem Besitz dieses jüdischen Bankiers auch Schloß Waldesruh bei

Innsbruck – ein hoch oben auf einem Berg gelegenes Märchenschloß mit unzähligen Türmchen und Erkern, voll unschätzbarer Antiquitäten, Möbel und Gemälde.

In Deutschland kaufte der Baron jüdische Betriebe für einen Bruchteil ihres Wertes; die Eigentümer waren mit jedem Kaufbetrag einverstanden und dankbar, daß sie das Land verlassen konnten. Als Hitler an die Macht kam, bestand das Kraus-Imperium aus rund vierhundert Tochtergesellschaften – inzwischen war es auf fast sechshundert angewachsen.

Die Verbindung des Barons mit Himmler begann sich ebenfalls auszuzahlen. Bei seinen Bemühungen, innerhalb der SS unternehmerisch tätig zu werden, war der Reichsführer-SS auf ein heikles Problem gestoßen. Er verfügte zwar über Produktionskapazitäten und Arbeiter, technisches Wissen jedoch fehlte ihm. Also vereinbarte Kraus ein Gegengeschäft mit der SS. Im Konzentrationslager Otto Tobischs wurde mit Finanzmitteln der Regierung eine Fabrik errichtet, deren Leitung Ingenieure aus Kraus-Betrieben übernahmen und in der Gefangene arbeiteten.

In dem Gefangenen mit der Nummer 814318 konnte man kaum noch Bernhard Scheer, den Pastor aus Berlin-Schmargendorf erkennen. Er bestand fast nur noch aus Haut und Knochen, seine Hände waren hart und schwielig, seine Augen lagen tief in ihren Höhlen. Doch sieben Monate lang hatte er schon überlebt und zählte jetzt zu den Alteingesessenen.

Er genoß das besondere Privileg, an Klara schreiben zu dürfen. Als er ihren Antwortbrief erhielt, war das der schönste Tag seines Lebens. «Dein Cousin und ich sind wohlauf», schrieb sie, «wir arbeiten sehr viel für das Wohlergehen der Familie.» Sie war so klug, den Brief mit «Heil Hitler!» abzuschließen.

Ermutigt durch die Art und Weise, wie Österreich zu einem Teil des Deutschen Reiches geworden war, wollten auch sudetendeutsche Nationalisten eine engere Verbindung mit dem Vaterland eingehen. Die deutschen Zeitungen waren voller Berichte über Greueltaten von Tschechoslowaken gegenüber Sudetendeutschen, und es kursierten Gerüchte über die Mobilisierung tschechoslowakischer Truppen.

Am 18. Mai war Ilse von Biederstedt bei Luise in Lützow zu Besuch. «Peter glaubt, daß es Krieg geben könnte, wenn wir die Rechte der Sudetenländer verteidigen. Er ist sich so sicher, daß er mich nach Lausanne zu Christa schicken will. Möchtest du nicht mit Lili mitkommen?»

Luise runzelte die Stirn. «Ich verstehe gar nicht, was los ist. Die Sudetenländer wurden doch noch nie von Deutschland regiert. Das sind keine echten Deutschen. Warum sollten wir wegen ihnen einen Krieg führen?»

«Sie sind Deutsche, Luise. Sie sind echte Landsleute von uns.»

Luise schob trotzig ihr Kinn vor. «Nun, ganz gleich, was passiert – ich werde Josef nicht allein lassen.»

Sanft stellte Ilse klar: «Josef ist Offizier der Luftwaffe. Wenn Krieg ausbricht, wird er nicht in Berlin bleiben. Er wird an der Front sein.»

«Ich muß hierbleiben.»

Als Josef nach Hause kam, war ein aufgeregtes Glitzern in seinen Augen. «Ich bin wieder im Aktivdienst. Und morgen früh breche ich gleich zur tschechischen Grenze auf.» Er machte aus seiner Freude keinen Hehl.

Luise beugte sich hinunter und streichelte Sheltie, um ihre Angst nicht zu zeigen.

Josef goß Drinks ein. «Luischen, mach dir keine Sorgen. Ich habe Luftaufnahmen der tschechischen Befestigungen gesehen. Sie sind ein Nichts. Wenn es wirklich zum Krieg kommt, blasen wir sie davon.»

Luise wünschte, auch sie hätte dieses Vertrauen.

Am selben Abend brachte ein Page Mortimer Allen einen Umschlag in die Quadriga-Bar. Mortimer schlitzte ihn auf und fand eine kurze handschriftliche Notiz: «Emil spielt wieder sein Spielchen. Treffen Sie sich mit mir um acht Uhr im Preußenpark.»

Er stopfte das Stück Papier in die Jackettasche, kippte seinen Whiskey und rutschte vom Barhocker, ohne seine Erregung nach außen zu zeigen. Endlich gab es einen Durchbruch – Oberst Oster hatte eine Information für ihn! Mortimer paßte auf, ob ihm jemand folgte, und ging zum Potsdamer Platz, wo er ein Taxi zum Fehrbelliner Platz nahm. Von dort schlenderte er zum kleinen Preußenpark. Er sah gleich, daß Oberst Oster – nicht in Uniform, sondern im Straßenanzug – auf einer Bank saß. Während er sich neben ihn setzte, zündete er sich eine Zigarette an.

«Guten Abend, Herr Allen. Vielen Dank, daß Sie gleich gekommen sind.» Oberst Oster sah einen Moment lang in die Dämmerung und sagte dann: «Wenn er das Sudetenland nicht anders bekommen kann, wird Emil einen Krieg beginnen. Diese Operation läuft unter dem Decknamen ‹Fall Grün›. Alles ist schon ganz genau vorausgeplant. An der tschechischen Grenze stehen zwölf deutsche Divisionen, die innerhalb von zwölf Stunden marschbereit sind. Diese Information muß so schnell wie möglich zum britischen Geheimdienst. Können Sie mir dabei helfen?»

Mortimer überlegte schnell. Er wagte nicht, eine derartig heikle Information per Telefon nach London durchzugeben, aber vielleicht konnte sein Freund James Adams von der britischen Botschaft etwas unternehmen. «Ja, ich kann Ihnen helfen», antwortete er zuversichtlich.

Am Fehrbelliner Platz fand er einen Kiosk mit einem Telefon und rief James zu Hause an. «James, ich bin's, Mortimer. Ich sterbe vor Hunger. Hättest du Lust auf ein kleines Essen in der Taverne?»

James zögerte einen Moment und meinte dann: «Ich bin auch ein bißchen hungrig. In einer Viertelstunde bin ich dort.»

Das Lokal war gut besucht, als Mortimer eintraf, und wie immer waren unter den Gästen auch einige Auslandskorrespondenten und Leute von den Botschaften. Er und James fielen also nicht weiter auf. Nachdem sie bestellt hatten, gab Mortimer Osters Informationen weiter, ohne seine Quelle zu nennen.

Am nächsten Tag wurde der britische Botschafter in Berlin beim deutschen Außenminister, Joachim von Ribbentrop, vorstellig und warnte ihn davor, aggressive Schritte zu unternehmen.

In den nächsten zwei Tagen wurden die Kriegsdrohungen fortgesetzt, wilde Gerüchte waren im Umlauf, und es gab hektische diplomatische Aktivitäten. Doch schließlich ließ das Außenministerium aus Berlin verlauten, daß Deutschland keinerlei feindliche Absichten gegenüber der Tschechoslowakei hege. Damit schien die Krise abgewendet.

Oberst Nowak kam wieder nach Hause; Ilse von Biederstedt kehrte aus der Schweiz zurück.

«Das gibt uns Zeit zum Atemholen», erklärte Oster Mortimer, «aber das ist auch schon alles. Jetzt können wir nur hoffen, daß die Generäle wieder zu Bewußtsein kommen und erkennen, auf welch gefährlichen Weg Emil sie führt.»

In den folgenden Wochen wurde es für Peter und die anderen Offiziere im Kriegsministerium immer schwieriger, Gesprächstermine mit General Beck zu erhalten. Wenn sie über seinen Adjutanten etwas vereinbarten, mußten sie unweigerlich warten, manchmal mehrere Stunden lang. Wenn sie auf eine Erklärung drängten, sagte der Adjutant: «Der General ist in einer wichtigen Besprechung mit Oberst Oster von der Abwehr.»

Die meisten Kollegen von Peter akzeptierten die Notwendigkeit einer engen Zusammenarbeit zwischen dem Generalstab und der Abwehr und sahen in diesen endlosen Treffen nichts Auffälliges. Doch Peter konnte die Begegnung zu Pferde nicht vergessen, deren Zeuge er im Tiergarten geworden war.

Aus Bemerkungen, die er sowohl von Beck wie auch von Oster mitbekommen hatte, wußte Peter, daß die Fritsch-Affäre sie nach wie vor beschäftigte, und so kam er zu der Vermutung, daß ihre ständigen Privatgespräche einen geheimen Grund hatten. Doch er konnte sich nicht vorstellen, was das sein mochte.

Die Spannung und das Unbehagen in Berlin legten sich nicht, sondern nahmen weiter zu. Die ersten Luftschutzbunker wurden gebaut und Suchscheinwerfer der Flugabwehr installiert. Im Sommer 1938 blieben viele ausländische Gäste aus, im Hotel Quadriga gab es ungewöhnlich wenige Touristen und Geschäftsleute aus Übersee. Einige Männer vom Bedienungs- und Küchenpersonal, die ihren Militärdienst bereits abgeleistet hatten, mußten sich für Sommerübungen bei ihren Einheiten melden. Es war klar, daß die Gefahr eines Krieges nach wie vor bestand.

Anfang Juli, als die Nerven der ganzen Familie bereits ziemlich strapaziert waren, lenkte ein Ereignis die Aufmerksamkeit von der Tschechoslowakei ab. Knapp ein Jahr nach ihrem Ehemann starb Gräfin Anna von Biederstedt.

Es war das erste Mal, daß jemand starb, der Monika nahegestanden hatte; sie kam nur schwer damit zurecht, daß die kränkliche alte Gräfin am Abend noch lebendig und am nächsten Morgen bereits tot war. Sehr viel mehr beunruhigten sie jedoch die Gedanken über ihre eigene Zukunft. Hans beendete gerade das Lehrerseminar, für September hatte man ihm den Posten eines Dorfschullehrers angeboten. Nichts schien dagegen zu sprechen, daß sie heirateten. Wenn jedoch ein Krieg ausbrach, konnte sich die Situation dramatisch verändern.

Wieder einmal traf sich die Familie auf dem Friedhof von Fürstenmark. Pastor König sprach die vertrauten Formeln der Begräbniszeremonie, dann wurde Gräfin Anna neben ihrem Ehemann bestattet.

Nach der Feier wurden im Schloß Erfrischungen gereicht, und Monika konnte zu ihrer großen Genugtuung feststellen, daß sie im Zentrum der Aufmerksamkeit stand. Alle lobten ihre große Anhänglichkeit an die Gräfin und sprachen ihr das Beileid über ihren Verlust aus. Durch ihren langen Aufenthalt auf dem Schloß war sie schon fast eine von Biederstedt geworden.

Dieser Eindruck verstärkte sich noch, als sie erfuhr, daß die Gräfin sie in ihrem Testament genannt hatte. Als Dank für ihre Aufmerksamkeit vermachte die Gräfin Monika ein Haus auf ihrem Besitz, in dem sie nach der Heirat mit Hans leben konnte.

Es fiel Monika schwer, ihre freudige Erregung im Zaum zu halten. Krieg oder nicht Krieg – sie konnte in Fürstenmark bleiben!

Ihr Vater nahm die Nachricht jedoch ohne sonderliche Begeisterung auf. «Ich finde, du solltest mit dem Heiraten noch etwas warten. Wenn es wirklich Krieg gibt, wird Hans eingezogen werden.»

Hans legte seinen Arm um Monikas Schulter, und sie sah seine Eltern bittend an. Pastor König räusperte sich. «Gerda und ich haben über alles gesprochen, Herr Kraus. Was uns betrifft, so kann Monika gern so lange bei uns bleiben, bis die Krise mit der Tschechoslowakei beigelegt ist. Wir hoffen, daß das junge Paar danach heiraten kann.»

«Monika wird bei uns sicher sein», fügte Gerda König noch hinzu. «Und dank der Großzügigkeit der Gräfin wird sie mit der Einrichtung des Hauses genug zu tun haben, während Hans sich in seiner neuen Stelle einarbeitet.»

Das schien die beste Lösung zu sein. Benno bedankte sich und willigte ein. Auf der Fahrt nach Hause sagte er zu Viktoria: «Ich hoffe bei Gott, daß alles wieder rechtzeitig ins Lot kommt. Diese jungen Leute haben ihr Glück verdient. Wir erholen uns doch gerade erst vom letzten Krieg, wir wollen keinen neuen.»

Im Juli wurde allen Juden befohlen, ständig einen Ausweis mit sich zu führen. Jüdischen Ärzten wurde verboten zu praktizieren, obwohl sie mit einer Sondererlaubnis und wenn sie sich Sanitäter nannten, jüdische Patienten behandeln durften. Überfälle, Plünderungen und Blockaden von jüdischen Geschäften nahmen zu. Randalierer, von denen viele der Hitlerjugend angehörten, zogen durch Berlin und riefen: «Juden raus! Juden raus! Macht Platz für die Sudetendeutschen! Die Sudetendeutschen sind wahre Deutsche!»

Die österreichischen Juden, die in Berlin eintrafen, wandten sich mit der Bitte um Unterstützung direkt an Bethel Ascher. In diesem Sommer wurde der Professor zweiundsiebzig und Klara fünfzig Jahre alt. Unermüdlich arbeiteten die beiden täglich vom frühen Morgen bis weit nach Mitternacht. Sie waren Teil eines großen Netzwerks, das ganz Europa umfaßte und bis in den amerikanischen Kontinent reichte und dessen einziger Zweck es war, den von den Nazis im Deutschen Reich Verfolgten zu helfen.

Im August war die neue Fabrik neben Tobischs Konzentrationslager fertiggestellt. Ingenieure der Kraus-Chemie-Werke überwachten die Installation der Anlagen zur Herstellung von synthetischem Gummi. Als die Gefangenen auf Gesundheitszustand und Arbeitstauglichkeit hin untersucht wurden, stießen sie jedoch auf ein schlimmes Problem. Die Lagerinsassen waren zu nicht viel mehr als Skeletten abgemagert und standen kurz vor dem Verhungern. Mit solchen Menschen konnte kein leistungskräftiger Fabrikbetrieb in Gang gesetzt werden.

In einem ausführlichen Schriftwechsel erklärte sich die SS bereit, die Gefangenen besser zu ernähren, wenn Kraus die Mehrkosten übernähme. Baron Kraus stimmte zu. Für jeden Gefangenen, der in der Gummiindustrie arbeitete, zahlte der Kraus-Konzern vier Mark zusätzlich.

Unter den Fabrikarbeitern befand sich auch der Gefangene mit der Nummer 814318, der die Gelegenheit wie einen Schlüssel zum Leben ergriff.

Stephen Cross fuhr zum letztenmal durch die engen Straßen von Oxford. Er verkaufte sein Fahrrad, packte seinen Talar, das Barett und die Bücher zusammen und verabschiedete sich von Tony Callearn und Trevor Neal-Wright. Joyce und Libby Allen gab er einen Abschiedskuß. Es fiel ihm schwer, wieder nach Berlin zurückzukehren.

In Tempelhof befaßten sich zwei grimmig blickende Männer – einer von der Paßkontrolle, der andere von der Gestapo – mit den Angaben auf seinem Einreiseformular, befragten ihn ausführlich über den Zweck seines Besuches in England und wollten wissen, wie lange er sich denn jetzt in Berlin aufzuhalten gedenke. Als sie erfuhren, daß er nach Hause zurückkehrte, um zu bleiben, setzten sie schließlich den Stempel in seinen Paß. Stefan atmete tief durch, nahm sein Gepäck und betrat die Halle des Flughafens.

«Stefan, Liebling!» Seine Mutter lief auf ihn zu, schloß ihn in die Arme und überschüttete ihn mit Küssen. «Stefan, willkommen zu Hause!»

«Ja, willkommen zu Hause, mein Sohn», sagte sein Vater mit rauher Stimme und nahm seine Hand, «schön, daß du wieder hier bist. Wie war dein Flug?»

In diesem Augenblick bemerkte Stefan, daß sich neben ihnen eine seltsame Szene abspielte. Ein Paar mit zwei sehr hübschen Töchtern verabschiedete sich traurig von einem älteren Mann. «Ich bin sicher, daß du bald nachkommen kannst, Papa», sagte die Frau, «bestimmt wirst du ein Einreisevisum erhalten.»

Der alte Mann rang ganz offensichtlich um seine Fassung. «Ja, das glaube ich auch. Los jetzt, Kinder, bevor sie ihre Meinung ändern und euch vielleicht doch noch aufhalten wollen.»

«Stefan, ist was mit dir?» fragte seine Mutter ängstlich.

«Ich beobachte gerade diese Leute.»

Über Viktorias Gesicht huschte ein Anflug von Traurigkeit. «Viele Juden verlassen jetzt Berlin.»

Die jüdische Familie küßte den alten Mann und ging dann zum Ausgang für Auswanderer. Der Greis blickte ihnen nach, sein

Gesicht tränenüberströmt. Ein SS-Mann packte ihn brutal an der Schulter: «Hau ab hier, dreckiger Jude!»

«Komm, Stefan, der Wagen wartet draußen», sagte Benno.

Viktoria hängte sich bei Stefan ein. Mit gekünstelter Leichtigkeit sagte sie: «Ja, Liebling, laß uns jetzt nach Hause fahren.»

Er nickte. Stephen Cross existierte nicht mehr. Er war Stefan Kraus – und wieder zu Hause in Deutschland.

Die nächsten Wochen vergingen wie im Flug. Stefan besuchte seine alten Freunde und versuchte, damit zurechtzukommen, daß der Krieg hier in Berlin sehr viel greifbarer schien als in Oxford. «Ich weiß schon», lachte Mortimer grimmig, als Stefan ihm das schilderte, «wenn man in England lebt, ist die Tschechoslowakei nichts als ein kleines, weit entferntes Land.»

Am nächsten Tag erhielt er einen Brief mit der Aufforderung, sich am Freitag um zehn Uhr im Hauptquartier der Abwehr am Tirpitzufer vorzustellen.

Stefans Aufnahme in die Abwehr war von einer angesichts des Charakters dieser Organisation ungewöhnlichen Lässigkeit begleitet. Natürlich mußte er äußerst ausführliche Formulare über sich und seine Familie ausfüllen, die erforderlichen Dokumente über seine arische Abstammung und seinen schulischen Werdegang vorlegen. Doch als das erledigt war, führte man ihn in ein Besprechungszimmer, in dem Oberst Oster ihn erwartete. Als Stefan seinen Arm zum Hitlergruß hob, schüttelte Oster lächelnd seinen Kopf. «Nicht in meiner Gegenwart, Herr Kraus. Bitte nehmen Sie Platz. Wie ich sehe, haben Sie Ihren Abschluß gemacht. Meinen Glückwunsch. Sind Sie froh, wieder daheim zu sein?»

Stefan lächelte voller Bedauern. «Ja und nein, Herr Oberst.»

«In diesen vier Wänden können Sie offen sprechen. Ansonsten ist es in diesem Gebäude ratsam, eher vorsichtig zu sein. Schließlich haben wir mit Spionage zu tun, und trotz aller Wachsamkeit können wir nicht sicher sein, daß wir nicht unterwandert werden.

Wie wäre es, wenn ich Ihnen jetzt einmal kurz die Aufgaben der Abwehr erkläre?»

«Sehr gern, Herr Oberst.»

«Zuallererst geht es um den Unterschied zwischen uns und der Gestapo. Wir befassen uns mit militärischer Geheimdienstarbeit und stecken unsere Nasen nicht in die Privatangelegenheiten der Bürger. Wir bearbeiten ein dreifaches Tätigkeitsfeld. Durch Agenten im Ausland sammeln wir Informationen über die militärischen Aktivitäten anderer Länder. Wir versuchen, Sabotage innerhalb von Deutschland zu verhindern und feindliche Spione zu identifizieren, die in unserem Land arbeiten. Wir sind ebenfalls für alle deutschen Militärattachés im Ausland verantwortlich und betreuen sämtliche ausländischen Militärattachés der Botschaften in Berlin.

Ich stelle mir vor, daß Sie im Bereich der ersten Kategorie zum Einsatz kommen und da vor allem mit England zu tun haben werden. Sie sprechen fließend Englisch – leider kann ich das von mir nicht sagen. Orte und Personen, die in den Berichten unserer Agenten erwähnt werden, sind Ihnen also vermutlich vertraut.»

Stefan starrte auf die Tischplatte. Das war nicht das Angebot, das er sich vorgestellt hatte. Drei Jahre hatte er in England gelebt. Er liebte das Land und seine Menschen und wollte sie nicht ausspionieren. Das erschien ihm als Verrat der schlimmsten Sorte.

«Stimmt etwas nicht?»

«Herr Oberst, wenn es zwischen Deutschland und der Tschechoslowakei zum Krieg kommt, könnte das auch Krieg mit England bedeuten. In einer solchen Situation wäre ich, was meine Loyalität betrifft, innerlich sehr zerrissen.» Er holte tief Luft. «Besonders wenn der Angriff von Deutschland ausginge.»

Oster sah ihn durch sein Monokel durchdringend an. «Ich bitte Sie um Ihr Vertrauen. Nehmen Sie die Position an, die ich Ihnen innerhalb der Abwehr anbiete. Das meiste wird Routinearbeit sein, und Sie werden viele Überstunden machen müssen. Das ist eine gute Tarnung für andere Aufgaben, die ich für Sie habe, Aufgaben, die Sie, wie ich glaube, weder in Konflikt mit Ihrer Liebe zu England noch Ihren Gefühlen für Deutschland bringen werden.»

Am 18. August 1938 trat Generaloberst Beck als Chef des Generalstabs der Armee zurück, da er Hitlers Geheimbefehl an die Wehrmacht vom 30. Mai zur Zerschlagung der Tschechoslowakei nicht verantworten konnte. Keiner der anderen Offiziere folgte ihm bei diesem Schritt. Einen Moment lang verspürte Peter von Biederstedt neidische Bewunderung für den General, doch dann konzentrierte er sich darauf, bei seinem neuen Befehlshaber, General Franz Halder, an Einfluß zu gewinnen.

An einem alten Schreibtisch saß Stefan neben Oberst Osters Büro in einem Kämmerchen mit einem durchgelaufenen Teppich und Bergen verstaubter Akten. Seine Arbeit war äußerst interessant, jedoch sehr deprimierend, denn es wurde zunehmend klarer, daß Regierung und Bevölkerung von Großbritannien nichts gegen Hitlers Vorhaben hatten.

Stefan erkannte bald, wie privilegiert er war. In einem Land, wo die Lektüre ausländischer Zeitungen und das Hören ausländischer Radioprogramme aktiv behindert wurde, bekam er englische Presseorgane zu lesen, hörte ständig die Nachrichten und befaßte sich mit den Berichten der deutschen Agenten in England.

Auch in anderer Weise war er privilegiert. Immer wieder lud Oberst Oster ihn zu Treffen ein, auf denen er manchmal Protokoll führte, manchmal einfach nur zuhörte. Meistens fanden sie am Tirpitzufer statt, ab und zu jedoch auch in Cafés, Empfangshallen von Hotels oder sogar in Privatwohnungen. Aus vielen unterschiedlichen Lebensbereichen stammten die Menschen, denen er dort begegnete und die durch zwei Dinge miteinander verbunden waren: Niemand wollte einen neuen Krieg – für diese Haltung hatten alle ihre eigenen Gründe –, und alle wollten das Ende des Dritten Reiches. Nach und nach wurde Stefan bewußt, wie umfassend diese Opposition gegen Hitler war und wie viele prominente Menschen sich daran beteiligten.

Innerhalb von wenigen Wochen war sein Leben aufregender und gefährlicher geworden, als er sich je hätte träumen lassen. Fünf Jahre nach den Bücherverbrennungen schien es endlich eine Chance zu geben, daß seine Hoffnungen in Erfüllung gingen. Er verbrachte jede freie Minute in seinem Büro und kehrte oft erst weit nach Mitternacht ins Hotel Quadriga zurück. Manchmal ging er überhaupt nicht nach Hause, sondern schlief auf einem Feldbett in seinem Arbeitszimmer.

Dieser Herbst des Jahres 1938, der mit Stefans Rückkehr so glücklich begonnen hatte, wurde für Viktoria zu einem Alptraum. Weit davon entfernt, ihren Sohn für sich zu haben, hatte sie ihn schon fast ganz an die Abwehr verloren. Nacht für Nacht lag sie wach und wartete besorgt auf das Geräusch seiner Schritte.

Benno verlor die Geduld. «In Gottes Namen, Vicki, er ist ein erwachsener Mann und muß hart arbeiten. Jeden Moment kann ein Krieg ausbrechen.»

«Davor habe ich ja gerade Angst. Benno, Stefan befindet sich mitten im Zentrum dieser Vorgänge.»

«Vielleicht bei der Verwaltung, aber nicht, was die aktiven Kämpfe betrifft. Am Tirpitzufer schwebt er nicht in Gefahr, jedenfalls nicht so, wie es im Feld der Fall wäre.»

Viktoria wußte, daß er recht hatte, doch das löste nicht ihre Angst.

Während die Welt den Atem anhielt und darauf wartete, Hitlers Absichten zu erfahren, herrschte in politischen, diplomatischen und militärischen Kreisen fieberhafte Aktivität, pausenlos reisten Gesandte zwischen den Ländern hin und her, wurden Noten ausgetauscht und Telefongespräche geführt.

Am 12. September, dem letzten Tag des 10. Reichsparteitags der NSDAP in Nürnberg, forderte Hitler Gerechtigkeit für die Sudetendeutschen und schwor, daß Deutschland dieses Recht herstellen werde, wenn die Tschechoslowakei seiner Forderung nicht entsprach. Doch er gab nicht – wie befürchtet – die Kriegserklärung ab.

Die Atmosphäre wurde immer gespannter. Zwei Tage später machte in Diplomaten- und Geheimdienstkreisen die Nachricht die Runde, daß Neville Chamberlain sich in Berchtesgaden mit Hitler treffen wollte.

Weitere Soldaten wurden eingezogen und mit Militärtransporten nach Osten verlegt. Auch Hans König war darunter. Zu Luises Leidwesen flog Josef wieder zur tschechischen Grenze. Chamberlain kehrte nach London zurück und reiste eine Woche später wieder nach Deutschland, diesmal nach Bad Godesberg.

Am Freitag, dem 23. September, verkündeten die Schlagzeilen: GESPRÄCHE VON GODESBERG OHNE ERFOLG! TSCHECHOSLOWAKEI MOBILISIERT! In späteren Ausgaben der Zeitungen hieß es, daß doch noch Hoffnung sei, wenn die Tschechoslowakei bis zum 1. Oktober ihre Truppen aus dem Sudetenland abzöge und das Gebiet an Deutschland abtrete. Andernfalls gebe es für Deutschland keine andere Alternative, als einzumarschieren und Gewalt anzuwenden. Angesichts dieses Ultimatums fuhr Chamberlain wieder nach London.

Es war ein wunderbares Wochenende, die letzten warmen Tage in Berlin bis zum nächsten Frühling. Viele Menschen fuhren aufs Land oder gingen in den Parks spazieren. Viktoria dachte sehnsüchtig an Heiligensee, doch weder Stefan noch Benno wollten sie in dieser spannungsgeladenen Zeit dorthin begleiten.

Aus allen Ländern Europas trafen am Tirpitzufer massenweise die Berichte der Agenten ein. In England wurden Kinder aus den Städten evakuiert, und es gab Gerüchte von einer Mobilisierung der britischen Marine. Französische Truppen marschierten zur französisch-italienischen Grenze, wo die Italiener nichts unternahmen, um sie aufzuhalten. Nicht einmal Mussolini schien Hitler zu unterstützen. Jugoslawien und Rumänien drohten mit einem Angriff auf Ungarn, falls sich das Land gegen die Tschechoslowakei auf die Seite Deutschlands stellen sollte. Präsident Roosevelt wandte sich persönlich an Hitler und forderte ihn auf, den Frieden zu erhalten.

Drei Tage vor Ablauf von Hitlers Ultimatum am 1. Oktober intervenierte Mussolini mit einem Vermittlungsvorschlag. Am Donnerstag, dem 29. September, flog Chamberlain zum drittenmal nach Deutschland und traf dort mit Hitler, Mussolini und dem französischen Premierminister Edouard Daladier in München zusammen.

Am folgenden Tag erfuhr die Weit die Vereinbarungen des Münchner Abkommens. Das Sudetenland sollte innerhalb von zehn Tagen geräumt werden und eine internationale Kommission die endgültigen Grenzen festlegen.

In ganz Deutschland – und fast überall in der Welt – jubelten die Menschen. Zeitungsfotos zeigten einen strahlenden Chamberlain, der mit seinem inzwischen berühmten Bowler und dem zusammengefalteten Regenschirm bei seiner Rückkehr nach London wie ein siegreicher Held empfangen wurde. Von einem Fenster in der Downing Street 10 aus wandte er sich an die Menge, die ihn auf der Straße feierte, und rief triumphierend: «Ich glaube, der Frieden in unserer Zeit ist gerettet.»

In Berlin herrschte eine so ausgelassene Stimmung, als ob jedem einzelnen Menschen eine zentnerschwere Last von den Schultern genommen wäre. Die Kriegsgefahr war vorbei, wieder hatte Deutschland einen großen Sieg errungen. Ohne daß ein Tropfen deutsches Blut vergossen wurde, war das Sudetenland – wie vorher Österreich – zu einem Teil des Deutschen Reiches geworden. Innerhalb von sechs Monaten umfaßte das Dritte Reich zehn Millionen Menschen mehr.

Am Samstag, dem 1. Oktober, dem Tag, an dem eigentlich die deutschen Truppen die Grenzen überschreiten sollten, stürzte sich die Stadt in einen wilden Freudentaumel. Es gab Demonstrationen und Prozessionen, nachts schickten die Suchscheinwerfer der Flugabwehr Lichtbögen fast acht Kilometer in den Himmel hinauf und bildeten einen Dom aus strahlender Helligkeit über der Stadt. Im Hotel Quadriga verfolgten alle vom Balkon aus dieses Schauspiel.

Stefan stand ein wenig hinter seiner Familie, sein Gesicht lag im Schatten, und er versuchte, diese ganze Entwicklung zu verstehen. Er hatte das Gefühl, daß Daladier, Mussolini und Chamberlain Hitler irgendwie direkt in die Hände gespielt hatten.

9

Der achtzigste Geburtstag des Barons Heinrich von Kraus fiel auf den Samstag zwei Wochen nach der Befreiung des Sudetenlandes. Der Baron feierte in jovialer Stimmung. Jeden Tag vergrößerte sich sein Reich; im Sudetenland hatte er sehr günstig bereits einige Industriebetriebe erwerben können, die unter den Auswirkungen der Depression zu Beginn des Jahrzehnts zu leiden hatten, nicht zu reden von ein oder zwei «Rosinen» – jüdische Firmen, deren Besitzer geflohen waren.

Trude, Werner und Norbert kamen mit Ernst zur Geburtstagsfeier des Barons nach Berlin. Trude war sehr dick geworden und begann jeden Satz mit: «Der Führer sagt ...» Der inzwischen einundzwanzigjährige Werner sah aus wie ein Abbild seines Vaters und seines Großvaters im selben Alter. Er bewies ein reges Interesse an finanziellen Dingen und setzte sich nach der Feier einige Zeit mit dem Baron zusammen.

Norbert, achtzehn, war dem Aussehen nach ganz ein Kraus, aber seine eher flachen Gesichtszüge wurden durch ein verschmitztes Lächeln und blitzende graue Augen ausgeglichen. Er beendete gerade sein erstes Jahr bei der Organisation Todt und war beim Bau des Westwalls im Rheinland beschäftigt.

Monika und Hans kamen aus Fürstenmark. Zum erstenmal seit

zwei Jahren sah Stefan seine Schwester wieder und war angenehm überrascht. Fürstenmark schien sie etwas weicher gemacht zu haben; sie war nicht mehr das boshafte kleine Mädchen von früher, sondern ziemlich erwachsen, obwohl sie Hitler immer noch auf eine fast abgöttische Art verehrte, die Stefan ziemlich widerlich fand.

Die übrigen Geburtstagsgäste kamen gegen sieben Uhr und wurden im Jubiläumssaal empfangen, wo der Baron in seinem schweren geschnitzten Eichensessel thronte. Gottlieb Linke stand mit unterwürfiger Miene hinter ihm, Ernst und Benno hatten sich links und rechts plaziert. Nach den Gratulationen gingen alle ins Restaurant.

Beim Abendessen saß Stefan an dem langen Familientisch, gemeinsam mit Josef, Luise, Peter, Ilse und – er traute seinen Augen kaum – einem atemberaubend schönen Mädchen in einem elfenbeinfarbenen Kleid, mit vollem, gewelltem, aschblondem Haar und Augen, die so groß und blau waren, wie er sie noch nie gesehen hatte. Wie betäubt erlebte er das Bankett. Stefan nahm nur noch diese völlig verwandelte Christa von Biederstedt wahr, die zwar für eine Unterhaltung zu weit von ihm entfernt saß, ihn jedoch über den Tisch hinweg einige Male anlächelte.

Nach dem Essen gingen die Gäste in den Palmengarten, wo Christian Engel und sein kleines Orchester leichte Musik spielten. Stefan eilte zu Christa, die mit ihrer Mutter neben dem Eingang stand. «Christa, wie schön, dich wiederzusehen.»

«Ja, ich freue mich auch, Stefan. Es ist lange her, seit wir uns das letzte Mal begegnet sind.» Sie war klein und zierlich; da sie ihm nur knapp bis zur Schulter reichte, mußte er sich ein wenig vorbeugen, um sie zu verstehen. Ihr Haar duftete betörend.

«Du warst in der Schweiz?»

«Ich war in einem Internat in Lausanne.» In ihrem leicht gebräunten Gesicht strahlten weiße, ebenmäßige Zähne.

«Seit wann bist du wieder hier?»

«Seit zwei Wochen.» Ein Hauch Lippenstift betonte den mädchenhaften Mund. Ein wenig Puder sollte – allerdings vergeblich – einige helle Sommersprossen auf ihrer Nase überdecken. «Hat es dir in Oxford gefallen?»

Er wollte nicht über Oxford sprechen. Er wollte sie in seine Arme schließen und küssen. «Ja, sehr gut.»

«Reisen ist interessant, aber es ist auch schön, wieder nach Hause zu kommen, findest du nicht?» Sie sah ihn aus ihren faszinierenden Augen an und lächelte. «Ich habe Berlin sehr vermißt, als ich in Lausanne war.»

Das Orchester spielte einen Walzer. «Möchtest du tanzen?» fragte Stefan.

«Ja, gern.»

Stefan legte seine Hand unter ihren Ellenbogen und führte sie durch die Menge der Gäste zum Parkett. Dann umfaßte sein Arm ihre schmale Taille, ihre Hand lag in seiner, und sie flogen zum Klang der Musik dahin.

Mortimer hatte sich im Restaurant einen zweiten Kognak geholt. Als er zum Palmengarten zurückkam, traf er dort Viktoria, die im Eingang stand und stumm die sich drehenden Figuren auf dem Tanzparkett beobachtete. Mortimer folgte ihrem Blick und bemerkte Stefan mit Christa. «Sie machen sich gut zusammen», fand er.

Viktoria nahm ihr Zigarettenetui aus ihrer Handtasche.

«Erlaubst du bitte?» Mortimer hatte bereits sein Feuerzeug in der Hand. Zu seiner Überraschung stellte er fest, daß Viktorias Hand zitterte. «Viktoria, was ist los?»

Sie antwortete immer noch nicht, doch ihr Blick, der für einen Moment in seinem ruhte, war voller Schmerz. Dann drehte sie sich auf dem Absatz um und ging durch das Foyer davon.

Mortimer war perplex, doch dann richtete er seine Aufmerksamkeit wieder auf die Tanzenden. Stefan neigte gerade den Kopf, um zu verstehen, was Christa sagte, und plötzlich war sich

Mortimer über den Grund ihres Kummers sicher. Die arme Viktoria, dachte er. Ihr war bisher nicht klar gewesen, daß sich ihr Sohn eines Tages verlieben und sie ihn damit an eine Frau verlieren würde.

Christa war nicht die erste Frau in Stefans Leben. Tony Callearn, adelig, reich und extrovertiert, hatte dafür gesorgt. «Fahr das Heu ein, solange die Sonne scheint» war sein Wahlspruch, und wenn es nach Tony ging, schien die Sonne eigentlich immer. Nur sehr wenige der Mädchen, mit denen er Stefan bekannt gemacht hatte, hätten die Zustimmung der Eltern der beiden jungen Männer gefunden.

Doch all diese Abenteuer versanken neben Christa in der Bedeutungslosigkeit. Am Tag nach der Geburtstagsfeier des Barons ging Stefan mit Christa in den Botanischen Garten, wo sie im spätherbstlichen Sonnenlicht Arm in Arm schlenderten, nur wenig Interesse an den Pflanzen aufbrachten, jedoch sehr viel voneinander erfuhren. Am Anfang konnten sie sich über gemeinsame Erfahrungen in England unterhalten, denn obwohl Christa noch ein kleines Mädchen war, als ihr Vater in London arbeitete, erinnerte sie sich doch noch sehr gut an diese Stadt. Es stellte sich heraus, daß sie sich ebenfalls für Literatur und Kunst interessierte, und so verflog der Nachmittag schnell mit Gesprächen über Bücher und Kunstgalerien. Viel zu früh wurde es dunkel, und voller Bedauern machten sie sich wieder auf den Heimweg nach Schmargendorf. «Am Mittwoch gibt es ein Konzert mit Schuberts ‹Winterreise›», sagte Stefan. «Hättest du Lust mitzukommen?»

«Ja, das wäre sehr schön.»

«Ich werde dich um sieben Uhr abholen.»

Auch dieser Abend wurde ein großer Erfolg, und als sie später wieder bei Christa zu Hause eintrafen, lud Ilse ihn zum Kaffee ein. «Ich finde es so schön, daß ihr beide euch gut versteht», sagte sie voller Freude, als sie nebeneinander auf dem Sofa saßen. «Peter, Lieber, gefällt es dir nicht auch, daß Stefan und Christa so vieles gemeinsam haben?»

Peter knurrte teilnahmslos etwas hinter seiner Zeitung, und Stefan überkamen für einen Moment Zweifel. Seine immer schon vorhandene Antipathie gegen den Grafen war nie verschwunden, und er fühlte sich in seiner Gegenwart immer noch unwohl. Er vermutete auch, daß Peters Haltung gegenüber der Familie Kraus zwar dank Ilses Einfluß offener geworden war, er sie jedoch immer noch für sozial niedriger gestellt hielt und eine Beziehung zwischen Stefan und seiner Tochter nicht gerade begrüßen würde. Dann tröstete Stefan sich damit, daß Peters Meinung nicht maßgeblich war. Wichtig war, daß Christa ihn liebte. Und so, wie sie ihn ansah, war er sich dessen sicher.

Am Wochenende jedoch traf er auf unerwarteten Widerstand gegen seine neue Liebe.

«Heute nachmittag gehe ich mit Christa in die Nationalgalerie», erklärte er seinen Eltern beim Frühstück am Samstag morgen. «Ich möchte sie danach gern zum Essen einladen. Könnten wir uns nicht mit euch und Großmutter hier im Quadriga treffen?»

Alle Farbe wich aus Viktorias Gesicht. «Ich weiß nicht, was du an Christa findest», sagte sie bissig. «Sie ist doch nur ein dummes junges Ding mit nichts im Kopf und großen blauen Augen.»

Stefan starrte sie verwundert an. «Mama, warum sagst du bloß so etwas? Sie ist alles andere als dumm, sondern im Gegenteil sehr intelligent ...»

Benno räusperte sich. «Ich glaube, deine Mutter meint, daß Christa noch sehr jung ist. Sie hat gerade erst die Schule beendet.»

«Wenn man sich mit ihr unterhält, scheint sie viel älter. Vielleicht liegt das daran, daß sie in einem Internat war. Deshalb dachte ich, wir könnten mit euch zusammen essen – damit ihr sie besser kennenlernt.»

Viktoria nahm sich noch eine Tasse Kaffee. Dabei zitterte sie so stark, daß die Tasse auf dem Unterteller klapperte. Benno sah sie besorgt an und sagte dann: «Ja, mein Sohn, natürlich kannst du mit Christa zum Essen kommen.»

Der Abend wurde dann schließlich ganz nett. Viktoria sprach zwar wenig, doch Benno war ein zuvorkommender Gastgeber, und Ricarda, die von Christa sehr angetan war, hielt das Gespräch mit Erinnerungen an London und Fürstenmark in Gang.

Stefan brachte Christa nach Hause; als er nach seiner Rückkehr in sein Zimmer kam, wartete dort bereits seine Mutter auf ihn. «Stefan, ich bitte dich, engagiere dich nicht zu sehr bei Christa.»

Stefan seufzte. Er wußte, wie wenig seine Mutter Peter von Biederstedt mochte, und konnte sich nur vorstellen, daß sie ihre Abneigung jetzt auf seine Tochter ausdehnte. Er wollte sich nicht auf ein hitziges Gespräch einlassen und sagte: «Mach dir keine Gedanken, Mutter. Schließlich kenne ich sie erst seit kurzer Zeit.»

Viktoria biß sich auf die Lippen und nickte dann. «Ich möchte dich nur warnen, weil ich dich liebe, Stefan. Ich möchte nicht, daß man dir weh tut.»

Am nächsten Nachmittag ging Stefan mit Christa in den Grunewald. Hand in Hand spazierten sie durch den Wald zum Ufer des Sees, und dort erklärte Stefan Christa stockend, daß er sie liebte. «Es ist so, als ob du schon immer ein Teil von mir wärst und ich das jetzt erst gemerkt habe. Als ich dich bei der Geburtstagsfeier meines Großvaters gesehen habe, schien plötzlich alles an die richtige Stelle zu rücken, und in meinem Innersten hat etwas, das immer leer war, einen Inhalt bekommen – ich wurde zu einem ganzen Menschen. Ich liebe dich, Christa. Ich liebe dich jetzt, und ich werde dich immer lieben.»

Sie sah ihn aus unschuldigen Augen an. «Ich liebe dich auch, Stefan.»

Er nahm sie in seine Arme und gab ihr einen zarten Kuß.

«Mein Liebling Christa. Ich verspreche dir, daß ich alles tun werde, um dich glücklich zu machen.»

Danach war alles und jeder auf den zweiten Platz hinter Christa verwiesen – sogar seine Arbeit, die ihm so lebensnotwendig erschienen war. Abends eilte er aus seinem Büro und traf sich mit Christa, die meist schon auf ihn wartete. Dann gingen sie durch die Straßen. Stefan hielt ihre Hand, doch weiter unternahm er nichts. Christa war die Tochter des Obersts Graf Peter von Biederstedt, eines hochrangigen adeligen Offiziers des Generalstabs, und Stefan war immer darum besorgt, daß sie um zehn Uhr abends zu Hause war. Nach der heftigen Auseinandersetzung mit seiner Mutter nahm er Christa nicht mehr mit ins Hotel und erwähnte auch ihren Namen vor seinen Eltern nicht mehr. Wenn er abends mit ihr ausging, vermied er jede Debatte, indem er vorgab, lange zu arbeiten.

In der inständigen Hoffnung, daß sie mit ihren Worten etwas erreicht hätte, redete Viktoria sich ein, daß ihre Sorge umsonst gewesen war. Auch Benno hoffte, es sei nur eine Schwärmerei gewesen. Ein Funke hatte sich entzündet und war dann verglüht – wie das eben bei jungen Leuten so war.

Am 7. November 1938 brachten die Zeitungen einen aufsehenerregenden Bericht. In Paris hatte ein junger Student namens Herschel Grynszpan aus Verzweiflung über die Deportation seiner Eltern aus Deutschland zur Selbstjustiz gegriffen und versucht, einen Diplomaten der deutschen Botschaft zu ermorden. Am 9. November 1938 erlag der deutsche Diplomat seinen Verletzungen.

Der 9. November war in mehrfacher Hinsicht ein historisches Datum. Am 9. November 1918 dankte der Kaiser ab, und in Deutschland wurde die erste Republik ausgerufen. Am 9. November 1923 führte Hitler seinen Putsch in München an – sein erster Versuch, an die Macht zu kommen, und der Beginn der «nationalsozialistischen Revolution». Der 9. November 1938 war der fünfzehnte Jahrestag dieses großen Tages, an dem SA und SS im ganzen Land den endgültigen Sieg ihres Führers feierten.

Am Abend des 9. November traf sich Stefan nicht mit Christa, sondern blieb zu Hause. Nach dem Essen ging er in sein Zimmer und schrieb einen seit langer Zeit fälligen Brief an Tony Callearn. Gegen elf Uhr hörte er ein Klopfen an seiner Tür; mit bleichem Gesicht trat seine Mutter ein. Stefan erwartete, daß sie ihm wieder Vorhaltungen wegen Christa machte, doch statt dessen sagte sie: «Stefan, es geschieht etwas Schreckliches. Komm mit, sieh dir das an.»

Er folgte ihr durch die Flure des ersten Stocks zu den Türen, die auf den Balkon führten, wo bereits mehrere Leute standen. Gleich darauf hörte er den Lärm, der von der Straße nach oben drang, ein Geschrei aus verzerrten Stimmen, Heilrufen und Gebrüll: «Juda verrecke! Juda verrecke! Juda verrecke!» Dann das Splittern von Glas. Stefan schaute über die Balkonbrüstung und sah rund dreihundert Meter entfernt einen Mob aus Hitlerjugend und SA, die mit Pflastersteinen die Schaufenster eines jüdischen Juweliergeschäfts zertrümmerten. Er fragte: «Hat schon jemand die Polizei gerufen?»

«Die Polizei ist bereits da», antwortete ihm ein Mann mit belegter Stimme. «Sehen Sie, da drüben!»

Stefan sah in die angegebene Richtung. Auf der Hauptstraße warteten untätig einige Polizisten.

Aus einem benachbarten Wohnhaus drang der Lärm von splitterndem Glas, dann waren plötzlich Schüsse zu hören. Die Haustüren öffneten sich, einige SS-Männer kamen heraus, die einen Mann die Stufen hinunterzerrten und in einen wartenden Lastwagen stießen.

Plötzlich flackerte im Osten, ganz nah beim Schloß, ein Feuerschein auf. «Feuer!» rief jemand. «Irgendwo brennt's!» – «Die Synagoge», sagte eine andere Stimme. Plötzlich waren in allen

Richtungen Feuer zu erkennen. Unten gingen das Geschrei und Gebrüll weiter, mischten sich mit gelegentlichen Schüssen. In der Entfernung ertönte Sirenengeheul.

«Wir müssen doch etwas unternehmen!» rief Stefan und eilte zurück zur Tür.

Eine Hand legte sich auf seine Schulter, und Benno sagte: «Nein, Stefan, bleib hier. Es gibt nichts, was wir tun könnten.» Sein Gesicht war weiß und in dem düsteren Licht von tiefen Falten gezeichnet. «Ich meine, wir sollten wieder hineingehen. Hier draußen sind wir nicht sicher.»

Benno gab noch Anweisungen, daß die Bar und die Gesellschaftsräume geschlossen und die Eingänge des Hotels verriegelt werden sollten, dann wurden alle Gäste gebeten, in ihre Zimmer zurückzugehen. Als nur noch das Personal für die Nacht da war, stand er allein im Foyer, hörte auf die gedämpften Geräusche der Gewalt und sah zum Porträt des Führers hinauf.

Der Führer war in München und feierte dort den Jahrestag des Marsches auf die Feldherrnhalle. Wußte er, was hier in Berlin vorging? Die Juden aufzufordern, Deutschland zu verlassen, war eine Sache. Brandstiftungen und Schießereien eine andere. Nein, der Führer konnte davon nichts wissen. Das hier waren nur ein paar Hitzköpfe, die auf ihre Art den 9. November feierten. Wenn der Führer davon hörte, würden Köpfe rollen …

Hasso Annuschek kam und blieb bei ihm stehen. «Herr Benno, ich hätte nie gedacht, daß ich jemals so etwas mit ansehen müßte. Dieses Mal ist Hitler zu weit gegangen. Als nächstes werden unsere Häuser in Flammen stehen.»

Benno sagte nichts. Im tiefsten Inneren seines Herzens fürchtete er, daß Hasso recht hatte – daß Hitler von diesen Vorfällen nicht nur wußte, sondern sie sogar unterstützte. Mit schweren Schritten ging er die Treppe hinauf. Zehn Jahre lang hatte er Hitler vertraut. Nun fragte er sich zum erstenmal, ob er damit vielleicht einen Fehler gemacht hatte.

In Dahlem las Klara Scheer in einem Buch, während Professor Ascher eine Partie Einzelschach spielte. Gegen zehn Uhr löschten sie die Lichter und gingen in ihre Schlafzimmer. Bethel lag wach in der Finsternis und lauschte dem entfernten Stundenschlag einer Uhr. Elf, Mitternacht, eins ... Er war gerade eingeschlafen, als Klara ihn wachrüttelte. «Bethel, wachen Sie auf! Können Sie das hören?»

In einiger Entfernung riefen Sprechchöre: «Juda verrecke! Juda verrecke! Juda verrecke!» Man hörte Glas zerbrechen, schreiende und rufende Menschen.

Er wollte die Leselampe einschalten, doch Klara hielt ihn zurück und flüsterte: «Bethel, Sie müssen sich verstecken.»

Er war schon aus dem Bett und zog seinen Anzug über den Pyjama. «Nein, ich werde mich nicht verstecken! Ich werde doch vor diesen Rüpeln nicht davonlaufen.»

«Bethel, ich habe mit angesehen, wie mein Mann festgenommen wurde. Ich werde nicht zulassen, daß so etwas noch einmal passiert. Ihre Leute brauchen Sie.»

Er verstand, was sie sagen wollte, doch ihm gefiel das nicht. «Und Sie?»

Das Geschrei kam näher. «Ich bin Arierin», sagte Klara bitter. Sie ergriff seinen Arm und schob ihn in einen Kleiderschrank. Dann glättete sie sein Bett und wartete mit klopfendem Herzen.

Sie verschafften sich Einlaß, indem sie die Haustür eintraten und sofort begannen, das Mobiliar in der Eingangshalle zu zertrümmern. Klara hörte, wie Spiegelscherben klirrten. Sie zog den Gürtel ihres Morgenmantels enger und nahm ihre Handtasche. Dann trat sie aus dem Schlafzimmer, drehte das Licht an und fragte mit kräftiger Stimme oben vom Treppenabsatz herunter: «Was geht hier vor?»

Sie sah gerade noch, wie zwei Kerle in braunen Uniformen ins Wohnzimmer verschwanden. In der Halle stand mit gezücktem Messer, mit dem er sich über eines der wunderbaren expressionistischen Gemälde des Professors hermachen wollte, ein großer junger Mann von knapp zwanzig Jahren. Er trug die schwarze Uniform der SS. «Aus dem Weg, Judenhure.»

Mit hocherhobenem Kopf, die Hände in den Taschen, damit niemand sehen konnte, wie sie zitterte, schritt Klara Scheer die Treppe hinab. «Sehen Sie sich vor, was Sie sagen, junger Mann. Ich bin keine Jüdin.»

In ihrer Erscheinung entsprach sie genau dem, was sie war – eine kräftige arische Bauerstochter aus Hessen. Zweifel huschten über das Gesicht des SS-Mannes. «Uns hat man etwas anderes gesagt», knurrte er und hielt das Messer dabei auf Brusthöhe.

«Stecken Sie das Messer weg, junger Mann. Wenn Sie nicht sofort aus diesem Haus verschwinden, werde ich Sie der Polizei melden.» Die Hände in die Hüften stemmend, trat sie drohend auf ihn zu.

Durch die offene Tür sah sie draußen auf der Straße einen Polizisten, der sich nicht von der Stelle rührte und von einigen entsetzten Zuschauern umgeben war. Sie stürzte an dem SS-Mann vorbei und schrie: «Hilfe! Ich bin eine ehrliche, gottesfürchtige Frau! Mein Haus wird zerstört! Ich habe nichts Schlimmes getan! Ich bin keine Jüdin! Ich bin Arierin! Hilfe! Hilfe! Hilfe!» Der SS-Mann kam mit dem Messer in der Hand hinter ihr her.

«Das ist Frau Scheer!» sagte einer der Umstehenden. «Sie ist keine Jüdin.»

«Nein, Frau Scheer ist keine Jüdin.» Vorsichtig kam weitere Zustimmung.

Klara schwang drohend ihre Handtasche und rief hysterisch: «Ich habe meine Papiere. Ich werde Sie alle anzeigen. So kommen Sie mir nicht davon!»

«Früher hat die Polizei deutsche Bürger beschützt», beschwerte sich einer der Zuschauer.

«Ich glaube, Sie sollten hier weg», sagte der Polizist zu dem SS-Mann.

Der zögerte einen Moment und ging dann in das Haus zurück. Kurz darauf kam er mit seinen beiden Kumpanen wieder heraus. Die kleine Menge beobachtete schweigend, wie sie die Straße hinaufgingen.

«Das ist furchtbar, ganz schlimm», sagte ein Mann. «Den Leuten in die Häuser einzubrechen, und die Polizei schaut einfach zu.»

«Gehen Sie in Ihre Häuser zurück», befahl der Polizist. «Oder ich werde Sie festnehmen. Los, los! Sie auch, Fräulein!»

Die Menschen zerstreuten sich in der Dunkelheit. Klara ging über den Weg, durch die eingetretene Tür und über Porzellanscherben, Bücher und Möbelteile in den ersten Stock, um den Professor zu befreien. Erst bei Morgengrauen hatten sie wieder einigermaßen aufgeräumt. Dann saßen sie bei geschlossenen Vorhängen in der Küche und überlegten, was jetzt zu tun sei.

Mortimer schlief in dieser Nacht kaum und stand früh auf. Er zog sich an, ging nach unten und an einem grämlichen Hallenportier vorbei in den rauhen Berliner Morgen. Er wollte wissen, was in der Nacht vorgefallen war und – was ihm noch wichtiger war – wie es Professor Ascher ging. Da er der Vermittlung des Hotels mißtraute, zog er es vor, von einem öffentlichen Telefon aus anzurufen.

Er stapfte über die mit Glasscherben und Waren aus jüdischen Geschäften übersäten Gehsteige. In der Luft hing noch der scharfe Geruch von Rauch.

Mortimer fand eine Telefonzelle und wählte die Nummer von Professor Ascher. Klara Scheer hob ab. Ja, antwortete sie bedächtig, ihnen beiden ginge es gut. In der Nacht hatte es zwar Störungen gegeben, doch sie und ihr Cousin waren dabei nicht verletzt worden. Erleichtert versprach Mortimer, sie bald zu besuchen, und ging dann ins Hotel zurück.

Im Restaurant saßen still einige Gäste, gaben mit leiser Stimme ihre Bestellungen für das Frühstück auf und versteckten sich hinter ihren Morgenzeitungen. Niemand schien seinem Gegenüber ins Gesicht sehen zu können. In den Zeitungen gab es Berichte über Szenen ähnlich denen, die sie in der Nähe des Hotels beobachtet und die sich in dieser Weise wohl in ganz Deutschland zugetragen hatten. Man bezeichnete die Ereignisse dieser Nacht als «spontane Reaktion des deutschen Volkes» auf die Nachricht von der Ermordung des Diplomaten in Paris.

Mortimer hatte keinen Appetit. Er stürzte eine Tasse Kaffee hinunter, zündete eine Zigarette an und ging ins Foyer hinüber. Viktoria kam mit Stefan die Treppe herunter; beiden sah man an, daß sie eine schlaflose Nacht hinter sich hatten. «Mortimer, glauben Sie, daß es Professor Ascher gutgeht?» fragte Stefan besorgt.

«Ja, ich habe mit ihm telefoniert.»

Viktoria sagte: «Mortimer, wenn es irgend etwas gibt, das wir für den Professor tun können – sagen Sie es mir bitte? Und ich meine damit wirklich alles Menschenmögliche.»

«Ist Benno derselben Meinung?»

Sie schwieg einen Moment. «Die vergangene Nacht scheint Benno die Augen für das geöffnet zu haben, was vorgeht. Er ist zutiefst entsetzt.»

Mortimer nickte skeptisch. Benno hatte bisher keine ausgeprägte Abneigung gegen Hitlers antisemitische Politik gezeigt. Warum sollte sich jetzt etwas daran geändert haben?

Nachdem der anfängliche Schock vorüber war, tauchten zwei wichtige Fragen auf. Grob geschätzt würde es rund fünfundzwanzig Millionen Reichsmark kosten, um die Schäden dieser Nacht zu reparieren. Wer sollte dafür aufkommen? Und woher sollten das Glas und anderes Material für die Instandsetzungen kommen? Die deutsche Industrie hatte bereits genügend Schwierigkeiten, die Quoten von Görings Vierjahresplan zu erfüllen.

Baron Kraus verbreitete sich bei Benno ausführlich über dieses Problem. «Die Versicherungsforderungen, die bis jetzt bereits bei uns eingegangen sind, werden unsere Versicherungsgesellschaften in den Ruin treiben, wenn wir sie erfüllen müssen. Und dazu kommen noch immense Kosten für die Importe von Glas und anderen Baustoffen. Göring muß etwas unternehmen.»

Das tat Göring dann auch. Zwei Tage nach der «Reichskristallnacht» wurden zwei neue Gesetze verabschiedet. Das eine machte den Juden die weitere Teilnahme am wirtschaftlichen Leben in Deutschland unmöglich. Sie durften keine Art von Unternehmen mehr besitzen oder wichtige Funktionen in deutschen Firmen übernehmen. Das zweite Gesetz forderte von den Juden eine Milliarde Reichsmark als Wiedergutmachung für die Schäden der «Reichskristallnacht».

Benno war nach der «Reichskristallnacht» noch nicht wieder mit sich ins reine gekommen. «Die Juden haben den Schaden erlitten», sagte er zweifelnd, «sie haben ihn nicht verursacht.»

«Also, ich jedenfalls auch nicht!» stellte sein Vater fest. «Für mich gibt es daher auch keinen Grund, warum ich dafür bezahlen sollte.»

«Abgesehen von moralischen Argumenten ist mir nicht klar, wie die Juden eine Milliarde Reichsmark zusammenbringen sollen, wo sie doch jetzt per Gesetz keine Möglichkeiten mehr haben, Geld zu verdienen.»

Der Baron sah ihn aus kalten Augen an. «Das ist ihr eigenes Problem. Die, die schlau waren, sind schon lange weg.»

Einige Tage später kamen zwei ältere Gestapo-Männer in das Hotel und erklärten Benno in seinem Büro, daß es jetzt ein Gesetz gebe, das Juden den Aufenthalt an öffentlichen Plätzen, wie zum Beispiel Hotels und Restaurants, untersagte. «Um das durchzusetzen, werden Sie ein entsprechendes Schild anbringen», wurde ihm befohlen, «und wenn irgendwelche Juden das Gesetz umgehen wollen, müssen Sie uns sofort verständigen.»

Streiten war zwecklos, daher befestigte Benno ordnungsgemäß

das Schild und wurde sofort von Viktoria und Stefan zur Rede gestellt. «Dies ist ein privates Hotel», sagte Viktoria voller Zorn. «Es sollte uns gestattet sein, uns unsere Gäste selbst auszusuchen!»

«Sogar Hunde haben hier Zutritt – aber Juden sollen plötzlich nicht mehr hereindürfen!» fügte Stefan wütend hinzu. «Wie kannst du nur so etwas tun, Papa?»

Hilflos gab Benno zurück: «Ich will das ja auch nicht, aber welche Wahl habe ich denn? Wenn ich mich weigere, können uns die Behörden die Lizenz entziehen und uns zwingen, das Haus ganz zu schließen. Wir haben sowieso schon seit langem keine jüdischen Gäste mehr.»

Das stimmte. Seit der «Reichskristallnacht» waren keine Juden aus Berlin mehr in das Hotel gekommen. Daher blieb das Schild da, obwohl es allen Unbehagen bereitete.

Den Kraus-Betrieben flossen durch die «Reichskristallnacht» erhebliche Profite zu. Zum einen waren die meisten Versicherungsverluste durch Rückversicherungen abgesichert, zum anderen konnten dank des Arisierungsprogrammes wieder einige äußerst gewinnträchtige jüdische Firmen erworben werden.

Benno wurde noch immer von seinem Gewissen geplagt. «Wirst du die jüdischen Arbeiter und Angestellten übernehmen?» fragte er seinen Vater.

«Warum nicht? Ich habe nichts gegen Juden. Sie brauchen Arbeit, und ich brauche Arbeiter. Das ist ein hervorragender Handel, von dem alle etwas haben.»

Benno fühlte sich beruhigt.

Der Baron verschwieg jedoch, daß er den jüdischen Arbeitern nur einen Bruchteil der Löhne zahlte, die die arischen Arbeiter bekamen.

Ende November erhielt Bethel Ascher ein Schreiben seines Hausbesitzers mit der Kündigung für das Haus in Dahlem. Auf Vermittlung eines ihrer Söhne fand Klara eine kleine Wohnung in Wilmersdorf – doch der Professor konnte sie nicht dorthin begleiten. Mortimer und Klara versuchten alles, um ihn davon zu überzeugen, daß er unbedingt emigrieren mußte, doch der Professor weigerte sich beharrlich.

«Sie könnten in London viel mehr ausrichten als hier, wenn Sie den Engländern vermitteln, was hier in Deutschland geschieht», sagte Klara.

«Das tun andere bereits sehr viel besser als ich. Ich muß mich um diejenigen kümmern, die hier zurückgeblieben sind.»

Sie legte ihre Hand auf seine. «Sie sind ein sehr guter Mann, Bethel Ascher.»

«Ein glücklicher Mann bin ich. Es ist nicht vielen Menschen in meiner Lage vergönnt, solche Freunde wie Sie und Mortimer Allen zu haben. Sie haben Ihr Leben für mich aufs Spiel gesetzt – auch das ist ein Grund zu bleiben. Solange Sie in Deutschland bleiben, werde ich das ebenfalls tun. Sie ziehen jetzt um in Ihre neue Wohnung, Klara. Ich werde schon ein Zuhause finden.»

Er erfuhr, daß im jüdischen Viertel beim Hackeschen Markt zwei Zimmer zu vermieten seien, und innerhalb einer Woche hatte er die überflüssigen Möbel verkauft und zog in die Rosenthaler Straße.

Am 17. Dezember heirateten Monika und Hans. «Ein schönes Paar», dachte Viktoria, als sie die beiden vor dem Altar stehen sah.

Pastor König hatte die Erlaubnis erhalten, die Trauung durchzuführen, und hielt eine flammende Predigt über die Einheit von wahrer Liebe und vaterländischen Pflichten. Am Schluß sprach er die Hoffnung aus, daß das Paar sehr fruchtbar sein und Monika das Mutterschaftskreuz erhalten möge.

Nach dem Gottesdienst stiegen alle in die bereitstehenden Wagen und fuhren ins Quadriga zurück. Anders als sonst bei derartigen Anlässen hatte Viktoria sich um die Arrangements für den Hochzeitsempfang ihrer Tochter persönlich gekümmert. Das Hotel war bereits für Weihnachten festlich geschmückt, daher hatte sie Philip Krosyk gebeten, die Tische im Jubiläumssaal als Kontrast dazu in Herzform aufzustellen, mit einem Podest voller rosa und weißen Blumen im Zentrum.

Nach einem hervorragenden Essen gingen die Gäste in den Ballsaal. Viktoria folgte ihnen langsam, einen Moment stand sie in der Tür und beobachtete die Tanzpaare, die sich zur Musik drehten. Mütter sind ja angeblich immer traurig, wenn ihre Töchter heiraten, doch sie hatte zu Monika nie ein enges Verhältnis gehabt. Sie empfand vor allem Erleichterung, daß Hans jetzt derjenige war, mit dem Monika verbunden war.

«Es ist eigenartig, wenn die eigenen Kinder erwachsen werden, findest du nicht?» fragte Ricarda.

Viktoria nickte. Welch ein Schock wäre es für ihre Mutter, wenn sie über ihre wahren Gedanken Bescheid wüßte.

«Der nächste wird Stefan sein», fuhr Ricarda fort. «Wie sehr sich doch die Zeiten geändert haben. Erinnerst du dich noch daran, wie verliebt du als kleines Mädchen in Peter warst? Damals wäre eine Heirat zwischen einem von Biederstedt und einer Jochum niemals gestattet worden. Heute könnte sich niemand mehr dagegenstellen. Ich glaube, daß sie als Paar gut zueinander passen würden.»

Das Blut wich aus Viktorias Gesicht. Stefan und Christa tanzten zusammen, seine Hand umschlang besitzergreifend ihre Taille, und er drückte Christa eng an sich. Mit ihrer Stirn berührte sie leicht sein Kinn, dann bog sie den Kopf etwas zurück und sah zu ihm auf. Stefan sah sie an, als ob niemand sonst auf der Welt existierte.

Stefan sagte etwas zu Christa, die ihn anlächelte. Hand in Hand sah Viktoria sie vom Parkett in den Palmengarten hinübergehen. Sie hatte geglaubt, daß alles nur eine vorübergehende

Liebschaft gewesen sei. Stefan hatte Christa wochenlang nicht gesehen. Er hatte nächtelang gearbeitet und keine Gelegenheit gehabt, das Mädchen zu treffen. Dann wurde ihr die traurige Wahrheit bewußt: Anstatt sich ihrer Kritik zu stellen, hatte er sie angelogen.

Als ob es erst gestern gewesen wäre, erinnerte sie sich daran, wie sie ihren eigenen Eltern etwas vorgemacht hatte. Sie hatte Peter ohne deren Wissen getroffen. In jenen jubelvollen Tagen nach Sarajevo, kurz vor dem Kriegsausbruch 1914, hatte sie mit ihm getanzt, ihn geküßt, hatte ihn schließlich nach Heiligensee mitgenommen und dort mit ihm geschlafen.

Wie weit war diese Romanze bereits? Viktoria ging zum anderen Eingang des Palmengartens hinüber, der nur spärlich erleuchtet war. Niemand war dort außer Stefan und Christa, deren Silhouetten sich gegen das Glas am anderen Ende des Raumes abzeichneten.

Er hatte seinen Arm um sie gelegt, sie unterhielten sich zu leise, als daß Viktoria etwas hätte verstehen können, da die Musik, die Stimmen und das Lachen der Hochzeitsgäste aus dem Ballsaal nebenan herüberklangen. Christa lehnte ihren Kopf an Stefans Schulter. Seine Lippen berührten ihr Haar.

«Vicki, komm her, komm mit mir.» Luise nahm ihren Arm. «Vicki, du darfst nicht hierbleiben. Bitte, komm mit nach oben.»

Sie spürte einen Kloß im Hals und ließ sich von ihrer Schwester durch das Foyer in die Wohnung hinaufführen. Luise schloß hinter ihnen ab, setzte sich neben Viktoria auf das Sofa und nahm ihre Schwester in den Arm. «Es ist wegen Stefan, nicht wahr? Er ist Peters Sohn?»

Viktoria schloß die Augen. «Woher weißt du das?»

«Ich habe mir das schon seit langem gedacht, aber ich war mir nicht sicher.»

«Ja», sagte Viktoria tonlos. «Stefan ist Peters Sohn. Er und Christa sind Bruder und Schwester. Ich habe an alles mögliche gedacht – aber nicht daran, daß diese beiden sich jemals verlieben könnten. Was soll ich bloß tun?»

Die Stille in dem Zimmer wurde nur durch das Ticken einer Uhr unterbrochen. Schließlich fragte Luise: «Weiß Benno Bescheid?»

«Nein, Benno weiß nichts.»

«Kannst du ihm denn nicht die Wahrheit sagen?»

Viktoria schlug die Hände vors Gesicht. «Wozu? Wenn ich es überhaupt jemandem sage, dann doch wohl Stefan – und das kann ich nicht. Ich habe versucht, ihn durch die Heirat mit Benno zu schützen. Obwohl er und Benno nicht immer einer Meinung sind, liebt er ihn doch. Und Benno betet ihn an. Das weißt du.»

«Ja, und Stefan mag Peter nicht viel mehr als ich auch», sagte Luise langsam. «Er mag Ilse. Er liebt Christa. Doch er strengt sich nicht im geringsten an zu verbergen, daß er seinen leiblichen Vater nicht leiden kann.»

Viktorias blaue Augen waren riesengroß, als sie Luise jetzt ansah. «Wenn Stefan jemals die Wahrheit erfährt, würde ich ihn verlieren. Luischen, ich kann den Gedanken an alles andere ertragen, was mir je widerfahren könnte. Ich kann es aushalten, das Hotel zu verlieren. Ich könnte sogar ohne Benno leben. Doch ohne Stefan wäre ich wie tot.»

Wieder war es lange Zeit still. Dann sagte Luise: «Vielleicht geht es wieder vorbei. Schließlich ist sie viele Jahre jünger als er. Stefan kann ihrer eines Tages überdrüssig werden.»

«Vielleicht ...» Doch Viktoria wußte, daß das nicht geschehen würde.

«Laß uns wieder zu den Gästen gehen», sagte Luise sanft. «Es würde auffallen, wenn wir jetzt zu lange wegbleiben. Pudere deine Nase ein wenig. Und mach dir keine Sorgen. Auf irgendeine Art wird sich das Problem lösen. Das ist doch immer so.»

Im Palmengarten zog Stefan Christa an sich und küßte sie lange und zärtlich.

Von dort, wo Viktoria sie vorher beobachtet hatte, sah ihnen jetzt Benno zu. Sein Herz wurde schwer wie Blei. Er drehte sich um und kehrte mit schweren Schritten zur Hochzeitsfeier seiner Tochter zurück.

Zu Ricardas Genugtuung verbrachten Monika und Hans ihre Flitterwochen in Heiligensee. Da es an diesem Abend bereits zu spät war, blieben sie die Nacht in der Brautsuite des Hotels und fuhren am nächsten Morgen zu dem Landhaus. Fast die ganze Belegschaft des Hotels versammelte sich zum Abschied auf der Treppe. Chef Mazzoni strahlte glücklich, Zimmermädchen wischten sich mit den Schürzenzipfeln Tränen aus den Augen, und die Portiers lächelten steif, als sie sich verbeugten und die Türen des Mercedes öffneten.

Strahlend kamen Monika und Hans die Stufen herunter. In der Hand hielt Monika ihren Brautstrauß. Beim Abschied von ihren Familien schüttelte Hans jedem die Hand, Monika verteilte in einem ungewöhnlichen Gefühlsüberschwang Küßchen. «Vielen Dank für eine wunderschöne Hochzeit», sagte sie zu ihren Eltern. «Ich weiß, daß ich unendlich glücklich werde.»

«Das hoffe ich für dich, Liebling», sagte Viktoria.

«Da bin ich mir ganz sicher», meinte Benno mit rauher Stimme.

Monika zögerte einen Moment, bevor sie einstieg, und lächelte dabei ein wenig. Dann warf sie ihren Brautstrauß in die Luft. Viele Frauenhände flogen hoch, doch es war Christa, die den Strauß auffing. Als sie rot wurde, lachte Monika. «Das bedeutet, daß du die nächste bist, die heiratet!»

An diesem Abend kam Benno in Stefans Schlafzimmer. «Ich will mich nicht einmischen, aber wie ernst ist es eigentlich zwischen Christa und dir?»

In Stefans Augen glomm Trotz auf. «Ich mag sie sehr gern, Papa. Sie ist ein wunderbares Mädchen.»

Benno nickte. «Sie ist reizend, das finde ich auch. Aber sie ist auch noch sehr jung. Stefan, sieh zu, daß du nicht in Schwierigkeiten kommst, ja?» In seiner Stimme lag keinerlei Tadel, nur Besorgnis.

Stefan sah ihn an und nickte. «Keine Angst, Papa. Ich weiß, was du meinst. Ich habe erst angefangen zu arbeiten und kann jetzt noch keine Verpflichtungen eingehen.»

Damit mußte sich Benno zufriedengeben.

In den folgenden Tagen spürte Stefan in der Haltung ihm und Christa gegenüber eine leichte Entspannung, die er als stillschweigende Anerkennung ihrer Verbindung verstand. Die Worte seines Vaters bedeuteten wohl, daß er sie akzeptierte, und seine Großmutter machte ständig freundliche Bemerkungen über Christa.

Ilse hatte immer zu verstehen gegeben, daß sie Stefan gern mochte, doch jetzt schien auch Peter ihn mit mehr Wohlwollen zu betrachten. Die Biederstedts luden ihn ein, Weihnachten mit ihnen zu verbringen. Nach dem Essen nahm Peter ihn mit in sein Arbeitszimmer, wo sie über Zigarren und Portwein ein langes Gespräch unter Männern hatten.

Nur Viktoria zeigte nach wie vor ihre Abneigung. Immer wenn Christas Name fiel, wechselte sie das Thema und machte verächtliche Kommentare über ihr Alter und ihre Unerfahrenheit. «Natürlich denkt dieses Kind so etwas» war eine typische solche Bemerkung, mit der sie Christa herabsetzte, als ob deren Meinung nichts gelten könnte. Am Silvesterball wurde sie fast grob, ignorierte Christa und bedachte ganz augenfällig Monika und Hans mit ihrer ganzen Aufmerksamkeit.

Ihr Verhalten verletzte Stefan, und er entschuldigte sich bei Christa dafür, doch das Mädchen meinte ernst: «Sie hat Angst, dich zu verlieren.»

«Wenn das stimmt, dann erreicht sie das so ganz bestimmt!» war Stefans zorniger Kommentar. Als um Mitternacht die Glokken läuteten, vergaß er seinen Ärger und nahm Christa in seine Arme. «Ich liebe dich, mein Liebling.»

Viktoria sah die beiden und dachte, es würde ihr das Herz brechen.

Im Januar rief Monika aufgeregt aus Fürstenmark an. «Ich kriege ein Baby. Der Arzt sagt, es soll im September kommen.»

Benno freute sich über diese Nachricht. «Stell dir vor, Vicki, wir werden Großeltern.»

Viktoria schürzte die Lippen, als sie die ganze Bedeutung von Bennos Worten traf. «Aber ich bin doch erst zweiundvierzig. Ich bin noch nicht alt genug, um Großmutter zu sein.»

Ricarda lachte nachsichtig. «Vicki, meine Liebe, du warst auch nicht viel älter als Monika, als du Stefan bekamst und mich zur Großmutter gemacht hast. Ich kann dir versichern, daß es nicht ganz so schlimm ist, wie du dir das jetzt vorstellst.»

Mortimer lachte eher grimmig. «Monika bekommt also Söhne für den Führer. Dann wird man ihr auch ein Mutterkreuz verleihen.»

Stefan empfand einen eigenartigen, stechenden Schmerz, als er die Neuigkeit über Monika erfuhr. Es schien ihm ungerecht, daß seine Eltern ihre Heirat mit Hans guthießen, jedoch mit seiner Beziehung zu Christa nicht einverstanden waren. Doch er ließ sich von dieser Haltung nicht einschüchtern. Es würde zwar noch lange dauern, bis er sich eine Wohnung leisten konnte, doch bereits jetzt sparte er so viel, wie mit seinem mageren Gehalt möglich war.

In der Zwischenzeit verbrachte er jede freie Minute mit Christa. Sie gingen in Theater und Konzerte, saßen auf Caféterrassen, und wenn das Wetter gut war, unternahmen sie lange Spaziergänge in den Berliner Parks oder fuhren mit der S-Bahn zu den Wäldern und Seen hinaus. In der Dunkelheit küßten sie sich lange und leidenschaftlich und sehnten sich danach, ihre Liebe ganz erfüllen zu können.

Obwohl er es nur schwer ertragen konnte, wollte Stefan auf keinen Fall, daß sein zukünftiges Glück durch Ungeduld frühzeitig zerstört würde. Was seine Eltern auch immer dazu sagen mochten – er wußte, daß er Christa eines Tages heiraten und sie dann für immer ihm gehören würde.

Den ganzen Winter über kamen aus der Tschechoslowakei Berichte über separatistische Bewegungen in der Slowakei und in der Ukraine. Ständig wurden auch Greueltaten gegenüber Nazi-Sympathisanten und deutschen Familien gemeldet. Am Montag, dem 13. März 1939, erreichte die Situation ihren Höhepunkt.

Das OKW gab die Geheimorder «Kriegsbereitschaft» aus. Boden- und Lufttruppen wurden eilig in den Osten verlegt und auf Kampfaktionen gegen die Tschechoslowakei vorbereitet. In einer Atmosphäre fast unerträglicher Spannung verbrachte Stefan die Nacht am Tirpitzufer, nahm Telefonanrufe von Agenten der Abwehr entgegen und verfolgte Berichte der BBC, um herauszufinden, ob die Briten zugunsten der Tschechoslowakei einschreiten würden.

Am Dienstag wurde der tschechische Staatspräsident Hacha mit allen militärischen Ehren in Berlin empfangen. Mittwoch früh fuhr er wieder ab, und Hitler hielt eine triumphierende Rede im Radio. Nachdem er erklärt hatte, daß der Präsident der Tschechoslowakei das Schicksal des tschechischen Volkes und Landes vertrauensvoll in die Hände des Führers des Deutschen Reiches gelegt hatte, verkündete er: «Die Tschechoslowakei hat aufgehört zu existieren!» Deutsche Truppen überschritten die Grenze, um das Land friedlich zu besetzen. Hitler flog nach Prag.

Stefan konnte das alles nicht verstehen. Müde und verwirrt kam er ins Quadriga zurück und ging gleich in Mortimers Zimmer; dieser war inzwischen zu Stefans Vertrautem geworden und hatte ihm das «Du» angeboten. «Letztes Jahr im September hat Hitler doch gegenüber Chamberlain ausdrücklich erklärt, daß er keinerlei territoriale Forderungen mehr habe. Erkennt Chamberlain denn nicht, daß Hitler sein Wort gebrochen hat? Wird er ihm einen derart schwerwiegenden Vertrauensbruch durchgehen lassen? Wollen die Briten wirklich gar nichts unternehmen?»

Mortimer litt unter einer heftigen Kopfgrippe und sah mitgenommen aus. «Die Tschechoslowakei ist ein kleines Land und sehr weit weg», erinnerte er ihn voll Bitterkeit.

«Fährst du nicht nach Prag?»

Mortimer schüttelte den Kopf. «Ich hatte eine Einladung, aber da ich krank bin, habe ich abgelehnt. Vielleicht bin ich als Journalist nicht mehr hart genug, aber mir ist die Vorstellung unerträglich, das arme, wunderschöne Prag unter diesen Umständen wiederzusehen. Und was würde das auch schon bringen? Die Wahrheit würde man ja doch nicht veröffentlichen ...»

Im Quadriga herrschte eine völlig andere Stimmung. Die Menschen waren vor allem erleichtert, daß die Kriegsgefahr wieder einmal abgewehrt war, und sie empfanden auch Stolz darüber, daß frühere deutsche Gebiete wieder zum Reich gehörten. An diesem Abend kam Stefan gerade rechtzeitig in die Bar, um zu hören, wie sein Vater Viktoria und Ricarda erklärte: «Tausend Jahre lang waren Böhmen und Mähren eigentlich deutsch ...»

«Das beste ist, daß kein einziger Tropfen deutsches Blut vergossen wurde», fügte Ricarda hinzu. «Ich habe gehört, daß andere Leute das politische Kriegsführung nannten ...»

Josef und Luise kamen ebenfalls zum Abendessen. «Noch so ein Krieg der Blumen», lachte Josef.

Luise lächelte ihn schelmisch an. «Armer Josef! Eure Luftwaffe kann nicht mehr tun, als Flugblätter abzuwerfen!»

Stefan hörte die Erleichterung in den Stimmen und wünschte, er könnte diese Freude teilen, doch er wußte zuviel, um so selbstzufrieden sein zu können. Nur seine Mutter saß still und in sich gekehrt da, doch ob wegen der Tschechoslowakei oder aus anderen Gründen, wußte Stefan nicht. Seit er begonnen hatte, sich mit Christa zu treffen, benahm sie sich immer wieder sehr eigenartig.

Eine Woche später gab es wieder Anlaß zu großer Freude, als mitgeteilt wurde, daß Litauen das frühere deutsche Gebiet des Memellandes an das Reich zurückgegeben hatte. Und wieder kam aus England und Frankreich nicht einmal die Spur eines Protestes.

Kaum war die Tschechoslowakei Bestandteil des Deutschen Reiches, als es in Polen zu gären begann. Die Polen behaupteten, daß deutsche Truppen in Richtung auf den Polnischen Korridor marschierten. Berichten von Agenten der Abwehr zufolge wurden in der Umgebung von Danzig polnische Soldaten mobilisiert.

In den darauffolgenden Wochen berichteten die Zeitungen in immer fetteren Schlagzeilen von Gewaltakten gegen unschuldige deutsche Zivilisten und entfachten damit einen Sturm der Entrüstung, weil die verhaßten Polen sich weigerten, ursprünglich deutsche Gebiete zurückzugeben.

In Stefan stieg eine neue Angst auf. Was wäre, wenn es Krieg geben würde und er durch seine Arbeit von Christa getrennt würde? Als sie sich im vergangenen Oktober kennenlernten, schien noch so viel Zeit vor ihnen zu liegen. Jetzt verflog sie in rasendem Tempo. Wenn er Christa in die Arme nahm, dann küßte er sie mit einem fast unerträglichen Drängen und in einem Gefühl zunehmender Verzweiflung.

Gegen Ende Mai wurde bekannt, daß Prinzregent Paul und Prinzessin Olga von Jugoslawien Berlin besuchen wollten. Die Spannung ließ nach. Im Hotel Quadriga bereitete man sich hektisch auf diesen Besuch vor, denn obwohl der Prinzregent und die Prinzessin im Schloß Bellevue wohnen sollten, würden doch viele ihrer Diplomaten und Begleiter im Quadriga untergebracht werden.

Plötzlich waren alle gewünschten Lebensmittel wieder zu bekommen, nirgendwo schien es mehr Engpässe zu geben. Benno wirkte sehr zufrieden in seiner Geschäftigkeit, und auch Viktoria sah etwas glücklicher aus. «Es ist wie in alten Zeiten», seufzte Ricarda nostalgisch.

Nur Stefan konnte sich diesen Gefühlen nicht anschließen. Er fragte sich immer wieder, ob der Führer Jugoslawien etwa als nächstes Territorium anpeilte oder ob daraus eine neue Allianz entstehen sollte.

Am Tag vor der Ankunft der Jugoslawen rief ihn Oberst Oster in sein Büro. «Ich finde, Sie sollten einmal Ferien machen. Was halten Sie von einem kurzen Aufenthalt in England in etwa zwei Wochen?»

Etwas in der Stimme des Obersts ließ Stefan aufhorchen – es ging hier offensichtlich um mehr als nur einen Urlaub. «Das fände ich schön, Herr Oberst.»

«Einige Ihrer früheren Freunde in Oxford sind inzwischen in wichtigen Positionen. Wären Sie bereit, Ihre Kontakte zu nutzen, um dazu beizutragen, daß Europa nicht in einen Krieg hineingezogen wird?»

«Selbstverständlich, Herr Oberst.» Doch Stefan fragte sich, was sie wohl ausrichten könnten.

Oberst Oster sah ihn lange an. «Bevor wir weiter darüber sprechen, sollten Sie sich über eines im klaren sein. Bis jetzt haben Sie als Agent der Abwehr im offiziellen Staatsinteresse gearbeitet. Wenn Sie auf meine Bitte eingehen, werden Sie sich in große Gefahr begeben. Falls die Gestapo Sie erwischt, werden Sie als Informant verhaftet – als Verräter. Ich muß nicht näher ausführen, was das bedeuten würde.»

Stefan verspürte einen kurzen Moment großer Anspannung, schob sie jedoch gleich wieder von sich. Angst hatte andere Menschen davon abgehalten, etwas zu unternehmen. «Ich verstehe, Herr Oberst, und ich bin zu diesem Risiko bereit.»

«Ich glaube, daß ein starker Widerstand aus England Emil immer noch vor einem Krieg zurückschrecken lassen könnte, den wir nur verlieren können. Meine Hauptsorge ist, daß die Briten kalte Füße bekommen und ihre Zusagen zur Unterstützung Polens nicht einhalten. Man muß sie dazu bringen, sich an ihre abgegebenen Garantien zu halten.»

Oster erklärte die komplizierten Allianzen, die in Europa zur Zeit gebildet wurden, und erläuterte dann die große Bedeutung, die der Sowjetunion dabei zukam. «Es hat streng geheime Gespräche zwischen der Wilhelmstraße und dem Kreml gegeben. Wenn Hitler und Stalin irgendeine Art von Pakt schließen, dann möge uns der Himmel beistehen!»

Stefan sah ihn überrascht an. «Hitler wird sich doch wohl nicht mit den Bolschewiken zusammentun?»

Oster lachte zynisch. «Emil ist zu allem fähig. Das wissen Sie doch inzwischen!»

An diesem Abend erzählte Stefan seinen Eltern, daß er in England Urlaub machen wollte. «Es ist jetzt ein Jahr her, seit ich meine Freunde von der Universität das letzte Mal gesehen habe», sagte er. «Ich möchte sie gerne wieder einmal treffen.»

Benno, der mit den letzten Vorbereitungen für den königlichen Besuch vollauf beschäftigt war, sagte: «Eine hervorragende Idee, mein Sohn. Ich hoffe, du wirst dich gut erholen.»

Viktoria lächelte ihn nach Monaten das erste Mal wieder an. «Es wird dir guttun, für einige Zeit nicht in Berlin zu sein.» Er wußte, daß sie damit eigentlich auf Christa anspielte.

10

Es war ein Tag voller Sonnenschein mit einem strahlend blauen Himmel. Dicht gedrängt standen die Menschen an den Straßen, winkten mit Fähnchen und klatschten, als der Prinzregent und die Prinzessin durch Berlin fuhren. Damen in eleganter Kleidung und Herren in Uniform, die Crème des europäischen Gesellschaftslebens, hatte sich im Foyer des Hotels Quadriga eingefunden: Herzöge und Grafen, Generäle und Admirale, Minister und Industrielle.

Viktoria ließ sich von der berauschenden Atmosphäre davontragen. Mit Benno besuchte sie Bankette und Bälle, und als Höhepunkt des königlichen Besuches waren sie zu einer Galavorstellung von Wagners Oper «Die Meistersinger» in der Berliner Staatsoper eingeladen.

Viktoria hatte das Gefühl, als ob ihr ein schweres Gewicht von den Schultern genommen wäre. Stefans Besuch in England konnte nur bedeuten, daß er und Christa sich voneinander entfernten. Die Ängste der vergangenen acht Monate waren grundlos gewesen. Die Gefahr war vorüber!

Am Ende des königlichen Besuchs führte die Legion Condor eine Siegesparade zur Feier von Francos Sieg im spanischen Bürgerkrieg durch, und an diesem Abend war das Hotel Quadriga ein Meer von Uniformen.

Vor allem dieses Bild hatte Stefan im Kopf, als er eine Reiseerlaubnis beantragte und auch erhielt. Oberst Oster gab ihm noch einige Anweisungen, und am Sonntag flog er von Tempelhof nach Croydon.

Tony Callearn, der in London in einer Handelsbank seines Vaters arbeitete, begrüßte Stefan erfreut. Er schüttelte jedoch pessimistisch den Kopf, als er von Stefans Auftrag erfuhr. «Es ist kein Problem, ein Treffen mit meinem alten Herrn zu arrangieren, aber hier glaubt eigentlich niemand diesen ganzen Unsinn über einen Krieg.»

Tonys Vater, der Earl of Chanctonbury, traf sich mit Stefan im House of Lords zum Tee. «Ich kann natürlich nur für mich sprechen, Stephen. Aber was Hitler im Osten anstellt, ist wirklich nicht unsere Sache. Wir kümmern uns erst darum, wenn er Frankreich angreift. Und das halte ich nicht für sehr wahrscheinlich!»

Stefan blieb an diesem Abend in Tonys Club und verabredete sich für den nächsten Morgen mit Trevor Neal-Wright im Außenministerium. Sein früherer Zimmerkollege sah ernst aus hinter seiner Hornbrille und sagte: «Ich finde, solche Probleme sollte man am besten den Diplomaten überlassen, Stephen. Aber ich bin nicht der Meinung, daß es Krieg geben wird.»

Es war schwierig, ihn zu einem Treffen mit seinem Vater zu überreden, der eine wesentlich höhere Position bekleidete. Stefan traf Neal-Wright senior in dessen riesigem Büro. Hinter seinem massigen, leeren Schreibtisch sah er ziemlich klein aus, und Stefan wurde noch mutloser. In Berlin bereitete man sich auf einen Krieg vor, und die Engländer saßen in leeren Arbeitszimmern und taten einfach nichts!

Trevors Vater schüttelte resigniert den Kopf. «Bei mir sind Sie nicht an der richtigen Adresse, Stephen. Über diese Dinge sollten Sie mit Sir Nevile Henderson, unserem Botschafter in Berlin, reden. Allerdings ist Henderson nicht unbedingt einer der hellsten Köpfe, die wir haben ...»

Stefan hörte sich eine ausführliche Tirade gegen Sir Nevile an; als er das Büro und Whitehall schließlich verließ, hatte er das unangenehme Gefühl, nur seine Zeit zu verschwenden.

Am nächsten Tag war er mit Theo Arendt verabredet, dem er einen Brief von Professor Ascher überbrachte. Der Bankier las ihn und seufzte dann. «Gibt es denn keine Chance, meinen Schwiegervater doch noch zu einer Emigration nach England zu überreden?»

Stefan schüttelte den Kopf. «Er sagt, daß er bleiben will, solange noch Juden in Deutschland sind. Und er tut viel Gutes, Herr Arendt. Damit meine ich nicht nur finanzielle Hilfe – er stellt für viele auch Hoffnung dar.»

Theo Arendt sah ihn mit einem schwachen Lächeln an. «Ja, er ist ein eigensinniger Mensch.»

Nachdem sie weitere Neuigkeiten über ihre Familien ausgetauscht hatten, fragte Theo Arendt: «Haben Sie schon von dem Weißbuch gehört, das gerade im Parlament verabschiedet wurde? Die Briten setzen den Arabern ebensowenig Widerstand entgegen wie den Nazis. Mit dem Ergebnis, daß Juden in Palästina kein Land mehr kaufen dürfen und die Einwanderungsquote für Juden nach Palästina auf 75 000 Menschen pro Jahr begrenzt wird – und das gilt nur für die nächsten fünf Jahre, danach wird ein Einwanderungsstopp verhängt.»

«Was heißt das?»

«Das bedeutet das Ende der Träume von einem jüdischen Staat genau in der Zeit, da ihn die Juden am nötigsten bräuchten.» Voller Zorn hieb Theo Arendt mit der Faust auf den Tisch. «Wie lange soll diese Beschwichtigungspolitik noch weitergehen? Wann wird die Welt endlich begreifen, was in Deutschland inzwischen los ist? Es macht mich krank, wenn ich daran denke, daß Menschen wie mein Schwiegervater ihr Leben riskieren, weil sie in

Berlin bleiben – und niemand auf der Welt macht auch nur einen Finger krumm, um den Juden zu helfen – es ist sogar so, daß alle Bemühungen richtiggehend behindert werden!»

Stefan nahm den Sechsuhrzug nach Oxford und verbrachte den letzten Tag seines Urlaubs mit Joyce und Libby. Sie gingen am Fluß spazieren, genossen ein schönes Picknick im tiefen Gras, unter einem herrlich blauen Himmel, während Libellen über das stille Wasser surrten. Er schüttete den beiden Frauen sein Herz aus, erzählte von seinen Treffen in London – und von Christa. Es war eigenartig, dachte er, wieviel freier er sich mit Mortimers Familie fühlte als mit seiner eigenen.

Freitag morgen brachte Joyce eine Tasse Tee an Stefans Bett. Sie ging zum Fenster, zog die Vorhänge auf und sah auf den Garten hinaus. «Stefan, du sollst wissen, daß du jederzeit bei uns willkommen bist, falls du dich einmal entschließen solltest, Deutschland zu verlassen.»

Stefan setzte sich auf, zog die Knie an und sah an Joyce vorbei in den sonnigen Morgen. Vielleicht war das die Antwort. Wenn alles danebenging, würde er nach England zurückkehren und dort bleiben. Doch er käme dann nicht allein – er würde Christa mitbringen.

Am Nachmittag reiste er wieder nach Berlin zurück.

Stefan erstattete Oberst Oster Bericht, und im Lauf der folgenden Wochen reisten weitere Agenten mit ähnlichen Aufträgen nach England. Alle kamen mit denselben Ergebnissen wie Stefan zurück. Einem oder zwei der Männer gelang es, ein Gespräch mit Winston Churchill zu führen; Churchill war der einzige, der sich nicht wie die meisten Vertreter des Außenministeriums und der Parteien weigerte zu glauben, daß Hitler Polen angreifen würde. Ob England in diesem Fall Polen verteidigen würde, schien niemand bestätigen zu können.

In diesem Sommer kamen nur wenige Touristen nach Berlin.

Die meisten Gäste im Quadriga waren Geschäftsleute und Militärs. Josef war pausenlos im ganzen Land unterwegs, um den Aufbau einer – wie sich herausstellte – schnell expandierenden Luftwaffe mit deutlich vergrößertem Personalbestand und neuen Flugzeugen zu beaufsichtigen.

Im weiteren Verlauf dieses Sommers und mit zunehmenden Zeitungsberichten über polnische Truppenaushebungen um Danzig und an den Grenzen zu Deutschland wuchs in Stefan wie ein Tumor die Furcht vor einem Krieg und der Verdruß über seine eigene Machtlosigkeit. Die Sorgen verfolgten ihn bei Tag und bereiteten ihm schlaflose Nächte. Er litt unter Konzentrationsmangel und Appetitlosigkeit. Nur an den Sonntagen fühlte er sich etwas gelöster, wenn er und Christa sich den Opel des Hotels ausliehen und nach Heiligensee zu seiner Großmutter fuhren. Benno und Viktoria machten diesen Sommer keine Ferien.

Anfang August brach Mortimer zu einem kurzen Urlaub nach England auf. Am nächsten Tag fragte Oberst Oster Stefan, ob er noch einmal nach London fahren würde. Als Stefan sich dazu bereit erklärte, sagte er: «Ich schlage vor, daß Sie am Montag fahren. Mit den Bewilligungen ist man jetzt ziemlich knauserig, daher könnte das überhaupt eine der letzten Gelegenheiten sein.»

«Glauben Sie, daß der Krieg so kurz bevorsteht?»

Oster nickte grimmig. «In der Tat, das glaube ich.»

Als Stefan nach Hause ging, war er noch deprimierter als sonst.

Am Sonntag war es heiß und schwül. Er fuhr mit Christa nach Heiligensee. Auf den Straßen war viel Verkehr, die Menschen fuhren hinaus aufs Land. Die Straßendecke flimmerte in der Hitze, und trotz der offenen Fenster war es im Auto bald so heiß wie in einem Ofen. Weit nach Mittag kamen sie in Heiligensee an.

Wie immer in Gesellschaft von Christa und seiner Großmutter fühlte Stefan, daß sich seine innere Spannung etwas löste. Hilde Weber hatte frische Krebse mit Dillsoße zubereitet, hinterher gab es einen köstlichen Salat aus dem Garten. Dazu tranken sie einen leichten Weißwein.

Nach dem Essen wollten Stefan und Christa sich im See abkühlen. Sie schwammen ein wenig und legten sich dann in das warme Gras, an einer Stelle, wo sie weder vom Landhaus noch vom See aus zu sehen waren. Christa streckte sich genüßlich mit geschlossenen Augen in der Sonne aus. Es war sehr ruhig. Nur das Summen der Insekten war zu hören.

Stefan starrte Christa verlangend an. Wassertropfen glänzten auf ihren nackten Armen und Beinen. Ihre Brüste zeichneten sich deutlich unter dem dünnen Material des Badeanzugs ab und hoben und senkten sich im Rhythmus ihres Atems. Er beugte sich über sie und küßte sie. «Christa, ich liebe dich.»

Sie legte ihre Arme um seinen Nacken und zog ihn zu sich herunter. «Mmm, ich liebe dich auch, Stefan.»

Stefan legte eine Hand auf ihren Busen. Ihre Finger streichelten seinen nackten Rücken. «Ich sehne mich so nach dir», sagte er heiser. «Willst du mich auch?»

Fast unhörbar flüsterte sie: «Ja.»

Sie streifte die Träger ihres Badeanzugs über die Schultern, und er schlüpfte aus seiner Badehose. Dann hörte die Welt auf zu existieren, und es gab nur noch sie beide, auf dem Gras ineinander verschlungen, verloren in der wunderbaren Entdeckung des anderen.

Danach lagen sie eine Weile still da, stumm und erschüttert. Christa bewegte sich als erste. Sie wandte sich von Stefan ab und sagte mit einer seltsamen Stimme, die ganz anders klang als sonst: «Wir sollten uns besser wieder anziehen.»

Stefan nahm ihre Hand in seine. «Christa, willst du mich heiraten?»

Über ihr Gesicht huschte ein Anflug von Kummer. «Kann ich dich etwas fragen, bevor ich ja sage?»

«Natürlich.»

«Als du nach England gefahren bist, war das doch kein Urlaub, oder? Du wolltest dich mit deinen Freunden treffen und sie auffordern, etwas zu unternehmen, um Hitler von einem Krieg gegen Polen abzuhalten.»

«Wie kommst du darauf?» fragte er angstvoll.

Mit ihren großen blauen Augen sah sie ihn unverwandt an. «Durch eine Bemerkung von Papa. Er hat nicht direkt dich erwähnt, aber er sprach über die heimlichen Aktivitäten von General Beck und Oberst Oster. Da ich weiß, was du über England denkst, habe ich einfach zwei und zwei zusammengezählt.»

Stefans Herzschlag schien auszusetzen. «Wenn das der Fall wäre, wie würdest du reagieren?»

«Ich verstehe nicht alles, was zur Zeit geschieht, aber ich weiß, daß sogar mein Vater keinen neuen Weltkrieg will.»

Stefan holte tief Luft. «Wenn ich nach England gehen würde, würdest du dann mit mir kommen, Christa?»

Sie sah zur Seite. Schließlich sagte sie: «Ich weiß es nicht.»

«Aber du wirst mich heiraten, ja?»

Wieder zögerte sie. «Ja, aber laß uns noch ein wenig warten. Stefan, wenn wirklich ein Krieg ausbricht, kann sich alles ändern.»

Stefan sah auf den See hinaus. «Bedauerst du, was wir getan haben?»

An der Ernsthaftigkeit ihrer Antwort gab es keinen Zweifel. «Was wir eben getan haben, war – wie soll ich sagen – der höchste Ausdruck unserer Liebe.»

«Warum willst du mich dann nicht heiraten?» fragte er bekümmert.

Sie war zwar dem Alter nach sechs Jahre jünger als er, in ihrer Lebensklugheit jedoch wesentlich älter. Mit sehr sanfter Stimme sagte sie: «Man muß nicht gleich heiraten, wenn man miteinander geschlafen hat. Das sind sehr altmodische Ansichten.»

Viktoria wußte vom ersten Augenblick an, als sie Stefan an diesem Abend sah, was geschehen war. Trotz aller Bemühungen gelang es ihm nicht, vor ihr irgendwelche Geheimnisse zu haben. Die ganze Nacht wälzte sie sich unruhig in ihrem Bett, erwachte schweißgebadet und erinnerte sich dann an Alpträume, in denen Stefan wegen Inzest eingesperrt wurde, und an ein Familiengericht, das sie schuldig sprach.

Am Montag nachmittag kam er unerwartet früh von der Arbeit nach Hause. Benno war nicht da. Viktoria saß in der Wohnung und tat so, als ob sie lese, als Stefan eintrat. Er sah sie verlegen an und sagte: «Ich muß packen. Ich fahre für ein paar Tage nach London.»

«Stefan, setz dich bitte einen Moment zu mir. Ich möchte mit dir reden.»

Er sah auf seine Uhr. «Ich habe nicht viel Zeit, aber na ja ...»

«Stefan, warum fährst du nach England?»

Stefan lachte hart auf. «Ich möchte versuchen zu erreichen, daß die Briten doch noch begreifen, daß Hitler auf einen Krieg hinauswill, und sie gezwungen sind, etwas zu unternehmen, um das zu verhindern.»

Diese Antwort hatte sie als allerletzte erwartet. Sie hatte nicht damit gerechnet, daß sein Kreuzzug gegen die Nazis so weit ginge. Einen Moment lang vergaß sie Christa angesichts der drohenden Gefahr, in die er sich begab. «Aber, Stefan –»

Er unterbrach sie. «Vielleicht komme ich nicht mehr zurück.»

«Du kommst vielleicht nicht zurück?»

«Wenn ich Christa überreden kann, mich zu begleiten.»

«Was soll das heißen?»

Er drehte sich auf dem Absatz um und sah ihr direkt ins Gesicht. «Das soll heißen, daß ich Christa gefragt habe, ob sie mich heiratet.»

Also war es nach all dieser Zeit doch geschehen. Viktoria sank in ihren Stuhl zurück. «Nein, Stefan, ich kann dir nicht erlauben, Christa zu heiraten.»

«Nicht erlauben?» wiederholte Stefan empört. «Mama, ich bin vierundzwanzig. Ich kann heiraten, wen ich will.»

«Wir könnten dich enterben …»

«Ich habe nie etwas von euch erwartet. Andere Paare fangen mit nichts an. Das können wir auch. Im ganzen letzten Jahr habe ich gespart. Bald habe ich genug, um mir eine Wohnung zu leisten.»

Viktoria fühlte sich benommen, alles schien sich von ihr zu lösen und davonzuschwimmen. Es blieb nur das Wissen, daß sie den Menschen verletzen mußte, der ihr der liebste auf der ganzen Welt war, den einen Menschen, den sie vom Tag seiner Geburt an versucht hatte zu beschützen und den sie jetzt so endgültig und furchtbar im Stich gelassen hatte. Sie zwang sich, stark zu bleiben. «Stefan, du kannst Christa nicht heiraten.»

«Mama …!»

«Setz dich bitte, und ich erklär dir, warum nicht.» Als er sich gesetzt hatte, sprach sie weiter: «Vor langer Zeit beging ich einen schweren Fehler.»

«Du willst mir doch nicht erzählen, daß *du* den falschen Mann geheiratet hast?»

«Diesen Fehler habe ich noch vor der Heirat mit Benno gemacht. Ich habe mich in einen anderen Mann verliebt und wurde von ihm schwanger.» Sie holte tief Luft. «Stefan, Benno ist nicht dein leiblicher Vater.»

«Papa ist nicht mein leiblicher Vater? Weiß er das?»

«Nein. Benno glaubt, du seist sein Sohn.»

«Aber wie konntest du so etwas tun?»

«Weil mich dein richtiger Vater nicht geheiratet hätte und … jedenfalls brach dann der Krieg aus, und er wurde an die Front geschickt. Benno hatte sich mir bereits erklärt, deshalb willigte ich ein, als ich entdeckte, daß ich schwanger war. Ich mußte das tun, Stefan. Ich mußte einen Vater für mein Kind haben.»

«Aber mußtest du ihn die ganze Zeit über belügen? Hättest du ihm nicht die Wahrheit sagen können? O Gott, was für eine verachtungswürdige Geschichte!»

Viktoria nickte. «Ja, das war sehr verachtungswürdig. So oft hatte ich schon vor, es ihm zu sagen, aber was hätte es gebracht, außer Kummer und unnötigen Schmerzen? Er liebt dich. Er glaubt, du seist sein Sohn, und bis auf eines bist du das auch. Er brauchte das nicht zu wissen. Niemand mußte das wissen.»

«Warum findest du es dann plötzlich notwendig, mir das alles zu erzählen? Warum hast du jetzt dein schmutziges Geheimnis preisgegeben? Glaubst du, Christa macht es etwas aus, einen Bastard zu heiraten?» Er versuchte nicht, den Abscheu in seiner Stimme zu unterdrücken.

«Weil du wissen mußt, wer dein wirklicher Vater ist.»

«Ich will es nicht wissen! Ich habe all die Jahre ohne dieses Wissen gelebt, und das kann auch so bleiben!» Er ging zum Fenster hinüber. «Christa wird mich trotzdem heiraten. Sie liebt mich, so wie ich bin, nicht wegen meines Vaters. Du kannst nicht gewinnen, Mama. Deine Geständnisse ändern überhaupt nichts, außer daß mir Papa jetzt sehr, sehr leid tut.»

Ihre Finger waren so fest ineinander verschränkt, daß die Knöchel weiß und blutleer hervortraten. «Stefan, dein Vater ist Peter von Biederstedt.»

Jetzt war es ausgesprochen, und sie konnte fühlen, wie die Worte zwischen ihnen in der Luft hingen.

Mit erstickter Stimme sagte Stefan: «Du meinst, daß Christa meine Halbschwester ist? O mein Gott …»

«Stefan, es tut mir leid …»

«Warum hast du mir das nicht früher gesagt? Warum hast du mit angesehen, wie ich mich in sie verliebte, wenn du doch die ganze Zeit über gewußt hast, daß sie meine Schwester ist?»

«Ich habe versucht, dich zu warnen», flüsterte sie, «aber ich wollte dich nicht verletzen. Stefan, ich liebe dich einfach zu sehr.»

«Du liebst mich so sehr, daß du es zuläßt, daß ich mit meiner Schwester schlafe?» Seine Worte schnitten wie ein Messer in ihr Herz.

Es gab für sie nichts mehr zu sagen.

Wie betäubt ging Stefan durch das Zimmer zur Tür. «Jetzt bleibt mir ja wohl nur noch eines zu tun, oder?» Sein Gesicht war weiß wie ein Blatt Papier, seine Hand zitterte auf der Türklinke. Mit gepreßter Stimme sagte er: «Ich fahre nach England, und ich werde dort bleiben. O mein Gott ...»

«Stefan, wirst du vorsichtig sein? Du wirst doch – du wirst doch keine Dummheiten machen?»

«Das fragst ausgerechnet du?» Die Tür flog hinter ihm ins Schloß, und kurz darauf hörte Viktoria, wie er sein Zimmer verließ. Stefan, ihr Sohn, die Liebe ihres Lebens, Stefan war gegangen.

Viktoria saß noch immer bewegungslos, als Benno eine Stunde später zurückkam. Er sah sie kurz an und fragte dann: «Vicki, was um Himmels willen ist geschehen?»

Dumpf sagte sie: «Stefan ist fort.»

«Wie meinst du – fort?»

«Er ist nach England, und er wird nie wiederkommen.» Sie starrte ihn mit einem wilden Blick an, begrub dann ihr Gesicht in den Händen, am ganzen Körper von heftigem Schluchzen geschüttelt.

«Vicki, Liebling, natürlich wird er zurückkommen.»

«Nein!» Sie schrie es fast. «Er ist für immer fort.» Sie begann zu weinen, wild und verzweifelt wie eine Frau, die alles verloren hat, was in ihrem Leben jemals Bedeutung hatte.

Benno nahm sie in den Arm. «Vicki, komm, leg dich hin.» Er brachte sie ins Schlafzimmer, legte sie aufs Bett und deckte sie zu. Dann zog er einen Stuhl heran und hielt ihre Hand. Als ihr Weinen ein wenig nachließ, fragte er: «Warum kommt er nie mehr zurück?»

Doch seine Frage löste nur einen neuen Weinkrampf aus. Hilflos legte Benno seine Hand auf ihre Stirn.

Sie sah ihn mit rotverweinten Augen an. Sie schluckte: «Wir hatten einen Streit ...»

«Einen Streit?»

«Ich konnte nicht zulassen ...» Sie stockte wieder und begann von neuem zu schluchzen. Benno sah sie voller Kummer an. Ihre Stirn unter seiner Hand war fieberheiß. Als sie nach einer halben Stunde immer noch nicht aufhörte zu weinen, verließ er leise das Zimmer und rief in der Praxis von Dr. Blattner an.

Der Arzt kam sofort und blieb ungefähr zehn Minuten bei Viktoria. Er war sehr verwundert, als er wieder aus dem Zimmer kam. «Sie hat einen schweren Schock, Herr Kraus, können Sie mir sagen, worauf das zurückzuführen sein könnte?»

Benno atmete tief ein. «Stefan ist nach England zurückgegangen. Er sagte seiner Mutter, daß er nicht wiederkommen will.»

Der Arzt seufzte. «Nun, ich habe ihr ein Beruhigungsmittel gegeben und strikte Ruhe verordnet. Morgen komme ich noch mal vorbei.»

Benno begleitete ihn nach unten und schickte den Chauffeur nach Heiligensee, um Ricarda zu holen. Dann ging er wieder in das verdunkelte Schlafzimmer und setzte sich auf einen Stuhl neben dem Bett. Viktoria starrte an die Zimmerdecke. Er nahm ihre Hand und sagte leise: «Vicki, es tut mir leid wegen Stefan.»

Sie schloß die Augen und atmete etwas ruhiger. Benno beugte sich vor und küßte sie auf die Stirn. «Ich liebe dich, Schatz. Das war immer meine Sorge. Ich liebe dich mehr als irgend jemanden sonst auf dieser Welt, aber ich habe dich anscheinend nie so geliebt, wie du es brauchst.»

Ihre Augenlider zuckten, doch sie sagte kein Wort.

Als Ricarda kam, ging Benno in Stefans Zimmer, setzte sich auf das Bett und sah sich in dem Raum um, der so ganz der seines Sohnes war – volle Bücherregale, auf denen sich auch Bücher fanden, die seit 1933 verboten waren, ein Aquarell Ricardas von Heiligensee, ein gerahmtes Familienfoto, eine Fotografie von Christa ... Dann barg er sein Gesicht in seinen Händen. «Oh, Stefan, was haben wir dir angetan, mein Sohn?»

Stefan ließ sich am Bahnhof in Oxford von Mortimer abholen. Mortimer sah ihn nur kurz an und schob ihn dann in sein Auto. «Du siehst ja furchtbar aus, Junge. Was ist denn passiert?»

Zusammenhanglos erzählte Stefan. Mortimer hörte zu, ohne ihn zu unterbrechen. Er verstand plötzlich Viktorias fast unnatürliche Liebe zu ihrem Sohn und ihren Schrecken, als sie feststellte, daß er sich in Christa verliebt hatte. Und er begriff endlich auch, warum sie unfähig gewesen war, mit ihm ein Verhältnis einzugehen.

Als Stefan schließlich zu Ende gesprochen hatte, startete Mortimer das Auto. «Los, wir bringen dich jetzt nach Hause, Junge.»

Libby schlief bereits, als sie in «Fairways» ankamen. Joyce drückte Stefan an sich, Mortimer goß ihm einen Brandy ein. Kurz darauf ging Stefan in sein Zimmer und fiel sofort in einen tiefen Schlaf. In seinem Unterbewußtsein wiederholte er unablässig den einzigen Namen: «Christa, Christa, Christa ...»

Als er aufstand, war es fast Mittag. Joyce arbeitete in ihrem Studio, und Mortimer las in der Küche Zeitung. Er stellte den Wasserkessel auf den Herd, tat etwas Tee in die Kanne und schob das Brot in den Toaster. «Wie geht es dir?»

«Ein bißchen wackelig ...»

«Iß mal was, dann unterhalten wir uns.» Mortimer saß still daneben, während Stefan frühstückte. Dann fragte er: «Hast du dich endgültig entschlossen, daß du nicht mehr nach Berlin zurückwillst?»

«Ich werde nie mehr zurückgehen. Mein Zuhause ist jetzt England.»

«Hm.» Mortimer stieß eine Wolke Zigarettenrauch aus und sah

Stefan in die Augen. «In diesem Fall müssen wir ins Innenministerium und versuchen, eine Aufenthaltserlaubnis für dich zu bekommen.»

Stefan sah ihn erstaunt an. «Du meinst …?»

Mortimer nickte. «Ja, du bist jetzt ein Flüchtling.» Er trommelte mit den Fingern auf den Tisch. «Ich habe über deine Lage gründlich nachgedacht. Meiner Meinung nach solltest du Oberst Oster einen förmlichen Brief schreiben und um deinen Abschied bitten. Das wäre anständig und würde auch das Innenministerium davon überzeugen, daß du in Ordnung bist.»

Mit Mortimers Hilfe verfaßte Stefan einen Brief an Oberst Oster, in dem er ihm mitteilte, daß er aus ideologischen Gründen in England ein neues Leben anfangen wolle. Dann gingen sie zusammen zur Post, um ihn aufzugeben. Als der Beamte den Umschlag nahm und abstempelte, wußte Stefan, daß sein Schicksal nun besiegelt war.

Erst zwei Tage später bekamen sie einen Termin im Innenministerium. In diesen zwei Tagen waren Mortimer, Joyce und Libby sehr liebevoll und geduldig, hörten ihm zu, wenn er wieder und wieder die furchtbare halbe Stunde mit seiner Mutter durchging. Auf der Zugfahrt nach London sagte Mortimer: «Stefan, ich möchte dich um eines bitten. Sei nicht zu hart zu deiner Mutter. Sie hat es gut gemeint – und ich bin sicher, daß sie jetzt sehr leidet.»

Stefan starrte aus dem Zugfenster. Sollte sie doch leiden. Er haßte sie. Sie hatte sein Leben zerstört.

Im Innenministerium wurden sie mit Skepsis empfangen. «Sie waren in Oxford, Mr. Kraus? Sie kennen den Earl of Chanctonbury und Mr. Neal-Wright? Sie haben für den deutschen Nachrichtendienst gearbeitet? Und Sie, Mr. Allen? Sie sind doch Amerikaner, leben in Oxford und arbeiten in Berlin? Es tut mir leid, aber nach Auffassung der Regierung Ihrer Majestät sind Sie beide Ausländer. Was Sie betrifft, Mr. Kraus, müssen wir uns Ihre

Geschichte sehr genau ansehen. Nach allem, was wir wissen, könnten Sie ja auch ein Spion sein.»

Stefan wollte schon zornig lospoltern, doch Mortimer warf ihm einen warnenden Blick zu. Der Beamte zog eine Schreibtischschublade auf und gab ihm einen Stoß Formulare. «Wenn Sie das bitte ausfüllen würden.» Mit einem tiefen Seufzer machte sich Stefan an die Arbeit. Als er fertig war, sah der Beamte in einem Ordner auf seinem Schreibtisch nach und gab Stefan dann eine Karte. «Sie können vorläufig hierbleiben. Mit dieser Karte gehen Sie zur Polizei in Oxford und werden sich dann dort jede Woche melden. Ohne unsere Erlaubnis dürfen Sie nicht herumreisen.»

«Aber wie ist es mit einer Arbeitserlaubnis? Ihr Land wird mich brauchen, wenn der Krieg ausbricht.»

Der Mann aus dem Innenministerium sah Stefan mit unverhohlenem Schrecken an. «Ich glaube nicht, daß es soweit kommt. Es wird keinen Krieg geben.»

In den ersten Tagen nach Stefans Abreise schlief Viktoria fast ununterbrochen. Die Tabletten von Dr. Blattner brachten heilsames Vergessen. Wenn sie wach war, kehrte der Schrecken jedoch zurück: die Erinnerung daran, daß Stefan gegangen war, die Angst, daß er ihr nie verzeihen und sie ihn nie wiedersehen würde. Wimmernd wie ein kleines Kind weinte sie: «Stefan, o Stefan ...»

Ricarda und Luise wachten an ihrem Bett. «Wenn wir nur wüßten, was an jenem Nachmittag wirklich vorgefallen ist», sagte Ricarda immer wieder. «Ich weiß schon, was Vicki behauptet: Stefan sei Teil einer Untergrundbewegung und versuche, einen Krieg mit Polen zu verhindern. Doch ich kann mir nicht helfen: Ich habe das Gefühl, daß es noch um etwas anderes gegangen ist.»

Luise hatte eine ziemlich eindeutige Vermutung über das Geschehen an jenem Nachmittag. Als Ricarda einmal gerade nicht im Zimmer und Viktoria wach genug war, um zu sprechen, fragte sie sie: «Du hast Stefan alles von Peter gesagt, stimmt's?»

Viktoria nickte schwach. «Ich mußte einfach. Er hatte Christa gefragt, ob sie ihn heiraten würde. O Luischen, was soll ich nur tun? Noch nie in meinem Leben habe ich mich so hilflos gefühlt ...»

In der Zwischenzeit hatte Benno den ersten Schock überwunden und begann, über die weiteren Folgen von Stefans überstürzter Abreise nachzudenken. Auch Oberst Oster wurde davon betroffen, wenn sein Untergebener nicht aus England zurückkam. Es würde sich nicht vermeiden lassen, daß man begann, Fragen zu stellen, und die Nachforschungen konnten für alle Beteiligten sehr unerfreulich werden. Benno konnte nichts tun, um Stefan zu helfen, doch er konnte Viktoria und das Hotel schützen.

Als das Hotel in tiefem Schlaf lag, leerte er den Schreibtisch seines Sohnes, brachte den Inhalt – mit allen Büchern, außer den ganz unverfänglichen – in den Keller und verbrannte dort alles in dem großen Ofen. Dann setzte er sich in Stefans karges Zimmer und bereitete eine Geschichte vor.

Am Samstag, fünf Tage nach Stefans Flucht, war Benno mit seinen Nerven bereits ziemlich am Ende. Als Günther Birker mit einer Routinefrage in sein Büro kam, blaffte er ihn auf eine Art an, die für ihn äußerst ungewöhnlich war. «Um Gottes willen, Birker, behelligen Sie mich doch nicht mit solchen Lappalien! Lassen Sie mir einen Kaffee bringen.»

Günther sah ihn überrascht an. «Ja, natürlich, Herr Direktor.»

Kurz darauf wurde die Tür zum Büro aufgestoßen. Benno sah hoch und erwartete, einen Kellner mit dem Kaffee zu sehen. Statt dessen bauten sich zwei Männer in Ledermänteln vor ihm auf. Einer setzte sich auf den Stuhl, der vor Bennos Schreibtisch stand, der andere ließ die Hand in der Tasche, so daß es aussah,

als ob er eine Pistole darin hätte, und blieb an der Tür stehen.
«Wer sind Sie?» fragte Benno. «Was erlauben Sie sich, in mein Büro zu kommen, ohne zu …»

Es klopfte, und ein Kellner wollte eintreten, doch die Tür wurde ihm ins Gesicht geschlagen, so daß er rückwärts stolperte und das Kaffeegeschirr vom Tablett rutschte.

Der Mann auf dem Stuhl hielt Benno einen Ausweis vor die Nase. «Sturmführer Kuhn, Reichssicherheitshauptamt. Herr Kraus, wo ist Ihr Sohn?»

«Mein Sohn? Er macht Urlaub in England.»

«Urlaub?»

«Ja. Er hat in England studiert und eine Menge Freunde dort. Was, zum Teufel, soll das? Ich habe viel zu tun – ich bin Direktor eines Hotels –»

Kuhn sah ihm direkt ins Gesicht. «Sie haben nichts von ihm gehört?»

«Nicht ein Wort. Aber er ist auch erst seit einigen Tagen fort …»

«Herr Kraus, Ihr Sohn ist nicht auf Urlaub. Er ist zum Feind übergelaufen.»

«Übergelaufen?»

«Er hat einen Brief an die Abwehr geschrieben, in dem er aus ‹ideologischen› Gründen seinen Abschied erklärt. Wir nehmen an, daß er während seiner Zeit in Oxford vom britischen Geheimdienst angeworben wurde und im vergangenen Jahr hier als britischer Spion tätig war.»

Benno sank in den Sessel zurück und schlug die Hände vors Gesicht. «Nein, nein … Das kann ich einfach nicht glauben …»

«Sympathisieren Sie mit den Ansichten Ihres Sohnes?»

Benno sah die beiden Männer an und erhob sich halb von seinem Sitz. Entrüstet sagte er: «Ich bin seit 1932 Mitglied der NSDAP. Ich bin ein Kraus, und das ist in Deutschland ein respektierter Name …»

«Wo hält sich Ihr Sohn in England auf?»

«Das weiß ich nicht.»

«Er befindet sich im Haus des amerikanischen Reporters Mortimer Allen.»

«Sie meinen, daß Herr Allen über Stefans Aktivitäten informiert ist?»

«Wir nehmen an, daß er ihn dazu ermutigt hat. Allens linksgerichtete Sympathien sind uns schon seit langem bekannt.»

«Wenn Allen zurückkommt, wird es in meinem Haus kein Zimmer mehr für ihn geben», tobte Benno.

«Im Gegenteil», sagte Sturmführer Kuhn. «Wir möchten, daß Sie sich nach Allens Rückkehr bei ihm für seine Sorge um Stefan bedanken und uns alles über ihn berichten, was Ihnen verdächtig erscheint.»

«Sie wollen, daß ich Herrn Allen ausspioniere?»

«Das ist in Ihrem eigenen Interesse, Herr Kraus, wenn Sie möchten, daß wir Sie nicht für einen ebensolchen Verräter halten wie Ihren Sohn.»

Benno seufzte tief und schüttelte ungläubig den Kopf. «Ich kann es nicht glauben. Nicht Stefan ...»

«Ich sage Ihnen nichts als die Wahrheit.»

«Dann betrachte ich ihn nicht länger als meinen Sohn», sagte Benno langsam. «Ich enterbe ihn. Wenn er je zurückkehrt, werde ich ihm das mitteilen.»

«Sollte er jemals zurückkehren, wird ihm als Verräter der Prozeß gemacht ...»

«Gütiger Gott ...»

Sturmführer Kuhn stand auf. «Das ist alles. Ich gehe davon aus, daß Ihnen bewußt ist, welch schwerwiegende Konsequenzen Sie erwarten, falls Sie gelogen haben.»

Noch an diesem Vormittag entfernte Benno alle verbliebenen Besitztümer Stefans. Seine Kleider erhielt die Winterhilfe, alle Fotos von ihm wurden verbrannt. Wenn die Gestapo nachforschte, würde sie feststellen, daß Benno sein Wort hielt: Er betrachtete Stefan nicht mehr als seinen Sohn.

Viktoria dachte, ihr Herz würde brechen. Vor ihr stieg das Bild einer leeren und trostlosen Zukunft auf. Es war, als ob Stefan nie existiert hätte. Und nur sie allein war dafür verantwortlich.

Bennos Leiden war für diesen Tag noch nicht beendet. Nachmittags rief sein Vater an. «Ich habe soeben gehört, daß Stefan übergelaufen ist! Ich nehme an, daß du keinen Gedanken darauf verschwendet hast, welche Folgen das für mich haben kann, oder? Du hast den Jungen immer viel zu sehr verhätschelt. Gott sei Dank sind wir ihn jetzt los! Ich möchte seinen Namen nie wieder hören. Er ist nicht mehr mein Enkel und war es auch nie. Ich werde ihn enterben.»

Einige Minuten schimpfte er weiter, bevor er einhängte, ohne auch nur eine Antwort von Benno abzuwarten.

Eine Stunde später klopfte es, und Günther Birker betrat zögernd das Büro. «Entschuldigen Sie die Störung, Herr Direktor, aber Oberst Graf von Biederstedt und Fräulein Christa möchten Sie unbedingt sehen.»

Resigniert sagte Benno: «Bitten Sie sie herein, Herr Birker.»

Peter verlor keine Zeit mit langen Vorreden. Zornig sagte er: «Admiral Canaris von der Abwehr hat mir die Neuigkeiten mitgeteilt. Stefan ist zu den Engländern übergelaufen. Es scheint, er hat einer Widerstandsgruppe angehört. Was, zum Teufel, hast du dir eigentlich dabei gedacht, als du ihm erlaubt hast, sich auf so etwas einzulassen?»

In diesem Augenblick explodierten die jahrelang aufgestauten Emotionen in Benno. Von seinem Vater konnte er sich solche Anschuldigungen anhören, doch er wollte verflucht sein, wenn er sich dasselbe von seinem Cousin bieten lassen würde. «Nur weil es solche Männer wie dich gibt, mußte Stefan tun, was er getan hat!» schrie er. «Du und deinesgleichen verherrlichen den Krieg und kümmern sich einen Dreck um andere Menschen. Ganz gleich, ob Stefan sich richtig verhalten hat – seine Motive verdienen jedenfalls Respekt!»

Peters Brauen zogen sich zusammen. «Versuch nicht, ihn zu glorifizieren, Benno. Dein Sohn ist ein Verräter.»

«Das hat mir die Gestapo bereits gesagt», erwiderte Benno scharf.

Christa sah Benno aus ihren blauen Augen flehend an. «Stimmt das? Wird Stefan wirklich nicht zurückkommen?»

Das arme Kind. Sie war das unschuldige und ahnungslose Opfer in dieser ganzen unangenehmen Geschichte. «Ja, Christa», sagte Benno mit schwerer Stimme, «das stimmt.»

Christa sah auf ihre Fingerspitzen. «Er hat mir angekündigt, daß das geschehen könnte. Vielleicht weißt du es nicht, Onkel Benno, doch als wir das letzte Mal zusammen in Heiligensee waren, hat Stefan mich gefragt, ob ich ihn heiraten würde.»

«Stefan hat dich gefragt, ob du ihn heiraten würdest?» Benno schnappte nach Luft und sank in seinen Sessel zurück. Das also war der wirkliche Grund für Stefans überstürzte Abreise und für Viktorias Kummer. Stefan hatte ihr erzählt, daß er um Christas Hand angehalten hatte – das zwang sie dazu, ihm die ganze Wahrheit zu beichten: daß er Peters Sohn und Christas Halbbruder war.

Doch was hatte Christa im Sinn? Trug sie sich etwa mit der verrückten Idee, Stefan nach England zu folgen? Benno fragte: «Und was hast du ihm geantwortet?»

Wieder zögerte sie ein wenig. «Ich sagte ihm, wir sollten noch etwas warten, denn wenn es Krieg gäbe, würde sich alles verändern. Er war wohl ziemlich enttäuscht darüber, doch ich finde, daß das richtig war – besonders nachdem das jetzt passiert ist.»

«Du kannst jeden Gedanken daran vergessen, daß du diesen Schuft heiraten könntest», stellte Peter klar.

Mühsam an sich haltend, sagte Christa: «Ich liebe Stefan deshalb nicht weniger, obwohl ich nie mit ihm fortgegangen wäre.

Ich werde ihn furchtbar vermissen, doch wenigstens weiß ich, daß er dort ist, wo er hinwollte, und in Sicherheit ist.»

Noch lange nachdem Peter und Christa gegangen waren, saß Benno in seinem Büro und starrte mit leerem Blick auf das Foto von Viktoria. Er hatte nicht gelogen, als er sagte, daß Stefan nicht mehr sein Sohn war. Doch wenn Viktoria Stefan die Wahrheit sagen konnte, warum konnte sie das nicht auch ihm gegenüber?

Lag es daran, daß sie ihn nicht liebte, oder hatte sie Angst vor seiner Reaktion? Er lächelte schwach. Eigentlich war das nicht wichtig. Er liebte sie und ihren Sohn. Was auch immer sie sagten oder taten – nichts konnte daran etwas ändern. Er hatte sein Herz gegeben – und er konnte es nicht zurücknehmen.

Mortimer kam am Montag wieder im Quadriga an. Als er sich am Empfang meldete, wählte Hubert Fromm eine Nummer des Haustelefons und sagte: «Herr Generaldirektor, Herr Allen ist eingetroffen. – Ja, natürlich.» Er wandte sich an Mortimer: «Würden Sie bitte gleich zu Herrn Generaldirektor Kraus ins Büro gehen?»

Mortimer grinste; er zweifelte nicht daran, daß er aus dem Hotel gewiesen werden sollte. Er klopfte an die Tür von Bennos Büro und trat ein. «Sie wollten mich sprechen, Herr Kraus?»

Benno bat ihn, Platz zu nehmen, und fragte dann: «Wie geht es Stefan?»

Zurückhaltend antwortete Mortimer: «Den Umständen entsprechend gut.»

«Hat er vor, in England zu bleiben?»

«Ja.»

Benno sah auf die Platte seines Schreibtischs und fragte: «Würden Sie mir sagen, was er Ihnen als Grund für seinen unvermittelten Aufbruch genannt hat?»

In diesem Augenblick wurde Mortimer klar, daß Benno Viktorias Geheimnis erraten hatte, und er spürte in sich eine plötzliche, unerwartete Welle der Sympathie für diesen Mann aufsteigen. «Er hat das Deutschland von Hitler nie gemocht, Herr Kraus...»

«Hat er Christa erwähnt?»

Mortimer wägte seine Worte vorsichtig ab. «Ja, er sagte, er hätte erkannt, daß sie nicht die richtige Frau für ihn sei. Er fand es besser, einen klaren Schlußstrich zu ziehen.»

Benno fuhr sich mit der Hand über die Stirn. «Die Gestapo war hier. Man hat mir aufgetragen, Sie zu bespitzeln. Aber Sie brauchen sich keine Sorgen zu machen. Ihre Familie kümmert sich um meinen Sohn – also werde ich Sie nicht verraten.»

Mortimer schämte sich. Er hatte versucht, Bennos Ehefrau zu verführen, und war mitverantwortlich für Stefans Handlungsweise. «Vielen Dank, Herr Kraus. Ich werde mich bemühen, nichts zu tun, das gegen Ihre Interessen wäre.»

Benno schwieg einen Moment und sagte dann: «Nach und nach wird jetzt bekannt, was geschehen ist, und man spricht auch über Ihre Rolle in der ganzen Geschichte. Deshalb wäre es seltsam, wenn wir Sie nach wie vor wie einen guten Freund der Familie behandeln würden. Ich muß Sie bitten, sich nicht mit meiner Frau auf ein Gespräch über Stefan einzulassen, wenn sie das versuchen sollte. Es ist nur zu ihrem eigenen Besten.»

Mortimer nickte. «Ich verstehe.»

Benno stand auf und reichte ihm die Hand. «Vielen Dank, Herr Allen.»

Nachdem Mortimer gegangen war, ging Benno in die Wohnung zu Viktoria und Ricarda hinauf. «Mortimer Allen ist wieder hier. Stefan geht es gut, und er ist gesund. Aber er will in England bleiben. Er weigert sich, nach Deutschland zurückzukehren, solange Hitler an der Macht ist.»

Die Erleichterung auf dem Gesicht seiner Frau blieb ihm nicht verborgen – Viktoria glaubte, daß er die Erklärung, Stefans Abreise sei rein politisch begründet, akzeptierte.

In den folgenden Tagen erwies sich Bennos Einschätzung, die er Mortimer gegenüber geäußert hatte, als richtig. Der Journalist gab den perfekten Sündenbock für Stefans Seitenwechsel ab.

War er vorher einer der beliebtesten Auslandskorrespondenten in Berlin, so wurde er jetzt zur *persona non grata.* Die Gäste schnitten ihn, wenn er in die Bar kam. Unterhaltungen stockten, sobald er sich näherte. Nur seine englischsprachigen Berufskollegen hielten zu ihm.

Mortimer versuchte, seinen neuen Status gelassen zu sehen – trotzdem fand er ihn sehr frustrierend. Männer in braunen Regenmänteln – vermutlich Gestapo-Agenten – folgten ihm auf den Straßen oder saßen in der Bar und taten, als ob sie Zeitung läsen. Er befürchtete, die Aufmerksamkeit seiner Verfolger auf Bethel und Klara zu ziehen, wenn er die beiden besuchte.

Seine wichtigsten Informationsquellen versiegten über Nacht. Es gab keine kleinen Hinweise mehr von den Biederstedts und den Krauses. Er wagte nicht mehr, mit Oberst Oster Kontakt aufzunehmen.

Benno gegenüber hielt er sein Wort. Als Viktoria versuchte, mit ihm über Stefan zu sprechen, sagte er abrupt: «Es tut mir leid, aber ich kann dir nichts über ihn sagen.»

«Mortimer, wir waren einmal Freunde …»

«Das ist lange her. Die Dinge haben sich verändert.»

Verletzt und gekränkt flehte sie: «Bitte, versteh mich doch. Ich habe mich so verhalten, weil ich ihn liebe.»

Er verstand sie besser, als sie ahnen konnte, und sie hatte ihm noch nie so leid getan wie in diesem Augenblick.

11

Obwohl Christa nach Stefans Abreise sehr niedergeschlagen war, schien sie doch nicht so durcheinander zu sein, wie Ilse anfangs befürchtet hatte. «Entweder tun sich die Mädchen heutzutage mit so etwas leichter als zu meiner Zeit», sagte sie zu Peter, «oder Christa hat Stefan nie so sehr geliebt wie er sie.»

Peter runzelte die Stirn. Er war mit dieser Liebschaft von Anfang an nicht einverstanden gewesen, und die Enthüllung von Stefans Verrat hatte ihn bis ins Mark erschüttert. Seiner Meinung nach waren sie alle noch einmal davongekommen. «Ich hoffe, sie sucht sich ihren nächsten Kandidaten mit etwas mehr Geschick aus», war sein scharfer Kommentar.

Christa interessierte sich jedoch weder für andere junge Männer noch für die Einladungen ihrer Freundinnen, mit ins Theater oder zum Tanzen zu gehen.

Bereits jetzt war ihr klar, daß Stefan eine einzigartige Erfahrung in ihrem Leben darstellte. Sie hatte ihn nie ganz verstanden und vielleicht auch – so wie ihre Mutter es sah – nie mit derselben Leidenschaft geliebt wie er sie. Doch er war ein wichtiger Mann für sie gewesen, und nun, da er fort war, vermißte sie ihn mehr, als sie zu erkennen gab.

Um die innere Leere zu überspielen, bewarb sie sich für eine

Stelle als Teilzeitsekretärin im Außenministerium und bekam sie zu ihrer Freude sofort.

Ihr Vater war nicht sonderlich erfreut. «Ich habe mir nie vorgestellt, daß meine Tochter einmal als Sekretärin arbeiten würde. Findest du das nicht etwas unpassend?»

Doch Christa wußte, was sie wollte. «Im Gegenteil, Papa. Ich bin der Meinung, daß ich zum einen ein gutes Beispiel gebe und zum anderen auch meinem Land damit diene.»

Am Abend ihres ersten Arbeitstags, des 21. August 1939, als sie und ihre Eltern gerade dabei waren, zu Bett zu gehen, wurde das Abendmusikprogramm im Radio plötzlich unterbrochen und eine Nachrichtensendung angekündigt. Der Sprecher sagte: «Die Reichsregierung und die Regierung der Sowjetunion sind übereingekommen, einen Nichtangriffspakt abzuschließen. Der Reichsaußenminister wird am Mittwoch, dem 23. August, zum Abschluß der Verhandlungen in Moskau eintreffen.» Dann wurde das Musikprogramm wieder fortgesetzt.

Plötzlich war Christa eine sehr wichtige Person in der Familie. Ihr Vater fragte sie: «Also, warum sollte Hitler mit Stalin einen Pakt schließen? Christa, hast du irgend etwas darüber im Außenministerium gehört?»

Christa lächelte. «Papa, ich bin doch nur eine kleine Sekretärin. Minister von Ribbentrop wird sich kaum ausgerechnet mir anvertrauen.»

Am folgenden Tag erfuhr Peter den Grund für diesen Vertrag. Er begleitete General Halder zu einer Konferenz mit Militärs in Hitlers berühmtes Gebirgsdomizil, den Berghof, hoch über dem bayrischen Ort Berchtesgaden. Die beste Möglichkeit, Polen zu bekommen, so machte der Führer dort klar, war eine verbriefte Freundschaft mit der Sowjetunion.

Nachdem Hitler die aktuelle politische und militärische Lage in Europa dargestellt hatte, ging er in die Details. «Die Vernichtung von Polen steht im Vordergrund. Ziel ist die Beseitigung der lebendigen Kräfte, nicht die Erreichung einer bestimmten Linie. Auch wenn im Westen Krieg ausbricht, bleibt die Vernichtung Polens im Vordergrund …

Ich werde einen propagandistischen Anlaß zur Auslösung des Krieges geben, gleichgültig, ob er glaubhaft ist oder nicht. Der Sieger wird später nicht danach gefragt, ob er die Wahrheit gesagt hat oder nicht. Bei Beginn und Führung eines Krieges kommt es nicht auf das Recht an, sondern auf den Sieg …

In Polen werden dabei Dinge geschehen, die Ihnen nicht angenehm sein werden. Sie sollten sich da nicht einmischen, sondern sich auf Ihre militärischen Pflichten beschränken. Verschließen Sie Ihr Herz gegen Mitleid! Seien Sie brutal! Achtzig Millionen Menschen müssen ihr Recht bekommen … Seien Sie hart und seien Sie schonungslos! Wer über diese Weltordnung nachgedacht hat, weiß, daß sie ihren Sinn durch mit Gewalt errungenen Erfolg der Besten erhält …»

Obwohl Peter an Hitlers wütende Tiraden gewöhnt war, fühlte er sich jetzt doch etwas unbehaglich. In diesen Ausbrüchen war so etwas Würdeloses – auch in den Gefühlen, die darin zum Ausdruck kamen. Er starrte auf seine Hände und konzentrierte sich auf seine eigenen Gedanken, um nicht die hervortretenden Augen und das rot angelaufene Gesicht des Führers sehen zu müssen.

Als sie nach Berlin zurückflogen, war General Halder sehr still. Erst als sie landeten, sagte er: «Ich glaube, so wird es gehen. Mit Rußland an unserer Seite werden wir Polen leicht überrennen.»

«England und Frankreich werden sich nicht einmischen», fügte Peter zuversichtlich hinzu.

«Sogar wenn sie es täten, würde Hitler keinen Weltkrieg zulassen. Er weiß, daß wir dafür nicht stark genug sind. Er weiß, daß das unser Ruin wäre.»

Peter sah ihn neugierig an. In Halders Stimme war ein Tonfall, den er auch bei dessen Vorgänger einmal gehört hatte: bei General Beck.

Am Donnerstag herrschte im Hotel Quadriga eine angespannte Atmosphäre. Luise kam bleich und durcheinander ins Hotel und erzählte, daß Josef an einer Aufklärungsübung teilnahm. Den ganzen Tag lang dröhnte der Himmel vom Lärm von Bomberformationen, die in Richtung Polen flogen.

Am nächsten Tag waren auf einmal alle Telefon- und Telegrafenverbindungen mit der Außenwelt unterbrochen, doch genauso schnell wurden sie kurz darauf wieder hergestellt. Gerüchte kursierten, daß Mussolini und der Papst versuchten, zwischen Hitler, Chamberlain und Daladier zu vermitteln.

Das Wochenende war unerträglich heiß, dazu kam die spannungsgeladene Situation. Wie die meisten Berliner flüchteten auch Ricarda, Viktoria und Benno aufs Land. Widerstrebend schloß Luise sich ihnen an, nachdem sie ihr klargemacht hatten, daß Lili unbedingt an die frische Luft mußte.

Mortimer versuchte die ganze Zeit, von den grimmig blickenden, strapazierten Angestellten und Beamten, die Unter den Linden und auf der Wilhelmstraße zwischen den verschiedenen Ministerien und der Reichskanzlei hin und her eilten, Informationen zu erhalten.

Sonntag abend kamen Viktoria und Benno rechtzeitig von Heiligensee zurück, um die Radiomeldung zu hören, daß ab Montag Kohle, Seife, Textilien, Essen und Schuhe rationiert würden – das war der erste handfeste Hinweis darauf, daß der Krieg wesentlich näher war, als alle geglaubt hatten. Niedergeschlagenheit machte sich auf den Gesichtern breit.

Als am nächsten Morgen mehrere Angestellte des Hotels ihre Marschbefehle erhielten, nahm die gedrückte Stimmung noch zu. Am Nachmittag wies Philip Krosyk seine Kellner an, sich mit Scheren für die neuen Lebensmittelkarten auszurüsten, und

Küchenchef Mazzoni studierte die Rationierungsbestimmungen.

Am folgenden Tag kam der Blockwart für den Teil von Unter den Linden, in dem das Quadriga lag, um Verdunklungsvorschriften zu besprechen. Ein Angestellter des Empfangs und ein Hallenportier wurden zu Luftschutzwarten ernannt und waren verantwortlich dafür, daß das gesamte Hotel nachts verdunkelt war und alle Angestellten und Gäste Gasmasken erhielten. Schließlich tauchte die Frage nach einem Luftschutzbunker auf.

Benno persönlich ging mit Blockwart Sachs durch die Küchen und öffnete die schweren Türen, die in den Keller hinunterführten. Als erstes inspizierten sie den Teil mit den Installationen der Boiler und Stromgeneratoren, anschließend die Wäscherei und die Arbeitsräume, schließlich die Aufenthaltsräume für die Monteure, Pagen und anderen Dienstboten. Der Blockwart fragte: «Und was ist mit den anderen Kellerräumen?»

Benno fingerte einen Schlüssel aus dem großen Bund, den er immer bei sich trug, und schloß die Tür zum Weinkeller auf. Zwischen den Weinregalen waren so breite Gänge, daß vier Personen nebeneinander durch die weiten Gewölbe gehen konnten. Benno deutete an die Decke. «Wir befinden uns jetzt unter dem Eingang, doch die Keller erstrecken sich auch noch bis unter die Fahrbahn von Unter den Linden. Da Verkehr und S-Bahn Erschütterungen verursachen, befindet sich dort der weniger wertvolle Wein. Hier, Herr Blockwart, sehen Sie die kostbarste Weinsammlung von ganz Deutschland: ungefähr eine Million Flaschen.»

Sogar Blockwart Sachs war beeindruckt. «Eine Million Flaschen, Herr Generaldirektor ... Trotzdem muß dieser Keller leider teilweise geräumt werden, damit ein Schutzraum für Luftangriffe entsteht. Ihre Gäste müssen irgendwo Schutz finden.»

Sie gingen wieder nach oben, und Blockwart Sachs verabschiedete sich. Benno kam in Viktorias Büro, zorniger, als sie ihn je erlebt hatte. «Für wen, zum Teufel, halten die sich eigentlich, um mir vorzuschreiben, was ich mit meinem Keller zu tun habe? Und was ist das für ein Mensch, der dieses Land führt und uns einen Krieg beschert, bei dem Berlin Luftangriffen ausgesetzt sein könnte?»

Viktoria sah ihn kalt an. «Nun, auch du hast schließlich Hitler mit deiner Stimme an die Macht gebracht – jetzt mußt du dich mit seiner Politik eben abfinden, auch wenn das Krieg bedeutet.»

«Vicki, das ist unfair. Ich habe nie gesagt, daß ich einen neuen Krieg will. Ganz im Gegenteil ...»

Doch Viktoria interessierte sich nicht für Bennos Meinung zu Gegenwart oder Vergangenheit. Sie suchte nach einem Anlaß, ihren aufgestauten Emotionen Luft machen zu können, da Zorn besser war, als zu heulen. «Das ist nicht dein Keller, sondern unser Keller. Es ist nicht dein Wein, sondern unser Wein. Und da wir jetzt anscheinend am Rand eines Krieges stehen, schlage ich dir vor, nicht herumzujammern, sondern dich an die Arbeit zu machen und Vorkehrungen zu treffen, damit wir und unsere Gäste bei einem Bombenangriff so wenig Schaden wie möglich erleiden.»

Sie stand von ihrem Schreibtisch auf, ging aus dem Zimmer und verspürte eine perverse Genugtuung darüber, daß Benno so aus der Fassung war.

Widerstrebend überwachte Benno den Umbau des Kellers in einen Schutzraum. An allen Fenstern und Außentüren des Hotels wurden Verdunklungsvorrichtungen angebracht. Die Luftschutzwarte gaben Gasmasken aus. Alle Autos erhielten Abdeckkappen mit Schlitzen für die Scheinwerfer. Als Orientierungshilfen bei Dunkelheit wurden die Randsteine weiß angestrichen.

Drei weitere Tage vergingen, in denen ständig neue Gerüchte auftauchten, doch niemand wußte, was eigentlich vorging. Festzustellen war nur hektische Betriebsamkeit bei den Diplomaten, die Polen mobilisierten ihre Truppen, und deutsche Soldaten marschierten in Richtung Grenze nach Polen.

Auf dem Flugplatz Schneidemühl, einige Kilometer westlich der polnischen Grenze, klopfte im Morgengrauen des 31. August Josefs Ordonnanz an die Tür und lief dann aufgeregt mit einem Krug lauwarmem Wasser in das Zimmer. «Herr Oberst, wachen Sie auf! General Kesselring hat für vier Uhr eine Besprechung angesetzt. Es geht los, Herr Oberst!»

Josef wollte sich gerade noch einmal für ein Viertelstündchen umdrehen und weiterschlafen, als ihm die Bedeutung der Worte seines Burschen klar wurde. Er sprang aus dem Bett, griff nach einer Zigarette und brachte das Kunststück zustande, sein Gesicht zu waschen und gleichzeitig zu rauchen.

Der Besprechungsraum war bereits voll, als Josef dort eintraf, und eine Atmosphäre angespannter Erwartung umgab die versammelten Männer. Kesselring und seine Adjutanten traten ein und gingen zum Podium. Der General stand vor einer großen Karte von Polen und sagte: «In der vergangenen Nacht gab es eine Serie von Gewaltakten entlang der Grenze. Der Führer hat Befehl gegeben, daß Gewalt mit Gegengewalt zu beantworten sei. Meine Herren, unsere Aufgabe ist es, die polnische Luftwaffe unschädlich zu machen.»

Fünf Minuten später liefen Josef und seine Pilotenkameraden über das Flugfeld zu ihren Maschinen. Eines nach dem anderen starteten die im Morgenlicht silbern schimmernden Flugzeuge nach Osten in Richtung Polen.

Vor ihnen lag der seltsam leere Himmel. Die flache Landschaft unter ihnen war außer den deutschen Panzern, die über schmale Landstraßen rollten, menschenleer. Keine Kampfflugzeuge stiegen auf, um sie aufzuhalten, keine Flugabwehr: Dafür, daß die Polen die Angreifer waren, war das hier ein sehr seltsamer Kriegsbeginn.

«Wo sind denn diese Banditen, Onkel?» Die Stimme von Josefs zweitem Piloten, Andreas Müller, klang lachend durch die Kopfhörer.

«Vielleicht haben sie noch nicht gemerkt, daß Krieg ist, Andreas.» Josef pflegte eine ungezwungene Atmosphäre in seinem Flugzeug. Seine Flieger nannten ihn «Onkel», und er sprach sie alle mit ihren Vornamen an. Das war in der Luftwaffe einzigartig und machte sie zu einem eingeschworenen Team. Nur die gemeinsame Erfahrung im Kampf konnte zeigen, ob seine Philosophie richtig war und ob sich die Mannschaft unter Stress bewährte – Kampferfahrung, für die es wohl bald genug Gelegenheit geben würde.

«Wenn das da unten Posen ist, dann sieht es aber noch sehr verschlafen aus», meinte Andreas. «Nirgendwo eine einzige Flak!»

Automatisch war Josef davon ausgegangen, daß das Ziel der Stukas der Flugplatz von Posen wäre, doch als er nach unten sah, erkannte er, daß sie sich direkt über dem Stadtzentrum befanden. Sein Herz zog sich zusammen, als er dort, wo Gebäude in Flammen aufgingen, schwarze Rauchwolken aufsteigen sah. So ein Krieg soll das also werden, dachte er bei sich und spürte, wie sich sein Magen verkrampfte – ein neues Spanien ...

Am Freitag erhielt Hans König in Fürstenmark seinen Einberufungsbefehl, der ihn zur nächstgelegenen Kaserne beorderte. «Jetzt gilt's!» rief er aufgeregt. «Den Polen werden wir die Beine geradeziehen!»

Monika hatte inzwischen einen sehr großen Bauch, ihr Kind sollte in den nächsten Tagen auf die Welt kommen. «Und was ist mit mir?» klagte sie. «Du kannst mich doch jetzt nicht allein lassen!»

Die blauen Augen von Hans leuchteten, als er ihre Hände in seine nahm. «Monika, verstehst du denn nicht? Wir tun jetzt beide unsere Pflicht für unser Vaterland. Während ich im Krieg bin, wirst du den ersten von vielen Söhnen bekommen, die im Stolz auf die großen Taten ihres Vaters aufwachsen werden.»

Das ganze Dorf kam auf die Straße, um den Abschied der Soldaten zu sehen, unter denen Hans einer der feschesten war. Monika vergoß einige Tränen, doch eigentlich war sie auf ihren Ehemann sehr stolz. Die Kapelle spielte, die Kirchenglocken läuteten, und Monika winkte aufgeregt mit ihrem Taschentuch.

Jeder gesunde Mann im wehrfähigen Alter, der im Hotel Quadriga und im Café Jochum arbeitete, erhielt seinen Einberufungsbefehl, unter anderem Günther Birker, Fredi Forster, viele Kellner, Bar-Stewards und Köche. Innerhalb weniger Stunden war das Personal um die Hälfte reduziert.

Aus Polen wurden glorreiche deutsche Siege gemeldet – nach Angriffen der Marine auf Küstengarnisonen, Bomberattacken auf polnische Flughäfen und von Panzern, die die polnischen Verteidigungslinien durchbrachen. Auch die nächste Nacht war wieder mondhell, doch immer noch tauchten keine polnischen Bomber über Berlin auf. Und aus London oder Paris kamen keine Reaktionen.

Der Sonntag war ein warmer, sonniger Tag, und die Menschen fuhren aufs Land, um die letzten Sommertage zu genießen.

Da plärrte kurz vor Mittag aus dem Lautsprecher an der Wilhelmstraße die Meldung, daß Großbritannien und Frankreich Deutschland den Krieg erklärt hatten.

Als die gefürchtete Meldung heraus war, fühlte sich Viktoria zu ihrer Überraschung sehr ruhig, fast schicksalsergeben. Sie hatte Stefan verloren. Und nun war Krieg zwischen Deutschland und England. Das Schlimmste, was ihr geschehen konnte, war eingetreten.

Die Atmosphäre im Hotel Quadriga, wie in der gesamten Stadt, war sehr niedergedrückt. Trotzdem gingen alle zur Arbeit, als ob nichts vorgefallen wäre. Benno schien wie gelähmt, unfähig zu begreifen, was geschehen war. Ricarda schüttelte immer wieder den Kopf und sagte: «Nein, ich will es nicht glauben, nicht wieder einen Krieg.»

Viktoria erinnerte sich plötzlich an den Ausbruch des letzten Krieges im Jahr 1914, an den Jubel und die ausgelassenen Feiern. «Wir wissen alle, wie es geendet hat», dachte sie. «Wir wollen nicht noch einmal diesen schrecklichen Weg beschreiten.»

Doch am direktesten wirkte sich der Krieg auf das Leben der Berliner durch die Rationierungen und die Lebensmittelknappheit aus. Vor den Geschäften bildeten sich lange Schlangen, und in der ganzen Stadt war kein Benzin mehr zu kaufen. Fünfzig Prozent Steuererhöhung wurden auf die Einkommensteuer aufgeschlagen und die Steuern für Bier und Tabak drastisch angehoben. Der Mangel an Arbeitskräften wurde zu einem immensen Problem.

Im Hotel mußte Viktoria viele Aufgaben übernehmen, die in den Händen von Günther Birker gelegen hatten. Ihre Tage waren wieder voll ausgelastet. Mit der Arbeit im Hotel und ihrer Fürsorge für Luise, die sich um Josef ängstigte, hatte sie alle Hände voll zu tun und keine Gelegenheit mehr zu grübeln.

Der Krieg selbst schien in weiter Ferne stattzufinden. Die erwarteten Luftangriffe traten nicht ein. An der Westfront fiel kein einziger Schuß. Einige englische Flugzeuge waren über Wilhelmshaven und das Ruhrgebiet geflogen, hatten dort aber nur Flugblätter abgeworfen. Die Meldungen aus Polen berichteten von einem Sieg nach dem anderen.

Benno, der jeden Morgen ängstlich die Zeitungen las und möglichst alle Nachrichtensendungen im Radio hörte, begann sich wieder zu entspannen. «Die Briten und die Franzosen haben ihre Verpflichtung gegenüber Polen eingelöst, doch sie wollen genauso wenig einen Krieg wie wir. Ich glaube, es wird bald wieder Frieden geben», stellte er zuversichtlich fest. Viktoria hoffte glühend, daß er recht behalten möge.

Am 10. September rief Gerda König an und berichtete, daß Monikas Baby da war. «Es ist ein süßer Junge, und Monika hat beschlossen, ihn nach seinem Urgroßvater, dem Herrn Baron von Kraus, Heinrich zu nennen. Es ist so schade, daß Hans nicht hier ist, aber wir haben ihm ein Telegramm geschickt, hoffentlich bekommt er es schnell.»

Obwohl Viktoria wünschte, daß ihre Tochter dem Jungen einen anderen Namen gegeben hätte, nahm sie die Geburt ihres Enkels als ein Zeichen, daß das Leben weiterging und daß es eine Hoffnung auf die Zukunft geben konnte.

Peter von Biederstedts Aufgabe war die Verwaltung von General Bocks Heeresgruppe Nord. Mit seinen Männern bildete er die Nachhut der Infanterie und bereitete alles für einen langfristigen Aufenthalt in Polen vor – Verbindungsnetze wurden hergestellt, Truppenverbände reorganisiert, Vorräte, Munition und Post zugeteilt.

Peter war kein sentimentaler Mensch, doch als er auf seinem Weg nach Osten durch die Straßen von Danzig fuhr, saß ihm doch ein Kloß im Hals. Als achtzehnjähriger Offizierskadett war er nach Danzig gekommen, hier hatte er auch Ilse kennengelernt. Im November 1918 kehrte er nach Danzig zurück, und aus dieser Stadt wurde sein Regiment hinausgejagt, nachdem die Alliierten im Sommer 1919 Deutschland die Verträge von Versailles diktiert hatten.

Zwanzig Jahre später kehrte er nun als Held zurück. Die Straßen waren gesäumt von begeistert jubelnden Menschenmassen. Kirchenglocken läuteten. Danzig war heimgekehrt ins Deutsche Reich.

Am 10. September waren die Truppen bereits dreißig Kilometer nordöstlich von Warschau. An diesem Tag erreichten sie das Schloß Podsiadli, wo schon viele deutsche Soldaten untergebracht waren. Der früher einmal wunderschöne Park war mit all den Zelten, Lastwagen und Panzern nicht wiederzuerkennen.

Im Inneren des Schlosses schritt Peter durch die steinernen

Gänge, an den Wänden hingen Teppiche, Familienporträts und eigenartige handgemalte deutsche Schilder. Sein eigenes Büro lag im hellen und luftigen Studierzimmer des Grafen, die großen Fenster gingen auf den Park hinaus.

Am Abend beim Essen lachte ein Offizier plötzlich lauthals. «Da hat er sich keinen guten Dienst erwiesen, der alte Graf Pod, na? Jammerschade, daß er dieses hübsche Fleckchen nie mehr sehen wird!»

Peter sah ihn aus zusammengekniffenen Augen an. «Wie meinen Sie das?»

«Haben Sie das denn nicht mitbekommen? Als wir ankamen, schien das Schloß verlassen zu sein. Dann fanden wir den alten Grafen in einem Kuhstall versteckt. Als wir ihn der SS übergaben, wollte er abhauen. Da haben sie ihm ein paar Kugeln in den Rücken gepumpt.»

Peter versuchte, seinen Abscheu zu verbergen. Er stieß den Teller von sich, zündete sich eine Zigarette an und verließ so schnell wie möglich die Offiziersmesse.

Nach ein paar Tagen Aufenthalt auf Schloß Podsiadli bemerkte Peter einen Stimmungsumschwung unter den Offizieren. Eines Abends traf er auf einige seiner Kollegen, die sich in der Messe leise miteinander unterhielten. «Unter der Aufsicht einer SS-Artillerie-Division haben ein paar Juden eine Eisenbahnbrücke repariert. Als sie fertig waren, wurden sie in die Synagoge gebracht und erschossen.»

«In Posen haben SS-Männer Dirnen im Gefängnis vergewaltigt und dann erschossen.»

«Bei Thorn hat die SS fast hundert Leute auf dem Marktplatz erschossen – fast alle waren Juden.»

«Einen katholischen Priester aus Bromberg hat die SS an einem Baum aufgehängt.»

«Und die SS hat ja auch Graf Podsiadli erschossen ...» Niemand lachte mehr darüber.

Peter überlegte, wem er diese Geschichten melden sollte. Es mußte jemand an wirklich hoher Stelle sein, der seinen Einfluß geltend machen konnte, um die SS von weiteren derartigen Greueltaten abzuhalten. Schließlich entschloß er sich, mit General Halder zu sprechen.

Am folgenden Tag erreichte er den General telefonisch. Er berichtete kurz von den Gerüchten und fragte dann unumwunden: «Entsprechen diese Berichte der Wahrheit, Herr General?»

Als Halder heftig Atem holte, wußte er, daß sie tatsächlich stimmten. Doch der General antwortete scharf: «Oberst von Biederstedt, die Anordnungen des Führers für die SS betreffen Sie nicht.»

«Aber wenn unschuldige Zivilisten getötet werden, muß die Wehrmacht einschreiten. Mord können wir nicht zulassen.»

«Herr Oberst, waren Sie persönlich Zeuge der Ermordung eines Zivilisten durch einen Offizier?»

«Nein, Herr General, aber Graf Podsiadli wurde in den Rücken geschossen –»

«Von einem Offizier der Wehrmacht?» unterbrach ihn General Halder schneidend.

«Von SS-Männern.»

«Ich empfehle Ihnen, Herr Oberst, sich nur um die Angelegenheiten des Militärs zu kümmern. Lassen Sie die SS das tun, was ihre Aufgabe ist, und erfüllen Sie Ihre eigenen Pflichten.»

Das war eindeutig. Zum erstenmal erhielt Peter von Biederstedt eine Vorstellung von dem, was ihn noch erwartete.

Am 28. September 1939 fiel Warschau. In Moskau unterzeichneten Molotow und Ribbentrop einen deutsch-sowjetischen Freundschaftsvertrag und teilten Polen zwischen sich auf. Außerdem gaben sie eine gemeinsame Friedenserklärung ab, in der sie festlegten, daß bei einem Scheitern ihrer Bemühungen um ein Ende des Krieges die Verantwortung für weitere

Kampfhandlungen nur England und Frankreich anzulasten wäre.

In Berlin war man überzeugt, daß der Krieg bald vorbei war. Am Morgen des 11. Oktober 1939 meldete das Radio, daß die Briten nachgegeben hätten und unverzüglich ein Waffenstillstand geschlossen werden sollte. Mortimer saß gebannt vor dem Radio und wartete auf eine Bestätigung durch die BBC, doch London rührte sich nicht.

Inzwischen feierte Berlin. Benno lud alle im Hotel Quadriga zu Drinks auf Kosten des Hauses ein. Luise eilte mit Lili und Sheltie aus Lützow zu der improvisierten Feier und brachte auch Ilse mit.

Nach ihrem Frühdienst im Außenministerium kam Christa zur Mittagszeit. Es war das erste Mal seit Stefans Abreise, daß sie mit Viktoria zusammentraf, und Viktoria war überrascht, sie wiederzusehen. Doch Christa hegte keinerlei Groll. Obwohl sie wußte, daß Viktoria gegen ihre Romanze mit Stefan gewesen war, hatte sie keine Ahnung, welche Rolle sie bei Stefans plötzlicher Flucht gespielt hatte.

Sie nahm Viktorias Hand und sagte: «Ich weiß, daß du Stefan sehr vermissen mußt, Tante Viktoria. Mir fehlt er auch sehr.»

Viktoria konnte nicht anders, als dieses Friedensangebot wohlwollend anzunehmen. «Ja, das verstehe ich gut.»

Christa lächelte ein wenig. «Aber wenn es einen Waffenstillstand gibt, wird Stefan vielleicht doch zurückkommen.»

Bevor Viktoria darauf etwas sagen konnte, kam Mortimer in die Bar. «Das war eine Propagandalüge! Ich habe gerade gehört, daß irgend jemand dieses Gerücht ausgestreut hat, um zu sehen, was die Leute von einem Ende des Krieges halten.»

Vor Verblüffung schwiegen plötzlich alle, dann sagte Viktoria bitter: «Nun, wer auch immer das getan hat, jetzt weiß er wenigstens über unsere Gefühle Bescheid.»

Am Freitag, dem 13. Oktober, hieß es in einer amtlichen Verlautbarung, Chamberlain habe mit der Zurückweisung aller Friedensangebote Hitlers vorsätzlich den Krieg gewählt. Mit schwerem Herzen stellten sich die Berliner darauf ein, daß es ab jetzt kein Zurück mehr gab.

In Polen kam Himmlers Umsiedlungsprogramm für Juden, Polen und Volksdeutsche in Gang. Auf seinen Fahrten über Land kam Peter an den schwerfälligen Trecks vorbei, sah die Menschen mit ihren Handwagen und Karren, dazwischen die SS-Einsatztruppen als rücksichtslose Antreiber. In den Städten wurden Ghettos gebaut, abgegrenzte Wohngebiete, in denen die Juden hinter Stacheldrahtzäunen und hohen Mauern auf engem Raum zusammenleben mußten, von SS-Männern bewacht. Es gab Gerüchte, daß viele Juden diese Städte nie erreichten, doch seit seinem Gespräch mit General Halder tröstete sich Peter mit der Gewißheit, daß das alles nichts mit ihm und seinen Leuten zu tun hatte. Er war inzwischen zum General befördert worden.

Polnische Zwangsarbeiter schleppten sich in langen Kolonnen zu den Eisenbahnstationen, von wo sie in Zügen nach Deutschland verfrachtet wurden, um dort in Fabriken und Bergwerken zu arbeiten. Manche versuchten zu fliehen und wurden dabei erschossen.

Als Peter eines Tages Anfang November auf seinem Rückweg von Lublin durch ein kleines Dorf fuhr, kamen sie an einer Schule vorbei, die von SS-Männern mit Maschinengewehren umstellt war. Sein Fahrer verringerte die Geschwindigkeit, um zu sehen, was vorging. Peter wollte ihm gerade befehlen, schneller zu fahren, als sein Adjutant, Hauptmann Schatz, fragte: «Was wird da bloß los sein, Herr General? Sollen wir halten und helfen?»

Der Fahrer sah über die Schulter und wartete auf Peters Anweisung. Der zögerte, nickte dann, als er merkte, wie Schatz ihn gespannt ansah. «Fahrer, halten Sie hier.» Mit steifen Gliedern stieg er aus und ging die Straße zurück zu dem kommandierenden SS-Führer. Hauptmann Schatz folgte ihm auf dem Fuße.

Als er näher kam, schrie der SS-Mann: «Angriff!»

Ungefähr ein halbes Dutzend Männer trat die Tür des Gebäudes ein und gab einige Schüsse ins Innere ab. Peter erwartete jetzt das Feuer des Gegners, doch nichts geschah. Die SS-Männer stürmten in das Haus und zogen einige Körper auf die verlassene Straße. Unter ihnen war ein Rabbi, dessen versengte Locken man noch erkennen konnte, daneben lag ein etwa zwölfjähriger Junge.

«Laßt sie drin!» brüllte der SS-Führer. «Feuer legen!» Benzinkanister, die bereitstanden, wurden über die Dielen gekippt und ein brennender Lumpen in das Gebäude geworfen. Gleich darauf brannte die Schule lichterloh.

«Was, zum Teufel, tun Sie da?» herrschte Peter den SS-Führer an.

Der SS-Mann drehte sich zu ihm um, warf einen anmaßenden Blick auf Peters Rangabzeichen und sagte: «Herr General, ich tue meine Pflicht, genau wie Sie auch. Diese Männer waren jüdische Intellektuelle, die eine Verschwörung zum Sturz der Regierung planten. Wenn Sie jetzt gestatten, daß ich weitermache …»

Peter konnte nichts ausrichten. Abrupt drehte er sich um und ging zum Auto zurück. Ein Rabbi und ein Kind … Die Gerüchte waren also wahr. Er hatte es jetzt mit eigenen Augen gesehen. Die Juden wurden abgeschlachtet, bevor sie überhaupt die Ghettos in den Städten erreichten.

In dieser Nacht betrank er sich heillos. Eine Woche später wurde er zu seiner Erleichterung informiert, daß sein Einsatz in Polen beendet sei.

Für Bethel Ascher bedeutete der Kriegsbeginn, daß er keinen weiteren Kontakt mit England halten konnte. Es gab keine Briefe mehr von seiner Tochter, und Theo konnte kein Geld mehr schikken. Über Nacht war alle Hoffnung dahin. Die Juden von Berlin waren jetzt vollständig auf sich allein angewiesen.

Es gab nur noch reduzierte Lebensmittelkarten für sie, und ein neues Gesetz verbot ihnen den Besitz von Radioempfängern. Als Grund wurde der gestiegene Bedarf des Militärs genannt, doch es war klar, daß die jüdische Bevölkerung damit weiter von der Welt abgeschnitten werden sollte.

Der Blockwart für die Rosenthaler Straße beaufsichtigte in Begleitung einer Schar Hitlerjungen persönlich die Übergabe der Geräte an die Sammelstelle. Als man Bethel Ascher sein Radio aus der Hand riß und es achtlos auf einen immer größer werdenden Stapel warf, wußte er, daß er es nicht so sehr wegen der Nachrichten, sondern vor allem wegen der Konzerte missen würde, die ihm immer wieder Kraft gegeben hatten. Mit leerem Blick trat er auf die Straße hinaus. Eine Welt ohne Musik ... Gab es denn überhaupt noch Schlimmeres?

«Professor Ascher», sagte eine ruhige Stimme. «Ich bin Hasso Annuschek, der Barmann aus dem Hotel Quadriga. Herr Allen schickt mich. Sehen Sie sich nicht um. Gehen Sie einfach weiter.»

Bethel Ascher tat, wie er geheißen wurde. Hasso sprach weiter: «Herr Allen wird heute nachmittag um drei Uhr am Eingang zum St.-Hedwigs-Krankenhaus auf Sie warten.»

Als der Professor am Nachmittag zu dem Krankenhaus kam, war gerade Besuchszeit und die Eingangshalle voller Menschen. In dem Gedränge blieb er einen Moment lang völlig verwirrt stehen, dann kam Mortimer zu ihm herüber. «Bethel, wie geht es Ihnen?»

«Ich bin am Leben – und ich bete –, doch mein Herz ist schwer. Und Sie, Mortimer? Es ist lange her, seit wir uns das letzte Mal gesehen haben.»

«Ich habe gerade etwas erfahren, das Sie meiner Meinung nach wissen sollten. Vielleicht ist es gar nicht wahr, aber ein Kollege von mir berichtet, daß in Polen Juden zwangsweise in Ghettos umgesiedelt werden.»

Das Blut wich aus Bethels Gesicht. «Also fängt es jetzt an ...»

«Bethel, ich wünschte so sehr, daß ich Ihnen irgendwie helfen könnte.» Mortimer gab ihm einen Umschlag. «Aber Geld ist alles, was ich Ihnen geben kann ...»

Peter von Biederstedt kam nach Berlin zurück und damit in eine andere Welt. Abgesehen von der Verdunklung und den Flakstellungen sah alles so aus wie vor zwei Jahren. Die Schrecken, die er gerade in Polen erlebt hatte, nahmen den Anschein eines unwirklichen Alptraums an. Ilse empfing ihren Mann, als ob er Urlaub gemacht hätte, und arrangierte etliche festliche Abendessen, um seine in Polen erhaltene Beförderung zu feiern. Einer der ersten Gäste war Baron Kraus.

Der Baron war in Hochform. «Polen hat eine Menge meiner Probleme gelöst», erklärte er Peter. «Sie schicken uns jetzt polnische Arbeiter, die Produktion in meinen Werken hat kräftig angezogen. Wenn ihr gegen Frankreich und England ins Feld zieht, bekommt ihr endlich alle Panzer und Gewehre, die ihr braucht.»

Ilse legte die Stirn in Falten. «Ich habe schon daran gedacht, ein polnisches Mädchen zu nehmen, aber man hört ja die schlimmsten Geschichten über die. Sie tragen keine Unterwäsche, sprechen kein Deutsch und sind auch noch furchtbar faul.»

«Faul! Alle Arbeiter sind faul!» schnaubte der Baron verächtlich. «Denen muß man zeigen, wer der Herr im Haus ist. Wenn von den Polen einige nicht spuren, gibt's für die eben nichts zu beißen.»

«Wie habt ihr sie denn untergebracht?» fragte Peter.

«In Lagern. Da geht es ihnen vermutlich besser als in Polen.»

«Ja, das glaube ich auch.» In Peters Stimme lag ein eigenartiges Zögern.

Ilse sah ihn verwundert an. Sein Gesicht war abgespannt, und sie erkannte plötzlich, daß er seit dem Sommer gealtert war. Später fragte sie ihn: «Peter, du hast vorhin nicht so geklungen, als ob du Onkel Heinrich bei der Frage der Polen zustimmst. Warum nicht?»

Doch Peter konnte ihr die Wahrheit über Polen nicht sagen, obwohl er es sich sehr wünschte, allein schon, um sein Gewissen zu erleichtern.

12

Bei Ausbruch des Krieges war das Oberkommando des Heeres nach Zossen, rund dreißig Kilometer vor Berlin, umgezogen. Dort sah man fast nur sorgenvolle Mienen, und Peter erfuhr auch bald, warum das so war. Mehrere Generäle, darunter Halder und von Brauchitsch, hatten versucht, Hitler von einem Feldzug in Westeuropa abzubringen. Zornbebend hatte Hitler daraufhin die Armee der Feigheit beschuldigt.

Doch die Wochen verstrichen, und es kam kein Befehl von Hitler. Der Seekrieg ging weiter; dabei zeigte sich, daß die britische Marine wesentlich stärker war als die des Deutschen Reiches. Rußland besetzte Finnland. Und an der Westfront gab es nichts Neues.

Der Leutnant betrat zielstrebig das Hotel Quadriga. Der Uniformkragen saß ihm knapp am Hals, in seinen Augen stand Entschlossenheit. Er salutierte vor Emil Brandt und sagte dann: «Ich muß den Herrn Direktor in einer Angelegenheit von äußerster Dringlichkeit sprechen.»

Brandt erwiderte den Gruß. «Ich werde Herrn Kraus sofort Bescheid sagen.»

Benno kam aus seinem Büro, Viktoria hinter ihm. «Herr Leutnant, womit kann ich Ihnen behilflich sein?»

Mit großem Selbstbewußtsein übergab ihm der junge Offizier ein amtliches Schriftstück und verkündete: «Innerhalb der nächsten vierundzwanzig Stunden muß der vierte Stock dieses Hotels vollständig geräumt werden, eine Abteilung des Oberkommandos der Wehrmacht wird dort einziehen.»

Benno starrte ihn mit offenem Mund an.

«Das OKW?» wiederholte Viktoria fragend.

Der Offizier warf ihr einen kurzen Blick zu und wandte sich dann wieder an Benno. «Wir sind in unseren Büros inzwischen zu beengt. Morgen um diese Zeit werden Ingenieure der Organisation Todt hierherkommen und über die notwendigen baulichen Veränderungen entscheiden.»

«Wer soll denn das alles bezahlen?» knurrte Benno verärgert.

«Das OKW wird sämtliche Kosten übernehmen. Da diese Aktion mit einer gewissen Vertraulichkeit verbunden ist, werden in Kürze Beamte des Reichssicherheitshauptamtes Ihre Unterlagen prüfen, um klarzustellen, daß niemand von Ihren Angestellten ein Sicherheitsrisiko darstellt.»

«Das Reichssicherheitshauptamt?» fragte Viktoria mit schwacher Stimme.

Benno warf ihr einen warnenden Blick zu. «Ich denke, daß sie nichts Derartiges finden werden, Herr Leutnant.»

«Morgen früh um neun Uhr werde ich wieder hiersein.» Der Leutnant legte die Hand an die Mütze und ging.

Viktoria nahm Bennos Arm. «Wie können die einfach ein ganzes Stockwerk in unserem Hotel in Beschlag nehmen?»

«Das haben sie im letzten Krieg auch schon getan, daher denke ich, daß sie es in diesem ebenfalls tun können.»

«Und die Gestapo?»

Benno warf ihr einen seltsamen Blick zu. «Meine Liebe, du wirst eben wieder lügen müssen. Aber es ist doch nicht das erste Mal, daß du für das Wohl von Stefan und deinem Hotel lügst, oder?»

Bevor sie darauf etwas erwidern konnte, kamen zwei Männer der Gestapo durch das Foyer.

Unweigerlich betrafen ihre ersten Fragen Stefan. Viktoria mußte Bennos Vorgaben folgen und sagen, daß sie Stefan nicht länger als ihren Sohn ansah. Die Wahrheit war, daß sie seit seiner Abreise überhaupt nichts mehr von ihm gehört hatte.

Die beiden Männer blieben vier zermürbend lange Stunden im Hotel. Sie sahen sämtliche früheren und aktuellen Anmeldeformulare der Gäste durch, ebenso die Arbeitsbücher aller Angestellten, und ließen alle Räume einschließlich der Keller und der Wohnräume gründlich durchsuchen. Dann verließen sie das Haus mit der Ankündigung, daß nach der Beendigung der Bauarbeiten eine ständige Wache im Foyer und vor dem Hotel Posten beziehen sollte.

An diesem Abend rief Norbert vergnügt und aufgeregt an. «Onkel Benno? Ich komme als Montageleiter nach Berlin, um den Umbau in eurem Hotel zu beaufsichtigen. Morgen fliege ich rüber und schaue mir alles an.»

«Norbert ist noch jung, aber er kennt das Hotel wenigstens», meinte Benno nach dem Gespräch, als er den Hörer wieder auflegte.

«Ja», pflichtete Viktoria ihm bei. «Er wird den Charakter des Hauses nicht zerstören.»

Am nächsten Tag brütete Norbert zusammen mit Offizieren des Reichsluftfahrtministeriums und des OKW sowie seinem Vorgesetzten von der Organisation Todt über den Bauplänen; Messungen wurden vorgenommen, Kalkulationen erstellt, Kosten- und Zeitpläne diskutiert. Da wichtige Personen im vierten Stock Einzug halten sollten, mußten auch entsprechende Vorkehrungen für den Fall eines Luftangriffs getroffen werden. Ein Keller sollte für sie als Luftschutzbunker umgebaut werden.

Wieder einmal mußte sich Benno um die Sicherheit seiner Weinvorräte kümmern.

Norbert hatte einen ausgezeichneten Vorschlag. «Teile den Weinkeller doch in zwei Hälften. Du legst deine kostbarsten Weine in die früheren Personalaufenthaltsräume und den Rest in die Gewölbe unter der Straße. Dann machst du aus dem Schutzraum ein Restaurant. Also, wenn ich vor einem Luftangriff in den Keller müßte, dann würde ich dort ganz gern etwas essen. Du könntest damit nicht schlecht verdienen.»

«Ja, vielleicht hast du recht», meinte Benno zögernd.

«Was ist mit einer Küche?» fragte Viktoria.

«Richtet eine ein», sagte Norbert strahlend. «Wasser und Strom sind ja da. Die Kosten dafür fallen wirklich nicht mehr ins Gewicht.»

Danach ging alles sehr schnell und mit ungewohnter Effizienz vonstatten. Alle Gäste, die Zimmer im vierten Stock belegt hatten – auch Mortimer Allen –, wurden in weiter unten gelegene Stockwerke umquartiert. Bauarbeiter kamen, arbeiteten Tag und Nacht und ließen als einzigen Zugang zum vierten Stock einen Lift offen. An allen Treppenabgängen des vierten Stocks wurden Stahltüren angebracht und so verriegelt, daß sie nur im Notfall geöffnet werden konnten. Alle Telefonleitungen innerhalb des Hotels wurden neu verlegt.

Decken und Wände der Keller wurden verstärkt. Direkt unter der vorhandenen Hotelküche installierte man eine zweite, kleinere, mit einem Speiselift. Gleich beim Eingang zum Restaurant im Foyer führte jetzt eine neue Treppe zu dem Kellerrestaurant im Luftschutzbunker; für die SS-Wache entstand ein Aufenthaltsraum.

Innerhalb von zwei Wochen konnte der vierte Stock bezogen werden, auch der Keller war fertig umgebaut. Schreibtische, Stühle, Aktenschränke und große Mengen Papier wurden in die neuen Büroräume gebracht. Verzweifelt beobachtete Viktoria das ungewöhnliche Getriebe.

Da kam mit einem liebenswürdigen Lächeln Oberst Oster

durch die Drehtür – er war das erste Mal seit Stefans Abreise wieder im Hotel. Viktoria schöpfte neue Hoffnung. Er mußte etwas über Stefan wissen! Sie sah zu den Wachleuten der SS. «Oberst Oster ...»

Er beugte sich tief über ihre Hand und sagte: «Meine liebe Frau Jochum-Kraus, wie schön, Sie wiederzusehen. Und von jetzt an, denke ich, werden wir uns noch wesentlich öfter sehen.» Er deutete zum Aufzug hinüber. «Zwar werde ich selbst nicht hier arbeiten, aber ich werde doch häufig zu Besuch kommen. Die Abwehr übernimmt nämlich den vierten Stock.»

«Die Abwehr?»

«Es war eine Idee von Admiral Canaris. Als wir am Tirpitzufer gar keinen Platz mehr hatten, schien uns ein Hotel doch sehr große Vorteile zu bieten, einschließlich einer gewissen Anonymität und Tarnung.» Er blinzelte sie durch sein Monokel an, nahm dann ihren Arm und trat mit ihr auf die Straße hinaus. «Viktoria, es tut mir leid wegen Stefan, doch wir konnten nicht riskieren, daß die Gestapo aufmerksam wurde. Wir mußten ihn unsererseits leider als Verräter hinstellen.»

«Ich verstehe», sagte sie ruhig.

Überraschenderweise verursachten die neuen Bewohner des vierten Stocks nur wenig Unannehmlichkeiten. Auch die im Foyer stationierte Wache und die Wachsoldaten, die vor dem Hoteleingang patrouillierten, waren bald ein ebenso vertrauter Anblick wie das Hitlerporträt in seinem vergoldeten Rahmen. Die neuen Quartiernehmer verschafften dem Hotel sogar einige Vorteile. Da die Militärs nicht von der Lebensmittelrationierung betroffen waren, erhielt die Hotelküche besondere Zuteilungen. «Mir scheint, wir können uns glücklich schätzen», war Bennos trockener Kommentar. «Wir wohnen im sichersten Hotel von ganz Deutschland, und, was noch wichtiger ist, wir werden nie Hunger leiden.»

Der Keller blieb jedoch sowohl als Restaurant wie als Luftschutzbunker ungenutzt. Obwohl weiterhin verdunkelt werden mußte, wurde Berlin nicht von feindlichen Bombern bedroht.

Die direkte Nähe zur Abwehr machte die Situation für Mortimer noch frustrierender als bisher. Er wagte nicht, Kontakt mit Hans Oster aufzunehmen, da er befürchtete, ihn damit zu belasten und seinen Aktivitäten entgegenzuarbeiten. Und auch wenn es Oster möglich gewesen wäre, ihm Informationen zukommen zu lassen, so hätte Mortimer sie doch nicht weiterleiten können.

Zum Glück nahte Weihnachten. Er suchte um eine Reiseerlaubnis nach und kaufte eine Zugfahrkarte nach Holland. Bald wäre er wieder zu Hause bei seiner Familie und könnte den Kontakt zur Außenwelt wiederherstellen.

Die erste Kriegsweihnacht und das Silvesterfest fanden allseits in gedämpfter Stimmung statt. Berlin erstrahlte nicht wie sonst im Licht von Tausenden funkelnden Christbäumen, sondern versank in Dunkelheit. Es war kalt und feucht, Schneeregen sorgte für Matsch auf den Straßen. Kohlen waren knapp, und in den Geschäften fehlten viele der traditionellen Weihnachtsgeschenke.

Die einzig Glückliche war vielleicht Luise, denn Josef hatte Weihnachtsurlaub. Er war jetzt an der Westfront stationiert und schimpfte über die Ruhe dort, doch Luise war froh, daß er nicht in Gefahr war.

In «Fairways» waren die Verdunklungen heruntergelassen, die Gasmasken hingen in der Halle an den Haken. Joyce hatte ihre Lebensmittelmarken zusammengespart, um Mortimer eines seiner Lieblingsessen – Roastbeef, Rosenkohl und Yorkshire-Pudding – für Silvester zubereiten zu können.

Kurz vor Mitternacht öffnete Mortimer die Flasche Champagner, die er zu einem wahnwitzigen Preis in London aufgetrieben hatte. Mit lautem Knall schoß der Korken an die Decke, die Katze rannte vor Schreck unter den Tisch. Mortimer goß die Gläser voll und grinste. «Ein gutes neues Jahr und zur Hölle mit dem Feind!»

Joyce, Libby und Stefan hoben ihre Gläser und erwiderten den Trinkspruch, dann sagte Joyce ruhig: «Und alles Gute auch den abwesenden Freunden.»

Stefan zögerte, sah Mortimer schüchtern an und schloß sich dann an: «Ja, auch den abwesenden Freunden ein gutes neues Jahr.»

Am nächsten Tag gab er Mortimer einen verschlossenen Umschlag. «Könntest du das Mama geben?»

Nachmittags brach Mortimer zu seiner beschwerlichen Reise über den Kanal nach Hook van Holland auf, von da aus ging es dann weiter nach Berlin.

Er blieb eine Nacht in Amsterdam – eine Stadt wie in Friedenszeiten. Die Straßenlaternen brannten, es gab genügend zu essen, und die Holländer schienen völlig sicher, daß sie diesen Lebensstandard beibehalten könnten. Als Mortimer über die Grenze fuhr, fiel ihm allerdings auf, daß sich im Grenzgebiet sehr viele deutsche Soldaten, Panzer und Panzerwagen aufhielten.

Als Viktoria das Quadriga verließ, erwartete Mortimer sie bereits. Er hielt mit ihr Schritt, schlug eine Zeitung auf und deutete auf einen Artikel, auf den er Stefans Umschlag aufgeklebt hatte. «Nimm die Zeitung», sagte er.

Sie nahm sie an sich und sah Mortimer unglücklich an. «Hat Stefan mir verziehen?»

«Ich glaube schon.»

Ein beißender Wind pfiff über die Straße Unter den Linden, und Viktoria zitterte. «Wenn Hitler weg und der Krieg zu Ende wäre – was meinst du, würde Stefan dann zurückkommen?»

«Das halte ich für gut möglich. Aber einstweilen ist Hitler noch hier, und der Krieg geht weiter, wenn auch in sehr eigenartiger Weise.»

Anstatt zum Hotel zurückzukehren, wie er es erwartet hatte, ging Viktoria weiter neben ihm her. «Mortimer, kann ich irgend etwas tun? Wenn ich dir Informationen weitergeben würde, zum Beispiel Dinge, die ich vom Baron oder von Peter erfahre, könntest du das dann an die Briten oder die Amerikaner weitergeben?»

Er blieb stehen und sah sie an, überrascht und sehr bewegt von ihrem Angebot. «Ist dir klar, was für ein Risiko du damit auf dich nimmst?»

«Das ist mir egal. Ich will nur, daß dieser Krieg endlich zu Ende geht – und daß Stefan wieder heimkommt.»

Er nickte. «Ich würde jedenfalls mein Bestes versuchen.»

Damit ging er weiter in Richtung Wilhelmstraße. Viktoria sah ihm nach und spürte neuen Mut in ihrem Herzen aufsteigen. Wenn Stefan zurückkäme, könnte er stolz sein auf sie.

Zurück im Hotel, lief sie in ihr Schlafzimmer und riß den Umschlag auf. Die Nachricht darin war sehr kurz: «Ich beginne, alles zu verstehen, und es tut mir leid. In Liebe, S.» Nachdem sie die wenigen Worte immer und immer wieder gelesen hatte, zerriß sie das Papier in kleine Fetzen und spülte diese die Toilette hinunter. Dann wandte sie sich mit hocherhobenem Kopf wieder der Welt zu.

Seit Kriegsbeginn hatten sich die Lebensbedingungen in den Konzentrationslagern rapide verschlechtert, und die grausame Kälte des Januar 1940 forderte sehr viele Opfer. Bernhard Scheer zählte jetzt schon zu den «alten Hasen» des Lagers und war zum Führer seiner Baracke ernannt worden. So fair, wie es unter den elenden Bedingungen überhaupt möglich war, versuchte er, seiner Aufgabe gerecht zu werden.

Doch es gab Momente, in denen Bernhard an der Existenz Gottes zweifelte. Was war das für ein Gott, der einen Mann wie Otto Tobisch erschaffen hatte – fähig zu barbarischen Grausamkeiten, die jedes Vorstellungsvermögen überstiegen? Was war das für ein

Gott, der so Schreckliches in Polen zuließ, wie die polnischen Gefangenen es berichteten? Dann stand Bernhard das Bild des leidenden Christus am Kreuz vor Augen, und ihm schien, als ob dieser Christus zu ihm sagte: «Vergib ihnen, denn sie wissen nicht, was sie tun.» Aber es wurde immer schwerer, diese Vergebung in sich zu finden.

Im Frühjahr erfuhr Otto Tobisch, daß er befördert und zum Kommandanten eines Arbeitslagers in Polen, in der Nähe eines neuen Stahlwerks des Kraus-Konzerns, ernannt worden war.

Als er Anna die Nachricht mitteilte, hatte auch sie eine Überraschung für ihn. Aus ihren Kuhaugen sah sie ihn an und sagte: «Otti, das ist ja wunderbar. Vielleicht beginnt jetzt eine neue Zeit. Ich bin nämlich schwanger.»

«Schwanger?» Otto starrte sie ungläubig an. Anna war neunundvierzig Jahre alt. «Bist du sicher?»

Sie rieb sich mit der Hand den Bauch. «Ja, der Arzt hat es mir heute bestätigt. Und er sagte, da ich gesund sei und ein breites Becken hätte, gäbe es keine Schwierigkeiten. Das Kind soll im November kommen.»

Ottos Mund wurde trocken. Ein neues Lager, eine Beförderung und ein Sohn …

Dieser lange, bitterkalte Winter war der schlimmste, den Mortimer je erlebt hatte. Im zentralgeheizten Hotel Quadriga und mit seinen Extrarationen, die er als Auslandskorrespondent erhielt, konnte er sich zwar nicht beklagen, doch er mußte immer wieder an diejenigen denken, denen es sehr viel schlechter ging als ihm, wie zum Beispiel Bethel Ascher. Mortimer sah jedoch keine Möglichkeit, von sich aus die Lage des Professors zu erleichtern.

Doch mehr als das Wetter zerrten die Ungewißheit und das ständige Warten an Mortimers Nerven. Als der Frühling näher kam, erfüllte plötzlich eine Atmosphäre gespannter Erwartung die Stadt. Viktoria hatte ihr Wort gehalten und versorgte Mortimer regelmäßig mit Informationen. Ilse beklagte sich, daß Peter so schweigsam war. Luise war glücklich, weil Josef nach Hause kam. Monika hatte geschrieben, daß sie wieder schwanger sei. Baron Kraus beschwerte sich über die Engländer, die die Ostsee verminten, um den Nachschub von schwedischem Eisenerz zu unterbinden.

Generäle, die den Winter an der Westfront verbracht hatten, kamen für einige Tage nach Berlin und reisten dann nach Norden. Ganze Eisenbahnzüge mit Gebirgsjägern aus Bayern und der Ostmark fuhren Richtung Norden durch Berlin. Gebirgstruppen auf dem Weg nach Norden? Mortimer hatte nicht den geringsten Zweifel: Hitler hatte es auf Skandinavien abgesehen.

Als er versuchte, in seinen Berichten für die *New York News* auf diese Möglichkeit hinzuweisen, strich der deutsche Militärzensor, dem er sämtliche Texte vorlegen mußte, die entsprechenden Passagen durch und sagte dazu: «Herr Allen, das ist doch absoluter Quatsch!»

Aber am Dienstag, dem 9. April, wurden Mortimer und seine Journalistenkollegen zu einer Pressekonferenz ins Außenministerium beordert, wo Ribbentrop sie darüber informierte, daß Deutschland dänischen und norwegischen Boden besetzt halte, «um diese Länder vor den Alliierten zu schützen und ihre wahre Neutralität bis zum Ende des Krieges zu gewährleisten».

Mortimer war überrascht, daß es im Hotel Quadriga keine Freudenfeier gab. Die Menschen schienen eher desinteressiert zu sein. Es schien sich auch niemand daran zu stoßen, daß Hitler die Neutralität der skandinavischen Länder verletzt hatte. Man hatte den Eindruck, daß ihnen das alles ziemlich egal war.

Am 9. Mai wurden im Quadriga die Bewohner des vierten Stocks wie schon öfter völlig abgeschirmt. Viktoria berichtete Mortimer, daß nicht einmal Kellner oder Zimmermädchen Zutritt zu den

Zimmern hatten. Das Essen wurde von Gestapo-Leuten serviert, die Zimmer blieben unaufgeräumt, die Fenster waren hermetisch verschlossen. Die einzige Kontaktmöglichkeit der Abwehr zur Außenwelt war das Telefon.

Die Wachen im Foyer des Quadriga und vor dem Hoteleingang wurden vervierfacht. Jeder, der das Hotel betrat, mußte seinen Ausweis genauestens prüfen lassen, alle Anmeldeformulare und Pässe wurden konfisziert. Eine unerträglich beengende Atmosphäre herrschte im ganzen Haus. Mortimer aß lustlos zu Abend und nahm sich dann vor, einen kleinen Spaziergang zu machen. Doch als er zur Drehtür kam, versperrte ihm ein SS-Mann den Weg.

Er ging wieder in sein Zimmer hinauf und legte sich aufs Bett. Er war überzeugt, daß der lang erwartete Angriff auf die Niederlande unmittelbar bevorstand.

Am nächsten Morgen weckte ihn ein Telefonanruf, mit dem man ihn zu einer Pressekonferenz ins Außenministerium bestellte. Niemand versuchte mehr, ihn im Hotel zurückzuhalten. Es war ein schöner, frischer Morgen, an dem alles ganz normal aussah. Doch es war kein normaler Morgen.

Mit einem flachen Lächeln teilte Ribbentrop auf der Konferenz mit, daß deutsche Truppen die Grenzen zu den Niederlanden, zu Belgien und Luxemburg überschritten hätten, um diese Staaten vor einer unmittelbar bevorstehenden Invasion der Briten und Franzosen zu schützen, die seiner Darstellung zufolge durch diese Länder marschieren und dann das Ruhrgebiet besetzen wollten.

Später am Tag verkündeten Sondermeldungen den Vormarsch deutscher Truppen durch Luxemburg und die Ardennen, die Besetzung wichtiger Flughäfen und Brücken, die Versenkung holländischer Schiffe und daß englisch-französische Truppen in Belgien eingekesselt waren.

In Berlin kam kein Jubel auf, die meisten schienen eher niedergeschlagen. Benno gestand mit leiser Stimme ein: «Wir hatten kein Recht, über diese Länder herzufallen.»

Viktoria sah ihn verächtlich an. «Dämmert dir jetzt endlich etwas?»

Spät in der Nacht meldete das Radio, daß Neville Chamberlain zurückgetreten und Winston Churchill neuer Premierminister von England war. Drei Tage später stellte Churchill dem House of Commons sein Kriegskabinett vor und wandte sich direkt an die Bevölkerung. In Oxford hörte Stefan die berühmten Worte: «Ich habe nichts anderes anzubieten als Blut, Mühsal, Tränen und Schweiß ... Sieg – Sieg um jeden Preis, Sieg trotz des Terrors, Sieg – wie lang und schwer der Weg dahin auch sein mag ...»

Tags darauf las Stefan, daß das Kriegsministerium Freiwillige für den Zivilschutz suchte, die gegen eine erwartete Invasion deutscher Fallschirmspringer eingesetzt werden sollten. «Arbeiten, ein Auto fahren oder Soldat werden darf ich nicht – meinst du, sie würden mich als Freiwilligen für die Zivilverteidigung nehmen?» fragte er Joyce.

Sie kochte gerade Tee. «Das weiß ich nicht, mein Lieber. Aber du kannst ja mal fragen.» In diesem Moment läutete jemand an der Tür.

Libby schob ihre Schulbücher beiseite und machte auf. Mit erstauntem Blick kam sie zurück. «Mutti, da draußen ist ein Mann, der nach Stephen fragt.»

«Ist er vom Innenministerium?» fragte Stefan aufgeregt.

«Ich glaube nicht.»

Joyce ging in die Halle hinunter. Von dort hörte er Stimmengemurmel, dann rief Joyce laut: «Stephen, kannst du bitte mal kommen?» Ihr Tonfall ließ nichts Gutes ahnen.

«Sind Sie Mr. Stefan Kraus?» fragte der Mann an der Haustür.

Stefan nickte.

«Ich komme von der Bezirkspolizei von Oxford.» Er zog seinen Ausweis aus dem Mantel und zeigte ihn Joyce und Stefan. «Ich habe Order, Sie als feindlichen Ausländer in Gewahrsam zu nehmen.»

Verzweiflung überflutete Stefan. «O nein ...»

«Da muß ein Fehler vorliegen, Inspector», sagte Joyce mit fester Stimme. «Stephen hat Deutschland verlassen, weil er gegen das Naziregime ist. Im Innenministerium liegen die ganzen Angaben dazu vor. Können Sie sich nicht mit dem Ministerium in Verbindung setzen?»

«Ich habe meine Anweisungen aus dem Innenministerium, Madam.» Der Polizist sah ziemlich verlegen drein. «Hören Sie, man wirft Ihnen ja kein Verbrechen vor, und Sie sind auch nicht der einzige in dieser Lage. Auf meiner Liste stehen noch ein paar hundert Namen – nicht nur Deutsche, sondern auch Polen, Österreicher und Tschechen. Wären Sie jetzt bitte so freundlich, mit mir zu kommen?»

«Wohin bringen Sie ihn denn?» fragte Joyce.

«Das darf ich nicht sagen.» Der Polizist schnaufte ungeduldig. «Also, ich habe heute noch eine Menge zu tun. Können wir ein bißchen schneller machen, ja? Vermutlich möchten Sie einiges mitnehmen – dann sollten Sie das mal schnell zusammenpakken.»

Stefan ging still nach oben, zog einen kleinen Koffer aus der Garderobe und stopfte hastig einige Kleidungsstücke hinein. Dann gab er Libby einen Kuß und ging wieder nach unten.

Joyce küßte ihn auf die Wange. «Mach dir keine Sorgen, Stephen. Du wirst bald wieder frei sein.»

Stefan nickte mutlos und setzte sich in das Auto. Dann fuhr der Wagen davon.

Die erste Nacht verbrachte Stefan in einer Polizeizelle. Als er auf seiner harten Matratze endlich einschlief, kam ein Polizist herein und fragte: «Hast du gehört, was deine Bande heute getan hat? Sie haben Rotterdam bombardiert. Die Holländer wollten sich ergeben, aber ihr seid ja schlimmer als die Hunnen und habt trotzdem eure Bomben abgeworfen. Jetzt brennt die ganze Stadt. Schon Tausende sind in den Flammen umgekommen.» Er spuckte haßerfüllt aus.

Als die Eisentür wieder ins Schloß fiel, vergrub Stefan das Gesicht in den Händen.

Am nächsten Tag wurde er zu einer ehemaligen Rennbahn in Surrey gebracht. Dort hatte man hinter einem Stacheldrahtzaun Holzbaracken errichtet; Soldaten bewachten das Gelände. Als ihn ein Stimmengemisch aus Deutsch und anderen mitteleuropäischen Sprachen begrüßte, wußte Stefan, daß er in einem englischen Internierungslager war.

Als die niederländischen Truppen fünf Tage nach der deutschen Invasion kapitulierten, rief Baron Heinrich bei Mijnheer Kok van der Jong in Holland an. Die Kraus-Werften hatten mehr Aufträge, als sie bewältigen konnten. Jetzt wurden die Schiffsbaukapazitäten der Holländer dringender gebraucht denn je. Kok van der Jong war ein aufrechter Nazi. Der Baron war sicher, er würde die Übernahme seines Familienunternehmens in das Kraus-Imperium begrüßen.

Damit hatte er sich nicht geirrt. Obwohl die Verbindung sehr schlecht war, konnte er van der Jong doch ganz deutlich verstehen, als dieser ihn mit «Heil Hitler, Herr Baron! Das ist für uns alle ein großer Tag.» begrüßte.

«Herr van der Jong, können Sie nach Berlin kommen?»

«Natürlich, Herr Baron, wenn ich eine Reisegenehmigung erhalte.»

«Darum werde ich mich kümmern.»

Zufrieden stellte der Baron bei sich fest, daß van der Jong von mehrfachem Nutzen sein konnte. Die meisten Holländer und Belgier standen den Nazis nicht freundlich gegenüber, und in den Niederlanden gab es sehr viele jüdische Firmen. Wenn deren Besitzer verhaftet wurden, konnte van der Jong die Betriebe übernehmen und sie im Interesse des Kraus-Konzerns weiterführen.

Später am Tag meldete das Radio, daß deutsche Truppen bei Sedan durchgebrochen waren und die Zivilbevölkerung von Paris zu Tausenden die Stadt verließ. Der Baron fügte Frankreich gleich zu van der Jongs zukünftigem Aufgabenbereich hinzu.

Es wurde bereits dunkel, als Ernst von Kraus sein Büro im Zentrum von Essen verließ. Er ließ sich in den weichgepolsterten Rücksitz des Mercedes fallen und wies seinen Chauffeur an, nach Hause in die «Festung» zu fahren.

Da das Ruhrgebiet militärisch stark befestigt war, glaubte niemand an einen feindlichen Angriff, trotzdem wurden sämtliche notwendigen Vorkehrungen zum Schutz vor Luftangriffen getroffen: Bis auf einen gelegentlichen Funkenregen aus einem der Fabrikschlote lag die ganze Stadt im Dunkeln. Nur der Lärm strafte den Eindruck völliger Ruhe Lügen – hinter den Verdunklungen und unter den Tarnnetzen war Essen lebendig und geschäftig. Vierundzwanzig Stunden täglich, sieben Tage in der Woche schufteten die Menschen des Ruhrgebiets, um die Kohle, den Stahl und vor allem die Waffen zu liefern, die Deutschland zur Fortführung des Krieges benötigte.

In der «Festung» öffnete ein Diener die Tür, nahm Ernsts Aktentasche entgegen und half ihm aus dem Mantel. «Guten Abend, Herr von Kraus. Ihre Gattin hatte Kopfschmerzen und ist schon zu Bett gegangen.» Das war nichts Ungewöhnliches. Ernst und Trude sahen sich in diesen arbeitsreichen Tagen sehr selten. «Ihr Abendessen wird gleich serviert.»

Ernst ging direkt ins Eßzimmer. Er war sehr hungrig, aß schnell und trank dazu mehrere Gläser Bier.

Danach setzte er sich in den Salon und las die Abendzeitung. Dabei nickte er in dem schweren Ledersessel ein. Plötzlich rissen ihn die Sirenen aus dem Schlaf. Ein Luftangriff! Er sprang auf, knipste das Licht aus und zog die Vorhänge auf. Obwohl die Sirenen nicht anders als sonst geklungen hatten, wenn – wie so häufig in letzter Zeit – Flugzeuge der Alliierten den Westwall überflogen und Flugblätter abwarfen, so jagten sie ihm doch immer wieder einen Schauer über den Rücken.

Das Tal lag in tiefer Dunkelheit. Doch im nächsten Moment wurde es von den zuckenden Strahlen der Suchscheinwerfer erleuchtet, in deren Licht die eindeutig erkennbaren schwarzen Silhouetten feindlicher Bomber auftauchten. Ernst starrte wie hypnotisiert hinaus: zehn, zwanzig, vierzig …

Das Dröhnen der schweren Flakgeschütze erfüllte das Tal. Die Bomber flogen in perfekter Formation, und Ernst konnte den Lärm ihrer Motoren hören. Wo Bomben aufprallten, erhellten gleich darauf Flammensäulen das Stadtgebiet. Sie fielen nicht sehr zielgenau, zumindest waren sie weit entfernt von den Anlagen der Kraus-Werke niedergegangen.

«Ernst, was ist los?» Trude rannte ins Zimmer, das Haar zerzaust, den Morgenmantel lose um ihren unförmigen Körper gewickelt. Hinter ihr im Gang standen die Hausangestellten mit ängstlichen Gesichtern.

«Licht aus! Tür zu!» rief Ernst.

Die Flak hatte einen Bomber erwischt. Das Flugzeug verlor ein Triebwerk, ging in Flammen auf und trudelte im Licht der Scheinwerfer zur Erde.

«Das Unmögliche geschieht», sagte Ernst langsam und völlig ungläubig. «Die Engländer bombardieren das Ruhrgebiet.»

Am nächsten Tag waren nirgendwo Schäden zu entdecken, obwohl man ein ganzes Areal abgesperrt hatte. Es gab auch weder im Radio noch in den Zeitungen irgendeine Meldung über den nächtlichen Angriff. Als Ernst mit dem Baron telefonierte und ihm davon erzählte, grunzte der Alte nur und sagte: «Unmöglich, Junge, die Verteidigungslinien an der Ruhr sind unüberwindlich. Du hast vermutlich zuviel getrunken.»

Erst später wurde Ernst klar, warum dieses Bombardement erfolgt war: Die deutsche Luftwaffe hatte kurz zuvor Rotterdam bombardiert. Der Angriff auf Essen war die Antwort der Engländer.

Peter befand sich im Hauptquartier der Wehrmacht in Münstereifel, von wo aus Hitler selbst die Operationen leitete. Auf der großen Wandtafel bewegten sich die farbigen Fähnchen, die verschiedene Teile der deutschen Armee darstellten, schnell vorwärts. Die Belgier, die britischen Expeditionsstreitkräfte und drei französische Armeen saßen in Dünkirchen an der Atlantikküste in der Falle.

Am 10. Juni schloß sich schließlich Mussolini dem Feldzug an und erklärte England und Frankreich den Krieg. Am 14. Juni 1940 wehte die Hakenkreuzfahne vom Eiffelturm.

Eine Woche später wurde im Wald von Compiègne in demselben Eisenbahnwaggon, in dem die deutschen Emissäre den Waffenstillstand vom 11. November 1918 hatten unterzeichnen müssen, ein Waffenstillstand geschlossen; Deutschland hielt zwei Drittel von Frankreich besetzt einschließlich Paris, Elsaß-Lothringen und der Küsten am Ärmelkanal und Atlantik. Die französische Marine mußte demobilisiert werden, und die Franzosen hatten die Kosten für die deutsche Besatzungsarmee zu tragen.

Der Eisenbahnwaggon wurde im Triumphzug nach Berlin überführt.

Anfang Juli wurde das Geschwader Nowak nach Dallot bei Pas de Calais, südlich von Cap Gris Nez, verlegt. Josef fragte sich zum Büro des Kommandeurs der Basis durch. Ein Posten führte ihn einen schmalen Gang entlang, klopfte dann an eine Tür und meldete: «Oberst Nowak ist eingetroffen.»

«Josef, schön, dich zu sehen!» Oberst Theo Osterkamp kam mit ausgestreckter Hand auf ihn zu. Die beiden Männer waren alte Freunde. Wie Josef war auch Osterkamp ein Veteran des Ersten Weltkriegs und Träger des Ordens *Pour le mérite.* «Willkommen in deinem neuen Büro.»

«Mein neues Büro?»

«Das ist hier zwar nur eine kleine Basis, aber du bist nun der Kommandeur. Meine Glückwünsche. Du hast mit deinen Männern gute Arbeit geleistet.»

Josef lächelte schwach. «Danke, Theo. Wo bist du stationiert?»

«Etwas weiter oben an der Küste.»

Sie tauschten noch einige Nettigkeiten aus, dann sagte Osterkamp: «England ist unser nächstes Ziel, wenn sich die Briten nicht doch noch entschließen aufzugeben. Aber nach den Befestigungen zu urteilen, die sie an ihren Stränden errichten, scheinen sie das ganz und gar nicht im Sinn zu haben.»

Josef nickte. Er persönlich hatte nichts gegen die Engländer – vor ihren Piloten empfand er sogar großen Respekt. Das machte den bevorstehenden Feldzug auch so spannend. Endlich konnte er seine Kräfte mit einem ebenbürtigen Gegner messen. «Der Krieg gegen England wird ja wohl ein Luftkrieg werden, oder?» fragte er hoffnungsvoll.

«Vielleicht, aber zur Zeit haben wir nur den Befehl, Bombern beim Angriff auf englische Schiffe Geleitschutz zu geben. Die englischen Konvois müssen aufgehalten werden. Es kommen noch zu viele Lebensmittel und andere Lieferungen durch die Blockade.»

Das Geschwader Nowak richtete sich in Dallot schnell ein. Die Witterung war gut, manchmal gab es nur einen Start pro Tag – eine willkommene Abwechslung nach den anstrengenden Kämpfen im Frühjahr. Die Jagd auf die britischen Konvois hatte fast etwas Sportliches an sich. Wenn die Messerschmitts ihren Platz an der Seite der Bomber verließen, in Richtung Kent flogen und dabei die Flieger der Royal Air Force zu einzelnen Gefechten weit hinauf in den Sommerhimmel lockten – das waren die Augenblicke, die Josef am meisten schätzte: Mann gegen Mann, Piloten und Maschinen so wendig wie Raubvögel auf Beutezug, und nur der Beste konnte gewinnen. Doch jetzt stiegen nur wenige britische Piloten zu solchen Zweikämpfen auf. Die RAF war vorsichtig und schonte ihre Kräfte.

Am 18. Juli 1940 feierte Berlin den Sieg über Frankreich. Von einer hohen Tribüne über dem Pariser Platz verfolgte Goebbels die Siegesparade der Truppen, die – wie ihre Vorväter anno 1871 nach dem preußisch-französischen Krieg – durch das mit Fahnen, Siegerkränzen und Bannern dekorierte Brandenburger Tor marschierten.

Viktoria stand auf dem Balkon des Hotels Quadriga und sah hinunter auf die Menschenmassen auf den Straßen, die winkten und sangen: «Deutschland, Deutschland über alles ...» Der Gesang schwoll an bei den Zeilen: «Von der Maas bis an die Memel, von der Etsch bis an den Belt ...» Dank Hitler war das Deutsche Reich inzwischen nahezu so groß geworden.

Viktoria wußte, daß sie jetzt Stolz über die Triumphe ihres Heimatlandes empfinden sollte, doch sie spürte nur Angst vor der Zukunft. Bei Mortimer entdeckte sie denselben angstvollen Gesichtsausdruck. Sie drehte sich um und zog sich in die angenehme Kühle des Hotels zurück.

Am folgenden Abend wandte sich Hitler in einer vom Rundfunk übertragenen Feier direkt an den Reichstag. Er sprach mit der ruhigen Überzeugung eines Mannes, der die Welt in seinen Händen hält. «In dieser Stunde fühle ich mich vor meinem Gewissen verpflichtet, noch einmal einen Appell an die Vernunft auch in England zu richten. Ich glaube, dies tun zu können, weil ich ja nicht als Besiegter um etwas bitte, sondern als Sieger nur für die Vernunft spreche.» Langsam und gelassen schloß er: «Ich sehe keinen Grund, der zur Fortsetzung dieses Kampfes zwingen könnte.»

Dann kündigte er die Verleihung von militärischen Auszeichnungen an. Er las die Namen von siebenundzwanzig neu ernannten Generälen vor, die meisten von ihnen aus dem aktiven Heeresdienst, doch einer kam aus dem Generalstab: Peter von Biederstedt, der vom Generalmajor zum Generalleutnant befördert wurde.

Es folgten zwölf neue Feldmarschälle, und schließlich erhielt Göring den neugeschaffenen Titel des «Reichsmarschalls des Großdeutschen Reiches» und dazu das Großkreuz des Eisernen Kreuzes.

In dieser Nacht wurde gefeiert. In der Sicherheit, daß nach Hitlers Friedensangebot keine feindlichen Bomber die Hauptstadt angreifen würden, blieben die Lichter an in Berlin. Im Hotel Quadriga sah man Galauniformen und blitzende Orden. Die Biederstedts waren da: Peter verhehlte nicht seinen Stolz über diese neuerliche Beförderung.

Auch Josef war gekommen. «Jetzt ist der Dicke also Reichsmarschall und hat einen mordsmäßigen Marschallstab dazubekommen!» lachte er. Mit Görings Politik, auch zivile Ziele anzugreifen, würde er niemals übereinstimmen, doch seit er in Frankreich seine eigene kleine Basis befehligte, fühlte er sich schon sehr viel zufriedener.

Luise hatte sich bei ihm eingehängt, lachte und sah ihn bewundernd an. Viktoria mischte sich lächelnd unter die Gäste, und Benno zeigte sich von seiner charmantesten Seite. Der Baron war prächtig aufgelegt. Trinksprüche wurden ausgebracht und erwidert. Alle waren sicher, daß der Krieg zu Ende war.

Plötzlich lief ein jüngerer Offizier durch den Saal zu Peter, salutierte und sprach dann leise mit ihm. «Danke», sagte Peter schließlich und drehte sich mit einer verblüfften Miene zu den anderen Gästen. «Offensichtlich haben die Briten mit einem bedingungslosen ‹Nein› auf das Friedensangebot des Führers reagiert.»

Plötzlich waren die Zeitungen voller anklagender Berichte über britische Luftangriffe, die vorher niemand bemerkt haben wollte. Die Propagandakampagne gegen England wurde angeheizt. Auch mehrere amerikanische Auslandskorrespondenten wurden aus Deutschland ausgewiesen. Mortimer wußte, daß ihm bei der kleinsten Gelegenheit das gleiche Schicksal drohte. Er fand es besser, das Land von sich aus und mit einem Paukenschlag zu verlassen.

Von nun an betonte er bei jeder Gelegenheit, daß es für die deutschen Truppen unmöglich sein werde, in England zu landen. Er wußte, daß er damit die richtige Strategie gewählt hatte, als er eines Tages im Hotel Oberst Oster begegnete. Sie traten zusammen auf die Straße, und Oster begann: «Herr Allen, ich habe den Eindruck, daß Sie Ihrer Tätigkeit in Berlin überdrüssig sind. Vielleicht interessiert es Sie zu erfahren, daß auch meine Kollegen im Außenministerium und bei der Gestapo der Meinung sind, daß Sie nun lang genug in Deutschland waren.»

«Ich habe sicher keine Lust hierzubleiben, wenn England das nächste Ziel Hitlers ist.»

Oster nickte. «Würden Sie bei Ihrer Rückkehr nach England eventuell auch einige Informationen über die Invasion weiterleiten?»

«Müssen Sie mich das noch fragen?»

Oster teilte ihm das wenige mit, das er wußte. Mortimer schüttelte ihm die Hand. «Danke, Herr Oberst. Ich werde dafür sorgen, daß Ihre Informationen zu Premierminister Churchill gelangen.»

Oster fuhr in seinem Wagen weg, Mortimer ging wieder in sein Hotelzimmer. Jetzt brauchte er nur noch ein Ausreisevisum, und dann nichts wie weg aus Berlin. Im Außenministerium war man sehr erfreut über seinen Entschluß; er erhielt den Stempel in seinem Paß und die Zusicherung für einen Platz in einem Flugzeug nach Portugal. Er packte seine Sachen, zahlte die Rechnung und verabschiedete sich dann von Hasso Annuschek und den anderen Hotelangestellten, die er unterdessen schätzengelernt hatte.

Viel schwerer fiel ihm der Abschied von den Mitgliedern der Familie Jochum-Kraus. Ricarda, die er in ihrem Zimmer aufsuchte, nahm seine Hand in ihre, und plötzlich erkannte er, wieviel älter und zarter sie seit seiner Ankunft vor acht Jahren geworden war. «Es ist schön, daß wir uns kennengelernt haben, Herr Allen, und vielleicht sehen wir uns ja unter glücklicheren Umständen wieder. Sie werden uns fehlen, aber es ist nur zu verständlich, daß Sie in der jetzigen Situation bei Ihrer Familie sein wollen.»

«Frau Jochum, es war mir eine Ehre. Auf Wiedersehen.»

Sie lächelte traurig. «Auf Wiedersehen.»

Benno war nicht so betrübt, daß Mortimer ging, doch er lächelte höflich. «Unter anderen Umständen wären wir Freunde geworden, Herr Allen. Ich hoffe, wir gehen nicht als Feinde auseinander. Schließlich wollen wir beide dasselbe – das Ende dieses traurigen Krieges …»

Viktoria traf er allein in ihrem Büro an. Ihr Gesicht war bleich, unter ihren Augen zeigten sich dunkle Ringe. «Sag Stefan meine liebsten Grüße, wenn du ihn siehst», bat sie ihn.

«Ja, natürlich.»

«Und noch etwas, Mortimer: Vielen Dank für alles – für dein Verständnis und dafür, daß du mir so ein guter Freund warst …»

Zum erstenmal seit ihrem Tag in Heiligensee nahm er sie in die Arme und küßte sie – ein Kuß, in den er all seine verwirrten Gefühle, seine Zuneigung und Bewunderung und sein Bedauern zu legen versuchte.

Noch einmal sah er die Frau an, die so lange Zeit eine so wichtige Rolle in seinem Leben gespielt hatte. Dann ging er. Viktoria blieb mit ihren Erinnerungen und Ängsten allein.

13

In der zweiten Nacht nach Mortimers Abreise aus Berlin wurde Benno durch quietschende Autoreifen und Sirenengeheul aus dem Schlaf gerissen. Er sprang aus dem Bett und schaute zum Fenster hinaus. Auf der Straße standen einige Polizeiautos, deren Besatzungen gerade zum Hotel gingen.

«Was ist los?» fragte Viktoria verschlafen.

«Weiß der Himmel!» Benno zog sich seinen Morgenmantel über und lief schnell aus der Wohnung.

Als er ins Foyer kam, waren dort nur schwarze SS-Uniformen zu sehen. Ein bekanntes Gesicht fiel ihm auf – Sturmführer Kuhn, der Mann von der Gestapo, der ihn nach Stefans Weggang ausgefragt hatte. Benno ging geradewegs auf ihn zu. «Sturmführer, was hat das hier zu bedeuten?»

Der SS-Führer nickte zum Zeichen, daß er ihn erkannt hatte. «Heil Hitler, Herr Kraus. Wir müssen Ihre Gästeliste durchsehen. Wir glauben, daß sich in Ihrem Hotel ein feindlicher Agent aufhält – oder aufgehalten hat.»

Benno fuhr sich verärgert mit den Fingern durch das Haar. «Sie haben Wachen am Eingang postiert, und die Abwehr residiert im vierten Stock. Das ist doch wohl kaum ein Ort, von dem aus ein feindlicher Agent operieren würde?»

Kuhn kniff seine Augen zusammen. «Es ist jemandem gelungen, vertrauliche militärische Informationen zu erhalten und nach London weiterzugeben. Ich muß Sie doch nicht daran erinnern, daß es für Sie besser ist, mit uns zusammenzuarbeiten, oder? Zeigen Sie mir jetzt die Unterlagen.»

Es war zwecklos zu protestieren. Bewaffnete sicherten alle Treppenaufgänge und Lifttüren, während Kuhn und ein Kollege die Gästelisten durchsahen. Schließlich sagte Kuhn: «Der amerikanische Journalist Mortimer Allen hat also bis vor zwei Tagen in Zimmer 301, direkt unter der Abwehr, gewohnt?»

«Ja, das stimmt.»

«Das Zimmer muß durchsucht werden.»

Glücklicherweise war es noch nicht wieder belegt. Benno stand hilflos daneben, während das Zimmer auf den Kopf gestellt wurde, Teppiche wurden hochgezogen, Dielenbretter herausgerissen, Tapeten von den Wänden gefetzt, die Wände abgeklopft und das Bett in seine Einzelteile zerlegt. Man fand nichts. Ohne ein weiteres Wort zu Benno schritt Sturmführer Kuhn ärgerlich zum Lift, rief seine Männer zusammen und verließ das Hotel.

Als Benno in die Wohnung zurückkam, saß Viktoria im Bett. «Was war denn das? Was machen all diese Polizeiautos da draußen?»

Benno erzählte ihr, was vorgefallen war.

Viktoria biß sich auf die Lippen. «Glaubst du, daß Mortimer deshalb so eilig abgefahren ist? Weil er ein Spion war?»

Benno lehnte sich gegen das Kopfpolster. «Ich habe keine Ahnung», sagte er ernst. «Was mir viel mehr Sorge bereitet, sind die Auswirkungen auf das Hotel. Heute nacht können wir sowieso nichts unternehmen. Laß uns weiterschlafen.»

Sie drehten die Lichter wieder aus und lagen noch lange wach in der Dunkelheit. Viktoria fragte sich, ob Mortimer heil in England angekommen war und ob er Stefan schon getroffen hatte; Benno überlegte, was Kuhn als nächstes tun würde.

Er sollte es bald wissen. Am nächsten Tag fiel kurz vor Mittag der Strom aus. Benno ließ den Notgenerator anschalten und schickte den Hauselektriker in den Keller, um den Fehler zu beheben. Als der Mann wiederkam, sagte er kopfschüttelnd: «Ich kann nichts finden, Herr Kraus.»

In diesem Moment klopfte Hubert Fromm an Bennos Bürotür. «Draußen sind Leute vom Elektrizitätswerk. Sie sagen, daß die Sache mit der Hauptleitung zu tun hat. Aber sie müssen in den Keller, um den Schaden zu beheben.»

«Bringen Sie sie hinunter, Max», sagte Benno zu dem Elektriker.

Max kam bald darauf mit dem Vorarbeiter zurück, der ihm mitteilte, daß einige Kabel erneuert werden müßten.

«Wie lange werden Sie brauchen?» fragte Benno.

«Vermutlich nur heute. Wir müssen die richtigen Leitungen finden und im Erdgeschoß einige neu verlegen. Die betroffenen Räume müssen wir solange unter Verschluß halten.»

«Können Sie das nicht nachts machen?»

«Was ändert das? Sie haben doch trotzdem den ganzen Tag lang keinen Strom.»

Zum erstenmal seit Bestehen des Hotels wurden Schilder aufgestellt, die besagten: «Restaurant geschlossen», «Bar geschlossen».

Eine Stunde später kam ein Mann von der Telefongesellschaft. «Anscheinend gibt's bei Ihnen einen Defekt in einigen Ihrer Telefonleitungen.»

Benno seufzte. «Zusätzlich zu dem Defekt in den Stromleitungen?»

«Beides könnte zusammenhingen. Ich sehe besser mal nach.»

Benno wies einen Pagen an, den Mann zu begleiten. Ab und zu ging er in den Keller und in die Gasträume, um zu sehen, wie weit die Arbeiten schon waren. Eine ganze Armee von Arbeitern hantierte hektisch mit großen Kabelrollen.

Der Mann von der Telefongesellschaft kam zurück und sagte, er habe alle Apparate überprüft und es scheine jetzt alles in Ordnung zu sein. Um sechs Uhr gab es in den oberen Stockwerken wieder Strom. Die Lifte fuhren wieder. Dann gingen die Lampen in Foyer und Bar an, gleich darauf auch in Restaurant, Palmengarten und Jubiläumssaal. Der Elektriker kam mit einem Formular zu Benno. «Wenn Sie hier noch unterschreiben würden, daß alles zu Ihrer Zufriedenheit erledigt wurde, Herr Direktor.» Benno unterschrieb, dann gingen die Arbeiter.

Wenige Augenblicke später kam Oberst Oster in Bennos Büro. Als erstes legte er den Zeigefinger über die Lippen, dann hob er den Telefonhörer ab und wandte sich an Benno. «Ich nehme an, daß sich heute im Hotel Quadriga eigenartige Dinge zugetragen haben. Ein Besuch von Ihrem alten Freund Kuhn, ein Stromausfall und Störungen in den Telefonleitungen – habe ich recht?» Er deutete auf das Telefon. «Herr Kraus, vermutlich werden Sie feststellen, daß ab heute Ihre Telefone abgehört werden. Es ist sehr einfach, einige Drähte so miteinander zu verbinden, daß aus einem Telefon ein aktives Mikrofon wird, mit dem nicht nur alle Telefongespräche, sondern auch jede Unterhaltung in der Nähe des Apparates abgehört werden kann.»

Benno starrte ihn entsetzt an. «Und was ist mit dem Stromausfall?»

«Schauen wir doch einmal nach.»

Sie betraten das Restaurant, und Oberst Oster ging zu einem Heizkörper. Ohne ein Wort zu sagen, deutete er auf ein verstecktes, daumennagelgroßes Mikrofon, von dem aus ein dünner Draht in die Holzverkleidung führte. Hinter dem nächsten Heizkörper war noch eines, in einer Tischlampe wieder eines. Die Farbe wich aus Bennos Gesicht.

Sie gingen zurück in Bennos Büro. Oster nahm das Monokel ab und putzte es.

«Was war letzte Nacht los?» Nachdem ihm Benno alles erzählt

hatte, nickte er. «Also nehmen sie an, daß Herr Allen seine Information von der Abwehr erhalten hat, obwohl sie nicht wissen, wie das möglich gewesen sein soll. Herr Allen wird in England in Sicherheit sein – wir hier sind es allerdings nicht. Diese Mikrofone bedeuten, daß die Gestapo etwas argwöhnt. Sie mißtrauen nicht nur Ihnen und Ihren Gästen, sondern auch der Abwehr.»

«Der Abwehr?»

Oster zögerte einen Moment und murmelte dann: «Dazu muß Ihnen genügen, wenn ich sage, daß wir sozusagen rivalisierende Geheimdienste sind.»

Benno sank in seinem Sessel zurück. «Wenn jetzt diese Mikrofone hier installiert sind, muß sie ja auch jemand abhören.»

«Für die Telefone gibt es eine zentrale Abhörstelle, vermutlich in der zuständigen Schaltzentrale. Ich nehme an, daß die übrigen Mikrofone mit dem Aufenthaltsraum der Wachposten hier im Erdgeschoß verbunden sind.» Oberst Oster stand auf. «Glauben Sie mir, es lag nie in meiner Absicht, soviel Unglück über Sie und Ihre Familie zu bringen.»

«Ich mache Ihnen gar keinen Vorwurf, Herr Oberst. Ich verstehe nur überhaupt nicht mehr, was eigentlich vorgeht.»

«Wir sind Figuren in einem Spiel, Herr Kraus, in einem Spiel mit tödlichem Ausgang.» Der Oberst legte den Telefonhörer wieder auf, lächelte Benno freundlich an und verließ das Büro.

Mit zitternden Fingern zündete sich Benno eine Zigarette an. Er mußte mit Viktoria sprechen. Aber wo? Ihm wurde klar, daß er sich jetzt mit seiner Frau am ungestörtesten auf der Straße unterhalten konnte. Er holte tief Luft, rief Viktoria in der Wohnung an und bat sie herunterzukommen.

Sie gingen Unter den Linden bis zum Brandenburger Tor hinauf. Als Benno alles erklärt hatte, sah Viktoria ihn mit unverhohlenem Schrecken an. «Glaubst du, daß jetzt in jedem Raum solche Abhöranlagen sind? Können wir nichts dagegen unternehmen?»

«Wenn es gar nicht anders geht, müssen wir die Telefone ausstöpseln, aber wenn wir das zu oft machen, wird das der Gestapo auffallen, und es hätte dann sicher sehr unangenehme Folgen.» Er sah zur Statue der Quadriga hinauf und legte den Arm um Viktorias Schultern. «Vicki, mir tut das alles so leid.»

Sie lehnte den Kopf an seine Schulter. «Mir tut es auch leid, Benno, mehr als ich dir sagen kann.»

Doch solche Gefühle nützten jetzt nichts. Es mußte etwas getan werden, um sie und ihre Gäste zu schützen. Am Abend hatte Viktoria plötzlich eine Idee. Als sie ihr Kissen aufschüttelte, dachte sie sich, daß dessen Federfüllung eigentlich schalldämpfend wirken müßte. Sie legte den Finger an die Lippen, stupste Benno an und stopfte dann das Kissen über das Telefon.

Er lächelte. «Gute Idee.»

Kamen alte Freunde der Familie zu Gast, begleitete Viktoria sie von nun an persönlich in ihre Zimmer hinauf, und wenn die Pagen das Gepäck gebracht und das Zimmer wieder verlassen hatten, demonstrierte sie den Kissentrick. Alle verstanden ausnahmslos, wie das gemeint war, und bedankten sich.

Hubert Fromm wunderte sich, daß so viele Gäste bei ihrer Abreise lobende Bemerkungen über den Komfort der Betten des Hotels machten. «Das verstehe ich nicht», sagte er zu Viktoria. «Die Betten sind doch immer noch dieselben wie früher.»

Viktoria wagte es nicht, ihm alles zu erklären. Sie mißtraute ihm zwar nicht, aber seit Kriegsbeginn hatten sie sehr viel neues Personal aufgenommen. Einige davon waren sicher von der Gestapo. Ein einziges unbedachtes Wort konnte alle in ernsthafte Schwierigkeiten bringen. Viktoria vertraute nur Hasso Annuschek ohne Einschränkungen, und es war schon eigenartig, wie oft versehentlich etwas genau über den Wanzen in der Bar verschüttet wurde.

Einige Tage später begannen Arbeiter, auf dem Pariser Platz vor dem Brandenburger Tor große Podien aufzubauen. Dann wurden zwei riesige goldfarbene Adler und später zwei enorme Eiserne Kreuze aufgestellt. Angeblich waren das bereits Vorbereitungen für die Siegesparade nach dem Sieg Deutschlands über England.

Eines Abends kam die Meldung, daß an der englischen Küste die größte Luftschlacht des Krieges stattgefunden habe, in der mehr als hundert englische Flugzeuge abgeschossen worden seien.

Die Schlagzeilen über diese Luftkämpfe brachten Viktoria und Luise enger als jemals vorher zusammen. Luise kam jeden Tag mit Lili ins Hotel Quadriga, wo die beiden Schwestern ängstlich die Zeitungen durchsahen. Viktoria suchte nach Meldungen über Oxford, denn sie befürchtete, daß Stefan in einem Fliegerangriff umgekommen sein könnte. Anscheinend blieb Oxford jedoch verschont.

Luise bangte um Josef. Doch dafür gab es keinen Grund, denn täglich berichteten die Zeitungen von neuen Siegen, die «Onkel Josef» errungen hatte. Der Held des letzten Krieges war auf dem besten Weg, auch in diesem wieder als Fliegeras gefeiert zu werden.

In den Morgenstunden des 14. August 1940 heulten erstmals nach Monaten wieder die Luftschutzsirenen in Berlin. Benno stolperte aus dem Bett und murmelte: «Das muß ein Fehlalarm sein, aber wir gehen besser nach unten.»

Viktoria folgte ihm verschlafen und wartete am Zimmer ihrer Mutter, bis Ricarda mit ihnen kam. Sie schlossen sich den Menschen an, die schimpfend zur Kellertreppe gingen, wo die Luftschutzwarte mit ihren Helmen standen, Gasmasken ausgaben und Namenlisten herunterlasen.

Lange warteten sie ruhig auf die Geräusche der Flugzeuge, auf die Explosionen der Bomben. Doch nichts kam. Schließlich gab es Entwarnung, und alle gingen wieder in ihre Betten.

Nach diesem Vorfall war das allgemeine Vertrauen getrübt.

Berlin war von einem dichten Schutzring aus Flak umgeben, ein weiterer Ring im Inneren sollte das Stadtzentrum schützen – laut Göring unüberwindbar für jegliche feindlichen Bomber. Außerdem war es für englische Bomber so gut wie unmöglich, unerkannt so weit ins Landesinnere zu kommen, daß sie Berlin bedrohen konnten. Doch irgend jemand hatte es dennoch für möglich gehalten, sonst hätte es keinen Alarm gegeben.

All die Siege, die die Luftwaffe bis jetzt errungen hatte, konnten die Verluste des «Schwarzen Donnerstags» nicht aufwiegen. Osterkamp teilte Josef im Vertrauen mit, daß an diesem 15. August insgesamt fünfundsiebzig Flugzeuge verlorengingen – dagegen waren nur fünfunddreißig RAF-Flieger abgeschossen worden.

«Dazu kommt, daß sie über ihrem eigenen Grund und Boden runtergekommen sind», sagte Josef voller Zorn. «Wir kriegen weder die Maschinen noch die Piloten zurück. Ich mag gar nicht daran denken, wie viele Männer wir noch verlieren werden. Wir sollten nicht Aufpasser für die Bomber spielen müssen, sondern die RAF in den Himmel locken, damit der Weg für die Bomber frei wird.»

Osterkamp seufzte. «Göring sieht das alles anders. Obwohl er meines Erachtens langsam erkennt, daß der Stuka zwar ein hervorragender Kurzstreckenbomber ist, aber nicht dafür geeignet, die Luftschlacht um England zu gewinnen. Er besteht jedenfalls darauf, daß ab jetzt mehr Jäger zum Geleitschutz der Bomber mitfliegen.»

«Das bedeutet, daß die Hälfte der Bomber am Boden bleibt, weil es keinen Geleitschutz für sie gibt, während wir Kampfpiloten fliegende Zielscheiben für jede kleine Spitfire abgeben. Osterkamp, das ist nicht bloß verrückt, das ist Mord!»

«Versuch das mal Göring beizubringen ...»

«Wenn ich Gelegenheit habe, werde ich das auch tun.»

Drei Tage später bot sich zu Josefs Überraschung tatsächlich eine solche Gelegenheit. Er konnte seinen zwanzigsten Abschuß eines feindlichen Fliegers melden. Aus dem Hauptquartier informierte man ihn darüber, daß er das Ritterkreuz erhielt und der Reichsmarschall ihm diesen Orden persönlich übergeben wolle. Josef sollte am nächsten Tag nach Berlin fliegen, wo ihn ein Wagen direkt vom Flughafen nach Karinhall bringen werde.

In Karinhall, der großartigen Jagdhütte Görings im Norden Berlins, wurde Josef von einem Diener in die riesige Festhalle geleitet, wo Göring sich von einem opulenten Mahl erholte. «Herr Reichsmarschall, Oberst Nowak ist eingetroffen.»

Einen Moment lang stand Josef wie vom Donner gerührt. Seit ihrer Begegnung im Palais des Reichstagspräsidenten im Jahr 1935 hatte es kein privates Gespräch mehr zwischen Göring und Josef gegeben. Bei allen ihren späteren, mehr oder weniger offiziellen Begegnungen trat Göring in einer seiner malerischen Phantasieuniformen auf. Jetzt sah er aus wie ein Operettenschauspieler – grüner Jagdrock aus Wildleder, darunter ein weißes Hemd mit weit gebauschten Ärmeln, schenkelhohe Stiefel über ledernen Reithosen, im Gürtel ein riesiges Jagdmesser.

«Josef, setzen Sie sich. Trinken Sie was.» Göring winkte mit seiner schlaffen, manikürten Hand, auf den Fingernägeln schimmerte Nagellack.

Von plötzlichen Zweifeln befallen kam Josef näher. War das vielleicht sogar Rouge auf den wabbeligen Wangen des Dicken, Wimperntusche auf den hellen Wimpern?

Der Diener goß ihm ein großes Glas Weinbrand ein und verließ den Raum. Josef hob sein Glas. «Glückliche Landung.»

«Sie sind vermutlich das erste Mal in Karinhall? Ich muß es Ihnen zeigen.» Göring schob seine massige Figur aus dem Sessel, und Josef dachte: «Er sieht so verweichlicht aus, so dekadent. Was ist mit meinem alten Kameraden bloß passiert?»

Der Rundgang dauerte sehr lange. An allen Wänden hingen

Bilder, und Göring mußte bei jedem die Herkunft erläutern. «Das kommt aus Rom – ein Botticelli. Das hier ist aus Den Haag – natürlich ein Rembrandt. Und diese Skulptur stammt von Rodin – sehr erotisch, finden Sie nicht? Selbstverständlich aus Paris. Hier in Karinhall habe ich Kunstwerke aus jedem Land, das zum Reich gehört, versammelt. Es sind alles Geschenke.» Er lächelte und zeigte dabei seine unnatürlich weißen Zähne.

Josef fühlte sich unbehaglich. Es schien kaum vorstellbar, daß die Kunstmuseen der verschiedenen Länder die Gemälde Göring geschenkt hatten – viel wahrscheinlicher war, daß er sie sich einfach angeeignet hatte.

«Und nun zur *pièce de résistance!*» Göring öffnete die Tür zu einem prächtig ausgestatteten Schlafzimmer und deutete auf ein lebensgroßes Aktgemälde an der Decke. «Ist das nicht herrlich? Morgens, wenn ich aufwache, sehe ich als erstes Europa, und das erinnert mich immer wieder daran, daß Europa jetzt mir gehört.»

Sie gingen zurück in die Festhalle. Göring sank in seinen großen Ledersessel und seufzte theatralisch. «Nun, reden wir wieder über die Arbeit. Josef, alter Freund, dieser Krieg ist ganz anders als der, in dem wir beide gekämpft haben. Ach, das waren noch Zeiten in unseren alten Doppeldeckern – die Freiheit des offenen Himmels, der Wind pfiff in den Streben, die Kämpfe Mann gegen Mann ... Doch diese Zeiten sind vorbei. Sie haben sich Ihr Ritterkreuz verdient. Aber das reicht nicht. Der gesamte Einsatz der Luftwaffe ist noch nicht effizient genug. Von jetzt an werden sich die Dinge ändern. Die Koordination mit den Bomberstaffeln muß verbessert werden.»

«Zur Hölle damit, wir sollten überhaupt keine Bomber begleiten», rief Josef aufgebracht aus. «Sie wissen doch gar nicht, wie es dort draußen zugeht. Zum einen schränkt uns die Langsamkeit der Bomber ein. Zum anderen haben wir keine Funkverbindung mit denen. Wie sollen wir das dann noch koordinieren?»

Göring lief rot an und unterbrach ihn: «Entschuldigungen interessieren mich nicht. Und ich gebe den Befehl, daß die Jäger ab sofort bei den Bombern zu bleiben haben – auf dem ganzen Weg ins Zielgebiet und zurück und ganz egal, wie stark die RAF versucht, sie abzudrängen.»

«Was sollen wir eigentlich da oben? Die RAF können wir doch nur angreifen, wenn wir nicht mit den Bombern fliegen.»

Göring hieb mit der Faust auf den Tisch. «Das reicht! Wie alt sind Sie, Josef?»

«Achtundvierzig.» Göring war ein Jahr jünger.

«Achtundvierzig», sagte Göring ätzend. «Die Kampffliegerei sollte man nicht so alten Männern wie Ihnen überlassen. Ihre Zeit ist um. Ihnen fehlt die notwendige Aggressivität für einen modernen Krieg. Gut, auch das wird sich ab jetzt ändern. Das Höchstalter für Geschwaderkommandeure wurde auf zweiunddreißig festgesetzt; Gruppenchefs dürfen maximal dreißig sein; kein Kommandeur einer Staffel darf älter als siebenundzwanzig sein.»

Josef starrte ihn ungläubig an.

Um Görings Lippen lag ein grausamer Zug. «Andererseits möchte ich nicht, daß Sie zu der Auffassung kommen, ich wüßte Ihre Talente und Loyalität nicht zu schätzen. Ich habe beschlossen, Sie zum technischen Direktor der Kampfflieger zu ernennen, ein neugeschaffener Posten, der Ihnen aber mit Sicherheit zusagen wird. Sie werden in Kesselrings Hauptquartier in Blanc Nez stationiert sein.»

«Ich will keinen neuen Posten. Ich möchte meine Staffel behalten. Ich will weiterfliegen ...»

«Es ist mir egal, was Sie wollen. Ihre Zeit als Flieger ist vorbei.»

Langsam erhob sich Josef aus seinem Sessel; er wußte, daß es zwecklos war zu streiten. «Zu Befehl, Herr Reichsmarschall.»

Jetzt konnte sich Göring großzügig zeigen. Mit einem strahlenden Lächeln griff er in seine Jackentasche und nahm eine kleine Schachtel heraus. «Bevor Sie gehen, müssen Sie noch Ihren Orden erhalten. Das Ritterkreuz zum Eisernen Kreuz. Die richtige Auszeichnung für einen tapferen Piloten. Meine Glückwünsche.»

Josef nahm die Schachtel, ohne sie zu öffnen.

«Wenn Sie schon in Berlin sind, warum wollen Sie nicht eine Nacht bei Ihrer Familie bleiben, bevor es wieder an die Front geht? Ich bin sicher, daß sich – Lisa ist doch der Name Ihrer Frau, oder? – Lisa sehr darüber freuen würde.» Göring läutete dem Diener. «Bringen Sie Oberst Nowak zu seinem Wagen. Auf Wiedersehen, Josef. Einen schönen Aufenthalt noch.»

Luise brachte Lili gerade zu Bett, als Josef in die Wohnung kam. Sheltie rannte aufgeregt herum, Lili schrie: «Papa! Papa!», und Luise warf sich in seine Arme. «Josef! Was machst du denn hier?»

«Ich hatte ein Treffen mit dem Dicken in Karinhall.»

Luise sah ihn an. «Was war los?»

«Ich habe das Ritterkreuz bekommen.» Er warf die Schachtel auf Lilis Bett.

«Josef, was ist damit?»

«Sie haben mich runtergeholt, das ist alles.»

«Runtergeholt?»

«Der Dicke ist der Meinung, daß Fliegen nur etwas für junge Kerle ist. Erfahrung zählt für ihn nichts. Zwanzig feindliche Flieger vom Himmel geschossen zu haben ist ihm nichts mehr wert. Ich bin zu alt zum Fliegen. Jetzt bin ich technischer Direktor der Kampfflieger.»

Lili öffnete die Schachtel und nahm den Orden von dem Seidenkissen.

«Lili, leg das wieder hin!» mahnte Luise.

Josef schüttelte den Kopf. «Laß sie ruhig. Das ist doch nur ein Stück Blech.»

Dieser Abend war der unerfreulichste, den Luise seit ihrer Heirat mit Josef verbracht hatte. Alles, was sie sagte, war irgendwie verkehrt. Josef verkroch sich in sich selbst, stocherte in seinem Essen herum, rauchte eine Zigarette nach der anderen und hielt sich dann an seinen Kognak.

Gerade als sie zu Bett gingen, heulten die Sirenen. Durch die Verdunklungen an den Fenstern beobachtete Josef die Suchscheinwerfer, die über den Himmel strichen, und fragte dann: «Hat es das schon einmal gegeben?»

«Ja, vor ein paar Tagen.»

«Vermutlich habt ihr bestimmte Verhaltensmaßregeln bekommen?»

«Wir sollen alle in den Keller gehen.»

«Dann geh jetzt besser hinunter.»

«Josef, du glaubst doch nicht, daß die Engländer wirklich Berlin bombardieren würden?»

Er schüttelte den Kopf. «Wir tun unser Bestes, um England auszuschalten.» Dann lächelte er schwach. «Geh jetzt in den Keller. Mir ist es lieber, wenn ihr in Sicherheit seid.»

In einiger Entfernung war Flak zu hören, dann herrschte wieder Ruhe. Luise nahm seine Hand. «Komm mit uns, Josef.»

Er winkte ab. «Ich möchte die Bombe, die mich erwischt, lieber sehen.» Er ging in Lilis Zimmer, nahm das Mädchen aus seinem Bett, trug sie in den Keller und ging wieder nach oben. Nach einer knappen Stunde kam die Entwarnung. Keine einzige Bombe war auf Berlin gefallen.

Im Radio und in den Zeitungen wurde am nächsten Tag der Alarm mit keinem Wort erwähnt. Doch ein Foto aus jüngeren Jahren zeigte Josef, wie er neben seinem Flugzeug stand, die Mütze verwegen auf dem Kopf, dazu die Schlagzeile: RITTERKREUZ FÜR «ONKEL JOSEF». Er warf die Zeitung in den Abfalleimer, gab Luise und Lili einen Abschiedskuß und brach auf nach Frankreich.

Am 23. August gab Göring bekannt, daß es nicht notwendig sei, bei Alarm in den Keller zu gehen. Nur wenn die Flakgeschütze in nächster Nähe zu hören seien, sollten die Leute einen Schutzraum aufsuchen. Was damit gemeint war, war klar: Was auch immer geschah, Berlin galt als der sicherste Ort der Welt.

Doch in den Morgenstunden des 26. August, eines Montags, heulten in Berlin die Alarmsirenen, denen gleich darauf das Getöse von Flakgeschützen aus nächster Nähe folgte. Benno sprang aus dem Bett und spähte durch die Vorhänge in den Himmel, den die Lichter der Suchscheinwerfer durchteilten. Ein schwaches Geräusch von Flugzeugmotoren war zu hören. «Vicki! Diese Flieger kommen direkt hierher!» Das Krachen einer Explosion dröhnte. «Das war eine Bombe! Vicki, beeil dich doch um Himmels willen!»

Viktoria war noch nie so schnell angezogen wie in diesen Minuten. Ricarda kam aus ihrem Zimmer, und gemeinsam liefen sie mit den anderen Hotelbesuchern nach unten. Das lässige Vertrauen, das sie vor einer Woche noch an den Tag gelegt hatten, war wie weggeblasen. In heller Panik liefen die Menschen um ihr Leben und rannten durch das Foyer in den Keller. Vom Lieferanteneingang kamen Angestellte gelaufen, rempelten sich in ihrer Aufregung an. Der Lift aus dem vierten Stock brachte die Leute von der Nachtschicht der Abwehr. Die Gestapo-Männer hatten sich schon längst verzogen.

Nach wie vor krachten die Flaks, die Bomben explodierten bereits in größerer Nähe. Die Flugzeuge waren jetzt ganz deutlich zu hören, es klang, als ob sie direkt über das Hotel flögen.

Im Keller war der Lärm etwas gedämpfter. Ein oder zwei Frauen weinten, sonst war alles ruhig, und die Luftschutzwarte kontrollierten ihre Namenlisten.

Sie mußten drei lange Stunden im Keller bleiben, während das Unmögliche geschah: Berlin wurde bombardiert.

Als Entwarnung gegeben wurde und alle wieder in ihren Zimmern waren, rief Viktoria als erstes bei Luise an. Ihre Schwester schien sehr ruhig zu sein. «Natürlich hatte ich etwas Angst», sagte sie. «Aber dann habe ich an Josef gedacht und wußte, daß ich tapfer bleiben muß – ihm zuliebe.»

In den Zeitungen wurde der Angriff nur mit einer sechszeiligen Meldung erwähnt, in der es hieß, feindliche Flugzeuge hätten einige Brandbomben auf zwei Vororte geworfen und damit eine Gartenlaube zerstört. Im Laufe des Tages wurde jedoch bekannt, daß drei ganze Straßenzüge getroffen worden waren.

In dieser Nacht veränderte sich die Stimmung. Fünf Wochen zuvor hatte Berlin einen Sieg gefeiert, im vollen Vertrauen darauf, daß England klein beigeben würde. Diese Hoffnung war jetzt verflogen. Entgegen allen Versprechungen von Göring waren Bomben auf Berlin gefallen.

Drei Nächte später kamen die Engländer wieder, und die Berliner Bevölkerung verbrachte wieder eine lange, ungemütliche Nacht im Untergrund. Dieses Mal kamen zehn Menschen ums Leben, ungefähr dreißig wurden verletzt. Die Zeitungen reagierten empört, beschimpften die Briten als «Luftpiraten» und beschuldigten sie brutaler und feiger Angriffe auf wehrlose Frauen und Kinder.

Am 1. September, dem ersten Jahrestag des Kriegsbeginns, griffen die Briten erneut an, und dieses Mal konnte man auch im Keller tief unter dem Quadriga die Detonationen der Bomben hören. Am nächsten Tag war zwar ein ganzes Areal des Tiergartens abgesperrt, doch in einer Sondermeldung teilte das OKW mit, daß es den britischen Flugzeugen dank der starken Berliner Flugabwehr nicht gelungen sei, Bomben abzuwerfen. «Aber wir haben die Bomben doch gehört. Wir haben die Explosionen doch gespürt», sagte Viktoria.

Sie sprach aus, was alle dachten. Nicht nur im Hotel Quadriga, sondern in ganz Berlin sah man überraschte und verängstigte Gesichter. Wenn das OKW in dieser Situation so offensichtlich log, welche anderen Lügen hatte es dann bereits verbreitet? Waren vielleicht auch die Verluste beim Luftkampf um England wesentlich höher, als amtlich mitgeteilt wurde? War es möglich, daß der Krieg gar nicht so bald zu Ende sein würde, sondern eigentlich erst begann?

Am Morgen nach einer weiteren schlaflosen Nacht im Keller des Quadriga kam ein Telegramm aus Fürstenmark: Monika hatte ein gesundes Mädchen zur Welt gebracht, das sie Senta nennen wollte. «Möchtest du nicht einige Zeit bei ihr sein?» fragte Benno Viktoria. «Sie würde sich bestimmt freuen, dich zu sehen – und du wärest dort sicherer als hier.»

Viktoria zögerte nur einen Moment. Seit Monika geheiratet hatte und nicht mehr zu Hause lebte, fühlte sie sich ihrer Tochter wesentlich stärker verbunden als früher, und sie schrieb ihr regelmäßig lange Briefe. Doch Monika brauchte sie nicht: Hans war zwar nicht bei ihr, aber ihre Schwiegereltern konnten sich gut um sie und ihre Kinder kümmern.

«Ich könnte jetzt nicht aus dem Quadriga fort!» sagte Viktoria, und Benno verstand das.

Am Samstag, dem 7. September, erschien Göring in Begleitung einer großen Entourage von Beamten und Reportern in Blanc Nez. Gemeinsam mit seinen Kommandeuren beobachtete er den Aufbruch einer riesigen Bomberflotte zu ihrem Einsatz gegen England.

So etwas hatte man bisher noch nie gesehen: Eine Flugzeugstaffel nach der anderen hob donnernd vom Boden ab, bis schließlich eintausendzweihundert Bomber und Jagdflieger als metallene Wolke den Himmel verdunkelten. Alle hatten dasselbe Ziel: London.

Göring wandte sich an einen Radioreporter und verkündete mit strahlendem Lächeln: «Ich habe jetzt persönlich die Führung der Schlacht um England übernommen ... Zum erstenmal werden wir England in seinem Herzen verwunden ... Dies ist eine historische Stunde.»

Im Laufe des Nachmittags schwand das Lächeln aus Görings Gesicht. Obwohl zurückkehrende Piloten berichteten, daß London fast ohne Verteidigung gewesen sei und in Brand stehe, kam die Luftwaffe dieser Einsatz teuer zu stehen: Vierzig Bomber wurden als Verluste gemeldet.

Görings Zorn kannte kein Halten mehr. Josef bekam als erster seine Wut zu spüren. «Ist Ihnen klar, daß wir in dieser Schlacht bisher fast fünfhundert Kampfflugzeuge verloren haben? Und jetzt an einem Tag vierzig Bomber? Wie erklären Sie sich das?»

Zornig erwiderte Josef: «Die Piloten sind übermüdet. Sie müssen an manchen Tagen bis zu fünfmal in die Luft und dabei jedesmal Angst haben, daß der Treibstoff nicht für den Rückflug reicht. Dauernd kommt es vor, daß die Bomberstaffeln verspätet aufsteigen oder die Jäger sie in den Wolken verlieren und dabei wertvolles Benzin vergeuden. Die Me 109 ist ein Flugzeug für Angriffe, nicht zur Verteidigung. Das ist so, als ob man von einem Rennpferd verlangen wollte, mit einem Esel Schritt zu halten!»

«Ihre Aufgabe ist es, den Männern Mut zu machen, und nicht, ihre Feigheit zu entschuldigen!»

Zutiefst getroffen brüllte Josef. «Wagen Sie es nicht, diese Männer als Feiglinge zu bezeichnen! Sie haben miterlebt, wie fünfhundert ihrer Kameraden ums Leben gekommen sind! Sind die Toten auch Feiglinge für Sie? Was verstehen Sie denn vom Fliegen? Es ist zwanzig Jahre her, seit Sie das letzte Mal einen Steuerknüppel aus der Nähe gesehen haben!»

«Nowak, reißen Sie sich zusammen ...»

Doch Josef war jetzt alles egal. «London zu bombardieren bringt außerdem überhaupt nichts. Abgesehen vom moralischen Aspekt können Sie doch ein solch intensives Vorgehen wie heute gar nicht durchhalten –»

«Wenn ich Ihren Rat brauche, werde ich Ihnen Bescheid geben, Nowak.» Dunkelrot im Gesicht bellte Göring seinen Adjutanten an. «Die Gruppenkommandeure der Jagdflieger sollen herkommen. Ich will hören, was sie selbst dazu zu sagen haben!»

Noch in Anwesenheit von Josef, der versuchte, seinen ohnmächtigen Zorn zu beherrschen, ließ Göring die Flieger wie ungezogene Schulbuben antreten und beschimpfte sie. Zum Schluß fragte er sie in scharfem Ton, was sie bräuchten, um zu siegen. Einer antwortete zornig: «Stärkere Motoren für die Me 109.» Ein anderer sagte ruhig: «Geben Sie mir eine Staffel Spitfires.»

Göring bedachte die Männer mit einem verachtungsvollen Blick und stürzte davon zu seinem Privatzug, mit dem er gekommen war.

In dieser Nacht trank Josef in der Einsamkeit seines Zimmers eine ganze Flasche Kognak. Göring war nichts weniger als ein Mörder. Hier fand ein Massaker statt, in dem nicht nur feindliche Piloten umkamen, sondern unschuldige Zivilisten und – was fast noch schlimmer war – die Piloten der eigenen Luftwaffe.

In der folgenden Woche wurde die Bombardierung von London fortgesetzt, allerdings in etwas geringerem Ausmaß als am 7. September. Obwohl die Verluste der Luftwaffe nach wie vor hoch waren, sah es fast so aus, als ob Göring mit seiner Strategie richtig läge. Der Widerstand der RAF war unkoordiniert und planlos, und ihre Verluste waren sehr hoch. Göring kam zu der Überzeugung, daß nur noch ein einziger starker Schlag notwendig war, um England in die Knie zu zwingen – das bedeutete dann entweder einen Friedensvertrag oder die Invasion.

Dieser letzte Schlag sollte am Sonntag, dem 15. September, stattfinden. Göring war sich seiner Sache so sicher, daß er gar nicht erst nach Frankreich kam, um den Start der Armada zu beobachten, sondern die ganze Operation von Karinhall aus leitete.

Wie weit entfernt ein Sieg über England war, zeigte sich jedoch im Verlauf dieses Tages. Die Piloten berichteten nach ihren Einsätzen von ganzen Geschwadern, die sie gleich an der Küste abfingen, davon, daß der Himmel über Kent voller englischer Flugzeuge war und daß London sich inzwischen so gut gerüstet hatte, daß die meisten deutschen Bomber wieder abdrehen mußten. Sogar wenn sie hätten angreifen dürfen, hätten die deutschen Jagdflieger wenig gegen die große Konzentration von RAF-Fliegern ausrichten können. Die Situation war so bedrängend, daß die deutschen Piloten wie Lockvögel in ihren Cockpits saßen. Viele, die die Hoffnungslosigkeit ihrer Lage erkannten, warfen ihre Bomben einfach in den Ärmelkanal oder über Kent ab und versuchten erst gar nicht, ihr Zielgebiet zu erreichen.

Am Ende des Tages waren mindestens sechzig Flugzeuge verloren und einige hundert so stark beschädigt, daß sie ausfielen. Einige hundert Männer waren getötet, verwundet oder gefangengenommen worden.

Von Göring kam der Befehl, daß alle Gruppen- und Geschwaderkommandeure – auch Josef – am nächsten Tag in Karinhall Bericht erstatten sollten. Mutlos und aufgebracht trafen sie in Berlin ein. Ein vor Wut kochender Göring warf ihnen vor, schuld an diesem Fehlschlag zu sein.

Theo Osterkamp stellte noch einmal heraus, daß Göring von den Jagdfliegern etwas erwartete, das sie nicht leisten konnten, doch der Reichsmarschall wollte nichts davon hören. In Zukunft sollten noch kleinere Bomberformationen von noch mehr Jägern begleitet werden.

Josef fühlte sich hundeelend und konnte das nicht mehr länger mit anhören. Er konnte nicht länger tatenlos zusehen, wie die Luftwaffe, die er mit aufgebaut hatte, ausgeblutet wurde. Er wußte, daß dies vielleicht seine letzte Gelegenheit war, und zwang sich, ruhig zu klingen. «Herr Reichsmarschall, wenn ich es einmal so sagen darf: Unsere ganze Strategie ist falsch. Von Anfang an haben die Engländer unsere Jäger in Ruhe gelassen und mit ihren Jagdfliegern unsere Bomber angegriffen. Wenn wir –»

Göring unterbrach ihn. «Oberst Nowak, Sie scheinen zu vergessen, daß ich der Oberkommandierende der Luftwaffe bin. Wie können Sie es wagen, mich zu kritisieren? Wären Sie ein anderer, so würde ich Sie vors Kriegsgericht stellen lassen. Doch ich will Gnade vor Recht ergehen lassen und Ihnen zugute halten, daß zweieinhalb Monate Kampf vielleicht etwas zuviel der Anstrengung waren. Sie sind hiermit von Ihren Pflichten entbunden und werden einen Monat Genesungsurlaub nehmen, während ich über Ihre weitere Verwendung entscheiden werde.»

Die anderen Offizier sahen Josef teilnahmsvoll an, Josef warf Göring einen versteinerten Blick zu und verließ den Raum.

Das Berlin, in das Josef zurückkehrte, war nicht mehr das alte. Viele Häuser hatten schadhafte Dächer, zerbrochene Fenster, Türen waren mit Balken verrammelt, manchmal fehlten auch ganze Fassaden und gaben den Blick auf halbmöblierte Zimmer frei. In Parks, Gärten und Straßen gähnten große Bombenkrater.

An den Enden der Ost-West-Achse hatte man über Gerüste große Tarnnetze gespannt. Aus der Luft sollte es so aussehen, als ob dieses Gebiet zum Gelände des Tiergartens gehörte. Es hatte noch keinen Luftangriff bei Tag gegeben, doch die Behörden schlossen diese Möglichkeit offensichtlich nicht mehr aus. Als Josef am Brandenburger Tor zur Quadriga aufblickte, war sie in dem diesigen Wetter nicht zu erkennen. Ein Sieg war nicht länger in Sicht.

Luise hatte das Gefühl, mit einem Fremden zusammenzuleben, seit Josef zurückgekommen war. Er hatte sehr abgenommen und bewegte sich nur noch schlurfend durch die Wohnung. Essen interessierte ihn überhaupt nicht mehr, er schien sich nur noch von Zigaretten und Kognak zu ernähren. Er erzählte Luise, daß Göring ihn auf Genesungsurlaub geschickt hatte, weigerte sich jedoch, einen Arzt aufzusuchen. «Solange kein Arzt Vergessen verschreiben kann, hat es keinen Zweck.»

Als sein einmonatiger Urlaub vorbei war, meldete er sich im Luftfahrtministerium. Feldmarschall Milch, der inzwischen über wesentlich erweiterte Vollmachten verfügte und die frühere Abneigung gegen ihn nie vergessen oder vergeben hatte, schob ihn ab auf einen Posten, wo er nur noch mit Schreibtischarbeit zu tun hatte.

Josef hatte sich noch nie so einsam gefühlt. Sein alter Freund Udet, der ihn verstanden hätte, war krank. Die meisten seiner früheren Freunde waren tot oder in englischer Kriegsgefangenschaft. Jüngere Flieger hatten ihre eigenen Probleme innerhalb der Hierarchie. Nur wenige seiner derzeitigen Kollegen teilten Josefs Besorgnis darüber, daß der Dicke und Milch die Luftwaffe – und Deutschland – der Selbstzerstörung preisgegeben hatten.

Am 12. November 1940 traf der sowjetische Außenminister Molotow in Berlin ein. Am zweiten Abend seines Besuches heulten plötzlich die Sirenen, die Flaks donnerten los, und die Suchscheinwerfer warfen ihre wilden Muster auf den Nachthimmel. Von hoch oben war das wohlbekannte Dröhnen der englischen Bomber zu hören. In der folgenden Nacht wiederholte die RAF ihren Angriff, während deutsche Bomber über Coventry herfielen. Triumphierend meldeten die Zeitungen, daß das Stadtzentrum dem Erdboden gleichgemacht, die Kathedrale aus dem vierzehnten Jahrhundert und ein Dutzend für die Luftwaffe wichtige Rüstungsbetriebe völlig zerstört worden seien.

Josefs früherer Alptraum stellte sich wieder ein. Er sah Luise unter einem Haufen Geröll begraben, Flammen züngelten neben ihr hoch. Schreiend und schweißgebadet wachte er auf.

Die Luftangriffe waren für Bethel Ascher mit Hoffnung und Verzweiflung gleichermaßen verbunden. Die britischen Bomber bedeuteten, daß Deutschland diesen Krieg verlieren konnte und die Juden wieder befreit würden. Doch sie bedeuteten auch neue Gefahr, denn Juden und Arier durften nicht in denselben Kellern Schutz suchen.

Im Wohnhaus des Professors lebte ein arisches Paar – doch es gab nur einen Schutzraum im Keller. Bei Fliegeralarm mußten die Juden sich in der Eingangshalle verkriechen – dem gefährlichsten Platz, wenn eine Bombe auf der Straße detonierte.

Die Luftangriffe führten zu einer weiteren Veränderung im Leben des Professors. Ende September wurde eine ausgebombte jüdische Familie in das eine seiner zwei Zimmer einquartiert. Er bedauerte zwar den Verlust der Hälfte seines Wohnraumes, doch entwickelte er zu seinen neuen Nachbarn bald ein gutes Verhältnis.

Das Ehepaar Levi hatte erst spät geheiratet, beide waren inzwischen sehr krank. Ihre Tochter Sara war ein schönes Mädchen Anfang Zwanzig. Sie arbeitete in der Rüstungsabteilung der Kraus-Chemie – eine schlecht bezahlte und gefährliche Tätigkeit.

Der Professor sorgte sich nicht so sehr wegen der Eltern, sondern hauptsächlich um Sara, da sie immer sehr lang arbeiten mußte und nie genug zu essen hatte. Mit seinen bescheidenen Mitteln versuchte Bethel, ihr ein wenig zu helfen. Das tat er aus zwei Gründen: Zum einen erinnerte sie ihn mit ihren schwarzen Haaren und glänzenden dunklen Augen an seine eigene Tochter in diesem Alter, zum anderen war sie eine der wenigen jungen Jüdinnen, die noch in Berlin waren. Für ihn wurde es ungeheuer wichtig, daß sie die schreckliche Zeit, die sie jetzt durchmachten, überlebte.

Bethel sorgte sich mehr um die Zukunft als um die Gegenwart. Mehr und mehr Juden wurden aus Deutschland nach Polen deportiert. Niemand wußte, was mit ihnen geschah. Einige Leute erzählten, sie würden in großen Ghettos in Warschau und Lublin wieder angesiedelt, doch polnische Juden, die aus Polen geflohen waren, berichteten von neuen großen Lagern, in die die Menschen gebracht wurden, ohne daß man je wieder von ihnen hörte.

Anfang Dezember war Bernhard Scheer nur noch ein wandelndes Skelett; mit übermenschlicher Disziplin schleppte er sich zu seinem Arbeitsplatz in den Kraus-Werken. Er wußte, daß seine Tage gezählt waren.

Eines Morgens wurde er während der Bedienung einer Maschine ohnmächtig. Als er wieder zu Bewußtsein kam, befand er sich in der Krankenbaracke. Eine Stimme sagte: «Versuchen Sie, diese Brühe zu trinken. Ganz langsam.»

Es war eine Fleischbrühe, aus echtem Fleisch gekocht. Gierig schluckte Bernhard Scheer und genoß die Wärme in seinem Magen, spürte, wie ein wenig Kraft zurückkehrte. Dann stellte er zu seinem großen Erstaunen fest, daß ein SS-Arzt ihm geholfen hatte. «Wir haben einen neuen Lagerkommandanten», sagte dieser ruhig. «Kommandant Knopf hat viel Erfahrung. Er geht davon aus, daß ein bestimmter Standard gehalten werden muß, wenn ein Lager effizient und profitabel geführt werden soll.»

Der Arzt half Bernhard nach Kräften, und nach zwei Wochen konnte der Pastor die Krankenbaracke wieder verlassen. Zuvor gestand ihm der SS-Arzt noch, daß er evangelisch war und mit seiner Frau die Gottesdienste in Schmargendorf besucht hatte. «Warum sind Sie dann in der SS?» fragte ihn Bernhard.

«Mein Bruder ist in die SS gegangen und hat mir gedroht, mich bei der Gestapo anzuzeigen. Was sollte ich tun?»

Am selben Tag, als Bernhard als wiederhergestellt gemeldet wurde, erfuhr er, daß er nach Dachau verlegt werden sollte.

In Dachau kam Bernhard Scheer in den Block 26 und befand sich dort zum erstenmal seit Beginn seiner Haftzeit in der Gesellschaft anderer Kirchenmänner aller Glaubensrichtungen und Nationen. Doch mußte er traurig feststellen, daß kein einziger Jude unter ihnen war.

Durch beständige Interventionen hatten die Leitungen der römisch-katholischen und der evangelischen Kirche erreicht, daß sie alle zusammengelegt wurden und unter verbesserten Bedingungen leben konnten. Ab jetzt durften sie Gottesdienste in einem Raum abhalten, der als Kapelle diente, durften Breviere besitzen und mußten keine schwere körperliche Arbeit mehr verrichten.

In einer gemeinsamen Messe feierten sie Weihnachten. Bernhard Scheer, der frühere Pastor aus Schmargendorf, wurde gebeten, das Evangelium zu lesen.

Hans König hatte Weihnachten und Neujahr nicht mit seiner Familie verbringen können, erhielt aber Anfang Februar 1941 Urlaub. Es war kalt und schneite, doch im Haus war es warm und heimelig. Monika war molliger und häuslicher als bei seinem letzten Urlaub, denn sie hatte nach ihrer zweiten Schwangerschaft nur wenig abgenommen. Doch Hans fand sie wesentlich attraktiver als die dunklen Französinnen, die er in der Bretagne gesehen hatte.

Nun sah er auch zum erstenmal seine kleine Tochter, die inzwischen fünf Monate alt war. Sie war zarter als Heini und schien eher Ricarda ähnlich zu sehen als ihren Eltern. Sie hatte einen rötlichen Schimmer im Haar, und ihre Augen waren von einem ungewöhnlichen grünlichen Blau.

Als sie nachts im Bett lagen, fragte er Monika: «Weißt du noch, daß du mir versprochen hast, jedesmal einen Sohn für den Führer mit mir zu machen, wenn ich nach Hause komme?»

Seine Hand schlüpfte unter ihr Nachthemd.

Monika seufzte zustimmend. Doch als Hans eine Woche später zu seiner Einheit zurückkehrte und Monika mit Heini und Senta allein zurückblieb, war sie nicht mehr so sicher, unbedingt noch mehr Kinder zu wollen. Sie fühlte sich ziemlich erleichtert, als sie bald darauf feststellte, daß sie nicht wieder schwanger war.

Hans kehrte nicht nach Frankreich zurück, sondern wurde quer durch Italien und über das Mittelmeer nach Libyen geschickt. Aus Sicherheitsgründen durfte er Monika nicht schreiben, wo er sich befand, doch wischte er den Zensoren trotzdem eins aus, indem er in seinen Briefen an Monika die große Hitze erwähnte und einige Sandkörner in den Umschlag legte.

Der Mercedes mit Generalleutnant Peter von Biederstedt passierte den Haupteingang des OKW in Zossen und hielt vor dem Gebäude des Kommandostabs. Der Chauffeur öffnete den Schlag und salutierte. Peter stieg aus, sein Paß wurde geprüft, dann fuhr er mit dem Lift drei Stockwerke tief unter die Erde, wo die Besprechung stattfinden sollte.

Als alle Offiziere eingetroffen waren, stand General Halder auf. «Meine Herren, ich kann die Vertraulichkeit unserer heutigen Unterredung nicht genug betonen. Wenn unsere Vorbereitungen irgend jemandem bekannt werden sollten, besteht die Gefahr schwerster politischer und militärischer Nachteile.» Er machte eine Pause, um seine Worte zu unterstreichen, und fuhr dann fort. «Die Operation trägt den Codenamen ‹Fall Barbarossa›. Sie dient dazu, noch vor Beendigung des Krieges gegen England Sowjetrußland in einem schnellen Feldzug niederzuwerfen.»

Man hörte, wie einige im Raum heftig einatmeten, und Peter verspürte ein Gefühl äußerster Befriedigung. Der Kommunismus war für ihn ein Grundübel und bedrohte die Fundamente seines Lebens: das kapitalistische System und die feudalen Rechte der Junker und Gutsbesitzer.

Peter hatte keinerlei Gewissensbisse bei dem Gedanken, den Nichtangriffspakt mit der Sowjetunion zu brechen. Dieser Vertrag war gemacht worden, um einen Zweifrontenkrieg zu verhindern – dank der Siege an der Westfront bestand diese Gefahr jetzt nicht mehr. Und wenn einmal Rußland besiegt war, hatte auch England keine andere Wahl mehr, als sich zu ergeben.

Nachdem Halder den Plan des Führers für den Feldzug erklärt hatte, teilte er mit, daß die gesamte Operation vor dem Einsetzen der Herbststürme beendet sein sollte.

Peter von Biederstedt wurde Feldmarschall von Bocks Heeresgruppe Mitte zugeteilt zur Errichtung eines Verbindungsnetzes und der Organisation von Verpflegungsnachschub und militärischem Gerät.

Langsam kamen die Dinge in Bewegung. Nach und nach wurden rund eine Dreiviertelmillion deutsche Soldaten entlang der Grenze zwischen der Ukraine und Rumänien stationiert. Im März schlossen sich Bulgarien und Jugoslawien den Achsenmächten an und verstärkten dadurch die deutsche Flanke zu Rußland erheblich.

Dann geschah das Unerwartete. In Belgrad gab es einen Militärputsch, und eine antinazistisch eingestellte Regierung wurde eingesetzt. Prinzregent Paul mußte zurücktreten, und sein siebzehnjähriger Sohn Peter wurde als neuer König ausgerufen.

Hitler ließ sich nicht lange bitten. Anfang April 1941 machten deutsche Bomber die Stadt Belgrad dem Erdboden gleich.

«‹Bestrafung› nennen sie die Operation Nr. 25», sagte Josef verbittert zu Luise, als er abends aus dem Luftfahrtministerium nach Hause kam. «Mit ihrem Putsch gegen die Nazis haben die Jugoslawen doch deutlich gezeigt, was sie von Hitler halten. Als Rache schickt er ihnen unsere Luftwaffe, um sie auszuradieren. Was ist das für ein Verhalten?»

Still goß ihm Luise einen Kognak ein. Er stürzte ihn in einem Zug hinunter. «Dieses Land wird von einem Verrückten regiert», sagte er langsam. «Von einem Größenwahnsinnigen, der am Ende uns alle vernichten wird!»

Drei Tage und Nächte lang bombardierten die Deutschen Belgrad ohne Unterbrechung. Josefs Depressionen wurden schlimmer, seine Alpträume ließen ihn schreiend aufwachen.

In der dritten Nacht kündigten die Sirenen die Rückkehr der RAF an. Automatisch packte Luise Lili und Sheltie und rannte mit ihnen in den Keller. Plötzlich fiel ihr auf, daß Josef nicht dabei war. Sie bat einen Nachbarn, auf Lili aufzupassen, und lief wieder nach oben in die Wohnung.

Dort stand Josef im Dunkeln am offenen Fenster und starrte in die Nacht, die vom Donner der Flaks erfüllt war. Der Himmel wurde von den langen Lichtfingern der Scheinwerfer zerrissen, die schwarzen Schatten der feindlichen Flugzeuge, die auffallend niedrig flogen, waren deutlich auszumachen. «Schätzungsweise achtzig Maschinen», murmelte er. «Wir haben achthundert gegen Belgrad eingesetzt ...»

Innerhalb weniger Minuten waren die ersten Feuer in der Stadt zu sehen, ständig schossen neue Funken auf und verwandelten sich in flackernde Feuerzungen. Luise griff nach Josefs Arm.

Josef drehte sich um. «Luischen, was machst du denn hier? Warum bist du nicht im Keller?» In seiner Stimme lag ein dumpfer, trauriger Ton.

Sie antwortete ihm nicht, sondern lehnte ihren Kopf gegen seine Schulter. Intuitiv wußte sie, daß Josef hier oben auf seine Weise die Schuld gegenüber Belgrad wiedergutzumachen versuchte. Und da, wo Josef war, war auch ihr Platz.

Lange Zeit standen sie so beieinander, beobachteten, wie die britischen Bomber ihre Rache an Berlin vollzogen und ein orangefarbener Schimmer sich am Horizont der Stadt ausbreitete. Als im Morgengrauen Entwarnung gegeben wurde, läutete das Telefon, ein unvermitteltes, irreales Geräusch nach dem Erlebnis dieser langen Nacht.

«Luise, geht es dir gut?» Viktorias Stimme war ruhig und stark.

«Ja. Und dir, Vicki? Wir haben gesehen, wie die Bomben gefallen sind ...»

«Wir hatten Glück. Im Palmengarten ist das Dach teilweise kaputt, aber sonst ist nichts passiert. Am anderen Ende von Unter den Linden sind einige Gebäude zerstört. Und die Staatsoper ist völlig abgebrannt.»

Tränen traten in Luises Augen. «Vicki, es war so furchtbar ...»

«Koch dir erst mal einen Kaffee», empfahl ihr Viktoria freundlich, aber nachdrücklich. «Ich komme dann später bei euch vorbei.»

«Danke.»

Luise wischte sich mit der Hand über die Augen, ging in die Küche und stellte den Wasserkessel auf den Herd. Anschließend holte sie Lili und Sheltie aus dem Keller. Als sie zurückkam, saß Josef im Sessel, neben sich ein großes Glas Kognak.

14

Bis Mitte Mai 1941 waren die Vorbereitungen für den «Fall Barbarossa» abgeschlossen. Peter gehörte zu den Offizieren, die an der täglichen Konferenz mit Hitler in der Reichskanzlei teilnahmen. Wie immer vor einem Feldzug war der Führer in hitziger Stimmung. Dieses Mal brauchten die Offiziere jedoch keine Begründung für den sofortigen Angriff, und es entstand kein Mißtrauen, als Hitler ihnen erklärte: «Dieser Krieg wird sich nicht auf ritterliche Art führen lassen. Es handelt sich hier um einen Kampf der Weltanschauungen und rassischen Gegensätze, daher muß er mit nie dagewesener, erbarmungsloser Härte geführt werden.»

Kurz erschien vor Peters innerem Auge das Bild eines Schulhauses in Polen. Er verbannte dieses Bild sofort wieder aus seinem Gedächtnis. Stalins Generäle würden nicht auf noble, menschliche Weise kämpfen. Hitler hatte recht. Es gab nur einen Weg, um die Welt vom Kommunismus zu befreien: Indem man Terror mit Terror vergalt, auch wenn das bedeutete, die international gültigen Regeln des Kriegsrechts zu verletzen.

Am nächsten Tag küßte Peter Ilse und Christa zum Abschied und fuhr mit der Eisenbahn zum neu eingerichteten Führerhauptquartier in Rastenburg in Ostpreußen. Von diesem tief im Wald versteckten, unterirdischen Bau, der «Wolfsschanze» genannt wurde, wollte Hitler persönlich den Feldzug leiten.

Am 22. Juni 1941 wurde in einer Sondermeldung mitgeteilt, daß um halb vier Uhr morgens russische Soldaten die Grenzen zu Deutschland überschritten und deutsche Soldaten angegriffen hatten.

Wasili Meyer war mitten in den Prüfungen seines zweiten Studienjahres am Pädagogischen Institut und kümmerte sich daher nicht besonders um die Geschehnisse des imperialistischen Krieges. Als im Juni in Moskau die ersten Luftschutzbunker gebaut, Verdunklungen angebracht und Fliegerabwehrkanonen installiert wurden, hielt er das für selbstverständliche Schutzmaßnahmen. Der Krieg selbst fand weit weg im Westen Europas statt.

Als sich Außenminister Molotow am 22. Juni mittags in einer Rundfunkansprache an die Bevölkerung der Sowjetunion wandte, wirkte seine Rede wie ein schwerer Schock. «Heute um vier Uhr früh haben, ohne irgendwelche Forderungen an die Sowjetunion zu erheben und ohne Kriegserklärung, deutsche Truppen unser Land angegriffen.»

Erschüttert stand Wasili am offenen Fenster und hörte Molotows Stimme aus den Lautsprechern auf der Straße.

Michail kam aufgeregt ins Zimmer. «Wasili, hast du das eben gehört? Laß uns in die Stadt gehen und herausbekommen, was los ist.»

In der Stadt hatten sich vor vielen Geschäften schon lange Schlangen gebildet; die Menschen hamsterten sofort Vorräte. In Rußland hatte Krieg immer auch Hunger bedeutet.

«Wasili, glaubst du, die Deutschen kommen nach Moskau? Sie sind uns gegenüber im Vorteil. Wir sind ja auf nichts vorbereitet.»

«Nein», entgegnete Wasili vertrauensvoll. «Die Deutschen haben sich in ihrem Kampf mit England verausgabt. Unsere Rote

Armee ist wesentlich stärker. Du hast doch die große Militärparade am 1. Mai miterlebt. Die Nazis jagen wir in ein paar Tagen wieder durch ganz Polen zurück bis zur Oder.»

«Und England? Meinst du, die schließen jetzt Frieden mit den Deutschen und ziehen dann auch gegen uns los?» fragte Michail.

Die Antwort erhielten sie abends, als der englische Premierminister Churchill dem Volk der Sowjetunion in einer Rede versicherte, daß er sich niemals mit Hitler verbünden würde, sondern daß England die Sowjetunion sowohl moralisch wie auch mit Rüstungsgütern unterstützen wollte.

Nach dieser Radioübertragung sahen sich die Studenten ungläubig an, denn es schien ihnen nur schwer vorstellbar, daß das kapitalistische England, diese alte imperialistische Kolonialmacht, eine Allianz mit der Sowjetunion eingehen wollte.

Doch Mitte Juli standen die deutschen Truppen schon in Smolensk, rund dreihundert Kilometer westlich von Moskau.

Die Rote Armee leistete erbitterten Widerstand. Drei Wochen dauerte die Schlacht um Smolensk – doch am Ende gingen die deutschen Truppen als Sieger hervor und bereiteten sich auf den großen, endgültigen Schlag gegen Moskau vor. Zuerst aber wollte Hitler noch die Krim besetzen. Die Panzertruppen wurden in den Süden abgezogen, die Heeresgruppe Mitte mußte am Fluß Desna in Warteposition bleiben.

Hitlers Direktive brachte seine Kommandeure im Feld in Rage, doch in Peters Hauptquartier, das in einiger Entfernung zur Front lag, löste die Entscheidung weniger Verärgerung aus. Die deutsche Position in dem besetzten Gebiet konnte ausgebaut werden, es gab genügend Zeit zur Erholung und Wiederherstellung der Kräfte, Reparaturen konnten vorgenommen werden.

Im August wurde Peter klar, daß in dieser Zeit noch anderes geschah.

«Herr General, Herr General!» Ein Soldat stürzte in Peters

Büro, mit rotem Gesicht, verschwitzt, der Kragen hing schief, und die Uniformjacke war offen.

Peter sah ihn mißbilligend an. «Feldwebel, was denken Sie sich eigentlich, unangemeldet und in diesem Zustand in mein Büro zu stürmen? Ziehen Sie Ihre Jacke ordentlich an, Mann. Und richten Sie Ihren Kragen.»

Der Feldwebel riß sich zusammen, salutierte hastig und fingerte an seiner Kleidung herum. «Herr General, es ist etwas Schreckliches im Gange. Sie müssen sofort kommen.»

Peter stand auf. «Feldwebel, egal, was passiert: Sie sind vermutlich lange genug in der Armee, um zu wissen, daß Sie als erstes Ihrem vorgesetzten Offizier Bericht erstatten müssen, oder?»

Verzweiflung lag im Blick des Feldwebels. «Der ist in Smolensk, Herr General. Bitte, Herr General, Sie müssen sofort kommen.» Einen Moment lang dachte Peter, der Mann würde in Tränen ausbrechen. «Auf dem Flugplatz, Herr General. Es ist entsetzlich.»

Langsam nickte Peter. «Mein Fahrer ist in der Kantine. Sagen Sie ihm, er soll meinen Wagen bringen.»

Sie fuhren zu dem kleinen Flugplatz, der zu Anfang des Feldzugs verwüstet worden war. Soldaten schirmten das Gelände ab. Ein Konvoi von Militärlastwagen war auf dem Weg zu dem zerstörten Verwaltungsgebäude. Peters Wagen folgte ihnen, passierte einen Posten, dann hielt der Fahrer an, und Peter stieg aus.

Vor ihm spielte sich eine ungewöhnliche Szene ab. SS-Männer stießen Zivilisten aus den LKWs und schoben sie zu anderen, die bereits darauf warteten, die Flughafengebäude betreten zu können. Es waren ganz normale Menschen, einfach und ordentlich gekleidet. Manche hatten schäbige Koffer oder Pakete mit braunem Packpapier dabei, als ob sie auf eine Reise gehen wollten. Andere trugen Mäntel und rechneten offensichtlich damit, für längere Zeit fort zu sein. Bei vielen steckte auf Kleidern oder Jakken der gelbe Davidsstern.

Ein SS-Führer trat zu Peter und grüßte. «Heil Hitler, Herr General.»

«Was geschieht mit diesen Leuten?»

«Umsiedlung, Herr General.»

Peter zündete sich eine Zigarette an und ging zu den Büroräumen hinüber. Die Sonne schien, es war ruhig und windstill. Von irgendwoher kam ein dumpfes Knallen – wie das Echo einer entfernten Schlacht.

Peter ging an den Wartenden vorbei in einen größeren Raum, wo hinter Tischen einige SS-Männer saßen und Formulare mit persönlichen Angaben der Leute ausfüllten. Im nächsten Raum nahmen ihnen andere bewaffnete SS-Männer, die Hunde dabeihatten, die Wertsachen ab – Uhren, Schmuck, Handtaschen und Geld –, stellten dafür Bescheinigungen aus und erklärten, daß das alles am späteren Zielort wieder ausgehändigt werden sollte. Dann wurden die Menschen zum anderen Ende der Landebahn geschickt.

Peter folgte ihnen. Der Weg führte an verkümmerten Bäumen und zerstörten Hangars vorbei zu einem weit entfernten Nebengebäude.

Peter erstarrte vor Entsetzen. Die Menschen, die aus dem Nebengebäude kamen, waren splitternackt. SS-Männer hetzten sie mit Peitschenschlägen und Hunden zu einem tiefen Graben, der von anderen SS-Männern umstellt war. Dort wurden sie gezwungen, sich hinzuknien. Nach einer Gewehrsalve fielen ihre Körper zu den Hunderten von Leichen, die bereits in diesem Graben lagen.

Auf der anderen Seite des Grabens standen Soldaten der Wehrmacht, die Gewehre im Anschlag, um jeden zu erschießen, der fliehen wollte.

Peter stand fünf Minuten regungslos. Fünf Minuten, in denen ungefähr fünfzig Menschen starben. Dann ging er zurück, vorbei an den kahlen Bäumen, an der Schlange der Wartenden, zurück zu seinem Wagen. In sich trug er Bilder der Hölle. Er wußte, daß er diese Bilder sein Leben lang nicht mehr vergessen würde.

Den Vorfall konnte er nicht auf sich beruhen lassen. Nachdem er sich seine Worte sorgfältig zurechtgelegt hatte, bat er um eine Unterredung mit Feldmarschall von Bock. Er beschrieb, was er gesehen hatte, und forderte, daß diese Grausamkeiten beendet werden müßten.

Der Feldmarschall sah ihn kalt an. «Herr General, Sie müßten sich doch darüber im klaren sein, daß ein Soldat seine Befehle auszuführen hat, ohne nachzufragen. Die Direktiven zur Behandlung der sowjetischen Kommissare kommen vom Führer persönlich. Sie müssen befolgt werden.»

Peter holte tief Luft. «Die Menschen, die ich persönlich gesehen habe, waren keine sowjetischen Politkommissare, Herr Feldmarschall. Das waren ganz normale Zivilisten, darunter viele Juden. Zwar wurden sie von SS-Männern erschossen, aber es waren auch Soldaten der deutschen Wehrmacht anwesend. In Anbetracht dessen möchte ich in aller Form gegen die Befehle des Führers protestieren.»

«General von Biederstedt, ich kann unmöglich glauben, daß Sie sich der Konsequenzen Ihrer Worte bewußt sind. Ich warne Sie: Sollten Sie sie jemals wiederholen, werden Sie die Folgen tragen müssen.»

«Herr Feldmarschall, es geht mir nicht um mich selbst, sondern um die Ehre der deutschen Armee. Wenn die Weit jemals erfährt, was hier geschieht, wird jeder von uns dafür verantwortlich gemacht werden.»

Einen Moment lang zögerte Bock. Der Hauch eines Zweifels erschien auf seinem Gesicht, und Peter glaubte schon, vielleicht doch noch Erfolg zu haben. Dann sagte Bock: «Sie sprechen von Ehre, doch offensichtlich sind Sie bereit, Ihr eigenes Ehrenwort zu brechen. General Graf von Biederstedt, erinnern Sie sich daran, daß Sie dem Führer Gehorsam geschworen haben. Gehen Sie mir jetzt aus den Augen, bevor ich mich anders besinne und Sie unter Arrest stelle.»

In den folgenden Wochen vernahm Peter immer wieder Berichte von Massakern, die bestätigten, daß sein eigenes Erlebnis kein Einzelfall war. Wäre der Vorstoß auf Moskau fortgesetzt worden, hätte er diesen Geschichten vielleicht nicht soviel Aufmerksamkeit gewidmet. Doch um Kiew wurde ohne Aussicht auf einen leichten Sieg gekämpft, und die Heeresgruppe Mitte konnte sich nicht bewegen. So hatte Peter viel Zeit nachzudenken. Der Kriegszug gegen die Sowjetunion erschien ihm plötzlich in einem ganz anderen Licht.

Mit Fortschreiten des Rußlandfeldzuges wurde die Hetzkampagne gegen die jüdisch-bolschewistische Weltverschwörung immer schärfer. Mit einem unguten Gefühl las Viktoria Zeitungsartikel, in denen es hieß, der deutsche Soldat habe den Juden beim Ostfeldzug in seiner abstoßendsten und schrecklichsten Form kennengelernt. Doch der Feind stehe nicht nur in Rußland. Er sei auch im Reich selbst aktiv und arbeite unermüdlich daran, die Heimatfront zu schwächen.

Anfang September zwang ein neues Gesetz alle Juden in Deutschland, auf der linken Brust den gelben Stern zu tragen, mit der Aufschrift JUDE in schwarzen Lettern.

In der vornehmen Gegend um Unter den Linden sah man den gelben Stern selten, und Viktoria ging davon aus, daß die meisten Juden – auch Professor Ascher – die Stadt verlassen und sich in Sicherheit gebracht hatten. Sie konnte nicht wissen, daß ihr alter Freund noch am Hackeschen Markt lebte.

Für die Berliner Juden begann neuer Terror. Die kleine, dünne Sara Levi, mit ihrem weit über ihre Jahre gealterten Gesicht, fragte Bethel Ascher: «Herr Professor, wie können wir solchen Haß überleben? Mein Vater hat im letzten Krieg gekämpft – er war immer stolz, ein Deutscher zu sein. Jetzt spuckt man ihn an. Gestern hat sich der Gemüsehändler geweigert, Mutter etwas zu verkaufen. Er hat gesagt, Gemüse sei jetzt knapp und würde von den Deutschen selbst gebraucht. Und bei der Kraus-Chemie ...»

Der Professor öffnete einen kleinen Wandschrank und nahm eine Papiertüte heraus. «Ich hatte mehr Glück als deine Mama. Ich konnte einige Äpfel kaufen. Die sind für dich.»

Sara starrte die Äpfel staunend an. «Danke, Herr Professor, Sie sind so lieb.»

Professor Ascher deutete auf den gelben Stern. «Trage ihn mit Stolz, mein Kind. Das ist ein besseres Symbol als das Hakenkreuz.»

Den ganzen August über hatte Wasili das Gefühl, daß sich ein Netz enger um ihn zog. Obwohl viele Studenten für die Zivilverteidigung angenommen wurden, lehnte man seine Bewerbung immer wieder ab. Kommilitonen munkelten über Spione und *agents provocateurs.* Es gab Gerüchte, daß deutsche Auswanderer vom NKWD verhaftet wurden und man Tausende Wolgadeutsche nach Sibirien geschickt hatte.

Anfang September erhielt Wasili unvermittelt eine Vorladung auf die örtliche Kommandantur. Mit sinkendem Mut stellte er fest, daß sich im Wartesaal hauptsächlich emigrierte Deutsche befanden. Er hörte von ihnen, daß sie nach Karaganda, weit im Südosten der Sowjetunion, geschickt werden sollten.

Wasili setzte sich still in eine Ecke. Als er schließlich aufgerufen wurde, sprach er russisch. Er machte dem Offizier klar, wie sehr er sich als Sowjetbürger empfand, und bat darum, in Moskau bleiben zu dürfen.

Der Offizier war nicht unfreundlich, hatte aber seine Befehle. «Der große Stalin kann jetzt kein Risiko eingehen», erklärte er. «Es ist ja auch zu deiner eigenen Sicherheit, wenn wir dich fortschicken. Ich glaube schon, daß du ein guter Genosse bist, aber bei denen da sind viele unzuverlässige Ausländer dabei.»

«Aber mein Studium ...»

Der Offizier sah sich Wasilis Ausweis an. «Wenn du in Moskau bleibst, wirst du verhaftet. Mein Vorschlag, Genosse, ist, daß du mit den anderen nach Karaganda fährst. Wenn der Krieg vorbei ist, kannst du ja zurückkommen. Melde dich mit deinem Gepäck in zwei Stunden hier.»

Als Wasili wiederkam, mußte er mit den anderen Emigranten einen Lastwagen besteigen, der sie quer durch Moskau zu einem Güterbahnhof brachte. Dort wurden sie unter militärischer Bewachung nicht in Personenzüge, sondern in Viehwaggons verladen. Die Türen wurden von außen verschlossen, Licht kam nur durch die Lüftungsschlitze.

Verzweifelt setzte sich Wasili auf seinen Koffer. Unter ähnlichen Umständen mußte seine Mutter Moskau vor vier Jahren verlassen haben und war dann nie wieder gesehen worden.

Der Zug hielt gelegentlich an kleineren Bahnhöfen, wo die Emigranten Verpflegung erhielten und kurz aussteigen konnten. Bei diesen Gelegenheiten nahm Wasili die furchtbare Armut wahr, die außerhalb von Moskau auf dem Land herrschte. Obdachlose, in Lumpen gehüllt, bettelten darum, mitfahren zu dürfen. Trotz allem Elend gehörten die deutschen Emigranten immer noch zu den Privilegierteren.

Sechzehn Tage waren sie unterwegs und kamen schließlich in die sonnenbeschienenen Ebenen des Südens. Karaganda war wenig einladend und schien Welten entfernt von Städten wie Moskau oder Berlin. Doch immerhin, dachte Wasili, als er mit den anderen zu dem häßlichen Gebäude ging, das für die weitere Zukunft sein Zuhause sein sollte, immerhin war er noch am Leben.

Bei Beginn der Schlacht um England hatte man Stefan auf die Isle of Man verlegt. Mortimer bemühte sich unablässig um seine

Freilassung und hatte schließlich im Herbst Erfolg. Stefan durfte das Inselgefängnis verlassen.

Als Mortimer ihn an der Fähre abholte, wollte er als erstes wissen, wie es um seine Familie stand. Doch Mortimer konnte ihm nichts berichten.

Stefan war schockiert über die Auswirkungen des «Blitzkriegs» auf London, doch das ganze Ausmaß der Zerstörungen konnte er nicht sehen, da Mortimer ihn gleich zu einem Büro in Whitehall brachte.

Dort wurde Stefan ausführlich über seine Arbeit für die Abwehr befragt, über seine Aktivität im Widerstand und seine Beziehungen zu den Familien Kraus und von Biederstedt. Anschließend mußte er sich von Mortimer verabschieden und wurde dann, ohne zu erfahren, wohin es ging, mit einem Auto aus London hinausgebracht.

Es war Nacht, als der Wagen vor einem großen Landhaus hielt. Hier erfuhr Stefan, daß er eine Tätigkeit, ähnlich seiner früheren bei der Abwehr, übernehmen sollte: deutsche Radiosendungen abhören und übersetzen. Seine Berichte wurden daraufhin analysiert und bestimmte Informationen daraus für nach Deutschland ausgestrahlte Antinazi-Radiosendungen verwendet.

Stefan hatte hier letztendlich weniger Freiheiten als auf der Isle of Man. Er durfte keinen Kontakt mit der Außenwelt aufnehmen und auch das weitläufige Grundstück des Landhauses nicht verlassen.

Wenn er die deutschen Sendungen hörte, mußte er oft an seine Familie denken. Die kurze, stürmische Romanze mit Christa war nur noch eine weit entfernte Erinnerung, und die einstmals so wichtige Liebe erschien angesichts der Schrecken in der Welt wie ein frivoler Luxus.

Als in England die ersten Berichte über den grausamen Feldzug der Deutschen gegen die Sowjetunion eintrafen, verdrängte Stefan alle Gefühle und konzentrierte sich ganz auf seine Arbeit;

er zwang sich, Deutschland als Feind zu sehen und an Berlin nicht als seine Geburtsstadt, sondern als Herzstück des Nazireiches zu denken.

Ende September fiel Kiew, und Hitler befahl der Heeresgruppe Nord, Leningrad einzunehmen; die Heeresgruppe Süd sollte zum Schwarzen Meer ziehen. Der Marsch auf Moskau wurde jetzt fortgesetzt. Innerhalb von zwei Wochen befand sich die Vorhut der Heeresgruppe Mitte knapp hundert Kilometer vor Moskau. Regierung und diplomatisches Korps der Sowjetunion waren angeblich aus der Hauptstadt geflohen, der Belagerungszustand ausgerufen. In Jubelartikeln verkündeten die deutschen Zeitungen: «Stalins Armeen sind vernichtet und für immer verschwunden.»

Bei diesen Neuigkeiten vergaß Viktoria ihren eigenen Kummer. Wenn die Armeen Stalins vernichtet waren, so gab es auch keine kommunistische Bedrohung mehr für Deutschland. Olgas Traum würde nicht in Erfüllung gehen. Hammer und Sichel würden nie über Berlin wehen.

Peter von Biederstedt hätte Viktoria etwas anderes erzählen können. Der Krieg war noch lange nicht vorüber, sondern hatte erst begonnen. Auch der Baron glaubte nicht daran, daß der Krieg vorbei war. Seiner Meinung nach sah es eher so aus, als ob er noch lange dauern würde, besonders da die Sowjetunion jetzt Unterstützung aus Amerika erhielt.

Die meisten Amerikaner, einschließlich dem Kongreß, wollten mit dem Krieg in Europa nichts zu tun haben. Nur Roosevelt schien fest entschlossen, sich einzumischen. Im Herbst strapazierte Hitler Roosevelts Geduld bis zum äußersten. Amerikanische Schiffe wurden angegriffen, und Roosevelt reagierte darauf mit der Ankündigung, daß die amerikanische Marine die Anweisung habe, sofort auf Schiffe der Achsenmächte zu schießen, die in die amerikanische Verteidigungszone eindrangen.

Wenn Hitler Amerika nicht in den Krieg zwang, konnte das auch durch einen Vorstoß Japans erreicht werden. Das wiederum könnte zu einer Kriegserklärung Deutschlands an die USA führen. Der Baron war sicher, daß dann alle deutschen Guthaben in Amerika sofort eingefroren werden würden.

Als er sich geschäftlich in Amerika engagierte, hatte der Baron mit Bedacht einen amerikanischen Rechtsanwalt deutscher Herkunft eingestellt – einen Cousin zweiten Grades mit dem Namen John Bewilogua. Ende Oktober gab er seinem Schweizer Rechtsvertreter die Anweisung, in die USA zu fliegen und alles auf Bewilogua zu übertragen. In einem zweiten, geheimen Dokument erklärte Bewilogua sich einverstanden, die anteiligen Gewinne des Barons bis zum Ende des Krieges auf einem Sonderkonto zu verwahren.

Die Lebensmittel wurden spürbar knapper. Nach einem kurzen, regenreichen Sommer fielen die Ernten mager aus. Die Rationen für Grundnahrungsmittel wurden herabgesetzt, die besten Vorräte gingen an die Truppen. Zigaretten und Alkoholika waren nur beschränkt zu erhalten. Der Winter begann früh, und die feuchte Erde gefror rasch. Zum erstenmal in der Geschichte gab es in ganz Berlin keine Kartoffeln.

Das Hotel Quadriga und das Café Jochum waren besser dran als die meisten anderen Gaststätten. Da die Abwehr im Hotel residierte und das Haus als Treffpunkt für Militärs, Diplomaten und Politiker bekannt war, genoß es einen privilegierten Status und konnte dadurch das Café Jochum mittragen.

Benno konnte sich erinnern, wie es im Jahr 1917 zugegangen war – dem dritten Jahr des letzten Krieges. Er begann wie damals Vorkehrungen für die Zukunft zu treffen. Er kaufte jedoch nicht nur bei seinen gewohnten Großhändlern, sondern nutzte die Kontakte seines Vaters. Trotz immenser Kosten durch den Einkauf auf dem Schwarzmarkt und die Kommissionen an van der Jong und den Kraus-Konzern erhielt Benno auch solche Waren, die den normalen Konsumenten nicht mehr zugänglich waren.

Nach und nach füllten sich die Keller unter dem Hotel und dem Café. Benno kaufte nicht nur Lebensmittel, sondern auch Kerzen, Seife, Textilien und ähnliche Artikel. Einiges davon, sowie einen Benzinvorrat, brachte er nach Heiligensee.

«Ist das nicht etwas schwarzseherisch?» fragte Viktoria.

«Ich weiß nicht», entgegnete Benno. «Ich möchte nur, daß wir überleben.»

Die Berichte, die in Josefs Büro eintrafen, überzeugten ihn, daß er den völligen Niedergang der Luftwaffe erlebte. Deutschland hatte den Rußlandfeldzug mit fast dreitausend Flugzeugen begonnen. Innerhalb eines Monats gingen achthundert Maschinen verloren.

Die Moral bei den Fliegern war auf einem Tiefststand. Ihr schlimmster Feind war das Wetter. In der Überzeugung, daß dieser Krieg nicht lange dauern würde, hatte man die Piloten nicht auf die gefährlichen Bedingungen im russischen Winter vorbereitet, auf die Schneestürme und die tiefhängende Wolkendecke.

Am 17. November 1941 starb Josefs alter Freund Ernst Udet. Offiziell hieß es, er sei bei einem Testflug mit einem neuen Kampfflugzeug umgekommen, und er erhielt ein pompöses Staatsbegräbnis, dem die gesamte Nazihierarchie einschließlich Adolf Hitler beiwohnte. Josef wußte, daß es anders war. Udet hatte den Freitod gewählt.

Beim Begräbnis traf Josef zum erstenmal seit Monaten wieder auf Göring. «Ein trauriger Verlust», murmelte der Dicke mit tragischem Blick.

Josef starrte ihn zornig an. «Udet ist doch nicht bei einem Unfall ums Leben gekommen, was? Er hat sich umgebracht. Er hat Selbstmord begangen, weil ihm alles zuviel wurde.»

«Josef, alter Freund, halten Sie an sich. Wir wollen nicht, daß solche Geschichten die Runde machen. Schlecht für die öffentliche Moral – und für unsere Männer an der Front.» Göring senkte die Stimme. «Aber Sie haben recht. Er war sehr unzuverlässig geworden und schien lieber Hand an sich legen zu wollen, als sich seiner Verantwortung zu stellen.»

Sie hatten Görings Wagen erreicht. Ein scharfer Wind blies, doch Josef spürte es nicht. «Ernst Udet war mein Freund. Ihnen sage ich das: Sie und Milch haben ihn umgebracht, so wie Sie auch Tausende andere Flieger in den Tod geschickt haben.»

Göring sah ihn eisig an. «Ich hoffe, Sie nehmen diese Anschuldigung zurück.»

«Nein, Hermann. Sie haben Ernst Udet umgebracht.»

Göring stieg in das Auto. «Diesen Augenblick werde ich nicht vergessen, Oberst Nowak. Und ich werde ihn auch nicht verzeihen.»

Nach Udets Tod verwandelte sich Josefs Enttäuschung in Verzweiflung. Luftwaffeninspekteur Milch ließ keine Gelegenheit verstreichen, Udet im nachhinein schlechtzumachen oder Josef herabzusetzen. Josef hatte keine Freunde mehr außer seiner eigenen Familie; er spürte, daß alles, was sein Leben ausgemacht hatte, wertlos geworden und zerbrochen war.

Am 11. Dezember 1941 wurde im Radio gemeldet, daß Japan nach einer schweren Provokation durch die Vereinigten Staaten den USA den Krieg erklärt und das Großdeutsche Reich daher alle Beziehungen zu Amerika abgebrochen habe. Von nun an befanden sich die beiden Staaten im Kriegszustand.

Beim Zubettgehen fragte Viktoria Benno: «Was wird jetzt werden?»

Benno legte zwei Kissen über das Telefon und setzte sich auf die Bettkante. «Vicki, das weiß ich nicht. Niemand weiß das. Ich hoffe, daß der Krieg auf den Pazifik beschränkt bleibt, aber im letzten Krieg war es doch auch so, daß Amerika Truppen nach

Europa geschickt hat. Wenn es den USA und England gelingt, den Atlantik zu kontrollieren, wird nichts sie daran hindern.»

Mit zitternden Fingern griff Viktoria nach einem Glas Wasser. Das alles war zuviel für sie. Erst England, jetzt Amerika. Erst Stefan und jetzt Mortimer. Benno legte den Arm um ihre Schultern. «Liebling, es tut mir leid. Ich weiß, wie du dich fühlst.»

Sie lehnte sich an ihn und war plötzlich für seine Gegenwart dankbar. Das ganze Ausmaß ihres Kummers kannte er zwar nicht, und sie konnte es ihm auch nicht sagen. Doch Benno war hier bei ihr und teilte ihre Befürchtungen.

Peter hatte keine Zeit, Gedanken an die Nachricht vom Kriegseintritt der USA zu verschwenden. Denn die Rote Armee war nicht zerstört; sie schien bisher nicht einmal nachhaltig getroffen worden zu sein. Am 6. Dezember setzte General Schukow zu einer massiven Gegenoffensive an. Frische, kampferfahrene Truppen, die für Einsätze in tiefem Schnee bei minus vierzig Grad ausgerüstet waren, tauchten aus dem Nichts auf und stoppten den Vormarsch der Deutschen auf Moskau.

Weihnachten, das sie eigentlich in der russischen Hauptstadt hatten feiern wollen, wurde zu einem Alptraum. An Heiligabend wurde General Guderian entlassen, weil er seinen Soldaten ohne Hitlers Erlaubnis den Rückzug befohlen hatte. Andere Generäle wurden zurückgestuft und unehrenhaft nach Hause geschickt.

Bis Rußland war es für Peter völlig undenkbar gewesen, irgendeine Entscheidung eines übergeordneten Offiziers, geschweige denn des Oberbefehlshabers, anzuzweifeln. Nun wurde er sich mit wachsendem Unbehagen der Möglichkeit bewußt, daß Deutschland diesen Krieg verlieren konnte. Er hatte den blinden Glauben verloren, der ihm so lange Richtschnur gewesen war. Er hatte begonnen zu denken – nicht als Mitglied einer Gruppe, sondern als Individuum.

Am Nachmittag des 12. Januar 1942 erhielt Josef ein Memorandum von Feldmarschall Milch, in dem er ihn unverzüglich zum Fliegerkommando Charkow beorderte. «An der Ostfront läßt die Moral zu wünschen übrig. Vielleicht können Sie als Held des vorigen Krieges die Früchte Ihrer Erfahrung weitergeben. Da Flugzeuge knapp sind, sollten Sie selbst dorthin fliegen. Eine Me 109 steht für Sie bereit.»

Josef knüllte das Schreiben zusammen und warf es in den Papierkorb. Milchs Sarkasmus ließ ihn kalt. Er erkannte, daß dieser Auftrag Milch den Anlaß bot, ihn loszuwerden. Als er um ein Gespräch mit Milch nachsuchte, hieß es, der Feldmarschall sei bei Reichsmarschall Görings Geburtstagsfeier in Karinhall.

Josef ging nach Hause und packte seine Sachen.

Er streichelte Sheltie, gab Lili einen Kuß und nahm Luise in die Arme. «Paß auf dich auf, Liebste. Wenn es hart wird, während ich weg bin, solltest du ins Quadriga ziehen.»

«Mach dir keine Sorgen, Josef. Wir warten hier auf dich.»

Sie blickte ihn vertrauensvoll an, und er spürte, wie sich sein Herz zusammenzog.

«Liebes Luischen, es tut mir so leid, daß ich in den letzten Monaten so unerträglich war. Es war nicht richtig von mir, alles an dir auszulassen. Das verstehst du doch, oder?»

«Ich versteh's. Und ich liebe dich.»

«Ich liebe dich auch, Luischen. Aber manchmal ist Liebe nicht genug. Im Leben eines Mannes gibt es andere Dinge, Teufel, die ihn antreiben ...»

Sie nahm sein Gesicht in ihre Hände. «Gib acht auf dich, Josef. Und egal, was passiert: Denk dran, daß Lili, Sheltie und ich dich brauchen und an dich glauben.»

Er küßte sie. «Du bist eine tapfere Person, Luischen.»

Müde nahm Josef sein Gepäck und fuhr zum Flughafen von Rangsdorf, wo seine Reise nach Charkow begann.

Im Hauptquartier der Heeresgruppe Mitte in Smolensk fand Peter zwei neue Freunde – Generalmajor Henning von Tresckow und dessen Adjutanten, Leutnant Fabian von Schlabrendorff. Tresckow war neun Jahre jünger als Peter und ein Stabsoffizier aus der pommerschen Aristokratie. Schlabrendorff war vierunddreißig, Rechtsanwalt und mit einer Cousine Tresckows verheiratet.

In diesem Januar stellten sie mehr Gemeinsamkeiten als nur den familiären Hintergrund fest. Die Schlußfolgerungen, zu denen Peter vor kurzer Zeit gekommen war, teilten Tresckow und Schlabrendorff seit langem. Als sie merkten, daß Peters Vertrauen in Hitler schwankte, bemühten sie sich, ihm klarzumachen, daß die Ideologie des Nationalsozialismus die Wehrmacht und das ganze Land in einen Abgrund zu reißen drohte.

Hitler hielt an einem Krieg fest, den Deutschland nur noch verlieren konnte. Es mußte bald etwas geschehen, um eine noch verheerendere Niederlage als die von Versailles im Jahr 1919 zu verhindern.

Henning von Tresckow sah Peter an. «Bis jetzt haben wir geglaubt, es würde genügen, Hitler festzusetzen, doch dafür ist es zu spät. Wir sind zu der Überzeugung gekommen, daß er getötet werden muß.»

«Den Führer töten?» Peters Stimme klang hohl.

«Es ist der einzige Weg», stellte Schlabrendorff fest. «Wenn Hitler fällt, wird das ganze System wie ein Kartenhaus zusammenbrechen. Die Wehrmacht ist immer noch stärker als die SS. Wir haben Verbündete in Berlin, die sofort die Verwaltung übernehmen würden …»

«Was Sie vorschlagen, ist Revolution», stammelte Peter. «Das könnte zu einem Bürgerkrieg führen, während wir uns mitten in einem Weltkrieg befinden. Schreckliches Chaos und Zerstörung wären die Folge.»

«Nicht zu vergleichen mit dem Chaos und der Zerstörung, die

eintreten, wenn Hitler an der Macht bleibt», sagte Tresckow offen. «Wenn Hitler tot ist, kann der Krieg zu für Deutschland annehmbaren Bedingungen beendet werden. Wir wären immer noch eine große politische Kraft und könnten uns den Respekt unserer derzeitigen Feinde erwerben, indem wir ein System stürzen, das für jeden ehrbaren Menschen eine Schande ist.»

Peter schüttelte den Kopf. «An der Ermordung Hitlers kann ich mich nicht beteiligen. Abgesehen davon, daß ich einen Treueeid auf ihn geschworen habe und ein Eid ein heiliges Versprechen ist.»

«Ein Eid ist immer auch eine gegenseitige Verpflichtung», stellte Schlabrendorff heraus. «Ist Ihnen noch nie aufgefallen, daß Hitler unzählige Verträge mit anderen Staaten geschlossen hat, nur um sie später zu umgehen? Der Armee hat er versprochen, sie sollte die einzige waffentragende Kraft sein, doch inzwischen hat er uns praktisch unter die Kontrolle der SS gestellt. Unserer Meinung nach gibt es keine Verbindlichkeit mehr gegenüber dem Führer.»

Solche Gedanken waren Peter fremd. Die beiden Freunde versuchten alles, um ihn davon zu überzeugen, daß ein Weiterleben Hitlers den Tod von unzähligen Menschen bedeutete, doch Peter blieb hart. Er teilte die Meinung, daß der Krieg beendet werden mußte, doch mit der Ermordung Hitlers wollte er nichts zu tun haben.

Josef war der vierte Kommandeur, den die Flieger in Charkow in ebenso vielen Wochen bekamen. Die vorigen drei waren alle gefallen. Die Piloten sahen Josef aus glanzlosen Augen an, keiner grüßte in der vorgeschriebenen Form. Das war also aus der Luftwaffe geworden – ehemals die beste der Welt. Das waren die kümmerlichen Reste der Pilotenschaft, die er selbst einmal trainiert hatte: demoralisiert, desillusioniert oder tot.

Ohne ein Wort nahm Josef seinen Fliegerhelm und ging hinaus aufs Flugfeld. Es war ein wunderbarer Tag – ein wolkenloser blauer Himmel über frischem Neuschnee. Ein Tag zum Fliegen. Die Me 109, mit der Josef gekommen war, stand noch draußen. «Machen Sie sie fertig!» bellte er den Leutnant an.

«Aber, Herr Oberst –»

Josef funkelte ihn an. «Machen Sie sie fertig!» Einige Flieger waren ihm nach draußen gefolgt und standen unschlüssig herum. Er zog seine Fliegerjacke an, ließ sich in einen Fallschirm helfen, stülpte den Helm über und stieg ins Cockpit. Der Bodencrew gab er das Signal zurückzutreten, dann ließ er den Motor an. Während er ihn warmlaufen ließ, spürte Josef plötzlich eine ungeheure Ruhe in sich aufsteigen. Der klaustrophobischen Atmosphäre in der Baracke war er entronnen. Jetzt gab es nur noch ihn und sein Flugzeug und den klaren blauen Himmel.

Er prüfte die Instrumente, Klappen und Ruder und fuhr zum Ende der schneebedeckten Startbahn. Mit dem Fuß auf der Bremse gab er Vollgas, ließ die Bremse los und donnerte über den weißen Boden. Als er Fluggeschwindigkeit erreicht hatte, zog er den Steuerknüppel, spürte, wie die Maschine abhob, fuhr das Fahrgestell ein und gewann schnell an Höhe.

Als der Höhenmesser über 6000 Meter zeigte, zog er eine Kurve und flog zurück zum Flugplatz. Sogar aus dieser Höhe konnte er die schwarzen Schatten der Männer erkennen. Er drückte die Steuersäule nach vorn, bis er in fast senkrechten Sturzflug übergegangen war. Der Motor heulte auf, und der Tachometer schnellte auf 600 Stundenkilometer hoch.

Im letzten Moment nahm Josef den Steuerknüppel zurück und jagte knapp über dem Boden über die Köpfe der entsetzten Flieger hinweg.

Mit voll aufgedrehtem Motor zog er wieder nach oben in die niedrige Wintersonne, um Höhe für sein nächstes Schaustückchen zu gewinnen. Wieder flog er in einer weiten Kurve zurück, ging in den Sturzflug und brauste kopfüber in der Horizontalen auf das Flugfeld zu.

Alles klappte wie früher, und er hatte alles unter Kontrolle – auch die Schwierigkeiten mit der Desorientierung. Es war wie in alten Zeiten, am Anfang des ersten Krieges und später in Amerika und Kenia. Er hatte damals deshalb soviel Spaß am Fliegen gehabt, weil es wirklich nur ums Fliegen ging und nicht um Bürokratie und Politik. Vielleicht könnte es eines Tages wieder so werden. Da erinnerte er sich an den Krieg, den Deutschland gerade verlor, und die alte Müdigkeit machte sich wieder bemerkbar. Es würde kein Morgen mehr geben …

Er zog jetzt wieder steil nach oben und wollte dann eines der schwierigsten Manöver ausführen – den Rückwärts-Looping. Am höchsten Punkt nahm er das Gas weg, als plötzlich der Motor zu stottern begann. Alarmiert probierte er eine Vierteldrehung. Die tanzenden Nadeln der Instrumente stellten sich richtig ein, doch zu seinem Entsetzen sah er, daß die Benzinanzeige auf «Leer» stand und das rote Warnlicht leuchtete. Er war davon ausgegangen, daß das Flugzeug nach seiner Ankunft sofort wieder aufgetankt worden war, und hatte das als einziges nicht überprüft. Einige Sekunden lang lief der Motor wieder ruhig, dann setzte er ganz aus. Die Maschine verlor schnell an Höhe.

Seine Chancen, auf dem gleißenden Schnee Rußlands mit leerlaufendem Motor eine sichere Landung hinzubekommen, waren gleich Null.

Nur das Rauschen des Windes war zu hören. Josef griff nach der Taschenflasche und nahm einen großen Schluck Wodka. Gott, war er müde. Was hatte er in all den Jahren immer über Manfred von Richthofen, den Roten Baron, gesagt? «Wie ein Mann ist er gestorben. Wenn ich dran bin, dann soll es auch so sein; ich will in meiner Maschine sterben, denn Fliegen ist mein Leben.»

Bevor der Motor ganz abstarb, ließ jahrelange Übung ihn die Maschine in noch steileren Sturzflug drücken. Das Strahlen der Sonne ging in den blendend hellen Schein des Schnees über.

Er war jetzt sehr, sehr müde. Er hatte versagt. Er hatte vor seinem Land, vor seinen Freunden, vor seiner Familie versagt. Noch einmal hob er die Flasche an die Lippen, als die Messerschmitt auf dem hartgefrorenen Boden zerschellte und Josef Nowak das Vergessen umfing.

Als Luise das Telegramm mit der Nachricht von Josefs Tod in Händen hielt, starb in ihr etwas. Wenn Josef zu ihr zurückkam, hatte er ihr immer einen Grund zum Weiterleben gegeben. Nun, da er tot war, erstarb auch ihr Lebenswille.

Viktoria tat sie unendlich leid. Obwohl es für Luise sicher nicht einfach gewesen war, mit Josefs Launen zurechtzukommen, besonders in den vergangenen zwei Jahren, hatte ihre Schwester nie ein Wort gegen ihn gesagt. Für Außenstehende sah alles wie eine perfekte Ehe aus. Viktoria, deren eigene Ehe wesentlich weniger glücklich verlief, brach es fast das Herz, daß Luise ihren Mann auf so tragische Weise verloren hatte.

In der Kirche von Schmargendorf, wo Luise und Josef geheiratet hatten, wurde ein Gedenkgottesdienst abgehalten. Überraschend viele Menschen nahmen daran teil, nicht nur die Familie, Freunde und Nachbarn aus Lützow, sondern auch viele Kollegen Josefs aus dem Luftfahrtministerium. Feldmarschall Milch war nicht da, schickte jedoch einen Kranz. Reichsmarschall Göring schickte ein persönliches Kondolenzschreiben, in dem er Josef als «alten und lieben Kameraden» schilderte, einen «der wenigen, die meine Erinnerungen an die Zeit des Roten Barons und den Wind in den Streben teilten, an die alten Zeiten, in denen Fliegen noch ein Abenteuer war». Baron Kraus hielt eine Rede, in der er Josefs Heldentum im Ersten Weltkrieg herausstellte, seinen Mut und seine Vaterlandsliebe lobte.

Nach dem Gottesdienst ging man zum Tee ins Quadriga, dann kehrten Luise und Sheltie nach Lützow zurück, Lili blieb über Nacht bei Christa. Der Ofen war ausgegangen, und in der Wohnung war es kalt, Im Dunkeln stand Luise am Fenster, wo sie neun Monate zuvor mit Josef die englischen Bomber beobachtet hatte. Es war unmöglich, daß er tot war. Jeden Augenblick mußte er ins Zimmer kommen …

Sie ging in der Wohnung umher, berührte hier und da einen Gegenstand, betrachtete Josefs Kleider, die in der Garderobe hingen, seine Haarbürste auf dem Toilettentisch, sein Rasierzeug im Badezimmer, ein Buch, das er neben dem Bett liegengelassen hatte. Viktoria hatte vorgeschlagen, alles einer wohltätigen Organisation zu übergeben, doch das konnte Luise nicht. Diese Dinge waren das einzige, was ihr von ihm geblieben war.

Gegen Ende März begann der Schnee zu schmelzen, und die Schlachtfelder von Rußland verwandelten sich in ein Meer aus Schlamm und Dreck. Zum erstenmal gab es eine Kampfpause. Die beiden feindlichen Armeen leckten ihre Wunden und sammelten Kräfte für den nächsten großen Schlag, der endgültig über das Geschick von Moskau, Leningrad und Stalingrad, der Industriezone im Donez-Becken, der Weizenfelder im Kuban und der Ölfelder im Kaukasus entscheiden sollte.

Als die Züge wieder rollten und die Straßen wieder befahrbar waren, kam auch dringend benötigter Nachschub an die Front. Endlich war es auch möglich, aus dem Kriegsgebiet herauszukommen. Peter war einer der ersten, die nach Berlin zurückbeordert wurden.

Tresckow wünschte ihm eine gute Reise und empfahl ihm, seinen Besuch zu nutzen, um alte Bekanntschaften zu erneuern. «Sie werden überrascht sein, Biederstedt, wie viele auf unserer Seite stehen.» Er nannte Männer in Berlin, die bereits lange an Hitlers Sturz arbeiteten. «Beck, Oster, Hassell, Canaris… Sie alle wissen, daß noch nie jemand Rußland besiegt und erobert hat.»

Peter wurde plötzlich vieles klarer. Viele einzelne Szenen kamen ihm in den Sinn und fügten sich zu einem Ganzen. General Beck und Oberst Oster bei ihrem Ausritt im Tiergarten zur Zeit der Affäre Fritsch, die Umstände des Rücktritts von Beck … «Ich werde mit ihnen reden», versprach Peter.

Zwei Tage später war er wieder zu Hause und erfuhr als erstes von dem schlimmen Zustand, in dem sich Luise nach Josefs Tod befand. Christa kümmerte sich um Lili. «Luise scheint überhaupt kein Interesse mehr an ihr zu haben, seit Josef tot ist. Lili verbringt mehr Zeit bei uns als zu Hause bei ihrer Mutter.»

Ilse erklärte Peter: «Um Luise mache ich mir wirklich Sorgen. Niemand dringt zu ihr durch. Sie scheint in einer anderen Welt zu leben. Ihre Wohnung ist wie ein Schrein für Josef, so als ob sie glaubt, daß er jeden Moment nach Hause käme. Ich dachte mir, vielleicht könntest du einmal mit ihr reden … Schließlich weißt du, wie es in Rußland ist.»

«Ich werde sehen, wieviel Zeit ich habe», erwiderte er ausweichend.

Am nächsten Tag berichtete er General Halder in Zossen über den katastrophalen Kriegsverlauf in Rußland. Schließlich erwähnte Peter auch Tresckow und Schlabrendorff.

Halder fühlte sich sichtbar unbehaglich. «Biederstedt, mir wäre lieber, wenn Sie nicht weitersprechen. Diese Dinge müssen Sie allein entscheiden. Ich gestehe, daß ich gegen die Kriegspläne von Hitler war. Ich fand das alles zu früh und stehe auch jetzt noch dazu. Doch nachdem England uns den Krieg erklärt hatte, blieb uns keine andere Wahl. Wir mußten kämpfen, um das Vaterland zu verteidigen.»

Er holte tief Luft. «Lassen Sie mich an etwas anderes erinnern, Biederstedt. Im Krieg muß der Soldat eine Pflicht erfüllen, die von ihm vieles verlangt und erwartet, was in Friedenszeiten nicht denkbar wäre. Auch solche Dinge, wie Sie sie eben beschrieben haben. Ein Offizier hat zudem noch eine andere, höhere Pflicht, und zwar gegenüber dem Mann, der die Deutsche Wehrmacht wiedererschaffen und gestärkt hat. Vergessen Sie nicht, daß Sie einen Treueeid geschworen haben.»

«Das eben ist mein Dilemma, Herr General», antwortete Peter.

Halder schüttelte den Kopf. «Es gibt kein Dilemma. Diesen Eid zu brechen hieße, sich des Verrats schuldig zu machen, und ein Wort wie ‹Verrat› gibt es im Wortschatz eines deutschen Soldaten nicht.»

Peter nickte langsam und erinnerte sich plötzlich an General Beck, der ihm einmal gesagt hatte: «‹Meuterei› ist ein Begriff, der im Wortschatz eines deutschen Soldaten nicht existiert.» Doch jetzt war General Beck eines der führenden Mitglieder im Berliner Widerstand.

An einem der nächsten Tage rief Peter bei Beck an und vereinbarte ein Treffen bei ihm zu Hause. Anfangs kam die Unterredung nicht recht in Gang, da Beck die Veränderung in Peters Einstellung nicht glauben konnte, doch als Peter seine Beweggründe schilderte, öffnete er sich plötzlich und war sichtlich erfreut, jemanden zu treffen, mit dem er die großen organisatorischen Probleme der Widerstandsbewegung besprechen konnte.

Eines der größten Probleme war die Gefahr der Entdeckung durch die Gestapo; fast ebenso große Schwierigkeiten bot die Uneinigkeit der verschiedenen Gruppierungen der Widerstandsbewegung darüber, wie der Staatsstreich ausgeführt werden sollte. «Im Gegensatz zu Tresckow glaube ich nicht, daß Hitler umgebracht werden muß», sagte Beck. «Meiner Meinung nach reicht es, wenn man ihn unter Arrest stellt. Doch wie das ablaufen soll, weiß ich nicht. Niemand von uns kommt mehr in Kontakt mit Hitler. Die Verhaftung muß das Militär vornehmen.»

Beck erklärte, daß sie die Unterstützung von General Olbricht hatten, der den Nachschub für das Ersatzheer befehligte und verantwortlich war für die Disposition von neuen und Reservisten-Einheiten. Peter war mit dem sechs Jahre älteren Olbricht, der als fähiger Offizier galt, gut befreundet. Beck sagte, daß Olbricht seine Position nutze, um gleichgesinnte Männer in strategisch wichtige Feldkommandostellen zu schleusen. Wenn Hitler einmal entmachtet war, würde auch Olbrichts Vorgesetzter, General Fromm, sie unterstützen, und das Ersatzheer könnte die Übernahme von Berlin leiten.

Peter erschien das alles zu unklar. Von Zweifeln gequält, suchte er Oberst Oster in den Büros der Abwehr am Tirpitzufer auf. «Canaris ist auf unserer Seite», versicherte ihm der Oberst. «Doch er steht von seiten Himmlers und Heydrichs unter großem Druck, denn die beiden wollen die Abwehr diskreditieren und in die SS überführen. In der Zwischenzeit versuchen einige von uns, mit den Briten und den Amerikanern eine ehrenvolle Friedensregelung für Deutschland auszuhandeln, falls wir es schaffen sollten, Emil loszuwerden.»

«Dafür ist es zu spät», sagte Peter grimmig.

Oster fixierte ihn durch sein Monokel. «Wir haben Emil an die Macht gebracht. Welche Konsequenzen auch immer es haben wird: Es ist unsere Pflicht, Deutschland und die Welt von dieser Pest zu befreien.»

In der zweiten Woche seines Urlaubs gab Peter den Bitten von Ilse nach und besuchte Luise. Sie sah verhärmt aus, als sie ihm am späten Nachmittag öffnete. Sie trug einen langen braunen Mantel mit Pelzbesatz, und Sheltie folgte ihr auf dem Fuß. «Oh, du bist es», sagte sie knapp.

In der Wohnung war es eiskalt, und als Luise ihn in die Küche führte, sah Peter dort einen Stapel Briketts; doch der Ofen brannte nicht. «Soll ich Feuer machen?»

«Nein, es geht schon. Mir ist nicht kalt», antwortete sie und zog den Mantel fester um sich. «Was willst du?»

Peter nahm sein Zigarettenetui aus der Tasche. «Möchtest du eine?»

«Nein, danke.»

«Ilse und Christa machen sich Sorgen um dich. Ilse hat mich gebeten, nach dir zu sehen, ob ich dir irgendwie helfen kann.»

«Du mir helfen? Gott, dich würde ich doch nicht um Hilfe bitten …»

«Luise, ich weiß, wie schwer es ist, aber glaub mir, in ein paar Monaten wird es dir wieder bessergehen …»

Grüne Augen blitzten ihn an.

«Peter von Biederstedt, woher willst du wissen, wie es mir in ein paar Monaten gehen wird? Du hast in deinem ganzen Leben noch keinen einzigen Menschen verloren!»

Er holte tief Luft. «Ich verstehe, Luise.»

«Nein, Peter, das verstehst du nicht. Du kannst das gar nicht verstehen.» Die Knöchel ihrer Finger traten weiß hervor, während sie die Lehne des Küchenstuhls umklammerte, auf den sie sich stützte. «Ich habe Josef geliebt. Ich habe ihn mehr geliebt als jeden anderen Menschen. Und jetzt ist er tot. Er war ein guter Mann – vielleicht ein einfacher Mann, aber ein guter. Er liebte das Fliegen. Er liebte Deutschland, und er hat mich geliebt. Und jetzt ist er tot. Und ich werde dir etwas sagen –» ihre Stimme wurde schrill – «mit Josef ist ein Teil von uns allen gestorben. Wir alle haben dazu beigetragen, ihn zu töten, und wir alle sind mit ihm gestorben!»

«Luise! Hör auf!» Seine scharfe Stimme durchbrach ihre Hysterie. «Ich mochte Josef gern, so wie ich auch dich mag», sagte er, etwas weicher. «Ich will dir doch nur helfen, sofern ich kann.»

«Ich brauche deine Hilfe nicht. Lieber Gott im Himmel, wenn du dich nicht einmal um deine eigene Familie kümmern kannst, wie willst du dann etwas für jemand anderen tun?»

«Mir war nicht bewußt, daß meine Familie zu leiden hat», sagte er steif.

Tränen glitzerten in ihren Augen. Sie wischte sie fort und ließ sich auf den Stuhl sinken. «Du bekommst auch gar nichts mit, was? Du hast nicht die geringste Ahnung, was außerhalb deiner eigenen Welt vorgeht. O Peter, geh bloß weg, ich bitte dich.»

Peter zog einen Stuhl heran und setzte sich. «Nein, Luise, ich gehe erst, wenn du mir sagst, was du mit den Worten über meine Familie gemeint hast. Ist etwas geschehen, während ich weg war?»

Luise sah ihn lange an, dann griff sie müde nach dem goldenen Etui, zog eine Zigarette heraus und zündete sie an. «Ja, ich glaube, es begann, als du fortgegangen bist, aber nicht in diesem Krieg – sondern im vorigen.»

«Im letzten Krieg? Worüber redest du da?»

Sie maß ihn mit Blicken, nahm einen langen Zug aus der Zigarette und lehnte sich zurück. «Es ist eigenartig. Das ist jetzt das erste und vielleicht auch das letzte Mal, daß wir ungestört miteinander sprechen werden. Du warst immer Viktorias Freund. Mich mochtest du nie.»

«Das stimmt nicht. Du warst sehr jung ...»

«Nicht so jung, als daß ich nicht gewußt hätte, was vorging – daß Vicki in dich verliebt war und du nicht in sie.»

«Luise, das ist doch schon so lange her. Vielleicht habe ich ein wenig mit ihr geflirtet, sie war ein hübsches Mädchen und ich ein junger Kerl. Wir Leutnants haben unsere Hörner abgestoßen ...»

«Ja», sagte Luise schwer, «genau darüber rede ich.»

Peter machte seine Zigarette aus, zündete die nächste an und überlegte, worauf Luise hinauswollte. Er versuchte, sich achtundzwanzig Jahre zurückzuerinnern, an den Beginn des letzten Krieges. Er kannte Ilse damals schon, hatte sie aber in Danzig gelassen, als er nach Karlshorst mußte. Zum Zeitvertreib war er mit Viktoria zum Tanzen gegangen. Sie waren auch in das Landhaus ihrer Eltern nach Heiligensee gefahren und hatten dort wild herumgeknutscht. Das war wenige Tage vor Kriegsbeginn gewesen ...

«Vicki hat dich geliebt», wiederholte Luise. «Hast du dich nie gefragt, warum sie Benno geheiratet hat?»

Peter zuckte mit den Schultern. «Benno ist ein prima Kerl, und er hat sie immer gemocht.»

Luise drückte ärgerlich ihre Zigarette aus. «Gegen dich ist Benno der Erzengel Gabriel. Nun, da du nicht von selber darauf kommst, werde ich es dir erklären. Du hast Viktoria im Juli verlassen. Im September hat sie Hals über Kopf Benno geheiratet. Im folgenden April kam Stefan zur Welt. Von Juli bis April sind neun Monate – genau die Zeit, um ein Kind auszutragen, Peter von Biederstedt.»

Peter schloß die Augen und schlug die Hände vors Gesicht. «Guter Gott, Stefan ist mein Sohn... Dann ist er Christas Halbbruder. Luise, ist er deshalb so überstürzt nach England?»

«Ja, Vicki mußte ihm alles sagen.»

Es war lange Zeit sehr still in der Küche. Schließlich fragte Peter: «Warum hast du mir das alles erzählt? Warum erst jetzt? Warum hast du mir bisher nie etwas davon gesagt? Und warum hast du mir es überhaupt erzählt?»

«Weil ich es nicht ertragen kann, daß alles umsonst gewesen sein soll.» Luise sprach jetzt langsam, als wenn alle Emotionen von ihr abgefallen wären. «Für Viktoria ist es zu spät, Peter, so wie es auch für Josef und mich zu spät ist. Du kannst die Vergangenheit nicht zurückholen. Aber du kannst etwas für die Zukunft tun. Du schuldest den Kindern etwas – beiden.»

«Aber, Stefan ...»

«Stefan hat zweimal mehr auf dem Kasten als du, Peter. Während du um den Führer herumscharwenzelt bist, goldene Litzen und Orden gesammelt hast, hat er mit seinen Kontakten in England versucht, Deutschland von diesem Krieg abzuhalten. In deinen Augen macht ihn das zu einem Verräter, für mich ist er ein Held. Wenn es mehr Menschen gäbe wie Stefan und weniger solche wie dich, dann wäre auch Josef noch am Leben ...»

Plötzlich erinnerte er sich wieder an den August 1939. In der Aufregung der darauffolgenden Ereignisse hatte er Stefans Bekanntschaft mit Beck und Oster vergessen. «Stefan, mein Sohn …»

«Nein», sagte Luise. «Gott sei Dank war Stefan nie dein Sohn.»

Langsam, wie ein alter Mann, trat Peter zu ihr, nahm sie vorsichtig an den Schultern und drehte sie zu sich, so daß ihr Kopf an seiner Brust lag. Er fand keine Worte für seine Gefühle, sondern stand niedergeschlagen da und fühlte sich sehr allein.

Aus dem Zimmer nebenan rief eine Stimme: «Mama.»

«Das ist Lili», sagte Luise heiser. «Ich muß zu ihr.»

«Luise! Nur noch eines.»

«Ja?»

«Versprich mir, daß du das Ilse und Christa nie erzählst.»

Sie trat einen Schritt zurück und sah ihn an. Ruhig und würdevoll sagte sie: «Sie sind meine Freundinnen. Und anders als du verletze ich meine Freunde nicht.» Mit Sheltie auf den Fersen ging sie aus der Küche.

Peter trat in den Abend hinaus. Ohne auf den Weg zu achten, ging er durch die Straßen Berlins. Luise hatte recht. An der Vergangenheit war nichts zu ändern, doch er konnte etwas für die Zukunft unternehmen, für Stefan und Christa. Christa, die Tochter, die er unwissentlich so sehr verletzt hatte, und Stefan, den Sohn, den er nicht den eigenen nennen durfte, den er einst als Verräter beschimpft hatte und der jetzt als Fremder in Feindesland lebte.

Auch Tresckow und Oster hatten recht. Hitler war die Wurzel all diesen Übels. Mit Hitlers Tod würde das ganze verrottete Nazigebäude wie ein Kartenhaus zusammenstürzen. Er wollte, daß sein Sohn stolz auf ihn sein konnte. Stefan, mein Sohn …

Er blieb stehen und war nicht überrascht, sich in der Nähe von Osters Wohnung zu finden. Er atmete tief ein und läutete. Gertrud Oster öffnete ihm. «Oh, General Graf von Biederstedt! Bitte kommen Sie herein.»

«Ich muß mit Hans sprechen.»

Sie stellte keine Fragen, sondern führte ihn in Osters Arbeitszimmer und schloß die Tür hinter ihm. Bevor der Oberst ein Wort sagen konnte, begann Peter: «Hans, es gibt nur einen Menschen, der es tun kann. Der Mörder muß ein Offizier sein, der regulären Zugang zur Reichskanzlei, am Obersalzberg und in Rastenburg hat – ein Offizier, der an der SS-Leibwache vorbeikommt, ein Offizier mit bestem Ruf und in den Hitler absolutes Vertrauen setzt ...»

Hans Oster nahm sein Monokel aus dem Auge und fragte: «Und Sie kennen einen Offizier in dieser Position?»

Peter nickte bedächtig. «Ja – mich. Ich werde Hitlers Gunst gewinnen, und im richtigen Moment werde ich ihn töten.»

Wenige Tage später kehrte er nach Rußland zurück.

15

Sara Levis Eltern waren in diesem Winter gestorben – offiziell an Lungenentzündung, doch eigentlich als Opfer des strengen Winters in einem ungeheizten Raum und an gebrochenem Herzen.

Gegen Ende Mai 1942 brach ein neues Unglück herein. Am Mittwoch morgen war Bethel wie immer früh aufgestanden und wartete darauf, Saras Schritte auf der Treppe zu hören, damit er das Frühstück bereiten konnte. Sie arbeitete nachts in einer Zwölfstundenschicht bei Kraus-Chemie, und da es Juden seit April verboten war, öffentliche Verkehrsmittel zu benutzen, hatte sie drei Kilometer Fußweg zur Fabrik und zurück.

Sowie er sie heimkommen hörte, stellte er den Wasserkessel auf und legte eine dünn mit Margarine beschmierte Scheibe dunkles Brot auf einen Teller. Die Tür ging auf, und Sara stolperte herein. Eine Seite ihres Gesichts war geschwollen, ihre Augen gerötet. Bethel faßte ihre Hände und führte sie zu einem Stuhl. «Sara, meine Liebe, was ist denn passiert?»

Es dauerte eine Weile, bis sie sprechen konnte. «Seit einiger Zeit schon war einer der Vorarbeiter hinter mir her. Ich bin ihm möglichst immer aus dem Weg gegangen. Aber letzte Nacht war er betrunken. Er hat es geschafft, mich in einen Lagerraum zu ziehen, und hat versucht, mich zu vergewaltigen.» Sie schloß die

Augen und schauderte bei der Erinnerung. «Herr Professor, ich hatte solche Angst, aber ich habe mich gewehrt und ihm das Gesicht zerkratzt. Er – er hat mich geschlagen.» Sie deutete auf ihre Wange.

Kalter Zorn stieg in Bethel auf, aber er beherrschte sich. «Hat er …?»

«Nein, als ich mich gewehrt habe wie ein wildes Tier, hat er mich gegen die Wand geschleudert – und dann hat er mich rausgeworfen … Wegen des Ausgangsverbots konnte ich nicht nach Hause, so bin ich die Nacht über in den Toiletten geblieben … Professor, ich habe keine Arbeit mehr. Oh, was soll ich bloß tun?»

Bethel schloß sie in die Arme und wiegte sie wie ein kleines Kind. Sie war so dünn, daß er ihre Knochen spüren konnte. «Keine Angst, du wirst wieder etwas finden. Inzwischen mußt du dich ausruhen und erholen.»

Er bewegte sie dazu zu frühstücken, und brachte sie dann zu Bett. Anschließend verließ er die Wohnung in der Hoffnung, eine kleine Überraschung für Sara zu finden, um sie aufzuheitern.

Während er beim Bäcker in der Schlange stand, hörte er eine Frau sagen: «Haben Sie das mit SS-Obergruppenführer Heydrich gehört? Irgendwelche tschechischen Fanatiker wollten ihn umbringen. Jetzt liegt er schwerverletzt in einem Krankenhaus in Prag.»

Der erste Gedanke des Professors war: «Ich hoffe, daß er einen furchtbaren Tod erleidet.» Doch dann erkannte er, daß genau das das Schlimmste wäre, was passieren könnte. Wenn Heydrich starb, würden Tausende Juden als Rache dafür sterben müssen.

Bethel verließ den Laden, ohne etwas zu kaufen, und lief los. Zwei Straßen weiter sah er sie: SD-Leute, die Juden in Lastwagen stießen. Die Verschleppungen hatten also wieder begonnen.

Er lief nach Hause, so schnell ihn seine alten Beine trugen. Sara stand am Fenster der Wohnung. Er verschwendete keine Zeit mit Erklärungen, sondern nahm hastig ihren Mantel vom Haken und drückte ihr die Handtasche in die Hand. «Sind deine Papiere da drin? Dann komm mit.»

Den ganzen Nachmittag liefen sie durch Seitenstraßen und versteckten sich in Durchgängen, um nach Wilmersdorf zu gelangen, wo sie in der Dunkelheit die Wohnung von Klara Scheer erreichten.

Die Frau des Pastors hatte sich wenig verändert. Ihr Gesicht war immer noch rundlich, wenn auch nicht mehr so rosig wie früher. Sie ließ sie wortlos eintreten und ging, den Finger auf den Lippen, vor ihnen her in die Küche, wo sie das Radio andrehte. «Wir müssen leise sprechen. Ich habe neue Nachbarn, die viel zu neugierig sind.»

Sie kochte Ersatztee, und der Professor erzählte ihr, was geschehen war. Klara sah besorgt aus. «In letzter Zeit hat die Gestapo ein Auge auf mich geworfen. Aber ich habe noch Freunde in Velten, wenn ihr es bis dahin schaffen könnt.»

Bethel und Sara übernachteten in Klaras Wohnung. Am nächsten Morgen löste Klara als erstes die gelben Sterne von den Jakken der beiden und bügelte die Stelle, damit man die Stiche nicht mehr sah. Dann weckte sie sie, kochte etwas Malzkaffee und packte ihnen Essen ein. Um Saras dunkles Haar schlang sie einen Schal, Bethel bekam einen Hut von Bernhard. Sie versicherte sich noch einmal, daß sie die Adresse ihrer Freunde in Velten auswendig wußten, und schickte sie dann mit einem Segenswunsch los.

Während Wilmersdorf noch im Schlummer lag, brachen Bethel Ascher und Sara Levi zu ihrer Reise auf, Flüchtlinge in der Stadt ihrer Geburt.

Ricarda wurde in diesem Jahr fünfundsiebzig, obwohl man es ihr nicht ansah. Weich umrahmte das dichte weiße Haar ihr Gesicht, betonte ihre runden Wangen, die glänzenden grünen Augen und das ausgeprägte Kinn. Doch auf ihrer Stirn und um ihre Augen hatten sich neue Falten eingegraben, die nicht nur ein Tribut an das Alter waren.

So viel hatte sich so schnell verändert, und viele dieser Veränderungen verursachten ihr großen Kummer. Erst war da Stefan. Im stillen fragte sie sich, ob sie schuld war an seiner Entscheidung für England. Sie hatte Mortimer Allen aufgefordert, über Oxford zu sprechen, und Stefan gedrängt, dort zu studieren. Seit die Mikrofone im Hotel installiert waren, erwähnte zwar niemand mehr Stefan – nicht einmal Viktoria, doch Ricarda wußte, daß Viktoria ständig an ihn dachte, so wie sie selbst ihn in ihre Gebete einschloß.

Doch am meisten Sorgen machte ihr Luise. So verschieden waren sie immer gewesen, ihre beiden Töchter. Viktoria, zielstrebig, entschlossen und manchmal ziemlich rücksichtslos. Sie empfand das Leben als Herausforderung und ließ sich auch von den größten Widerständen nicht aufhalten. Viktoria wirkte, als ob sie irgendwann einmal eine Mauer um sich gezogen hatte, um sich vor Kummer zu bewahren. Sie war eine Überlebenskünstlerin. Sie würde kämpfen bis zum letzten – wie ihr Vater.

Luise war das Gegenteil. Während Viktoria sich einem ganzen Meer von Schwierigkeiten stellte, war Luise dem Wohl und Wehe des Schicksals ausgeliefert. Sie hatte keine Mauer, die sie vor den Stürmen des Lebens schützte – und sie hatte viel durchzustehen gehabt. Der Tod von Josef, ihrer letzten und größten Liebe, ließ sie völlig hilflos zurück.

Ricarda tat, was sie konnte. Jeden Tag besuchte sie Luise oder telefonierte mit ihr und kümmerte sich darum, daß sie unter Leute kam. Sie sprach immer wieder mit ihr darüber, zurück ins Hotel zu ziehen.

Verzweifelt schlug Ricarda schließlich vor, daß Luise, Lili und Sheltie den Sommer mit ihr in Heiligensee verbringen sollten. Überraschenderweise stimmte Luise zu.

Erleichtert darüber, daß sie sie aus ihrer Apathie hatte aufrütteln können, bat sie Viktoria, vorauszufahren, den Webers Bescheid zu sagen und alles vorzubereiten. Viktoria erklärte sich gern dazu bereit und freute sich, einige Stunden allein in Heiligensee verbringen zu können.

Der Chauffeur trug die Vorräte ins Haus und kehrte dann nach Berlin zurück. Viktoria stand auf der Veranda und schaute über den Garten zum See hinunter. Es war ein herrlicher Sommertag, das Wasser glitzerte silbern, der Duft von Kiefern, Geißblatt und Rosmarin lag in der Luft. Der Krieg schien weit entfernt zu sein.

Plötzlich straffte sie sich, sie glaubte im Bootshaus eine Bewegung wahrgenommen zu haben. Einen Augenblick lang dachte sie, es sei ein Vogel oder ein anderes Tier, dann wurde ihr klar, daß es ein Mensch sein mußte. Sie zögerte, wußte nicht, wie sie sich verhalten sollte. Es gab Geschichten über Deserteure und Fremdarbeiter, die sich versteckten. Sie packte entschlossen einen dicken Spazierstock und schritt zielstrebig über den Rasen.

Außer dem Krächzen der Krähen in den Bäumen war kein Geräusch zu hören. Vor dem Bootshaus hob sie ihren Stock drohend in Schulterhöhe. «Wer immer dort ist – rauskommen!» Keine Antwort.

Hatte sie sich die Bewegung am Fenster nur eingebildet? «Wenn Sie jetzt herauskommen, wird Ihnen nichts geschehen, wer Sie auch sind!»

Langsam öffnete sich die Tür, und eine Frau sah vorsichtig an Viktoria vorbei zum Haus. Sie war ziemlich jung und hatte große braune Augen. Sie flüsterte: «Sind Sie allein?»

Viktoria sah sofort, wie sehr sich die Frau fürchtete. Sie erkannte auch ohne Davidsstern, daß sie Jüdin sein mußte, und ließ den Stock fallen. «Ja, ich bin ganz allein.»

Mit einer unterwürfigen Geste trat die junge Frau beiseite und öffnete die Tür ganz, so daß Viktoria ins Innere des dunklen

Schuppens sehen konnte. Auf den Planken lag auf einer Unterlage aus Planen und Tauen des Motorboots ein alter Mann. «Es geht ihm nicht gut», flüsterte die Jüdin.

Der alte Mann war furchtbar dünn, seine geschlossenen Augen lagen tief in ihren Höhlen, Schweiß glänzte auf seiner Oberlippe, und er zitterte. «Wir müssen einen Arzt holen.»

«Nein!» Die Frau faßte nach Viktorias Arm. «Gnädige Frau, bitte verstehen Sie doch, wir sind Juden. Uns darf kein arischer Arzt mehr behandeln. Er würde uns nur der Gestapo melden und dann …»

Der Mann öffnete die Augen, die fast schwarz wirkten. Überrascht kniete sich Viktoria neben ihn und legte ihre kühle Hand auf seine Stirn. «Keine Angst», sagte sie. «Ich werde Sie nicht melden. Aber wer sind Sie? Ich bin sicher, daß wir uns schon begegnet sind.»

Er stützte sich auf. «Ich heiße Bethel Ascher.»

Viktoria erschrak zutiefst. «Professor Ascher? Aber, Herr Professor, was ist denn geschehen? Was machen Sie hier?»

Er hustete schwer und sank wieder zurück.

Viktoria wandte sich an die junge Frau. «Wir müssen ihn ins Haus bringen. Können Sie mir helfen?»

Sie trugen ihn über den Rasen ins Haus und nach oben in Viktorias Schlafzimmer. Dort stützte sie ihn mit Kissen ab und deckte ihn zu. Mit geschlossenen Augen lag er wachsbleich auf dem weißen Bett, ein Zerrbild seines früheren Selbst.

Viktoria führte die Frau in die Küche hinunter, zündete den Herd an und setzte einen Kessel Wasser auf. Dann sagte sie: «Ich bin Viktoria Jochum-Kraus. Den Professor habe ich schon kennengelernt, als ich noch ein kleines Mädchen war. Ich werde alles tun, um ihm zu helfen. Aber warum haben Sie sich in meinem Bootshaus versteckt? Und wer sind Sie?»

Die Frau sank auf einen Stuhl. Sie stellte sich vor und schilderte die Ereignisse der letzten Tage und wie der Professor auf ihrer

Flucht von Wilmersdorf in Heiligensee zusammengebrochen war.

Viktoria hörte mit unverhohlenem Schrecken zu. Das Wasser kochte, und mit zitternden Fingern bereitete sie eine Kanne Tee zu. Es schien unmöglich, daß in Berlin solche Dinge geschahen.

«Ist das echter Tee?» fragte Sara Levi ungläubig.

Viktoria fiel aus allen Wolken. Im Quadriga beschwerte man sich über die Rationierungen und die schlechte Qualität des Essens. Und in derselben Stadt gab es Menschen, die seit Tagen nichts gegessen hatten, die nicht mehr wußten, wie echter Tee schmeckte. Sie holte eine Dose Kekse. «Bitte, nehmen Sie. Wenn meine Mutter und meine Schwester eintreffen, werden wir zusammen essen.»

«Ihre Mutter und Ihre Schwester? Frau Jochum-Kraus, wenn jemand erfährt, daß wir hier sind, ist das für Sie und für uns äußerst gefährlich. Es ist besser, wenn wir gehen.»

«Mein liebes Kind ...» Doch Viktoria wußte, daß Sara recht hatte. Helmut, der Chauffeur, war ein strammes Parteimitglied. Wenn er das Mädchen sah, würde er es sofort melden. Auch die Webers würden im Dorf klatschen. «Nehmen Sie den Tee mit nach oben. Dort sind Sie erst einmal sicher.»

Fünf Minuten später trafen die anderen ein. Sheltie und Lili liefen gleich zum See, Luise kam in die Küche und setzte sich, während Ricarda das Ausladen des Gepäcks beaufsichtigte.

Mit einem Seufzer der Erleichterung sah Viktoria das Auto nach einiger Zeit wieder abfahren, dann erzählte sie ihrer Mutter und Luise, was geschehen war.

Zum erstenmal seit Josefs Tod kam wieder Leben in Luises Gesicht, kein Selbstmitleid, sondern Sympathie für einen anderen Menschen. «Der arme Professor Ascher... Sie müssen so lange hierbleiben, wie sie wollen.»

Ricarda atmete tief durch. «Was für eine furchtbare Geschichte. Ich hatte keine Ahnung, daß so schreckliche Dinge geschehen. Luise hat natürlich recht, sie müssen als unsere Gäste hierbleiben.»

«Das kann schwierig werden», warnte Viktoria.

Ricarda ließ sich nicht entmutigen. «Ich werde nach dem Essen zu Fritz und Hilde gehen und ihnen sagen, daß wir sie erst morgen brauchen. Das gibt uns ein wenig Zeit. Und am besten sagen wir auch zu Lili nichts, damit sie sich nicht verplappern kann.»

Luise schüttelte den Kopf. «In was für einer Welt leben wir eigentlich?»

Ein Gespräch mit Professor Ascher und Sara gab ihnen eine genauere Vorstellung. Der Professor erzählte ohne jede Emotion seine Geschichte, berichtete über die Grausamkeiten der SS und der Wehrmacht in den besetzten Gebieten und über die Todeslager in Polen.

Als er eines dieser Lager erwähnte, erstarrte Viktoria. «Nein, das kann ich nicht glauben. Dort hat Bennos Vater eine Fabrik. Nicht einmal der Baron würde etwas so Entsetzliches zulassen.» Doch noch während sie es aussprach, wußte sie, daß Baron Kraus nicht der Mann war, der sich den Profit entgehen ließ, den man durch den Mord an Juden machen konnte.

«Herr Professor, Fräulein Levi, wir möchten Ihnen anbieten, hier so lange zu bleiben, wie Sie wollen», sagte Ricarda, «doch wir müssen vorsichtig sein.»

«Sie könnten im Keller leben», schlug Luise zögernd vor. «Dort wären Sie sicher – und wir werden es Ihnen bequem machen. Sie können auch Bücher und ein Radio bekommen.»

Professor Ascher legte seine dünne, blaugeäderte Hand über ihre. «Mit Büchern und einem Radio würde ich mich fast schon wie im Himmel fühlen.»

Als Viktoria an diesem Abend mit der S-Bahn ins Quadriga zurückfuhr, überlegte sie, ob sie Benno etwas sagen sollte. Sie entschied sich dagegen. Er konnte ihnen doch nicht helfen, und je weniger Menschen Bescheid wußten, desto besser.

Otto Tobisch stand früh auf, zog sich an und ging, wie jeden Morgen seit der Geburt seines Sohnes Adolf vor zwei Jahren, ins Kinderzimmer hinüber. Es erschien ihm nach wie vor ein echtes Wunder, daß Anna – gegen alle Naturgesetze und in einer überraschend einfachen Geburt – ihm diesen Sohn geboren hatte. Der Krieg, das Lager, die ewige Schlacht gegen die Kommunisten und die Juden waren nun nicht mehr nur eine Pflicht, sondern Teil einer persönlichen Mission, um für seinen Sohn eine neue Welt zu schaffen.

Otto beugte sich über das Bettchen und streichelte das Blondhaar des Kindes. «Hallo, junger Mann, wie geht's denn heute?»

Schläfrig öffnete Adolf seine Augen und gluckste: «Papa.»

Otto richtete sich auf und trat in den schönen Maimorgen hinaus. Er holte Wolf aus seinem Zwinger und ging zu den neuen Gebäuden im Wald hinüber, die zur Ausführung dessen dienten, was in SS-Kreisen als «Endlösung der Judenfrage» bezeichnet wurde. Heute sollte die erste Waggonladung Juden ankommen. Auch jetzt noch waren Gefangene dabei, unter Aufsicht schwarzuniformierter Wachen die Anlagen rund um die Gaskammern zu bepflanzen und zu jäten. Die Neuankömmlinge würden keinerlei Verdacht schöpfen, daß hinter den Büschen Lüftungslöcher waren, durch die die tödlichen Zyanidkristalle geworfen werden sollten.

«Empfang» stand über einem Gebäude. Otto trat ein, einige SS-Männer sprangen auf und salutierten. Sie hatten zwar bereits einige Male alles geprobt, doch Otto wollte keine Fehler und ging alles noch einmal mit ihnen durch. «Ihnen ist klar, daß alle Gefangenen – bis auf ganz junge und gesunde – in die Gaskammern geschickt werden? Gesagt wird ihnen, daß sie zum Duschen und zur Desinfektion gehen.»

«Ja, Herr Kommandant.»

Nach einigen letzten Instruktionen ging er zu seiner Wohnung zurück. Mit den neuen Vorrichtungen würden sie täglich fünftausend töten können. Reichskommissar Himmler würde erfreut sein.

Zu Baron Heinrichs großer Erleichterung nahm Hitler das Ministerium für Bewaffnung und Munition aus Görings Vierjahresplan heraus und unterstellte es Reichsminister Speers Alleinverantwortung. Der erwies sich als äußerst fähig, nicht so rastlos wie Hitler oder wankend wie Göring. Er war ein scharfer Denker und wollte die Rüstungsproduktion steigern. Speers Plan der «Industriellen Selbstverantwortung» paßte wie maßgeschneidert auf den Kraus-Konzern.

Zur Zeit hielt der Baron sechzig Prozent der Kraus-Anteile; Ernst, Benno, Werner und Norbert teilten sich die verbleibenden vierzig Prozent. Vielleicht war es an der Zeit, einiges zu verschieben. Er hatte mit seinen vierundachtzig Jahren zwar nicht vor zu sterben, doch in diesen unsicheren Zeiten konnte man nie wissen, und er würde den Gedanken nicht ertragen, daß seine Erben einmal Erbschaftssteuer zahlen mußten.

Der Baron rief Dr. Duschek ins Haus Kraus und trug ihm auf, achtzig Prozent seiner Anteile auf die Enkel Werner und Norbert zu überschreiben. «Ist Ihnen bewußt, daß sie damit über bedeutend mehr verfügen als Ihr Sohn Ernst?» stellte der Rechtsanwalt klar.

«Tun Sie, was ich Ihnen sage», erwiderte der Baron kalt.

Obwohl Ernst Teilhaber war, bekam er keinen Zugang zu vertraulichen Papieren oder betriebsinternen Entscheidungen, und er wußte auch nicht, was in Berlin, der Werft, in Schlesien oder anderen Kraus-Betrieben vor sich ging. Ernsts Autorität beschränkte sich auf die Kraus-Werke im Ruhrgebiet.

Einige Tage später hatte der Baron die Schenkung vergessen. In einer Radioansprache warnte Churchill vor den Konsequenzen, sollten die Deutschen an der Ostfront Giftgas einsetzen. Der Baron sagte darauf hämisch zu Benno: «Wenn der wüßte, daß wir schon längst so etwas verwenden!»

Benno runzelte die Stirn. Aus dem Kraus-Konzern war er damals ausgetreten, weil er gegen die Giftgasproduktion gewesen war. «Wir setzen Giftgas an der Ostfront ein?»

Der Baron erkannte, daß er zuviel gesagt hatte. «Nicht an der Front, Junge. Aber wenn Churchill so weitermacht, dann werden wir es in England tatsächlich einsetzen. Wir haben genug Vorräte, um halb England auszulöschen. Und wir sind dabei, einen Typus mit noch wesentlich schnellerer tödlicher Wirkung zu entwikkeln, der durch die Filter aller bekannten Arten von Gasmasken dringt.»

Benno wandte sich ab, damit sein Vater den Abscheu in seinen Augen nicht sah.

Mit Professor Ascher und Sara Levi veränderte sich Luises Lebenshaltung. Sie stellte ihren eigenen Kummer hintan und widmete sich ganz dem Wohlergehen der beiden Flüchtlinge. Das Essen war ein großes Problem, denn es war nicht leicht, mit den knappen Rationen für zwei erwachsene Frauen und ein Kind zwei zusätzliche Menschen durchzufüttern, ohne das Mißtrauen von Lili oder den Webers zu erregen. Trotzdem kamen der Professor und Sara zusehends wieder zu Kräften.

Mitte Juni brach dann das Unheil herein. Lili und Sheltie waren gerade im Garten, Luise und Ricarda frühstückten noch in aller Ruhe, als Hilde Weber kam. «Blockwart Toll kommt gleich», kündigte sie wichtigtuerisch an. «Er muß die Luftschutzvorkehrungen überprüfen, obwohl er meiner Meinung nichts anderes tut, als bei allen seine Nase in die Keller zu stecken und zu schauen, was die Leute an Vorräten versteckt haben.»

Luise und Ricarda sahen sich entsetzt an, dann lief Luise aus dem Zimmer. «Was hat sie denn?» fragte Hilde Weber.

Ricarda lächelte schwach. «Sie ist halt ein wenig komisch.»

Im Keller forderte Luise den Professor und Sara auf, sich im Bootshaus zu verstecken. Nachdem sie den Keller aufgeräumt und in einen anscheinend unbenutzten Schutzraum zurückverwandelt hatte, ging sie nach oben auf die Veranda. Der Professor und Sara waren nicht zu sehen. Die Tür des Bootshauses war fest verschlossen. Sie hörte die Stimme von Blockwart Toll, der gerade die Kellertür öffnete.

Luise folgte Ricarda und Hilde in die Eingangshalle. Nach einer halben Ewigkeit kam der Blockwart zurück. «Ganz nett da unten! Hoffentlich müssen Sie ihn nie benutzen.» Er ging zum Hintereingang. «Ich glaube ja nicht an diesen Unsinn von den tausend Fliegerangriffen. So viele Flugzeuge haben die Engländer gar nicht mehr. Was ist denn mit dem Hund los?»

Luise spürte Beklemmung in sich hochsteigen. Sie sah zum Bootshaus hinüber, wo Sheltie wie wild die geschlossene Tür anbellte, Lili sah ihm aus respektvoller Entfernung zu. «Das ist nur Sheltie», sagte sie so beiläufig wie möglich. «Sheltie, Lili, kommt her!» Lili lief über den Rasen zu ihnen, doch Sheltie rührte sich nicht von der Stelle.

«Ich seh besser mal nach. Man kann nicht vorsichtig genug sein, wissen Sie. Hier treiben sich jetzt oft Fremde herum.» Blockwart Toll ging in den Garten und zielstrebig zum Bootshaus hinüber. Er drückte die Tür auf und sah hinein. Dann rief er zum Haus hinüber: «Frau Jochum, rufen Sie die Polizei. Hier haben sich zwei Juden versteckt. Kommt raus, Gesindel, raus da.»

Hilde Weber war schon am Telefon. «Hier ist Haus Jochum. Der Blockwart hat in unserem Bootshaus zwei Juden gefunden. – Ja, ja, das sage ich ihm. – Heil Hitler.» Sie rief: «Herr Blockwart, ein Polizeiauto kommt gleich.»

Bethel und Sara wurden von Blockwart Toll durch den Garten geschleppt, Sheltie lief bellend hinter ihnen her. Luise fragte bedrückt: «Wohin bringen Sie sie?»

Der Blockwart lächelte hämisch. «Dahin, wo sie keinen Ärger mehr machen, Frau Nowak. Die SS erledigt das schon.»

Weder der Professor noch Sara sahen sie an, als sie zur Auffahrt geführt und wenige Minuten später in den Polizeiwagen verfrachtet wurden. Hilde beantwortete geschäftig die Fragen des einen Polizisten. Nein, sie hatten diese Leute vorher nie gesehen. Der Polizist nickte. Menschen, die so im Licht der Öffentlichkeit standen wie die Jochums, gehörten nicht zu denen, die Juden helfen würden. Auf seinem Fahrrad fuhr der Blockwart mit stolzgeschwellter Brust hinter dem Polizeiwagen davon.

Ricarda nahm Luise am Arm und führte sie in ihr Zimmer hinauf. Dort setzte sie sich neben sie aufs Bett.

Luise starrte geradeaus. «Mama, uns hätte irgend etwas einfallen müssen, um sie aufzuhalten.»

«Liebling, wir konnten wirklich nichts tun.» Während sie das sagte, fragte Ricarda sich, wie viele Menschen in ganz Deutschland sich dasselbe versicherten und hofften, sich dadurch von Schuld freizusprechen.

«Trotzdem, wir haben sie in den Tod geschickt.»

Von nun an hatte Ricarda das Gefühl, mit einem Gespenst zu leben. Viktoria kam für einige Tage, doch auch sie konnte Luise aus ihrer Lethargie nur aufrütteln, wenn sie sie an Lili erinnerte. Dazu meinte Luise eines Tages: «Du hast recht, es ist nicht gut, wenn sie alleine ist. Könntest du nicht Christa fragen, ob sie Lust hat, zu uns zu ziehen und sich um Lili zu kümmern? Lili mag sie sehr gern, und Christa ist wahrscheinlich lieber mit Lili zusammen, als in einem langweiligen Büro zu sitzen.»

Es stellte sich heraus, daß sie damit recht hatte. Christa hatte die Arbeit als Sekretärin im Außenministerium angenommen, um Stefan zu vergessen. Und sie hatte die Routinearbeit seit langem satt. Sie kam also nach Heiligensee, um Lili Gesellschaft zu leisten, und Ricarda mußte hilflos zusehen, wie sich Luise immer mehr in sich zurückzog.

Bethel und Sara wurden außerhalb von Berlin in ein überfülltes Transitlager mit Tausenden Juden aller Nationalitäten gebracht.

Eine Woche später stießen die Wachen sie und Hunderte andere zu einem Bahnhof und dort mit Waffengewalt in Viehwaggons.

Die Zeit verlor ihre Bedeutung. Es gab keine Luft, kein Wasser, keine Hygiene. Manchmal hielt der Zug, doch sie durften nicht aussteigen. In der vierten Nacht verschied Bethel Ascher.

Sara Levi starb wenig später in Otto Tobischs Lager – dem Ziel ihrer langen Reise.

Im Juli nahm Peter die erste Hürde, als er zu Hitlers Stab versetzt wurde. Trotzdem bot das nur wenig Anlaß zu Optimismus. Vor allem würde es schwierig werden, nah genug an Hitler heranzukommen, um ihn töten zu können. Nicht einmal Peter hatte absehen können, wie massiv die SS-Leibwache den Führer abschirmte. Zum zweiten hing der Staatsstreich davon ab, weitere führende Offiziere davon zu überzeugen, daß Hitler das Land in die Niederlage führte – und im Sommer 1942 glaubte noch kaum jemand an die bevorstehende Niederlage Deutschlands.

Manchmal zweifelte sogar Peter selbst an der Richtigkeit seines Urteils. Von allen Fronten kamen gute Nachrichten. In Afrika heimste Rommel einen spektakulären Sieg nach dem anderen ein. In Rußland fiel Charkow, die Belagerung von Sewastopol hatte begonnen, im Süden befand sich die Rote Armee auf dem Rückzug und ließ den Kaukasus und Stalingrad ungeschützt.

Im Herbst zog Hitler mit seinem Stab wieder in die «Wolfsschanze» nach Ostpreußen, da er davon ausging, daß eine Winteroffensive der Russen, wenn überhaupt, dann nur an der Nordfront einsetzen werde. Peter von Biederstedt blieb im Feldhauptquartier in Winniza in der Ukraine.

Im November begannen die Rückschläge. Nach einer harten Schlacht in El Alamein trieben die Engländer Rommels Truppen ohne Halt bis Tobruk zurück. In Rußland setzten die Schneestürme ein, und am 19. November begannen General Schukows Soldaten mit einer Offensive gegen General Paulus' Sechste Armee in Stalingrad.

Innerhalb von vier Tagen war die Sechste Armee umzingelt und konnte sich nur noch über Funk mit der Außenwelt verständigen. Zwei Tage später begann die Luftbrücke.

Zur gleichen Zeit wurde Winniza informiert, daß Feldmarschall von Manstein von der Leningrader Front abgezogen worden war und jetzt der neugeschaffenen «Heeresgruppe Don» vorstand, die von Südwesten den Ring um Stalingrad durchbrechen und die Sechste Armee befreien sollte. Peter sollte sich in Mansteins Hauptquartier in Kotelnikowo, hundertvierzig Kilometer von dem Stalingrader Kessel entfernt, melden.

Normalerweise wäre er geflogen, doch alle Flugzeuge waren bei der Luftbrücke im Einsatz, daher brach er am nächsten Morgen mit dem Wagen zu der mühsamen Fahrt auf.

Als sie ins offene Land kamen, waren sie bald mitten in einem Schneesturm, und die Sichtweite im dichten Schneetreiben betrug nur noch wenige Meter.

Als in einer Kurve plötzlich ein riesiger Militärlastwagen mit voll aufgeblendeten Scheinwerfern auftauchte, blieb Peters Fahrer nichts anderes übrig, als mit aller Kraft auf die Bremse zu steigen und den Wagen in eine Schneewehe zu steuern. Er dachte nicht an die Eisschicht unter der Schneedecke auf der Straße.

Der Wagen schleuderte und drehte sich um die eigene Achse. Der LKW-Fahrer versuchte vergeblich auszuweichen, und das schwere Fahrzeug rammte sie mit einem dumpfen Krachen. Glas splitterte; Peters Fahrer prallte mit dem Kopf an die Windschutzscheibe, die Lenksäule drückte ihm den Brustkorb ein. Peters Beine wurden unter dem Armaturenbrett eingeklemmt.

Soldaten sprangen von dem Lastwagen und versuchten umsonst, die Fahrertür zu öffnen. Es roch plötzlich stark nach Benzin. Ein Mann zog den leblosen Körper des Fahrers schließlich von hinten heraus.

Peter mühte sich, seine Beine freizubekommen, und realisierte, daß sie taub waren. Starke Arme hoben ihn aus dem Wagen und verursachten einen brennenden Schmerz in seinem ganzen Oberkörper, doch in seinen Beinen war nach wie vor kein Gefühl. Als das Auto explodierte, verlor er das Bewußtsein.

Peter kam nach Kiew ins Krankenhaus, wo ein Bein amputiert werden mußte. Anfang Januar 1943 war er so weit wiederhergestellt, daß er nach Hause fahren konnte. Neun Monate zuvor hatte er sich aufgemacht, Hitler zu töten. Als gebrochener Mann kehrte er zurück und ließ die zerschlagenen Reste einer einstmals großen Armee hinter sich.

Peter erhielt ein Einzelzimmer in der Charité und wurde Patient von Professor Ferdinand von Sauerbruch, einem der besten deutschen Chirurgen. Als Ilse ihren Mann das erste Mal besuchte, lag er im Bett und starrte an die Decke. Sein Gesicht war wachsbleich, fast weißer als die Kissen. Sie beugte sich über ihn und küßte ihn. «Peter, mein Lieber. Gott sei Dank bist du wieder zu Hause.» Sanft legte sie ihre Hand auf seine und fragte: «Hast du große Schmerzen in den Beinen?»

Er drehte den Kopf. «Im Bein. Ich habe nur noch eines.» Das sagte er ohne Bitterkeit oder Resignation, es war einfach die Feststellung einer Tatsache.

Ilse wechselte das Thema. Strahlend sagte sie: «Christa läßt dich ganz lieb grüßen. Sie arbeitet nicht mehr im Außenministerium.»

«Geht es ihr gut?»

«Ja, uns geht es gut. Wie du vielleicht weißt, haben wir hier in Berlin viel Glück gehabt. Seit einem Jahr keine Fliegerangriffe. Im August kamen einige russische Flugzeuge, aber die hatten keine Chance. Das Leben geht hier fast seinen normalen Gang.»

Sie blieb noch eine halbe Stunde, bis eine Krankenschwester

kam; dann ging sie ins Büro von Professor Sauerbruch. Der Arzt lächelte müde. «Lassen Sie mich Ihnen zuerst versichern, daß der Kollege in Kiew saubere Arbeit geleistet hat. Ich habe seinen Bericht gelesen; man hätte das linke Bein Ihres Gatten auf keinen Fall retten können. Das rechte Bein wurde schwer gequetscht, wird aber bald wieder ziemlich funktionstüchtig sein.»

«Gibt es die Möglichkeit, ein künstliches Bein …?»

«Wenn der Stumpf verheilt ist, können wir in jedem Fall eine Prothese befestigen und mit Gehversuchen beginnen. Doch vorher, Gräfin Biederstedt, muß Ihr Mann gehen *wollen.*»

Christa verbrachte nach der Rückkehr ihres Vaters weniger Zeit mit Luise und Lili, doch sie sah sie nach wie vor jeden Tag. Zum einen wollte sie Lili nicht enttäuschen, zum anderen hoffte sie, daß die Nachricht von Peters Verwundung Luise aus ihrer Apathie reißen würde. Doch vergebens.

Kurz nachdem Christa und Lili eines Morgens zu einem Spaziergang aufgebrochen waren, kam Viktoria. Sie plauderte erst über Belangloses und fragte dann: «Gibt es etwas Neues über Peter?»

Luise öffnete das Päckchen Zigaretten, das ihre Schwester mitgebracht hatte. «Peter von Biederstedt», sagte sie verdrossen. «Über den reden jetzt alle. Ich mochte ihn nie, und er tut mir auch jetzt nicht leid.»

«Luise, Liebe, das paßt gar nicht zu dir, daß du so gefühllos bist …»

«Er war auch nie besonders mitfühlend.» Mit zitternden Fingern zündete sie eine Zigarette an. «Aber wenigstens hatte ich die Genugtuung, ihm ins Gesicht zu sagen, was ich von ihm und von der Art halte, wie er dich behandelt hat.»

«Luise, was meist du damit?»

Luise zuckte mit den Schultern. «Im letzten März war er hier und hat sich über Josef ausgelassen. Ich konnte das nicht ertragen und fand, es sei an der Zeit, daß er sich seiner eigenen Verantwortlichkeiten bewußt wird.»

Für einen Moment schien Viktorias Herz auszusetzen. «Was hast du ihm gesagt, Luise?»

«Ich habe ihm gesagt, daß Stefan sein Sohn ist ...»

Obwohl es sie sehr aufregte, daß Luise ihr Geheimnis weitergegeben hatte, machte Viktoria ihr jetzt keinen Vorwurf. Seit Josefs Tod war Luise völlig unberechenbar. «Nun», sagte sie, «wahrscheinlich ist es auch egal.»

Aber es war nicht egal, und als sie Luises Wohnung verließ, ging sie geradewegs zur Charité.

Es schien fast, als ob Peter sie erwartet hätte. Bevor sie überhaupt etwas sagen konnte, fragte er: «Warum hast du mir nie etwas von Stefan gesagt?»

Er sah so bleich und verhärmt aus, daß sie erschrak. «Peter, das ist lange her. Laß uns doch nicht an alte Wunden rühren.»

«Kannst du mir verzeihen?»

Dies war ein anderer Mann als der Peter, den sie gekannt hatte. Seine Arroganz war verschwunden, eine neue Bescheidenheit hatte von ihm Besitz ergriffen. Viktoria verspürte keine Bitterkeit mehr – nur Mitleid. «Es gibt nichts zu verzeihen. Du hast mir meinen Sohn geschenkt», sagte sie weich.

Peters Augen glänzten. «Vicki, ich hoffe, daß ich eines Tages den Kummer wiedergutmachen kann, den ich dir verursacht habe.»

Gerührt beugte sie sich über ihn und küßte ihn auf die Stirn, dann verließ sie den Raum.

Noch lange Zeit danach lag Peter wach, dachte über seine Fehler nach und über die Menschen, die er enttäuscht hatte. Er hatte gehofft, dies alles mit dem Attentat auf Hitler wettzumachen – und sogar darin hatte er versagt.

An diesem Nachmittag erzählte er Ilse von seinem Engagement in der Widerstandsbewegung. Zu seiner Überraschung zeigte sie sich weder entsetzt noch schockiert, als er ihr seine Absicht, einen Anschlag auf den Führer zu verüben, schilderte, sondern sagte ganz ruhig: «Ich habe volles Vertrauen in dich. Wenn du meinst, daß das deine Pflicht ist, dann mußt du es tun.»

«Ich habe versagt. Er lebt noch. Jetzt ist es zu spät.»

«Nein, es ist nicht zu spät.»

Er sah auf seine Bettdecke. «Was kann ich mit einem Bein schon ausrichten?»

«Zuallererst mußt du wieder gehen lernen.»

Er wußte, daß sie recht hatte, suchte jedoch immer noch nach einer Entschuldigung. «Viele würden mich für einen Verräter halten.»

Aus ihren klaren blauen Augen sah sie ihn gerade an. «Wenn es stimmt, was du sagst, dann ist Hitler der Verräter.»

Als Professor Sauerbruch das Zimmer betrat, saßen die beiden Hand in Hand. Nachdem er sich die Krankenblätter am Fußende des Bettes angesehen hatte, fragte er: «Wie geht es Ihnen, Herr General?»

Peter setzte sich mühsam auf. «Professor Sauerbruch, können Sie mir wirklich helfen, daß ich wieder gehen kann?»

Der Arzt sah zu Ilse hinüber und nickte dann. «Es wird lange dauern, aber Sie werden wieder gehen können.»

Peter atmete tief ein und murmelte zwischen zusammengepreßten Zähnen: «Ich will wieder gehen. Ich will es.»

Für die beiden Beobachtungsposten auf dem Dach des Quadriga sah es in der Nacht zum 16. Januar 1943, einem Samstag, nicht anders aus als in den vergangenen dreizehn Monaten. Die Verdunklungen ihres Verschlages waren heruntergezogen, die Tür geschlossen, einer las ein Buch, der andere spielte Solitaire. Plötzlich sagte der Lesende: «Ist das nicht ein Flugzeug?»

«Ja», antwortete sein Kollege abwesend, «die Luftwaffe.»

«Wie die nachts etwas sehen können, ist mir immer noch ein

Rätsel.» Er runzelte die Stirn. «Komisch, das hört sich an, als ob sie hier entlang kommen.»

In diesem Moment heulte eine Sirene los. Die Bomber befanden sich bereits über dem Stadtzentrum. Nach und nach wurde der Himmel von den Suchscheinwerfern erleuchtet, und vereinzeltes Flakfeuer zerriß die Nacht. Zusammengekauert hinter ihrer Barrikade aus Sandsäcken starrten die beiden Männer fasziniert auf den Himmel, der in giftgrünem Licht erstrahlte.

Im ersten Stock sagte Viktoria: «Das ist ja richtig schön. Sieht aus wie Fallschirme oder Weihnachtsbäume.»

«Das sind Leuchtraketen», brummte Benno und zog sich die Hose über den Schlafanzug. «Um Himmels willen, Vicki, steh doch nicht so herum. Hol deine Mutter und geht in den Keller hinunter.»

Da der Keller so lange nicht benutzt worden war, wirkte er etwas vernachlässigt, doch die Routine im Schutzraum war schnell wiederhergestellt. Der Hallenportier rief die Namen auf, und Kellner kochten Kaffee. Gäste unterhielten sich. «Wie sind diese Bomber bloß so weit gekommen, ohne daß jemand etwas gemerkt hat?» – «Als die Sirenen losgingen, waren sie schon über uns.» – «Verrückt, daß die Briten noch so viele Flugzeuge haben.»

In Lützow saß Lili unter dem Tisch und vergrub ihr Gesicht in Shelties Fell. Der Hund wimmerte, und Lili weinte, doch Luise hörte sie nicht. Sie starrte gebannt aus dem Fenster. Vom taghell erleuchteten Himmel regneten die Bomben herab und verwandelten die Nacht in ein Funken- und Flammenmeer. Luise neigte den Kopf, um sich an Josefs Schulter zu lehnen. Doch Josef war nicht da.

Christa kam früh am nächsten Morgen und fand Lili tränenüberströmt. «Ich habe solche Angst gehabt», weinte sie. «Die Bomben waren so laut, und am Himmel war Feuer.»

«Warst du denn nicht im Keller?»

Lili sah sie aus großen grünen Augen erschreckt an. «Mama wollte nicht. Sheltie und ich haben uns unter dem Tisch versteckt.»

Christa war zweiundzwanzig, alt genug, um zu wissen, daß sie etwas unternehmen mußte. Wenn Luise sich umbringen wollte, war das eine Sache, doch sie durfte nicht das Leben ihres Kindes aufs Spiel setzen. Sie legte die Arme um Lili. «Möchtest du mit zu mir kommen?»

«Ja, gerne.»

Christa ging zu Luise. «Tante Luise, ich nehme Lili mit zu mir. Möchtest du nicht auch kommen? Es wäre sicherer, als hierzubleiben.»

Luise sah sie geistesabwesend an. «Ach, du bist es, Christa. Ja, es ist wohl besser so. Lili wird bei dir sicherer sein. Aber ich bleibe mit Sheltie hier.»

Christa packte für Lili einiges zum Anziehen ein und nahm sie mit nach Schmargendorf, dann rief sie Viktoria an, um ihr zu erzählen, was vorgefallen war.

Viktoria blieb fast den ganzen restlichen Tag bei Luise. Sie versuchte, sie zu überzeugen, mit ihr ins Quadriga zu kommen, doch Luise weigerte sich. «Das ist unser Zuhause», wiederholte sie immer wieder. «Ich muß hierbleiben.»

«Was ist mit Lili?»

«Sie ist glücklich bei Christa.»

Mittags kochten sie etwas Suppe, doch Luise rührte nur lustlos darin herum. Am Nachmittag versuchte Viktoria, sie zu einem Spaziergang mit Sheltie zu bewegen, doch nach zehn Minuten wollte Luise bereits wieder nach Hause. Es wurde Abend, und da sie erkannte, daß sie nichts ausrichten konnte, machte sich Viktoria auf den Heimweg. Sie nahm Luise in die Arme und sagte: «Luischen, bitte versuche, besser auf dich achtzugeben. Du bist für mich ein sehr wertvoller Mensch, meine kleine Schwester.»

Einen Moment lang kam Glanz in Luises Augen, und Viktoria hoffte schon, sie hätte endlich zur Realität zurückgefunden. Dann sah Luise auf die Seite. Mit tonloser Stimme sagte sie: «Es wird dunkel. Du gehst jetzt besser, Vicki.»

In dieser Nacht kam die RAF wieder, und die Menschen von Berlin begriffen, daß die Ruhepause vorüber war. Bombenkrater gähnten dort, wo vorher Häuser gestanden hatten. Wolken aus Rauch und Staub hingen über ganzen Stadtvierteln. Die Decken und Vorräte, die man aus den Kellern geholt hatte, wurden schleunigst wieder ersetzt. Das Kellerrestaurant im Hotel Quadriga hatte wieder Gäste.

Die Nächte hallten wider vom Heulen der Sirenen, und Scheinwerfer durchpflügten den Himmel. In ihrem langen braunen Mantel wanderte Luise ruhelos durch die kalte Wohnung, Sheltie lief in Panik hinter ihr her. Aus der Ferne kam das tiefe Dröhnen der Bomber, dann das Krachen der Bomben. Explosionen zerrissen die Luft, das Porzellan in der Küche klirrte, und Josefs Fotografie fiel von der Kommode.

Sheltie heulte auf und verschwand unter dem Tisch. Luise hob Josefs Foto auf und preßte es an die Brust. «Es dauert nicht mehr lang, mein Liebling. Bald werde ich wieder bei dir sein.» Plötzlich fühlte sie sich völlig ruhig.

Sie hörte die Bombe nicht, die ihr Haus traf. Ein riesiges Loch tat sich auf der einen Seite der Wohnung auf. Die Böden neigten sich und gaben nach. Das Gebäude bebte und zitterte und sank darauf in sich zusammen, Luise und Sheltie unter geborstenen Balken und Schutt begrabend.

Sie trugen Luise nach einem schlichten Gottesdienst im Friedhof von Schmargendorf zu Grabe: Ricarda, Viktoria und Benno, Ilse und Christa und einige Angestellte aus Hotel und Café.

Ricarda war allen ein Beispiel in ihrer aufrechten und würdevollen Trauer. Lili weinte bitterlich. Mit ihren fünf Jahren verstand sie nicht, was mit ihrer Mutter und Sheltie passiert war.

Christa legte beschützend den Arm um sie und flüsterte: «Hab keine Angst, Lili. Ich bin doch da. Ich sorge für dich.»

Lili sah sie aus großen Augen an. «Aber wer kümmert sich um Mama und Sheltie?»

«Sie sind jetzt im Himmel, bei deinem Papa. Dort sind sie glücklich.» Es war seltsam, aber fast konnte sie Luises Stimme hören: «Danke, Christa. Sie wird es gut haben bei dir.»

Im Hotel drehte sich das Gespräch dann um Lilis Zukunft. «Es war sehr lieb von dir, dich um sie zu kümmern, Ilse, aber jetzt muß sie zu Benno und mir kommen», sagte Viktoria bestimmt.

«Sie ist doch keine Last, Mama? Tante Viktoria, laß sie bei uns bleiben», bat Christa und zog Lili fester an sich.

«Ich möchte bei Christa bleiben», sagte Lili und umhalste Christa.

Es war eine schwierige Situation. Ricarda war sich bewußt, daß Benno und Viktoria alle Hände voll zu tun hatten im Hotel, während Ilse sich um einen verkrüppelten Ehemann kümmern mußte. Auf der anderen Seite war sie eine alte Dame mit sehr viel Zeit, und sie liebte diese kleine Enkelin, die ihr und Luise so ähnlich war. «Warum schließen wir keinen Kompromiß?» schlug sie vor. «Ich meine, Lili sollte bei mir leben, und Christa kommt sie jeden Tag besuchen. Dann haben wir alle etwas von ihr.»

Lili sah Christa an und lächelte schwach. «Das fände ich schön.»

16

Nach den schweren Luftangriffen benötigte man in der Charité jedes verfügbare Bett, und Peter wurde nach Hause entlassen. Er konnte sich jetzt schon recht gut mit Krücken bewegen, aber es würde noch lange dauern, ehe er mit seiner Prothese richtig gehen konnte.

Drei Tage nach seiner Heimkehr verkündete am 30. Januar 1943 eine Sondermeldung: «Die Schlacht um Stalingrad ist zu Ende. Ihrem Fahneneid bis zum letzten Atemzug getreu, ist die Sechste Armee unter der vorbildlichen Führung des Generalfeldmarschalls Paulus der Übermacht des Feindes und Ungunst der Verhältnisse erlegen …» Drei Tage Staatstrauer wurden angeordnet.

Danach erhielt Peter von Biederstedt eine Reihe von Besuchern. Der erste war Hans Oster, vor kurzem erst zum Generalmajor ernannt. Er war ungeheuer aufgebracht über Stalingrad. «Mein jüngster Sohn ist dort. Ein Junge, auf dem Altar der Machtgelüste eines Größenwahnsinnigen geopfert. Wenn er stirbt, mache ich Hitler persönlich verantwortlich, ebenso wie für das sinnlose Opfer einer ganzen Armee.» Er nahm sein Monokel aus dem Auge und reinigte es. «Peter, die Gestapo hat einige von uns aus der Abwehr aufs Korn genommen. Im letzten August wurde ein Untergrundnetz der Kommunisten entdeckt. Im November haben sie Schmidhuber verhaftet, einen der Unsrigen. Wir befürchten, daß er Dohnanyi und vielleicht sogar Canaris und mich belastet hat. Sie wissen das vielleicht nicht, aber ich war verantwortlich dafür, daß die Alliierten vor einigen der früheren Feldzüge gewarnt wurden ...»

Plötzlich verstand Peter eine Menge.

Oster fuhr fort: «Dazu kommt, daß Heydrichs Nachfolger Kaltenbrunner es auf Canaris abgesehen hat. Er möchte, daß die Gestapo die Abwehr übernimmt. Das Netz zieht sich zusammen. Wir müssen uns beeilen.»

Peters nächster Besucher war General Beck. Er hatte sich seit dem Sommer so sehr verändert, daß Peter ihn kaum wiedererkannte. Er war dünn und seine Gesichtsfarbe etwas gelblich. «Hat sich Sauerbruch gut um Sie gekümmert?» fragte er. Als Peter nickte, sagte er: «Er will mich unbedingt für einige Tests haben. Denkt, ich hätte eventuell Magenkrebs.» Er verzog sein Gesicht. «Warum läßt einen der Körper gerade dann im Stich, wenn man seine Kräfte am meisten braucht? Aber diese Frage haben Sie sich selbst wohl auch gestellt, was, Biederstedt?»

«Sauerbruch ist ein guter Mann. Sie sollten ihn seine Tests machen lassen. Vielleicht kann er Ihnen helfen.»

«Oder mich umbringen ...» Beck lachte hohl auf. «O Gott, von uns hängt jetzt die Zukunft Deutschlands ab: Oster ist in Sorgen um seinen Sohn und schwebt in unmittelbarer Gefahr, verhaftet zu werden; Tresckow ist weit weg in Rußland; Sie haben nur noch ein Bein, und ich selbst bin ein alter, krebskranker Mann. Hinter uns stehen einige Intellektuelle, Sozialisten, Kirchenmänner und ehemalige Diplomaten. Welche Chance haben wir eigentlich?»

Als dritter Besucher meldete sich Henning von Tresckow an, der einen kurzen Heimaturlaub von der Ostfront hatte. «Ich soll hier beim Oberkommando Bericht erstatten, aber ich nutze die

Gelegenheit, um eine engere Verbindung zwischen Berlin und unserem Zentrum im Osten herzustellen.»

Peter sah auf sein Bein hinunter. «Ich fühle mich so verdammt unnütz, Tresckow. Gerade als ich auf eine Vertrauensposition bei Hitler hinarbeitete, wurde ich kaltgestellt. Jetzt werde ich ihn niemals töten können.»

«Es gibt noch andere, die das vorhaben», versicherte ihm Tresckow. Dann fuhr er fort: «Vielleicht gibt es für Sie eine wichtigere Aufgabe, Biederstedt. Hier in Berlin ist unsere Organisation schwach. Nur das Militär ist über jeden Verdacht erhaben. Sobald Sie wieder einigermaßen gesund sind, müssen Sie sich zum Generalstab beim Hauptquartier des Ersatzheeres versetzen lassen und sich von dort aus um unseren Staatsstreich kümmern.»

Danach verschwendete Peter keine Zeit mehr. Er kannte General Fromm, den Oberbefehlshaber des Ersatzheeres, der im Kriegsministerium in der Bendlerstraße saß, und ließ sich zu dessen Generalstab versetzen. Am Montag, dem 8. Februar, brachte ein Wagen Peter zu seinem neuen Arbeitsplatz, wo er mit Generaloberst Friedrich Olbricht zusammenarbeitete, einem alten Freund und frühen Mitglied des Widerstands, jetzt Chef des allgemeinen Heeresamtes und stellvertretender Befehlshaber des Ersatzheeres.

Peter stürzte sich in die Arbeit, erneuerte alte Kontakte und versuchte, in Berlin Unterstützung für die Widerstandsbewegung zu finden. Bald fand er eine Gelegenheit, wie er mit anderen Mitgliedern der Gruppe in Kontakt bleiben konnte, ohne besondere Aufmerksamkeit zu erregen. Christa ging jeden Tag ins Quadriga, um Lili zu treffen. Daraus entwickelte sich die Routine, daß Peters Fahrer ihn am Kriegsministerium aussteigen ließ und dann mit Christa weiterfuhr zum Hotel. Abends, bevor sich Peter wieder dort mit ihr traf, ging er oft mit Freunden oder Bekannten wie General Oster, Dr. Dohnanyi oder Offizieren, die auf Heimaturlaub waren, in die Bar.

Hasso Annuschek entging wenig – er war nie aufdringlich, immer da, wenn man ihn brauchte. Aus Gesprächsfetzen gewann er ein genaues Bild der Einstellung General Osters und Dr. Dohnanyis gegenüber den Nazis, und wenn sie die Bar betraten, gab er ihnen möglichst einen Tisch in einiger Entfernung von den Abhöranlagen der Gestapo.

Als sich General von Biederstedt zu ihnen zu gesellen begann, wurde Hasso erst etwas mißtrauisch, doch nach ein oder zwei zufällig aufgeschnappten Bemerkungen war er sich bald sicher, daß der Graf auf «ihrer Seite» war. Er hatte keine Ahnung, was die Männer planten, doch half er jedem, der gegen die Nazis war. Schließlich gehörte Hasso zu den wenigen in Berlin verbliebenen Sozialisten.

Durch Christas häufige Besuche im Hotel kamen die beiden Familien unvermeidlich enger zusammen, und es entstand ein besseres Verhältnis, als Viktoria oder Benno jemals vorausgeahnt hätten. Peter behandelte Viktoria mit der höflichen Vertrautheit eines alten Freundes, der Wichtigeres im Kopf hat als eine längst vergangene Liebesgeschichte. Stefan oder ihren Besuch in der Charité erwähnte er nie.

Nach und nach fühlte sich Viktoria in seiner Gesellschaft wohler. Seine frühere Arroganz war verschwunden, und er zeigte sich nun als Mann mit menschlichen Zweifeln und Fehlern. Auch Benno gewöhnte sich zusehends an die Gegenwart seines Cousins. Hatte er ihn früher als Bedrohung für seine Ehe betrachtet, so empfand er jetzt nur Mitleid und eine gewisse Bewunderung für seinen Mut.

Der Krieg rückte immer näher. Die Luftangriffe nahmen zu, die Verluste wurden immer größer, und immer mehr Menschen wurden obdachlos.

Im ganzen Land änderte sich die Stimmung. Am 18. Februar 1943 wurden in München einige Studenten und ein Professor bei einer Protestaktion gegen die Nazis verhaftet. Die Gruppe nannte sich «Weiße Rose» und wurde von Polizei und SS zerschlagen, allerdings erst, nachdem es in Frankfurt, Mannheim, Stuttgart, Wien und im Ruhrgebiet bereits zu Sympathiebekundungen gekommen war. Das zeigte, daß der Widerstand sich sehr weit ausgebreitet hatte und nicht mehr im geheimen niedergeschlagen werden konnte.

Zwei Tage später wurden die Führer des Protestes von München vom Volksgerichtshof zum Tode verurteilt, und Goebbels erklärte vor einer riesigen Menschenmenge im Berliner Sportpalast den «totalen Krieg».

Als unmittelbare Folge wurden alle Luxusrestaurants und gehobeneren Amüsierbetriebe geschlossen. Viktoria und Benno warteten ängstlich, was das alles für sie bedeuten würde. Doch das Café Jochum fiel nicht in die Luxuskategorie, und sie konnten die Behörden überzeugen, daß ein Luxushotel ohne Restaurant schlecht möglich war.

Trotz Bennos Vorsorge und weitreichenden Kontakten machte sich die Lebensmittelknappheit nun auch im Hotel bemerkbar. Was Maître Mazzoni an Gerichten bot, erinnerte nur noch sehr entfernt an seine berühmten Kreationen von früher.

Am folgenden Montag rief eine verzweifelte Monika aus Fürstenmark bei Viktoria an. «Ich habe gerade einen Brief bekommen, daß Hans in Gefangenschaft geraten ist.»

«O Monika, mein Liebes, wie schrecklich!» Hilflos versuchte Viktoria, Worte des Mitgefühls zu finden, doch sie konnte nur denken: «Wenigstens lebt er noch.»

«Ich weiß nicht, wo er ist», jammerte Monika. «In dem Brief steht nur, daß er Kriegsgefangener ist. Ich bin sicher, daß er in Afrika ist. Glaubst du, er ist noch dort? Oder bringen die Engländer ihre Gefangenen woandershin?»

Das wußte Viktoria nicht. «Bestimmt geht es ihm gut. Wenn der Krieg vorbei ist, wird er nach Hause kommen.»

Monika schluchzte hysterisch. «Mama, ich habe Angst. Kann ich nach Berlin kommen?»

«Wenn du das unbedingt möchtest, natürlich. Aber glaubst du nicht, es ist besser, in Fürstenmark zu bleiben? Hier gibt es ständig Luftangriffe. Die Kinder sind auf dem Land viel sicherer.» Einen Augenblick überlegte Viktoria, ob sie nach Fürstenmark fahren sollte, aber wozu sollte das gut sein? Hans würde es nicht zurückbringen. Dann hatte sie eine Idee. «Warum bleibst du nicht eine Weile bei Hans' Eltern? Frau König freut sich bestimmt, wenn sie mit ihren Enkelkindern zusammen ist.»

«Ja, das könnte ich tun.» Nach weiteren zehn Minuten hatte Monika sich beruhigt. Erleichtert legte Viktoria auf. Doch ein ungutes Gefühl blieb bestehen. Es schien, als ob Hans stellvertretend für die gesamte deutsche Wehrmacht in Gefangenschaft geraten sei.

Fünf Nächte später gab es heftige Luftangriffe auf das Ruhrgebiet. Am nächsten Tag kam der Baron schlecht gelaunt in Bennos Büro. «Unsere Fabriken haben das meiste abbekommen. Die schlimmsten Schäden überhaupt bisher. Die meisten Lager sind völlig zerstört und einige der unterirdischen Werkshallen schwer beschädigt.»

In einem plötzlichen Anfall von Sympathie fragte sich Benno, wie es wohl war, so alt zu sein und sein Lebenswerk von der Vernichtung bedroht zu sehen.

Dann strahlte der Baron wieder. «Die konventionelle Kriegsführung gehört bald der Vergangenheit an, Junge. Du wirst doch schon von den neuen ‹Geheimwaffen› gehört haben, die wir in Peenemünde bauen? Nun, jetzt wird's ernst. Wir haben eine Raketenbombe gebaut – eine ferngesteuerte, fliegende Bombe. Diese Waffe wird den Krieg entscheiden. Der Führer hat gerade einen Großauftrag unterzeichnet. Das wird die Engländer in die Knie zwingen!»

Bennos freundliche Gefühle schwanden. «Und in der Zwischenzeit haben wir nicht genügend Panzer, Flugzeuge und Gewehre für Manstein in Rußland oder Rommel in Afrika», meinte er trocken.

«Über kurz oder lang werden Panzer, Flugzeuge und Gewehre ohnehin ausgedient haben. Mit diesen neuen Raketen sprengen wir die Grenzen des Raums. Unsere Arbeit im Zyklotron wird uns vielleicht bald zur stärksten Waffe der Welt verhelfen – der Atombombe.»

«Eine Atombombe?» wiederholte Benno entsetzt.

Der Baron zuckte mit den Schultern. «Die Amerikaner bauen auch schon daran, und wahrscheinlich werden sie zuerst fertig. Es war falsch, die jüdischen Wissenschaftler gehen zu lassen. Physiker wie Einstein und Ascher wären jetzt sehr wertvoll für uns, doch der Führer wollte ja nicht hören.»

«Wird denn jede Seite noch vor Kriegsende eine Atombombe besitzen?»

«Wenn ja, dann bedeutet das das Ende des Krieges.»

«Oder das Ende der Welt ...»

Erst hatte sein Vater von Giftgas gesprochen, jetzt waren es die Geheimwaffen. Bestimmte Aspekte dieses Krieges fand Benno ausgesprochen furchtbar. Er half seinem Vater aus dem Sessel und begleitete ihn zum Hoteleingang, wo Gottlieb Linke bereits mit dem Mercedes wartete. «Glaubst du, daß Deutschland diesen Krieg noch gewinnen kann, Vater?»

Der Baron sah ihn an, sein Blick hatte nichts von seiner alten Gerissenheit verloren. «Der Kaiser hat Deutschland im letzten Krieg verloren, und der Führer wird vermutlich diesen Krieg ebenso verlieren. Solange aber Kraus dabei Profit macht, ist mir das egal.»

«Gibt es denn keine Vaterlandsliebe für dich?»

«Vaterlandsliebe?» schnaufte der Baron. «Im Namen der Vaterlandsliebe werden mehr Untaten begangen als für jedes andere

Prinzip, außer vielleicht der Religion.» Damit hinkte er zu seinem Wagen hinüber.

Die Zeit wurde knapp. Oster war überzeugt, daß sich das Netz der Gestapo zusammenzog. Wenn das Attentat nicht bald stattfand, war es zu spät.

Am 13. März 1943 besuchte Hitler die Heeresgruppe Mitte in Smolensk, und Oster erklärte Peter ganz aufgeregt, daß Tresckow und Schlabrendorff im Besitz einer Bombe waren, die sie zur Mittagszeit, wenn der Führer beim Essen war, in seinem Flugzeug deponieren wollten. Auf dem Rückflug nach Rastenburg sollte der Zeitzünder die Explosion auslösen.

Doch der Versuch schlug fehl.

Erst am Montag, als Fabian von Schlabrendorff in Berlin ankam, erfuhr Peter, was geschehen war. Die beiden Männer trafen sich in der Quadriga-Bar. «Die Bombe hat nicht gezündet», sagte Schlabrendorff bitter enttäuscht. «Mit der Zündzeit war etwas nicht in Ordnung.»

Noch vor Ende der Woche bot sich erneut eine Gelegenheit. Am folgenden Sonntag war Heldengedenktag, und Hitler wollte in Berlin eine Ausstellung mit erbeutetem russischen Kriegsgut besuchen. Oberst Graf von Gersdorff war als mutiger Freiwilliger bereit, mit einer Bombe in seiner Tasche mitzugehen und sich mit Hitler in die Luft zu sprengen.

An diesem Sonntag hatten Peter und Generaloberst Olbricht zusammen Dienst in der Bendlerstraße und hörten sich den Radiobericht über den Ausstellungsbesuch an. Erst wurde Bruckners Siebte Symphonie gespielt. Dann hielt Hitler eine kurze Rede. Peters Handflächen schwitzten. Der Radioreporter berichtete, daß der Führer und seine Begleitung nun das Museum beträten. Wenige Minuten später sagte er – offensichtlich überrascht –, der Führer hätte die Ausstellung bereits wieder verlassen.

Olbricht sah auf seine Uhr und schüttelte den Kopf. «Gersdorffs Zündkapsel braucht zehn Minuten. Die Zeit war zu kurz, um sie zu aktivieren. Wieder vergebens!»

Niemand achtete sonderlich auf die beiden Gestapo-Leute, die am späten Morgen des 5. April, einem Montag, zielstrebig durch das Hotelfoyer gingen. Sie zeigten der Wache am Lift zum vierten Stock ihre Ausweise und verschwanden nach oben. Als eine halbe Stunde später noch mehr von der Gestapo kamen, sagte Emil Brandt Benno Bescheid. «Im vierten Stock geht irgend etwas vor. Es müssen jetzt ungefähr zwanzig von der Gestapo oben sein.»

«Aber das sind Büros von der Abwehr.» Verwirrt folgte Benno dem Generalmanager ins Foyer.

Nach einiger Zeit kam der Lift herunter. Mehrere Gestapo-Männer stiegen aus und trugen große Säcke voller Papiere zu wartenden Autos. Bewaffnete bewachten sie, und nachdem die Gestapo-Leute weitere Säcke aus dem vierten Stock heruntergebracht hatten, fuhren sie wieder weg.

Benno war nicht überrascht, als ihn nachmittags zwei Uniformierte besuchten. Sie stellten sich als Dr. Röder, Offizier beim Kriegsgerichtsrat, und SS-Untersturmführer Sonderegger von der Gestapo vor.

Dr. Röder begann freundlich mit einer Entschuldigung für die Störung. Dann sagte er: «Herr Kraus, ich bin mit Nachforschungen befaßt, über die ich Ihnen nichts Genaueres sagen kann, nur daß sie eine Verschwörung gegen den Staat betreffen.»

Bennos Herz setzte aus. Erst Stefan, dann Mortimer Allen. Wen betraf es dieses Mal?

«Seit dem Einzug der Abwehr im vierten Stock müssen Sie doch auch Kontakt mit Generalmajor Oster gehabt haben?»

Benno nickte. «Ja, natürlich ...»

«Hat er jemals über seine Verbindungen gesprochen? Über Dr. Dohnanyi, Pastor Bonhoeffer, Dr. Goerdeler, Botschafter Hassell, General Beck ...?»

Benno starrte Röder ungläubig an. Wollte dieser ihm damit sagen, daß diese Männer – Säulen der Berliner Gesellschaft – Teil einer Verschwörung gegen den Staat waren? «Diese Namen kommen mir bekannt vor. Dr. Dohnanyi war oft in den Büros der Abwehr im vierten Stock. Und die anderen …»

«Ihr Cousin, General Graf von Biederstedt, wurde in der Quadriga-Bar schon öfter in Gesellschaft von General Oster und Dr. Dohnanyi gesehen.»

Benno sah ihn überrascht an. «Mein Cousin ist im Stab des Ersatzheeres. Ich kann mir vorstellen, daß seine Arbeit ihn oft in Kontakt mit der Abwehr bringt. General Oster ist bestimmt ein alter Freund seiner Familie …»

Röder stand auf. «Ich empfehle, daß er in der Wahl seiner Freunde in Zukunft etwas sorgfältiger ist. Dohnanyi wurde verhaftet. Oster ist bis zum Ende unserer Untersuchungen vom Dienst entbunden.»

Benno versuchte, seinen Schrecken zu verbergen. Zögernd fragte er: «Haben diese Maßnahmen Auswirkungen auf die Büros der Abwehr im vierten Stock?»

Röder lächelte dünn. «Die Frage der Unterbringung wird in dieser Stadt langsam zu einem zentralen Thema, Herr Kraus. Ich nehme doch an, daß die Abwehr hierbleiben wird.»

Zum erstenmal sprach Untersturmführer Sonderegger. «Wir werden allerdings mehr Wachpersonal für Ihr Hotel abstellen.»

Benno begleitete sie zur Tür und blieb dann auf dem Bürgersteig stehen. In diesem Moment kam Peters Wagen. Der Fahrer stieg aus, öffnete die Beifahrertür und reichte Peter die Krücken.

Benno lief die Stufen hinunter. Er schuldete seinem Cousin wirklich nichts, doch er konnte nicht zulassen, daß dieser nicht wußte, in welcher Gefahr er sich befand. «Peter, du weißt wohl schon, was heute vorgefallen ist. Ich hatte gerade Besuch von Dr. Röder …»

Peter wurde blaß. «Also hatte Oster recht», murmelte er.

«Und was ist mit den anderen, die Röder noch genannt hat? Sie sind nicht von der Abwehr ...»

Peter schüttelte den Kopf. «Benno, stell keine Fragen. Je weniger du weißt, desto sicherer bist du.» Er setzte wieder ein gleichmütiges Gesicht auf, ging durch die Tür und in die Bar, als ob nichts geschehen sei.

Benno sah ihm nach und war plötzlich sicher, daß auch Peter Teil der Verschwörung war.

Als Benno Viktoria erzählte, daß Hans Oster suspendiert worden war, fühlte sie sich entsetzlich traurig. Sie hatte den Abwehroffizier gemocht, mehr noch, er hatte für sie ein – zugegebenermaßen schwaches – Bindeglied zu Stefan und Mortimer dargestellt. Nun hatte auch er sie verlassen.

Anfang Mai kam Peter das erste Mal ohne Krücken ins Hotel, nur einen Stock hatte er als Stütze dabei. Zur Feier seiner Genesung luden er und Ilse Ricarda, Viktoria und Benno in das Kellerrestaurant ein, während Christa auf Lili aufpaßte.

Sie beendeten gerade ihr Essen, als ein Mann zu ihnen an den Tisch trat. «Herr Kraus, ob Sie wohl einige Minuten Zeit für mich hätten?» Es war der Holländer Kok van der Jong.

«Natürlich. Möchten Sie sich zu uns setzen?»

Van der Jong sah zweifelnd auf Peter und Ilse, und Benno stellte sie vor. «Mein Cousin, General Graf von Biederstedt, und seine Frau. Herr van der Jong, Geschäftspartner meines Vaters.»

Der Holländer schien sich noch immer nicht recht wohl zu fühlen. «Das ist schon in Ordnung», sagte Benno leise. «An diesem Tisch gibt es keine versteckten Mikrofone.»

Ein Kellner brachte einen Stuhl für van der Jong. Benno schenkte ihm ein Glas Wein ein. Der Holländer nahm einen großen Schluck und sagte dann: «Herr Kraus, es geschehen Dinge, über die Sie Bescheid wissen sollten. Seit Speer seine Politik der Dezentralisierung verfolgt, bin ich sehr viel unterwegs gewesen.

Ich war gerade in Krakau in dem neuen Chemiewerk von Kraus. Der Zug hatte auf der Rückfahrt zwei Stunden Verspätung, und als wir losfuhren, gab es kein Licht und keine Heizung.»

Mit zitternden Fingern hob er sein Weinglas und trank einen Schluck. «Ich war allein im Abteil. Da es keine Verdunklungsnotwendigkeit gab, ließ ich die Blende oben, um das Mondlicht hereinzulassen, obwohl das Fenster nicht richtig schloß und es sehr zog. Gegen sechs Uhr morgens kam der Zug in eine kleine Stadt an der Grenze und hielt dort unplanmäßig.

Es gibt dort eine Fabrik von Kraus und ein Arbeitslager. Ein Güterzug war im Bahnhof auf einem Nebengleis abgestellt, ich vermutete Lebensmittel darin. Dann sah ich, daß Menschen in dem Zug waren. Ich dachte mir dabei noch nichts. Alle Kraus-Werke beschäftigen Zwangsarbeiter aus dem Osten. Wir warteten noch, als plötzlich SS-Wachen die Türen öffneten und sie herausließen. Alle trugen Davidssterne.»

Um sie herum tönte das gleichmäßige Summen der Gespräche. An einem Nebentisch feierten SS-Offiziere. Der Pianist spielte Volkslieder. Kellner liefen mit vollen Tabletts hin und her.

«Vor zwei Jahren war ich schon mal in diesem Ort», fuhr der Holländer fort. «In der Zwischenzeit ist er sehr viel größer geworden. Das Kraus-Werk liegt auf einer Seite des Lagers. Auf der anderen Seite stehen große neue Gebäude mit hohen, rauchenden Kaminen.»

Er leerte sein Glas. «Solche Gebäude habe ich schon früher gesehen, doch unter anderen Umständen. Ich habe auch diesen stechenden Geruch schon gerochen, doch noch nie so intensiv. Einige Augenblicke später kam ein Wachmann in mein Abteil, befahl mir ärgerlich, die Blende herunterzuziehen, und drohte mir an, mich wegen Mißachtung der Vorschriften zu verhaften. Ich konnte nichts tun. Ich zog die Blende herunter, zeigte ihm meinen Parteiausweis und die Reisegenehmigung, und damit war er zufrieden.»

Peter drückte sein Glas so heftig, daß es zerbrach. «Ich wußte nicht, daß es schon soweit ist …»

Ricardas Gesicht war bleich. «Was waren das für Gebäude?»

Kok van der Jong drückte seine Zigarette aus. «Krematorien. Ich verstand plötzlich, warum das Chemiewerk in Krakau derart viel Wasserstoffzyanid herstellt. Ich hatte bereits Gerüchte über Vernichtungslager in Polen gehört. Jetzt weiß ich, daß es stimmt. Die Juden, die ich gesehen habe, gingen in ihren Tod.»

«Gleich neben einem Werk von Kraus», sagte Benno entsetzt. «Weiß mein Vater das?»

«Herr Kraus, Ihr Vater weiß über alles Bescheid, was in und um seine Werke geschieht.» Kok van der Jong stand auf. «Um Mitternacht fährt ein Zug nach Amsterdam. Wenn er pünktlich abfährt, bin ich morgen zu Hause. Dann werde ich bei Kraus kündigen.» Er sah in ihre erschrockenen Gesichter. «Ich danke Gott, daß ich kein Deutscher bin. Eines Tages werden Sie alle einen hohen Preis bezahlen müssen für das, was in Polen geschehen ist. Sie wissen jetzt Bescheid, versuchen Sie um Himmels willen, diesen Wahnsinn zu stoppen, bevor es zu spät ist.»

Noch lange, nachdem er gegangen war, saßen sie schweigend da. Ein Kellner räumte Peters zerbrochenes Glas fort, Benno bestellte Kognak. Schließlich sagte Viktoria erschüttert: «Also hatte Professor Ascher recht.» Sie schilderte, was der Professor in Heiligensee erzählt hatte.

«Warum hast du mir bis jetzt nichts erzählt?» wollte Benno wissen.

«Benno, du hättest nicht helfen können.»

Peter trank seinen Kognak aus. «Ich denke, es ist an der Zeit, offen miteinander zu sein. Wir alle haben Hitler zu Beginn unterstützt. Jetzt sind wir aus unterschiedlichen Gründen enttäuscht. Wenn wir vorher noch Zweifel hatten, so sollte uns das, was Herr van der Jong berichtet hat, davon überzeugen: Dieser Wahnsinn muß so schnell wie möglich ein Ende haben.»

Draußen begannen die Sirenen zu heulen. Das Klavier wurde leiser. Die SS-Führer nebenan stimmten betrunken ein Lied an. Jemand rief nach Wein.

Peter sagte: «Ich bin in einer Gruppe von Menschen, die sich einig sind, daß der Wahnsinn nur von der Wurzel her beseitigt werden kann. Wir bereiten einen Staatsstreich vor.»

«Machst du bei einer Verschwörung gegen Hitler mit?» flüsterte Viktoria.

«Nicht um ihn zu stürzen, sondern um ihn zu töten.»

«Das ist die einzige Möglichkeit», fügte Ilse ruhig hinzu. «Wenn Hitler tot ist, wird eine Militärregierung die Kontrolle übernehmen. Dann wird eine demokratische Regierung gewählt, die mit den Alliierten einen ehrbaren Friedensvertrag aushandelt.»

Mit zitternden Fingern nahm sich Viktoria eine Zigarette. Mit fast unhörbarer Stimme sagte sie: «Und vor so langer Zeit hat Stefan versucht ...»

Peter lehnte sich vor, um ihr Feuer zu geben, und sah sie über die Flamme seines Feuerzeugs hinweg eindringlich an. «Schon lange vorher habe ich an Hitler zu zweifeln begonnen, aber Luise war es schließlich, die mir klargemacht hat, daß es nur einen Weg gibt. Sie erinnerte mich daran, wie Stefan versucht hat, den Krieg zu verhindern, und ich ihn als Verräter gebrandmarkt habe. Sie zeigte mir, daß es meine Pflicht war fortzuführen, was er begonnen hatte, nicht nur zum Wohl meines Landes, sondern auch für unsere Kinder, für Lili und für Christa und Stefan ...»

Im folgenden Augenblick der Stille schien Bennos Herz stillzustehen. Für Ilse oder Ricarda mußten Peters Worte so klingen, als ob ihn der Idealismus des früheren Verehrers seiner Tochter zu seinem Widerstand angefeuert hätte. Doch durch seinen dringlichen Tonfall und die Intensität in dem Blick, mit dem er Viktoria ansah, war Benno überzeugt, daß Peter – vermutlich von Luise – die Wahrheit erfahren hatte und wußte, daß Stefan sein Sohn war. Doch plötzlich war das nicht mehr wichtig. Die Vergangenheit war unbedeutend angesichts der Schrecken der Gegenwart.

Benno holte tief Luft und reichte seinem Cousin die Hand. «Wenn du der Meinung bist, daß das die einzige Lösung ist, so versichere ich dir, daß ich auf deiner Seite stehe. Wenn ich dir irgendwie helfen kann, werde ich das tun.»

Peter wandte sich von Viktoria ab und nahm sichtlich gerührt Bennos ausgestreckte Hand. «Danke, Benno.»

«Das gilt auch für mich», murmelte Ricarda.

«Und für mich», sagte Viktoria.

Als sie im Bett lagen, nahm Benno Viktoria in die Arme und küßte sie sanft. «Ich liebe dich. Was auch immer geschieht, ich möchte, daß du weißt, daß ich dich immer geliebt habe und immer versucht habe, für dich das Beste zu tun. Es tut mir leid, wenn ich auf diesem Weg Fehler gemacht habe.»

Viktoria vergrub ihren Kopf an seiner Schulter. «Das macht nichts. Nichts ist wichtig angesichts dieser schlimmen Dinge, die in der Welt geschehen.» Doch sie fragte sich trotzdem, was Stefan sagen würde, wenn er wüßte, wie falsch er seinen leiblichen Vater eingeschätzt hatte.

Danach schienen sie und Benno enger zusammenzuwachsen. Abgesehen davon kam Benno auch nicht mehr ohne ihre Hilfe im Hotel aus. Ricarda fuhr mit Christa und Lili den Sommer über nach Heiligensee, Benno und Viktoria blieben im Hotel, das voll belegt war, da immer mehr Menschen durch die Luftangriffe obdachlos oder ohne Büros waren. Emil Brandt gefiel es gar nicht, daß das Personal am Empfang jetzt hauptsächlich aus Frauen bestand und in der Küche und im Zimmerdienst vor allem Frauen aus Polen und der Ukraine arbeiteten.

Nach und nach übernahm Viktoria das meiste von Bennos Schreibtischarbeit, während Benno mit der Buchhaltung und der Verwaltung des Hotels voll ausgelastet war. Es war fast wie zu Anfang ihrer Ehe.

In diesem Frühjahr wurde die Überzeugung des Barons, daß unabhängig von Sieg oder Niederlage Deutschlands der Kraus-Konzern nicht verlieren würde, ins Wanken gebracht. Zum erstenmal in seinem Leben wurde er von Umständen, die er nicht in der Hand hatte, überwältigt. Der eine war seine Gesundheit. Er bekam Schwindelanfälle und Kopfschmerzen. Sie dauerten meist nicht lange, schwächten ihn jedoch sehr. Er sagte niemandem etwas davon, denn er wußte, daß alle darauf bestehen würden, daß er einen Arzt aufsuchte, und zu Ärzten hatte er kein Vertrauen.

In der Zwischenzeit trafen in seinem unterirdischen Büro in der Behrenstraße immer mehr Berichte über die schrittweise Zerstörung seines Imperiums ein. Am meisten hatten seine Betriebe in Westeuropa unter den ständigen Luftangriffen zu leiden. Seit Kok van der Jong gegangen war, konnte der Baron niemandem mehr die Besuche dieser Fabriken anvertrauen. Er mußte sich auf die Manager am Ort verlassen, die zwar Deutsche, aber nicht loyal genug gegenüber Kraus waren.

Die Werke in Schlesien und Polen arbeiteten nach wie vor, und dorthin hatte der Baron einen großen Teil der Produktionskapazität aus Berlin und dem Ruhrgebiet verlegt. Doch die sowjetische Luftwaffe hatte es nicht weit bis Krakau und Breslau.

Am schlimmsten betroffen war das Ruhrgebiet. Ende April meldete Ernst den fünfundfünfzigsten Fliegerangriff auf Essen seit Kriegsbeginn.

Früh am Morgen des 17. Mai 1943 läutete das Telefon in der Villa des Barons und riß Gottlieb Linke aus tiefstem Schlaf.

«Heil Hitler! Bei Baron von Kraus. Linke am Apparat.»

«Hier ist Professor Speer. Sagen Sie dem Baron, daß es ein Unglück gegeben hat. Die Tommys haben unsere Kraftwerke im Ruhrgebiet bombardiert, die Möhnetalsperre wurde getroffen. Über die anderen Talsperren wissen wir noch nichts. Ich fliege jetzt hin, um die Schäden anzusehen. Wenn der Baron möchte, kann er mitkommen.»

Gottlieb war plötzlich hellwach. «Ja, Herr Professor. Einen Moment, bitte.»

Er lief über den Korridor, klopfte an die Zimmertür des Barons und trat ein. Der Baron saß aufrecht im Bett. Er hatte einen verzerrten Gesichtsausdruck und versuchte vergeblich, das Telefon auf seinem Nachttisch zu erreichen. «Herr Baron! Es ist Professor Speer. Die Engländer haben die Talsperren im Ruhrgebiet bombardiert!»

Aus dem Mund des Barons kamen nur unverständliche Laute.

Gottlieb starrte seinen Arbeitgeber erschrocken an. «Herr Baron, was ist denn?»

Der Baron fiel in seine Kissen zurück.

Gottlieb drückte die Klingel, die in seinen und Marthas Zimmern läutete, und lief dann zurück zum Telefon. «Professor Speer, leider ist der Baron nicht in der Lage, mit Ihnen zu kommen. Darf ich Ihnen vorschlagen, sich mit seinem Sohn in Essen in Verbindung zu setzen?»

«Ja, natürlich.»

Als er ins Schlafzimmer des Barons zurückkam, stand Martha schon neben dessen Bett. «Er hat einen Schlaganfall. Wir müssen den Arzt rufen.»

«Und Herrn Benno Bescheid sagen», entschied Gottlieb.

Dr. Blattner und Benno kamen gleichzeitig an. Benno und die Linkes warteten ängstlich auf das Urteil des Arztes. Auf dem Treppenabsatz, außer Hörweite des Barons, verkündete Dr. Blattner schließlich: «Ein leichter Schlaganfall, eine Warnung, die Dinge in Zukunft etwas ruhiger anzugehen. Sonst kann es zu Schlimmerem kommen.»

«Sollte er in ein Krankenhaus?» fragte Benno.

«Das halte ich nicht für notwendig. Er muß sich jedoch einige Wochen still halten und ausruhen.»

Gottlieb erinnerte sich plötzlich an die Nachricht von Professor Speer und berichtete von dem Desaster im Ruhrgebiet.

«Gütiger Gott!» Benno lief zum Telefon, mußte feststellen, daß alle Leitungen nach Essen unterbrochen waren.

Er fuhr ins Quadriga zurück und sorgte sich mehr um Ernst als um seinen Vater. Den ganzen Tag über versuchte er herauszubekommen, was im Ruhrgebiet geschehen war und ob es Ernst gutging. Doch niemand konnte ihm Genaueres sagen.

Abends wollte er schon aufgeben und zu Bett gehen, als Ernst anrief. «Unsere Telefone funktionieren erst jetzt wieder. Ich bin völlig erschöpft. So etwas habe ich in meinem Leben noch nie gesehen und werde es hoffentlich auch nie wieder sehen müssen. Möhne- und Edertalsperre sind getroffen. Die Fluten haben viele Menschen, Häuser und Brücken mitgerissen. Das Kraftwerk ist völlig zerstört. Glücklicherweise hat der Sorpedamm nichts abbekommen. Es wird Monate dauern, bis das alles wieder repariert ist.»

«Ich habe auch schlechte Nachrichten. Vater hatte einen leichten Schlaganfall. Der Arzt sagt, er wird sich zwar bald erholen, kann aber einige Wochen nicht arbeiten.»

«O Gott ... Ich kann aus Essen nicht weg», sagte Ernst langsam. Benno konnte sich vorstellen, wie enttäuscht sein Bruder war, die Macht so greifbar nahe zu sehen und sie doch nicht erreichen zu können. «Ich werde Werner schicken müssen.»

Als Werner zwei Tage später aus Schlesien eintraf, ging es dem Baron bereits wesentlich besser. Er hatte noch Schwierigkeiten mit seinen Händen und mit der Aussprache, war geistig aber wieder ganz fit.

Als Werner die Zerstörungen im Ruhrgebiet schilderte, stotterte er: «Mit nur neunzehn Flugzeugen? W-W-Werner, diese neunzehn Flugzeuge haben mehr geschafft als alle bisherigen Bombenangriffe.» Er rang nach Atem. «Wenn sie den Sorpedamm erst einmal haben, dann wird die gesamte Rüstungsindustrie lahmgelegt.» Sein Kopf wackelte. «Die Engländer haben ihre Taktik also geändert. Jetzt attackieren sie zielgerichtet unsere Nervenzentren: Kraftwerke und Ver-Verbindungssysteme. Die Zukunft sieht ziemlich düster aus.»

Wenn es auch für Deutschland und den Kraus-Konzern düster aussah – Werners Zukunft strahlte in hellem Licht. Der Baron konnte die Villa nicht verlassen und mußte ihm sämtliche geschäftlichen Abwicklungen anvertrauen. Werner ergriff bereitwillig diese Chance, die Geheimnisse des Kraus-Imperiums kennenzulernen und sich seinem Großvater unentbehrlich zu machen.

Auch nach seiner Genesung behielt der Baron Werner in Berlin. Der Schlaganfall hatte ihm klargemacht, daß trotz seines Lebenswillens die Zeit knapp zu werden begann.

Werner war gerade einen Monat in Berlin, als der Baron aufgefordert wurde, die Steuer für die Anteile zu bezahlen, die er auf seine beiden Enkel überschrieben hatte. «Das kommt gerade rechtzeitig», brummte er. «Die Steuer wird nach dem aktuellen Wert des Besitzes errechnet. Nach den Zerstörungen der letzten Zeit ist das alles auf dem Papier nur noch ein Viertel dessen wert, was es zum Zeitpunkt der Schenkung vor einem Jahr war.»

Werner sah ihn nachdenklich an. «Mir ist schon klar, daß du jetzt die Papierwerte meinst, Großvater. Aber die Luftangriffe müssen einige kleinere Firmen doch völlig zerstört haben. Als 1920 Ähnliches passiert ist, hast du doch eine Menge bankrott gegangener Betriebe ziemlich günstig erwerben können, erinnerst du dich?»

«Die hatten aber auch noch ihre Anlagen, Geräte und ihr Personal, Junge. Jetzt geht es um Bombenkrater.»

«Nein, Großvater, wir reden über Grundstücke. Nimm doch einmal Essen. Egal, was passiert, das Ruhrgebiet wird immer ein Industriezentrum bleiben. Wenn du jetzt die Bombenkrater kaufst, könnte nach Kriegsende der größte Teil von Essen uns gehören.»

Die Augen des Barons wurden zu schmalen Schlitzen. Werner

hatte tatsächlich das Zeug zu einem richtigen Kraus. «Wir gründen eine neue Firma. Die Grundstücke können aus deinem und Norberts Zugewinn im Trust bezahlt werden. Dann kostet es mich nichts, und niemand erfährt, daß er an Kraus verkauft. Alles Weitere kannst du mit Duschek ausarbeiten, Junge.»

In der Zwischenzeit waren alliierte Truppen in Sizilien gelandet. Am 25. Juli erhielt der Baron eine vertrauliche Information aus dem Außenministerium, laut der eine Palastrevolte in Italien Mussolini zum Rücktritt gezwungen hatte. König Victor Emanuel setzte Marschall Badoglio als neuen Premierminister ein. «Nun wird es nicht mehr lange dauern, bis die Italiener sich den Alliierten ergeben», sagte der Baron zu Werner.

In derselben Nacht flogen die Engländer einen schweren Luftangriff auf Hamburg. Innerhalb von wenigen Stunden raste ein entsetzlicher Feuersturm in der Stadt. Sprengbomben hatten die Wasserversorgung unterbrochen, und die Löschtrupps konnten die riesigen Brände nicht bekämpfen, die von einem Gebäude zum nächsten übersprangen und noch nach drei Tagen wüteten. Eine Woche lang bombardierten nachts die Engländer und tagsüber die Amerikaner die Stadt.

Zu diesem Zeitpunkt gab es die Landgut AG bereits. Sie wurde vom Rechtsanwalt und Kriegsinvaliden Eberhard Hecker geleitet, doch kannte dieser die Teilhaber der Landgut AG nicht persönlich und wußte nicht, daß er eigentlich für Kraus arbeitete. Dr. Oskar Duschek hatte im Büro der Kanzlei Duschek und Duschek im dritten Stock über dem Café Jochum das Einstellungsgespräch mit ihm geführt. Heckers Büros befanden sich im selben Haus. Die Flammen in Hamburg waren kaum gelöscht, als er schon mit lockendem Bargeld bei den Menschen erschien, deren Welt gerade zusammengebrochen war.

Ende August begannen in Berlin wieder die Luftangriffe. In einem großen Evakuierungsprogramm wurden eine Million Frauen und Kinder aus der Stadt aufs Land verschickt. Ricarda rief aus Heiligensee an und sagte, daß sie mit Christa und Lili dort bleiben wollte.

Maître Mazzoni bat Viktoria um ein Gespräch. Sein dunkles Gesicht war blaß. «Ich weiß nicht, was ich tun soll, Signora Viktoria. Heute abend habe ich im Radio gehört, daß alliierte Truppen in Reggio di Calabria gelandet sind. Sie werden sich bald weit nach Italien vorgekämpft haben.»

«Meinen Sie, daß der italienische König und der neue Premierminister einen Frieden mit den Alliierten aushandeln?» fragte Viktoria.

Mazzoni nickte. «Wenn das geschieht, sind Deutschland und Italien Feinde. Ich glaube an den Führer – aber ich bin auch Italiener. Jetzt bin ich fast sechzig Jahre alt, Signora Viktoria. Ich möchte Sie und Signor Benno nicht hängenlassen, aber...»

«Sie möchten nach Hause? Das verstehe ich. Wenn ich in Ihrer Lage wäre, würde ich vermutlich genauso handeln. Familienbande sind stärker als Politik.»

Er lächelte dankbar. «Ich möchte so bald wie möglich aufbrechen.»

«Ja, natürlich.»

Benno nickte müde, als Viktoria ihm davon erzählte. «Ich finde, daß wir das Mazzoni nach fünfundzwanzig Jahren schuldig sind. Wir brauchen eben einen neuen Chefkoch. Bis dahin müssen wir irgendwie zurechtkommen.»

Mazzoni fuhr am nächsten Morgen. Einige Tage später stimmte Badoglio einem Waffenstillstand mit den Alliierten zu. Deutsche Truppen besetzten sofort alle strategischen Punkte in Italien, doch das änderte nichts daran, daß Deutschland von seinem Verbündeten fallengelassen worden war. «Die Ratten verlassen das sinkende Schiff», bemerkte Benno zynisch.

An diesem Wochenende tauchte plötzlich ein strahlender Norbert auf. «Am Atlantikwall habe ich ordentlich angepackt, und die Staudämme im Ruhrgebiet habe ich wieder geflickt. Jetzt kommt der interessanteste Auftrag!» Er legte seinen Arm um Viktoria und grinste. «Tante Vicki, wir werden euch eine Blende vorsetzen!»

«Eine Blende?» wiederholte sie fragend.

«Wenn eine Bombe auf die Straße fällt, kann eurer Fassade und wahrscheinlich auch den Fenstern im Erdgeschoß mit einer Blende nichts mehr passieren. Natürlich können wir nicht verhindern, daß eine Bombe vielleicht durchs Dach kommt.»

«Aber warum will man das Quadriga unbedingt so schützen?»

«Ihr habt doch eine militärische Abteilung im vierten Stock, stimmt's?»

«Freut mich ja ungemein, daß die jetzt zu etwas nutze sind», knurrte Benno.

Norbert war glücklich, wieder in Berlin zu sein. Der Baron und Werner wollten ihn überzeugen, bei ihnen zu wohnen, doch er konnte sich nichts Schlimmeres als eine ganze Woche mit den beiden vorstellen und nahm daher begeistert das Angebot seiner Tante und seines Onkels an, ins Quadriga zu ziehen. Außerdem hatte er ein Auge auf Reinhild Pacher geworfen, die am Hotelempfang arbeitete.

Reinhild war eine hübsche Brünette; ihre Eltern hatte sie bereits zu Beginn des Krieges in einem Luftangriff verloren, und sie lebte seitdem im Quadriga. An seinem ersten Abend lud Norbert sie ins Kino ein.

Sie sahen «Die große Liebe», einen Film über die tapferen Frauen, deren Männer an der Front waren. Reinhild war zu Tränen gerührt, und Norbert tröstete sie. Nach dem Film ging er mit ihr ins Café Jochum, wo für einen jungen Kraus immer noch eine Flasche Sekt aufzutreiben war. Als sie wieder ins Hotel kamen und Norbert sie vor den Augen des Nachtportiers über die Haupttreppe geleitete, schwebte Reinhild auf Wolken.

In seinem Zimmer zauberte Norbert noch eine Flasche Sekt hervor, und Reinhild kicherte. «Herr Kraus, ist Ihnen klar, daß ich so etwas noch nie vorher getrunken habe?»

Er hob sie hoch und legte sie aufs Bett, setzte sich daneben und liebkoste ihre Lippen mit seinen Fingern. «Ich heiße Norbert, Schätzchen. Solange wir beide zusammen sind, gibt's nur Sekt.» Er küßte sie, und sie erwiderte seinen Kuß stürmisch. «Aber unter einer Bedingung.» Norbert lächelte unwiderstehlich. «Sekt schmeckt nackt viel besser.»

Reinhild sah ihn zögernd an. «Herr… ich meine, Norbert …»

«Reinhild, mein Schatz, wer weiß, wo ich nächste Woche um diese Zeit bin? Das Leben ist so wechselhaft …»

Die Erinnerung an «Die große Liebe» war noch frisch, und Reinhild spürte Tränen in ihren Augen aufsteigen. Seine Hand streichelte ihre Brust, und sie fühlte das Verlangen in sich.

Der Sekt war warm, als sie ihn endlich tranken.

Sie hatten Glück. Weder in dieser noch in einer der folgenden Nächte wurden sie durch Fliegeralarm gestört.

Zum Ende der Woche war die Blendmauer fertig – eine monströse, neun Meter hohe, mit Sandsäcken verstärkte Barriere, in die man als Zugang zum Hotel Stahltüren eingebaut hatte. Der Schönheit des Hotels war damit nicht gedient, doch das kümmerte niemanden. In diesen Tagen ging es nur ums Überleben.

Nach einer letzten, leidenschaftlichen Liebesnacht küßte Norbert Reinhild zum Abschied, versprach, ihr zu schreiben, und brach zu seiner nächsten Baustelle auf.

Mitte Oktober kam als neues Mitglied im Stab von General Fromm Oberst Claus Graf Schenk von Stauffenberg ins Kriegsministerium. Der Mittdreißiger war wie Peter an der Ostfront gewesen und dort Tresckow und Schlabrendorff begegnet. Auch er war empört über die Grausamkeiten, die rücksichtslose Opferung deutscher Soldaten und vor allem über das Blutbad von Stalingrad.

Doch als jüngerer Offizier war er ohne Einfluß und hatte deshalb erfolgreich um seine Versetzung nach Nordafrika nachgesucht. Im April geriet sein Wagen in ein Minenfeld, der Graf wurde schwer verwundet und nach Deutschland zurückgeschickt.

Wie für Peter hatte Professor Sauerbruch auch für Claus von Stauffenberg alles Erdenkliche getan. Die Sehkraft seines linken Auges, seine rechte Hand oder die beiden fehlenden Finger an seiner linken Hand konnte er ihm zwar nicht zurückgeben, doch er verhinderte eine völlige Erblindung und erhielt die Beweglichkeit seines schwer beschädigten Beines. Mitte des Sommers hatte Stauffenberg wieder schreiben gelernt. Im Oktober kam er ins Hauptquartier des Ersatzheers in der Bendlerstraße.

Peter mochte Stauffenberg von Anfang an. Jung, intelligent und praktisch veranlagt, brachte er frischen Wind in die Widerstandsbewegung und bildete eine Brücke zwischen den Älteren und den Jüngeren, den Sozialisten und den Konservativen, verband die unterschiedlichen Fraktionen im Dienst einer gemeinsamen Sache.

Zu dieser Zeit gab es nur noch wenige einflußreiche Militärs, die weiterhin an einen deutschen Sieg glaubten. Obwohl sich die meisten Generäle noch nicht offen zu der Verschwörung gegen Hitler bekannten, wuchs bei Peter und seinen Kollegen in Berlin die Überzeugung, daß diese den Putsch unterstützen würden, wenn Hitler erst einmal beseitigt war.

Peter wußte, daß seine Familie und Freunde um so sicherer waren, je weniger sie erfuhren. Er ging nur noch zu offiziellen Anlässen ins Hotel Quadriga. Als Mitte November wieder schwere Luftangriffe auf Berlin stattfanden und Christa darum bat, mit Ricarda und Lili in Heiligensee bleiben zu können, stimmte er sofort zu und versuchte, auch Ilse zu einem Umzug zu überreden. Doch Ilse lächelte nur. «Du bist mein Mann. Ich werde dich nie verlassen, schon gar nicht in Zeiten größter Gefahr.»

In diesem November veränderte sich das Gesicht von Berlin. Woche für Woche wurde in jeder Nacht bombardiert. Ständig lag eine Glocke aus Ruß, Rauch, Asche und Staub über der Stadt. Ein vertrautes Bauwerk nach dem anderen wurde zerstört.

Auch im Quadriga waren Fenster zerbrochen, der Palmengarten lag in Scherben, und auf dem Dach fehlten Ziegel, doch Norberts Blendmauer hatte ihren Zweck bis dahin erfüllt. Das Hotel stand noch.

Von Luxus und Service war keine Rede mehr. Die Menschen waren froh um vier Wände, ein Dach über dem Kopf und ein Telefon. Suiten wurden in Schlafräume mit Gemeinschaftsbadezimmern unterteilt, in denen einander völlig fremde Menschen zusammenlebten. Die meisten Nächte verbrachte man ohnehin im Keller.

Kurz vor Weihnachten – Viktoria half Hubert Fromm und Reinhild Pacher gerade bei der Bearbeitung der morgendlichen Formalitäten – rannte ein Kellner aus dem Café Jochum ins Foyer. Er keuchte und konnte kaum sprechen. «Frau Viktoria, ich bin den ganzen Weg gelaufen. Café Jochum … Café Jochum …»

«O nein!» Viktoria faßte sich an den Hals. «O nein, nicht das Café …»

Niemand achtete auf sie. Das Café Jochum war nur ein weiteres Gebäude, das Opfer der Bomben wurde. Doch für Viktoria war dieses Café ein lebendiges Wesen, beinahe ein Teil von ihr selbst.

Sie holte tief Luft und zwang sich zur Ruhe. «Warten Sie hier», sagte sie zu dem Kellner. «Ich werde Herrn Benno suchen.»

Zehn Minuten später waren sie auf dem Kurfürstendamm und starrten auf das Beton- und Stahlgerippe, den «ausgeblasenen» Rest einer der bekanntesten und umstrittensten Architekturen in Berlin. Kellner, Küchenpersonal und die Angestellten aus den Büros standen vor den Trümmern. Die Angestellten wurden nach Hause geschickt, nur die Leute vom Café sowie Dr. Duschek und Eberhard Hecker blieben da. Zusammen versuchten sie vorsichtig, durch Schutt und Glas Eingang in das Gebäude zu finden. An vielen Stellen waren die Decken heruntergefallen und hatten die Chrom- und Ledermöbel in groteske Formen gequetscht.

Dr. Duschek betrachtete nervös die Treppe. «Ich muß versuchen, ob ich noch einige Papiere aus meinem Büro retten kann.»

«Lassen Sie mich vorgehen», bot Hecker an.

Benno sah ihnen zu, wie sie sich vortasteten, und bahnte sich einen Weg in die Küche. Als er wiederkam, sagte er zu Viktoria: «Es ist hoffnungslos. Alles steht unter Wasser. Wahrscheinlich wurden die Hauptleitungen getroffen. Ich bin froh, daß Luise das nicht mit ansehen muß. Es hätte ihr das Herz gebrochen.»

Viktoria erinnerte sich an die spektakuläre Eröffnung des Cafés vor rund zwanzig Jahren. Vor ihrem geistigen Auge stand Luise wieder im Eingang, ihr hochgetürmtes rotbraunes Haar umrahmte das herzförmige Gesicht wie ein Kranz, mit Lachen in den grünen Augen begrüßte sie die Gäste.

Benno legte den Arm um Viktoria. «Eines Tages werden wir wieder das Café Jochum von früher daraus machen. In der Zwischenzeit finde ich es am besten, alles, was wir noch finden, im Keller zu verstauen. Nach dem Krieg können wir beim Wiederaufbau des Cafés sehen, was noch zu verwenden ist.»

Sie nickte. «Nach dem Krieg ... Wie wird das sein?»

Es dauerte ein wenig, bis die Kellertür zu öffnen war, doch dann stellten sie fest, daß die Räume unten trocken waren. Benno hatte dort Lebensmittel eingelagert und auch einige Öllampen, von denen er jetzt eine anzündete, sich umsah und dann zu den Wartenden zurückkehrte. «Fangen Sie mit dem Mobiliar an. Aber passen Sie um Gottes willen auf. Wir wollen nicht lebendig begraben werden.»

Kellner und Küchengehilfen krempelten die Ärmel hoch und machten sich an die Arbeit. Benno und Viktoria arbeiteten sich zum Haupteingang zurück, als Dr. Duschek und Eberhard Hekker die Treppe herunterkamen.

Hecker wandte sich an Benno. «Ich bin Geschäftsführer der Landgut AG. Herr Kraus, vielleicht kommt meine Frage ein wenig verfrüht, aber könnten Sie sich vorstellen, dieses Grundstück zu verkaufen?»

Viktoria starrte ihn mit offenem Mund an und brach dann in hysterisches Gelächter aus. «Café Jochum an die Landgut AG verkaufen?» keuchte sie, und Tränen liefen über ihr Gesicht.

Eberhard Hecker sah sie verblüfft an. Benno führte sie schnell zu den ersten Treppenstufen. Dr. Duschek räusperte sich. «Herr Hecker, das war unter den gegebenen Umständen ziemlich taktlos.»

«Warum?» sagte Hecker beleidigt. «Herr Kraus ist der Sohn von Baron Kraus. Er sollte verstehen, daß ich ihm einen rein geschäftlichen Vorschlag gemacht habe.»

Dr. Duschek nahm seinen Ellbogen. «Herr Hecker, lassen Sie mich Ihnen einige Ratschläge geben. Erstens: Versuchen Sie nie, etwas zu kaufen, das einem Kraus gehört. Zweitens: Das Café Jochum ist für Frau Jochum-Kraus mehr als ein einfaches Café oder gar nur irgendein Gebäude. Seit sechzig Jahren gab es in Berlin ein Café Jochum, länger, als es ein Hotel Quadriga gibt. Über den Kauf dieses Grundstücks zu verhandeln ist fast so, als ob Sie ihre Seele kaufen wollten.»

Nach und nach legte sich Viktorias Erregung. Sie lehnte sich an Bennos Schulter. «O Benno, ich weiß nicht, wieviel ich noch ertragen kann.»

«Ich bringe dich nach Hause», sagte er sanft.

Die Zerstörung des Café Jochum löste zumindest ein Problem: Die Belegschaft wurde mitsamt ihrem Chefkoch ins Hotel übernommen, wo sie zur Versorgung der annähernd tausend Gäste in einem Haus für zweihundertfünfzig dringend gebraucht wurde.

Nach drei Tagen war alles noch Brauchbare aus dem Café in

den Keller geräumt. Dann versperrte und verbarrikadierte Benno die Türen, um das Lager vor Eindringlingen und Plünderern zu schützen. «Wir bauen es wieder auf», versprach er Viktoria noch einmal.

Am Morgen des 24. Dezember ließen sie das Hotel in der Obhut von Emil Brandt und fuhren nach Heiligensee; Peter und Ilse holten sie auf dem Weg ab. Es war eine langsame und traurige Fahrt durch Straßen voller Schutt, vorbei an verrußten schwarzen Fassaden und gähnenden Bombenkratern.

Im Landhaus herrschte jedoch eine fröhlichere Stimmung. Fritz Weber hatte einen kleinen Baum besorgt, und Lili fragte als erstes: «Tante Vicki, hast du den Schmuck mitgebracht?»

Viktoria küßte Luises Tochter. «Ja, natürlich habe ich alles dabei, Liebling.»

Wie in so vielen Jahren zuvor dekorierte sie mit Benno den Baum mit Glaskugeln, hölzernen Figuren und Lametta, dann legten sie ihre bescheidenen Geschenke darunter und zündeten die Kerzen an. Sie standen im Kreis und hielten sich an den Händen: Ricarda, Viktoria, Benno und Lili, Peter, Ilse und Christa. Sie sangen die alten Weihnachtslieder: «O Tannenbaum, o Tannenbaum» und «Stille Nacht, heilige Nacht ...»

Das Kaminfeuer prasselte, als Schneeflocken durch den Kamin heruntersanken. Viktoria schien es, als ob die Geister vergangener Weihnachtsfeste zu ihnen gekommen seien, als ob der Raum voller Gespenster sei, lebender und toter Gespenster.

Unter den verschärften Bedingungen des totalen Krieges waren Tanzveranstaltungen verboten; deshalb gab es auch kein Neujahrsfest, um 1944 zu begrüßen, sondern Benno lud zu einem – wie er es lachend nannte – «Galadiner» in das Kellerrestaurant ein. Die Tische wurden in langen Reihen wie in einer Kantine zusammengestellt, dicht gedrängt saßen die Menschen auf beiden Seiten. In der Küche wurde das einfache Essen auf Tellern angerichtet und von den Kellnern auf Tabletts hereingebracht. Doch den alten, eleganten Servierstil behielten sie bei. Wein gab es umsonst.

Obwohl es niemanden im Raum gab, der nicht ein oder mehrere Familienmitglieder im Krieg verloren hatte, genossen alle die Stimmung dieses besonderen Abends. Die anwesenden Offiziere trugen Galauniform, die Damen kamen in ihren schönsten Abendkleidern. Wer bei Luftangriffen alles eingebüßt hatte, lieh sich etwas von Freunden oder improvisierte.

Zum erstenmal in der Geschichte des Hotels durften die Angestellten als Dank für ihren Einsatz an diesem Fest teilnehmen. Norbert ergriff die Gelegenheit, Reinhild Pacher einzuladen.

«Wer ist denn dieses Frauenzimmer?» fragte der Baron Benno.

Benno lächelte spöttisch. «Sie arbeitet bei uns am Empfang. Ein attraktives Mädchen, findest du nicht?»

«Ist mir egal, wie sie aussieht. Ich lasse meinen Enkel doch nicht mit einer Tippse herumschmusen.» Aber er verkniff es sich, Norbert etwas zu sagen.

Zu Mitternacht erhoben alle ihre Gläser, und der Keller hallte wider von einem vielstimmigen «Prosit Neujahr!».

«Feuerwerk brauchen wir dieses Jahr wirklich nicht!» lachte Norbert. «Davon haben wir wahrscheinlich für unser ganzes Leben genug gehabt.»

17

Den ganzen Januar über dauerte die Luftschlacht um Berlin. Immer mehr Betriebe wurden ausgebombt, immer mehr Firmen mußten schließen. Im Stadtzentrum und in den Gewerbegebieten bot Berlin ein düsteres und zerrissenes Bild; die Reichskanzlei, das Propagandaministerium und das Hotel Quadriga gehörten zu den wenigen noch einigermaßen unversehrten Gebäuden. Es gab fast keine Häuser, die nicht irgendeinen Schaden erlitten hatten. Am besten erging es den Vororten: Die Villa der Biederstedts, Haus Kraus und das Landhaus der Jochums waren noch intakt.

Inzwischen flogen auch die Amerikaner tagsüber ihre verheerenden Angriffe gegen die Stadt. Nach einer durchwachten Nacht krochen die Menschen aus den überfüllten Kellern und wurden von den erneut aufheulenden Sirenen gleich wieder zurückgetrieben.

Die Zahl der Toten und Ausgebombten stieg, die Moral der Menschen war zerrüttet. Viele, so dachte Peter, mußten inzwischen das Ende des Krieges herbeisehnen, waren aber zu verängstigt oder indoktriniert, um das laut zu sagen. Wenn das Attentat auf Hitler gelang, war die Bevölkerung von Berlin mit Sicherheit auf ihrer Seite.

Doch gab es immer noch genug blindwütige Nazis, die glaubten, der Krieg könne gewonnen werden. Für Peter war dieser Feind im Inneren gefährlicher als der von außen.

Am 18. Februar 1944 überschwemmte ein Heer von Gestapo-Leuten das Hotel und fuhr in den vierten Stock. Das Personal der Abwehr wurde unter Bewachung abgeführt. Den ganzen Tag über transportierten SS-Männer Aktenschränke, Schreibtische und Tresore in bereitstehende LKWs.

Viktoria versuchte, sich in ihrem Büro auf ihre Arbeit zu konzentrieren, doch sie fragte sich angstvoll, was diese neue Razzia bedeuten konnte. Ging es nur um die Abwehr oder aber um weiter reichende Verbindungen? War Peter in Gefahr? Und wie stand es mit ihnen und dem Hotel? Benno kam immer wieder zu ihr, sah sie besorgt an, schüttelte den Kopf und ging wieder. Sie wußte, daß ihn dieselben Fragen beschäftigten.

Spät am Abend kam der mit der Operation beauftragte SS-Führer von der Gestapo mit Benno in ihr Büro. «Der Führer hat angeordnet, daß die Abwehr einem vereinigten Geheimdienst unter SS-Reichsführer Himmler eingegliedert wird. Das gesamte bisherige Personal der Abwehr wird nach Zossen verlegt. Admiral Canaris wurde entlassen.»

Erst Oster, dann Canaris ... Doch obwohl Canaris ihr leid tat, spürte Viktoria doch vor allem Erleichterung. Es ging also um eine interne Angelegenheit zwischen Abwehr und SS. Überdies würde der vierte Stock zu einer Zeit, wo jeder Quadratmeter im Haus gebraucht wurde, nun wieder frei.

Die folgenden Worte des Sturmbannführers erstickten diese Hoffnungen. «Von heute an wird die Gestapo die Räumlichkeiten der Abwehr übernehmen.»

Nachdem er gegangen war, saßen Viktoria und Benno still beieinander. Jetzt gab es nicht nur Wachen in und vor dem Hotel und in jedem Raum Mikrofone, sondern die Gestapo selbst saß in dem

Gebäude. Das Hotel war kein Zuhause mehr, sondern ein Gefängnis.

Für Benno war das endgültig zuviel. Als Viktoria ihn ansah, war er kreidebleich und schien in sich zusammenzufallen. Er war erst vierundfünfzig und wirkte doch wie ein alter Mann. Verwirrt schüttelte er den Kopf und sagte schleppend: «Ich hätte nie gedacht, daß eines Tages die SS unser Hotel übernimmt.»

Als sie später im Bett lagen, nahm er Viktoria in die Arme und hielt sie so fest, als ob sein Leben von ihr abhinge. «Vicki, es tut mir leid, ich habe dich im Stich gelassen.»

Sie drückte ihre Lippen auf seine Wange und empfang plötzlich großes Mitleid mit ihm. «Unsinn, du hast mich nie im Stich gelassen.» Er mochte zwar Hitler in dessen Anfangszeit unterstützt haben, doch für das jetzige Unglück war er nicht verantwortlich zu machen. «Benno, das wird schon wieder», murmelte sie wie zu einem Kind. «Es wird schon wieder, Liebling, ich verspreche es.»

In dieser Nacht gab es keinen Alarm, und am nächsten Morgen schien Benno sich gefangen zu haben. Doch von jenem Tag an übernahm Viktoria mehr und mehr von seiner Arbeit. Als ob sie das Vorgefallene ahnten, kamen Gäste und Angestellte mit ihren Problemen zu ihr. Zunehmend traf sie Entscheidungen, ohne Benno vorher zu konsultieren, und Benno schien es zufrieden zu sein.

Schließlich hatte Viktoria wieder das Sagen und leitete das Hotel Quadriga. Doch das Schicksal wollte es, daß das Quadriga nicht mehr ihr Hotel war.

In der Bendlerstraße waren die Pläne für die Machtübernahme reif zur Ausführung. General Beck hatte sich weitgehend erholt und konnte eine aktive Rolle übernehmen. Man hatte sich entschieden, ihn als neues Staatsoberhaupt einzusetzen, Carl Friedrich Goerdeler sollte Kanzler werden, Feldmarschall von Witzleben der neue Oberbefehlshaber der Wehrmacht.

Der Chef der Polizei und andere wichtige Militärs waren auf ihrer Seite, wie auch viele der jüngeren Offiziere aus Peters und Olbrichts Stab. An der Westfront hatten sie Feldmarschall Rommel und General Stülpnagel überzeugt. An der Ostfront baute Tresckow auf die sichere Unterstützung durch Feldmarschall Kluge.

Außerdem hatten sie eine perfekte Tarnung. Unter der Bezeichnung «Walküre» existierte ein Notprogramm, das Admiral Canaris noch kurz vor seiner Abberufung entwickelt und das Hitler persönlich abgesegnet hatte. Darin wurde das Ersatzheer bevollmächtigt, den Notstand auszurufen und entsprechende Truppenkontingente zur Aufrechterhaltung von Sicherheit und Ordnung in Bewegung zu setzen, falls ein Aufstand der Millionen Zwangsarbeiter und Kriegsgefangenen in Deutschland drohte. Die Operation «Walküre» war daher der ideale Deckmantel, um die Machtübernahme vorzubereiten.

Es mußte jetzt nur noch jemand nah genug an den Führer herankommen, um ihn zu töten – doch eine derartige Gelegenheit wurde immer unwahrscheinlicher. Ein- oder zweimal gelang es Offizieren, mit ihm in denselben Raum zu kommen, doch sie kamen nie an der SS-Leibwache vorbei. Hitler wußte, daß er in Gefahr war, und ging kein Risiko ein.

Inzwischen rückte der Feind auf allen Fronten näher. Am 6. Juni 1944 landeten amerikanische und englische Truppen in der Normandie. Auch für die in Berlin weit vom Kriegsschauplatz Entfernten war offensichtlich, daß die Alliierten die Luft-, See- und Bodenüberlegenheit hatten.

Die Lage drängte wie nie zuvor. Das Attentat mußte so schnell wie möglich stattfinden.

Am 14. Juni feierte Viktoria ihren fünfzigsten Geburtstag und das Hotel Quadriga sein goldenes Jubiläum. Benno schlug vor, mit Ricarda, Christa und Lili in Heiligensee zu feiern, um der traurigen Stimmung in der Stadt zu entgehen.

Mit viel Geschick und Geld hatte er einige von Viktorias Lieblingsspeisen kaufen können und ließ sie in einen Korb packen. Er holte ein paar Flaschen besten Champagner aus dem Keller und nahm schließlich eine kleine Schachtel aus dem Tresor, wo sie seit langem gelegen hatte: eine goldene Kette, die Kok van der Jong im Sommer 1940 in Paris für ihn erstanden hatte.

Es war ein herrlicher Sommertag. Fritz stellte Liegestühle am See auf, Hilde bereitete mit Freudenrufen angesichts der ungewohnten Leckereien das Picknick. «Frische Krebse – woher haben Sie denn die, Herr Benno? Und Walderdbeeren!»

Viktoria starrte auf den See. «Es ist seltsam. Nie hätte ich gedacht, daß ich meinen fünfzigsten Geburtstag so feiern würde. Ich glaube, es klingt dumm, aber ich habe das Gefühl, damit das Hotel zu vernachlässigen.»

Nach dem Essen sahen Christa und Lili Ricarda an, liefen ins Haus und kamen mit einigen Päckchen zurück. «Alles Gute zum Geburtstag, Tante Vicki.» Lili drückte ihr eine Papierrolle in die Hand. «Das habe ich extra für dich gemalt.»

Es war ein Bild des Hotels, über das die Sechsjährige DAS HOTEL QUADRIGA geschrieben hatte. Viktoria lächelte. «Danke, Lili. Das werde ich aufheben.» Christa hatte ihr einen Schal gehäkelt und Ricarda eine spitzenbesetzte Bluse genäht.

Schließlich griff Benno in seine Tasche und zog sein Geschenk heraus. Viktoria öffnete die Schachtel und schluckte, als sie das breite, goldene, diamantenbesetzte Kollier sah. Dann runzelte sie die Stirn. «Aber, Benno, wann soll ich das denn tragen?»

Er lächelte müde. «Als ich es gekauft habe, hatte ich keine Ahnung, daß Berlin in Trümmern liegen würde, wenn du es bekommst. Aber der Krieg kann nicht ewig dauern, Liebling.»

«Es ist wunderbar. Bitte zieh es an, Tante Vicki», bat Christa. Viktoria sah an ihrem einfachen Baumwollkleid herunter. «Das würde komisch aussehen.»

Ricarda verzog den Mund, und als Viktoria das sah, öffnete sie den Verschluß und befestigte die Kette um ihren Hals. Dann gab sie Benno einen Kuß. «Danke, Lieber. Ich wollte nicht undankbar sein. Es ist nur ...»

«Schon gut. So vieles hat sich verändert ...»

Nach einer Weile döste Benno in seinem Liegestuhl, Lili machte Blumenketten, Viktoria, Ricarda und Christa unterhielten sich.

Gegen Ende des Nachmittags fragte Christa Viktoria: «Tante Vicki, siehst du meine Eltern öfter?»

«Seit Weihnachten nicht mehr. Seit die Gestapo bei uns im Haus ist, ist das Quadriga kein sehr einladender Ort mehr. Aber du hörst doch sicher von ihnen?»

«Ja, Mama ruft mich oft an.» Sie dachte nach. «Ich weiß nicht, wieso, aber mir scheint, sie wollen nicht, daß ich nach Hause komme.»

«Das ist nur wegen der Luftangriffe.»

«Das glaube ich nicht. Nach einigen Bemerkungen von Mama scheint Papa in Gefahr zu sein.»

Benno öffnete ein Auge. «Vergiß nicht, daß dein Vater Soldat ist, Christa, und daß wir im Krieg sind.»

«Ja, vielleicht ist es das.» Aber sie sah immer noch besorgt aus.

Der Zufall schien der Widerstandsbewegung in die Hände zu spielen. Ende Juni wurde Stauffenberg zum Stabschef bei General Fromm ernannt. Am 14. Juli verlegte Hitler sein Hauptquartier von Berchtesgaden nach Rastenburg, um näher an der Ostfront zu sein, und beorderte Stauffenberg zum Rapport über das Ersatzheer.

Der große Moment war da. Früh am nächsten Morgen flogen der junge Oberst und sein Adjutant, Leutnant von Haeften, zur «Wolfsschanze», um ihren Auftrag auszuführen.

Eine nervenzerreißende Spannung herrschte. Stauffenbergs Zusammentreffen mit dem Führer bei der Lagebesprechung war für dreizehn Uhr angesetzt. So bald wie möglich würde er den Raum wieder verlassen, dabei seine Aktenmappe und die darin verborgene Bombe vergessen.

Um elf Uhr befahl General Olbricht seinem Stabschef, Oberst Mertz, den Berliner Truppen das Kennwort «Walküre» durchzugeben, mit dem sie ihre vorgesehenen Positionen vor wichtigen Ministerien, Regierungsgebäuden und Hauptquartieren bezogen und Panzer aus Krampnitz nach Berlin kamen.

Die Proklamationen für Presse und Rundfunk waren ebenfalls vorbereitet. Stauffenberg teilte verschlüsselt über Telefon mit, daß er die Bombe dabeihatte. Kurz darauf rief er wieder an. Das Treffen war verschoben worden. Die Operation mußte abgebrochen werden.

In der Bendlerstraße herrschte Enttäuschung und beinahe Panik. Olbricht rief die Truppen zurück, doch kam ihr Beinahe-Einsatz General Fromm und Feldmarschall Keitel trotzdem zu Ohren. Nur unter Schwierigkeiten konnte ihnen erklärt werden, daß es sich um eine Übung zur Operation «Walküre» gehandelt habe.

Ilse war noch auf, als Peter nach Hause kam. Er nahm sie in die Arme. «Es hat nicht geklappt. Wenn wir Glück haben, kommt noch eine Chance.»

Diese letzte Gelegenheit bot sich zwei Tage darauf, als Stauffenberg erneut in die «Wolfsschanze» beordert wurde. Am 20. Juli 1944 verließen er und Haeften Berlin, um in einem zweiten Versuch Hitler zu töten.

In der Bendlerstraße herrschte diesmal nicht dieselbe Zuversicht wie fünf Tage zuvor. Alle hatten Angst vor einer Wiederholung des Desasters: daß Hitler aus Intuition oder wegen anderer, wichtigerer Dinge dem Attentäter aus dem Weg gehen könnte.

Sie mußten auf einen Erfolg der Aktion vorbereitet sein, doch durfte auch bei einem Mißerfolg niemand Verdacht schöpfen. Beck wagte nicht, auf sich aufmerksam zu machen und ins Kriegsministerium zu kommen. Peter blieb in seinem Büro, Olbricht ging zum Essen. Gerade als er zurückkam, läutete bei Peter das Telefon. Sein Adjutant sagte: «General Fellgiebel möchte Sie sprechen.»

Peter glaubte sein Herz klopfen zu hören. Fellgiebel war Chef des Nachrichtenwesens im OKW, einer ihrer Verbündeten in Rastenburg. Er sollte nach dem Hochgehen der Bombe alle Telefon- und Fernschreibverbindungen nach draußen unterbrechen. «Stellen Sie ihn durch.»

Fellgiebel flüsterte: «Die Bombe ist zwar explodiert, aber der Führer ist noch am Leben.» Dann war die Leitung tot.

Peter legte langsam auf und starrte Olbricht an. «Die Bombe ist hochgegangen, aber Hitler wurde nicht getötet.»

Sie schwiegen. Schließlich fragte Olbricht. «Und Stauffenberg?»

«Fellgiebel hat nichts über ihn gesagt.»

Peter sah aus dem Fenster in den klaren Julihimmel. Was war in Rastenburg geschehen? Hatte Fellgiebel seine Aufgabe erfüllt und alle Verbindungen gekappt, oder war er im letzten Moment in Panik geraten? Hatte er tatsächlich gesehen, daß Hitler noch am Leben war?

Es gab nur eine Möglichkeit, das zu erfahren. Peter bat seinen Adjutanten um eine neue Verbindung mit Rastenburg. Kurz darauf teilte dieser ihm mit, daß kein Durchkommen war. Der junge Offizier wußte wie viele im Ministerium, daß etwas in der Luft lag, hatte aber keine Ahnung von den Details.

Um Viertel vor vier läutete der Hausapparat. Olbricht war am Telefon und sagte: «Stauffenberg hat gerade vom Rangsdorfer Flugplatz aus angerufen. Er behauptet, daß seine Bombe Hitler getötet hat.»

Danach verloren sie keine Zeit mehr und setzten «Walküre» in Gang. Sie riefen die Garnisonskommandanten in und außerhalb von Berlin an und befahlen den Wachen des Kriegsministeriums, alle SS-Einheiten festzunehmen, die in das Gebäude wollten. Sie forderten Feldmarschall von Witzleben und General Beck telefonisch auf, ihre neuen Posten einzunehmen.

Dann kam Olbricht mit verdutztem Gesicht in Peters Büro. «Fromm hat Feldmarschall Keitel angerufen. Er weiß, daß Stauffenberg die Bombe gelegt hat. Und Fellgiebel hatte recht. Hitler lebt.»

Das Blut wich aus Peters Gesicht. «Was kann falsch gelaufen sein?»

In diesem Moment traf General Beck ein, einige Stunden später dann Stauffenberg. Dieser beschrieb kurz, wie er seine Aktenmappe im Lageraum neben Hitler abgestellt und die «Wolfsschanze» rasch verlassen hatte, um die Explosion zu beobachten. «Es ist unmöglich, daß Hitler das überlebt hat. Er *muß* tot sein!»

Es war eine alptraumartige Situation, aber es gab kein Zurück mehr. Ob Hitler nun tot war oder nicht, der Staatsstreich mußte fortgesetzt werden.

Um halb sechs klopfte ein Adjutant an die Tür und teilte mit, daß es im Radio eine kurze Meldung über einen Attentatsversuch auf Hitler gegeben habe; der Führer habe überlebt. Danach riefen pausenlos hohe Offiziere aus ganz Europa an und wollten wissen, was geschehen war.

Gegen acht Uhr traf Feldmarschall von Witzleben ein. Er hörte sich alles an, dann sagte er kühl: «Soweit ich gesehen habe, sind keine Truppen in der Stadt. Keine Panzer auf den Straßen. Kein Regierungsgebäude besetzt. Es ist klar, daß der Versuch fehlgeschlagen ist.» Mit einem vernichtenden Blick verließ er den Raum.

Noch lange Zeit danach sah Peter aus dem Fenster in die Dunkelheit. Nach einem heißen, schwülen Tag schien ein Gewitter im Anzug. Keine Schüsse fielen, keine Soldaten stürmten die Straßen. Was auch immer dort draußen geschah – es war kein Aufstand. Irgend etwas war entsetzlich falsch gelaufen. Als er in die Bendlerstraße hinunterblickte, sah er, wie Soldaten die Straße heraufmarschierten.

Seine Überlegungen wurden von jungen Offizieren seines eigenen Stabs unterbrochen – auch sein Adjutant war dabei –, die mit Maschinenpistolen in sein Büro stürmten. «Ihr Aufstand hat nicht funktioniert, Herr General! Sie werden jetzt unseren Befehlen Folge leisten. Gehen Sie zu den anderen in General Fromms Büro.»

Gegen ein halbes Dutzend bewaffneter Männer hatte er keine Chance. Er wußte auch, daß sie recht hatten. Stauffenberg hatte Hitler nicht getötet. Jemand hatte angeordnet, die Operation «Walküre» zu stoppen.

Sein Beinstumpf schmerzte sehr, als er zu Fromms Büro hinüberhinkte, wo seine Kollegen bereits warteten.

Fromm erschien unter der Tür, einen Revolver in der Hand, sein rotes Gesicht leuchtete vor Selbstzufriedenheit. «Legen Sie Ihre Waffen ab. Sie sind verhaftet.»

Beck begann mit Fromm zu rechten, dann, als der General ihm das Wort abschnitt, ging er in ein Nebenzimmer, aus dem wenig später ein Schuß zu hören war. Peter empfand Mitleid und Widerwillen, er eilte hinüber. Beck lag halb auf dem Schreibtisch, Blut lief über sein Gesicht, doch er lebte noch.

Fromm wandte sich an die anderen. «Wenn die Herren noch Briefe zu schreiben haben, gewähre ich Ihnen gern einige Minuten.» Mehr mußte er nicht sagen. Sie waren Verurteilte. Olbricht und ein anderer Offizier baten um Papier und Schreibzeug, doch Peter schüttelte den Kopf. Er hatte keine Worte, um seine Gefühle auszudrücken. Fromm verließ den Raum, und während die beiden Männer hastig ihre Briefe schrieben, warteten die anderen schweigend und versuchten, mit ihrem Schicksal ins reine zu kommen.

Bilder tauchten vor Peter auf: Fürstenmark, ein junges Mädchen in Heiligensee, Stefan, Ilse und Christa mit ihren blauen Augen ...

Sollte er tatsächlich keines von ihnen wiedersehen? War das wirklich das Ende?

Fromm kam zurück. Sie wurden mit Waffengewalt die Treppe hinuntergestoßen, in einen dunklen Hof, und im Licht der schmalen Scheinwerferschlitze eines Autos vor einer Wand aufgestellt. Ihre Hände waren nicht gefesselt, ihre Augen nicht verbunden.

«Laden!» Das vertraute Geräusch der entsicherten Gewehre – doch dieses Mal richteten sie sich auf Peter. «Anlegen!» Peter schloß die Augen. «Lieber Gott!» betete er. «Laß nicht alles umsonst gewesen sein. Bitte gib auf Ilse acht und ...»

«Feuer!» Eine Salve krachte. Peter war tot, als sein Körper zu Boden sank.

Noch nie war Ilse die Zeit so lang geworden wie an diesem Donnerstagabend. Nach der Radiomeldung über ein fehlgeschlagenes Attentat auf Hitler ging sie ruhelos in dem dunkler werdenden Haus umher, immer in Hörweite von Radio und Telefon.

Erst um ein Uhr morgens hörte die Musik auf, und nach einem Stück Militärmusik ertönte Hitlers harsche Stimme. «Wenn ich heute zu Ihnen spreche, so geschieht es besonders aus zwei Gründen: Erstens, damit Sie meine Stimme hören und wissen, daß ich selbst unverletzt und gesund bin. Zweitens, damit Sie aber auch das Nähere erfahren über ein Verbrechen, das in der deutschen Geschichte seinesgleichen sucht.

Eine ganz kleine Clique ehrgeiziger, gewissenloser und zugleich verbrecherischer, dummer Offiziere hat ein Komplott geschmiedet, um mich zu beseitigen ... Ich selbst bin völlig unverletzt ... Ich fasse es als Bestätigung des Auftrages der Vorsehung auf ...

Der Kreis ... ist ein ganz kleiner Klüngel verbrecherischer Elemente, die jetzt unbarmherzig ausgerottet werden ... Diesmal wird nun so abgerechnet, wie wir das als Nationalsozialisten gewöhnt sind.»

Nachdem der Führer gesprochen hatte, hielten erst Göring und dann Dönitz kurze Reden, darauf folgte die Mitteilung, daß die

Rädelsführer entweder Selbstmord begangen hatten oder erschossen worden waren. Durch den Äther klang der Name «General Graf von Biederstedt ...»

Es folgte noch einmal Militärmusik, doch Ilse hörte es nicht. Sie stand am Fenster und sah blicklos in die Nacht hinaus. Peter war tot ...

Um vier Uhr quietschten Reifen auf der Straße, dann wurde heftig an die Tür gehämmert. «Aufmachen, Gestapo!»

Was Peter ertragen konnte, konnte sie ebenfalls. Ilse holte tief Atem, ging dann in die Halle und öffnete die Tür. Vier SS-Männer standen dort. «Ilse Biederstedt? Sie sind verhaftet.»

Mit hocherhobenem Kopf trat sie aus dem Haus und ging vor ihnen her zu dem wartenden Auto.

Nach der Radiosendung drehte Benno den Apparat ab. Viktoria sah ihn mit verstörtem Blick an. «Peter ist tot. Aber das kann nicht sein! Nicht Peter ...» Tränen stiegen in ihre Augen.

Benno konnte ihre Gedanken fast lesen: Peter, ihr früherer Liebhaber, hatte versucht, den Gang der Geschichte zu ändern, während er, ihr Ehemann, außer dem Eingeständnis eines Irrtums nichts unternommen hatte. Er sagte: «Es tut mir leid. Du und Peter wart früher einmal sehr vertraut. Ich verstehe das.»

Sie sah ihn gequält an. «Nein, das verstehst du nicht. Stefan ...»

Er wußte genau, was sie sagen wollte. Er wollte es nicht hören. Er konnte nicht ertragen, jetzt zu erfahren, daß Stefan nicht sein Sohn, sondern der eines Märtyrers war. Benno packte sie an den Schultern. «Vicki, laß das bitte. Kein Wort mehr.»

«Aber ...»

«Vicki, wenn Hitler die Identität der Anführer kennt, wird es zu intensiven Nachforschungen kommen. Der Terror, den wir bisher erlebt haben, wird nichts sein im Vergleich zu dem, der nun folgt.»

«Du meinst, wir …?»

Benno schüttelte den Kopf. «Ich glaube nicht. Aber Ilse und Christa sind in großer Gefahr.» Er seufzte tief. «Heute nacht können wir nichts tun, aber morgen fahre ich nach Schmargendorf. Wenn Ilse noch dort ist, hole ich sie nach Heiligensee.»

Sie gingen zu Bett, schliefen aber erst spät und unruhig ein. Viktoria versuchte, sich über ihre eigenartige Beziehung zu Peter klarzuwerden. Benno überlegte, welche Schrecken sich in der Dunkelheit der Nacht ereigneten und was der nächste Tag bringen würde.

Im Morgengrauen stand er auf und fuhr durch die in Trümmern liegende Stadt. Als er das Haus der Biederstedts erreichte und einen SS-Mann unter der Tür stehen sah, wußte er, was mit Ilse geschehen war. Er fuhr direkt weiter nach Heiligensee.

Nach einer endlos scheinenden Fahrt kam er bei dem Landhaus an. Ricarda schnitt gerade Rosen, Lili saß mit baumelnden Beinen auf dem Bootssteg. Die Normalität der Szenerie tat gut und war zugleich unwirklich. Benno hielt und stieg aus. «Onkel Benno!» Lilis Stimme schallte durch den Garten. Offensichtlich hatten sie die Radiomeldungen nicht gehört.

Ricarda trat zu ihm. «Benno, was ist los?»

«Wo ist Christa?» fragte er angstvoll.

Christa bog um die Ecke des Hauses. «Hier bin ich.»

Benno seufzte erleichtert auf.

Die junge Frau sah ihn fragend an. «Papa ist etwas passiert, ja?»

Benno legte seinen Arm um sie. «Ja, Christa. Dein Vater ist tot.»

Nichts regte sich in ihren blauen Augen. «Wer hat ihn getötet?»

«Dein Vater gehörte zu einer Gruppe von Männern, die überzeugt waren, daß Deutschland nur durch einen Staatsstreich vor der Zerstörung gerettet werden könnte. Gestern hat Graf von

Stauffenberg eine Bombe in Hitlers Bunker in Rastenburg gelegt. Die Bombe ist explodiert, hat den Führer aber nicht getötet. Heute früh kam eine Meldung im Radio, daß dein Vater zu den Drahtziehern gehörte und erschossen wurde.»

Christa nickte langsam. «Ich wußte, daß er etwas plante. Einige von denen, die in unser Haus kamen – General Oster, General von Tresckow, General Beck …» Sie schlug die Hände vors Gesicht. «O Papa …»

Hilflos hielt Benno sie und streichelte ihr blondes Haar. Plötzlich fragte sie: «Und Mama? Wo ist sie?»

«Ich war gerade in Schmargendorf. Vor dem Haus steht die SS. Ich fürchte, deine Mutter ist verhaftet worden.»

Verzweiflung stand in Christas Augen. «Onkel Benno, kannst du herausfinden, wo sie ist? Ich muß sie sehen.»

«Jetzt, wo ich weiß, daß du in Sicherheit bist, werde ich alles tun, was mir möglich ist.» Er nahm ihre Hand. «Christa, du wirst scheußliche Dinge über deine Eltern hören. Du wirst hören, daß dein Vater ein Verräter und deine Mutter eine Verbrecherin ist. Aber ich möchte, daß du weißt, daß dein Vater ein großer Mann war und deine Mutter eine sehr tapfere Frau ist.»

Tränen stiegen in ihre Augen. «Ich weiß. Entschuldige, aber ich muß jetzt allein sein – bitte …»

Sie ging über den Rasen, Lili lief zu ihr.

Benno rief: «Lili, komm her.»

Doch Christa streckte Lili die Hand hin, und zusammen gingen sie zum See.

Ruhig sagte Ricarda: «Lili kann ihr vermutlich mehr helfen als jeder von uns.» Sie wandte sich an Benno. «Wie willst du etwas über Ilse herausfinden?»

«Sicher kann Duschek etwas unternehmen.»

Ricarda nickte. Auf Benno war Verlaß; währenddessen würde sie sich um Christa und Lili kümmern.

Benno fuhr zu Dr. Duscheks Haus in Wannsee, wo der Rechtsanwalt nach der Bombardierung des Café Jochum seine Kanzlei eingerichtet hatte. Sowie Dr. Duschek den Grund des Besuchs erfuhr, ging er mit Benno in den Garten. «Das Telefon», erläuterte er.

«Sie auch?»

«Seit ich Pastor Scheer verteidigt habe, stehe ich unter Beobachtung. Aber ich habe meine Lizenz immer noch.»

Als Benno ihm von Peter und Ilse berichtet hatte, sagte er: «Ich sehe Zeiten kommen, die all das in den Schatten stellen werden. Schon jetzt wird deutlich, daß nicht nur eine kleine Gruppe von Offizieren beteiligt war. Und jeder, der sich einmischt, wird als Mitverschwörer verhaftet werden.»

«Ich bin sicher, daß die Gräfin Biederstedt keine aktive Rolle gespielt hat.»

«Und ich bin sicher, daß sie nie vor Gericht kommen wird. Sie werden alle Informationen aus ihr herausholen, dann wird sie einfach verschwinden.»

«Glauben Sie, die Gestapo ist auch hinter Christa her?»

«Das weiß ich nicht. Ein Wunder kann ich Ihnen nicht versprechen, aber ich werde sehen, was ich tun kann.»

«Danke, Dr. Duschek. Natürlich übernehme ich alle anfallenden Kosten.»

«Es wird mir Belohnung genug sein, wenn der Gerechtigkeit Genüge getan wird. Diese Bombe war doch angeblich nur zwei Meter von Hitler entfernt. Warum hat sie ihn nicht getötet?»

Mitte August nahm der Anwalt Bennos Testament als Vorwand, um ein Treffen zu vereinbaren. Sie unterhielten sich wieder im Garten. Dr. Duschek sah ernst aus. «Zuerst einmal möchte ich Sie beruhigen. Gräfin Biederstedt ist im Konzentrationslager Ravensbrück.»

«Geht es ihr gut? Kann man sie besuchen?»

«Sehr unwahrscheinlich, aber ich versuche es.» Der Rechtsanwalt hielt inne, nahm seine Brille ab und wischte sich müde über die Augen. «Ein Kollege im Kriegsgerichtsrat will mir helfen. Es hat eine regelrechte Verhaftungswelle gegeben – es sind viele Prominente dabei, wie General Oster und Admiral Canaris, General Halder, Botschafter Hassell, Dr. Goerdeler, Dr. Schacht, sogar General Fromm, der das sogenannte Standgericht durchgeführt hat, dem Graf Biederstedt zum Opfer fiel.»

Benno erinnerte sich noch an andere Namen, die Christa genannt hatte. «Und General Tresckow? General Beck?»

«Beck hat versucht, Selbstmord zu begehen. Das mißlang, und er wurde erschossen. Tresckow fiel an der Ostfront. Vielleicht haben all diese und Ihr Cousin quasi noch Glück gehabt. Letzte Woche fand im Volksgerichtshof unter Freisler die erste Verhandlung statt. Von Rechtsprechung konnte keine Rede sein. Acht Männer wurden verurteilt, auch Feldmarschall von Witzleben. Danach wurden sie nach Plötzensee zurückgebracht, mußten den Oberkörper entkleiden und wurden an Fleischerhaken aufgehängt.»

«An Fleischerhaken?» Benno kämpfte gegen eine plötzliche Übelkeit.

«Und die Verhandlung und die Urteilsvollstreckung wurden zur Unterhaltung des Führers gefilmt.»

Benno fand keine Worte für sein Entsetzen. Still nahm er Dr. Duscheks Hand und fuhr dann nach Heiligensee.

Christa nahm die Nachricht sehr gefaßt auf, doch sie wußte so gut wie Benno, daß sie ihre Mutter wohl nie wiedersehen würde. Aus den Konzentrationslagern kam kaum jemand zurück. Von diesem Tag an lag, obwohl sie sich äußerlich kaum verändert zu haben schien, eine dumpfe Last auf ihrer Seele. Erst hatte sie Stefan verloren, jetzt ihre Eltern. Sie hatte nur noch Lili.

In Fürstenmark wurde die Nachricht von Graf Biederstedts Beteiligung an der Verschwörung gegen den Führer mit unverhohlener Empörung aufgenommen. Pastor König drückte aus, was alle dachten, als er sagte, daß der Schock über den Verlust seines Beins den Grafen wohl um den Verstand gebracht haben mußte. Für die Dorfbewohner, die nur durch Rationierungen und Versorgungsengpässe unter dem Krieg zu leiden hatten, war es undenkbar, daß jemand auf die Idee kommen konnte, den Führer zu töten.

Trotz der Radioberichte glaubte Monika nicht wirklich, daß der Graf mit der «Juli-Verschwörung» zu tun gehabt haben sollte. Viktoria erwähnte das Thema in ihren Briefen aus Berlin mit keinem Wort, so wie sie auch nichts über die Luftangriffe schrieb. Es mußte sich also um einen Irrtum handeln, fand Monika. Kein von Biederstedt würde je sein Land verraten.

Monika kam nicht darauf, daß ihre Mutter in ihren Briefen nur deshalb alltäglichen Klatsch erzählte, weil sie Angst hatte, daß diese Briefe abgefangen und sie selbst verhaftet werden würde. Daher blieb Monika in dem angenehmen Glauben, daß Graf Peter der Offizier und Gentleman war, als den sie ihn in Erinnerung hatte, und daß Berlin noch so aussah wie vor dem Krieg. Nichts in den Briefen ließ auf etwas anderes schließen. Goebbels ließ nicht zu, daß über Luftangriffe und Zerstörung berichtet wurde, denn das wäre gleichbedeutend mit Niederlage gewesen.

Gegen Ende des Sommers 1944 gab es überdeutliche Anzeichen dafür, daß der Krieg sich seinem bitteren Ende näherte. Von Westen und von Osten stieß der Feind durch Europa nach Deutschland vor. Französische und amerikanische Truppen marschierten in Paris ein. Brüssel fiel an die Briten. Die ersten amerikanischen Soldaten überschritten bei Trier die deutsche Grenze.

Die letzten Maßnahmen des totalen Krieges traten in Kraft. Theater, Kabaretts und Varietés wurden am 1. September bis auf weiteres geschlossen. Arbeitern und Soldaten wurde der Urlaub gestrichen. Himmler, der jetzt das Ersatzheer unter sich hatte, verkündete die Bildung eines «Volkssturms», zu dem Jungen zwischen fünfzehn und achtzehn und Männer zwischen fünfzig und sechzig Jahren eingezogen wurden.

Für das Hotel Quadriga waren das schlechte Nachrichten. Benno wurde zwar wegen seiner Verantwortung für ein Haus mit inzwischen über tausend Menschen freigestellt, doch die wenigen noch arbeitenden Pagen und auch Emil Brandt, Hubert Fromm, Philip Krosyk und Hasso Annuschek – alle Ende Fünfzig – wurden einberufen. In schlechtsitzenden Uniformen, zum größten Teil unbewaffnet, marschierten die Regimenter aus Kindern und alten Männern ungeordnet durch die Ruinen Richtung Westen.

Nachdem sie losgezogen waren, übernahm Viktoria Brandts Arbeit, Reinhild Pacher wurde Empfangschefin. Doch es war undenkbar, daß Frauen auch das Restaurant und die Bar betreuten. Ein einarmiger Kellner mittleren Alters übernahm Philip Krosyks Bereich, während Arno Halbe aus dem Ruhestand in die Bar zurückkam. Einige ältere Männer wurden Pagen, Kommis und Handwerker. Die meisten waren krank oder gebrechlich, aber man konnte in diesen Zeiten nicht wählerisch sein.

Benno wußte genau, was er zu tun hatte. Während Viktoria sich um das laufende Geschäft kümmerte, bereitete er im stillen die Zukunft vor. Das Landhaus war wesentlich sicherer als das Hotel, deshalb brachte er ihre gesamten Wertsachen dort unter.

In den nächsten Wochen fuhr er einige Male mit der S-Bahn nach Heiligensee. Dort hob er einen Stein im Kellerboden, grub ein Loch und versenkte darin eine Kassette mit Ricardas und Viktorias Juwelen, den Dokumenten über Hotel und Café, Ersatzschlüsseln, seinen Anteilen an Kraus und den Testamenten von Ricarda und Viktoria und sein eigenes.

Wie Benno erinnerte sich auch Ricarda an das Ende des letzten Krieges. Soweit die Rationen es zuließen, legte sie Vorräte mit Salz, Mehl, Seife, Ersatztee und -kaffee an. Der gutgepflegte Gemüsegarten brachte eine gute Ernte und auch Saatkartoffeln. Sie machte Obst ein, und im Keller hingen Kräuter, Zwiebeln und getrocknete Pilze, außerdem geräucherte Würste und Schinken.

War die Situation für das Hotel verheerend – für den Kraus-Konzern bedeutete sie eine Katastrophe. Trotz der massiven Zerstörungen der Produktionsanlagen im ganzen Land waren die Maschinen nie ganz zum Stillstand gekommen. Doch Kraus hatte jetzt die Betriebe in Frankreich und Belgien verloren, und der Feind bereitete sich auf den Einmarsch ins Ruhrgebiet vor. In genau diesem Moment, als Waffen, Munition und Panzer dringender gebraucht wurden denn je, wurde die Hälfte der Arbeiter eingezogen und nicht durch neue ersetzt. Nur noch die ausländischen Zwangsarbeiter, halb verhungert und von Krankheiten geschwächt, waren da, um in den schlesischen Minen und den Waffenschmieden in Essen zu arbeiten.

Im September begann der Baron mit den Vorbereitungen für sein eigenes Überleben und das des Kraus-Konzerns im Fall einer Niederlage Deutschlands. Obwohl sich der leichte Schlaganfall nicht wiederholt hatte und er sich völlig wohl fühlte, klagte er bei Dr. Blattner über Schmerzen in der Brust, Mattigkeit und Gedächtnisschwäche.

Er mußte allerdings Werner ins Vertrauen ziehen, doch der junge Mann verstand sofort, um was es ging. Bald darauf erschienen in den Zeitungen Berichte, daß Baron von Kraus gesundheitlich angeschlagen sei und, obwohl er nach wie vor die Kontrolle des ganzen Trusts in Händen hielt, alle weiteren Befugnisse seinem Sohn Ernst übertrug.

Zu diesem Zeitpunkt war Ernst beinahe am Ende seiner Kräfte. Das einst so mächtige Industriegebiet an der Ruhr lag in Schutt und Asche. Tief im Inneren schlug nach wie vor sein Herz, doch die Zechen und Stahlwerke waren stillgelegt. Die Alliierten standen vor der Tür. Sie mußten nur noch den Rhein überqueren, dann waren sie in Essen.

Doch dann ereigneten sich zwei Wunder. Als erstes kam die stürmische Landoffensive der Alliierten zum Stillstand. Niemand wußte, was geschehen war, doch anscheinend wurden sie durch unerwartet harten Widerstand der Deutschen aufgehalten und hatten nicht genug Nachschub und Ausrüstung. Das zweite Wunder war die Nachricht, daß sein Vater seine Haltung über die Leitung des Kraus-Konzerns geändert hatte. Offensichtlich hatte er erkannt, daß Werner noch zu jung und unerfahren war, und sich daher entschieden, Ernst als seinen Nachfolger einzusetzen. Es hatte zwar lange gedauert, doch jetzt konnte er sich endlich «Stahlkönig» nennen.

Letztes Jahr hatten Peter und Ilse Weihnachten in Heiligensee gefeiert. Jetzt war Peter tot und Ilse in Ravensbrück. Zumindest sagte Dr. Duschek, daß sie dort sei, obwohl man nicht sicher sein konnte. Tausende waren nach der Juli-Verschwörung verschwunden. Niemand wußte, ob sie noch lebten.

Fritz Weber war im Volkssturm, daher gab es keinen Weihnachtsbaum. Benno sägte einen Ast von einer Tanne ab und steckte ihn in einen Topf. Gegen die Tradition halfen Christa und Lili beim Schmücken, während Viktoria und Ricarda in der Küche ein schlichtes Weihnachtsmahl zubereiteten. «Die sechste Kriegsweihnacht», seufzte Viktoria. «Mama, wird das denn niemals aufhören?»

Ricarda sah sie besorgt an. Viktoria war das erste Mal seit dem Sommer wieder hier und hatte sich sichtlich verändert. Ihr ehemals dichtes blondes Haar war ergraut, ihre Züge verhärmt, und unter ihren Augen zeigten sich Tränensäcke. «Es kann nicht mehr lange dauern, Liebes.»

«Warum ergeben wir uns nicht einfach, bevor noch mehr in Scherben fällt? Wir sind durch Ruinen hierhergefahren. Ich habe gemerkt, wie gut es uns eigentlich geht – und ich frage mich die ganze Zeit, wann das Quadriga getroffen wird. Norberts Blendmauer kann uns nicht ewig schützen.»

«Warum kommst du nicht zu uns heraus?»

«Nein, ich bin für das Personal und die Gäste verantwortlich. Im Quadriga leben jetzt tausend Menschen, die nirgendwo sonst hinkönnen. Ich kann sie nicht allein lassen.»

Lili kam in die Küche. «Oma, Tante Vicki, der Baum ist fertig.» Sie folgten ihr ins Wohnzimmer, das wie verzaubert wirkte. Im Kamin knisterte ein Feuer, und auf den Tannennadeln tanzte der Schein von kleinen Kerzen. Sie stellten sich in einem Kreis auf – Ricarda, Lili, Christa, Benno und Viktoria – und sangen die alten Weihnachtslieder.

In diesem Jahr gab es kein Neujahrsessen. Am 1. Januar 1945 erschienen die RAF-Bomber wieder am Himmel über Berlin. Angestellte, Gäste und SS saßen gemeinsam im Keller des Hotels, während die Zerstörung ihrer Stadt fortschritt.

In diesem Winter stand Otto Tobisch vor Problemen, die ihn fast überforderten. Das Lager funktionierte überhaupt nicht gut, und das lastete er am wenigsten sich selbst, sondern vor allem dem SS-Hauptquartier in Berlin an. Nur noch die Mindestanzahl von SS-Wachen war vorhanden, alle anderen waren zu SS-Waffendivisionen an die Front verlegt worden, und er mußte jetzt mit Juden und Ukrainern zusammenarbeiten, denen man nicht vertrauen konnte.

Das Lager selbst hatte sich in ein gespenstisches Leichenhaus verwandelt. Es kamen mehr Gefangene, als untergebracht werden konnten, und kaum einer von ihnen war kräftig genug, um ins Stahlwerk von Kraus geschickt werden zu können, wo die Arbeiter wie die Fliegen starben. Im Lager grassierten Typhus, Diphtherie, Cholera, Ruhr und Tuberkulose.

Im Winter war die Bedrohung durch Krankheiten nicht so

schlimm wie im Sommer, doch Otto fürchtete diese allgegenwärtige Gefahr nicht so sehr wegen sich, sondern wegen des kleinen Adolf.

Adolf war jetzt vier, ein seltsames Kind, das immer noch ins Bett machte und nicht richtig sprach. Anna bat ständig darum, mit ihm nach Traunkirchen gehen zu können, da ihm die Bergluft sicher besser tat als die feuchten Wälder Polens, doch Otto weigerte sich, sie gehen zu lassen. Trotz der Seuchen mußte er seiner Pflicht nachkommen und bleiben. Adolf war der einzige Mensch, den er je geliebt hatte – deshalb mußte auch Adolf bleiben.

Doch selbst Otto Tobisch sah, daß sie über kurz oder lang gezwungen sein könnten, das Lager zu verlassen. Er war kein Militärstratege, aber seine Erfahrung sagte ihm, daß die Ruhe an der Ostfront verdächtig war.

Am 14. Januar 1945 bestätigten sich seine schlimmsten Befürchtungen. Ein aufgeregter Beamter aus Berlin rief ihn an und sprach in abgehackten Sitzen. «Schukows Truppen haben Warschau besetzt. Konjew steht vor Krakau. Wir schicken Ihnen Truppen zur Verteidigung, doch Sie sollten sich auf einen Abmarsch aus dem Lager vorbereiten.»

«Die Gefangenen?»

«Alle erledigen.» Dieser Befehl zeigte, wie weit weg von der Wirklichkeit Berlin tatsächlich war.

«Schicken Sie um Gottes willen niemanden mehr. Unsere Kapazitäten sind bis zum Äußersten erschöpft.»

Der Beamte atmete scharf ein. Dann sagte er: «Ihr Hinweis ist festgehalten, Oberführer. Aber die Bolschewiken dürfen keinen ihrer jüdischen Genossen lebend vorfinden, wenn sie das Lager stürmen sollten.»

«Zu Befehl.» Otto legte auf und sah aus dem Fenster. Weit entfernt konnte er Geschützdonner hören. In zwei oder drei Tagen war die Rote Armee hier.

Er ließ seinen Adjutanten kommen und befahl ihm, den Abmarsch vorzubereiten, sagte aber nichts über die Gefangenen. Unter keinen Umständen durften jedoch die Lagerlisten in die Hände des Feindes fallen. Er ordnete an: «Die Aufseher sollen ihre Unterlagen durchsehen und alles bis auf das Wichtigste verbrennen; den Rest geben Sie heute abend in meinem Büro ab.»

Dann ging er in den Tresorraum hinunter, wo das Gold und die Wertsachen verwahrt wurden, die man den Juden abgenommen hatte. Sorgfältig sah er die Schachteln durch und wählte kleine, unauffällige Gegenstände aus, die er in einen Lederbeutel stopfte. Was auch immer in Zukunft geschehen sollte – diese Juwelen sicherten sein Überleben.

Um vier Uhr früh am nächsten Morgen belud Otto den Mercedes mit der Kiste der nicht verbrannten Dokumente und so viel ihrer eigenen Besitztümer, wie er unterbringen konnte, dann zwängten sich Anna und Adolf auf den Vordersitz, Wolf kam nach hinten. Otto fuhr durch das Tor mit der Aufschrift «Arbeit macht frei» nach Südwesten. Trotz des Schneesturms war die Straße an der Oder entlang relativ gut befahrbar. Bald durchquerten sie Mähren in Richtung auf Wien.

Anna hielt Adolf auf ihrem Schoß. «Geht's dir gut, Dolfi? Wir fahren nach Hause, nach Hause.»

Der Junge nuckelte bloß an seinem Daumen. Otto starrte durch die Windschutzscheibe und überlegte, wie es in Traunkirchen weitergehen sollte.

18

Am 19. Januar 1945 fiel Krakau. In einer großangelegten Aktion begann die Evakuierung von Ostpreußen. Die Rote Armee überschritt in der Provinz Brandenburg die polnische Grenze. Das Unmögliche geschah: Russische Soldaten hatten deutschen Boden betreten.

Über das flache, schneebedeckte Land von Vorpommern bewegte sich ein endloser Flüchtlingsstrom aus den Ostprovinzen, alte Menschen, Frauen und Kinder, einige Glückliche in Autos, manche auf Pferden, andere in Pferdewagen, die meisten zu Fuß und mit beladenen Karren, Koffern, Rucksäcken und Paketen.

Viele Flüchtlinge machten in Fürstenmark halt und baten um Essen und Unterkunft. Die Dörfler hörten von Grausamkeiten, die die Soldaten der Roten Armee begangen hatten, furchtbare Geschichten über Raub und Vergewaltigung, denn die Russen rächten sich für das Leid, das Deutschland über ihr Volk gebracht hatte.

Voller Panik drängte Monika ihre Schwiegereltern, nach Berlin zu gehen. «Die Russen werden uns alle umbringen! Wenn ihr nicht fahren wollt, dann laßt mich und die Kinder gehen! Ich weiß aus Mutters Briefen, daß das Quadriga noch steht. Dort sind wir sicher.»

«Nein, Monika. Die Russen werden gar nicht bis hierher kommen», sagte Pastor König bestimmt. Er war einer der wenigen übriggebliebenen Männer im Dorf und glaubte fest daran, daß die deutsche Wehrmacht die russischen Eindringlinge zurückschlagen würde. Er glaubte noch immer, daß die Deutschen Wunderwaffen besaßen, die den Endsieg bewirken würden.

Gerda König war zwar nicht so zuversichtlich wie ihr Mann, meinte aber auch: «Und wenn, dann halten sie sich mit so einem Flecken wie Fürstenmark nicht lange auf. Die wollen Berlin. Hier bist du wesentlich sicherer, Monika.»

Schließlich lenkte Monika ein. Sie brachte Heini und Senta ins Bett. Noch lange stand sie am Fenster und sah zum Schloß hinüber. Siebenhundert Jahre lang war es ein Symbol der Macht gewesen. Sie konnte nicht glauben, daß es jemals fallen sollte, es war unverwundbar, genau wie Deutschland. Es mußte so sein.

Unablässig strömten Flüchtlinge nach Berlin. Bis zu ihrer Ankunft hatten sie keine Vorstellungen von den schweren Zerstörungen in der Hauptstadt. Goebbels versuchte noch immer, die Wahrheit zu vertuschen. Niemand, auch nicht die Deutschen selber, sollte wissen, welchen Schaden der Feind dem Land zugefügt hatte.

Doch Baron Kraus wußte, daß das Ende nicht mehr weit war, und Ende Januar forderte er Werner auf, sich mit ihm nach Österreich abzusetzen. Auf Anweisung seines Großvaters verschickte Werner Briefe mit der Mitteilung, daß der Baron infolge seines schlechten Gesundheitszustands gezwungen war, sich auf sein Schloß in Österreich zurückzuziehen.

Benno und Viktoria besuchten ihn am Tag vor seiner Abreise im Grunewald. Er lag in einem bunten Morgenrock im Bett und machte eine traurige Miene. «Ich werde mich von euch verabschieden, Kinder, weil ich nicht glaubc, daß wir uns noch einmal wiedersehen.»

Viktoria ließ sich nicht täuschen. Sie war überzeugt, daß der Baron seine Haut rettete und nicht ans Sterben dachte. Sie küßte ihn auf die Wange. «Gute Reise nach Österreich. Es wird dir sicher bald bessergehen.»

Benno jedoch war gerührt, und der Abschied des alten Mannes ging ihm nahe. «Auf Wiedersehen, Vater. Sorg dich nicht um das Geschäft. Ernst wird sich um alles kümmern.»

Die Augen des Barons funkelten bösartig hinter den Brillengläsern. «Ja, ich vertraue ihm ganz.»

Am Samstag nach der Abreise des Barons mit Werner erlebte Berlin einen seiner schwersten Luftangriffe. Nach der Entwarnung glühte der Horizont orangerot im Feuerschein, der Himmel war schwarz vom Rauch.

Die Feuer brannten noch, als Norbert unerwartet im Hotel auftauchte. Sogar ihn hatte seine gute Laune verlassen. «Hitler erwartet immer noch Wunder. Als nächstes soll Berlin befestigt werden. Eine Ruinenstadt, vom Volkssturm verteidigt, soll die Rote Armee aufhalten.»

Bis jetzt hatte sich Viktoria standhaft geweigert, über die Zukunft nachzudenken. Doch jetzt mußte sie einsehen, daß dieses Kriegsende wohl ganz anders als 1918 werden würde, als einige Herren in einem Eisenbahnwaggon zusammentrafen und einen Waffenstillstand unterzeichneten. Dieses Mal würden sie Deutschland nicht auf dem Papier aufteilen, sondern buchstäblich in Stücke reißen. Mit hohler Stimme fragte Viktoria: «Werden denn die Russen nach Berlin kommen?»

«Das ist nur noch eine Frage der Zeit. Sie müssen nur noch über die Oder und die Engländer und Amerikaner über den Rhein.»

«Werden die Amerikaner und die Briten als erste ankommen?»

«Ich hoffe. Ich wüßte schon, bei wem ich lieber Kriegsgefangener wäre, wenn es dazu kommen müßte. Hoffen wir, daß das nicht passiert.» Norbert lächelte plötzlich. «Und Großvater ist ja wohl verduftet. Er wollte offensichtlich nicht abwarten, wer als erster ankommt.»

«Er ist ein kranker alter Mann, Norbert», sagte Benno ernst.

Norbert schüttelte den Kopf. «Er ist ein rücksichtsloser alter Mann. Na ja, wenn ich jetzt schon mal hier bin, will ich das Beste daraus machen. Kann ich heute abend mit Fräulein Pacher ausgehen?»

«Aber es ist doch alles geschlossen», meinte Viktoria.

Norbert grinste. «Wir werden schon etwas finden, um uns zu amüsieren.»

Viktoria besaß nicht mehr diese Unbekümmertheit der Jugend. Die langen Monate, in denen sie Tapferkeit hatte zeigen müssen, holten sie jetzt ein. In dieser Nacht wälzte sie sich schlaflos im Bett und dachte über die Russen nach. Sie legte den Arm um Benno und barg ihr Gesicht an seiner Brust. «Monika wird doch nichts passieren, oder? Die Russen kommen doch nicht über die Oder? Und auch nicht nach Berlin?»

Benno wollte sie trösten und ihr gleichzeitig trotzdem die Wahrheit sagen, brachte aber nur heraus: «Ich hoffe nicht, bei Gott, ich hoffe nicht.»

Als Trude hörte, daß der Baron und Werner in Schloß Waldesruh waren, wollte sie ebenfalls dorthin. Ernst erlaubte es ihr gern. Die Reise würde zwar lange dauern, aber in Österreich würde sie bestimmt sicherer sein als im Ruhrgebiet.

Die Aktivitäten des Konzerns waren beinahe zum Stillstand gekommen. Es gab keine Chemikalien mehr, keine Elektroteile, Maschinen, keine Kohle und kein Benzin. Als Ernst aus seiner «Festung» über das Land sah, war der rauchgeschwärzte Himmel von Flammenzungen erhellt. Es sah aus, als ob das Ruhrgebiet im Todeskampf lag.

Ernst jedoch glaubte nicht an einen Untergang. Es gab noch genügend Kohlevorkommen, die abgebaut werden konnten.

Nach dem Krieg würde das Eisenerz wieder aus Lothringen kommen, um den Ruhrstahl zu schmieden. Der Baron hatte ihm dem Wort – noch nicht dem Titel nach – die Verantwortung übertragen. Wenn das Ruhrgebiet sich erholt hatte, würde Ernst den Gewinn abschöpfen.

Die Truppen der Roten Armee erreichten die Oder bei Stettin. Dann kam der gefürchtete Augenblick, da sie nach Vorpommern vorstießen. Als ihre Panzer über die Straßen von Fürstenmark ratterten, schickte Pastor König Gerda, Monika und die Kinder in den Keller und verriegelte Türen und Fenster. Das Dorf schien wie ausgestorben.

Nach den Panzern kamen Lastwagen mit Soldaten. Auch diese durchfuhren das Dorf. Gegen Abend tauchte schließlich eine Wagenkolonne auf, die erst vor der Kirche hielt und dann in den Schloßhof fuhr.

Kurz darauf wurde an die Tür des Pfarrhauses gehämmert. Pastor König murmelte ein Stoßgebet und drehte den Schlüssel um. Zwei bewaffnete Soldaten standen draußen, nahmen ihn am Arm und brachten ihn ins Schloß.

Der ältliche Verwalter, Gerhardt Bischof, und einige Mägde waren schon unter Bewachung im Speisesaal des Schlosses versammelt, als Pastor König dazukam. Sie sahen ihn verstört an, und der Pastor versuchte zu lächeln und eine Sicherheit auszustrahlen, die er nicht empfand.

Ein Offizier stapfte in den Raum, mit ihm mehrere Adjutanten. Er sagte etwas auf russisch, das von einem der Adjutanten ins Deutsche übersetzt wurde. «Die Rote Armee hat dieses Dorf besetzt. Dieses Schloß ist unser Hauptquartier. Wo ist der Besitzer?»

«Graf Biederstedt ist tot», antwortete Pastor König.

Der Offizier sah ihn eisig an. «Wer sind Sie?»

«Ich bin der Pastor.»

«Sie haben ab jetzt die Verantwortung für die Dorfbewohner. Das sind die Vorschriften.» Er las ein Schriftstück vor. «Alle Mitglieder der Nazipartei müssen sich bei uns melden. Alle Lebensmittelvorräte sind der Roten Armee zu übergeben. Alle Gewehre, Munition, Radios, Fahrzeuge, Pferde und Benzinvorräte müssen abgeliefert werden. Von Sonnenuntergang bis Sonnenaufgang gilt eine Ausgangssperre. Niemand darf das Dorf ohne Erlaubnis verlassen. Ist das klar?»

«Zu Befehl.»

«Das ist alles.»

Pastor König stolperte durch den Schloßhof nach Hause. Es hätte schlimmer kommen können. Zumindest durften die, die noch hier waren, am Leben bleiben. Doch Schloß Fürstenmark, seit siebenhundert Jahren der Sitz der Biederstedts, in den Händen von Bolschewiken? Ein schrecklicher Gedanke …

Am nächsten Tag verließen die russischen Autos Fürstenmark wieder, nur im Schloß blieb ein Wachposten zurück. Pastor König begann mit der Ablieferung ihrer Besitztümer an die siegreichen Russen. Auf seine Anweisung hin verbrannte Monika das handsignierte Porträt des Führers.

«Wir hätten nach Berlin gehen sollen», sagte Monika immer wieder anklagend. «Ich weiß, daß wir nach Berlin hätten gehen sollen.»

«Und vielleicht unterwegs zu Tode gekommen wären», meinte Gerda ungeduldig. «Nein, Monika, hier haben wir zunächst ein Dach über dem Kopf.»

Monika schrieb ihrer Mutter einen langen Brief und erzählte ihr alles, was geschehen war. Dabei wurde ihr bewußt, daß dieser Brief wohl nie ankommen würde.

Am 7. März 1945 überquerte die Erste US-Armee die Ludendorffbrücke bei Remagen und errichtete den ersten rechtsrheinischen Brückenkopf. Drei Nächte später regneten dreieinhalbtausend Tonnen Bomben auf Essen, und mächtige Feuerstürme rasten durch die Überreste der Werkhöfe und Fabriken.

Ernst blickte von der «Festung» aus über die Stadt und erkannte, daß es zwecklos war, gegen unüberwindbare Kräfte zu kämpfen. Die Russen hatten Schlesien überrannt, in den dortigen Minen und Fabriken von Kraus wurde nicht mehr produziert. Am nächsten Morgen ordnete Ernst die Einstellung der gesamten Produktion an. Die Arbeiter wurden entlassen. Die Tore zu den großen unterirdischen Waffenschmieden und den Fabriken wurden verschlossen, versiegelt und verbarrikadiert. Ernst blieb in der «Festung» und wartete.

Als er am 9. April aus dem Fenster schaute, sah er zwei amerikanische Jeeps die kurvige Straße zur «Festung» hochkommen. Er wandte sich an den Butler, der wie immer perfekt gekleidet wartete. «Wir bekommen Besuch, Magnus.»

«Ja, Herr Ernst.»

«Lassen Sie sich Zeit, um mich zu finden, Magnus. Die haben so viele Jahre gebraucht, um hierherzukommen, da macht es ihnen sicherlich nichts aus, noch einige Minuten zu warten.»

«Ich verstehe, Herr Kraus.»

Ernst ging in sein Arbeitszimmer. Er hörte, wie an die Tür gehämmert wurde und eine amerikanische Stimme forderte: *«I wanna see the owner of this house.»*

«Ich verstehe leider kein Englisch», antwortete Magnus.

«Der Direktor *of this goddamned house!*»

«Jawohl. Warten Sie bitte einen Moment.»

Magnus' Schritte näherten sich langsam. Gemeinsam wartete er mit Ernst in dessen Arbeitszimmer – eine Minute, zwei Minuten, fünf Minuten. Dann wandte sich Ernst an seinen Butler, und zum erstenmal in den ganzen vierzig Jahren, die dieser Mann in den Diensten der Familie Kraus stand, schüttelte er ihm die Hand. «Danke, Magnus.»

Zehn mit Maschinenpistolen bewaffnete Amerikaner standen

in der Halle, doch Ernst konzentrierte sich auf den Leutnant der Militärpolizei, der auf ihn zukam. Er richtete seine Waffe auf Ernst und fragte: «Bist du der Hurensohn Kraus?» In diesem Augenblick wußte Ernst, daß irgend etwas ganz falsch lief. Das hatte nichts mit der MP und dem Tonfall des Mannes zu tun, sondern mit wesentlich Schlimmerem.

«Ich bin Ernst Kraus.»

«Genau, einer von diesen Bastarden, die diesen verdammten Krieg angefangen haben. Also, jetzt weißt du, wer ihn zu Ende gebracht hat.» Der Leutnant ließ Handschellen über Ernsts Handgelenken zuschnappen.

Ernst starrte ihn entsetzt an. «Was machen Sie da?»

«Du bist verhaftet, Kraus.»

«Aber wieso?»

«Du bist der Kopf des Kraus-Konzerns. Das reicht für den Anfang. Wir werden schon noch Gründe finden, wenn wir erst einmal mit dir fertig sind.» Er stieß Ernst die MP in die Seite. «Los jetzt!»

«Wohin bringen Sie mich?»

«Ins Gefängnis. Wenn es nach mir ginge, würde ich dich abknallen, und das wär's dann. Also, beweg deinen Arsch.»

«Aber ich habe nie etwas gegen Amerika getan. Ich habe vier Jahre in New York gearbeitet, eine amerikanische Firma geleitet ...»

Die MP klickte drohend. «Halts Maul, Kraus.»

Ernst wurde in einen Jeep gestoßen und nach Essen gebracht. «Siehst du das?» Der Leutnant schwenkte seine MP. «Diese Schlote werden nie wieder qualmen, Kraus. Du bist jetzt vielleicht Chef einer Einzelzelle, aber nie wieder einer Firma. Deine Tage sind gezählt. Du bist am Ende – kaputt.»

Ernst hörte ihn kaum. Er versuchte, die bittere Wahrheit zu begreifen: daß sein eigener Vater ihn ausgetrickst hatte. «Sie haben einen schweren Fehler gemacht. Sie suchen nicht mich, sondern meinen Vater, Baron Heinrich von Kraus.»

«Deinen Vater?» spottete der Leutnant. «Hör bloß auf. Du hast in der ‹Festung› gewohnt. Du warst der Chef der Waffenfabriken in Essen. Du bist der ‹Stahlkönig›.»

Das Leben in den Ruinen von Berlin ging mit unwirklicher, beinahe irrwitziger Normalität weiter. Die noch intakten Geschäfte waren geöffnet. Die U- und S-Bahnen fuhren gelegentlich auf den Strecken, die nicht mit Geröll verschüttet waren. Sogar ein Teil des Zoos war offen. Auf den Straßen voller Schutt regelten Polizisten den Verkehr, der Müll wurde abtransportiert, die Telefone funktionierten noch, und die Post arbeitete auch. Wunderbarerweise kam ein Brief von Monika aus Fürstenmark. Obwohl die Russen Fürstenmark besetzt hatten, ging es ihr gut …

Unter der Aufsicht Norberts und seiner Kollegen von der Organisation Todt wurden rund um die Stadt Schützengräben ausgehoben. Der Tiergarten glich einer Festung. Auf den Dächern der Bunker des Führerhauptquartiers wurden ganze Flakbatterien installiert. Kanonen verteidigten die umliegenden Kanäle.

Da das Hotel Quadriga über einen eigenen Brunnen und Stromgenerator verfügte, war es einer der letzten Orte mit ohne Unterbrechung funktionierender Wasser- und Stromversorgung. In den oberen Stockwerken bemühten sich polnische Zimmermädchen, die Zimmer sauberzuhalten, während ältere Herren als Kellner in Frack und weißen Handschuhen nach wie vor in Restaurants und Bar bedienten, ihre Servierwagen durch die engen, vollbesetzten Tischreihen schoben und ihren unkritischen Gästen magere Portionen auf riesigen Silberplatten anboten.

Wegen seiner Nähe zum Tiergarten und zu den umliegenden Ministerien wurde auch das Hotel in die Verteidigungsanlagen einbezogen. Nur durch schmale Sehschlitze zwischen Mauern aus Sandsäcken kam Licht durch die Fenster auf der Seite von Unter den Linden. Viktoria und Benno waren entrüstet. «Die

Russen werden denken, es sei eine militärische Einrichtung», sagte Benno zu Norbert. «Glaubst du, wir haben die Luftangriffe der Amerikaner und der Briten überlebt, um jetzt von der Roten Armee in Stücke gehauen zu werden?»

«Befehle sind Befehle», gab Norbert zurück. «Ihr habt die Gestapo hier. Die muß auch geschützt werden. Ich persönlich empfehle euch, nach Heiligensee zu gehen, bevor die Russen hier ankommen.»

«Ist Hitler noch in Berlin?» fragte Viktoria. Norbert nickte. «Dann ist das das einzig Lobenswerte, was er jemals getan hat. Wenn er bleibt, bleiben wir auch, Norbert.»

«Es kann sehr gefährlich für euch werden. Ich werde mich jedenfalls davonmachen, sobald es ernst aussieht.»

Viktoria reckte ihr Kinn. «Du kannst tun, was du willst, Norbert. Aber dies ist *mein* Hotel. Ich verlasse es nicht.»

Am Montag, dem 16. April, hörten sie, daß die Russen mit einer Großoffensive auf die deutschen Stellungen von Oder und Neiße aus begonnen hatten. In größter Eile verließ die Gestapo das Hotel Quadriga. Aktenordner, Listen, mit Bindfaden verschnürte Papierstapel, Dossiers, Verzeichnisse und Bücher wurden in völligem Durcheinander in bereitstehende Lastwagen geworfen und weggefahren.

Danach kam Norbert, mit Koffern bepackt, Reinhild Pacher an seiner Seite. «Wenn die Gestapo geht, gehen wir auch.»

«Wohin wollt ihr? Nach Innsbruck?» fragte Benno.

«Wir gehen zu Reinhilds Großeltern nach Lübeck», erwiderte Norbert und lächelte. «Dort wollen wir heiraten.»

Viktoria sah die beiden an und wunderte sich erneut über die Zuversicht der Jugend. Deutschland brach zusammen, aber Norbert und Reinhild hatten noch Zeit für ihre Liebe. Sie ergriff ihre Hände. «Meine Glückwünsche und alles Gute. Ich hoffe, ihr werdet sehr glücklich.»

Sie stand mit Benno auf dem Bürgersteig vor dem Hotel und

winkte ihnen nach. «Bist du sicher, daß du nicht doch nach Heiligensee willst, solange noch Zeit ist?» fragte Benno.

«Nein. Wenn du willst, dann geh nur. Aber ich bleibe.»

Seine Lippen berührten ihr Haar. «Na, dann werden wir beide es bis zum bitteren Ende miteinander durchstehen.»

Sirenen heulten, und aus der Ferne war das Dröhnen der Bomber zu hören, das dieses Mal nicht aus dem Westen, sondern von Osten kam. Benno nahm Viktorias Arm, gemeinsam mit den anderen rannten sie in den Keller.

Drei Monate lang lebte Otto Tobisch mit seiner Familie friedlich auf dem Bauernhof von Annas Eltern, in den Bergen über dem Traunsee im österreichischen Salzkammergut. Er verstaute die Wertsachen und Dokumente in einem wasserdichten Sack und vergrub ihn unter einem Kuhstall. Seine SS-Uniform versteckte er und verbreitete unter den Dorfbewohnern, daß er von der Ostfront gekommen sei.

Mitte April brach plötzlich eine Invasion aus Berlin in das friedliche Salzkammergut ein. Auf den Straßen der Städtchen wimmelte es von Beamten aus dem Außenministerium, von Gestapo und SS. Es gab Gerüchte, daß in Bad Aussee ein neues SS-Hauptquartier unter dem Kommando von SS-Obergruppenführer Kaltenbrunner eingerichtet werden sollte.

Otto war nicht länger in Sorge, wegen der Aufgabe seines Postens belangt zu werden, und fuhr nach Bad Aussee. Er traf zwar Kaltenbrunner nicht an, dafür jedoch in einem Seerestaurant einige ältere Kameraden. Alle erzählten dieselbe Geschichte. Die Russen hatten Wien besetzt und Berlin umzingelt. Die Amerikaner waren bald an der Donau. Himmler war geflohen, niemand wußte, wohin.

«Soll es keinen letzten Kampf gegen den Feind geben?» fragte Otto.

«Wir haben keine Waffen ...»

So weit war es also gekommen. Die Herren von Deutschland rannten wie aufgescheuchte Kaninchen davon.

Otto kehrte zum Traunsee zurück und stellte sich auf lange Sicht auf das Landleben ein.

Fast die ganze Woche verbrachten die Bewohner des Quadriga im Keller, da die russischen Bomber anscheinend vorhatten, das von den Amerikanern und Briten begonnene Zerstörungswerk zu vollenden, und pausenlos über Berlin herfielen. Bei jeder Entwarnung lief Benno durch das Hotel, um die Schäden festzustellen. Das Dach wies große Löcher auf, Ballsaal und Küchen waren schwer beschädigt. Doch noch hatte das Haus keinen direkten Treffer abbekommen. Und am Samstag, dem 21. April, hörten die Luftangriffe ganz auf.

Eine Volkssturmkompanie kam ins Quadriga, mit dabei auch Hasso Annuschek, der jetzt Hauptmann war. Er sah müde und mitgenommen aus und meinte trocken: «Ich habe nie gedacht, daß ich jemals für die Verteidigung des Hotels Quadriga verantwortlich sein könnte.» Er sah finster auf die Waffe in seiner Hand. «Und womit? Das ist eine Panzerfaust, eine der tödlichsten Panzerwaffen. Aber sie hat nur einen Schuß. Herr Benno, Frau Viktoria, unsere Stadt wird von alten Männern und Kindern mit Panzerfäusten verteidigt.»

Er brachte ihnen als erster wieder Nachrichten von draußen. «Die Russen haben einen Ring um die Stadt gebildet. Der Hauptteil ihrer Truppen scheint im Süden in den Vororten zu stehen, aber sie werden von allen Seiten kommen.» Er hielt inne und fügte dann hinzu: «Sie haben frische Truppen aus dem Osten hergebracht, ganze Einheiten aus wilden Mongolen-Soldaten … Wir haben überhaupt keine Chance.»

Als der Kaiser das Hotel im Jahr 1894 eröffnete, hatte er die riesigen Weinkeller inspiziert und Karl Jochum gefragt: «Erwarten Sie eine Belagerung?» Gut fünfzig Jahre später fand die Belagerung tatsächlich statt, doch sah es nicht danach aus, als ob die Deutschen Sieger wären. Sehr viel wahrscheinlicher war, daß die Russen die eingelagerten Lebensmittel und die Tausende Weinflaschen für sich beanspruchen würden.

Beim Abendessen klatschte Benno in die Hände und bat um Aufmerksamkeit. «Meine Damen und Herren, ab jetzt sind alle Speisen gratis.» Dünner Beifall. «Außerdem sind Sie eingeladen, aus unserer reichhaltigen Weinkarte auszuwählen und mit den besten Empfehlungen des Hotels Quadriga so viel Wein zu trinken, wie Sie möchten.» Daraufhin gab es herzliches Gelächter von Gästen und Angestellten.

Lieber verschenkte Benno alles, als daß sein Wein der Roten Armee in die Hände fiel.

Die Luftangriffe hörten zwar auf, aber in Heiligensee war ein neues Geräusch zu hören. Es begann mit einem langen Pfeifen, ging dann in ein markerschütterndes Heulen über und endete mit dem schrillen Knall einer Explosion: Die erste Artilleriegranate schlug in den Vororten ein.

Ricarda holte die alte Jagdflinte ihres Vaters aus dem Gewehrschrank. Es war lange her, seit sie ein Gewehr benutzt hatte, aber sie würde schon noch damit umgehen können. Sie öffnete das Verschlußstück und legte die Munition ein. Auf einen Panzer machte eine Flinte zwar sicher nicht viel Eindruck, aber sie könnte einen russischen Soldaten in Schach halten, der ihr zu nahe kam. Sie steckte die beiden Mädchen in den Keller, schloß ab und wartete darauf, daß der Krieg nach Heiligensee kam.

Doch da das Landhaus an einer Nebenstraße in einer Bucht des Sees lag, war es ein gutes Stück entfernt von der Hauptroute der Panzer, die nach Tegel donnerten, mit Hitlers Führerbunker im Herzen der Stadt als Ziel.

Als Ricarda in dieser Nacht hinaussah, war der Himmel im Süden von Heiligensee feuerrot. «Lieber Gott», betete sie. «Das

Quadriga ist nicht wichtig, aber bitte laß Vicki und Benno leben.»

Jeden Tag rückte die Schlacht näher an das Hotel. Immer lauter dröhnte das Feuer der Mörser und Granaten. Der rote Feuerrand, der den Vormarsch der Russen begleitete, näherte sich bedrohlich. Zivilisten, deren Häuser ausgebrannt oder zerstört waren und die aus der Stadt nicht mehr herauskonnten, schlugen sich ins Zentrum durch und suchten im Hotel Unterschlupf.

Alle berichteten von den Greueltaten der Roten Armee und vom Mut der Berliner, die ihre Stadt verteidigten. Die Russen hatten die äußeren Verteidigungsanlagen der Stadt überrannt. Jetzt wurden sie durch improvisierte Straßenbarrikaden aufgehalten: umgekippte Trambahnen, Busse und Lastwagen, Geröll und Mobiliar aus bombardierten Häusern. Die Berliner und der Volkssturm wehrten sich noch. Von Dächern, Fenstern, Ruinen, Eisenbahn- und U-Bahn-Stationen aus versuchten alte Männer, Frauen und Kinder das Äußerste, um die Russen aufzuhalten.

Auf einen Erfolg konnten sie nicht hoffen. Jeden Tag zog sich der Kreis enger. Straße für Straße, Block für Block mußte sich Berlin ergeben. Weißensee fiel. Die Garnisonsstadt Potsdam wurde erobert. Dahlem, Spandau, Rathenow, Neukölln und Tempelhof wurden überrannt. Panzer und schwere Artillerie schossen den Weg frei.

Die meisten Krankenhäuser waren zerstört, deshalb wurden viele Verwundete ins Quadriga gebracht. Unter ihnen war auch ein älterer, leicht verwundeter Militärarzt, Dr. Urban Thurn. Er organisierte das Hotel in ein Notlazarett um. Viktoria bot sich ihm sofort als Assistentin an. «Ich habe zwar kaum Ahnung von Erster Hilfe, aber wenn Sie mir sagen, was ich machen soll, dann werde ich mein möglichstes tun.»

«Mehr kann keiner hier mehr ausrichten», antwortete der Arzt erschöpft.

Die am schwersten Verwundeten wurden in den Keller, die anderen in den Jubiläumssaal, das Restaurant oder die Bar gebracht. Hasso Annuschek legte seine Panzerfaust nieder, um Benno bei der Bewältigung des Massenandrangs, der Essensausgabe und der Verteilung der Schlafplätze zu helfen und mit dafür zu sorgen, daß das Hotel so sauber wie möglich gehalten wurde. Das war eine fast unlösbare Aufgabe, denn sie hatten zwar noch Wasser, aber die städtische Kanalisation war schwer beschädigt. Der Gestank aus verstopften Abflüssen in Küchen und Toiletten mischte sich bald mit dem Verwesungsgeruch schlecht heilender Wunden.

Zwischen Personal, Gästen und Volkssturm wurde kein Unterschied mehr gemacht. Jeder, der kräftig genug war, half in der Küche, beim Waschen und Versorgen der Kranken. Bettücher wurden in Bandagen gerissen, Stuhl- und Tischbeine mußten als Schienen für gebrochene Glieder herhalten.

Es gab keine Medikamente oder Desinfizierungsmittel; Alkoholika aus dem Keller dienten als Schmerzmittel. Mit Salz und Bikarbonat wurden Wunden gereinigt. In den Küchen brodelten die Wasserkessel und wurden dann auf den Rechauds, die einst für Flambés benutzt wurden, warm gehalten.

Auf den Zuschneidetischen im Damensalon fanden Notoperationen statt. Viktoria hatte sich ein Tischtuch um den Hals gebunden und kämpfte gegen die Übelkeit, wenn sie nach den Anweisungen von Dr. Thurn schreiende Männer festhielt, mit feuchten Tüchern Stirnen kühlte oder für Männer, die keine Hände mehr hatten, Zigaretten anzündete.

Immer noch suchten Verwundete Zuflucht im Hotel. Der Keller war voll. Es gab keine Betten oder Matratzen, daher wurden sie in Reihen auf die blauen Savonnerieteppiche im Foyer gelegt. Vielen war nicht mehr zu helfen, und wenn sie starben, gab es keinen Ort, um sie zu begraben. Der Palmengarten diente als Leichenhalle. Der Geruch des Todes war überall.

Am Freitag, dem 27. April, erreichten die Russen im Süden den Landwehrkanal und im Norden die Spree. Kellner malten große rote Kreuze auf weiße Tischtücher und hängten sie an die Außenmauern des Hotels, um den Invasoren deutlich zu machen, daß dies keine Festung, sondern ein Lazarett war.

In dieser Nacht verstummte das Getöse der Geschütze, nicht jedoch das Schreien, Seufzen und fiebrige Gemurmel der Hunderte Verwundeter im Hotel Quadriga. Die plötzliche Stille dämpfte auch die Ängste der Helfenden nicht. Sie sahen darin nur die Ruhe vor dem Sturm.

Am nächsten Morgen begann im ersten Tageslicht die Entscheidungsschlacht. Zwei Tage und Nächte hallte die Stadt wider vom Sperrfeuer der russischen Artillerie und der Gegenwehr der SS-Bataillone, die am Kanal und am Flußufer, in Ministerien, Museen und Palästen, unter Brücken und auf befestigten Inseln postiert waren, um den Führerbunker zu verteidigen.

Am Montag, dem 30. April, ratterten die ersten russischen Panzer durch Unter den Linden zum Brandenburger Tor. Mit dem Skalpell in der Hand blickte Dr. Thurn aus rotgeränderten Augen auf Viktoria. Sie wischte sich erschöpft über die Stirn und ging ins Foyer hinaus, wo Benno bereits gespannt zum Eingang sah.

Die Stahltüren in der Blendmauer wurden aufgestoßen, und wild blickende Sowjetsoldaten erschienen mit Maschinenpistolen. Einen Moment lang standen sie angesichts der auf dem Boden liegenden Menschen überrascht da, dann schoß einer in die Luft.

Benno trat zu ihnen, die Hände über dem Kopf. «Nicht schießen! Das ist ein Lazarett!»

Weitere Soldaten kamen durch die Tür, schlitzäugige Mongolen aus dem Osten der Sowjetunion mit aufgepflanzten Bajonetten. Unter blutrünstigem Geschrei liefen sie an Benno vorbei auf Viktoria zu. Voller Entsetzen erinnerte sie sich an die furchtbaren Berichte über Vergewaltigungen deutscher Frauen durch russische Soldaten und wich an die Wand zurück. Doch die Männer liefen an ihr vorbei, trampelten über die Verwundeten die Treppen in die oberen Stockwerke hinauf.

Immer mehr kamen durch die Blendmauer und schossen wahllos aus ihren Maschinenpistolen. Im ganzen Hotel brüllten die Menschen in Todesangst. Viktoria schrie und preßte die Hände an die Ohren, als sich das Foyer vor ihren Augen blutrot färbte. Mit gierigem Geschrei stürmten die Soldaten in den Operationssaal, das Restaurant und den Jubiläumssaal und stürzten die Treppen hinunter in den Keller.

Benno lief hinter ihnen her. Er erinnerte sich an das russische Wort für «halt». «*Stoi! Stoi!* Dort unten gibt es nichts!»

Ein Offizier mit vielen Orden auf der Brust erschien im Haupteingang, sah einen Moment lang auf das Chaos und bellte einen scharfen Befehl. Die Schießerei hörte auf.

Im Keller war die Stimme des Offiziers jedoch nicht zu hören, so daß Benno immer noch vergeblich *«Stoi! Stoi!»* schrie. Einige der Soldaten fanden die Tür zum Weinkeller und schossen die Schlösser auf. Dann folgte das Geräusch von splitterndem Glas und wildes Gelächter. Sie brachen die Flaschenhälse ab und kippten sich den Wein in die Kehlen. Andere entdeckten die Türen, die zu den Werkstätten, Zentralheizungsboilern und zu den Öltanks führten. Benno hörte Holz splittern und Schüsse.

So laut er konnte, rief er: *«Stoi! Stoi!»* Sie achteten nicht auf ihn. Er lief zu den Verwundeten im Keller. «Raus hier! Sie werden alles in die Luft jagen!» Verzweifelt versuchte er, den Männern von ihren Lagern aufzuhelfen und sie nach oben zu schikken. «Schnell, schnell. Beeilt euch, um Himmels willen.»

Im Foyer konnte man den Lärm wegen des Donnerns der Panzer und Granaten von der Straße und der Schreie der Menschen im Inneren kaum hören. Plötzlich dröhnte aus dem Keller eine ohrenbetäubende Explosion. «Benno!» schrie Viktoria und stolperte durch das Foyer.

Hasso Annuschek und der russische Offizier waren vor ihr da. Während Hasso sie an den Armen festhielt, warf sich der russische Offizier den aus dem Keller stürzenden Männern entgegen. Eine Rauchwolke schlug herauf. Viktoria wollte sich losreißen. «Benno! Benno!»

Eine noch lautere Explosion folgte, und dichter schwarzer Rauch quoll über die Treppe herauf. «Die Öltanks», keuchte Hasso. «O mein Gott!»

Viktoria schlug mit ihren Fäusten auf seine Brust. «Lassen Sie mich los! Ich muß Benno finden! Benno! Benno!»

Die Explosion hatte Benno zu Boden geworfen. Er stützte sich auf und spähte durch den Rauch. Außer den weinseligen Mongolen waren noch rund zwanzig Verwundete im Keller. Hustend und keuchend hob er einen hoch und schleppte ihn zur Treppe. Dort erschien plötzlich ein russischer Offizier, nahm Benno den Körper ab und trug ihn nach oben. Benno stolperte zurück, um den nächsten Verwundeten aufzuheben.

Der Offizier legte oben an der Treppe seine Last ab und schrie auf deutsch herunter: «Raus! Raus! Feuer!»

In diesem Moment erschütterte eine dritte Explosion das Gebäude. Der gesamte Kellerbereich stand in Flammen. Die Druckwelle brachte die Trennwände zum Einstürzen, schleuderte Benno durch die Luft auf die andere Seite des Raums, wo er betäubt liegenblieb.

Im Foyer rannte alles nach draußen. Rauchwolken und Flammen schlugen aus dem Liftschacht. Teppiche und Tapeten begannen im Funkenregen Feuer zu fangen. Mit einem gewaltigen Krachen stürzte der Boden der Küche ein, und ungehindert loderten die Flammen jetzt aus dem Keller.

Im Weingewölbe schossen die Mongolen ihre Maschinenpistolen ziellos leer; das Stroh und Papier zum Schutz der Flaschen brannte lichterloh. Der Luftzug aus dem brennenden Boilerraum fachte die Flammen an, die die Weinlachen aus den zerbrochenen Flaschen umzüngelten. Glas krachte. Der Wein brannte.

Benno öffnete die Augen und fand sich mitten in einem glühenden, rasenden Inferno, das erfüllt war von den Schreien der Verwundeten und der entsetzten Mongolen. Er hievte sich hoch und suchte die Treppe. Über ihm krachte die Decke.

Viktoria wand sich aus Hassos Armen, stürzte auf die Kellertreppe zu und schrie: «Benno! Benno!» Doch wo der Keller gewesen war, befand sich jetzt ein weißglühendes Feuerloch. Sie konnte keinen Menschen sehen. Flammen setzten ihren Rock in Brand.

Im Keller kroch Benno zu der Stelle, wo früher einmal der Ausgang gewesen war. Innerhalb von Sekunden brannte sein Anzug, und ein furchtbarer Schmerz durchfuhr ihn. Dann stürzte die Decke ein und begrub ihn unter sich.

Hasso fing die in Ohnmacht fallende Viktoria auf, erstickte die Flammen an ihrem Rock und trug sie auf die Straße. Das Feuer tobte jetzt im ganzen Erdgeschoß. In dem Höllenlärm versuchten der Offizier und Dr. Thurn, eine Massenevakuierung zu organisieren.

Hasso achtete nicht darauf. Er überlegte nur, wie er Viktoria retten konnte. Er lief die Straße hinauf und stellte fest, daß sie sich mitten auf einem Schlachtfeld befanden. Die nahe U-Bahn-Station war eine mit Sandsäcken verbarrikadierte Stellung, aus der heraus SS- und Volkssturm-Leute einen verzweifelten Angriff gegen die russischen Panzer führten, die Richtung Brandenburger Tor und Wilhelmstraße donnerten. Staub und Trümmerteile wirbelten durch die Luft.

Hasso überquerte die Straße zur Hauptpromenade, stellte Viktoria auf die Füße und stützte sie. Ihr Gesicht war schwarz, ihr Haar und ihre Kleider waren versengt. Sie weinte hysterisch und rief nach Benno. Immer noch stürzten Menschen aus dem Hotel. Flammen loderten aus den Fenstern in allen Stockwerken. Die

Silhouetten von Soldaten irrten dahinter herum. Manche sprangen auf die Straße. Das Feuer hatte nun die klaffenden Löcher im Dach erreicht und schickte wie bei einem Vulkanausbruch schwarze Rauchwolken in den Himmel.

Jetzt waren die Flammen die Herren im Hotel Quadriga. Das Feuer raste durch die Restaurants, die privaten Bankettträume, die Bars und Küchen. Es verwüstete den Jubiläumssaal und verschlang die Leichen im Palmengarten. Seine riesigen Finger leckten über die Savonnerieteppiche und in die luxuriösen Suiten und Zimmer in den oberen Stockwerken, es fraß die Satinbezüge, Daunenmatratzen und -decken, die Bettgestelle mit den Messingpferden schmolzen. Die trockenen Balkendecken ächzten unter der glühenden Hitze, und die großen Marmorbadewannen stürzten in die Keller hinab.

Eine Zeitlang widerstanden die geschwärzten Dachbalken noch den Flammen, dann brachen sie zusammen. Die Wände gaben nach. Schließlich schwankten auch der Portiko und der Balkon und fielen mit großem Getöse in das Inferno. Das Feuer schleuderte seine Trophäen in einem gloriosen Freudenfest hoch hinauf in den Himmel. Das Hotel Quadriga stürzte in sich zusammen und begrub tief unter sich im Schutt der unterirdischen Gewölbe den Körper von Benno Kraus.

«Benno! Benno!» weinte Viktoria. Doch es kamen keine Menschen mehr aus den einstmals so prächtigen Portalen des Gebäudes, und Hasso war klar, daß es für Herrn Benno keine Hoffnung mehr gab.

Die Hitzeentwicklung und die Gefahr herabstürzender Balken und Mauerteile zwangen die russischen Panzer, sich zurückzuziehen oder eine andere Route zu fahren, und die Deutschen wurden in ihren Unterstand zurückgetrieben. Der Eingang zur U-Bahn lag jetzt ungeschützt. Hasso ergriff diese Gelegenheit. Er stolperte mit Viktoria über den Schutt, hob sie über die Sandsäcke und rief «Volkssturm!», damit man sie nicht für Feinde hielt. Sie rannten die Treppen hinunter und auf den mit Zivilisten und verwundeten Soldaten überfüllten Bahnsteig.

Einige Menschen gingen die Schienen entlang, und Hasso sprang mit Viktoria zu ihnen hinunter. Wenn sie den Stettiner Bahnhof erreichen könnten, würde es ihnen im Schutz der Dunkelheit vielleicht gelingen, das Haus seiner Schwester Rosa im Wedding zu finden.

Im Licht der Fackeln, die einige der Flüchtenden vor sich hertrugen, stolperten sie durch den endlos langen schwarzen Tunnel, der immer wieder voller Geröll lag. Manchmal konnte man durch Löcher in der Tunneldecke den Himmel sehen und das Getöse der Kämpfe hören. Ab und zu kreuzte eine Ratte mit gierig glitzernden Augen ihren Weg. Viktoria nahm nichts von alledem wahr. Sie sah nur die Mongolen, das brennende Quadriga und Benno, der irgendwo dort unten lag.

Kurz nach dem Bahnhof Friedrichstraße, wo die U-Bahn unter der Spree entlanglief, stießen sie auf ein unvorhergesehenes Hindernis: die geschlossenen Stahltore einer Sperre, die im Fall einer Überflutung das Wasser abhalten sollten. Zum Stettiner Bahnhof konnten sie also auf diesem Weg nicht. Hasso fand die Versuche anderer, die Tore aufzubiegen, nutzlos. Es gab nur noch eine Möglichkeit. Sie mußten oberirdisch einen Weg über den Fluß finden.

Hasso nahm Viktorias Hand und führte sie durch den Tunnel zurück zur Station und dort ins Freie. Als Berliner kannte er die Stadt wie seine Westentasche. Und er war sicher, daß alle wichtigen Brücken entweder von Deutschen oder Russen verteidigt wurden. Doch möglicherweise war eine kleine Fußgängerbrücke übersehen worden.

Er hatte recht. Den Stacheldraht am Anfang der Brücke schnitt er mit der Drahtschere an seinem Armeemesser durch und flüsterte Viktoria zu: «Laufen Sie! Laufen Sie, so schnell Sie können!» Ohne Schwierigkeiten kamen sie über die Brücke, kletterten die Eisentreppe hinunter und erreichten sicher das befestigte Ufer am Schiffbauerdamm. Jetzt mußten sie nur noch über die Berge von Schutt den Wedding erreichen und dabei möglichst nicht irgendwelchen russischen Soldaten in die Arme laufen.

Der Weg war wie ein Alptraum. Das schwache Mondlicht wurde von Suchscheinwerfern ausgeblendet, die in Intervallen die Rauchwolke über der Stadt erleuchteten. Ab und zu zerriß Artilleriefeuer die Stille. In den Schatten waren flüsternde Stimmen zu hören, oft lagen Leichen auf dem Weg.

Sie liefen im Schutz der Mauern, vermieden alle offenen Plätze, kamen an der Charité vorbei, wo das Grölen betrunkener Russen zu hören war, vorbei am Naturhistorischen Museum zur früheren Chausseestraße. Dort wandte Hasso sich nach rechts zu den Lagerhallen des Stettiner Bahnhofs. Im Licht eines brennenden Schuppens sah er auf die Uhr. Es war gerade zwei vorbei.

Viktoria sank zu Boden, und Hasso sah sie besorgt an. Ihre Kleider waren zerrissen, ihr Gesicht schmutzig, ihre Augen rot und geschwollen. Sollten sie hier eine Weile ausruhen oder besser in der Sicherheit der Dunkelheit weiter in Richtung Wedding laufen? Sein Instinkt gebot ihm, sich nicht aufzuhalten. Er half Viktoria auf die Beine. «Nun ist es nicht mehr weit», versicherte er ihr.

Sie sah ihn nur verständnislos an.

Obwohl Hasso sich in der Stadt auskannte, war ihm angesichts der dunklen Ruinen, die vor ihnen lagen, nicht mehr klar, wo sie sich jetzt genau befanden. Er folgte daher den Straßenbahnschienen, denn die führten nach Norden, und nach ungefähr einer Stunde erreichten sie die Brücke an der Grenzstraße.

Von da an wurde es einfacher. Obwohl die Straßenzüge auch hier durch Bomben verwüstet waren, gab es keine Anzeichen von Straßenkämpfen wie in der Innenstadt. Es schien unglaublich, doch im Wedding standen noch ganze Wohnblöcke. Aus manchen zerbrochenen Fenstern hingen rote Fahnen mit Hammer und Sichel.

Im Osten erschienen die ersten Streifen der Morgendämmerung, als sie Rosas Haus in der Maxstraße erreichten und Hasso gegen die massive Kellertür hämmerte. «Rosa! Rosa! Ich bin's, Hasso!» schrie er.

Die Tür öffnete sich, und ein Gesicht spähte heraus. «Hasso, Gott sei Dank ...»

Er schob Viktoria durch die Tür und folgte ihr. Der übelriechende Keller wurde von einer einzigen Kerze erleuchtet, und als sich Hassos Augen an die Dunkelheit gewöhnt hatten, sah er, daß er voller Menschen war. Leise erzählte er Rosa die Ereignisse der letzten Nacht. Sie führten Viktoria zu einer Matratze in einer Ecke, Rosa bot ihr eine Schale Ersatzkaffee an und sagte: «Trinken Sie das, dann wird es Ihnen bessergehen.»

Hasso legte den Arm um Viktorias Schultern. «Jetzt wird alles wieder gut», versprach er.

Viktoria sah ihn stumm an. Wie konnte jemals wieder alles gut sein? Ihr Leben war vorbei, mit dem Quadriga und Bennos Tod war es zu Ende gegangen.

Krank vor Sorge saß Ricarda im Keller; Christa und Lili legten ein Puzzle. Im Radio war leise ein Hamburger Sender eingestellt, der eine Aufnahme von Bruckners Siebter Symphonie brachte.

Seit die russischen Panzer durch Heiligensee gefahren waren, hatte Ricarda die beiden Mädchen nicht mehr aus dem Keller gelassen. Im nahe gelegenen Tegeler Forst war Geschützdonner zu hören. Heiligensee war nicht von unmittelbarer Bedeutung für die Russen, doch wenn sie erst einmal die strategisch wichtigen Punkte in Berlin erobert hatten, würden sie sich um die Vororte kümmern, und dann begann auch hier die Gefahr.

Jeden Nachmittag gingen sie schnell zum See und zurück, um

ein wenig frische Luft zu schöpfen. Den Rest des Tages verbrachten sie beim Radio im Keller.

Vom Quadriga gab es keine Nachrichten. Als Ricarda versucht hatte anzurufen, war die Leitung tot. Nach dem 24. erschienen keine Zeitungen mehr. Strom und Gas gab es nur mit Unterbrechungen. Das Radio funktionierte zwar noch, doch kamen keine Sendungen aus Berlin. Wären nicht der Rauch und der Feuerschein zu sehen und das entfernte Dröhnen der Geschütze zu hören gewesen, hätte man glauben können, daß die Stadt aufgehört hatte zu existieren.

Plötzlich wurde die Musik unterbrochen, und der Sprecher sagte: «Achtung! Achtung! Der deutsche Rundfunk hat eine ernste, wichtige Mitteilung für das deutsche Volk.» Drei Trommelwirbel folgten. Christa und Lili unterbrachen ihr Spiel.

«Aus dem Führerhauptquartier wird gemeldet, daß unser Führer Adolf Hitler heute nachmittag in seinem Befehlsstand in der Reichskanzlei, bis zum letzten Atemzug gegen den Bolschewismus kämpfend, für Deutschland gefallen ist. Am 30. April hat der Führer den Großadmiral Dönitz zu seinem Nachfolger ernannt. Anschließend wird Großadmiral Dönitz zum deutschen Volk sprechen.»

Admiral Dönitz' Stimme war ernst. «Deutsche Männer und Frauen, Soldaten der Wehrmacht. Unser Führer, Adolf Hitler, ist gefallen. In tiefster Trauer und Respekt beugt das deutsche Volk …»

«Hitler ist tot», atmete Christa auf.

«Ist der Krieg vorbei?» fragte Lili.

Ricarda hielt den Finger an die Lippen. Dönitz fuhr fort: «Meine erste Aufgabe ist es, deutsche Menschen vor der Vernichtung durch den vordrängenden bolschewistischen Feind zu retten. Nur für diesen Zweck geht der militärische Kampf weiter …»

Ricarda schüttelte den Kopf. «Hitler ist tot, aber der Terror, den er verschuldet hat, hört nicht auf …»

Am folgenden Nachmittag wurde im Radio mitgeteilt, daß

Berlin sich der Roten Armee ergeben hatte. «Gott sei Dank», flüsterte Ricarda. «Wenn sich Berlin ergeben hat, muß das jetzt auch der Rest von Deutschland tun. Bald wird Frieden sein.»

Frieden – das Wort klang in Christa nach. Sie ging auf Zehenspitzen die Treppe hinauf und durch das Wohnzimmer auf die Veranda. Keine Kanonen waren mehr in der Ferne zu hören. Eine eigenartige Stille hing über der Stadt, eine Ruhe, so dicht wie die Wolke aus Rauch und Staub. Der Traum von Stefan und ihren Eltern war endlich wahr geworden – aber es war zu spät.

Ganz in Gedanken ging Christa über die Wiese zu der umgestürzten Eiche am Ufer. Aus den Büschen daneben war der schrille Alarmruf einer Amsel zu hören. Doch Christa achtete nicht auf das vertraute Geräusch und erkannte zu spät die Gefahr. Ein Mann trat aus dem Gebüsch, klein und dunkelhäutig, in einer dunkelbraunen Uniform, mit einem roten Stern auf der Mütze und einer Maschinenpistole über der Schulter. Ein kindisches Lächeln huschte über sein Gesicht. Er winkte ihr.

Einen Moment lang stand sie starr vor Schreck, dann drehte sie sich um und lief zum Haus zurück.

Zu spät. Ein zweiter Soldat versperrte ihr den Weg und grinste sie lüstern an. Der erste hielt sie am Handgelenk fest, sagte *«Uri! Uri! Uri!»* und deutete auf die Uhr. Sie war ein Geschenk ihres Vaters, doch das war Christa jetzt egal, wenn sie nur diese schrecklichen Männer loswerden konnte. Sie löste das goldene Armband und gab es ihm. Seine Augen glänzten, als er die Uhr anlegte. Dabei sah Christa erstaunt, daß er bereits ein halbes Dutzend am Arm trug.

Der andere Soldat faßte ihr an die Bluse. «*Kumm,* Frau.»

«Lassen Sie mich los!» Sie versuchte, seine Hand wegzustoßen. Das war verkehrt. Er stieß sie heftig zu Boden. Christa wollte schreien, doch die Hand des Soldaten mit den Uhren legte sich über ihren Mund. «Frau, Frau.» Sein Kamerad begann, die Hose aufzuknöpfen.

Entsetzt versuchte sie, auf die Knie zu kommen, doch die beiden waren wesentlich stärker als sie. Der Soldat mit den Uhren schlug sie wieder zu Boden und riß ihr die Bluse von den Schultern. Der andere zog ihr die Beine auseinander und die Unterhose herunter. Christa schlug um sich, vergeblich.

Sie hieb mit den Fäusten auf seine Brust und wand sich auf dem Boden, um zu entkommen. Doch es gab kein Entkommen und keine Rettung. Der Soldat mit den Uhren riß ihr den Büstenhalter weg und betatschte ihre Brüste, während sein Freund brutal in sie eindrang und dabei tierhafte Kehllaute von sich gab. Ein Schmerz durchzuckte sie, als ob ihr Körper in zwei Hälften gerissen würde.

Es schien eine Ewigkeit zu dauern, bis sie mit ihr fertig waren und lachend davongingen.

Lange Zeit lag sie starr, wünschte sich, sie wäre tot, dann hob sie sehr langsam den Kopf. In einem anderen Leben hatten sie und Stefan sich hier geliebt, an genau dieser Stelle, die die Russen jetzt besudelt hatten. Von Schmerzen gepeinigt, kroch sie zum Wasser. Kühles Wasser, um sich vom Blut und diesen stinkenden Körpern reinzuwaschen. Wasser, um die Schande abzuwaschen …

Sie erreichte das Ufer, watete im See, bis das Wasser ihre Knie und ihre Hände umspielte und Blut und Sperma abwusch. Plötzlich strauchelte sie und fiel. Das Wasser umfing sie und kühlte ihr heißes, tränenüberströmtes Gesicht …

Ricarda bemerkte Christas Abwesenheit anfangs gar nicht. Erst als sie das Radio ausdrehte und Lili fragte: «Wo ist Christa?», fiel ihr auf, daß die junge Frau nicht mehr im Keller war. Sie nahm die Jagdflinte und stieg die Treppe hinauf.

In diesem Moment hörte sie Schritte über sich, doch nicht die von Christa, sondern schwere Stiefel, die über den Boden trampelten. Dann Rufe, hartes Gelächter und Möbelrücken. Das Geräusch von zerbrechendem Glas. Ricarda bedeutete Lili, still zu sein, und spannte den Hahn des Gewehrs.

Aus irgendeinem Grund versuchten die Eindringlinge jedoch nicht, die Kellertür zu öffnen. Es folgte eine unverständliche Unterhaltung, kehliges Lachen, dann entfernten sich die Stiefel. Ricarda atmete aus, öffnete ganz leise die Tür und schaute vorsichtig in die Halle. Mit schußbereiter Flinte ging sie ins Wohnzimmer.

Die Tür zur Veranda stand weit offen, und draußen sah Ricarda zwei uniformierte Männer, die Flaschen in ihren Händen schwenkten und über die Hecke auf das Nachbargrundstück stiegen. Die ungebetenen Gäste waren also Russen gewesen.

«Oma, wo ist Christa?»

«Lili, geh bitte in den Keller zurück.»

«Ich fürchte mich allein.»

Vielleicht war es besser, wenn Lili bei ihr blieb. Zusammen suchten sie das Haus nach Christa ab, fanden sie jedoch nirgends. Schlimmes ahnend, gingen sie in den Garten hinaus.

Lili sah sie als erste, wie sie mit dem Gesicht nach unten im See lag. «Christachen! Christachen!»

Ricarda watete in den See und zog sie ans Ufer. Die Augen der jungen Frau waren geschlossen, das Gesicht blaurot angelaufen. Ihr Körper war zerkratzt, mit blauen Flecken übersät und ohne Leben. Ricarda fühlte den Puls – vergebens.

Lili sank neben ihr auf die Knie und berührte ihr Gesicht. «Christachen, bitte sei doch da.»

«Lili, lauf ins Haus und ruf Dr. Geisler an.»

Während Lili davonrannte, versuchte Ricarda es mit künstlicher Beatmung. Nach dem Zustand von Christas Körper und Kleidern zu urteilen, hatten die Russen sie vergewaltigt. Seit sie mit Lili auf den Weggang der Eindringlinge gewartet und dann das Haus abgesucht hatte, konnte Christa schon an die zwanzig Minuten lang im Wasser gelegen haben. Lili lief über den Rasen. «Das Telefon geht nicht. Soll ich Dr. Geisler holen gehen?»

Doch Ricarda wollte sie nicht alleine gehen lassen. Nach einer halben Stunde wußte sie, daß Christa nicht wiederzubeleben war, ihr Herz schlug nicht mehr. «Lili, mein Liebling, es tut mir so leid. Christa ist tot.»

Tränen strömten über Lilis Gesicht. «Das geht nicht. Christa ist meine Freundin. Sie darf nicht tot sein.»

Zwei Tage war Viktoria im Wedding in dem Keller eingesperrt, in dem die Enge immer bedrückender wurde. Als Toilette gab es hinter einem notdürftigen Wandschirm nur einen Eimer, den jemand hinaustrug und leerte, wenn er voll war. Die Luft war stikkig, es gab fast nichts zu essen. Abwechselnd gingen die Frauen zum Wasserholen an eine Pumpe, doch Viktoria durfte nicht nach draußen.

Wieder und wieder durchlebte Viktoria diese letzte Stunde im Quadriga und fragte sich, ob sie nicht mehr hätte tun können, um Benno zu retten. Wenn sie nicht so sehr um ihre eigene Sicherheit besorgt gewesen wäre, hätte sie ihn dann daran hindern können, den Soldaten in den Keller zu folgen? Hätte sie ihm nachlaufen und ihn in Sicherheit bringen können? Wenn Hasso sie nicht festgehalten hätte, hätte sie ihn aus den Flammen retten können und er wäre jetzt hier bei ihr.

Ihre Gedanken drehten sich im Kreis. Sie sah, wie Norbert und Reinhild nach Lübeck aufbrachen, und hörte Bennos Frage: «Bist du sicher, daß du nicht doch nach Heiligensee willst?» Und als sie sich weigerte, antwortete seine Stimme: «Na, dann werden wir beide es bis zum bitteren Ende miteinander durchstehen.»

Und das hatten sie auch getan, bis zum bitteren Ende – und Benno war tot. O Benno, nie habe ich dich so behandelt, wie du es verdient hättest. Von Anfang an habe ich dich betrogen und belogen. Bitte vergib mir. Alles, alles würde ich geben, um dich wieder hier bei mir zu haben, damit ich dir sagen könnte, wie leid es mir tut. In meinem Leben scheine ich alles falsch gemacht zu haben. Meine ganzen Träume und Hoffnungen habe ich in Stefan gesetzt und ihn schließlich so verletzt, daß er mich verlassen hat.

Aber trotz allem, was ich dir angetan habe, hast du mich immer geliebt, Benno. Du warst nicht nur mein Ehemann, sondern auch mein bester Freund. Und nun bist du fort, und es ist zu spät, um dir zu sagen, daß auch ich dich liebe.

Tränenüberströmt saß sie da und sagte laut: «O Benno, ich liebe dich. Ich liebe dich so sehr ...»

Die Frauen im Keller warfen einander in dem schwachen Licht Blicke zu und nahmen betroffen Anteil an Viktorias Kummer. Hasso setzte sich neben sie: «Ruhig, Frau Viktoria, es ist schon gut ...»

Sie schüttelte den Kopf. «Hasso, alles ist meine Schuld. Wenn ich nicht so selbstsüchtig und widerspenstig gewesen wäre, wäre Benno noch am Leben, und wir wären beide in Heiligensee. Ich habe Benno umgebracht, Hasso. Ich habe ihn umgebracht – und er war der einzige Mann, der mich jemals wirklich geliebt hat ...»

Am späten Nachmittag des zweiten Tages schwiegen die Waffen; Lautsprecherwagen fuhren durch die Ruinen und bellten die Nachricht heraus, daß Berlin sich ergeben hatte. Viktoria wandte sich an Hasso. «Morgen möchte ich nach Heiligensee gehen. Ich muß nach Hause ...»

Hasso wußte, daß Argumentieren zwecklos war. Er verstand, daß sie unbedingt bei ihrer Mutter sein wollte, dem einzigen Menschen, den sie noch hatte. «Gut», sagte er rauh. «Rosa wird sicher etwas zum Anziehen für Sie finden.»

Am nächsten Morgen zog Viktoria im ersten Tageslicht eine alte Hose, eine geflickte Jacke und feste Schuhe an und wickelte einen Schal um ihr Haar. Sie zog einen Amethystring vom Finger und gab ihn Rosa. «Bitte nehmen Sie den dafür, daß Sie sich so um mich gekümmert haben.»

Rosa wollte protestieren, doch Viktoria blieb hartnäckig. Dann machte sie sich auf den langen Weg nach Heiligensee.

Die Stadt war nur noch Schutt und Asche. Es stank nach Sprengstoff, Abfall, Abwassern und Verwesung. Sie bewegte sich übervorsichtig, hielt bei den kleinsten Geräuschen inne, kletterte über Berge von geborstenen Balken, wich Bombenkratern und ausgebrannten Fahrzeugen aus, stolperte über Leichen und Mauerstücke. Und zum erstenmal fiel ihr ein, daß auch das Landhaus getroffen sein könnte, daß ihre Mutter vielleicht tot und Heiligensee keine Zuflucht mehr war.

Im Lauf des Tages erschienen mehr Menschen auf den Straßen, nicht nur russische Soldaten, die ihren Sieg feierten, sondern deutsche Frauen, die Wassereimer trugen oder im Schutt ihrer Wohnungen nach ihren Habseligkeiten suchten.

Es gab keine Straßenschilder mehr, und oft fürchtete sie, sich verlaufen zu haben, doch dann zeigte ihr das Gerippe eines vertrauten Gebäudes, daß sie auf dem richtigen Weg war. Die Überreste der Kraus-Chemie. Das verwüstete Gelände des früheren Schillerparks.

Bei Einbruch der Nacht erreichte sie Tegel. In dem Restaurant, wo sie einmal mit Mortimer gegessen hatte, erklangen jetzt russische Lieder und ein Akkordeon. Die Tür ging auf, zwei Soldaten stolperten heraus, schwangen Flaschen und sangen aus voller Kehle.

Die Nacht verbrachte sie unter einer Mauer versteckt. Zu kalt, zu hungrig und zu verängstigt, um zu schlafen, konzentrierte sie sich auf Gedanken über die Zukunft. Morgen war sie in Heiligensee, und Ricarda würde sich um sie kümmern. Und eines Tages kam auch Stefan zurück …

Im Morgengrauen machte sie sich erschöpft wieder auf den Weg und fand sich bald in einem Strom von Flüchtlingen, die nach Westen zogen, ihre kümmerliche Habe auf Handwagen ziehend oder als Bündel auf dem Rücken tragend. Aus der Ferne ertönte ab und zu Gewehrfeuer, wo einige Unentwegte noch immer gegen den Feind kämpften.

Viktoria verließ die Hauptstraße und setzte ihren einsamen Weg nach Heiligensee fort. Die Nacht brach an, als sie die Zufahrt erreichte. Das Haus lag in völliger Dunkelheit, alle Fensterläden waren geschlossen, aber es stand noch. Tränen der Erleichterung liefen über ihr Gesicht. Alles würde gut werden. Sie war zu Hause.

Sie klopfte heftig an die Tür. «Mama! Ich bin es, Viktoria!»

Langsam zog jemand die Bolzen weg, und Ricarda stand in der Tür, mit einer Kerze in der Hand; sie war kleiner, zerbrechlicher und älter, als Viktoria sie in Erinnerung hatte. «Vicki, Liebe!» Sie starrte ängstlich hinter Viktoria in die Dunkelheit. «Du bist doch nicht allein? Wo ist Benno?»

Viktoria öffnete den Mund, um zu sagen: «Benno ist tot», aber die Worte erstarben auf ihren Lippen. Lili tauchte an Ricardas Seite auf. Das kleine Mädchen war dünn, ihre Haut fast durchsichtig, die grünen Augen standen riesengroß in ihrem bleichen Gesichtchen. «Tante Vicki, Christa ist tot. Russische Soldaten sind gekommen und Christa – Christa ist dann ertrunken ...»

«Wir haben versucht, sie zu retten, aber es war zu spät», sagte Ricarda. «Vicki, sie liegt noch am See. Wir müssen sie begraben.»

«Tante Vicki, bleibst du jetzt bei uns?»

Also hatten die kalten Finger des Todes auch Heiligensee erreicht, und es hatte eine Tragödie gegeben. Viktoria schloß die Tür hinter sich und ging in die Küche. «Ja», sagte sie, «ich bleibe. Ich kann nirgendwo sonst hin.»

Sie war zu müde, um zu essen, daher kochte Ricarda ihr nur einen Tee aus ihrem besonderen Vorrat und brachte Lili im Keller zu Bett, während Viktoria trank. Als sie zurückkam, fragte sie: «Vicki, wo ist Benno?»

Ricarda hörte mit wachsendem Entsetzen zu, als Viktoria ihr

alles erzählte, und nahm sie dann in die Arme. Sie hatte keine Worte, um ihr Mitgefühl oder ihren eigenen Kummer auszudrükken. Sie hatte Benno immer geliebt und empfand seinen Tod so stark, als ob ihr eigener Sohn gestorben wäre.

Lange standen sie so in stiller Umarmung, jede weinend in ihre eigenen traurigen Erinnerungen versunken, dann nahm Ricarda still Viktorias Arm und führte sie in den Keller.

Viktoria schlief sechzehn Stunden. Als sie aufwachte, hatte ihre Mutter so viel Wasser heiß gemacht, daß sie ein Bad nehmen konnte. Sie zog die dreckige Hose, die Jacke und das Kopftuch aus und sah zum erstenmal seit fünf Tagen in einen Spiegel. Ihr Haar war schneeweiß geworden.

19

Die nächsten Tage vergingen in einer Art betäubter Benommenheit. Es gab keinen Strom, daher konnten sie nicht Radio hören. Das Telefon funktionierte nach wie vor nicht. Niemand kam zu dem Haus. Als sie einmal vorsichtig zur Zufahrt hinaufgingen, sahen sie nur, wie russische Personen- und Lastwagen über die Straße ins Dorf fuhren. Sie beschlossen, Christa im Garten zu begraben. Sie hoben ein tiefes Loch aus, legten ihren Körper hinein und schütteten es wieder zu. «Das ist vielleicht kein gesegneter Boden, aber hier war für eine lange Zeit ihr Zuhause», sagte Ricarda. «Ich glaube, Gott wird das verstehen.»

Viktoria dachte an Benno, der unter den Trümmern des Quadriga lag. «Was ist Deutschland denn anderes als ein riesiger Friedhof?» fragte sie bitter. «Und Gott – der hat uns lange schon verlassen.»

Lili begann zu weinen, Ricarda reichte ihr einen kleinen Spaten und einen Busch Vergißmeinnicht. «Die pflanzen wir in die Mitte, Lili, als Erinnerung an alle, die wir verloren haben.» Die Blümchen leuchteten blau auf der nackten Erde, so blau wie Christas Augen.

Am nächsten Nachmittag fuhren eine Limousine mit Hammer und Sichel auf einem Banner und zwei Jeeps vor. Ricarda, Viktoria und Lili sahen sich ängstlich an. Bewaffnete Soldaten sprangen aus den Autos. Ein Chauffeur in russischer Uniform öffnete die hintere Tür der Limousine. Der Fahrgast, der ausstieg, war ein Offizier mittleren Alters, der sich einen Moment lang umsah, dann zur Haustür ging und klopfte.

«Ich gehe», sagte Viktoria. Ricarda und Lili blieben hinter ihr, als sie die Tür öffnete und den Offizier herausfordernd ansah.

Der große, vierschrötige Mann mit hellbraunem Haar und grauen Augen ging an ihr vorbei in die Halle, zwei Soldaten folgten ihm. In kehligem Deutsch sagte er: «Dieses Haus wird von der Roten Armee beschlagnahmt.»

Viktoria starrte ihn entsetzt an. «Das können Sie nicht tun! Wir können nirgendwo anders hin. Unser Hotel Unter den Linden wurde von russischen Soldaten zerstört. Mein Mann ist tot ...»

Er blickte zu Ricarda und Lili. «Wie viele Leute leben hier?»

«Nur wir drei.»

«Dann können Sie ein Zimmer behalten.»

«Aber das ist lächerlich! Sie haben kein Recht ...»

Sein Gesichtsausdruck verhärtete sich. «Wie heißen Sie?»

«Viktoria Jochum-Kraus.»

«Frau Jochum-Kraus, ich habe jedes Recht. Gestern hat sich Generalfeldmarschall Keitel in aller Form Marschall Schukow ergeben. Der Krieg ist vorbei.»

Also war es endlich soweit. Der Krieg war aus. Aber in diesem Wissen gab es keine Freude. Viktoria biß sich auf die zitternden Lippen.

Ricarda trat vor. «Letzte Woche wurde eine junge Frau, die hier gelebt hat, von russischen Soldaten vergewaltigt. Sie ist gestorben. Wer garantiert für unsere Sicherheit?»

Der Offizier sah sie peinlich berührt an. «Krieg ist Krieg, und Soldaten sind Soldaten. Einige unserer Männer sind außer Kontrolle geraten. Sie wurden bestraft. Sie haben mein Wort, daß Sie nicht belästigt werden, solange ich in Ihrem Haus bin.»

«Danke», antwortete Ricarda ruhig. «Dürfen wir Ihren Namen erfahren?»

«Ich bin Oberst Iwan Glaschow.»

Er ließ ihnen vierundzwanzig Stunden, damit sie in das frühere Kinderzimmer im Stalltrakt umziehen konnten. Als er gegangen war, sank Viktoria in einen Stuhl. «Der Krieg ist also vorbei ... Mein Gott, vielleicht wäre es besser gewesen, wenn wir alle tot wären, als jetzt unter den Russen zu leben ...»

«Es können nicht alle Russen böse sein. Oberst Glaschow scheint ein Gentleman zu sein.»

«Nein», widersprach Viktoria vehement. «Er ist ein Kommunist.»

«Das», bemerkte Ricarda weise, «ist genauso, als ob man behaupten würde, alle Deutschen seien Nazis. Man sollte die Menschen nach ihren Taten, nicht nach ihrer politischen Überzeugung beurteilen.»

An diesem Abend zogen sie mit Töpfen, Pfannen, Vorräten und einem Spirituskocher in ihr neues Quartier. In dem Zimmer war es sehr beengt, doch zumindest hatten sie fließendes Wasser und ein Dach über dem Kopf, und das war mehr, als ein Großteil der Berliner von sich sagen konnte.

Aus der Kassette im Kellerboden holten sie den Schmuck heraus, ließen jedoch die Dokumente in der Schatulle, da sie dort am sichersten waren. «Auch wenn die Russen sie finden, werden sie sich für die Papiere nicht interessieren», meinte Ricarda. Bevor sie in dieser Nacht schlafen gingen, nahm sie Nadel und Faden und nähte die Wertsachen in einen Geldgürtel ein. Sie gab ihn Viktoria und sagte: «Trag ihn auf der Haut und leg ihn nie ab.»

Am nächsten Tag zog Oberst Glaschow mit seiner Mannschaft ein. Zwei Wachen standen an der Zufahrt, zwei vor der Haustür. Der Oberst benutzte das Wohnzimmer als Büro; dort informierte er die Frauen über den ersten Befehl von General Bersarin, dem russischen Kommandanten von Berlin.

«Sämtliche Waffen, Munition, Radio- und Funkgeräte, Kameras, Autos und Benzinvorräte müssen den sowjetischen Behörden übergeben werden. Alle Banken wurden geschlossen, alle Guthaben eingefroren. Es gilt ein Ausgangsverbot zwischen zehn Uhr abends und acht Uhr morgens. Wenn Sie über Lebensmittelvorräte für mehr als fünf Tage verfügen, müssen diese gemeldet werden. Ein Rationierungssystem wird eingeführt.»

Er unterbrach sich und sah auf das Papier, das vor ihm auf dem Schreibtisch lag. «Lebensmittelkarten werden nur an diejenigen ausgegeben, die sich zur Arbeit melden. Alte Menschen und Frauen mit kleinen Kindern werden bei der Rationierung in eine niedrigere Kategorie eingestuft. Sie drei fallen in diese Kategorie.»

Viktoria kniff die Augen zusammen. «Auch in einer klassenlosen Gesellschaft sind also manche Menschen gleicher als andere», sagte sie scharf.

Der Oberst runzelte die Stirn. «Frau Jochum-Kraus, Berlin liegt in Trümmern. Die Straßen müssen geräumt werden, Brükken müssen wieder aufgebaut werden. Diejenigen, die diese schwere Arbeit verrichten, brauchen mehr zu essen als die, die sich nicht daran beteiligen.»

«Die Rote Armee hat die Hälfte all dieser Zerstörungen verursacht ...»

Ricarda legte ihre Hand begütigend auf Viktorias Knie. «Vikki, ich bitte dich ...»

«Frau Jochum-Kraus, wenn Sie Schutt räumen wollen, dann bitte», sagte Oberst Glaschow steif. «Ich war der Meinung, Ihnen einen Gefallen zu tun.» Er stand auf. «Das ist alles. Sie können gehen.»

Das Radio, die Konserven aus dem Keller, das letzte Benzin und die alte Flinte von Ricardas Vater wurden den Russen übergeben.

Die Russen verhielten sich Viktoria und Ricarda gegenüber bei allen Begegnungen völlig korrekt. Lili rührte jedoch an eine andere Seite ihres Wesens; bald gaben sie ihr Süßigkeiten und kleine Geschenke.

Viktoria war zornig. «Lili, du solltest diese Sachen nicht annehmen.»

«Vicki, sie sind weit fort von zu Hause», sagte Ricarda. «Wahrscheinlich haben die meisten selbst Kinder, die ihnen sehr fehlen.»

«Dann sollen sie doch zu ihren Familien zurückgehen. Wir wollen sie hier nicht haben.»

Kurz nach dieser Episode hielt Oberst Glaschows Adjutant Ricarda auf ihrem Weg ins Dorf auf. «Oberst Glaschow läßt Ihnen sagen, daß Sie sich jederzeit frei im Garten bewegen können, wenn Sie möchten. Ihm tut es leid, daß das Kind den ganzen Tag im Haus sein muß.»

«Das ist sehr freundlich. Bitte danken Sie dem Oberst in meinem Namen», antwortete Ricarda.

Viktoria war wütend. «Er gestattet, daß wir uns in unserem eigenen Garten aufhalten dürfen. Du kannst tun, was du willst, ich bleibe jedenfalls drinnen.»

Sie blieb also im Kinderzimmer, während Ricarda im Garten arbeitete. Lili half ihr, die vernachlässigten Gemüsebeete zu pflegen und eine neue Saat zu pflanzen. Obwohl sie immer schon gern gärtnerte, ermüdete Ricarda inzwischen rasch. Sie konnte sich kaum mehr bücken und hatte ständig Rückenschmerzen. Sie war jetzt neunundsiebzig Jahre alt, und obwohl sie nicht so viel durchgemacht hatte wie die meisten Berliner, forderte der Krieg doch seinen Preis. Dazu kam der Schock nach dem Tod von Christa und Benno.

An einem Abend im Mai arbeitete Ricarda noch draußen, als plötzlich der Oberst neben ihr stand. «Ihr Garten macht Ihnen alle Ehre, Frau Jochum.»

Ricarda stützte sich auf ihren Rechen und sah auf den im Licht der letzten Sonnenstrahlen orangefarben schimmernden See hinaus.

«Wir haben außerhalb von Moskau eine Datscha. Wahrscheinlich ist meine Frau jetzt mit unseren beiden Kindern dort.»

«Wie alt sind Ihre Kinder, Herr Oberst?»

«Dimitri ist dreizehn, Tanja ist neun. Möchten Sie ein Foto sehen?» Er zog eine Brieftasche heraus. «Hier, das sind sie mit meiner Frau Irina.»

Ricarda sah sich das Bild an. «Eine nette Familie, Herr Oberst.»

«Vielen Dank.» Er steckte das Foto zurück. «Ihre Enkelin ist auch ein hübsches Kind. Aber sie ist traurig. Sind ihre Eltern tot?»

«Ihr Vater war bei der Luftwaffe. Er ist in Rußland gefallen. Ihre Mutter, meine Tochter Luise, ist bei einem Luftangriff umgekommen.»

«Hat Frau Jochum-Kraus keine Kinder?»

«Doch zwei: eine Tochter, die auf dem Land lebt, und einen Sohn in England.»

«Ein Kriegsgefangener?»

«Nein. Stefan hat Deutschland noch vor dem Krieg verlassen. Er – war mit Hitlers Politik nicht einverstanden.»

Oberst Glaschow zündete sich eine Zigarette an. «Fast vier Jahre lang haben wir in unserem eigenen Land gegen die Deutschen gekämpft. Bevor wir die deutsche Grenze erreichten, erfuhren wir von Majdanek und Auschwitz. Ich kam nach Deutschland und haßte alle Deutschen. Aber jetzt, seit ich hier bin, empfinde ich nicht mehr so …»

Ricarda lächelte müde. «Zweifellos haben auf den Schlachtfeldern und in den Konzentrationslagern schreckliche Verbrechen stattgefunden. Ich will nicht versuchen, das zu entschuldigen. Auch unser Volk hatte furchtbar zu leiden: Feuerstürme in den Städten, in denen Tausende unschuldige Zivilisten umgekommen sind; diese letzte Schlacht um Berlin …»

Oberst Glaschow nickte. «Frau Jochum, würden Sie mir die Ehre erweisen, heute abend mit mir zu essen?»

Ricarda sah ihn nachdenklich an. Menschen sollen nach ihren Taten, nicht nach ihren politischen Ansichten beurteilt werden. «Danke, Herr Oberst, das nehme ich gern an.»

Wie nicht anders zu erwarten, war Viktoria schockiert. «Was, du ißt mit Glaschow zu Abend? Mutter, ich versteh dich nicht!»

Ricarda blickte traurig auf Viktorias weiße Haare und das erschöpfte Gesicht und sagte nichts dazu.

Das Speisezimmer sah aus wie in alten Zeiten. Ein weißes Spitzentischtuch lag auf, die Kerzenleuchter und das Besteck aus Silber waren frisch poliert. Der Oberst begrüßte Ricarda mit einem Handkuß und rückte ihr den Stuhl zurecht. Neben ihrem Gedeck stand in einer schmalen Silbervase eine rote Rose. Ricarda war gerührt. Soviel Galanterie hatte sie nicht erwartet.

«Wir sind nicht nur Rohlinge in der Roten Armee», meinte Oberst Glaschow, der ihren Gesichtsausdruck richtig deutete.

«Sie sprechen hervorragend Deutsch, Herr Oberst», sagte Ricarda.

«Wir sind auch nicht alle nur ungebildete Kerle. Ich bin Sohn eines Diplomaten.»

«Und ich bin die Tochter eines Diplomaten.»

«Erzählen Sie mir von Ihrer Familie, Frau Jochum.»

Ricarda erzählte ihm also von ihrem Vater, über Karl, der das Hotel Quadriga gebaut hatte, und von ihren beiden Töchtern, über die Revolution der Spartakisten und Karls Tod. Ein Soldat servierte Schweinebraten, frisches Gemüse und eine Flasche Wein. «Nach dem Tod meines Mannes übernahmen Viktoria und Benno das Hotel.»

«Bis die Russen es niedergebrannt haben … Und ihr Mann starb in dem Brand?»

«Das Hotel war eine Art Feldlazarett geworden. Benno versuchte, Verwundete aus dem Untergeschoß zu retten.»

Oberst Glaschow füllte ihr Weinglas erneut. «Und die Mutter von Lili?»

Ricarda lächelte liebevoll. «Luise war ganz anders als Viktoria. Ihre Schöpfung war das Café Jochum auf dem Kurfürstendamm; bis zu Hitlers Machtantritt war es sehr berühmt. Dann flohen die Künstler, Musiker und Schriftsteller …»

«Gibt es das Café noch?»

«Es wurde im November 1943 ausgebombt. Ich habe es seitdem nicht gesehen, weil ich damals im Sommer mit Lili und Christa hierherkam.»

«Christa? Ist das die junge Frau, die vergewaltigt wurde?»

«Ja. Lili und ich fanden sie im See. Ihr Vater war Graf Peter von Biederstedt. Er wurde am 20. Juli 1944 wegen seiner Beteiligung an einer Verschwörung gegen Hitler umgebracht. Christas Mutter wurde verhaftet und kam nach Ravensbrück. Wir haben seither nichts mehr von ihr gehört.»

«Ich beginne Viktorias Verbitterung zu verstehen …»

«Darf ich Sie etwas fragen, Herr Oberst? Wie wird die Zukunft Deutschlands aussehen?»

«Das wird zur Zeit noch von den politischen Führern der drei Mächte diskutiert. Im Februar gab es in Jalta eine Konferenz, in der Stalin, Churchill und Roosevelt entschieden, Deutschland in drei Zonen zu teilen, die von einem gemeinsamen Rat in Berlin kontrolliert werden sollen.»

«Und Berlin liegt in der russischen Zone?»

Oberst Glaschow zuckte mit den Schultern. «Damals sollte es unter den Alliierten aufgeteilt werden. – General Bersarin stellte bereits einen Stadtrat aus antifaschistischen Deutschen zusammen.»

«Wie wollen Sie denn wissen, wer Antifaschist ist?»

«Kommunisten und Sozialdemokraten, die den Krieg in Konzentrationslagern verbracht haben, können mit Sicherheit als Antifaschisten angesehen werden», erwiderte Oberst Glaschow trokken. «Außerdem sind Deutsche aus Moskau gekommen, zum Beispiel Walter Ulbricht, Wilhelm Pieck und Basilius Meyer. Ulbricht und Meyer kamen Anfang des Monats nach Berlin und arbeiten in der Stadtverwaltung eng mit General Bersarin zusammen.»

«Basilius Meyer?»

«Kennen Sie ihn?»

Ricarda nickte bedächtig. «Nein. Den Jungen kenne ich nicht, aber seine Mutter. Olga Meyer war die Nichte meines Mannes.»

Zwei Wochen vergingen. Mit Unterbrechungen gab es wieder Strom, die russischen Behörden produzierten eine Zeitung, Lilis Gesicht bekam wieder Farbe, und sie wurde dank der Großzügigkeit der russischen Soldaten auch etwas kräftiger. Lili war jetzt sieben Jahre alt, zu klein, um wirklich zu verstehen, was geschehen war, und jung genug, um sich in dem neuen, wiederkehrenden Leben wohl zu fühlen.

Viktoria stand jedoch immer noch unter Schock. Sie blieb nach wie vor im Haus; ihre Verbitterung war weiter genährt worden, seit sie erfahren hatte, daß Basilius Meyer in Berlin war. Olgas Sohn war also heimgekehrt, und der Traum seines Vaters wurde Wirklichkeit. Doch ihr eigener Sohn war nicht da, um ihm zu begegnen. Sie wußte nicht, wo Stefan sich befand, wußte nicht, ob er tot oder lebendig war ... Ihr Leben lag leer und ohne Hoffnung vor ihr.

Ricarda machte sich große Sorgen um sie und wünschte verzweifelt, ihr irgendwie zu einem neuen Lebenssinn verhelfen zu können, doch ihr fiel nichts ein.

Bis Oberst Glaschow sie eines Tages wieder in ihrem Garten besuchte.

«Wenn das Wetter so bleibt, werden Sie eine gute Erbsenernte haben, Frau Jochum.»

«Eine Ernte aus selbstgezogenen Samen kann einen sehr zufrieden machen, Herr Oberst.»

«So zufrieden wie der Wiederaufbau eines einstmals berühmten Cafés?»

Ihr fiel die Harke aus der Hand. «Wiederaufbau …?»

«Auch Soldaten der Roten Armee möchten ihren Spaß haben, aber zur Zeit gibt es in Berlin nichts zum Amüsieren. Auf dem Kurfürstendamm haben nur einige zweifelhafte Kabaretts neu aufgemacht.» Er zog eine Grimasse. «Die sind kaum besser als Bordelle. Angesichts Ihrer Verbindung zu Basilius Meyer würden Ihnen die Behörden eine Lizenz zur Wiedereröffnung Ihres Unternehmens geben.»

«Sie meinen, das Café Jochum könnte …?»

Er nickte. «Wenn Sie möchten, ja. Dort ist viel zu tun, das Grundstück liegt voller Schutt. Sie müßten irgendwo Möbel, Geschirr, Besteck, Essen, Personal auftreiben.»

Auf diese Gelegenheit hatte Ricarda gewartet. «Nach der Zerstörung des Gebäudes konnte mein Schwiegersohn ziemlich viel von der Einrichtung retten. Vielleicht sind sogar noch Vorräte im Keller, wenn wir dort überhaupt hineinkommen …»

«Einer meiner Männer wird Sie und Frau Jochum-Kraus morgen zum Kurfürstendamm fahren und Sie abends wieder abholen. Dann können Sie mir sagen, wie Sie sich entschieden haben.»

Viktoria reagierte kaum auf die Neuigkeit. «Ich will doch kein Café für russische Offiziere führen. Was ist daran gut?»

Diese Reaktion hatte Ricarda erwartet. «Schau es dir wenigstens an», beharrte sie.

Am nächsten Morgen ließen sie Lili bei Hilde Weber und fuhren in einem Jeep mit nach Berlin. Ricarda sah die Stadt zum erstenmal seit zwei Jahren wieder und war zutiefst erschüttert. Da Brücken und Tunnels zerstört waren, mußten sie einen großen Umweg machen. Es gab weder Busse noch Straßenbahnen. Die wenigen Fahrzeuge wurden – wie ihres – von russischen Soldaten gefahren. Ein oder zwei Pferdekarren waren zu sehen. Einige

Leute fuhren auf Fahrrädern. «Und du bist das alles zu Fuß gegangen?» wollte Ricarda ungläubig von Viktoria wissen.

«Irgendwie, ja. Was sollte ich denn sonst machen?»

Je näher sie zum Zentrum kamen, desto größer waren die Zerstörungen. Überall sahen sie Frauen mit Kopftüchern, die in den Ruinen Schutt räumten und Ziegelsteine schrubbten. Aus Balken, Ziegelsteinhaufen und Planen hatten sich die Leute Notunterkünfte gebaut; Rauch stieg aus improvisierten Kaminen auf, graue Kleider hingen an Wäscheleinen.

Den Kurfürstendamm erkannte Ricarda kaum wieder und schon gar nicht das Café, als Viktoria den Fahrer bat, anzuhalten und sie aussteigen zu lassen. Die ehemals breite Allee war jetzt ein schmaler Pfad über Schutthaufen. Darüber erhob sich die schwarze Hülle des Café Jochum. Auf halber Höhe hingen verkrümmte Stahlstreben; Reste der Treppe rankten sich wild verdreht vor den in den Himmel ragenden, fensterlosen Betonmauern – ein Denkmal des totalen Krieges.

Die beiden Frauen standen stumm da, dann suchte sich Ricarda einen Weg zu der Stelle, wo früher der Eingang zum Keller gewesen war. Gleichgültig folgte Viktoria ihr. Seit Benno die Türen verschlossen, verbarrikadiert und gesagt hatte: «Wenn wir das Café nach dem Krieg wieder aufbauen, werden wir schauen, was noch zu gebrauchen ist.», war noch viel mehr zerstört worden.

Ricarda sagte: «Wenn Benno noch am Leben wäre, würde er das Café wieder aufbauen. Deshalb hat er alles so sorgfältig verstaut. Er tat alles, um deine Zukunft zu sichern. Warum, denkst du, hat er die Kassette nach Heiligensee gebracht? Wenn das Schlimmste passieren würde, solltest du einen Neuanfang wagen können.»

Viktoria sah mit leerem Blick zu den Frauen hinüber, die die Straße räumten; eine Abteilung russischer Soldaten marschierte vorbei, eine kleine Baldrianpflanze kämpfte um ein Plätzchen an der Sonne. «Auch wenn wir in den Keller kommen, wie sollen wir denn ein Café führen? Berlin hungert. Wir brauchen Essen und Personal … Und wo sollen wir wohnen während der Arbeiten? Dein Oberst wird uns wohl kaum jeden Tag mit einem Jeep hierherbringen lassen. Ich habe vom Wedding aus damals zwei Tage nach Heiligensee gebraucht.»

«Wir tun dasselbe wie die anderen: Wir bauen einen Unterschlupf. Ich bin sicher, daß Oberst Glaschow uns erlaubt, einige Planen aus Heiligensee herzuschaffen. Schau, hier stehen zwei Wände, und ein Stück Decke ist auch noch da.»

«Ist das dein Ernst?»

Ricarda nahm Viktorias Hände. «Vicki, mein Liebes. Ich bin eine alte Frau, aber ich möchte gern noch einmal ins Café Jochum gehen, bevor ich sterbe. Und solange ich noch da bin, werde ich dir dabei helfen, daß das möglich wird.»

Viktoria wurde von einer neuen Angst gepackt. «Mama, bitte sprich nicht übers Sterben. Das halte ich nicht aus. Du wirst ewig leben …»

Ricarda lächelte schmerzlich. «Ich hoffe nicht, aber eine Weile möchte ich schon noch hier sein. Wir Jochum-Frauen sind ziemlich zäh, weißt du.» Dann krempelte sie ihre Ärmel hoch. «Also, fangen wir an …» Mit entschlossener Miene kletterte sie zur Rückseite der Ruine. «Der Kellereingang war in der Nähe des Lieferanteneingangs. Das sollte nicht allzu schwer zu finden sein.» Sie rollte ein Stück Mauerwerk zum Schutthaufen, der einmal die Küche gewesen war.

Viktoria blieb nichts anderes übrig, als ihrem Beispiel zu folgen.

Sie wurden kreuzlahm von der Arbeit, denn die Steinbrocken waren zu schwer für die beiden geschwächten Frauen; doch nach und nach hievten oder rollten sie sie von der Stelle weg, wo der Kellereingang sein mußte. Der Staub kratzte in den Kehlen und brannte in den Augen, ihre Fingernägel brachen, ihre Arme taten ihnen weh, aber sie schufteten verbissen weiter.

Als der Jeep gegen sechs Uhr kam, hatten sie acht Stunden gearbeitet. Erschöpft warfen sie einen Blick auf das Ergebnis, doch trotz der Mühen war kaum etwas zu sehen.

Als sie in Heiligensee ankamen, wusch sich Ricarda, legte sich aufs Bett und schlief sofort ein. Viktoria mußte wohl oder übel zu Oberst Glaschow gehen, ihm ihren Entschluß mitteilen und ihn um die Erlaubnis bitten, Planen und Vorräte zum Kurfürstendamm mitzunehmen.

Er sah sie abweisend an. «Planen und Ähnliches, ja, aber keine Lebensmittel. Es gibt zu wenig zu essen in der Stadt.»

«Wovon sollen wir leben?»

«Von den Rationen, Frau Jochum-Kraus, wie alle anderen auch.»

Viktoria wußte nicht, was Ricarda an ihm fand. Sie nickte ebenso kühl und verließ den Raum.

Sie bat Hilde Weber, Lili zu versorgen, während sie für das Café arbeiteten, und ging dann zum Bootshaus, um Planen und anderes Material herauszusuchen. Schließlich hängte sie sich den Schlüssel für den Keller des Cafés an einer Schnur um den Hals. Über die Grobheit des Obersts war sie so zornig, daß sie all ihre Zweifel vergessen hatte. Sie würde das Café ihm zum Trotz wieder aufbauen.

Am Morgen brachte sie ein russischer Soldat zum Kurfürstendamm und sah zu, wie sie alles ausluden. Dann deckte er einen Laderaum im Rückteil des Jeeps auf, zeigte ihnen Konserven und Zigaretten und deutete grinsend auf Viktorias Uhr.

Sie gab ihm die Uhr. Es war ein hoher Preis für die Lebensmittel, die noch dazu wahrscheinlich aus ihrem eigenen Keller stammten, aber es war besser, als zu hungern. Und Zigaretten waren inzwischen ein fast unbekannter Luxus. Sie trugen die Vorräte in ihr neues Zuhause und begannen, einen Unterschlupf zu bauen. Spätabends waren sie fertig.

Mit Eimern gingen sie zur nächsten Wasserpumpe und stellten

sich in die Schlange geduldig wartender Frauen. «Hab euch noch gar nicht hier gesehen», meinte eine von ihnen zu Ricarda, eine kräftige, rotgesichtige Frau mit schwieligen Händen.

«Meiner Tochter und mir gehört das Grundstück da drüben.» Ricardas gepflegte Aussprache war ein starker Gegensatz zum kräftigen Dialekt ihrer Nachbarin.

«Was war denn das?»

«Das Café Jochum.»

Die Frau lachte gutmütig. «Mein Alter hat immer gesagt, das sieht aus wie ein angeschlagenes Schlachtschiff.» Sie sah Ricarda besorgt an. «Geht mich natürlich nichts an, aber Sie werden sich doch nicht umbringen wollen. Wir sind ja die Trümmerfrauen von Berlin und harte Arbeit gewöhnt, aber so eine feine Dame wie Sie ...»

«Daß ich eine feine Dame bin, wird mir in unserem neuen Berlin nicht viel helfen», meinte Ricarda trocken.

«Angeblich gibt es Lecks in den Abwasserrohren, und das Zeug läuft in die Trinkwasserleitungen», sagte eine andere Frau. «Kochen Sie das Wasser mal besser ab, bevor Sie es trinken, meine Liebe.»

«Zwei Kinder aus meiner Nachbarschaft haben Typhus», erzählte jemand. «Den Russen ist das egal ...»

Es war tröstlich zu wissen, daß sie nicht allein waren, sondern Teil der großen Heerschar von Frauen, die Berlin wieder aufbauten. Sie kehrten zu ihrem Unterschlupf zurück und aßen ihr fades Mahl aus Konservengemüse. Irgendwoher kam russische Musik. Ratten liefen durch die Ruinen.

Sie schliefen schlecht, wachten früh auf und stellten sich wieder mit den Frauen an der Pumpe an – nach diesem Muster verlief ihr Leben nun in den kommenden Tagen. Mit der Zeit stellte sich auch in der anstrengenden und oft gefährlichen Arbeit ein Rhythmus ein. Überall lagen Glasscherben im Schutt. Manche Betonstücke waren so schwer, daß sie sie auch mit vereinten

Kräften kaum von der Stelle bewegen konnten. Wenn sie einen Balken hoben, löste sich damit oft genug die Stütze eines Steinhaufens, der sie zu überrollen drohte. Doch langsam legten sie einen Weg von der Straße in den ehemaligen großen Saal des Cafés frei.

Nach zwei Wochen erreichten sie die Küche. Obwohl sie sich nicht beklagte, sah man Ricarda die harte Arbeit und die kargen Rationen an. Die Trümmerfrauen hatten recht gehabt: Sie war durch nichts in ihrem Leben auf so viele Stunden schwere Arbeit vorbereitet. Oft spürte sie einen stechenden Schmerz in der Brust und mußte innehalten, um Atem zu schöpfen.

Doch eines Tages überzeugte sie ein Ereignis, daß ihre Bemühungen nicht umsonst waren. Plötzlich flatterten Fahnen in allen Straßen – nicht nur Hammer und Sichel, sondern auch Union Jack, Sternenbanner und Trikolore. Am Wannsee fand die von den Zeitungen so genannte «große inter-alliierte Konferenz» statt, in der die militärischen Führer der Sowjetunion, der USA, Großbritanniens und Frankreichs die Zukunft Deutschlands berieten. Zum erstenmal betraten Soldaten der Alliierten den Boden Berlins.

Am nächsten Tag empfing Viktoria einen Besucher, während Ricarda zum Wasserholen ging. Ein junger Mann Anfang Dreißig in einem gutsitzenden Anzug fuhr in einem Wagen vor, den ein Chauffeur steuerte. Er stelzte vorsichtig über den Schutt zu Viktoria und fragte: «Frau Jochum-Kraus?»

Viktoria stand über das Eisenstück gebeugt, das sie als Brecheisen benutzte, und sah ihn skeptisch an.

«Ich bin Basilius Meyer. Wir sind verwandt, glaube ich.»

Seit Ricarda ihr von dem Gespräch mit Oberst Glaschow erzählt hatte, erwartete Viktoria diesen Besuch. Sie klemmte das Brecheisen unter ein Stück Beton. «Leider, ja.»

Basil sah sie kühl an. «Sie haben einmal meiner Mutter geholfen, deshalb komme ich jetzt, um Sie zu warnen.»

«Ist Olga tot?»

«Sie ist 1937 gestorben. Aber ich habe überlebt. Nach einer kurzen Zeit in Karaganda war ich an der Schule der Komintern in Ufa. Dann habe ich für das ‹Nationalkomitee Freies Deutschland› in Moskau gearbeitet. Jetzt bin ich wieder in Berlin, als Mitglied der Stadtverwaltung, und will den Traum meiner Eltern verwirklichen.»

Viktoria schnaufte ärgerlich. «Warum kommen Sie nicht auf den Punkt?»

«Sie möchten doch Ihr Café wieder eröffnen. Frau Kraus, denken Sie daran, daß Lizenzen auch wieder entzogen werden können. Oberst Glaschow hat berichtet, daß Ihre Familie sehr antifaschistisch eingestellt war, daß Ihr Sohn Deutschland wegen Hitlers Politik verlassen hat und daß einige Ihrer Verwandten in die Juli-Verschwörung verwickelt waren. Aber ich weiß mehr. Ihr Ehemann war der Sohn von Baron Kraus.»

«Mein Mann ist tot.»

Basilius schnippte ein Staubkörnchen von seinem Anzug. «Ja, er ist im Hotel Quadriga gestorben. Ein passender Ort. Für meine Mutter verkörperte das Quadriga alles Übel der kapitalistischen, imperialistischen Gesellschaft.»

«Herr Meyer, was wollen Sie eigentlich von mir?»

«Ich will nichts von Ihnen. Ich will Sie nur warnen, daß Ihre Tage vorbei sind, daß das Hotel Quadriga unter der Herrschaft der Kommunisten in Berlin nicht wieder erstehen wird.»

«Die Kommunisten werden nicht allein regieren.»

Basilius zuckte die Achseln. «Wo sind denn die Amerikaner, die Briten und die Franzosen?» Damit drehte er sich auf dem Absatz um und ging zu seiner Limousine.

Viktoria sah ihm mißtrauisch nach. Hieß das nun, daß all ihre Arbeit umsonst war? Sollten sie das Café eröffnen, nur damit es gleich wieder geschlossen wurde? Hatte Basilius Meyer so viel Macht? Oder bluffte er? Wollte er sich persönlich für seine Eltern rächen, oder war er aus rein politischen Motiven gekommen?

Sie beschloß, ihrer Mutter nichts von Basils Auftauchen zu erzählen. Und was auch immer Olgas Sohn sagen oder tun mochte, sie würde das Café Jochum wieder eröffnen, koste es, was es wolle.

Die sowjetischen Truppen besetzten den Osten Österreichs, die Amerikaner den Westen. General Eisenhower erklärte: «Wir werden den Nazismus und den deutschen Militarismus ausmerzen.» Eine Hexenjagd auf Mitglieder der ehemaligen NSDAP und Offiziere von Wehrmacht und SS begann.

Anfang Juni kamen amerikanische Militärpolizisten zu dem Bauernhof oberhalb vom Traunsee. Anna stapfte zu den Wiesen hinauf, wo Otto das erste Gras mähte. «Otti, Otti, die Amerikaner wollen etwas von dir.»

Otto hängte sich die Sichel über die Schulter und ging zum Hof hinunter, Wolf an seiner Seite. Oft genug hatte er mit dem Gedanken gespielt, wie mehrere seiner Kameraden eine Flucht nach Italien zu versuchen, aber das hätte bedeutet, Adolf zurückzulassen. Er glaubte jedoch nicht, daß er sich ernsthaft in Gefahr befand. Auch wenn er verhaftet wurde, konnten die Amerikaner doch kaum wissen, wer er war.

Wolf knurrte böse, als er die beiden Männer von der Militärpolizei sah. Otto hielt ihn fest an der Leine und sah seine Besucher kühl an. «Ja?»

«Sprechen Sie Englisch?» fragte der eine.

«Nein.»

In schwerfälligem Deutsch kam die Aufforderung: «Zeigen Sie uns Ihren Ausweis.»

Otto zog ihn aus der Tasche.

«Waren Sie in der Wehrmacht?»

«Ich war an der Ostfront.»

Sie besprachen sich auf englisch. Dann zog einer Handschellen heraus. «Kommen Sie mit, wir werden Ihre Geschichte prüfen.»

Wolf zog an seiner Leine. «Ist schon in Ordnung, Wolf.» Er wandte sich an Anna. «Mach du die Wiese fertig. Ich bleibe nicht lange. Und laß Dolfi nicht allein.»

Sie brachten Otto in das frühere SS-Straflager in Bad Ischl. Als er durch das Tor schritt, bekam Otto Angst. Würden die Amerikaner ihre Häftlinge so behandeln, wie er seine behandelt hatte? Doch als er sah, daß die Gefangenen sich frei auf dem Gelände bewegten, wußte er, daß dies kein Todeslager war.

Schon in den nächsten Tagen traf er viele alte Kameraden, darunter auch Franz Stangl, ehemaliger Kommandant der Lager von Treblinka und Sobibor. «Die haben keine Ahnung, wer wir sind», versicherte er Otto. «Und sie sind auch ziemlich lax. Wir sind bald wieder draußen.»

Jeden Tag legte Trude dem Baron trotz seiner Proteste eine Dekke über die Beine und fuhr ihn im Rollstuhl in den Park von Schloß Waldesruh. Mitte Mai hatte er wieder einen Schlaganfall gehabt, schlimmer als der vor zwei Jahren, denn seine rechte Seite blieb gelähmt. Sein Gesicht war schief, und er konnte nicht schreiben. Gottlieb und Martha, die dem Baron noch immer die Treue hielten, kümmerten sich um all seine persönlichen Bedürfnisse.

Schloß Waldesruh lag an einem stillen Ort in den Tiroler Alpen südlich von Innsbruck. Die Wiesen waren blau von Enzian, vom Garten aus hatte man einen herrlichen Blick über das Tal und die Straße zum Brennerpaß.

Von diesem Aussichtspunkt sah der Baron Anfang Juni zwei Jeeps der amerikanischen Militärpolizei den Weg zum Schloß heraufkommen. Wegen der weißen Helme wurden die MPs Schneeflocken genannt. Der Baron läutete die Glocke. Gottlieb Linke erschien. Mit der linken Hand deutete der Baron auf die Autos. Linke lächelte. «Ich werde Herrn Werner Bescheid sagen.»

Werner empfing sie an der Tür. «Guten Tag, meine Herren. Womit kann ich Ihnen dienen?» fragte er in fließendem Englisch.

«Wir suchen Baron Heinrich von Kraus.»

«Mein Großvater ist ein kranker Mann. Kann ich Ihnen helfen? Ich bin Werner Kraus.»

Sie konsultierten eine Liste. «Nein, wir suchen den alten Herrn. Wir haben einen Haftbefehl.»

«Einen Haftbefehl? Weswegen?»

«Er ist einer der Köpfe der deutschen Rüstungsindustrie. Laut unserem Bericht ist er Anfang Januar aus Berlin geflohen.»

«Ich meine, da liegt ein Fehler vor, meine Herren. Mein Großvater und ich kamen im Winter hierher, weil ihm sein Arzt absolute Ruhe verordnet hat. Er ist sechsundachtzig Jahre alt und arbeitet schon lange nicht mehr.»

«In Deutschland scheint es nur noch alte Männer zu geben, die über nichts Bescheid wissen! Wir möchten ihn sehen.»

Baron Heinrich saß teilnahmslos in seinem Rollstuhl, den Kopf mit einem Kissen abgestützt, seine gelähmte Hand lag leblos auf einer Decke. Trude saß mit ihrem Strickzeug neben ihm. «Wie lange ist er schon in diesem Zustand?» fragte einer der Militärpolizisten.

«Seinen ersten Schlaganfall hatte er im Mai 1943, den zweiten vor ein paar Wochen. Der Arzt gibt ihm nicht mehr sehr lange.»

Die Amerikaner berieten sich kurz. Dann wandten sie sich an Werner. «Wer hat den Kraus-Konzern geleitet?»

«Mein Vater, Ernst Kraus, von Essen aus.»

«Den haben wir schon. Nun, mir scheint, Sie werden so bald nicht verreisen?»

Werner schüttelte bedrückt den Kopf. «Nein, Sir.»

«Wir müssen über den Baron Meldung erstatten. In der Zwischenzeit kann er hierbleiben.»

Als die Jeeps wieder verschwunden waren, setzte sich der Baron auf. «Ich hab dir doch gesagt, das funktioniert, Junge.»

Werner nickte. Und er wußte eines: Wenn die Hexenjagd vorbei war und der Kraus-Konzern wieder voll arbeitete, dann war er an der Spitze.

«Frau Jochum?» rief jemand, und Ricarda richtete sich mit schmerzendem Rücken auf, dankbar für die Gelegenheit, ein bißchen zu verschnaufen. Über den Pfad, den sie bis fast zur Kellertür freigelegt hatten, kam eine Frau, ein Lächeln auf dem schmalen Gesicht und mit mehreren Zahnlücken. Ricarda überlegte. Die Stimme kannte sie, aber das Gesicht …?

«Ach, Frau Jochum, Sie erkennen mich nicht. Ich bin Klara Scheer.»

Ricarda vergaß ihre Schmerzen. «Frau Scheer! Oh, meine Liebe, wie ich mich freue, Sie zu sehen!»

«Jemand hat mir erzählt, daß Sie hier arbeiten, da bin ich gekommen, um Ihnen meine wunderbare Neuigkeit mitzuteilen. Frau Jochum, mein Mann ist am Leben!» Sie zog einen Brief aus ihrer Tasche. «Der ist vom 5. Mai, aber das Rote Kreuz konnte ihn erst jetzt zustellen. Bernhard wurde von den Amerikanern befreit. Er wird bald nach Hause kommen!»

«Vicki!» rief Ricarda. «Pastor Scheer wurde von den Amerikanern befreit. Er kommt nach Hause.»

Viktoria lief zu ihnen. «Wie wunderbar für Sie, Frau Scheer. Ich freue mich so.» Sie hielt einen Moment inne. «Das ist ja fast wie ein Wunder. Mitten in all dem Schlimmen geschieht etwas Schönes, und man kann wieder Hoffnung schöpfen.»

«Vielleicht kommt Ihr Stefan auch zurück, Frau Jochum-Kraus. Deutschland wird ihn brauchen, wie meinen Bernhard.»

Viktoria lächelte traurig. «Frau Scheer, ich habe keine Ahnung, ob Stefan überhaupt noch lebt.»

«Wenn Bernhard acht Jahre in Konzentrationslagern überleben

konnte, dann wird Stefan es sicher geschafft haben, in England zu überleben.»

Ja, dachte Viktoria verbittert, und wenn Basilius Meyer zurückkommen kann, dann sollte das auch für Stefan möglich sein …

«Ich finde, das sollten wir feiern», sagte Ricarda. «Ich werde uns Kaffee kochen.» Sie ging zum Unterstand, zündete den Kocher an und setzte sich müde auf den Stein, der ihnen als Sitz diente.

Vielleicht bedeutete diese Nachricht von Frau Scheer, daß jetzt ein Ende abzusehen war. Wenn die Menschen aus den Konzentrationslagern nach Hause kamen, mußten auch die Amerikaner, die Briten und die Franzosen bald in Berlin eintreffen. Vielleicht kam Stefan zurück, und Viktoria war nicht mehr allein. Dann hatte sie ihre Pflicht erfüllt und konnte sich nach Heiligensee zurückziehen, um ihr Leben dort in Frieden und Ruhe zu beenden.

In Fürstenmark wurde der unter den Nazis zum Bürgermeister ernannte Ladenbesitzer verhaftet und ein SS-Mann erschossen auf der Hauptstraße gefunden. Andere Parteimitglieder verschwanden, doch ob sie tot oder gefangen oder in die Sowjetunion deportiert waren, wußte niemand zu sagen. Es fragte auch niemand danach. Fragen zu stellen, das hatte man vor langer Zeit gelernt, war ein sicherer Weg, um selbst Schwierigkeiten zu bekommen.

Auf dem Friedhof trug ein einfaches Holzkreuz den Namen von Graf Peter von Biederstedt, darunter die Worte «Im Kampf gefallen». Das Schloß war nach wie vor von den Russen besetzt.

Abgesehen von solchen Unannehmlichkeiten verlief das Leben im Dorf in beinahe normalen Bahnen. Die Bewohner arbeiteten auf ihren Feldern, kümmerten sich um das verbliebene Vieh, brachten die Ernte ein und verlasen die Felder säuberlich, um die mageren Rationen aufzubessern. Pastor König hielt seine Gottesdienste ab, wobei er alle durch die Nazis eingeführten Veränderungen wegließ. Ein neuer Dorflehrer kam und wurde in der Pfarrei untergebracht, ein dünner, hakennasiger Sozialist, der ständig erkältet zu sein schien, fließend Russisch sprach und die meiste Zeit des Krieges in einem Konzentrationslager verbracht hatte. Die Königs nahmen ihn gastfreundlich bei sich auf. Sie hofften jedoch, daß er nur übergangsweise blieb, bis Hans zurückkehrte und seinen alten Posten wieder übernahm.

Im Lauf des Sommers zogen russische Polizisten in die Polizeistation ein. Flüchtlinge aus dem Osten, mit wenig Habe, ohne Vorräte und wenig Geld brachten neue Spannungen in das Dorfleben. Es war eine Sache, Nachbarn, die die Russen ausquartiert hatten, ins eigene Heim aufzunehmen, doch etwas ganz anderes war es, das Privatleben und die schwindenden Vorräte mit völlig fremden Menschen teilen zu müssen. In der Pfarrei mußten Heini und Senta ihr Zimmer räumen und mit ihrer Mutter im Ehebett schlafen.

Monika fragte sich oft, wie es ihren Eltern ging, doch sie schienen inzwischen weit weg und unwirklich, Teil einer Vergangenheit, die sie bei der Heirat mit Hans und dem Umzug nach Fürstenmark hinter sich gelassen hatte. Auch Hans war kaum mehr als ein Schemen in ihrer Vorstellung, so lang hatte sie schon nichts mehr von ihm gehört. Doch von der Front kehrten nach und nach Soldaten zurück. Sogar ein oder zwei Kriegsgefangene waren schon gekommen. Monika begann zu hoffen, daß auch Hans bald wieder bei ihr war.

Am 2. Juli gelang Viktoria und Ricarda der Durchbruch zur Kellertür. Mit zitternden Fingern griff Viktoria nach dem Schlüssel an ihrem Hals. Das Schloß mußte nach der langen Zeit rostig sein. Waren sie so weit gekommen, um festzustellen, daß es sich nicht aufsperren ließ? Knarrend drehte sich der Schlüssel im

Schloß. Die Tür öffnete sich. Viktoria knipste die Taschenlampe an, faßte nach der Hand ihrer Mutter, und zusammen stiegen sie in die modrigen Tiefen.

Sie waren nicht allein. Im Licht der Lampe glänzten große Augen, und schwarze Schatten huschten in die dunklen Ecken. Im ganzen Keller war das Getrappel von Füßen zu hören. Eines der Tiere schoß an ihr vorüber, die Treppen hoch und durch die Tür: eine Ratte von der Größe eines kleinen Hundes. Viktoria entfuhr ein Schrei.

Ricarda griff sich ans Herz und sackte gegen die Wand. Viktoria lachte erleichtert. «Schon gut, es war nur eine Ratte, Mama.»

«Ja, natürlich. Wie dumm von mir.»

Der Keller wurde ruhig. Viktoria ging weiter über die Stufen, den Gang entlang und in den ersten Raum, wo Mobiliar untergebracht war, das sie nach dem Luftangriff gerettet hatten. Die Ratten hatten einige der Ledersessel angeknabbert, doch bis auf das angelaufene Chrom schien alles intakt zu sein.

Im nächsten Raum fanden sie Lampen, Kerzen und Kerzenleuchter, Tischwäsche, Besteck, Gewürze und Küchenutensilien. Alles war säuberlich aufgestapelt, zum Teil in Kisten verpackt. Viktoria schüttelte verwundert den Kopf. Lieber Benno, so pingelig … Sie steckte eine Kerze in einen Halter und zündete sie an.

Im dritten Raum war die Küchenausstattung: Töpfe, Pfannen, Kessel, Kaffeemaschinen, Backformen, Terrinen, Teller, Tassen und Untertassen. Gemessen an der Zerstörung im Café war es ein Wunder, daß so viel aus den Ruinen gerettet worden war.

Schließlich kam sie zu den Lebensmittelvorräten. Kurz nach Kriegsanbruch hatte Benno seine Reserven zwischen Quadriga, Heiligensee und Café aufgeteilt. Ganze Regale voller Wein – nicht annähernd soviel wie im Quadriga, aber doch ein beachtlicher Vorrat. Er hatte nichts Verderbliches gekauft, sondern nur Konserven in Dosen und Gläsern, Mehl in Büchsen, große luftdichte Gläser mit Kaffeebohnen. Kaffeebohnen! Er hatte nicht wissen können, was das für ein Luxus im Nachkriegsberlin war.

Mit der Kerze in der Hand ging Viktoria den Gang entlang. «Es gibt sogar echten Kaffee.»

Keine Antwort. Besorgt lief sie zur Treppe und fand ihre Mutter auf den Stufen sitzend. «Mama, was ist denn?»

Ricarda lächelte schwach. «Das ist nur die Aufregung. Ich habe mich plötzlich so komisch gefühlt. Laß nur. Ich bin gleich wieder in Ordnung.»

«Ich hole etwas Wasser.» Viktoria lief nach oben und kam mit einem Krug Wasser und einem Becher zurück.

Ricarda trank in kleinen Schlucken. Nach einigen Augenblikken sagte sie: «Siehst du, es geht mir schon besser. Es war nichts. Hast du etwas von echtem Kaffee gesagt, Liebes?»

Viktoria sah sie bekümmert an. «Möchtest du welchen?»

Ricarda nickte. «Das wäre doch genau richtig, um das neue Café Jochum zu feiern.»

Viktoria holte den Spirituskocher und stellte den Kessel auf. Dann zog sie zwei Stühle und einen Tisch heran, deckte ein Tischtuch, Tassen und Untertassen auf und stellte die Kerze in die Mitte. Sie nahm Ricardas Arm und führte sie zu einem der Stühle. In der «Küche» öffnete sie eine Kaffeedose und fand auch eine Kaffeemühle. Als sie zu mahlen begann, erfüllte ein herrlicher Duft von frischem Bohnenkaffee den Raum. Sie schüttete das Kaffeemehl in ein feines Sieb und goß heißes Wasser darüber in eine Kanne, die sie feierlich ins «Restaurant» trug. «Er wird ein wenig knirschen von all dem Staub, und wir haben auch weder Zucker noch Sahne», lachte sie. «Aber es ist tatsächlich Kaffee!»

Ricarda griff nach der Tasse, doch ihre Hand zitterte so heftig, daß sie sie nicht heben konnte. «Mein Liebes, es ist so dumm von mir. Was kann denn nur los sein? Ich habe Schmerzen in der Brust.»

Viktoria wollte sowohl sich wie auch ihre Mutter beruhigen

und sagte: «Du bist übermüdet. Ich hätte dich nicht soviel schuften lassen sollen.»

«Vicki, halt mir bitte die Tasse an die Lippen. Ich möchte deinen Kaffee probieren.»

Tränen traten in Viktorias Augen, als sie sich neben Ricarda kniete und die Tasse so hielt, daß sie trinken konnte. «Ich hole einen Arzt.»

Ihre Mutter drehte sich zu ihr und küßte sie. Mit einer Stimme, die kaum mehr war als ein Flüstern, murmelte sie: «Vicki, ich hoffe, das Café wird ein Erfolg. Dein Vater und Benno wären so stolz ...» Dann sank sie in Viktorias Arme.

«Mama ...» Viktoria hob sie hoch und legte sie auf den Boden, öffnete ihre Kleider und streichelte sie. «Mama, Mama, bitte komm doch wieder zu dir. O Mama, bitte, bitte, bitte ...»

Doch Ricardas grüne Augen sahen sie nur blicklos an. Als Viktoria das Ohr an Ricardas Brust legte, war kein Herzschlag zu hören.

«Mama ...!» Ihr Schrei hallte in den Kellern des Café Jochum wider. Sie warf sich über den leblosen Körper, klammerte sich an ihn, Tränen strömten über ihr Gesicht. «O Mama, ich hab dich so lieb ...»

Wenn Ricarda sie hörte, dann nur aus einer anderen Welt.

Eine der Trümmerfrauen holte einen alten Arzt, der bestätigte, daß Ricarda vermutlich an einem Herzschlag gestorben war. Er half Viktoria bei den Formalitäten mit den sowjetischen Behörden, doch für ein Begräbnis konnte er nichts tun.

Die Russen kümmerten sich nicht um den Tod einer alten deutschen Frau, und in einer Stadt, in der der Tod so offen neben dem Leben regierte, gab es auch keine Särge. Um Epidemien zu verhindern, wurden alle Leichen in den städtischen Krematorien verbrannt.

Viktoria konnte sich ein Fahrrad leihen und bat in Heiligensee

Oberst Glaschow um Hilfe. «Herr Oberst, meine Mutter ist gestorben. Bitte, können Sie Ihren Einfluß nutzen, damit sie in Heiligensee begraben werden kann?»

Der Oberst schüttelte unwillig den Kopf. «Tausende russische Soldaten sind in der Schlacht um Berlin umgekommen. Keiner von ihnen wurde angemessen begraben. Seien Sie dankbar, daß Ihre Mutter in ihrer Heimatstadt sterben konnte. Auch wenn sie noch leben würde, könnte ich nicht mehr für sie tun. Der eine Krieg ist vielleicht vorbei, doch ein anderer geht weiter: der Krieg des Volkes gegen den Kapitalismus. Der einzelne muß hinter den Interessen der Allgemeinheit zurückstehen.»

Es war immer dieselbe kommunistische Leier. Sie hatte doch recht gehabt: Egal, ob sie Basilius Meyer oder Oberst Glaschow hießen – Kommunisten sollten nicht als Menschen, sondern nach ihrer politischen Überzeugung beurteilt werden. «Gott sei Dank denken nicht alle so wie Sie», sagte sie, stieg auf das Fahrrad und kehrte in die Ruinen von Berlin zurück.

Es gab kein Grab und nicht einmal eine angemessene Begräbnisfeier für Ricarda Jochum. In einer mittelalterlich anmutenden Szene brachte ein Pferdewagen ihre Leiche fort.

Zum erstenmal im Leben war Viktoria völlig allein. Sie kauerte sich in einer Kellerecke zusammen, zu schmerzerfüllt, verlassen und bekümmert, um noch weinen zu können. Die Nacht brach über Berlin herein, und irgendwann schlief Viktoria ein. Sie wachte auf und hörte die Stimme ihrer Mutter: «Vicki, ich hoffe, daß das Café ein Erfolg wird. Dein Vater und Benno wären so stolz ...»

Da wußte sie, was sie zu tun hatte. Langsam stand sie auf und ging die Kellertreppe hinauf. Über der Stadt brach der Morgen an, ein rosa Schimmer überzog den Himmel über den stummen schwarzen Ruinen. Viktoria ballte die Faust. «Mama, ich verspreche dir, du bist nicht umsonst gestorben. Ich werde das Café Jochum wieder eröffnen. Auch das Quadriga werde ich wieder aufbauen. Papa, Benno und du sollen eines wissen: Ich lasse euch nicht im Stich, ich liebe euch ...»

Die Geister ihrer verstorbenen Lieben schienen sich um sie zu versammeln und ihr Kraft zu geben, und sie wußte, daß sie sich zwar einsam fühlen mochte, aber nie mehr allein sein würde.

In einer endlos scheinenden Kolonne fuhren russische Panzer und Lastwagen mit Soldaten in den Ostteil der Stadt; ihre Stelle nahmen amerikanische Panzer und Lastwagen mit Soldaten ein. Einige Tage später trafen die ersten britischen Truppen ein.

Eines Nachmittags ging Viktoria in den Wedding, wo Hasso, Rosa und deren Nachbarn Trümmer wegräumten. Sie begrüßten sie erfreut, und Viktoria erzählte ihnen die Ereignisse der letzten Tage. Schließlich fragte Hasso ruhig: «Suchen Sie etwa einen Barmann?»

«Schlechtes Gehalt, miserable Bedingungen ...»

«Sechzig Jahre lang hat es in Berlin ein Café Jochum gegeben ...»

Diesen Satz sollte sie in den nächsten Tagen noch öfter hören. Innerhalb kürzester Zeit hatte Hasso mehrere der früheren Kellner aus dem Quadriga aufgestöbert. Er fand einen alten Chefkoch und verschiedene junge Mädchen, die unbedingt arbeiten wollten. Bald herrschte eine Atmosphäre von Optimismus und Geschäftigkeit in den Kellerräumen, die sich unter Hassos Führung in ein Café, eine Küche, ein Lager und zwei Schlafräume verwandelten.

Während all dieser Veränderungen fragte sich Viktoria indessen, ob für das Café jetzt nicht sogar schlechtere Erfolgsaussichten bestanden als vorher unter der russischen Verwaltung. Obwohl die Berliner die Amerikaner und Engländer mit offenen Armen begrüßt hatten, wurden ihre Gefühle nicht erwidert, zumindest nicht von den Militärbehörden. Die Briten waren kalt und ablehnend. Die Amerikaner hielten alle Deutschen für Nazis, behandelten sie wie Dreck und ließen keinen Zweifel daran, daß sie sie als Abschaum der Erde betrachteten. Die Soldaten durften mit Deutschen nur sprechen, um einen Befehl mitzuteilen.

Daß die Amerikaner mit ihrem Reichtum protzten, machte alles nur noch schlimmer. Die Vereinigten Staaten hatten unter dem Krieg nicht zu leiden gehabt und konnten Flugzeugladungen voller Lebensmittel einfliegen. Während die Berliner hungerten, lebten die Amerikaner im Luxus.

«Warum sollten die ins Café Jochum kommen?» fragte Viktoria Hasso hilflos. «Und wenn sie kommen – was können wir ihnen schon bieten?»

«Die Amerikaner sind auch nur Menschen», antwortete Hasso zuversichtlich. «Ihre Generäle verbieten ihnen vielleicht zu fraternisieren, aber die Soldaten sind weit weg von zu Hause. Der Krieg ist vorbei. Sie wollen Wein, Weib und Gesang. Den Wein haben wir. Frauen gibt es auch genügend. Und die Musik? Irgendwo in dieser Stadt wird es doch einen Akkordeonspieler oder einen Pianisten geben, der für ein Essen spielen würde. Sie werden sehen.»

«Was haben wir denn zu essen für die?» Brot, Mehl, Milch, Eier, Gemüse waren ein unsagbarer Luxus in dieser Stadt, wo die Menschen sich jeden Tag in langen Schlangen für ihre dürftigen Rationen anstellen mußten.

Hasso zog ihren Amethystring aus der Tasche. «Das reicht doch für den Anfang. Wir gehen eben auf den Schwarzmarkt.»

Viktoria dachte an den Gürtel, den sie unter ihren Kleidern trug. Wenn Hasso recht hatte, konnten sie kaufen, was immer sie wollten.

Mitte Juli fand im Cecilienhof in Potsdam eine Konferenz statt, an der die Staatsoberhäupter der drei Hauptsiegermächte teilnahmen: Truman, Churchill und Stalin sowie ihre Außenminister und zahllose Adjutanten. Churchill sah sich in Berlin den Reichstag und Hitlers Bunker unter der Reichskanzlei an und fuhr über den Kurfürstendamm nach Potsdam zurück.

Eine kleine Menschenmenge wartete an den Straßen, um ihn zu sehen, einige hatten sogar Union Jacks aufgetrieben. In abgerissenen Kleidern, ein Kopftuch über dem weißen Haar, so stand auch Viktoria dabei und sah zum erstenmal den Mann, der einmal Deutschlands größter Feind war und jetzt mit seinem offenen Haß auf die Sowjetunion Deutschlands Verbündeter geworden war. Für Viktoria verkörperte er in sehr greifbarer Form ihre ganze Hoffnung. Er war ein Verbindungsglied zu England, zu Mortimer und vor allem zu Stefan.

Die Potsdamer Konferenz endete am 1. August, und das deutsche Volk wurde offiziell über sein weiteres Schicksal informiert. Deutschland sollte in vier Zonen aufgeteilt, jede davon von einer der vier Siegermächte besetzt werden. Die Oberhoheit übernahm der Alliierte Kontrollrat in Berlin. Alle Territorien östlich von Oder und Neiße fielen an Polen. Fürstenmark in Vorpommern lag in der sowjetischen Zone, das Ruhrgebiet in der britischen. Wieder einmal wurden von Deutschland massive Reparationszahlungen erwartet.

Obwohl Berlin mitten in der sowjetischen Zone lag, sollte die Stadt in vier unter der Kontrolle der Siegermächte stehende Sektoren geteilt werden. Heiligensee und Wedding waren im französischen, die Ruinen des Quadriga lagen im russischen, der Kurfürstendamm und das Café Jochum im britischen Sektor.

«Gott steh uns bei. Im Vergleich damit war Versailles geradezu großzügig!» knurrte Hasso, als er die Bestimmungen des Potsdamer Abkommens in der Zeitung las. Dann warf er das Blatt auf den Boden. «Nein, nicht einmal Gott wird uns jetzt noch helfen. Das können nur wir selber. Frau Viktoria, wir sollten die Eröffnung des Café Jochum vorbereiten.»

20

Am Samstag, dem 18. August 1945, ratterte ein Jeep mit offenem Verdeck über die aufgerissenen Straßen in der Stadtmitte von Berlin. Der Fahrer, der Anfang Juli mit den ersten Amerikanern gekommen war, kaute ununterbrochen seinen Kaugummi. «Da haben wir ganz schön hingelangt, was?» sagte er zu dem amerikanischen Kriegsberichterstatter, der neben ihm saß und sich an der Windschutzscheibe festhielt.

«Hitler hat einmal gesagt, daß die Stadt in zehn Jahren nicht wiederzuerkennen sein würde», meinte der Journalist trocken. «Recht hat er gehabt.»

Der zweite Fahrgast auf der Rückbank des Jeeps schwieg bedrückt. Er trug eine Uniform der britischen Streitkräfte und war ein gutaussehender Mann Anfang Dreißig mit braunen Augen und gewelltem braunen Haar. Vollkommen überwältigt von den Zerstörungen, versuchte er zu begreifen, wie ein Mensch diese Vernichtungsorgie überleben konnte. Trotz aller Fotos, die er gesehen hatte, war er durch nichts auf diese Wüstenei von einer Stadt vorbereitet, auf die unendlichen Schutt- und Trümmerhaufen, auf die ausgebrannten Häuser ohne Dächer und Fenster, die öde in den Himmel ragten.

Mit Haß im Herzen war er nach Deutschland gekommen und

dem Vorsatz, alles zu unternehmen, um die Verantwortlichen des Holocausts ihrer gerechten Strafe zuzuführen. Drei Jahre lang war er während des Krieges für die *British Political Warfare Executive* tätig gewesen. Jetzt arbeitete er für den Alliierten Kontrollrat. Er sprach so fließend Deutsch wie Englisch. Nur wenige Menschen waren so herausragend qualifiziert, um das Entnazifizierungsprogramm der Alliierten durchzuführen.

Doch die Zerstörung ringsum und die niedergedrückten Mienen der Menschen, die sich durch den Schutt kämpften oder geduldig in langen Schlangen vor leeren Geschäften standen, blieben nicht ohne Wirkung auf ihn. Dies war eine ganz andere Stadt als die, die er während der sechs schrecklich langen Kriegsjahre immer wieder in seinen Gedanken heraufbeschworen hatte. Mitleid regte sich in seinem Herzen, das so lange vom Haß erfüllt gewesen war.

Der Jeep fuhr um das Brandenburger Tor, unter dem die Wracks von LKWs, Panzern, Panzerwagen und Kanonen lagen. Von der Statue der Quadriga flatterte die rote Fahne mit Hammer und Sichel.

Der Jeep fuhr langsam die zerstörte Prachtstraße hinauf, und plötzlich rief der britische Captain etwas. Der Fahrer hielt vor einem Trümmerhaufen an.

Der Captain ging zu der Stelle, wo einmal der Eingang gewesen war. Er sah das Gebäude, wie er es in seiner Erinnerung bewahrt hatte: ein eindrucksvoller Säulenportikus aus Granit, weiße Marmorstufen führten zu gläsernen Drehtüren hinauf, die zwei kobaltblau gekleidete Portiers bewachten, der Balkon, von dem aus er so oft Paraden und Prozessionen beobachtet hatte, die elegant eingerichteten Suiten und Gesellschaftsräume …

Kinder tauchten aus den Ruinen auf, zerkratzte Straßenbengel mit schmutzigen Gesichtern und zerlumpten Kleidern. Einer bettelte: «Schokolade.»

Der Journalist zog einen Riegel aus der Tasche. «Hier, Junge.»

Als der Bub danach griff, fragte er auf deutsch: «Was ist denn hier passiert?»

«Die Russen haben es niedergebrannt.»

«Und was ist mit den Besitzern? Was ist mit denen geschehen?»

Der Junge erschrak vor dem forschenden Tonfall des Amerikaners und rannte davon. Wie die Ratten verschwanden er und seine Freunde in den Schatten der Ruinen.

Der Journalist schlug dem Briten freundschaftlich auf die Schulter. «Der wußte doch sowieso nichts.» Sie gingen zum Jeep zurück, und er fragte den Fahrer: «Findest du von hier zum Kurfürstendamm?»

«Mm, ich denke schon.»

Schweigend fuhren sie durch den Tiergarten, kaum noch erkennbar als der einladende Park ihrer Erinnerung mit seinen Ententeichen und Rosengärten. Das verbrannte Gras war von Schützengräben und Maschinengewehrnestern durchsetzt, die häßliche Anlage eines Flakturms überragte die Baumstümpfe.

Obwohl die Zerstörungen nicht ganz so schwer waren wie Unter den Linden, stand am ganzen Kurfürstendamm kaum noch ein einziges Gebäude. Die Bierhallen, Straßencafés, Nachtclubs, Kinos und Kaufhäuser: alles nur noch leere Fassaden.

Plötzlich schrie der Captain ungläubig: «Schau!» Neben einem Weg, der durch den Schutt führte, stand ein handgeschriebenes Schild: CAFÉ JOCHUM.

Er sprang aus dem Wagen, noch bevor der Fahrer richtig gebremst hatte, lief eine Treppe hinunter und betrat einen Raum voller amerikanischer und englischer Soldaten. Der Journalist folgte ihm bedächtig. Im dichten Zigarettenqualm spielte in der Ecke ein Mann auf einer reichlich verstimmten Geige. Drei ältere Kellner in schäbigen Fräcken und grauweißen Handschuhen balancierten Tabletts hoch über ihren Köpfen.

Eine Frau mittleren Alters tauchte aus dem Hintergrund des

Raumes auf und blieb einen Moment stehen, um sich umzusehen. Ihr blasses Gesicht war ungeschminkt, tiefe Falten zogen sich um ihre blauen Augen, sie war mager und ihr Haar schneeweiß.

Der Amerikaner sah, wie sie zwischen den vollbesetzten Tischen hindurch zum Eingang ging. Daß er einmal geglaubt hatte, diese Frau zu lieben, gehörte schon fast einer anderen Wirklichkeit an. Wenn sie sich jetzt wieder begegneten, waren sie Fremde. «Ich komme in einer Stunde oder so wieder», sagte er zu seinem jungen Freund.

Der hochgewachsene junge Captain trat zu der Frau, und Viktoria, die ihn mit seiner Sonnenbrille und der Uniformmütze nicht erkannte, sagte auf englisch: *«Welcome to Café Jochum.»*

Stefan nahm die Brille ab und streckte strahlend die Arme aus. «Mama, ich bin zu Hause.»

Draußen zündete sich Mortimer Sydney Allen eine Zigarette an und bewunderte lächelnd das handgemalte Schild mit der Aufschrift: CAFÉ JOCHUM – FIVE O'CLOCK TEA IS NOW BEING SERVED.

Er hatte immer schon gewußt, daß Viktoria eine wahrhaft bemerkenswerte Frau war.

Stammbaum der Familie Kraus-Jochum

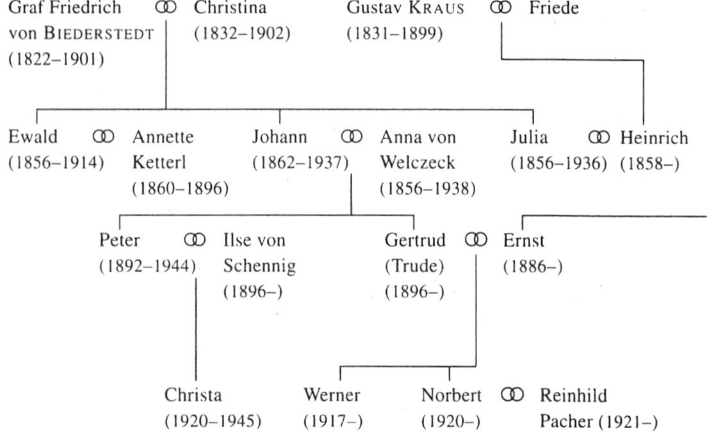

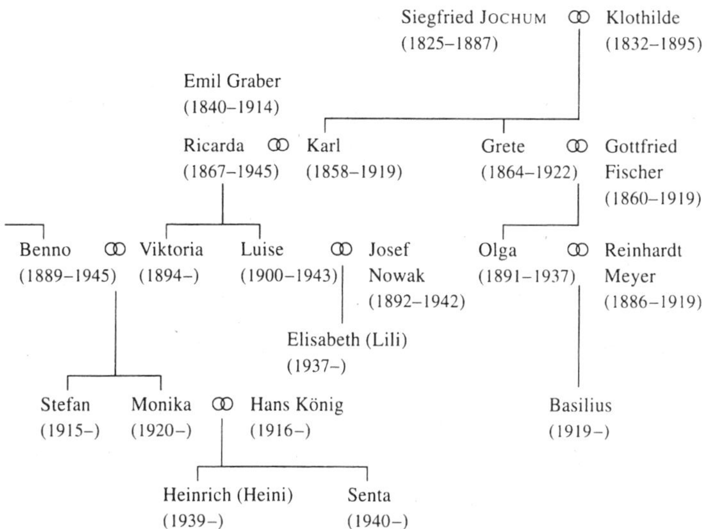

Siegfried Jochum (1825–1887) ⚭ Klothilde (1832–1895)
Emil Graber (1840–1914)
Ricarda (1867–1945) ⚭ Karl (1858–1919)
Grete (1864–1922) ⚭ Gottfried Fischer (1860–1919)
Benno (1889–1945) ⚭ Viktoria (1894–)
Luise (1900–1943) ⚭ Josef Nowak (1892–1942)
Olga (1891–1937) ⚭ Reinhardt Meyer (1886–1919)
Elisabeth (Lili) (1937–)
Stefan (1915–)
Monika (1920–) ⚭ Hans König (1916–)
Basilius (1919–)
Heinrich (Heini) (1939–)
Senta (1940–)

Leseprobe

JENNY GLANFIELD

Viktorias Erbe

Die Geschichte einer
Berliner Familiendynastie

Aus dem Englischen
von Wolfgang Rhiel

Rowohlt Taschenbuch Verlag

Neuausgabe
Veröffentlicht im Rowohlt Taschenbuch Verlag,
Hamburg, Dezember 2019

Einzig berechtigte Übersetzung aus dem Englischen von Wolfgang Rhiel
Titel des Originals: «Children of Their Time»
Covergestaltung Hauptmann & Kompanie Werbeagentur, Zürich
Coverabbildung Nina Masic / Trevillion Images; akg-images
Gesamtherstellung CPI books GmbH, Leck, Germany
ISBN 978-3-499-00088-1

TEIL EINS

1945 – 1950

1

Berlin, Samstag, den 18. August 1945

Der amerikanische Militärjeep holperte über von Bombenkratern übersäte Straßen durch rauchgeschwärzte, ausgebrannte Ruinen, die öde in den Himmel starrten. Größere Straßen waren mit Bulldozern geräumt worden, aber überall sonst rückten Menschen, zumeist Frauen, den Trümmern zu Leibe. Aus Brettern, Ziegelsteinen und Planen waren Notunterkünfte errichtet worden. Auf Feuerstellen zwischen den Ruinen wurde im Freien gekocht. Lange Schlangen warteten vor den Läden und an Wasserpumpen. Notdürftig zusammengenagelte Kreuze markierten die Stellen, wo Menschen bei Luftangriffen umgekommen waren. Von Zeit zu Zeit überholte der Jeep einen von Menschen gezogenen Leichenwagen.

Ganz im Bann jener Faszination des Schreckens, die jeden neu ankommenden Berlin-Besucher packte, hielt Mortimer Allen sich an der Windschutzscheibe fest, während Jeff Malone den Jeep routiniert über unsichere Wege ins Stadtzentrum steuerte. Mortimer, zweiundfünfzig Jahre alt, mit grauen Augen und einer leicht ergrauten Strähne, die ihm widerspenstig in die hohe Stirn hing, war ein großgewachsener, stattlicher Amerikaner deutscher Abstammung und mit einer Engländerin verheiratet. Bis 1940, als er sich mit den Nazis angelegt hatte, war er Berliner Korrespondent der *New York News* gewesen. Die letzten fünf Jahre hatte er aus London über den Krieg berichtet.

Mortimer holte ein Päckchen Zigaretten aus der Tasche, bediente sich, bot sie Jeff an, drehte sich dann um und hielt sie Stefan Jochum hin, der hinten im Jeep kauerte.

Stefan, das bleiche Gesicht unter einer britischen Militärmütze, nahm die Zigarette dankend an, wobei er sich bemühte, die zitternden Finger ruhig zu halten. Natürlich hatte er von den Luftangriffen und Feuerstürmen gewußt, die über und in Berlin getobt hatten, und von der letzten Schlacht im April dieses Jahres, als russische Truppen sich zu Fuß bis zur Reichskanzlei und dem Führerbunker vorgekämpft hatten. Aber auf diese schreckliche Stadtwüste war er denn doch nicht vorbereitet gewesen.

Es war sechs Jahre her, seit er Berlin verlassen hatte, voll Verachtung für seine Mutter, Haß auf die Nazis und Angst vor dem Gedanken an einen Krieg zwischen England und Deutschland, den er sich, als er aus brach, nie so lang und verheerend vorgestellt hatte. Während sechs Jahren hatte er sich gegen jegliche Gefühle gewappnet, hatte er an Deutschland nur als den Feind und an Berlin nicht als seine Geburtsstadt gedacht, sondern nur als die Hauptstadt des Nazireichs.

Aber trotzdem war es seine Heimat. Seine Familie wohnte noch in Berlin – falls sie die Zerstörung überlebt hatte. Die letzte Nachricht hatte Stefan 1940 von Mortimer erhalten. Nicht einmal über das Rote Kreuz hatte er irgend etwas erfahren können.

Sie fuhren am Gerippe des Potsdamer Bahnhofs vorbei und kamen zum Potsdamer Platz, auf dem jetzt Panzerwracks und ausgebrannte Militärlaster standen. Ein Militärfahrzeug hupte ungeduldig, und Jeff gab Gas. Links lag der Tiergarten, jetzt kaum noch wiederzuerkennen als der verlockende Park mit Teichen und Rosengärten, wie Stefan und Mortimer ihn in Erinnerung hatten. Er glich vielmehr einem Schlachtfeld – versengter Rasen mit den Narben von Schützengräben und MG-Stellungen, die zerfetzten Bäume überschattet von einem monströsen Flakturm, der trotz der vielen Treffer noch stand.

Der Jeep umfuhr das Brandenburger Tor, an dem ebenfalls zerstörte Laster, Panzer, Panzerwagen und Geschütze lagen. Über den zwölf Säulen thronte die zerschossene Quadriga, der von vier stolzen Rossen gezogene und von der Siegesgöttin Viktoria gelenkte Triumphwagen, der an den Frieden zwischen Frankreich und Preußen von 1795 erinnern sollte. Auf dem Tor flatterte eine große, rote Fahne mit Hammer und Sichel.

Vor ihnen lag Unter den Linden, einst Berlins Prachtstraße, doch die Linden, die dem Boulevard den Namen gegeben hatten, waren verschwunden, und von den Gebäuden zu beiden Seiten standen nur noch die Außenmauern. Die Promenade in der Mitte wurde von einem Riesenplakat beherrscht, das Stalin zeigte.

»Hier beginnt der sowjetische Sektor«, erklärte der Fahrer.

Nichts interessierte Stefan in diesem Augenblick weniger als die politische Teilung Berlins. Er starrte auf die Ruinen und versuchte zu erkennen, wo das Hotel Quadriga gestanden hatte. Plötzlich schrie er auf, so daß Jeff abrupt anhielt und sich fragend umdrehte.

»Hier hat Captain Jochums Haus gestanden«, erklärte Mortimer.

Während Jeff leise durch die Zähne pfiff, war Stefan aus dem Jeep geklettert. Fassungslos schüttelte er den Kopf, das Hotel noch so vor Augen, wie er es zuletzt gesehen hatte: den imposanten Granitsäulengang; die weiße Marmortreppe vor den gläsernen Drehtüren, an denen zwei Portiers in kobaltblauer Livree standen; den Balkon, von dem er und seine Familie so oft Paraden und Aufzüge verfolgt hatten; die elegant eingerichteten Zimmer, Restaurants und Bars . . .

Seine Großeltern Karl und Ricarda Jochum hatten das Hotel erbaut und an dem Tag eröffnet, an dem seine Mutter, Viktoria, im Juni 1894 zur Welt gekommen war. Stefan selbst war vor gut dreißig Jahren am 28. April 1915 dort geboren worden. Er hatte das Hotel immer für unvergänglich gehalten.

Doch jetzt gab es nur noch Berge von Granitbrocken, verkohlte Balkenreste, Trümmer von Marmorbädern und -böden, über denen ein Schleier aus Ruß und Asche lag.

Aus den Ruinen tauchten ein paar Kinder auf, dreckstarrende, zerlumpte Gassenbengel mit schmutzigem Gesicht. Einer kam auf Mortimer zu und bettelte: »Schokolade, Schokolade.«

Mortimer hatte bereits erlebt, welche Macht Schokolade und Zigaretten auf die ausgehungerten Menschen in Deutschland hatten. Er sprang aus dem Jeep und holte einen Schokoladenriegel aus der Tasche. *»Here you are, kid.«* Als der Junge danach griff, fragte er auf deutsch: »Was ist mit diesem Haus passiert?«

»Ham die Russen anjesteckt.«

»Und die Besitzer? Was ist aus denen geworden?«

Doch der Junge, dem Mortimers inquisitorischer Ton angst gemacht hatte, nahm Reißaus. Wie Ratten stahlen sie sich fort in die düsteren Ruinen.

Beruhigend legte Mortimer Stefan die Hand auf die Schulter. »Er hätte ohnehin nichts gewußt. Deine Eltern waren wahrscheinlich gar nicht hier. Dein Vater ist bestimmt mit der ganzen Familie nach Heiligensee gefahren.«

»Vielleicht.« Doch Stefan glaubte es nicht. Das Hotel Quadriga war im Leben seiner Mutter immer das Wichtigste gewesen. Egal, welche Gefahren der Familie gedroht hatten, für Viktoria war immer das Hotel zuerst gekommen. Sie hätte das Quadriga nie verlassen, nicht einmal auf Befehl seines Vaters. Wahrscheinlich hätte sie die übrige Familie in ihr Landhaus am Rand von Berlin geschickt, aber sie wäre im Hotel geblieben.

»Vielleicht sind sie auch zum Café Jochum«, sagte Mortimer. Es war eine vage Hoffnung. Sie gingen zum Auto zurück, und Jeff fuhr sie zum Kurfürstendamm im britischen Sektor.

Obwohl nicht ganz so schwer zerstört wie Unter den Linden, stand auch am Kurfürstendamm kaum noch ein Haus. Biergärten, Straßencafés, Kaufhäuser und Kinos glichen gespenstischen Skeletten.

Plötzlich rief Stefan ungläubig: »Da!« Vor ihnen erhob sich das rußgeschwärzte Gerippe des Cafés Jochum. Verbogene Eisenträger ragten in die Luft. Die Reste einer unfaßbar verdrehten Treppe hingen an nackten, fensterlosen Betonmauern. Mehr war nicht geblieben von einem der umstrittensten Berliner Gebäude des Bauhaus-Architekten Erich Mendelsohn, das einmal Stefans Tante Luise geleitet hatte. Doch an einem freigeräumten Weg durch die Trümmer stand ein handgemaltes Schild: CAFE JOCHUM – FIVE O'CLOCK TEA IS NOW BEING SERVED.

Daneben hing noch ein Blatt: »Entry strictly forbidden to civilians.« Aber Stefan nahm das kaum wahr. Noch bevor der Jeep richtig hielt, war er auf die Straße gesprungen. Gefolgt von Mortimer, ging er ein paar Stufen hinunter und trat in einen verräucherten Raum, in dem sich amerikanische und britische Soldaten drängten. In einer Ecke spielte jemand auf einer total verstimmten Geige. Drei ältere Kellner in schäbigem Gehrock und grauweißen Handschuhen balancierten Tabletts über den Köpfen der Gäste.

Hinten im Raum tauchte eine Frau mittleren Alters auf und blieb einen Augenblick prüfend stehen. Ihr blasses Gesicht war ungeschminkt, der Krieg hatte tiefe Spuren um die blauen Augen hinterlassen; sie war hager und hatte schlohweißes Haar. »Mortimer«, flüsterte Stefan, »sie lebt!«

Mortimer beobachtete sie, wie sie zwischen den vollbesetzten Tischen hindurch zum Eingang kam. Als Viktoria Jochum-Kraus einst in einer scheinbar anderen Welt mit noch goldblondem Haar durch die Marmorhallen des Hotels Quadriga geschritten war, hatte er geglaubt, er liebe sie. Es war jedoch nie etwas zwischen ihnen gewesen: Persönliche Umstände und die Politik hatten sie einander mehr und mehr entfremdet, bis der Krieg für eine endgültige Trennung sorgte. Also ließ er Viktoria und Stefan besser mit ihrer Wiedersehensfreude allein.

Stefan tat ein paar Schritte in den Raum, und Viktoria, die den großen, eleganten Mann mit Sonnenbrille und Schirmmütze nicht erkannte, sagte auf englisch: *»Welcome to Café Jochum.«*

Stefan nahm die Brille ab, und ein Lächeln erschien auf seinem Gesicht, als er die Hände ausstreckte. »Mama, ich bin wieder da.«

Einen Augenblick stand Viktoria sprachlos und ungläubig da, dann warf sie die Arme um ihn und vergrub ihr Gesicht an seinem Hals. »Stefan, o Stefan.«

Viktoria führte ihren Sohn nach hinten in den vollgepackten Lagerraum, der ihr auch als Schlafzimmer und Büro diente, mit Feldbett, altem Küchentisch und Stuhl ausgestattet war und von einer Öllampe erleuchtet wurde, die sie mit zitternden Händen anzündete. »Stefan, ich kann es immer noch nicht glauben. Kein Tag ist vergangen, an dem ich nicht an dich gedacht und gebetet habe, daß du in Sicherheit bist.«

»Ich bin so schnell wie möglich gekommen. Es ist nicht einfach, nach Berlin zu kommen. Mortimer hat schließlich erreicht, daß ich ihn begleiten durfte.«

»Mortimer?« Viktoria nannte seinen Namen wie etwas Unwirkliches. Der amerikanische Journalist hatte ihr einmal viel bedeutet. Jetzt war er nur noch eine Episode aus einer fast vergessenen Vergangenheit.

»Mama, wir waren beim Quadriga. Ein Junge hat uns gesagt, die Russen hätten es niedergebrannt. Was ist passiert?«

Viktoria dachte nicht mehr an Mortimer, sondern sah Stefan an, den Sohn, den sie so geliebt und so verletzt hatte, daß er in den schweren Tagen vor Kriegsausbruch, im August 1939, nach England geflohen war. Und jetzt, wo er wieder da war, mußte sie ihm erneut weh tun mit Nachrichten, die zu erzählen sie fast nicht übers Herz brachte. »Erzähl erst mal von dir«, versuchte sie, Zeit zu gewinnen. »Was hast du . . .?«

Doch Stefan tat ihre Frage ungeduldig ab. Er würde noch Zeit genug haben zu erzählen, wie es ihm seit seiner Flucht aus Berlin ergangen war, von seiner Internierung durch die Briten als »feindlicher Ausländer« auf der Isle of Man zu berichten; davon, wie er später dank Mortimers Hilfe einen Posten im *Political Warfare Executive* bekommen und bei deutschsprachigen Propagandasendungen der Engländer gegen die Nazis mitgearbeitet hatte; davon, daß Mortimer bei Kriegsende angeregt hatte, er solle sich bei der Englischen Kontrollkommission bewerben, um beim Entnazifizierungsprogramm der Alliierten mitzuwirken.

Was er zu berichten hatte, konnte warten. »Wo ist Papa?« fragte er. »Und Tante Luise und Oma? Wo ist Monika – und Christa?«

Viktoria setzte sich auf das Notbett und forderte Stefan auf, neben ihr Platz zu nehmen. Dann nahm sie seine Hand und begann tastend zu erzählen. Manchmal brachte sie zeitlich etwas durcheinander. Manchmal versagte ihre Stimme vor Schmerz, und sie mußte sich räuspern, bevor sie weiterreden konnte. Doch größtenteils sprach sie leidenschaftslos, als wäre das alles gar nicht ihr selbst widerfahren, sondern jemand anderem. Nur so hatte sie mit ihrem Leid leben können.

Stefan hörte ihr benommen zu. Seine Schwester Monika und ihre beiden Kinder hatten während des Krieges bei Monikas Schwiegereltern in Fürstenmark gelebt, einem Dorf ein paar hundert Kilometer nördlich von Berlin. »Monikas Mann, Hans, ist 1942 in Kriegsgefangenschaft geraten«, berichtete Viktoria. »Von Monika habe ich zuletzt im März gehört. Fürstenmark ist jetzt von den Russen besetzt. Ich weiß nicht, wie es ihr geht. Man hört so entsetzliche Dinge.«

Es war ein Totenappell. Viktorias Schwester, Luise, war bei

einem Luftangriff ums Leben gekommen, während ihre kleine Tochter, Lili, überlebt hatte. Luises Mann, Josef Nowak, Flieger bei der Luftwaffe, war in Rußland gefallen.

Die gesamte Familie Biederstedt war tot. Peter Graf von Biederstedt war wegen Beteiligung am Anschlag auf Hitler vom 20. Juli 1944 erschossen worden – Viktorias Geliebter vor ihrer Heirat mit Benno Kraus und Stefans leiblicher Vater, wie sie Stefan hatte offenbaren müssen, als er sich in Peters Tochter Christa verliebt hatte und sie heiraten wollte. Das war auch der Grund für Stefans überstürzte Abreise aus Berlin gewesen. Er hatte die Nazis verabscheut. Vor allem aber hatte er nicht in der Nähe des Mädchens bleiben können, das er liebte und das seine Halbschwester war.

Peters Frau, Ilse, war tot. Jedenfalls nahm Viktoria das an. Sie war ins KZ Ravensbrück gekommen, und man hatte nie mehr von ihr gehört. Und – Viktoria hielt kurz inne, bevor sie tapfer fortfuhr – auch Christa war tot. Sie war von russischen Soldaten vergewaltigt und tot in Heiligensee aufgefunden worden.

Stefan stöhnte auf. Aber es sollte noch schlimmer kommen. Viktorias Mann, Benno, war tot, umgekommen in den letzten Kriegstagen in den Flammen, die das Hotel Quadriga zerstörten, als russische Soldaten das Gebäude geplündert hatten. Viktoria fuhr sich durch das weiße Haar, das erlittene Leid stand ihr im Gesicht geschrieben. »Ich wäre auch tot«, sagte sie, »wenn Hasso Annuschek nicht gewesen wäre, unser Barmann. Erinnerst du dich an ihn? Er hat mich aus den Flammen gezogen und bei seiner Schwester untergebracht.«

Ihre Stimme bebte, doch sie riß sich zusammen. »Ich bin bei Hasso geblieben, bis ich nach Heiligensee konnte, wo deine Oma und Lili waren. Ich war erst ein paar Tage dort, als russische Truppen das Haus beschlagnahmten. Da haben Oma und ich Lili bei Hilde und Fritz Weber gelassen, die nach dem Haus gesehen haben, und sind hierhergekommen. Wir haben unter

Planen geschlafen und tagsüber einen Weg durch die Trümmer zum Keller gegraben.« Abwesend blickte sie auf ihre roten, schwieligen Hände mit den kurzen, abgebrochenen Nägeln. »Wir haben etwa sechs Wochen gebraucht. An dem Tag, als wir zum Keller vorstießen, ist Mama gestorben. Herzschlag.«

Stefan traten Tränen in die Augen. Er hatte das Gefühl, daß alles, was er gekannt und geliebt hatte, zerstört war. Josef und Luise Nowak, sein Lieblingsonkel und seine Lieblingstante; Ricarda Jochum, seine heißgeliebte Oma; Peter von Biederstedt, sein leiblicher Vater; Christa, die er über alles geliebt hatte; Benno Kraus, der ihn wie seinen eigenen Sohn aufgezogen hatte ...

Viktoria strich ihm wie einem Kind übers Haar, aber obwohl dieses Wiedersehen einer der schönsten Augenblicke ihres Lebens hätte sein sollen, ließ es sie eigenartig kalt. Als sie Stefan am meisten gebraucht hatte, war er nicht dagewesen. Er hatte die Schrecken des Krieges nicht erlebt. Er hatte nicht geholfen, Luises Leiche aus den Trümmern zu ziehen. Er war nicht dagewesen, als die Russen kamen. Er hatte das Quadriga nicht in Flammen aufgehen sehen. Er war nicht bei ihr gewesen in den quälenden Wochen nach Bennos Tod – des Mannes, den sie hintergangen hatte, des einzigen Mannes aber, der sie je wirklich geliebt und durch alle Wirren zu ihr gestanden hatte, bis zum bitteren Ende.

Stefan hatte nicht stundenlang mit schmerzendem Rücken Schutt geräumt. Er war nicht bei ihr gewesen, als ihre Mutter Ricarda starb. Er hatte nicht ihre grenzenlose Einsamkeit und Verzweiflung erlebt, als man Ricardas Leiche abgeholt und öffentlich verbrannt hatte. Er wußte nicht, wie es war, zu erschöpft, zu ausgebrannt, zu voll von Schmerz zu sein, um noch weinen zu können.

Ihr Sohn war zurückgekommen – aber er kam zu spät.

Mehr als sechzig Jahre hatte es in Berlin das Café Jochum gegeben. Karl Jochum hatte das erste 1883 am Potsdamer Platz eröffnet, im Herzen der Stadt in jenen so fernen Tagen, als Berlin die neue Hauptstadt eines neuen deutschen Reichs war. Vierzig Jahre später, 1923, war das Café verkauft und ein neues Café Jochum am Kurfürstendamm eröffnet worden, das zum eleganten Treff für Künstler, Schauspieler und Schriftsteller wurde, die Berlin in den 20er Jahren berühmt machten.

Dann kam 1929 die Weltwirtschaftskrise, die ein Deutschland traf, dessen neuer, noch anfälliger Wohlstand auf amerikanischen Krediten gründete, die abrupt zurückgefordert wurden. Banken brachen zusammen. Arbeitslosigkeit griff um sich. Drei Kanzler in Folge trieben das Land in den wirtschaftlichen Ruin. Am 30. Januar 1933 wurde Adolf Hitler, der Führer der NSDAP, zum neuen Reichskanzler berufen. Goebbels, Reichsminister für Volksaufklärung und Propaganda, inszenierte Ausschreitungen gegen die »dekadenten« Intellektuellen, Kommunisten und Juden. Das Café Jochum verlor rasch seine Kundschaft. Zwölf Jahre später war nur noch der Kellner übrig.

Mortimer Allen saß vor einem Glas Bier an einem kleinen Tisch in einer schummrigen Nische des Kellers. »Mich interessieren im Moment ein paar Geschichten aus Berlin«, hatte Anthony Rutherford, Chef der Nachrichtenagentur, bei einer kurzen Besprechung gesagt. »Als erstes die Besetzung. Ich möchte was über die französischen, amerikanischen, russischen und auch britischen Truppen haben. Wenn's geht, irgendwas Ungewöhnliches.«

In mehreren Gipfelgesprächen, zuletzt im Juli in Potsdam, war über die Zukunft Deutschlands nach dem Krieg entschieden worden. Man einigte sich schließlich darauf, daß Deutschland zwar als Staat untergehen, aber nicht zerstückelt und annektiert werden, sondern als eine wirtschaftliche Einheit weiterbestehen sollte. Es sollte in vier von England, Amerika, Rußland und Frankreich besetzte und verwaltete Zonen eingeteilt werden, wobei die oberste Entscheidungsgewalt beim Alliierten Kontrollrat mit Sitz in Berlin lag.

Berlin, Insel in der sowjetischen Besatzungszone, wurde in vier Sektoren aufgeteilt, und Anfang Juli waren amerikanische und britische Truppen in ihre bis dahin allein von den Russen besetzten Sektoren eingezogen. Einen Monat später hatten die Franzosen ihren Sektor übernommen.

»Zweitens natürlich Kriegsverbrecher«, hatte Anthony erklärt. »Soweit ich das beurteilen kann, haben wir es mit drei Arten zu tun: mit den Politikern und Generälen, die die Befehle gaben; denjenigen, die sie ausführten; und den Zivilisten, die Hitler finanziert und vom Naziregime profitiert haben. Die Weltpresse wird sich auf die beiden ersten Gruppen konzentrieren. Aber Sie haben Verbindungen, die die andern nicht haben. Sie haben Baron Heinrich von Kraus gekannt.«

Ja. Mortimer hatte den Baron gekannt. Er war Viktorias Schwiegervater und Stefans Großvater. Er war außerdem Chef der weltberühmten Kraus-Werke gewesen, die mit der Produktion von Eisenbahnen, Waffen, Schiffen und Chemikalien ein Vermögen verdient hatten. Mortimer wußte, daß Zuwendungen der Kraus-Werke an die Nazis es Hitler ermöglicht hatten, die Macht an sich zu reißen und seine zwölfjährige Schreckensherrschaft in Europa zu errichten. Er wußte, wie sehr die Kraus-Werke von den NS-Gesetzen und vom Krieg profitiert hatten. Er würde mit Vergnügen mithelfen, den Baron vor Gericht zu bringen.

»Und drittens, wie sehen die Deutschen das Dritte Reich heute?« hatte Anthony gefragt. »Was halten sie von den Besatzungsmächten? Wie sieht der Mann auf der Straße die Vergangenheit, Gegenwart und Zukunft? Und was ist mit den Deutschen, die sich gegen Hitler gestellt haben? Pastor Scheer zum Beispiel. Sie kannten ihn doch, oder? Man hat ihn in Tirol entdeckt. Wäre doch vielleicht ganz interessant, etwas über ihn zu schreiben«, schloß Anthony.

Die deutsche Widerstandsbewegung – ein so kleiner Kreis. Stefan hatte ihm angehört, bis er 1939 nach England geflohen war. Bernhard Scheer, der evangelische Pfarrer aus Berlin-Schmargendorf, ebenfalls. 1937 hatte er von der Kanzel gegen die Nazis gepredigt, war von der Gestapo festgenommen worden und hatte die folgenden acht Jahre in Konzentrationslagern verbracht. Pastor Scheer hatte tatsächlich überlebt – anders als die meisten Menschen, die Widerstand gegen Hitler geleistet hatten.

Ein Kellner stand plötzlich neben Mortimer und riß ihn aus seinen Gedanken. »Möchten Sie noch etwas trinken, Sir? Oder eine Kleinigkeit essen?«

Der Kellner blickte Mortimer prüfend an. Schließlich sagte er: »Entschuldigen Sie, Sir, aber sind Sie nicht Herr Allen?«

Erst da erkannte Mortimer Hasso Annuschek, der sich erheblich verändert hatte, seit Mortimer im Hotel Quadriga an der Bar gesessen hatte, während Barkeeper Hasso, ein überzeugter Sozialdemokrat, Whiskey eingeschenkt und ihn mit Hitler-Witzen amüsiert hatte. »Hasso! Das ist lange her ...« Aber er reichte ihm nicht die Hand.

Hasso versuchte seine Enttäuschung über diese frostige Begrüßung zu verbergen und ließ die Hand sinken. Mortimer Allen war also wie alle Amerikaner geworden, die ihm begegnet waren und sämtliche Deutschen für Nazis hielten und sie wie Dreck behandelten. »Ja, Herr Allen, eine dunkle und schreckliche Zeit.«

Mortimer ließ sich in seiner Arbeit nicht durch persönliche Gefühle beirren. »Haben Sie einen Augenblick Zeit, mir darüber zu erzählen?«

Hasso sah sich im Lokal um. »Einen Augenblick schon, Herr Allen, aber das hier ist nicht die Quadriga-Bar.« Die Manschetten schauten unter dem speckigen Gehrock hervor, durchgescheuert und grau, passend zum fahlen Grau seines Gesichts. Er erzählte Mortimer Allen die Geschichte von seinem und Viktorias Krieg.

Als Mortimer auf die Uhr sah, war bereits eine Stunde vergangen. Er machte Anstalten, zu der Tür zu gehen, durch die Viktoria und Stefan verschwunden waren.

»Wohin gehen Sie, Herr Allen?«

»Stefan holen.«

Ein ungläubiges Lächeln huschte über Hassos ausgemergeltes Gesicht. »Der englische Captain bei Frau Jochum ist Stefan?«

Von der Theke rief ein Amerikaner: »Service, you goddam Kraut!«

Hasso zuckte leicht zusammen, doch ohne auf seine Kunden zu achten, schob er Mortimer in den hinteren, dunklen Bereich des Kellers.

Mortimer konnte Viktorias ausgestreckte Hand nicht übergehen. Sein Handschlag war jedoch kurz und seine Stimme ohne jede Regung. »Hasso hat mir erzählt, was passiert ist. Erlaube mir, dir mein Beileid auszudrücken.«

Viktoria sah die Kälte in seinen Augen. »Danke, Mortimer. Und danke, daß du mir meinen Sohn zurückgebracht hast.«

Aus dem Hintergrund trat Hasso vor. »Herr Jochum, ich freue mich, daß Sie wieder da sind.«

Stefan ergriff Hassos Hand. »Hasso! Danke für alles, was Sie für meine Mutter getan haben. Sie haben ihr das Leben gerettet, wie sie mir erzählt hat.«

»Ich wünschte, ich hätte auch Ihren Vater retten können.«

Mortimer unterbrach sie. »Hasso, besteht die Chance, eine Flasche Whiskey zu bekommen?«

»Selbstverständlich, Herr Allen.« Er ging zu einem Schrank hinten im Raum und schloß ihn auf. »Wir haben sogar Ihre Lieblingsmarke, Jack Daniels.«

Doch auf Mortimer machte es keinen Eindruck, daß er das noch wußte. Während Hasso einschenkte und dann zurück ins Lokal eilte, dachte Mortimer mit Bitterkeit an den unaufdringlichen Luxus von einst: Nein, das ist nicht die Quadriga-Bar.

Der Whiskey konnte sie auch nicht aufheitern. Stefan stand noch ganz im Bann der Enthüllungen seiner Mutter, während Mortimer und Viktoria sich wie Fremde gegenübersaßen. Aber Mortimer war unbeeindruckt. »Du hast das Café Jochum also wiedereröffnet, Viktoria. Es war wohl doch nicht so stark beschädigt, wie es den Anschein macht.«

»Nach der Bombardierung 1943 hat Benno alles, was er retten konnte, hier im Keller gelagert – Möbel, Geschirr, Wein, Kaffee, Konserven. Er hat sogar einen Herd hergebracht.«

»Euer Besitz muß doch im Quadriga fast völlig verbrannt sein. Wie kommst du an Geld?«

Automatisch glitt Viktorias Hand zur Taille und dem Gürtel, den sie ständig auf dem Leib trug und der den Familienschmuck barg, von dem sie schon ein, zwei Stücke versetzt hatte, um auf dem Schwarzmarkt wichtige Dinge für das Café zu kaufen. Doch sie antwortete nur: »Benno hat die Wertsachen und Papiere noch vor Kriegsende nach Heiligensee gebracht. Ich habe so viel, daß ich über die Runden komme.«

»Wann hast du das Geschäft wiedereröffnet?«

»Vor etwa sechs Wochen, als die ersten amerikanischen und britischen Truppen kamen. Aber es ist schwer. Deutsche haben zum Beispiel keinen Zutritt.«

Briten und Amerikaner hatten ihre Soldaten angewiesen, nicht mit dem Feind zu fraternisieren, und ihnen eingebleut: »Seinem Wesen nach ist jeder Deutsche ein Hitler. Freundet euch nicht mit Hitler an.« Das würde nicht sehr lange vorhalten, wie Mortimer wußte. Die Soldaten waren weit von zu Hause weg. Für sie hatten die hübschen deutschen Fräuleins nicht viel mit Hitler zu tun, sie waren in erster Linie Frauen.

»Du müßtest eigentlich erstaunt sein, daß Stefan eine britische Uniform trägt«, sagte Mortimer.

»Ich arbeite für die Englische Kontrollkommission«, erklärte Stefan. »Ich muß morgen wieder zurück nach Hamburg.«

Es war Ironie des Schicksals, daß die britischen Militärbehörden in ihrer Weisheit entschieden hatten, Stefan sei ihnen für das Verhören von Flüchtlingen und Vertriebenen in Westerstedt, in der britischen Zone bei Hamburg, nützlicher als in Berlin, obwohl er ihnen viele stichhaltige Gründe genannt hatte, die dafür sprachen, ihn irgendwo in Berlin einzusetzen. Nur dank Mortimers Fürsprache an höchster Stelle war ihm erlaubt worden, kurz nach Berlin zu fahren, um nach seiner Familie zu suchen.

Mit einem Gefühl der Verzweiflung nippte Viktoria an ihrem Whiskey. Sie hatte bei ihrem Bericht eine Menge ausgelassen. Sie hatte von denen gesprochen, die umgekommen waren, aber kaum von denen, die noch lebten. »Wirst du etwas mit dem Internationalen Militärgerichtshof in Nürnberg zu tun haben?« fragte sie.

»Nicht direkt, obwohl vielleicht der eine oder andere, den ich enttarne, in anderen Verfahren abgeurteilt werden wird«, sagte Stefan.

»Bennos Bruder, Onkel Ernst, ist im Ruhrgebiet verhaftet worden. In den Zeitungen steht, daß er vielleicht in Nürnberg angeklagt wird.«

Für Stefan kam diese Nachricht nicht überraschend. »Das wußte ich schon vor meiner Abreise aus England«, sagte er gefaßt. »Ich persönlich halte Industrielle wie ihn und meinen Großvater für in hohem Grad mitverantwortlich, daß Hitler an die Macht gekommen ist und Deutschland den Krieg begonnen hat. Deshalb nenne ich mich auch nicht mehr Kraus, sondern Jochum.«

Das war die Gelegenheit, auf die Mortimer gewartet hatte. »In den Zeitungen wird Ernst Kraus als ›Stahlbaron‹ bezeichnet«, sagte er, »dabei dachte ich, so würde nur sein Vater, Baron Heinrich, genannt. Ist der alte Mann etwa tot?«

Viktoria hatte außer Benno und seinem Neffen Norbert niemanden aus der Kraus-Familie gemocht, am wenigsten ihren Schwiegervater. Allmählich ärgerte sie sich jedoch über Mortimers Haltung. Von der Nähe, die einmal zwischen ihnen bestanden hatte, war nichts mehr zu spüren, und Mortimer war genau wie alle anderen Amerikaner, mit denen sie zusammenkam: haßerfüllt und rachsüchtig. So sehr sie dem Baron mißtraute, Mortimer mißtraute sie noch mehr. Deshalb sagte sie nur: »Soweit ich weiß, lebt er noch.«

»Warum ist er dann nicht verhaftet worden? Warum nur Ernst?«

»Vermutlich wegen seiner schlechten Gesundheit. Er hatte vor zwei Jahren einen Herzinfarkt.«

»Dann hat er Ernst also doch noch die Zügel übergeben.«

Viktoria widersprach ihm nicht, obwohl sie wußte, daß der Baron seinem ältesten Sohn nie die Geschäftsführung übertragen hatte.

»Wo ist der Baron jetzt?«

»Er hat Berlin im Januar verlassen. Er besitzt ein Schloß in der Nähe von Innsbruck. Ich glaube, er hält sich dort auf.«

Mortimers Augen verengten sich. Der Baron mochte sich zurückgezogen haben, aber an seiner Beute, dem Lohn Hitlers, hielt er fest. »Natürlich. Er erwarb das Schloß nach dem Anschluß Österreichs. Vermutlich der Besitz eines jüdischen Bankiers. Er hat ganz schön von der Judenverfolgung profitiert, nicht wahr?«

Viktoria erwiderte nichts. Sie wollte nicht den Baron verteidigen, war aber auch nicht geneigt, Mortimer zu helfen.

»Wenn der Baron so krank war, wie ist er dann nach Österreich gereist? Er war doch sicher nicht allein.«

»Die Hausbediensteten und Werner waren bei ihm«, antwortete sie knapp.

»Werner?«

»Sein Enkel, der Sohn von Ernst. Werner ist nach dem Herzinfarkt des Barons in die Firma eingestiegen.« Sie hatte keine Bedenken, diese Information weiterzugeben. Sie konnte Werner nicht leiden.

»Ja, jetzt erinnere ich mich.« Mortimer hatte Werner Kraus im Quadriga kennengelernt. Aus dem gleichen Holz geschnitzt wie der Baron. »Hatte Ernst nicht zwei Söhne? Wie hat der andere denn dem Führer geholfen?«

Es wurde mehr und mehr zu einem Verhör. »Norbert«, antwortete Viktoria, ihren aufkommenden Unmut zügelnd. Norbert war anders, er war so verschieden von seinem Bruder Werner wie Benno von seinem Bruder Ernst. »Er hatte nichts mit den Kraus-Werken zu tun. Er war Architekt bei der Organisation Todt. Im Krieg verliebte er sich in eine unserer Empfangsdamen. Sie sind, glaube ich, nach Lübeck gegangen.«

Mortimer ging einen Schritt weiter. »Du hast vorhin eure Papiere erwähnt. Weißt du, ob Bennos Anteilscheine darunter waren? Hast du seine Kraus-Aktien geerbt?«

Viktoria fiel aus allen Wolken. Mit keinem Gedanken hatte sie bisher an diese Seite von Bennos Tod gedacht. In einem Land, wo alle Konten gesperrt waren, wo die Industrie am Boden lag, wo nur das Überleben bis zum nächsten Tag zählte, waren Testamente und Anteilscheine bloßes Papier. »Ich nehme es an«, sagte sie langsam.

Mortimer hatte über die Kraus-Familie erfahren, was er wissen wollte. Er blickte auf die Uhr. »Du mußt morgen früh raus, Stefan. Wir sollten gehen.«

Stefan nickte bedrückt, stand auf und nahm die Hand seiner Mutter. »Mama, es tut mir leid.«

In ihr war eine schmerzende Leere, die ihr aber nicht anzusehen war. »Paß auf dich auf, Stefan. Viel Glück bei deiner Arbeit.«

Stefan küßte sie, dann bahnten er und Mortimer sich einen Weg durch das volle Kellercafé, die Treppe hinauf und zurück zu den nackten, schwarzen Ruinen des Kurfürstendamms.

2

Das Landhaus der Jochums in dem alten Fischerdorf Heiligensee im Nordwesten Berlins war seit Generationen in Familienbesitz. Ursprünglich war es ein Bauernhof gewesen, doch das Ackerland war nach und nach an benachbarte Bauern verkauft worden, und als Viktoria geboren wurde, waren nur noch das Haus und etwa 12 000 m^2 Park geblieben, der bis zum Nieder-Neuendorfer-See, einem der Havelseen, reichte.

Als Kinder hatten Viktoria und ihre Schwester Luise die ganzen Ferien in dem Landhaus verbracht und die Familientradition später mit den eigenen Kindern fortgesetzt. Fritz und Hilde Weber, die in der Hauptstraße bei der Kirche wohnten, führten Jochums den Haushalt, wenn sie da waren, und schauten ansonsten nach dem Haus.

Der Krieg hatte Heiligensee praktisch verschont. Nach Luises Tod bei einem Luftangriff war Ricarda mit der achtjährigen Lili sicherheitshalber in das Landhaus gezogen; Christa von Biederstedt war kurz darauf zu ihnen gestoßen.

Dann waren die Russen in den idyllischen Ort eingedrungen. Die Soldaten plünderten und vergewaltigten und brachten neben anderem Leid auch Christa den Tod. Ein russischer Oberst beschlagnahmte das Haus der Jochums. Als Viktoria mit ihrer Mutter zurück nach Berlin ins Café Jochum ging, vertrauten sie Lili den Webers an.

Am Wochenende nach Stefans Rückkehr fuhr Viktoria zum erstenmal wieder nach Heiligensee, seit sie und Ricarda es verlassen hatten. Fritz und Hilde Weber begrüßten sie herzlich, machten sich dann aber sofort Sorgen, ob genug zu essen da wäre. Viktoria hatte das vorausgeahnt. Sie steckte Hilde einen Umschlag mit Devisen und eine Tasche mit Konserven vom Schwarzmarkt zu.

Hilde bedankte sich überschwenglich. »Ich bekomme zwar eine ganze Menge von den Bauern hier«, sagte sie, »aber jedes bißchen extra nehme ich gerne. Bei den Preisen, die die Bauern verlangen, und den Schwierigkeiten, die Sachen aus der Sowjetzone rauszubringen.« Sie berichtete, wie die Russen sich Ende Juli in ihren Sektor hatten zurückziehen und Heiligensee an die Franzosen übergeben müssen, in deren Sektor das Dorf lag. Dennoch blieben die Russen bedrohlich nah.

»Lili ist im Garten«, sagte Fritz. »Ich hol' sie.« Auf eine Holzkrücke gestützt, hinkte er davon, das leere Hosenbein hochgesteckt. Er hatte das Bein in den letzten Kriegsmonaten verloren.

Augenblicke später stürmte Lili ins Zimmer und warf sich Viktoria in die Arme. »Tante Vicki! Ich dachte schon, du hättest mich vergessen.«

»Natürlich nicht, mein Schatz.« Viktoria küßte ihre hagere, lebhafte Nichte, die ihrer Schwester Luise im gleichen Alter so ähnlich war mit ihren kastanienbraunen Locken und den dunkelbewimperten, grünen Augen in dem blassen, herzförmigen Gesicht.

Beim Essen erzählte Viktoria von Stefans Rückkehr und erkundigte sich dann nach dem Haus. »Jetzt sind die Franzosen drin«, sagte Hilde. »Aber ich gehe immer noch zum Putzen hin, und Fritz arbeitet ein bißchen im Garten.«

»Ich habe Papiere dort. Mama und ich haben sie gegen Kriegsende im Keller versteckt. Ich brauche sie.«

»Ich denke, du kannst fragen«, meinte Fritz. »Der französische Oberst ist, glaube ich, ganz in Ordnung.«

Nach dem Essen suchte Viktoria mit Lili das Landhaus auf. Von der Straße aus sah es beschaulich aus vor den hohen Bäumen, hufeisenförmig mit kiesbedecktem Hof, der jetzt voller französischer Militärfahrzeuge stand, und einer zum See gehenden Südveranda.

Ein bewaffneter Posten erkundigte sich energisch nach ihrem Anliegen, und Viktoria erklärte in fließendem Französisch, warum sie hier war. Die Wache führte sie zum Haupteingang, wo sie ein höherer Offizier empfing, dessen Büro im früheren Eßzimmer lag. Die eleganten Möbel und Bilder waren verschwunden. Teilnahmslos vermutete Viktoria, daß die Russen sie mitgenommen hatten.

Der Offizier prüfte ihre Papiere, stellte ihr ein paar Fragen und willigte dann ein, daß sie ihre Papiere haben könne. Zwei Soldaten begleiteten sie in den Keller, wo sie auf den markierten Stein wies, unter dem sie und Ricarda die Kassette versteckt hatten. Während sie den Stein heraushebelten, blickte Viktoria sich um. Der Keller war noch so, wie sie ihn das letzte Mal gesehen hatte. Noch immer lagen ein paar zerlegte Feldbetten herum, Decken, eine Öllampe, ein Bücherstapel, ein Nachttopf – das, was man bei einem Luftangriff brauchte. Schlimme, traurige Erinnerungen . . . Sie fröstelte.

Die Soldaten holten die Kassette heraus und brachten sie nach oben. Viktoria gab dem Offizier einen Schlüssel, und er schloß auf. Er blätterte die Papiere rasch durch, zuckte dann gleichgültig die Schultern.

Sie wußte, was er meinte. Diese Papiere – die Notariatsurkunden für das Haus, das Hotel und das Café, verschiedene Versicherungspolicen, Bennos Aktien, die Testamente von Ricarda, Luise, Benno und ihr – waren nichts als Papier. Im besetzten Berlin waren Papiere keine Besitzdokumente. Sie mochte die rechtmäßige Eigentümerin des Hauses sein, aber die Franzosen hatten es beschlagnahmt und würden so lange bleiben, wie sie wollten.

Sie unterschrieb eine Quittung, dann verließ sie das Haus wieder, die Kassette unter dem Arm und Lili an der Hand.

Lili war auf dem Weg zurück ganz still. Der Besuch im Haus hatte schreckliche Erinnerungen geweckt, an russische Soldaten, die die Sachen durchwühlten, an Christas Leiche, die mit dem Gesicht nach unten im See trieb, die Kleider zerfetzt. Christa, ihre Freundin, die sie so geliebt hatte . . .

Kurz vor dem Haus der Webers fragte sie: »Tante Vicki, darf ich heute abend mit zu dir?«

Viktoria überlegte einen Augenblick, dann verwarf sie den Gedanken. Sie hätte Lili gern bei sich gehabt, aber es wäre nicht gut für das Kind. Hier konnte Hilde wenigstens hin und wieder etwas Frisches vom Land besorgen. Die Luft war gesund, und es war einigermaßen hygienisch.

Sie konnte Lili nicht den Entbehrungen, Nöten und Krankheiten aussetzen, die in der Stadt drohten, vor allem nicht den Kinderbanden, die durch die Straßen streiften, in Kellern hausten, bettelten, stahlen oder den Schwarzhändlern zur Hand gingen – Kinder, die ihrem Alter voraus waren, nie ein normales, geordnetes Leben kennengelernt hatten. »Gefällt es dir denn nicht bei Webers?«

Lili biß sich auf die Lippe, eine typische Jochum-Geste. »Doch, aber . . .«

Viktoria kniete nieder und legte ihr die Hände auf die Schultern. »Lili, versuch das zu verstehen. Wenn ich das Café wiederaufgebaut habe, kannst du kommen und bei mir wohnen, aber jetzt lebe ich in einem Keller. Es würde dir gar nicht gefallen. Du könntest nirgendwo spielen, nur in Ruinen, und du hättest nicht die schöne Schule und die Freundinnen wie hier.«

»Du bist meine Tante. Ich möchte bei dir sein.«

Viktoria zwang sich, hart zu bleiben. »Nein, Schatz, es ist unmöglich.«

Als Viktoria an jenem Nachmittag gegangen war, lief Lili in den Garten und kroch in ihr Versteck, eine efeuüberwucherte baufällige Hütte. Sie rollte sich zusammen und weinte.

Am nächsten Tag unternahm Viktoria eine weitere mühsame Fahrt – nach Wannsee, wo der Anwalt der Familie, Dr. Oskar

Duschek, wohnte. Er hauste in seiner Garage, da sein Haus von amerikanischen Soldaten besetzt war. Er hatte es sich so wohnlich wie möglich gemacht, mit Feldbett, Brettertisch auf Böcken und altem, gußeisernem Ofen.

Er durfte nicht mehr praktizieren, wie er Viktoria erzählte. Als die Spruchkammer herausfand, daß er für Baron Heinrich von Kraus gearbeitet hatte, erhielt er Berufsverbot als Jurist. Obwohl er die Verbindung zum Baron 1943 abgebrochen hatte, hatte die Kammer das nicht berücksichtigen wollen. »Wäre Kraus zu einer anderen Kanzlei gegangen«, sagte Oskar bekümmert, »hätte ich sie vielleicht von meiner Integrität überzeugen können. Aber der Baron hat die Geschäfte lediglich von Berlin nach München verlegt, von mir zu meinem Sohn Joachim. So enttäuscht ich über Joachim bin, ich habe es doch nicht fertiggebracht, ihn zu denunzieren, obwohl es um meine Existenz ging.«

Als Viktoria von Stefan erzählte, hörte Dr. Duschek interessiert zu, spürte auch die unterschwellige Ablehnung in ihrer Stimme, die er durchaus verstand. Dennoch hätte er sich gewünscht, daß sein eigener Sohn mehr von Stefans Haltung gehabt hätte.

Als Viktoria jedoch auf Mortimer Allen zu sprechen kam, stieg Zorn in ihm auf. »Mortimer hat ganz gezielt gefragt«, sagte sie, »vor allem über die Kraus-Werke. Als ich ihm erzählte, daß Ernst verhaftet worden sei, wollte er wissen, ob der Baron sich zurückgezogen hätte. Er hat auch gefragt, ob ich Bennos Aktien geerbt hätte.«

»Sicher nichts, was ihn angeht«, warf Duschek scharf ein.

»Nein, aber er erinnerte mich an die Papiere, die ich in Heiligensee versteckt hatte. Ich habe sie von den Franzosen zurückbekommen.« Sie reichte ihm den dicken Umschlag.

»Das war klug von Ihnen.« Duschek ging die Papiere sorgfältig durch. »Ja, hier ist Bennos Testament. Sie erben tatsächlich seinen Aktienanteil von zehn Prozent.«

»Ich möchte nichts mit den Kraus-Werken zu tun haben. Ich wollte vor Mortimer Allen nichts sagen, aber ich weiß Bescheid über einige schlimme Geschäfte, in die das Unternehmen verwickelt war. Am liebsten würde ich die Aktien vernichten und mit diesem Teil meines Lebens abschließen.«

Duschek nahm die Brille ab und putzte sie gewissenhaft, um Zeit zum Nachdenken zu haben. Dann sagte er: »Ich rate von einer Überreaktion ab. Ich empfehle Ihnen, die Aktien an einem sicheren Ort zu verwahren und abzuwarten.«

Viktoria nagte an der Lippe. Duschek sah die Dinge aus juristischer, sie aus emotionaler Sicht. »Ich würde auch gern meinen Namen ändern. Ich bin einundfünfzig. Ich werde nicht mehr heiraten. Ich möchte mein Leben mit dem Namen beenden, mit dem ich es begonnen habe, als Viktoria Jochum.«

»Das läßt sich machen. Ich schicke Sie zu einem Kollegen.« Duschek sah die übrigen Papiere durch. »Hm, das Testament Ihrer Mutter ist auch da. Ich weiß noch, wie ich es nach Luises Tod aufgesetzt habe. Ja, das ist alles klar. Ihr gesamtes Vermögen geht zu gleichen Teilen an Lili und Sie, wobei Sie und ich als Lilis Treuhänder fungieren, bis sie einundzwanzig ist. Allerdings« – er sah Viktoria über seine Brille an – »ist das Problem jetzt, woraus dieses Vermögen besteht. Das Haus in Heiligensee ist von den Franzosen besetzt. Das Hotel Quadriga liegt im sowjetischen Sektor . . .«

»Wenn die Besetzung endet, müssen sie an mich zurückfallen.«

»Falls sie endet.« Duschek wiegte bedenklich den Kopf und steckte die Papiere wieder in den Umschlag. »Auf jeden Fall sollten Sie mit den Dokumenten zu den jeweiligen alliierten Behörden gehen und Ihre Ansprüche eintragen lassen.«

Viktoria befolgte Duscheks Rat und stand in den nächsten Wochen stundenlang vor den Militärregierungsbehörden Schlange, um ihre Besitzansprüche beim zuständigen Beamten anzumelden. Weder die französische noch die sowjetische Militärverwaltung gab zu erkennen, wann sie jemals wieder zu ihrem Eigentum kommen würde, und ob überhaupt, doch beide registrierten ihre Ansprüche und gaben ihr eine Bescheinigung mit.

Ernst Kraus saß in einem amerikanischen Lager, in Schloß Kransberg im Taunus, nördlich von Frankfurt am Main.

Solange er lebte, würde Ernst sich an seine Verhaftung im März 1945 und den schwarzen amerikanischen MP-Leutnant erinnern, der ihm eine Pistole in den Bauch gedrückt und auf die zerstörte Stadt Essen gezeigt hatte: »Diese Schornsteine werden nie wieder rauchen, Kraus. Sie werden nie wieder eine Firma leiten. Ihre Zeit ist vorbei. Sie sind erledigt – kaputt.«

Ernst hatte gestammelt: »Sie begehen einen schrecklichen Fehler. Sie suchen nicht mich, sondern meinen Vater, Baron Heinrich von Kraus.«

»Reden Sie keinen Blödsinn!« hatte der Schwarze ihn angefahren. »Sie haben in der ›Festung‹ gewohnt. Sie haben die Waffenfabriken geleitet. Sie sind der ›Stahlbaron‹!«

Doch das war Ernst nicht. Er mochte fast sechzig sein, mochte sein Leben den Kraus-Werken gewidmet haben, aber er hatte das Industrie-Imperium nie wirklich geleitet. Seine Söhne Werner und Norbert hatten sogar mehr Einfluß als er, denn jeder besaß fünfunddreißig Prozent der Unternehmensaktien, während er nur zehn Prozent hielt. Und Werner wußte zweifellos weit mehr über die Kraus-Werke als sein Vater, denn seit dem leichten Schlaganfall des Barons 1943 hatte Werner an der Seite seines Großvaters in Berlin gearbeitet, während Ernst an der Ruhr über alles im unklaren gelassen wurde, was sich im übrigen Deutschland und den besetzten Gebieten tat.

Im Schloß Kransberg war Ernst in Gesellschaft einiger der prominentesten Zivilisten seines Landes, bedeutender Köpfe wie Professor Albert Speer, Wernher von Braun und Dr. Hjalmar Schacht.

Im Gegensatz zu den anderen Lagern, in denen er inhaftiert gewesen war, hatte sein spartanisches Zimmer hier keine Gitter. Er und die übrigen Insassen durften miteinander sprechen, auf dem Schloßgelände herumlaufen, Zeitungen lesen und gelegentlich Radio hören. Sie bekamen das gleiche Essen wie ihre Bewacher und durften sogar zu ihrer Unterhaltung selbst etwas auf die Beine stellen: ein wöchentliches Kabarett, Dichterlesungen und wissenschaftliche Vorträge. In einem Land, in dem Millionen ohne Wohnung waren und Hunger litten, führte Ernst ein fast luxuriöses Leben. Wegen seiner ständigen Unschuldsbeteuerungen wurde er in Kransberg allerdings zu einer Art Zielscheibe des Spotts — seine Bewacher nannten ihn spöttisch »Schneewittchen«.

Jahrelang schon litt Ernst, ein massiger Mann, der viel und gerne aß, an Brustbeschwerden, sichere Vorboten eines Herzinfarkts, wie er meinte, obwohl sein Arzt Dr. Dietrich stets erklärte, er leide lediglich unter chronischen Verdauungsstörungen. Mit dem Herbst verschlimmerten sich diese Schmerzen.

Eines Morgens Ende August, Ernst war eben mit Herzbeschwerden und schweißnaß aufgewacht, stürmte ein Wachposten in sein Zimmer und befahl, ihm in den Verhörraum zu folgen. Er stolperte aus dem Bett, zog sich an und folgte dem Soldaten durch die Korridore.

Er wurde von einem Amerikaner mittleren Alters verhört, der sich als Major Wunsche vorstellte. Wunsche fragte nach Ernsts Rolle in den Kraus-Werken und hörte genau zu, als Ernst von den Produktionsschwierigkeiten und der persönlichen Enttäuschung über die Haltung seines Vaters ihm gegenüber berichtete. Ernst hatte schon gut eine Stunde gesprochen und wurde zusehends zuversichtlicher, als der Major fragte: »Waren Sie für das Ruhr-Geschäft allein verantwortlich?«

»Ja«, antwortete Ernst, obwohl es nicht ganz stimmte. Selbst in Essen hatte er keine Vollmacht gehabt.

Major Wunsche blickte kurz zum Stenografen hinüber, der alles mitschrieb, was Ernst sagte, und schlug dann eine Mappe auf. »Ich habe gestern einen gewissen Dr. Eugen Dietrich vernommen, der tagebuchartige Aufzeichnungen über seine Gespräche mit Ihnen gemacht hat, insbesondere was die Arbeiter betraf. Ich möchte aus seiner beeidigten Aussage zitieren: ›. . . Polnische Zwangsarbeiter kamen waggonweise in Essen an, viele bereits unterernährt und mit ansteckenden Krankheiten. Ich tat, was ich konnte, um ihren Zustand zu verbessern, doch Herr Kraus verweigerte mir eine Krankenstation und die grundlegendsten Medikamente. Die Rationen waren vollkommen unzureichend, oft kaum mehr als eine Wassersuppe und schimmliges Brot. Einmal schlug eine Bombe im Lager der Zwangsarbeiter ein, und mehrere hundert Polen wurden getötet und schwer verwundet.‹ Als Dr. Dietrich Sie um Hilfe bat, erwiderten Sie . . .«

»Sie werden mir kaum britische Bomben anlasten können!« hielt Ernst dagegen.

»Offenbar sagten Sie ›diese verfluchten Polen!‹«

»Ich hatte wohl anderes im Kopf. Mein Werk hatte einen Treffer abbekommen.«

Die Augen Wunsches wurden kalt, hart, eisgrau. »Lassen Sie sich nicht durch meinen Namen täuschen, Kraus. Meine Familie kommt aus Polen. Ich bin polnischer Jude.«

Der Schmerz in Ernsts Brust stellte sich wieder ein, schlimmer denn je. Ernst wand sich. »Dietrich hat Ihnen nicht alles gesagt. Eine solche Entscheidung konnte nur mein Vater treffen. Ich hatte zugesagt, mit ihm zu sprechen . . .«

»Eben haben Sie behauptet, allein für die Kraus-Werke im Ruhrgebiet verantwortlich gewesen zu sein. Jetzt sagen Sie, Entscheidungen über die Zwangsarbeiter konnte nur Ihr Vater treffen.«

Zu spät. Ernst merkte, daß er in eine Falle gegangen war. Er sackte auf seinem Stuhl zusammen und vergrub das Gesicht in den Händen. Major Wunsche klingelte nach dem Posten und gab mit einer geringschätzigen Handbewegung Befehl, Ernst Kraus abzuführen.

Wenn Mortimer nicht bei Pressekonferenzen oder militärischen Besprechungen war, machte er sich wieder vertraut mit Berlin, oft in Begleitung von Gordon Cunningham, einem jungen britischen Fotografen, der zur Zeit der Landung der Alliierten nach Deutschland gekommen und den Alliierten nach Berlin gefolgt und dort geblieben war. Mit Jeff, der Mortimer in sein Herz geschlossen hatte, gaben sie ein gutes Team ab.

Sie sahen sich die zerstörte Stadt an, dann fuhr Jeff sie zum Platz der Republik mit dem ausgebrannten Reichstagsgebäude und der Kroll-Oper gegenüber. Der Platz wimmelte von Menschen, die Sachen tauschten, welche blitzschnell in Taschen verschwanden. »Hier ist der Schwarzmarkt«, sagte Jeff grinsend. »Hier und am Alexanderplatz.«

»Wo kommt die Ware her?« fragte Mortimer.

»Zum Teil geschmuggelt. Zum Teil aus geheimen Beständen der Berliner. Aber das meiste kommt von uns. Es ist ein gutes Geschäft. Jeder kann seinen Lohn dadurch verdoppeln, daß er seine Zuteilung an Zigaretten, Alkohol und Süßigkeiten verkauft, und manch einer treibt hier einen einträglichen Handel, überweist das Geld nach Hause und läßt sich von seinen Leuten Nachschub schicken.«

»Das ist doch verboten, oder?«

»Natürlich. Aber alle machen es. Man muß es so sehen: Wenn wir nicht wären, würden die Berliner verhungern.«

»Wohin jetzt?« fragte Mortimer seinen Fahrer.

»Wie wär's mit dem Stettiner Bahnhof? Da gibt's was zu sehen, was nachdenklich macht.«

Das gab es tatsächlich, und Gordon machte mit seiner Leica

viele Aufnahmen, die zusammen mit Mortimers anschauiichem Text weltweit verbreitet wurden. Die Bahn fuhr wieder, wenn auch nach einem wenig verläßlichen Fahrplan. In der Bahnhofshalle sahen sie sich im Nu inmitten einer unübersehbaren Menge Menschen, die zwischen Bündeln standen, saßen und lagen, ohne jede Hoffnung, krank und entkräftet.

Eine Frau in einem zerfetzten Kleid, ein Baby im Arm, streckte kraftlos die Hand nach ihm aus, die Augen teilnahmslos in tiefen Höhlen, die Stimme kaum mehr als ein Flüstern. »Mein Kind ist krank. Es hat seit Tagen nichts gegessen.« Das Kind war nur in eine schmutzige Windel gewickelt. Sein Bauch war gebläht, das Gesicht eingefallen und verschorft.

Mortimer bemühte sich, seinen Ekel zu verbergen. »Woher kommen Sie?«

»Ostpreußen. Mein Kind war gerade geboren, und meine Mutter war krank, deshalb konnten wir nicht mit den anderen fliehen. Jetzt haben uns die Russen vertrieben. Wir hatten eine halbe Stunde Zeit zum Packen. Meine Mutter ist unterwegs gestorben. Bitte, helfen Sie uns.«

Andere um sie riefen dazwischen. »Ich bin aus Breslau . . .« – »Wir kommen aus dem Sudetenland . . .« – »Was sollen wir tun? Sie lassen uns nicht aus dem Bahnhof . . .«

Eine Rotkreuzschwester trat zu ihnen. Hunderte Arme streckten sich ihr entgegen. Mortimer zeigte ihr seinen Presseausweis. »Was, um Gottes willen, ist hier los?«

Die Schwester zuckte resigniert die Schultern. »Sie sollen von hier in Übergangslager, bevor sie weiter nach Westen kommen, aber die Hälfte der Lager ist wegen Typhus geschlossen. Sie bleiben also, bis Platz für sie gefunden ist. Aber wir haben keinen Platz, keine Lebensmittel, keine Medikamente.«

»Und die Behörden?«

»Die Russen tun gar nichts. Die Westalliierten sagen, die Deportierten sind Sache der Deutschen. Das Sozialamt stellt Genehmigungen aus, mit denen sie in Lager außerhalb von

Berlin wechseln können, aber es dauert lange, so eine Genehmigung zu bekommen. Dann brauchen sie eine weitere Bescheinigung zum Verlassen des russischen Sektors. Bis es soweit ist, sind viele schon tot. Jede Woche kommen hunderttausend Deportierte nach Berlin, vielleicht auch mehr. Und in ganz Deutschland ist es so. Millionen Menschen sind heimatlos. Schreiben Sie das in Ihrer Zeitung. Sagen Sie Amerika, was in Deutschland passiert. Wir wollen kein Mitleid, aber wir brauchen Hilfe.«

Mortimer und Gordon überließen die Rotkreuzschwester ihrer hoffnungslosen Aufgabe, gingen zu ihrem Jeep zurück und fuhren die Friedrichstraße hinunter. Jeff fuhr unter den Linden entlang zum Opernplatz, wo die Nazis einst Bücher verbrannt hatten. Dort hielt er an. »Jetzt geht's zu Fuß weiter.«

Über Trümmer und um ausgebrannte Panzer herum, durch den Lustgarten und am zerstörten Schloß und Dom vorbei strebten sie dem Alexanderplatz zu. Sie waren jetzt im sowjetischen Sektor. Überall hingen Stalinbilder und Plakate mit kommunistischen Parolen. Auf den Straßen sah man viele bewaffnete russische Soldaten in schäbigen Uniformen, verglichen mit denen der Amerikaner und Briten. Widersinnigerweise liefen viele mit normalen Koffern herum.

Als Mortimer das erwähnte, erklärte Jeff bündig: »Schwarzmarkt. Die russischen Truppen haben für mehrere Jahre ausstehenden Sold in Besatzungsgeld bekommen, das sie hier ausgeben müssen. Es sind nämlich zwei Sorten Geld in Umlauf, die alte Reichsmark und das Besatzungsgeld, eins so wertlos wie das andere. Ein GI kann für eine billige Armbanduhr zehntausend Mark Besatzungsgeld kriegen. Zehntausend Mark sind tausend Dollar.«

An den Mauern klebten zwischen Plakaten und amtlichen Bekanntmachungen unzählige kleine Zettel. Beim Nähertreten bemerkte Mortimer, daß es Mitteilungen waren: »Tausche Silberbrosche gegen Damenschuhe.« – »Älteres Paar sucht

Wohnmöglichkeit. Eigenes Haus zerstört.« – »Suche meine Tochter, Lieselotte Braun, 12 Jahre alt ...«

»Diese Zettel hängen überall«, sagte Jeff. »Jeder sucht in Berlin irgendwas oder irgendwen.« Er warf seine Zigarettenkippe weg; sofort stürzte sich ein kleiner Junge darauf und verschwand triumphierend mit seiner Beute in einer Ruine.

Bei einer anderen Gelegenheit fuhr Mortimer nach Schmargendorf. Sein Besuch galt einem alten Freund.

Pastor Scheer öffnete selbst die Tür des Pfarrhauses. Er hatte sich sehr verändert, seit Mortimer ihn das letzte Mal gesehen hatte, wirkte hager, gebeugt und wesentlich älter als seine zweiundsechzig Jahre. Ungläubig schaute er Mortimer einen Moment an und rief dann: »Herr Allen! Was für eine Überraschung! Klara wird sich freuen, Sie wiederzusehen.«

Im gleichen Moment kam Klara Scheer aus der Küche. Auch sie hatte sich verändert, war nicht mehr die rundliche, immer fröhliche Frau von früher. Sie hatte etliche Zähne verloren und war nur noch ein Schatten ihrer selbst.

»Es ist fast wie in alten Tagen«, sagte der Pastor, als sie sich an den einst so vertrauten Küchentisch setzten. »Da sitzen wir wieder. Wir haben überlebt und sind in unsere Stadt zurückgekehrt.«

Klara stellte Tassen auf den Tisch und setzte sich neben ihren Mann. Aus einem Nebenzimmer klang Kinderlachen herüber. »Unser Enkel«, erklärte sie. »Das Haus unseres Sohns wurde bombardiert. Als Bernhard zurückkam und wir wieder hier einziehen durften, zog er mit Frau und Kind nach. Es ist gut, junge Menschen um sich zu haben.«

»Ja, wir sind glücklich, daß so viele von unserer Familie überlebt haben«, sagte der Pastor. »Aber was werden diese Kinder denken, wenn sie später die Dummheit und Blindheit ihrer Eltern und Großeltern erkennen? Wir hinterlassen ihnen ein schreckliches Erbe, denn sie müssen die Hauptlast unserer Schande tragen. Wir alle tragen eine furchtbare Schuld.«

»Aber Sie haben die Nazis doch bekämpft«, wandte Mortimer ein. »Und viele andere sind bei dem Versuch umgekommen.«

»Wir haben nicht genug getan und deshalb sind wir schuldig.« Der Pastor hob seine Kaffeetasse.

Klara wandte sich an Mortimer. »Wußten Sie, daß Otto Tobisch Kommandant des Lagers war, in dem Bernhard zuerst gefangengehalten wurde?«

»Otto Tobisch.« Mortimer stieß nachdenklich die Luft aus. Er hatte Tobisch nur einmal gesehen, wußte aber einiges über ihn.

Otto Tobisch war der Sohn eines kaiserlichen Offiziers, der erster Direktor im Hotel Quadriga geworden war. Otto selbst hatte als Page dort gearbeitet, aber immer nur ein Ziel gehabt: Soldat zu werden. 1910 war er eingezogen worden und hatte 1914 bis 1918 gedient. Als der Waffenstillstand unterzeichnet wurde, war er an der Ostfront. Nach der Demobilisierung bildete er eine der berüchtigten Freikorpsbrigaden, die 1919 bei der Niederschlagung der Revolution in Deutschland halfen und Keimzelle der SA waren.

1923 hatte Tobisch an Hitlers gescheitertem Putsch in München teilgenommen und Schutz in Österreich suchen müssen. 1930 war er jedoch nach Berlin zurückgekehrt und SS-Offizier geworden.

»Ich habe Tobisch am Tag nach dem Reichstagsbrand kennengelernt«, erinnerte Mortimer sich. »Er stürmte mit seinen Schwarzhemden unter dem Vorwand ins Quadriga, Viktorias Cousine zu suchen, die Kommunistin Olga Meyer. Hat er noch immer seine Narbe?«

Der Pastor nickte. »Mitten auf der Stirn.«

»Die ist von Viktoria. Sie hat sich auf ihn gestürzt und wollte ihm die Augen auskratzen. Sie haßten sich offenbar seit ihrer Kindheit.«

»Haben Sie Viktoria gesehen?« fragte Klara.

»Ja«, antwortete Mortimer kurz.

»Sie läßt sich nicht unterkriegen, das Café hat sie bereits wieder eröffnet.«

»Wirklich?«

Pastor Scheer sah ihn prüfend an. »Ich hatte den Eindruck, Sie und Viktoria waren einmal gute Freunde.«

»Sie hat sich verändert. Sie ist kalt und gleichgültig geworden, herzlos.«

»Berlin hat sein Herz verloren«, stellte der Pastor lakonisch fest. »Ich weiß, was Sie denken. Sie meinen, es ist ihr egal. Doch das stimmt nicht. Sie versucht, ihre Verzweiflung hinter einer Maske zu verbergen, wie viele Berliner. Sie dürfen nicht so vorschnell urteilen. Es ist zu einfach zu denken, wer jetzt noch lebt, hat nichts gegen Hitler unternommen und bedauert nicht, was gewesen ist. Diesen Fehler begehen Ihre Landsleute, wenn sie sagen, nur ein toter Deutscher ist ein guter Deutscher.«

In dem Moment kam ein magerer kleiner Junge mit hellblondem Haar und großen blauen Augen ins Zimmer. Pastor Scheer hob ihn hoch und setzte ihn sich auf den Schoß. »Das ist mein Enkel, Matthias. Er ist zwei, keines Verbrechens schuldig. Wenn Sie über Deutschland schreiben, dann denken Sie an Matthias – und die unzähligen Kinder wie ihn.«

Am 7. September 1945 veranstalteten die Alliierten in Berlin eine Siegesparade. Mortimer betrachtete die Parade nicht von der Pressetribüne aus, sondern mischte sich unter die Menge, wo er unverhofft auf einen Bekannten aus vergangenen Tagen stieß – Dr. Oskar Duschek. Der ehemalige Anwalt war ärmlich gekleidet, die Hand, die er Mortimer reichte, rauh von Arbeit.

In dem Augenblick marschierte eine amerikanische Einheit vorbei. Duschek zog die Schultern hoch. »Ich habe schon viele

Siegesparaden erlebt, aber ich finde auch die hier trotz allem unpassend. Warum müssen die Sieger immer ihre Macht demonstrieren? Sehen die Westalliierten nicht, daß wir Berliner gegen Hitler getan haben, was wir konnten, so wie wir jetzt gegen die Kommunisten tun werden, was wir können?«

»Nein, das sehen sie nicht«, erwiderte Mortimer knapp.

Duschek ließ sich nicht beeindrucken. »Es bedrückt mich, daß wieder einmal fremde Mächte Deutschlands Zukunft bestimmen. Wenn wir nicht aufpassen, sind wir plötzlich wieder in einer Situation wie nach dem Versailler Vertrag.« Er blickte nachdenklich zum Tiergarten hinüber. »Und dann die Nürnberger Prozesse. Kann ein Gericht Recht sprechen, vor dem die Besiegten von den Siegern abgeurteilt werden? Und überhaupt, wer sorgt dafür, daß die Richtigen angeklagt werden?«

Mortimer wurde hellhörig. »Denken Sie da an jemand bestimmten?«

»An Ernst Kraus«, sagte Duschek, ohne zu zögern.

»Wollen Sie etwa behaupten, die Kraus-Werke hätten keine Verbrechen zu verantworten?«

»Natürlich nicht. Aber wenn, dann sollte der Kopf der Firma vor Gericht kommen, also Baron von Kraus.«

»Ich dachte, er hätte einen Schlaganfall gehabt und sich zurückgezogen.«

»Es war ein leichter Anfall. Soviel ich weiß, hat er sich nicht zurückgezogen, auch wenn er den Großteil der Aktien auf seine Enkel übertragen hat.«

Mortimers Augen verengten sich. »Auf seine Enkel?«

»Ja, vor allem Werner war immer sein Liebling.«

»Werner hat also mehr Firmenaktien als sein Vater?«

»Genau.«

»Können Sie das beweisen?«

»Nein. Meine Unterlagen wurden größtenteils vernichtet. Trotzdem glaube ich, daß der Baron bewußt den Anschein erweckte, als ob Ernst die Firmenleitung innehätte, um selbst einer Verhaftung zu entgehen, und gleichzeitig sorgte er dafür, daß Ernst keinen Einfluß auf die Kraus-Werke ausüben konnte, indem er die Aktien auf Werner und Norbert übertrug.«

Mortimer zuckte die Schultern. Baron Heinrich war schon immer ein abgefeimter Widerling gewesen, dem durchaus zuzutrauen war, daß er seinen Sohn ans Messer lieferte, um sich selbst zu retten. »Selbst wenn es so ist, treiben Sie es nicht etwas zu sehr auf die Spitze? Warum einen alten kranken Mann anklagen? Warum soll nicht Ernst für ihn vor Gericht?«

»Das ist so, als würde statt Göring einer seiner Adjutanten angeklagt.«

Mortimer gab sich geschlagen. »Sie haben wahrscheinlich keinen Kontakt zum Baron gehabt seit seiner Abreise?«

»Nein. In den letzten Jahren hat mein Sohn seine Angelegenheiten vertreten.«

Mortimer sah ihn neugierig an. Es klang so, als wäre der Baron nicht der einzige, der wenig für seinen Sohn übrig hatte. »Und wo ist Ihr Sohn jetzt?«

»Der Verkehr zwischen den Zonen ist verboten. Ich nehme an, Joachim ist in München.« Duschek machte eine Pause. Dann fuhr er fort: »Aber Sie dürfen ja ungehindert reisen. Sie könnten Joachim besuchen und selbst mit ihm sprechen. Und wenn Sie erfahren, daß meine Behauptung stimmt, können Sie ja die amerikanischen Behörden verständigen.«

»Warum sollte ich mich darum kümmern?«

»Weil Sie genausogut wie ich wissen, wie wichtig es ist, daß in Nürnberg Recht gesprochen wird.«

Die Parade war noch immer im Gang. Gerade zog schwere russische Artillerie vorbei. Mortimer betrachtete die Geschütze und die daneben paradierenden Rotarmisten, doch in Gedanken war er schon woanders. In London hatte er Anfang des Jahres einen Major des amerikanischen Geheimdienstes kennengelernt, einen Emigranten polnisch-jüdischer Herkunft namens David Wunsche, der vielleicht an Duscheks Geschichte interessiert war. Bedächtig sagte er: »Mal sehn, vielleicht fahre ich nach München.«

Als Mortimers Maschine zwei Tage später vom Flughafen Tempelhof abhob, blickte er auf die Stadtwüste unter sich. Flüchtig ging ihm durch den Kopf, daß es für die Berliner nicht so leicht war wie für ihn, da rauszukommen.

David Wunsche hörte sich Mortimers Informationen mit finsterem Gesicht an. »Ein typischer Fall. Joachim Duschek ist verhört worden und hat bereitwillig Akten früherer Nazis herausgegeben. Aufgrund seiner Kooperationsbereitschaft durfte er seine Kanzlei weiterführen.«

»Hat er zugegeben, für den Baron tätig gewesen zu sein?«

»Da hatte er doch einige Erinnerungslücken. Ich habe Ernst Kraus vor ein paar Wochen befragt. Für mich steht außer Frage, daß er ein Kriegsverbrecher ist. Der Baron wurde im Juni auf Schloß Waldesruh gesehen. Der alte Mann war offenbar in schlechter Verfassung. Seine rechte Seite war völlig gelähmt.«

»Völlig gelähmt? Hört sich nach mehr als einem leichten Schlaganfall an.«

Wunsche nickte. »Die Leute, die ihn gesehen haben, meinten, er werde bald das Zeitliche segnen.«

»Da wäre ich nicht so sicher«, entgegnete Mortimer. »Aber egal, in welchem Zustand er ist, ich finde es empörend, daß er auf einem Schloß wohnt, das von Rechts wegen einem jüdischen Bankier gehört.«

»Einem jüdischen Bankier? In den Unterlagen stand davon nichts.«

»Ich versichere Ihnen, der Baron hat sich Schloß Waldesruh nach dem Anschluß unter den Nagel gerissen.«

Wunsche atmete tief durch. »Suchen wir Duschek.«

Ein Teil der Münchener Innenstadt hatte wie durch ein Wunder das Schlimmste der Bombardierungen überstanden.

Auch die Peterskirche und der Frauendom, in deren Schatten die Kanzlei von Dr. Joachim Duschek lag.

Eine gutgebaute Blondine öffnete ihnen die Tür und führte sie in einen Raum mit geschnitzten Tischen und Stühlen und einem großen Schreibtisch, hinter dem Joachim Duschek sich halb erhob. Er war ein unscheinbarer Endzwanziger, den rechten Arm hielt er seltsam abgewinkelt. »Was kann ich für Sie tun, Major?« fragte er auf englisch.

David Wunsche sprach Deutsch, wie Mortimer wußte, doch der Major antwortete auf englisch: »Ich möchte einige Informationen über Sie und Ihre Klienten.«

»Ich bin bereits eingehend befragt worden.«

»Nicht eingehend genug, wie es scheint«, erwiderte Wunsche ungerührt. »Fangen wir vorne an. Sie sind in Berlin geboren?«

Fast wie einstudiert erzählte Joachim Duschek sein Leben. Er hatte sein juristisches Examen mit Auszeichnung absolviert, war in die Familienkanzlei Duschek & Duschek eingetreten und hatte eine vielversprechende Karriere vor sich, als der Krieg ausbrach und er eingezogen wurde. 1942, mit fünfundzwanzig, war er mit einem komplizierten Armbruch von der Westfront zurückgekommen. Allmählich hatte er wieder Tritt gefaßt und Annelies Schwann geheiratet, die Tochter eines bayrischen Kollegen seines Vaters. Ihr Sohn, Dieter, war zehn Monate später zur Welt gekommen.

In diese zehn Monate fielen die Wendepunkte des Krieges – Stalingrad und El Alamein. Die alliierten Luftangriffe hatten sich verstärkt. Die Berliner Kanzlei Duschek & Duschek wurde in Schutt und Asche gelegt. Er zog mit Annelies nach München.

»Und Sie haben die Tätigkeit für Baron Heinrich von Kraus in München fortgesetzt«, stellte Wunsche fest.

In Joachims Augen flackerte es kurz auf, Überraschung

oder Angst. »Ich habe ein paar persönliche Dinge für den Herrn Baron erledigt«, räumte er vorsichtig ein.

»Ich möchte die Akten sehen.«

»Ich habe keine Akten vom Herrn Baron hier.«

»Duschek, ich bin ein beschäftigter Mann mit sehr wenig Geduld. Lassen wir das also. Entweder machen Sie, was ich sage, oder ich lasse Sie wegen Verdunkelung festnehmen.«

Joachim beschloß einzulenken. »Ich hatte nichts mit den Kraus-Werken zu tun, weiß aber, daß die meisten Papiere des Barons bei einer Zürcher Bank deponiert sind.«

Wunsche verzog das Gesicht. Die Aussicht, daß die Schweizer ihre Tresore öffneten, war gleich Null. »Wann haben Sie den Baron das letzte Mal gesehen?«

»Vergangenen Dezember.«

»Und seitdem haben Sie nichts mehr von ihm gehört?«

»Wie könnte ich? Wie Sie wissen, haben die Besatzungsmächte entschieden, daß Österreich ein souveränes Land ist. Die Amerikaner haben jeden Verkehr zwischen uns und Österreich verboten.« In Joachims Stimme schwang Gekränktsein mit.

»Woher wissen Sie, daß der Baron in Österreich ist?«

»Es ging ihm sehr schlecht, als ich ihn das letzte Mal sah. Er sagte mir, er wolle die Firmenleitung seinem Sohn Ernst übertragen und sich auf Schloß Waldesruh zurückziehen.«

»Warum sollte der Baron die Firmenleitung seinem Sohn übertragen, wenn er seinen ganzen Aktienanteil bereits den Enkeln überschrieben hatte?«

Joachim wand sich. »Es war kein Machttransfer. Nach dem Schlaganfall hat der Baron seinen Enkeln die Aktien geschenkt. So müssen sie keine Erbschaftssteuern zahlen.«

»Der Baron hat also die Kraus-Werke bis Kriegsende selbst geführt?«

Joachim legte umständlich den rechten Arm anders. Bei Anspannung machte sich die alte Verletzung immer wieder bemerkbar. »Ich weiß es nicht. Der Baron hat es mir nicht anvertraut.«

Wunsche wandte sich an Mortimer. »Uns bleibt wohl nichts anderes übrig, als nach Schloß Waldesruh zu fahren.«

»Aber Tirol liegt in der französischen Besatzungszone«, warf Joachim ein.

Wunsche lächelte grimmig. »Die Franzosen haben für die Krauses genausoviel übrig wie wir. Sie werden liebend gern mit uns zusammenarbeiten.«

Joachim sah ihn mit unverhohlenem Haß an. Er hatte bis zuletzt an die Unbesiegbarkeit des Führers geglaubt. Er würde es nie verwinden, daß Deutschland den Krieg verloren hatte und jetzt die Alliierten das Sagen hatten.

3

Schloß Waldesruh war ein ziemlich kleiner turmbewehrter Bau an einem zerfurchten Fahrweg, der zur Hauptstraße Innsbruck-Brennerpaß führte.

Werner Kraus, ein Mann mittlerer Größe mit Brille, kleinen grauen Augen, kleinem Mund unter einem Schnauzbart, bulligem Nacken und starkem Übergewicht, stand am Fenster der Bibliothek und beobachtete zwei französische Lkw und ein amerikanisches Militärfahrzeug, die sich auf dem Fahrweg dem Schloß näherten. Er läutete nach seinem Diener, Gottlieb Linke, und zeigte nach draußen. »Wir bekommen Besuch.«

Gottlieb machte ein ernstes Gesicht. »Ich werde den Herrn Baron darauf vorbereiten.«

Als Gottlieb kurz darauf in das Schlafzimmer im Erdgeschoß trat, saß der Baron ungepflegt gekleidet in seinem Rollstuhl und stieß mit dem Stock auf den Boden.

Weitere Titel

Die Hotel Quadriga Trilogie

Hotel Quadriga

Viktoria

Viktorias Erbe

Brigitte Riebe

Die Schwestern vom Ku'damm. Jahre des Aufbaus

Berlin im Mai 1945: Es ist die Stunde null, die Stadt liegt ebenso in Trümmern wie die Seelen der Menschen. Auch das Kaufhaus Thalheim am Ku'damm ist zerstört. Fassungslos stehen die drei Schwestern Rike, Silvie und Florentine vor der Ruine des einst so stolzen Familienunternehmens. Doch Rike, die älteste, hat einen Traum: Sie will das Kaufhaus wieder aufbauen und mit raffinierten Stoffen und neuesten Modekreationen Farbe in das triste Nachkriegsberlin bringen. Nach der Währungsreform scheint es tatsächlich aufwärtszugehen, die Menschen hungern nach Konsum und schönen Dingen. Doch die neuen Zeiten bringen neue Probleme. Als ein dunkles Geheimnis zutage tritt, müssen die Schwestern erkennen, dass die Vergangenheit noch immer lebendig ist …

432 Seiten

Weitere Informationen finden Sie unter **rowohlt.de**

Das für dieses Buch verwendete Papier ist FSC®-zertifiziert.